DESTIN D'ÉTERNITÉ

MON TOURMENTEUR : TOMES 3 ET 4

ANNA ZAIRES

♠ MOZAIKA PUBLICATIONS ♠

Dépôt légal © 2020 Anna Zaires & Dima Zales
http://annazaires.com/series/francais/

Publié par Mozaika Publications, une marque de Mozaika LLC.
www.mozaikallc.com

Couverture par Najla Qamber Designs
www.najlaqamberdesigns.com

e-ISBN : 978-1-63142-557-8
ISBN : 978-1-63142-558-5

MON DESTIN

MON TOURMENTEUR : TOME 3

PARTIE I

ara

DES LÈVRES CHAUDES SE POSENT SUR MA JOUE, LE BAISER EST PLEIN de tendresse et doux malgré la barbe d'un jour qui effleure ma mâchoire.

— Réveille-toi, ptichka, murmure à mon oreille une voix à l'accent familier tandis que je proteste faiblement, à moitié assoupie, en enfouissant mon nez dans l'oreiller. C'est l'heure de partir.

— Hmm-mm.

Je garde les yeux fermés, réticente à l'idée d'abandonner mon rêve. Pour une fois, il était agréable, avec un lac ensoleillé, deux chiens tout fous et Peter en train de jouer aux échecs avec mon père. Les détails s'effacent déjà dans mon souvenir, mais le sentiment de légèreté et d'euphorie s'attarde, en dépit de la réalité qui s'insinue et du constat amer que ce rêve est irréel.

— Allez, mon amour.

Il dépose un tendre baiser sur la peau sensible sous mon oreille et d'agréables frissons se propagent dans mon corps.

— L'avion nous attend. Tu pourras dormir pendant le trajet du retour.

La fin du rêve s'estompe et je roule sur le dos, réprimant une grimace en éprouvant un reste de douleur dans l'épaule gauche. J'ouvre les yeux et rencontre le regard chaud et argenté de mon ravisseur. Il est penché sur moi, un sourire affectueux dessiné sur ses lèvres finement sculptées, et pendant un instant, l'exaltation légère que je ressentais se renforce.

Nous sommes en vie, et il est ici, avec moi. Je peux le toucher, l'embrasser, sentir sa présence. Son visage s'est affiné, creusé par la tension nerveuse et le manque de sommeil, mais sa perte de poids ne fait que mettre en valeur sa beauté virile saisissante. Elle accentue l'angle de ses pommettes à la forme exotique et souligne sa mâchoire carrée.

Il est splendide, cet assassin amoureux de moi.

Le meurtrier de mon mari qui ne me rendra jamais ma liberté.

J'ai le cœur serré, ma joie tempérée par l'oppression familière de la culpabilité et du dégoût de soi. Un jour viendra peut-être où mes sentiments ne seront plus aussi contradictoires, où je ne serai plus déchirée par le besoin que m'inspire cet homme qui m'a donné son cœur, mais pour l'heure, je ne peux pas oublier ce qu'il est ni ce qu'il a fait.

Je ne peux me défaire de la honte que j'éprouve à l'idée de tomber amoureuse de mon tourmenteur.

Peter perd son sourire et je sais qu'il comprend mes pensées, qu'il lit la culpabilité et la tension sur mon visage. Ces deux dernières semaines, depuis que je me suis réveillée ici, à la clinique, j'ai évité de penser à l'avenir et de m'attarder sur les circonstances de mon accident. J'avais trop besoin de Peter pour le repousser, et il avait besoin de moi. Pourtant, ce matin, nous retournons dans sa planque, au Japon, et je ne peux pas me cacher la tête dans le sable plus longtemps.

Je ne peux pas faire semblant que l'homme auquel je me raccroche comme à une bouée de sauvetage n'a pas l'intention de me garder captive pour le restant de mes jours.

— Non, Sara.

Sa voix est grave et douce à la fois, même si la chaleur argentée de son regard se change en acier glacial.

— Ne pense pas à ça.

Je cligne des paupières et mon visage se radoucit. Il a raison, ce n'est pas le moment. Je me hisse sur mon coude droit et réponds d'un ton neutre :

— Je devrais m'habiller. Si tu veux bien m'excuser...

Il se redresse, me laissant la place de m'asseoir. Contente de porter une blouse d'hôpital, je me glisse hors du lit et me précipite dans la salle de bain avant qu'il change d'avis et décide, tout compte fait, d'avoir cette conversation. Nous devons parler de ce qui s'est passé – d'ailleurs, la confrontation aurait dû avoir lieu depuis longtemps déjà –, mais je ne suis pas encore prête. Ces deux dernières semaines, nous avons été plus proches que jamais, et je n'ai pas envie de tourner la page.

Je ne veux pas considérer Peter comme mon adversaire, une fois de plus.

Tout en me brossant les dents, j'examine la cicatrice qui me barre le front, à l'endroit où un éclat de verre a laissé une longue plaie effilée. Les chirurgiens esthétiques ont fait un travail impeccable, car la balafre aurait pu me défigurer. Maintenant que les points de suture sont tombés, la cicatrice est beaucoup moins flagrante. Dans quelques semaines, ce ne sera plus qu'une fine ligne blanche, et dans deux ans, elle passera presque inaperçue, comme les restes d'hématomes qui apparaissent encore sur mon visage.

Quand l'enfant que Peter cherche absolument à me faire porter aura l'âge de poser des questions, il ne devrait plus rester aucune trace de ma désastreuse tentative d'évasion.

À cette pensée, je retiens mon souffle et pose une main sur mon ventre, comptant les jours avec effroi. Ça fait deux semaines et demie que nous avons couché ensemble sans protection dans une période potentiellement fertile, ce qui signifie que mes règles auraient dû commencer depuis quelques jours. Entre les opérations et les médicaments, je n'ai pas vraiment prêté attention au calendrier, mais en faisant le calcul à tête reposée, je me rends compte que j'ai du retard. Pas au point de céder à la panique, mais suffisamment pour m'en inquiéter sérieusement.

Je pourrais déjà être enceinte.

Mon premier réflexe, c'est de sortir en courant, trouver la première infirmière et lui demander un test sanguin. Je suis pratiquement certaine qu'ils m'ont fait un test de grossesse il y a deux semaines, quand on m'a amenée à la clinique après l'accident, mais les premières traces de hCG dans mon système sanguin n'ont pu apparaître que sept à douze jours après la conception. Le premier résultat étant négatif, ils n'avaient aucune raison de pratiquer un nouveau test.

Aucune raison, sauf que maintenant, mes règles ont du retard.

J'ai déjà la main sur la poignée de la porte quand je suspends mon geste. Dès l'instant où l'on me fera ce test, Peter sera au courant. Il aura accès aux résultats avant moi et cette idée me fait frémir. Jusqu'à présent, je n'ai pas eu le moindre choix, pas le moindre contrôle sur quoi que ce soit dans notre relation, et j'ai besoin de sentir que je maîtrise quelque chose, même si ce n'est qu'une seule fois.

S'il y a un enfant, c'est dans *mon* corps qu'il grandit, et je veux décider du moment où j'annoncerai la nouvelle.

Ce n'est pas une décision rationnelle, je le sais. Peter n'est pas bête. Lui aussi est capable de compter les jours. S'il ne s'est pas encore rendu compte que mes règles tardaient à venir, il le constatera bien assez tôt, et il saura qu'il a gagné, que pour le meilleur ou pour le pire, nous sommes liés l'un à l'autre par l'amas de cellules qui se développe peut-être déjà dans mon ventre.

Par le futur enfant d'un tueur traqué par les autorités du monde entier et de sa captive, l'objet de son obsession.

Une douleur sourde m'élance derrière l'œil gauche. La migraine est soudaine et fulgurante. Je ne peux plus éviter de penser à l'avenir, je ne peux plus me permettre d'aborder chaque jour comme il vient en me contentant d'espérer.

Je dois protéger ce bébé, mais j'ignore comment.

Je ne peux pas m'échapper et Peter ne me libèrera jamais.

eter

SARA EST PLUS CALME QUE D'HABITUDE QUAND NOUS QUITTONS LA clinique. Ses doigts fins sont froids dans ma main et je sais qu'elle nourrit des doutes à notre sujet. Son esprit en surchauffe énumère toutes les raisons qui rendent notre relation malsaine et inconcevable.

J'aimerais pouvoir la rassurer, lui exposer ma nouvelle idée et lui conseiller d'être patiente, mais je ne veux pas lui faire de promesses que je ne pourrai peut-être pas tenir. Mon plan élaboré comporte de nombreuses inconnues, et les risques d'échec sont plus grands que les chances de succès.

Si j'accepte la proposition que m'a faite Danilo Novak d'éliminer Julian Esguerra pour cent millions d'euros, mon équipe et moi aurons affaire à l'homme le plus dangereux que je connaisse.

En d'autres circonstances, je ne l'envisagerais même pas. Esguerra a juré de me tuer parce que j'avais mis sa femme en danger afin de le sauver, mais auparavant, j'ai travaillé un an pour lui en tant que consultant en sécurité afin d'obtenir la liste des personnes impliquées dans le massacre de ma famille. Je connais le trafiquant d'armes colombien, je sais qu'il est violent et impitoyable. Son organisation a balayé du revers de la main l'un des groupes terroristes les plus redoutables de l'histoire, et il a infligé des atrocités sans nom à ses autres ennemis. Avec son incommensurable richesse et ses contacts dans les gouvernements du monde entier, Esguerra est presque intouchable. Le complexe où il vit dans la jungle amazonienne est une véritable forteresse militaire. C'est justement pour ça que Novak m'offre une telle somme : parce qu'aucune personne saine d'esprit ne s'en prendrait à quelqu'un d'aussi puissant et implacable.

La seule raison pour laquelle j'envisage de mettre mon plan à exécution, c'est Sara.

Je dois me racheter pour l'accident qui a failli la tuer.

Je dois faire tout ce qui est en mon pouvoir pour lui offrir la vie qu'elle mérite.

ANTON EST DÉJÀ À BORD DE L'AVION QUAND LES JUMEAUX ET MOI arrivons avec Sara. Dès qu'elle est bien installée, nous décollons. Le vol jusqu'au Japon dure quatorze heures. Une fois que nous sommes dans les airs, je retire les baskets de Sara et lui enroule une couverture autour des pieds en espérant que ce sera assez confortable pour lui permettre de faire une sieste.

Moi-même, je n'ai pas beaucoup dormi depuis l'accident, mais je tiens à ce qu'elle se repose et guérisse au plus vite.

Elle me dévisage de ses grands yeux noisette lorsque je tends le bras vers mon ordinateur portable, et je demande :

— Tu as faim, mon amour ?

Nous avons pris le petit déjeuner avant de quitter la clinique, mais elle n'a presque rien avalé et j'ai pris soin d'emporter des sandwiches supplémentaires pour le trajet.

Elle secoue la tête.

— Non, ça va. Merci.

Sa voix est mélodieuse et un peu rauque – une voix de chanteuse, je l'ai toujours dit. J'aimerais l'écouter toute ma vie, qu'elle parle ou qu'elle chante à pleins poumons l'une des chansons qu'elle aime tant. Mais surtout, j'aimerais l'entendre susurrer une berceuse à notre bébé, afin que l'enfant sache qu'il ou elle est protégé et aimé par ses parents.

Je m'efforce d'écarter cette image attrayante. Je n'imagine pas fonder une famille avec Sara maintenant… pas avec la mission si dangereuse qui m'attend.

Au fond, c'est une bonne chose qu'elle ne soit pas encore enceinte. Et tant que nous n'aurons pas franchi cet obstacle, je ferai en sorte que la situation ne change pas.

eter

— TU AS FAIT *QUOI* ?

Anton me regarde comme si j'avais perdu la boule, son menton barbu crispé par la stupeur. Comme moi, les gars se sont levés tôt malgré notre arrivée tardive hier soir, et j'ai décidé de leur annoncer notre prochaine mission avant le réveil de Sara.

— J'ai programmé une réunion avec Novak… je répète en cassant un œuf dans un bol avant d'y ajouter un peu de lait. Nous partirons à Belgrade au milieu du mois de décembre. Ce foutu Serbe est trop parano. Il a dit qu'il nous communiquerait en personne les détails sur les atouts qu'il possède au sein de l'organisation d'Esguerra. Il refuse de le faire par email ou par téléphone.

Yan, en costume élégant, est accoudé au plan de travail. Ses yeux verts expriment un léger amusement quand il croise les chevilles.

— Pourquoi la mi-décembre ? On est au début du mois de novembre.

Je hausse les épaules.

— Nous ne sommes pas pressés, et lui non plus.

Pourtant, ce n'est pas tout à fait exact. Novak souhaitait me rencontrer la semaine prochaine, mais c'est moi qui ai reporté le rendez-vous au mois suivant. Une fois que le mouvement sera lancé, nous ne pourrons plus l'arrêter et je ne suis pas encore prêt.

J'ai envie – non, j'ai *besoin* – de passer du temps avec Sara avant d'embarquer dans cette mission. Et puis, nos hackers sont sur la piste de Wally Henderson et ils pourraient le retrouver très bientôt. C'est le dernier nom de ma liste, et de loin le plus insaisissable. C'est aussi le général qui était responsable de l'opération de Daryevo – ce qui en fait donc la personne la plus directement coupable du massacre de ma femme et de mon fils. Sans l'accident de Sara, nous l'aurions pincé en Nouvelle-Zélande quand la photo de son épouse est apparue sur Instagram, postée par un insouciant propriétaire de cave à vin fier de sa clientèle. Malheureusement, le temps que je fasse un détour par la clinique suisse et que je me remette de mes émotions, alors que j'étais prêt à envoyer mes hommes capturer Henderson, il avait encore réussi à s'évanouir dans la nature. Mais cette fois, sa piste est encore fraîche et nos hackers savent exactement où chercher.

Nous allons retrouver Walter Henderson III et je pourrai mettre en pièces ce *sookin syn*, un membre après l'autre.

Ilya fronce les sourcils, et les tatouages de son crâne luisent dans la lumière du matin quand il s'assied sur un tabouret.

— Tu en es sûr, mec ? Cent millions, c'est alléchant, mais on parle d'Esguerra, là. Kent sera impliqué et…

— Kent peut aller se faire foutre.

Je casse l'œuf suivant avec une telle violence qu'il gicle sur le côté du bol.

— Cet enfoiré le mérite. Il a merdé avec Sara.

— Mais Esguerra ? dit Anton, une fois le choc initial passé. Ce type a toute une armée à sa botte, et ce bastion dans la jungle… Tu as dit toi-même qu'il était imprenable. Bon sang, mais comment veux-tu que…

— C'est pour ça qu'on a rendez-vous avec Novak, pour découvrir ce qu'il a en réserve.

Je commence à perdre patience.

— Je ne suis pas suicidaire, merde. On n'acceptera que si l'on a une chance d'en réchapper vivants.

— Vraiment ? fait Yan en traversant la cuisine pour aller s'asseoir sur un tabouret de bar à côté de son frère. Tu en es sûr ? Parce que Sara s'est blessée sous la surveillance de Kent.

Sa voix est mielleuse, mais je sais reconnaître un défi quand il se présente.

Je m'efforce de garder mon calme et rejoins l'évier pour laver les éclats d'œuf sur mes mains. Anton, qui me connaît le mieux, s'éloigne prudemment, mais les jumeaux Ivanov restent vissés sur leurs sièges. Ils dardent sur moi leurs regards verts identiques lorsque je contourne le bar d'un pas nonchalant pour m'approcher de Yan.

— Alors, comme ça, tu penses que je raisonne avec ma bite ? dis-je d'une voix aussi douceureuse que la sienne. Tu penses que je suis prêt à tous nous envoyer à la mort pour punir Kent d'être responsable de l'accident de Sara ?

Yan fait pivoter son tabouret vers moi.

— Je ne sais pas, répond-il d'un air légèrement amusé en dépit de ses yeux froids et impassibles. C'est ce que tu comptes faire ?

Mes lèvres ébauchent un sourire sinistre tandis que ma main droite se referme autour du couteau à cran d'arrêt dans ma poche.

— Et si c'était le cas ? je demande.

Yan soutient mon regard pendant quelques secondes tendues. La provocation plombe l'atmosphère de la pièce. J'apprécie Yan, mais je ne peux pas laisser passer son insoumission. Il savait à quoi il s'engageait quand il a rejoint cette équipe et il était parfaitement conscient que, pour participer à l'entreprise lucrative que je mettais sur pied, il allait devoir m'aider dans mes affaires personnelles. Tel était notre accord, et j'ai bien l'intention de persévérer dans cette voie, même si aujourd'hui c'est Sara qui motive mes actes et non plus ma femme et mon fils décédés.

— Yan.

La voix d'Ilya est sereine lorsqu'il se lève pour aller poser une main imposante sur l'épaule de son frère.

— Peter sait ce qu'il fait.

Yan garde le silence encore un moment, puis il incline la tête avec un sourire sévère.

— Oui, je n'en doute pas. Après tout, c'est *lui* le chef de cette équipe.

Ses paroles sont peut-être conciliantes, mais je ne suis pas dupe. Avec cette mission, je vais devoir marcher sur des œufs.

Et Yan pourrait vite me causer des complications.

4

ara

Nous sommes attablés tous les cinq autour du petit déjeuner, et je ne peux m'empêcher de remarquer une certaine tension. J'ignore s'il s'est passé quelque chose avant que je descende, ou si tout le monde subit le décalage horaire comme moi, mais l'esprit de camaraderie que j'ai pu observer entre Peter et ses hommes ne semble pas de mise ce matin.

Au lieu d'échanger des plaisanteries et de me régaler par des anecdotes sur la Russie, les coéquipiers de Peter dévorent leurs omelettes en silence avant de se disperser promptement. Anton part faire des courses en hélicoptère, tandis que les jumeaux disparaissent dans les bois pour une session d'entraînement.

— Que se passe-t-il ? je demande à Peter une fois que nous restons seuls dans la cuisine. Vous vous êtes disputés ou quoi ?

— Ou quoi.

Il se lève pour débarrasser les assiettes vides.

— Disons simplement que tout le monde n'approuve pas la ligne de conduite que j'adopte.

— Quelle ligne de conduite ?

— J'envisage d'accepter une autre proposition – particulièrement payante.

Je me renfrogne et me lève pour l'aider à ranger les assiettes dans le lave-vaisselle.

— C'est dangereux ?

Son sourire est dénué d'humour quand il me répond :

— Notre vie est dangereuse, ptichka. Le travail que nous faisons n'en représente qu'une partie.

— Alors, pourquoi les gars ne sont-ils pas d'accord ?

Je pose l'assiette que je rinçais pour me tourner vers Peter en m'essuyant les mains sur un torchon.

— Ce boulot serait pire que vos expéditions habituelles à la *Mission Impossible* ?

Il sent que je suis inquiète et son regard d'acier se réchauffe.

— Tu n'as aucun souci à te faire, mon amour – ou du moins, pas pour le moment. On ne rencontre notre client potentiel qu'à la mi-décembre, et cette réunion nous permettra de décider si on accepte la mission ou non.

— Oh.

Si mes craintes sont apaisées, il a éveillé ma curiosité.

— Vous rencontrez ce client en personne ?

Comme Peter hoche la tête, je demande :

— Pourquoi ? En général, vous ne le faites pas, si ?

— Non, mais cette fois nous allons faire une exception.

Il n'a pas l'air de vouloir m'en dire plus et je décide de ne pas insister pour l'instant. Il reste encore plusieurs semaines avant la mi-décembre et il m'en parlera quand il sera prêt – et sans s'être disputé avec ses coéquipiers juste avant.

Nous terminons le débarrassage dans un silence agréable. Je n'en reviens pas que tout me paraisse si naturel : manger avec Peter et ses hommes, faire la vaisselle, parler de son travail. Peu importe que nous soyons au sommet d'une montagne inaccessible au Japon, avec trente centimètres de neige sur le sol au-dehors, et que le travail en question consiste en assassinats sanglants. Mon séjour loin d'ici – les quelques jours passés à Chypre avec les Kent, suivis par les deux semaines dans la clinique suisse – n'est déjà plus qu'un mauvais souvenir, une parenthèse éprouvante dans ma nouvelle vie.

Une vie qui devient plus douce et plus réelle à chaque jour qui passe, dans cet endroit reculé où je commence à me sentir chez moi.

J'attends la morsure douloureuse de la culpabilité et de la honte, mais je ne ressens qu'une lassitude résignée. J'en ai assez de me battre, contre moi et contre ces sentiments troublants, j'en ai assez de résister en faisant comme si l'homme qui me regarde avec ces yeux couleur métal n'était rien de plus que mon ravisseur – comme si je ne m'étais pas accrochée à lui, à la clinique, tel un bébé koala à sa mère. En me réveillant ce matin, seule dans un lit vide, j'ai eu envie de pleurer – et ça n'avait rien à voir avec l'absence prolongée de mes règles.

Je choisis de fermer la porte à cette pensée avant de me remettre à paniquer. Oui, maintenant, j'ai plusieurs jours de retard, mais il y a d'autres explications possibles. Le stress, par exemple, à la fois physique et émotionnel. Sans test de grossesse, et tant que je ne présente pas d'autres symptômes, il est encore trop tôt pour savoir s'il s'agit du contrecoup de l'accident ou des conséquences d'un rapport non protégé. Pour l'instant, comme je ne suis pas prête à aborder ce sujet avec Peter, je préfère ne pas y penser en espérant que tout s'arrange.

Si je suis enceinte, nous le saurons bien assez tôt, tous les deux.

— Ça va ? demande Peter.

Ses sourcils noirs sont froncés et je comprends que, sans m'en rendre compte, j'ai fait la grimace, comme si je souffrais.

— C'est juste le décalage horaire, dis-je pour dissiper ses inquiétudes, en lui adressant un sourire rayonnant. Tu sais, la durée du vol et tout ça.

— Ah.

Il lève sa grande main pour effleurer avec délicatesse la cicatrice qui guérit lentement sur mon front.

— Tu devrais te ménager pendant quelques jours. Tu n'es pas encore complètement remise, me dit-il avec une mine encore plus renfrognée. On aurait peut-être dû rester à la clinique plus longtemps.

J'éclate de rire en secouant la tête.

— Oh, non. Je trouve même qu'on y est restés une semaine de trop. Je vais bien. Je suis juste un peu fatiguée, c'est tout.

— D'accord.

Il n'a pas l'air convaincu et, sur un coup de tête, je me hisse sur la pointe des pieds pour embrasser la ligne pincée de sa bouche sensuelle.

Ce n'est qu'un baiser furtif et espiègle, mais il nous fait l'effet d'un coup de poing. Je ne sais pas pourquoi je l'ai fait, pourquoi l'embrasser pour le rassurer m'a paru la chose la plus naturelle du monde. Ce n'est pas une impulsion sexuelle, même si cet aspect-là me manque – il ne m'a pas prise depuis Chypre et mon corps a envie de caresses. Non, c'était une simple impulsion, un geste qui m'a semblé normal.

Peter est le premier à se ressaisir. Un sourire langoureux et enjôleur recourbe ses lèvres sculpturales et il passe un bras autour de ma taille pour m'attirer à lui. Son autre main se referme tout doucement sur le côté de mon visage, caressant ma joue de son pouce calleux.

— Sara…

Sa voix est grave et rauque, aussi ardente que la lueur dans son regard.

— Ma belle ptichka… Je t'aime tellement.

Mon cœur se serre et mes poumons peinent à trouver de l'air. Il m'a déjà dit qu'il m'aimait, mais jamais comme ça… jamais avec des sentiments aussi profonds. Tout mon corps en est ébranlé, car pour la première fois, je le crois.

Je le crois, et j'ai envie de pouvoir le lui dire en retour.

Cette prise de conscience est comme un coup de marteau sur

mon crâne. Je me suis tellement battue pour éviter ça, j'ai fait tout ce que j'ai pu pour ne pas tomber amoureuse de cet homme, pour lui échapper. Et pourtant, même si je cherchais à le fuir, je savais que c'était aussi moi-même que je fuyais, cette part d'ombre en moi qui désire abdiquer devant l'assassin de mon mari, céder au fantasme d'une vie heureuse aux côtés du meurtrier qui m'a arrachée à tous ceux que j'aime. J'ai résisté, je me suis enfuie et malgré tout, en cours de route, c'est quand même arrivé.

Je suis tombée amoureuse de lui.

Je suis tombée amoureuse de l'homme que je devrais haïr, un monstre dont je porte peut-être l'enfant.

Il soutient mon regard, et dans ses yeux je retrouve les mêmes attentes fiévreuses que je m'efforce d'étouffer chez moi. Il a besoin de moi, ce dangereux ravisseur, un tel besoin qu'il est prêt à tout pour m'avoir. Et pour une raison quelconque, cette idée ne me terrifie plus autant qu'avant.

Je ne sais pas si c'est de la transmission de pensées, ou si l'abstinence de ces deux dernières semaines et demie a été aussi difficile pour Peter que pour moi, mais le feu qui brûle dans son regard est plus vif, et le bras qui m'enserre la taille plus vigoureux, m'attirant contre son corps…

… Son corps ferme et très excité.

Mon propre corps se tend vers lui, mu par un désir animal, et mes mains se posent sur son large torse. J'ai envie de lui, tout comme j'avais envie de lui pendant toutes ces nuits à la clinique, où je dormais sagement pelotonnée dans ses bras. Il refusait de me toucher, à ce moment-là, à cause de mes blessures, mais je ne souffre plus – en tout cas, pas de l'accident.

Il penche la tête et j'accueille son baiser avide et inflexible. C'est exactement ce que je veux : être possédée par cet homme, connaître la violence de sa passion. Il n'est pas tendre et je ne le lui demande pas. Je le désire comme ça : brutal et presque incontrôlable. Je veux qu'il me consume par son envie, qu'il m'enflamme par sa convoitise débordante.

Sans que je m'en rende compte, mes mains se retrouvent dans

ses cheveux noirs et j'agrippe ses mèches épaisses et soyeuses tout en lui rendant son baiser avec la même sauvagerie. Nos langues se défient tandis que nos corps se pressent l'un contre l'autre derrière la barrière de nos vêtements. À présent, j'ai le souffle court, tout comme lui lorsqu'il me soulève contre le plan de travail avant de retirer mon pantalon de yoga et mon string d'un coup sec. Puis il baisse la fermeture de son pantalon et sa queue épaisse s'enfonce en moi avec vigueur. La brutalité de la sensation m'arrache un cri. Si je n'étais pas déjà aussi humide, il m'aurait déchirée, mais le désir m'a rendue moite et quand il commence à aller et venir en moi, je referme les jambes autour de ses hanches pour mieux le recevoir, pour accepter tout ce qu'il me donne.

Mon corps ne met pas longtemps à se contracter, puis à monter en flèche vers l'apogée du plaisir, à un rythme étourdissant. Ses coups de reins prennent de la vitesse et ce rythme sauvage nous entraîne au bord de la folie.

— Oh, oui ! lâche-t-il en rejetant la tête en arrière quand l'orgasme l'ébranle.

Je hurle à mon tour, frissonnant d'un plaisir insoutenable, lorsque mes muscles internes se resserrent autour de sa queue saisie de spasmes. Son sperme chaud gicle en moi et mon corps accueille le plaisir interminable qui déferle en vagues successives.

Enfin, tout cesse et je prends conscience de la surface dure et lisse du plan de travail en quartz sous mes fesses, et du corps lourd de Peter qui pèse sur moi. Nous haletons tous les deux, et malgré son tee-shirt, je peux sentir la sueur de son dos sous mes doigts.

Nous venons juste de baiser sur le plan de travail de la cuisine, où n'importe qui aurait pu nous surprendre.

Nous nous sommes jetés l'un sur l'autre comme des animaux, comme si ça faisait des années et non des semaines que nous n'avions pas couché ensemble.

Un rire hystérique m'échappe, au moment même où Peter pousse un juron en se retirant. Devant sa mine sombre et orageuse alors qu'il remonte la fermeture de son jean, je repars de plus belle. Prise d'un fou rire spontané, je me laisse glisser du plan de travail sur mes jambes tremblantes, et aperçois mon pantalon et mon string sous le lave-vaisselle.

J'ai le bas du corps intégralement nu.

J'avais les fesses sur le plan de travail, comme une dinde prête à être fourrée.

Mon hilarité atteint des sommets et je me plie en deux, les larmes aux yeux. Peter me regarde comme si j'étais devenue folle, ce qui n'arrange rien. Je suis consciente du spectacle que j'offre, les fesses nues en train de m'esclaffer comme une idiote.

Au bout de quelques minutes, je finis par me calmer et j'envisage enfin de récupérer mes habits, mais Peter m'attrape par les épaules avant que je puisse me mettre à quatre pattes. Devant son visage renfrogné, je pars d'un nouvel éclat de rire.

— Tu... tu vas devoir le désinfecter, dis-je entre deux hoquets incontrôlables. Comme tu... tu cuisines ici...

Le rire m'empêche de parler, mais il a dû saisir l'essentiel, parce que ses yeux trahissent un amusement involontaire et ses lèvres frémissent. Bientôt, lui aussi rit aux éclats. Il y a toujours de la vaisselle sale partout, nous venons de baiser à la vue de tous, et son sperme coule le long de mes cuisses jusque sur le carrelage.

Nous nous calmons enfin et récupérons mon pantalon et mon string sous le lave-vaisselle. À force de rire, j'ai la gorge en feu et mal aux abdominaux, mais je me sens libérée, vidée de toute mon amertume et mon ressentiment. Pourtant, l'expression de Peter est toujours à l'orage lorsqu'il me conduit à l'étage pour une douche. Je demande :

— Qu'y a-t-il ?

Il ne répond pas tout de suite. Quand nous arrivons dans la salle de bain, il ouvre le robinet et entreprend de nous déshabiller. J'attends patiemment. Lorsque nous avançons sous le jet d'eau et qu'il commence à me laver le dos, il murmure enfin :

— Je t'ai fait mal ?

Je cligne des yeux et me retourne pour le regarder. C'est ce qui l'inquiète ? D'avoir été trop brutal ? Mon épaule gauche, déboîtée lors de l'accident, est encore endolorie, mais je suis certaine que notre échange vigoureux ne m'a pas fait le moindre mal.

— Non, bien sûr que non. Je te l'ai dit, tout va très bien.

Il me regarde sans conviction, puis il soupire en me serrant contre lui. Je ferme les yeux pour me protéger de l'eau qui ruissèle et referme les bras autour de son torse aux muscles fermes. Nous demeurons ainsi sans parler, l'un contre l'autre, et je me sens bien malgré l'inconvenance de notre relation.

J'ai l'impression que nous sommes à notre place, comme si c'était écrit.

eter

L<small>E LENDEMAIN MATIN, JE ME RÉVEILLE AVANT</small> S<small>ARA, COMME J'EN AI</small> pris l'habitude dernièrement. Je la regarde dormir pendant quelques minutes avant de me forcer à sortir du lit.

J'ignore si je prends mes rêves pour des réalités, mais hier, c'était différent. J'ai eu l'impression que la trêve que nous avons tenté d'établir à la clinique durait encore. En général, après l'amour, je sens que Sara s'empresse de dresser des barrières en s'auto-flagellant, mais pas hier. Hier, je n'ai perçu aucun conflit intérieur chez elle. Après m'être assuré que je ne lui avais pas fait mal, j'ai cessé de me reprocher ma perte de contrôle – et l'oubli du préservatif, une fois de plus, malgré mes résolutions.

Maintenant, jouir en elle sans protection est devenu un réflexe et cet instinct refuse de se plier à la raison et d'attendre que la question d'Esguerra soit réglée.

Quoi qu'il en soit, je doute que nous ayons pris un risque hier soir. Sara doit approcher de la fin de son cycle, étant donné la date de ses dernières règles. Quand était-ce, déjà ? Il y a trois ou quatre semaines ? Je fronce les sourcils devant le miroir de la salle de bain tout en raclant le reste de mousse à raser, puis je pose le rasoir. Non, ça ne colle pas. Notre absence a duré près de trois semaines, et avant cela, elle n'a pas saigné pendant au moins…

Des coups sur la porte interrompent mes calculs.

— Peter ?

La voix de Sara, enrouée par le sommeil, est étrangement tendue.

— Yan aimerait te parler.

Merde. Je me passe une serviette sur le visage pour effacer tout résidu de mousse à raser avant de sortir précipitamment de la salle de bain. Sara est debout près du lit, enveloppée dans un peignoir épais qu'elle a dû enfiler à la hâte avant de répondre à Yan.

— Il te demande de descendre le plus tôt possible, dit-elle, le front creusé par une ride soucieuse. C'est urgent.

Je hoche la tête en enfilant mon jean. Je m'en doutais, car mes hommes n'ont pas pour habitude de frapper à la porte de notre chambre. Il a dû se passer quelque chose, mais je n'ai aucune idée de ce dont il s'agit. Impossible que les autorités aient retrouvé notre trace, pas plus que l'un de nos ennemis, et je ne vois pas quelle autre urgence pourrait susciter un tel empressement.

— Habille-toi, dis-je à Sara en rejoignant la porte. Il va peut-être falloir partir en vitesse.

Quand elle comprend, elle ouvre de grands yeux apeurés et se précipite vers sa garde-robe tandis que je dévale l'escalier.

Mes trois coéquipiers sont déjà là et se pressent autour de Yan, penché sur son ordinateur portable. Anton est en train d'écrire sur son téléphone.

— Qu'y a-t-il ? je demande sèchement.

Les jumeaux se tournent vers moi, la mine sombre.

— Sara est toujours en haut, n'est-ce pas ? fait Yan en jetant un œil indéchiffrable en direction des marches.

Je hoche la tête tout en franchissant la courte distance qui nous sépare en quelques enjambées.

— Que se passe-t-il ?

— Regarde, dit-il en tournant l'écran vers moi.

D'abord, je ne vois que la cuisine des parents de Sara, vieillotte et chaleureuse, avec ses appareils usagés et les herbes aromatiques sur le rebord de la fenêtre. Le vieux père de Sara, vêtu d'un peignoir, traîne des pieds dans la cuisine avec son déambulateur. Il se verse un café et sort un yaourt du réfrigérateur. Il a presque atteint la table de la cuisine avec son petit déjeuner quand la sonnerie d'un téléphone interrompt ce qui semblait être un matin paisible.

Avec précaution, Charles Chuck Weisman pose sa tasse à café sur le plan de travail et sort un portable de sa poche.

— Lorna ?

Sa voix est forte et assurée en dépit de son grand âge.

— Tu as oublié de vérifier…

Brusquement, il se tait. Malgré le grain de l'image, je peux le voir blêmir. Sous le choc, sa bouche s'ouvre et se referme sans prononcer un mot.

Il tend la main sur le côté dans un geste convulsif, mais rate la barre de son déambulateur. Je retiens mon souffle en le voyant tituber. À mon grand soulagement, il parvient à se rattraper au bord du plan de travail. Avec sa constitution fragile, une chute aurait pu le tuer.

— Où ça ? demande-t-il après une minute d'écoute attentive.

Enfin, il glisse de nouveau le téléphone dans sa poche et reste un moment debout, le menton tremblant, avant de se ressaisir et de se diriger péniblement vers la chambre pour s'habiller.

— Ça fait environ dix heures que la séquence a été enregistrée, dit Yan quand je lève les yeux de l'écran, prêt à le bombarder de questions furieuses. On vient de finir d'écouter l'intégralité de l'appel. Apparemment, la mère de Sara a eu un accident de voiture – un accident grave. Ils n'étaient pas sûrs qu'elle s'en sorte. Nos hackers accèdent aux fichiers de l'hôpital en ce moment même, mais les médecins des urgences sont connus pour leur lenteur à saisir leurs notes dans le système. La bonne nouvelle, c'est que le père de Sara est encore à l'hôpital – ou en tout cas, il n'est pas rentré chez lui.

— Je viens de contacter l'équipe américaine, dit Anton en écartant son téléphone. Ils sont en chemin vers l'hôpital. Nous en saurons plus dans quelque temps. Je leur ai recommandé d'être très prudents, je suis sûr que les fédéraux surveillent les lieux, au cas où Sara reviendrait.

Merde. Je ferme les yeux et me frotte les tempes pour désamorcer un début de migraine. Le pire cauchemar de Sara est devenu réalité : l'un de ses parents est blessé et elle n'est pas avec eux. Elle a toujours craint qu'il s'agisse de son père, à cause de ses problèmes cardiaques, et pourtant c'est sa mère, relativement jeune et en bonne santé (pour ses soixante-dix-huit ans). Sara sera dévastée, et tous les progrès que nous avons faits dans notre relation ces deux dernières semaines seront anéantis.

Elle ne me pardonnera jamais de l'avoir tenue à l'écart du lit de mort de sa mère. Cet événement va créer une faille entre nous, peut-être encore plus difficile à surmonter que la mort de son mari.

J'ouvre les yeux. Une douleur abyssale me tord les entrailles. Mes hommes m'observent avec un mélange de curiosité et de pitié, et je sais qu'ils comprennent. Ces derniers mois, ils ont appris à connaître Sara et ils l'apprécient. Ils ont vu à quel point elle était attachée à ses parents âgés, dont elle demandait des nouvelles tous les jours, regardant religieusement les vidéos que nous lui donnions.

Ils savent qu'elle sera détruite.

Elle s'en voudra autant qu'elle m'en voudra.

— Tenez-moi au courant dès que les Américains vous donnent des nouvelles ! j'ordonne d'une voix rauque avant de monter à l'étage.

Je dois intercepter Sara avant qu'elle descende.

Elle ne doit pas l'apprendre tant qu'on n'en saura pas plus.

ara

J'EXPÉDIE LES PRÉPARATIFS DU MATIN, NE METTANT QUE CINQ minutes à me doucher et à me brosser les dents. Il me faut trois minutes supplémentaires pour m'habiller, puis je me demande quoi faire. Dois-je descendre pour savoir ce qui se passe ? Ou faire ma valise, au cas où il nous faudrait partir en catastrophe ?

Le pragmatisme l'emporte sur la curiosité et, dans le placard, je trouve un sac à dos que je commence à remplir avec les affaires nécessaires : trois ensembles de sous-vêtements propres, à la fois pour Peter et moi, puis des chaussettes, des jeans, des hauts et des pulls, pour tous les deux. Je suis sûre que Peter et ses hommes nous dégoteront de nouveaux habits si nous devons tout abandonner pour évacuer les lieux et rejoindre une planque différente, mais ce sera toujours utile d'avoir de quoi tenir quelques jours pour pouvoir se concentrer sur autre chose. Je n'ai toujours pas oublié le trajet en avion qui m'a amenée ici, quand ma seule option vestimentaire était la couverture dans laquelle Peter m'a enlevée et des habits d'homme extra-larges.

Si je pouvais éviter de nager dans le survêtement de Peter, ça m'arrangerait.

Une fois cette question écartée, je passe aux articles de toilette et glisse nos brosses à dents ainsi que le dentifrice dans un sachet en plastique refermable que je trouve sous le lavabo. Je suis en train de tout boucler, avec le rasoir de Peter et un tube de crème hydratante, lorsque je prends conscience de ma sérénité. Mes paumes sont moites et mon cœur bat la chamade, mais je ne suis pas plus stressée que si j'étais en retard pour prendre l'avion. Sans doute est-ce parce qu'au fond, je m'attendais à ce que cela arrive. Aussi doués que soient Peter et ses hommes pour échapper aux autorités, tôt ou tard, ils finiront par se faire prendre. Si ce n'est pas par le FBI ou par Interpol, alors ce sera par un criminel en quête de vengeance pour l'une ou l'autre de leurs cibles précédentes.

Même les barons de la drogue et les banquiers corrompus ont des proches qui les aiment.

Je retourne dans la chambre à la recherche d'une ceinture pour le jean de Peter quand il entre, la mine grave.

— Que s'est-il passé ?

Je laisse tomber le sac à dos sur le lit pour me ruer vers lui.

— Est-ce qu'on doit… ?

Il prend mon visage entre ses paumes calleuses et plaque ses lèvres sur les miennes. Son baiser vigoureux et avide en est presque violent. Nous n'avons pas fait l'amour après l'épisode de la cuisine – j'ai sombré tôt hier soir, à cause du décalage horaire, et Peter m'a gentiment laissé dormir –, mais je sens le désir contenu que trahit son baiser, ce feu sombre qui nous consume en permanence.

Après m'avoir allongée sur le lit, Peter arrache mes vêtements, puis les siens. Sans plus de préliminaires, il me pénètre de toute son épaisseur et me laboure avec vigueur. J'étouffe un cri, sous le choc, mais il ne s'arrête pas, ne ralentit pas. Ses yeux étincellent sauvagement quand il lève mes bras au-dessus de ma tête, emprisonnant mes poignets dans ses mains. Je me rends compte qu'aujourd'hui, il n'est pas uniquement animé par le désir. Il y a quelque chose en lui de féroce et de désespéré.

La réaction de mon corps ne tarde pas à se manifester, comme de l'huile qui prend feu. Après avoir serré les dents sous ses coups de reins impitoyables, je me sens basculer. L'instant d'après, je crie de plaisir en me désintégrant dans une extase inattendue. Il n'y a aucun soulagement dans l'orgasme, seul l'apaisement d'une tension impossible – et encore, c'est de courte durée. Une deuxième vague lui succède, aussi fulgurante que la première, et je me laisse aller aux spasmes insoutenables. Le plaisir m'ébranle tandis qu'il va et vient en moi sans relâche, m'entraînant vers la jouissance – et bien au-delà.

J'ignore combien de temps Peter me baise ainsi, mais quand il jouit, laissant gicler son sperme brûlant dans mon corps, j'ai la gorge à vif à force de hurler et j'ai perdu le compte du nombre d'orgasmes qu'il a réussi à arracher à mon corps fourbu. Les muscles fermes de son torse luisent de sueur quand il se retire, et je reste allongée là, pantelante, trop éblouie et épuisée pour bouger.

Il sort avant de revenir quelques instants plus tard avec une serviette humide, dont il se sert pour essuyer la substance entre mes jambes.

— Sara…

Sa voix est rauque, chargée d'émotion, lorsqu'il se penche vers moi et écarte une mèche de cheveux sur mon front moite.

— Ptichka, je…

Des coups contre la porte nous font sursauter en même temps.

— Peter.

C'est Yan, la voix aussi tendue que tout à l'heure.

— Il faut que tu entendes ça. Tout de suite.

Pestant tout bas, Peter se lève d'un bond et récupère son jean sur le sol, sur le tas de vêtements. Il l'enfile sans prendre la peine de mettre un caleçon. Le regard qu'il me lance par-dessus son épaule est bestial, presque noir, mais il sort de la chambre sans dire un mot.

Je m'assieds et grimace en sentant la douleur entre mes cuisses. Je me force à me lever et je me rince en vitesse avant de me rhabiller.

Sans savoir ce qui se passe, je commence à avoir un terrible pressentiment.

eter

L'HEURE EST GRAVE. LA PREUVE, C'EST QU'AUCUN SOURIRE SUGGESTIF ne m'accueille quand j'entre dans la cuisine, pieds et torse nus, avec une odeur de sexe qui me colle à la peau comme une eau de toilette primitive.

— Ça s'annonce mal, déclare Yan sans aucun préambule à mon approche. Un chauffard ivre l'a percutée sur le côté à une intersection et la voiture a fait trois tonneaux avant d'atterrir sur le toit. Elle a plus d'une dizaine d'os brisés et une hémorragie interne. Ils viennent de l'emmener au bloc pour une deuxième opération, mais c'est très grave. Étant donné son âge et l'étendue de ses blessures, ils craignent qu'elle ne survive pas.

Chaque mot qu'il prononce est un coup de poignard dans mon ventre.

— Et le père de Sara ? je demande, l'esprit en ébullition. Est-il…

— Jusqu'à présent, il tient le choc, mais sa pression sanguine est dangereusement haute.

Anton a le regard sombre.

— Ils ont essayé de l'envoyer se reposer chez lui, mais il refuse d'y aller. Quelques amis l'ont rejoint pour le soutenir, même s'ils ne peuvent pas faire grand-chose.

— Bien.

Je regarde mes coéquipiers. Dans leurs yeux, je trouve la certitude sans fard de ce qu'il me reste à faire.

Des bruits de pas légers dans l'escalier attirent mon attention et je me tourne pour voir Sara accourir au bas des marches, son visage en forme de cœur blême d'inquiétude.

— Que se passe-t-il ?

En chaussettes, elle s'avance sur le carrelage de la cuisine et s'arrête devant nous. Son regard noisette alterne entre mes coéquipiers et moi.

— Il est arrivé quelque chose ?

— Donnez-nous une minute, dis-je à mes gars.

Immédiatement, ils se séparent. Les jumeaux montent à l'étage tandis qu'Anton se dirige vers le placard de l'entrée.

— Tu veux que je prépare l'hélico ? demande-t-il en russe quand il passe près de moi.

Je hoche la tête sans quitter Sara des yeux. Elle semble de plus en plus soucieuse chaque seconde.

— Que s'est-il passé ? répète-t-elle en me rejoignant.

Je sais que je ne peux plus gagner du temps. Je m'approche et prends sa main délicate entre mes paumes. Aussi doucement que possible, je lui rapporte ce que je viens d'apprendre.

Son visage a perdu toutes ses couleurs quand j'ai fini mon discours et ses doigts sont froids comme de la glace entre les miens. Ses yeux sont encore secs, mais je sais que seule la stupéfaction la retient de s'effondrer. Mon bel oiseau vient de recevoir un coup violent, et si je ne réagis pas tout de suite, elle ne s'en remettra jamais.

Je vais la perdre.

Je le sais.

Je le sens.

C'est la chose la plus difficile que j'aie jamais faite, mais je finis par dire d'une voix atone :

— Je t'ai vue préparer tes affaires tout à l'heure. Tu es prête à partir ?

Elle cligne des yeux sans comprendre.

— Quoi ?

Elle a parlé d'une voix hébétée, mais son regard se concentre brusquement sur moi avec un espoir éperdu.

— Où ça ?

— Chez toi, dis-je.

La douleur accablante s'intensifie au creux de mon ventre, et une sensation de vide se propage jusqu'à mon cœur pour l'aspirer tout entier.

— Je te ramène, mon amour, avant qu'il soit trop tard.

ara

Par le hublot de l'avion, je regarde les nuages en contrebas, mes pensées dispersées et mon cœur serré dans un étau douloureux. C'est peut-être le choc, mais tout s'est déroulé si vite que je n'arrive pas à le digérer. Ce qui s'est passé m'échappe, et un mélange d'émotions m'étouffe de l'intérieur.

Maman a eu un accident de voiture. Elle pourrait mourir.

Peter me ramène chez moi.

J'ai le souffle court. Chaque fois que j'inspire, ça me fait mal, comme si l'air dans la cabine était trop chargé. J'ai l'impression qu'il ne nous a fallu que quelques minutes pour sortir, pour monter dans l'hélicoptère et nous envoler, comme si c'était prévu, comme si nous en avions discuté avant de décréter que le moment était venu.

Le moment pour moi de rentrer.

Le moment pour maman de mourir.

Ma respiration est suspendue. Je peine à inspirer et je dois faire un effort pour remplir mes poumons, pour aspirer l'oxygène. Ma trachée me semble réduite à une tête d'épingle.

Le problème, c'est que nous n'en avons pas parlé. Pas du tout. Peter m'a appris la nouvelle, et rien de plus. Ensuite, nous nous sommes empressés de nous préparer, d'emporter ce dont nous avions besoin avant de monter dans l'hélicoptère. Une fois à l'intérieur, il a pris son téléphone pour régler quelques affaires, beaucoup en russe et un peu en anglais. J'ai perçu des bribes de conversation, mais j'étais trop déphasée pour les comprendre. Pour comprendre quoi que ce soit, en réalité. Comment peut-il me ramener alors qu'ils sont recherchés ? En sachant que, dès l'instant où je me montrerai, je serai peut-être emmenée dans un endroit où il ne me retrouvera jamais ?

Comment peut-il me laisser partir alors qu'il a juré de ne jamais le faire ?

J'ai envie de poser cette question à Peter, ainsi que beaucoup d'autres, mais il n'est pas à côté de moi. Il est sur la banquette, penché sur un ordinateur portable avec les jumeaux. Une salve de mots en russe me parvient, au débit rapide. Ils désignent quelque chose sur l'écran. Je sais qu'ils sont en train de prévoir la logistique de cette opération imprévue, de chercher un moyen de me déposer au nez et à la barbe des autorités.

Je pourrais me lever et exiger des réponses, mais je risquerais de les déstabiliser et de leur faire rater un élément crucial. La différence est ténue entre la vie et la mort, ou du moins entre une capture et la liberté. Je me contente de rester assise en regardant par le hublot, concentrée sur la tâche éreintante que me demande ma respiration.

Inspirer, expirer. Lentement, avec régularité. Dans l'atmosphère lourde de la cabine, je laisse dériver mes yeux sur les nuages cotonneux à l'extérieur. Leur quiétude m'aide à supporter l'idée que loin là-bas, à des milliers de kilomètres, maman passe sous le scalpel d'un chirurgien. Son corps frêle est ouvert, il saigne. J'ai vu des centaines d'interventions, j'ai moi-même réalisé des dizaines de césariennes et je sais ce que c'est. Sur la table d'opération, la chair humaine ressemble à de la viande que le docteur découpe, entaille et recoud. Il cherche à sauver une vie, et pourtant ce n'est pas une personne qu'il opère, mais un corps. Pour lui, il s'agit d'une mission, d'un défi à accomplir.

Mon ventre se noue, mon cœur se comprime et j'essuie ce qui me chatouille la joue. Ma main est humide.

Je ne savais pas que je pleurais, mais maintenant, je tente de me ressaisir et de me concentrer sur autre chose. Je chasse l'image mentale du corps de ma mère sur une table d'opération, le ventre ouvert. Et celle de papa dans la salle d'attente de l'hôpital, épuisé et en manque de sommeil, son cœur déjà fragile submergé et en surchauffe.

Pourquoi Peter fait-il cela ? J'essaie d'y réfléchir. C'est toujours mieux que les images qui se bousculent dans ma tête. Me laisse-t-il partir pour de bon, ou a-t-il l'intention de revenir me chercher ? Si tel est le cas, il doit prendre conscience que ce ne sera pas aussi facile de m'enlever une seconde fois. Il prend un risque énorme en me ramenant. Pourquoi ?

Est-ce possible qu'il se soit lassé de moi ?

Non. Je referme la porte à cette idée aussi pathétique que nocive. Peter a de nombreux défauts, mais l'inconstance n'en fait pas partie. Une fois qu'il a pris une décision, il ne dévie pas de sa trajectoire, qu'il s'agisse de venger sa famille ou de s'immiscer dans ma vie. Hier, il m'a dit qu'il m'aimait, et je l'ai cru. Je le crois encore.

Il ne me ramène pas pour se débarrasser de moi.

Il le fait pour moi. Parce qu'il m'aime.

Il m'aime suffisamment pour prendre le risque de me perdre.

NOUS ATTERRISSONS SUR UNE PISTE PRIVÉE NON LOIN DE CHICAGO au moment où le soleil se couche. J'ignore les relations que Peter a dû faire jouer pour se passer de contrôle aérien, mais l'avion se pose sur le tarmac sans aucune interférence. Une berline neutre nous attend à notre descente de l'avion et Peter m'y escorte, me retenant le coude entre ses doigts puissants.

Son visage est en granite, plus dur et distant que jamais. Nous n'avons pas eu l'occasion de parler durant le vol, et j'ignore ce qu'il pense. Pendant la majeure partie du voyage, il était au téléphone ou discutait de l'organisation avec ses hommes, tandis que j'alternais entre des siestes agitées et des sanglots silencieux. Il y a quelques heures, nous avons appris que maman était sortie du bloc opératoire, malgré des signes vitaux encore fluctuants.

Ce n'est pas bon signe.

Nous nous arrêtons devant la voiture et j'aperçois un homme à la place du conducteur.

Je lève les yeux vers le visage fermé de Peter.

— Est-ce que tu vas…

— Il te déposera à l'hôpital, m'annonce-t-il d'une voix sèche et monocorde. Je ne t'accompagne pas.

C'est bien ce que je pensais, et pourtant ses paroles me lacèrent le cœur.

— Quand… fis-je avant de déglutir pour ravaler la boule qui me noue la gorge. Quand reviendras-tu me chercher ?

Il me dévisage et son masque dénué d'émotions se fendille.

— Dès que je le pourrai, ptichka, dit-il d'une voix vibrante. Putain ! Dès que je le pourrai.

Le nœud dans ma gorge prend de l'ampleur et des larmes me piquent de nouveau les yeux.

— Alors, je vais rester jusqu'à ce que maman guérisse ?

— Oui, et jusqu'à ce que j'en aie fini avec…

Il s'interrompt et prend une profonde inspiration.

— Peu importe. Tu en as déjà gros sur le cœur. Mais sache que je reviendrai te chercher.

Il plonge son regard dans le mien et prend mon visage entre ses grandes paumes.

— Tu m'entends, Sara ? Quoi qu'il arrive, tant qu'il me restera le moindre souffle, je reviendrai te chercher. Tu m'appartiens, ptichka. Tant que nous vivrons.

Je referme les mains autour de ses poignets vigoureux et des larmes brûlantes dévalent mes joues. Je soutiens son regard. Autrefois, ces paroles m'auraient terrorisée, mais à présent elles apaisent la douleur qui me comprime la poitrine. Je pourrai m'y raccrocher quand il partira et que mon nouveau monde – celui qui tourne exclusivement autour de lui – tombera en ruines.

Pendant de nombreux mois, j'ai cherché à rentrer chez moi, mais aujourd'hui je n'éprouve aucune joie, rien qu'un vide insoutenable dans le cœur, là où Peter s'est creusé une place sans pitié.

Il se penche et dépose un baiser sur mes joues baignées de larmes.

— Vas-y, mon amour.

Enfin, il me libère et recule.

— Tu n'as pas de temps à perdre.

Avant que je puisse lui répondre – lui dire ce que je ressens –, il tourne les talons et retourne vers l'avion, me laissant à côté de la voiture.

Me laissant rentrer chez moi, toute seule.

eter

Je devrais me réjouir que nous ayons berné les autorités américaines et que cette petite opération se soit déroulée sans aucun accroc, mais la douleur dans ma poitrine est trop dévastatrice, trop violente. Je sais que ce n'est que temporaire, mais j'ai l'impression que l'on m'a ouvert le corps pour m'arracher le cœur encore palpitant.

Ma ptichka pleurait quand je suis parti. Je m'enflamme peut-être, mais j'ai cru sentir qu'elle était malheureuse de rentrer chez elle – et pas uniquement à cause des circonstances. Elle m'a demandé quand je reviendrais la chercher – *quand*, pas *si* – avec une telle émotion dans ses yeux noisette...

C'est tout ce que j'ai toujours souhaité, et pourtant je n'ai pas d'autre choix que de lui tourner le dos. De lui rendre sa liberté alors que mes instincts égoïstes me hurlent de la retenir, de l'enchaîner à moi pour ne jamais la laisser partir. Par-dessus tout, il y a cette peur irrationnelle pour sa sécurité, cette paranoïa terrible qui me fait redouter qu'il lui arrive des ennuis pendant mon absence. J'ai beau savoir que cette crainte date de son accident, impossible de la faire taire.

Bien sûr, je vais faire surveiller Sara, mais je serai loin et ça me rend malade.

— Tu es sûr de ce que tu fais ? demande Ilya en bouclant sa ceinture sur le siège à côté de moi au moment où notre jet décolle, repliant ses roues dans un crissement. Il n'est pas trop tard. On peut toujours faire demi-tour et...

— Non.

Je ferme les yeux et m'efforce de respirer calmement.

— C'est fait.

J'aurais tout donné pour garder Sara avec moi, mais c'est impossible – pas sans la détruire, elle et toutes nos chances d'avenir commun.

Quoi qu'il en soit, mieux vaut peut-être qu'elle ne soit pas avec moi quand je ferai le nécessaire pour nous assurer cet avenir.

Je retournerai la chercher, mais d'abord, je dois régler cette affaire avec Novak et Esguerra.

ara

Le trajet jusqu'à l'hôpital dure près de deux heures – nous rencontrons des ralentissements en chemin – et j'ai les nerfs en pelote quand le chauffeur me dépose devant l'entrée avant de disparaître. Il n'a répondu à aucune de mes questions, et j'ignore qui c'est ou quelles sont ses relations avec Peter et son équipe. Peut-être est-ce mieux ainsi. Je ne doute pas que le FBI m'interrogera dès mon arrivée.

J'espère juste avoir le temps de voir maman et papa.

Réfrénant mon angoisse, je me précipite dans les couloirs familiers. Je n'ai pas besoin de panneaux pour me diriger vers l'unité des soins intensifs. C'est dans cet hôpital que j'ai fait ma résidence et j'y ai travaillé pendant de nombreuses années. J'y suis chez moi, encore plus que la maison dans laquelle je vivais.

— Lorna Weisman ? je demande en arrivant au bureau d'accueil du service.

Je hurle intérieurement, en attendant que la réceptionniste

entre deux âges, aux cheveux permanentés d'un roux criard, cherche sans se presser le nom dans son système.

Je vois le moment précis où elle découvre les notes spéciales du FBI sans doute associées au dossier. Elle lève vivement la tête, les yeux écarquillés derrière ses lunettes à monture verte, et bredouille :

— Une… une minute, s'il vous plaît.

J'agrippe le bord du comptoir.

— Où est-elle ?

Je me penche en avant et imite le ton le plus menaçant de Peter :

— Dites-le-moi *tout de suite*.

— Elle… elle est en chirurgie.

La femme se recroqueville, autant que sa corpulence le lui permet. Ses doigts cerclés de bagues cherchent maladroitement le téléphone sur la table.

— Ils… ils l'ont emmenée il y a une heure.

— Encore ?

Tout en hochant frénétiquement la tête, elle appuie sur le bouton d'urgence de son téléphone.

— Il y a eu une autre hémorragie interne et…

Je ne reste pas pour connaître les détails. Dans quelques minutes, la sécurité – et peut-être même le FBI – sera là, et je dois d'abord retrouver papa. D'après les informations de Peter, il n'est toujours pas rentré à la maison. Étant donné ce que je viens d'apprendre, il est forcément ici, à attendre de savoir si maman va s'en sortir.

Il y a une grande salle d'attente dans le service des soins intensifs, mais je ne le vois nulle part. Il est possible qu'il soit descendu manger un morceau à la cafétéria, à moins qu'il soit aux toilettes. Dans tous les cas, je n'ai pas le temps de m'attarder et je détale vers la petite salle d'attente adjacente. Certaines familles préfèrent avoir plus d'intimité et il y a une petite chance que papa…

— Sara ?

Je pivote sur la droite. En entendant cette voix familière, mon cœur s'emballe.

C'est mon amie Marsha. Elle porte sa blouse d'infirmière et me regarde comme si je venais de surgir de sous son lit. Derrière elle, je découvre un autre visage ébahi et tout aussi familier : Isaac Levinson, l'un des plus proches amis de mon père. Il est assis avec sa femme, Agnès, dans un coin de la petite salle d'attente où je viens de passer la tête. Et à côté d'eux, il y a...

— Papa !

Je me précipite, manquant de trébucher sur une chaise. Les larmes brouillent ma vision et me nouent la gorge.

— Sara !

Les bras de papa se referment autour de moi. Ils me paraissent bien plus frêles et faibles que dans mes souvenirs et je me rends compte qu'il pleure, lui aussi. Son corps fragile est secoué par les sanglots. Enfin, il s'écarte et me regarde avec un mélange d'incrédulité et de joie timide. Sa bouche frémit quand il me serre les mains.

— Tu es venue. Tu es vraiment ici.

— Je suis ici, papa.

À mon tour, je serre ses mains tremblantes entre les miennes et recule d'un pas, essuyant mes larmes avant de répéter d'une voix plus assurée :

— Je suis ici, maintenant. Dis-moi... Comment va maman ?

Son visage s'affaisse.

— L'hémorragie continue. Ils pensaient l'avoir maîtrisée, mais ils ont dû rater quelque chose, à moins que les points de suture aient sauté après qu'ils l'ont recousue. Sa pression sanguine a encore chuté et ils l'ont de nouveau emmenée...

— Docteur Cobakis.

Mes muscles se figent lorsque je me retourne en direction de cette voix inconnue.

C'est un agent de sécurité, accompagné d'un policier au visage poupin. Ils ont l'air méfiants, mais déterminés, et la main droite du policier est suspendue au-dessus de son arme, comme s'il prévoyait un échange de coups de feu.

— Docteur Cobakis, vous devez nous suivre, déclare l'agent de sécurité.

Son bouc blond me dit vaguement quelque chose. J'ai déjà dû le voir dans ce même hôpital. Peu importe. Son visage moucheté de taches de rousseur exprime une détermination sans faille et je ne peux pas attendre de l'aide ni de la compassion de sa part – ni de celle du jeune policier qui me regarde comme si je portais une ceinture d'explosifs à la place de mon jean et de mon pull.

— Attendez une minute… s'exclame mon père avec indignation.

— Il n'est pas là ! je l'interromps en levant les mains au-dessus de ma tête pour leur montrer que je ne suis pas armée.

Je comprends leur suspicion et j'ai l'intention de faire ce qu'il faut pour la désamorcer.

— Je suis toute seule, je vous le promets.

Remise de sa stupeur, Marsha s'avance et fronce les sourcils. Elle demande à l'agent de sécurité :

— Qu'est-ce que tu fais, Bob ? C'est mon amie Sara. Elle est…

— On sait très bien qui c'est.

La voix du jeune policier chevrote légèrement quand il referme les doigts autour de la crosse de son pistolet. Il se rapproche avec précaution.

— Nous ne cherchons pas les ennuis, mais…

— Oh, pour l'amour du ciel, la mère de cette fille est au bloc opératoire !

Agnès Levinson joue des coudes pour passer devant son mari et mon père. Du haut de son mètre cinquante, elle fusille du regard les représentants des forces de l'ordre. Ses cheveux poivre et sel forment comme un halo autour de son petit visage quand elle se campe devant moi, les mains sur les hanches. Elle prend une pose menaçante et s'écrie :

— Mon mari et mon fils sont tous les deux avocats, et je peux vous assurer que nous porterons plainte pour harcèlement.

Laissez d'abord cette fille parler à son père, puis votre tour viendra.

Elle se tourne vers moi et ses yeux marron se radoucissent.

— Sara, ma chère, est-ce que tu vas bien ?

Je cligne des paupières et baisse lentement les mains devant l'absence de réaction du dénommé Bob et du policier.

— Je... je vais bien. Merci.

L'amitié des Levinson avec mes parents remonte à près de deux décennies. On m'a toujours dit qu'Agnès et Isaac me considéraient comme la fille qu'ils n'ont jamais eue. Jusqu'à présent, j'étais convaincue que c'était une exagération. À mes yeux, ce n'était qu'un couple de personnes âgées proches de mes parents. Mais Agnès vient de prendre ma défense comme si je faisais partie de sa famille et je suis profondément touchée, d'autant plus qu'Isaac s'avance et commence à débiter tout son jargon juridique devant les agents venus pour m'arrêter. Ça laisse le temps à mon père de m'attraper par le bras pour m'attirer à lui.

— Vite, ma chérie, parle-moi.

La voix de mon père est grave et empressée. Son regard me détaille avant de s'attarder avec inquiétude sur la cicatrice à moitié guérie qui me barre le front.

— Que s'est-il passé ? Qu'est-ce qu'il t'a fait ? Comment t'es-tu enfuie ?

Avant que je puisse répondre, il se penche et murmure :

— On doit tout de suite t'emmener voir un avocat. Je sais qu'on te forçait à dire tout ça au téléphone, mais la police refuse de me croire. Je les ai entendus parler et ils comptent invoquer la Loi sur la sécurité intérieure, à cause de ses liens avec le terrorisme. Nous devons te trouver un bon avocat, sinon...

— Sara ! Bon sang, ma belle, mais où étais-tu passée ?

Marsha nous rejoint et me prend le bras comme si j'étais sur le point de m'évanouir dans les airs. Ses boucles à la Marilyn Monroe rebondissent avec animation quand elle me retourne vers elle.

— Que t'est-il arrivé ? Où étais-tu ?

Ses yeux bleus se posent sur ma cicatrice et elle étouffe un cri.

— Qu'est-il arrivé à ton visage ?

Je me sens submergée et je recule d'un pas.

— Marsha, s'il te plaît…

— Sara Cobakis.

Le policier au visage d'enfant a réussi à franchir la barrière des Levinson et il écarte Marsha, la main sur la crosse de son arme.

— Vous devez venir avec moi *tout de suite*.

Une fois de plus, je lève les deux mains.

— Aucun problème. Je vous en prie, je vais coopérer, je vous le promets.

À présent, c'est mon père qui s'avance d'un air agressif.

— Elle n'ira nulle part tant qu'elle n'aura pas d'avocat et…

— Que personne ne bouge !

Bouche bée, nous voyons les membres d'un commando d'élite faire irruption dans la pièce, visières baissées et armes au poing.

ara

— Je vous l'ai déjà dit, je ne sais pas où il est ! Je répète pour la quatrième fois. J'ignore comment il a pu entrer et sortir du pays sans se faire repérer, et je ne connais pas l'homme qui m'a conduite ici depuis l'aéroport. Je ne l'avais jamais vu. Je suis désolée, mais je ne peux vraiment pas vous aider.

L'agent Ryson me regarde fixement. Ses yeux sont froids sur son visage tanné.

— Vous devriez peut-être mieux réfléchir, docteur Cobakis. Les accusations qui pèsent contre vous sont très sérieuses, et à moins de coopérer, vous allez au-devant de graves ennuis.

— Je coopère intégralement.

Mes ongles s'enfoncent dans mes paumes sous la table, mais je garde un ton calme.

— Je vous ai dit tout ce que je savais. On m'a enlevée et on m'a emmenée sur une montagne reculée au Japon, où j'ai passé les cinq derniers mois, à l'exception d'un bref séjour à Chypre. Ensuite, ma tentative d'évasion ratée m'a valu de passer deux semaines dans une clinique en Suisse.

Ryson se penche et son haleine au café atteint mes narines. Il a dû en boire une sacrée quantité pour rester aussi alerte à cette heure tardive.

— Vous nous prenez pour des idiots, docteur Cobakis ? Plus personne n'est dupe de votre petit jeu. C'est l'une des sociétés-écrans de Sokolov qui possède votre maison, et ce, depuis des mois. Nous avons des témoins oculaires de votre rendez-vous dans un Starbucks, ainsi que dans un club du centre-ville, quelques semaines avant votre soi-disant enlèvement – sans parler des enregistrements de tous vos appels téléphoniques à vos parents.

— Je vous ai déjà tout expliqué.

Ma sérénité ne tient plus qu'à un fil.

— Ce que j'ai dit à mes parents au téléphone, c'était pour essayer de les tranquilliser à mon sujet, rien de plus. Quant à ces rencontres, oui, elles ont eu lieu. Après être entré par effraction chez moi – quand il m'a droguée et martyrisée, vous vous en souvenez ? – il a disparu pendant plusieurs mois, puis il est revenu et il a commencé à me harceler. À ce moment-là, je vous ai contactés pour vous dire que je me sentais surveillée. Je vous ai demandé s'il pouvait être de retour et vous m'avez assuré que je ne craignais rien. Mais c'était faux. Il était là, à épier mes moindres faits et gestes, et vous n'en saviez rien. Vous avez échoué à me protéger, tout comme vous aviez échoué à protéger George alors, ne faites pas comme si je n'avais aucune raison de penser qu'il était parfaitement inutile de faire appel à vous.

L'agent pince les lèvres et il se penche en arrière.

— Alors, quoi ? Vous avez décidé de vous charger toute seule de ce psychopathe quand il a débarqué ? Vous croyez vraiment que nous allons vous croire ?

La dérision dans sa voix me fait perdre patience.

— Avec du recul, ce n'était pas une bonne décision, mais sur le moment, je n'ai pas vu d'autre option. Il m'a dit qu'il me retrouverait toujours, où que vous me cachiez. Je ne voulais pas que d'autres personnes soient blessées et je l'ai cru. Comme je ne savais pas quoi faire, je lui ai obéi. J'ai décidé de survivre, au jour le jour, en attendant de trouver une meilleure solution.

— Ah, vraiment ? Et que voulait-il, au juste ?

Je renvoie à Ryson son regard accusateur.

— À votre avis ?

C'est le premier à cligner des paupières et à détourner le regard. Avec un profond soupir, il se frotte le front dans un geste las. Pendant un moment, j'éprouve presque de la pitié pour lui. S'il accepte le fait que je suis innocente, il devra également accepter d'avoir échoué dans sa mission – d'avoir laissé un monstre envahir ma vie et m'enlever juste sous leur nez. Ce serait tellement plus facile si j'étais la méchante dans cette histoire, s'ils parvenaient à prouver que je complote contre eux depuis le début. Sauf que les faits suggèrent le contraire, et ils le savent pertinemment.

Ça fait plus d'une heure que je suis ici, et malgré leurs menaces et leurs gesticulations, ils ne m'ont toujours pas accusée officiellement.

On frappe à la porte et une policière blonde passe la tête par l'entrebâillement.

— Agent Ryson ? On a besoin de vous pendant une seconde.

Il la suit à l'extérieur, me laissant toute seule dans la petite salle d'interrogatoire. Épuisée, je m'effondre sur ma chaise métallique inconfortable. Puis je me rappelle que je suis probablement surveillée et je me redresse en essayant d'éviter mon visage blême aux traits tirés dans le grand miroir sur le mur. Je suis tellement stressée que je suis à deux doigts de craquer, mais je ne veux pas qu'ils le sachent. L'interrogatoire, combiné aux effets incontournables du décalage horaire et au souci que je me fais pour ma mère, commence à me fatiguer. Si je le pouvais, je m'affalerais pour dormir pendant les dix-huit prochaines heures. Malheureusement, je dois rester alerte et l'esprit affûté.

Je dois les convaincre de mon innocence pour pouvoir retourner auprès de mes parents.

Après l'intervention de l'unité d'élite à l'hôpital et mon

arrestation musclée, j'ai décidé que la meilleure carte à jouer était encore de répondre aux questions des agents avec la plus grande honnêteté, n'omettant que des informations invérifiables. Comme Peter ne m'a donné aucune consigne à cet égard, il doit s'attendre à ce que je révèle tout et je suppose qu'il a pris les mesures nécessaires pour limiter la casse – déplacer l'équipe dans une nouvelle planque, par exemple. Quant aux Kent, je suis presque certaine qu'ils sont intouchables avec leur richesse et leurs relations, mais je préfère jouer la sécurité et je ne mentionne pas leurs noms. Les fédéraux n'ont aucune raison de penser que l'on confierait de telles informations à une simple prisonnière.

Cependant, j'ai bien l'intention de leur cacher l'essentiel, à savoir l'état actuel de ma relation avec Peter et le fait qu'il viendra bientôt me chercher.

— Des nouvelles de ma mère ? je demande à l'agent Ryson quand il revient dans la pièce quelques minutes plus tard.

Il hoche la tête en reprenant sa place en face de moi.

— L'opération s'est bien passée, dit-il.

Un gros nœud de tension se délie entre mes omoplates.

— Ils ont trouvé la source de l'hémorragie et l'ont soignée, poursuit-il. Il est encore trop tôt pour se prononcer sur son état, mais c'est plus encourageant.

Malgré ma détermination à rester stoïque, je dois cligner des yeux à plusieurs reprises pour retenir un afflux de larmes.

— Merci, dis-je d'une voix chargée par l'émotion à peine contenue. J'apprécie beaucoup.

Il se trémousse sur son siège, mal à l'aise.

— C'est naturel, dit-il d'un ton bourru. Nous ne sommes pas des monstres ici, vous savez. Ce qui nous amène à ma question suivante, docteur Cobakis.

Il croise les bras sur sa poitrine et pose de nouveau sur moi son regard froid.

— Si ce que vous dites est vrai, si Sokolov vous a harcelée, menacée et enlevée, s'il vous a gardée captive pendant de longs mois, pourquoi vous ramènerait-il maintenant ?

Je chasse mes préoccupations au sujet de ma mère et me concentre sur l'interrogatoire. Plus tôt je répondrai aux questions de Ryson, plus tôt je pourrai la voir.

— Sokolov s'est lassé de moi, dis-je sans sourciller.

Pendant le trajet, j'ai répété mentalement cette fausse excuse.

— Il a essayé de gagner mon affection, en m'autorisant à appeler ma famille et en me traitant convenablement, mais comme je repoussais constamment ses avances, il a fini par en avoir assez. Je le soupçonne d'avoir reporté son obsession sur une autre malheureuse, mais ce n'est qu'une hypothèse.

— C'est ça, dit l'agent sur un ton sarcastique. Il s'est « lassé » de vous juste au moment où vos parents avaient le plus besoin de soutien.

— Non, il avait déjà commencé à se désintéresser quand ceci est arrivé, dis-je en montrant la cicatrice sur mon front. Par la suite, il n'a même pas pu se résoudre à me toucher. Et pourtant, il m'a gardée avec lui jusqu'à ce que l'accident de maman lui fournisse une excuse pour se débarrasser de moi.

Ryson hausse d'un air moqueur ses sourcils en broussaille.

— Il avait besoin d'une excuse ?

— Est-ce que tous les monstres ne se prennent pas pour des anges ? dis-je en le fixant des yeux. Même les pires criminels se considèrent comme des personnes justes, mais incomprises – vous êtes bien placé pour le savoir. Et Sokolov n'est pas différent, je peux vous l'assurer. Il s'est convaincu qu'il tenait à moi, et quand il s'est lassé de son nouveau jouet, il a attendu une excuse pour le jeter. C'est ce que lui a procuré l'accident de ma mère, et me voilà à peine un peu abîmée.

Une fois de plus, j'effleure ma cicatrice, comme si j'étais amère d'être ainsi défigurée.

— Hmm, hmm.

Ryson me regarde sans ajouter un mot et je me rends compte qu'il attend que je parle pour remplir le silence de plus en plus gênant.

Comme je me contente de le dévisager calmement, il se lève et m'adresse un sourire crispé.

— Très bien, docteur Cobakis. Ma collègue m'a informé tout à l'heure que l'avocat engagé par votre famille est déjà là, en train d'aboyer devant notre porte. Comme nous ne vous avons pas encore officiellement accusée, vous êtes libre de partir... pour le moment. Nous vérifierons votre version des faits et s'il s'avère que vous nous avez menti – sur quelque point que ce soit – aucun avocat hors de prix ne pourra vous sauver.

— Je comprends.

Je m'efforce de cacher mon soulagement en le suivant hors de la salle. Comme je l'espérais, mon semblant de coopération a payé. En arrivant, j'ai envisagé de prendre un avocat, mais j'ai décidé qu'il valait mieux agir comme quelqu'un qui n'a rien à cacher, même si je risquais de me compromettre par accident en répondant toute seule aux questions. Cette stratégie se retournera peut-être contre moi, mais pour l'instant, je suis libre de faire ce pour quoi je suis venue : passer du temps avec mes parents.

Un homme de grande taille aux cheveux blond roux vient à notre rencontre dès que nous sortons du couloir des interrogatoires. À ma stupéfaction, je le reconnais.

C'est Joe Levinson, le fils d'Agnès et d'Isaac – et apparemment, mon avocat.

Je garde un visage impassible et lui serre la main en le remerciant d'être venu. Il sourit poliment à Ryson et promet que je ne quitterai pas la ville sans les en informer, puis il me dirige calmement vers l'ascenseur. Ce n'est que lorsque nous sommes sortis du bâtiment et montés dans un taxi que je laisse libre cours à mon étonnement.

— Je croyais que tu faisais du droit des sociétés, dis-je en regardant l'homme qui, à défaut d'être un ami d'enfance, fait partie de mes connaissances proches. Comment...

— Je buvais un verre avec des clients en ville quand mon père m'a appelé, explique Joe en souriant. Naturellement, j'ai accouru dès que j'ai pu. Tu ne t'en souviens peut-être pas, mais juste après l'école de droit, j'ai passé deux ans dans une association pour les droits de l'homme, à défendre le droit des terroristes présumés à avoir un procès équitable, ce genre de choses... C'était très mal payé et, honnêtement, beaucoup de clients me terrifiaient, si bien que je suis passé au droit des sociétés. Mais je n'ai rien perdu de mes compétences et du jargon, alors si tu es accusée d'aider et d'encourager un terroriste présumé, et si tu as besoin d'un avocat à la dernière minute, je suis ton homme.

Peter est un assassin, pas un terroriste, mais je n'objecte pas sur ce point.

— Tu as raison, dis-je en souriant. Je m'en souviens maintenant. Tes parents se faisaient du souci pour toi quand tu travaillais là-bas.

— Oui, répond-il avec un grand sourire.

Il retrouve tout son sérieux et ajoute d'un ton calme :

— Je suis désolé pour ta mère. C'est une femme merveilleuse et j'espère qu'elle s'en tirera.

— Merci, moi aussi.

Ma gorge se serre et je dois cligner des yeux.

Joe a la prévenance de me laisser contempler les rues obscures de l'autre côté de la vitre, le temps de retrouver le contrôle de mes émotions. Il ajoute alors :

— Sara... De toute évidence, je ne suis pas vraiment ton avocat – ton père trouvera quelqu'un de bien plus qualifié pour te défendre –, mais je veux que tu saches que tu peux toujours me parler si tu veux. J'ignore ce qui t'est arrivé, et si tu n'as pas envie de me le dire, ça ne me dérange pas. Mais sache que je suis là pour toi, d'accord ?

Je le regarde et en voyant son regard bleu si franc, je regrette pour la première fois de ne pas avoir fait un choix différent à l'époque de l'université. Au lieu de sauter à pieds joints dans une relation de couple avec George alors que j'avais à peine dix-huit ans, j'aurais dû prendre mon temps et prêter attention au fils des amis de mes parents... le garçon gentil et sans histoire qui a toujours évolué à la périphérie de ma vie. Certes, il ne m'avait jamais excitée, mais l'attirance serait peut-être venue avec le temps – si je lui avais donné une chance.

En grandissant, j'ai beaucoup entendu parler de Joe, de ses succès scolaires et de la fierté qu'il suscitait chez ses parents, mais je n'y avais jamais vraiment songé. Il a sept ans de plus que moi et une telle différence d'âge me semblait insurmontable quand j'étais adolescente. Une fois dans la vingtaine, cela n'avait plus vraiment d'importance; or à ce moment-là, j'étais déjà mariée.

Nous n'avons jamais eu l'occasion d'explorer ce qui aurait pu exister entre nous, et ce n'est pas maintenant que nous allons le faire – pas avec l'assassin russe qui domine ma vie et mon cœur.

— Merci, Joe. J'apprécie beaucoup.

Je garde un ton léger, comme si sa proposition ne signifiait rien, comme s'il ne venait pas de m'annoncer qu'il souhaitait s'impliquer dans l'imbroglio terrifiant qu'est ma vie en ce moment. J'ignore ce qu'ont dit mes parents aux Levinson, mais entre le commentaire sur le « terroriste présumé » et le fait d'être venu me chercher au centre-ville dans le bâtiment du FBI, Joe doit bien savoir à quoi il s'expose.

Il comprend la signification de mon refus et garde le silence. Pendant le reste du trajet jusqu'à l'hôpital, nous ne parlons pas, et c'est très bien ainsi.

Il n'y a aucune place pour Joe dans ma vie, et il ne serait pas raisonnable de lui laisser croire le contraire.

eter

Nous ne retournons pas au Japon – avec Sara aux mains du FBI, c'est trop risqué. Au lieu de ça, nous nous rendons directement à Prague, où nous avons une planque dans un petit village à une vingtaine de kilomètres de la ville. Il a neigé pendant la nuit et c'est un vrai paysage de carte postale, avec les toits et les branches d'arbre couverts d'une couche d'un blanc immaculé.

— On n'aurait pas pu trouver un endroit chaud ? grommelle Anton en sortant de la voiture sur un tas de neige. Sérieusement, cette planque en Inde me donne franchement envie, là maintenant.

Si je n'avais pas laissé partir la femme de ma vie, sa mine dégoûtée m'aurait fait rire. Mais je ne suis pas d'humeur à supporter les bêtises d'Anton et je réponds d'un ton sec :

— Nous devons nous installer en Europe de l'Est.

Inutile de préciser pourquoi, il connaît aussi bien que moi la raison de notre présence ici. Pendant le vol, j'ai déplacé le rendez-vous avec Novak pour l'avancer à la semaine prochaine.

Henderson est toujours hors des radars, et si je ne peux pas passer du temps avec Sara, je ne vois aucune raison de retarder cette réunion.

— Moi, ça me plaît, déclare Ilya en regardant le paysage enneigé.

La maison n'est pas aussi isolée qu'au Japon, mais elle est suffisamment éloignée des voisins pour nous donner au moins l'illusion de bénéficier d'une retraite d'hiver très intime.

— C'est joli.

— Je suis d'accord avec Anton sur ce point. J'en ai assez du froid, déclare Yan en se dirigeant vers la maison. Enfin, on sera bientôt au chaud. Il paraît que le complexe d'Esguerra dans la jungle est agréable et qu'il y fait une chaleur torride.

Il jette un œil vers moi, mais je ne mords pas à l'hameçon.

Pour l'instant, personne n'est obligé de savoir quelles sont réellement mes intentions.

C'est plus sûr pour tout le monde.

Je dois attendre d'avoir déballé mes affaires et de m'être installé dans la nouvelle maison pour m'autoriser à penser à Sara. Je ressens aussitôt le vide insoutenable que son absence laisse dans ma vie. Ça ne fait qu'une journée, mais elle me manque déjà atrocement. Je voudrais tellement l'avoir près de moi que mon cœur se déchire. Les Américains la surveillent et j'obtiendrai des rapports quotidiens, mais ça ne suffit pas. Je la veux ici, à mes côtés. Je veux la tenir dans mes bras, voir son sourire et l'entendre rire. La baiser jusqu'à ce que sa voix soit trop rauque pour crier mon nom, jusqu'à ce que s'apaise l'ardeur torride dans mes veines.

Bientôt, je me promets en sortant pour explorer le secteur et installer des alarmes sur tout le périmètre. Je retrouverai bientôt ma ptichka.

Pour l'instant, elle peut profiter de son ancienne vie.

ara

— MAMAN !

Je me penche sur son lit en souriant à travers mes larmes. Ses yeux sont voilés à cause des antidouleurs, mais ils sont ouverts. Quand je replie délicatement les doigts autour de sa main droite indemne, ses lèvres gercées frémissent.

— S... Sara ?

— C'est moi, maman.

Les larmes coulent librement sur mon visage et je ne cherche même pas à les essuyer. Je suis trop soulagée, folle de joie.

Après avoir passé la nuit entre la vie et la mort, maman s'est réveillée.

— Tiens, bois.

Je porte à ses lèvres une tasse avec une paille et elle parvient à boire une gorgée avant de refermer les yeux.

Je lui serre la main et me tourne vers papa, qui s'est levé derrière moi. Ses joues sont humides lorsqu'il regarde sa femme.

— Ça va aller maintenant, n'est-ce pas ? demande-t-il.

Ses yeux sont cernés de rouge, mais pleins d'espoir lorsqu'il me regarde, et je hoche la tête sans cacher mon exaltation.

— Ses signes vitaux sont stables depuis trois heures. Tant qu'elle n'a pas d'infection, tout va bien.

Les doigts de maman se contractent dans ma main et je la regarde. Elle a rouvert les paupières.

— Sara, es-tu vraiment… ?

Elle cligne des yeux en essayant de me voir à travers le brouillard résiduel de l'anesthésie.

— Ma chérie, c'est vraiment toi ? Je rêve ?

— Je suis vraiment là, maman, dis-je d'une voix cassée. Je suis rentrée.

— Elle est revenue, Lorna.

Mon père passe un bras autour de ma taille. Son sourire est à la voix timide et triomphant.

— Notre petite Sara est rentrée.

— Que…

Elle commence à tousser et je m'empresse de lui donner une autre gorgée d'eau.

— Que s'est-il passé ?

Son regard troublé me quitte pour aller se poser sur les poulies qui maintiennent les plâtres de ses jambes et de son bras gauche, avant de revenir sur moi.

Papa se laisse tomber sur une chaise à son chevet tandis que j'essuie les larmes sur mon visage et réponds d'une voix aussi assurée que possible :

— Tu as été percutée par un chauffard saoul en rentrant du supermarché. Tu as des côtes fêlées, tes jambes sont cassées à plusieurs endroits et ton bras gauche est quasiment broyé. Comme tu avais aussi des lésions internes, il a fallu trois opérations successives pour tout arranger.

J'aurais pu enjoliver les choses, mais maman a horreur d'être maternée en ce qui concerne les questions médicales importantes. Elle veut toujours connaître l'étendue d'un problème avec le maximum de détails. Je n'oublierai jamais avec quel acharnement elle a poursuivi les médecins de mon père lors de sa crise cardiaque il y a quelques années.

Quand papa est sorti de l'hôpital, elle en savait plus sur son état de santé et ses options de traitement que la plupart des cardiologues.

Ses lèvres sèches se remettent à bouger.

— Non, je voulais dire...

Elle peine à trouver les mots.

— Tu es ici. Comment as-tu...?

— C'est Peter qui m'a ramenée, maman, dis-je d'une voix douce en lui serrant la main. Dès que nous avons appris l'accident, il m'a ramenée à la maison.

C'est un jeu dangereux auquel je joue – en persistant devant mes parents dans le mensonge (devenu maintenant réalité) selon lequel je suis amoureuse de Peter, tout en le niant devant le FBI. Mais je ne vois aucun autre moyen de gérer la situation. Peter reviendra me chercher, et je ne veux pas que mes parents le prennent pour un monstre quand il m'emmènera. Aussi risqué que ce soit, ils doivent croire que nous sommes amoureux. Et en même temps, le FBI doit croire que je suis la victime de Peter. Je me demande bien comment je vais me tirer de ce terrain glissant, mais je ferai de mon mieux.

De toute façon, mon père ne me croit pas. Pendant que nous attendions le réveil de maman, il m'a fait subir un interrogatoire qui ferait pâlir le FBI en comparaison. Son objectif était de déceler les points faibles du conte de fées que je leur raconte depuis des mois, et malgré tous mes efforts, il a trouvé quelques incohérences.

Non, je ne savais pas que Peter était un homme recherché quand nous nous sommes rencontrés et avons commencé à sortir ensemble, ai-je expliqué à papa, répétant ce que je lui avais déjà dit : je croyais qu'il travaillait sous contrat pour de nombreuses sociétés aux États-Unis et à l'étranger. Non, je ne savais pas qu'il avait maille à partir avec la loi quand j'ai quitté le pays avec lui, même si je commençais à avoir quelques soupçons. Non, il n'est pas aussi dangereux qu'on le dit, tout cela n'est qu'un malentendu. En réalité, c'est bel et bien un indépendant qui travaille en tant que consultant spécialisé en sécurité. Disons simplement que certains de ses clients ne sont pas vraiment respectueux des lois et c'est ce qui lui vaut ses problèmes avec les autorités. Oui, nous nous sommes rencontrés pour la première fois dans un club de Chicago et nous nous sommes fréquentés en secret pendant plusieurs semaines. Oui, il a acheté ma maison par l'intermédiaire d'une société-écran, comme l'a dit le FBI. Pourquoi ? Parce qu'il pensait que je regretterais de l'avoir vendue sur un coup de tête.

Certaines questions sont plus délicates. Je sais ce qu'a dit le FBI à mes parents à propos des crimes supposés de Peter : presque rien, en raison du statut confidentiel de son affaire. Pourtant, mes parents ne sont pas bêtes et ils ont mené leur petite enquête. Quand mon père parle de « terroriste suspecté » et de « personnes tuées », il reprend ce qu'il a entendu de la bouche des agents. Mais il a aussi fait le lien entre mon enlèvement et une course-poursuite sur l'I-294, au cours de laquelle un hélicoptère de la police a explosé, entraînant un carambolage monstrueux et remettant le sujet de la violence des gangs de Chicago au cœur de l'actualité.

— C'est arrivé le soir où tu as disparu et les nouvelles n'ont parlé que de ça pendant des semaines, m'a dit papa. Le FBI ne l'a pas avoué, mais je sais que c'était lui. C'était forcé. Sinon pourquoi auraient-ils envoyé toute une unité d'élite pour te chercher ? Cet homme est dangereux et les fédéraux le savent. J'ignore s'il est impliqué dans la drogue, le terrorisme ou je ne sais quoi, mais ce n'est pas un enfant de chœur.

J'ai beau essayer de convaincre papa que les délits supposés de Peter relèvent plutôt de la criminalité en col blanc, et que je ne sais rien de cet incident sur l'autoroute (ce qui est vrai, car j'étais sous somnifères lors de mon enlèvement), il refuse de me croire.

— Parle-moi de Marsha et des Levinson, ai-je dit pour tenter désespérément de changer de sujet. Pourquoi étaient-ils avec vous ?

Heureusement, ça a fonctionné et pendant plusieurs heures,

nous avons discuté de la vie de mes parents pendant mon absence et de l'aide que les Levinson ont apportée à mes parents sous divers aspects pour les aider à traverser cette crise. Marsha aussi – apparemment, elle a pris l'habitude d'appeler mes parents chaque semaine pour prendre de leurs nouvelles et des miennes.

— Dès qu'elle a appris que Lorna était aux urgences, elle est intervenue. Elle lui a envoyé les meilleurs médecins et nous a aidés à remplir les formalités administratives, a dit papa, les yeux brillants de larmes. Sans elle, je ne sais pas si ta mère aurait...

Sa voix s'est brisée et il a pris une grande inspiration. Je l'ai serré dans mes bras, assaillie par la culpabilité et la honte, mon dégoût de moi-même se mêlant à une colère ravivée envers Peter.

Certes, mon tourmenteur m'a ramenée, mais d'abord, il m'a enlevée. Pendant des mois, il m'a tenue à l'écart de ma famille. Je ne peux pas l'oublier. C'est *moi* qui aurais dû être présente pour mes parents, pas Marsha et leurs amis. C'est *moi* qui aurais dû m'assurer que maman reçoive les meilleurs soins. Au lieu de ça, j'étais au Japon, et je tombais amoureuse du meurtrier de mon mari... je le laissais s'imposer dans mon cœur et mon esprit tandis que je mentais à mes parents, encore et encore.

J'ai envie de haïr Peter – pour tout, absolument tout –, mais en réalité, c'est moi que je déteste. Je déteste sentir qu'il me manque déjà. Retrouver mon chez-moi n'a pas réussi à atténuer ma nostalgie tenace. J'ai un tel besoin de lui que la douleur est presque physique. Ma peau me fait mal quand je me remémore ses caresses.

Bientôt, me dis-je en me penchant pour embrasser maman, qui vient de refermer les yeux. Je connais Peter – il ne restera pas longtemps loin de moi. Je devrais profiter de ces moments en famille au lieu de me languir de l'homme qui m'arrachera à eux.

Je suis une horrible fille, mais ils ne sont pas obligés de le savoir tout de suite.

Ils le découvriront bien assez tôt.

ara

Vers midi, je parviens à convaincre papa de rentrer chez lui pour se reposer, et je reste à l'hôpital avec maman, alternant entre une veille silencieuse et des siestes sur un lit de camp que les infirmières ont apporté dans sa chambre. Chaque fois que je sors prendre un café ou quelque chose à manger, plusieurs hommes à l'allure suspicieuse me suivent. Des agents du FBI, vraisemblablement, à moins que ce ne soient des policiers en civil – j'ignore comment fonctionnent leurs juridictions. De toute évidence, je ne suis pas blanchie, mais pour l'heure ils me laissent mener ma vie et je leur en suis reconnaissante.

Je n'ai pas envie de passer en prison le peu de temps dont je dispose.

Marsha passe dans la chambre à la fin de son service. Après m'être assurée que maman dort à poings fermés, je me laisse convaincre d'aller au Patty's pour bavarder un peu.

— Alors, dit-elle une fois que nous sommes installées à une table d'angle. Tu es rentrée.

— Je suis rentrée… je confirme avant de faire signe au serveur.

Je manque atrocement de sommeil et je meurs d'envie d'un repas gras et mauvais pour la santé. Dans l'ensemble, j'ai l'impression de me désagréger. J'ai mal partout à cause de la fatigue et mes reins me font souffrir le martyre depuis ma nuit passée sur le lit de fortune de l'hôpital.

— Un hamburger avec frites, supplément fromage et cornichons, dis-je au serveur quand il s'approche. Et faites vite, s'il vous plaît. Je meurs de faim.

Marsha hausse les sourcils, mais ne fait aucun commentaire sur l'orgie de graisse que j'envisage. Au lieu de ça, elle commande une salade grecque ainsi que deux bières, une pour chacune.

— Pour fêter le retour de la fille prodigue, dit-elle.

J'essaie de lui sourire, mais une fois de plus, la culpabilité m'assaille.

— Merci d'avoir pris soin de mes parents pendant mon absence, dis-je quand le serveur s'est éloigné. Papa m'a dit que tu avais fait beaucoup de choses pour maman et je te remercie mille fois. Si je peux faire quoi que ce soit pour toi…

Elle repousse mes remerciements d'un geste de sa main parfaitement manucurée.

— Oh, je t'en prie. C'était bien naturel. J'aime ta famille et je suis vraiment désolée pour ce qui est arrivé à ta mère. J'espère qu'elle guérira vite.

— Moi aussi, dis-je avant de tenter un autre sourire. Alors, dis-moi… Comment vas-tu ? Et Andy et Tonya ? Est-ce qu'Andy est toujours avec…

— Oh, non, pitié.

Marsha croise ses avant-bras sur la table et se penche en avant, me transperçant de son regard.

— Nous ne parlerons de rien de tout ça tant que tu ne m'auras pas expliqué où tu étais passée, qui est cet homme avec qui tu t'es enfuie et pourquoi je n'ai jamais entendu parler de lui avant que tu disparaisses de la surface de la Terre à son bras.

— Je n'ai pas disparu. J'ai appelé mes parents régulièrement et…

Elle m'interrompt par un geste évasif.

— C'est de la rhétorique, tout ça. Tu es *partie*. Sans en parler à personne, sans prévenir ton boulot, en abandonnant toutes tes patientes – y compris cette fille qui attendait une césarienne le lendemain, je te rappelle. Oh, et le FBI ne nous a pas lâchés pendant des semaines. Si ce n'est pas une disparition, je ne sais pas…

— D'accord, d'accord, très bien. Tu as gagné.

Je prends ma bière quand le serveur revient à notre table, mais je me contente d'y tremper les lèvres. Non seulement je suis encore en plein décalage horaire et en manque de sommeil, mais il se pourrait bien que je sois enceinte.

Je repose le verre et contemple le liquide ambré à l'intérieur, chassant de mes pensées l'éventualité d'une grossesse pour pouvoir me concentrer. Je ne sais pas quelle version donner à Marsha : celle que je réserve au FBI, dans laquelle je suis une victime absolue de Peter, ou celle que je raconte à mes parents, selon laquelle je suis amoureuse d'un homme certes mêlé à des affaires louches, mais injustement persécuté par les autorités.

— Tu essaies de gagner du temps, dit Marsha.

Je soupire et lève les yeux de mon verre.

— Tu as raison, j'ai disparu.

Je commence lentement, car je n'ai pas encore déterminé quelle histoire serait la plus appropriée pour Marsha.

— Tu as parlé avec mes parents, n'est-ce pas ? Ils ont dû te dire ce qui s'est passé.

— Ce qu'ils savaient, c'est-à-dire, pas grand-chose, répond-elle en prenant sa bière. De toute façon, avec les agents du FBI qui nous reniflaient en permanence comme des chiens détecteurs d'explosifs, ça n'avait pas vraiment de sens.

— Hmm, hmm.

Instinctivement, je tourne la tête en direction des deux

hommes qui me suivent partout dans l'hôpital. Ils sont attablés de l'autre côté du bar. Trois tables plus loin, je découvre deux autres de mes persécuteurs, et je suis presque certaine d'avoir déjà vu ce type assis au bar.

Eh bien, voilà qui est réglé. Les « chiens détecteurs d'explosifs » sont de sortie et il ne fait aucun doute que Marsha sera interrogée peu de temps après notre conversation.

En réalité, je n'ai même aucune garantie qu'elle ne travaille pas pour eux en ce moment.

Dès que cette pensée me vient, j'ai l'impression d'être une très mauvaise amie, mais ce n'est pas pour autant que mes soupçons disparaissent. C'est bien trop évident. Nous nous connaissons depuis plusieurs années – j'ai rencontré Marsha au début de ma résidence dans ce même hôpital –, mais nous n'avons jamais été que de bonnes collègues de travail. D'abord, Marsha a toujours été célibataire et fêtarde, alors que j'étais mariée et travaillais quatre-vingts heures par semaine. Je ne l'accompagnais pas à ses soirées entre filles, et elle trouvait ennuyeuses les activités tranquilles comme les dîners en famille, si bien que notre amitié tournait autour de l'hôpital et que nos conversations dépassaient rarement le stade du superficiel. Elle s'est montrée prévenante et solidaire après l'accident de George, me prêtant toujours une oreille attentive lors des pauses café, mais elle n'était jamais allée jusqu'à s'impliquer dans les aspects plus troubles de ma vie.

Marsha est une bonne amie, une collègue sympathique, mais pas du genre à prendre l'habitude d'appeler mes parents toutes les semaines – pas sans y être incitée, du moins.

Une incitation qui pourrait aisément venir du FBI.

Bien sûr, il est également possible que je sois trop fatiguée pour bien réfléchir – à moins que fréquenter Peter m'ait rendue trop parano. Pourtant, je pars du principe que mes soupçons sont peut-être fondés – ou du moins, et c'est bien plus raisonnable que je ne peux pas exiger de Marsha qu'elle mente au FBI – et je décide de soutenir la version de victime.

Malheureusement, cela me demande de reprendre du début et

de tout lui expliquer au sujet de George. Comme je suis presque certaine que le FBI ne souhaite pas que je révèle des informations classifiées, je dois me montrer créative.

J'ai mal à la tête rien qu'en pensant à toutes les semi-vérités et les mensonges que je vais devoir avancer.

Dès que je commence mon histoire, Marsha ouvre des yeux encore plus ronds que le hamburger que je dévore.

— George était sur la liste de cet assassin russe ? Pourquoi ? Qu'est-ce qu'il…

— Je n'ai jamais connu tous les détails, mais c'était lié à une histoire de mafia sur laquelle travaillait George.

Je décide d'utiliser le mensonge du FBI pour justifier les actes de Peter.

— Quoi qu'il en soit, il est entré dans ma maison par effraction, m'a torturée et m'a droguée pour savoir où était George – puis il l'a tué.

Je laisse Marsha digérer ce que je viens de lui apprendre tout en fourrant deux frites dans ma bouche. Je meurs de faim. Quand je vois qu'elle s'apprête à me poser d'autres questions, je dis :

— Eh oui, voilà comment nous nous sommes rencontrés. Tu comprends pourquoi je ne pouvais pas le raconter à mes parents, n'est-ce pas ?

Elle hoche la tête, le visage blême sous son fond de teint, délaissant complètement sa salade. Je reprends :

— Il m'a fallu un moment pour m'en remettre, et puis tu m'as invitée à sortir avec Andy et Tonya. Nous sommes allés dans ce club en ville, tu te souviens ? Celui avec le barman charmant qui a posé des questions sur moi ?

Une fois de plus, Marsha hoche la tête, toujours muette.

— C'est là qu'il m'a approchée de nouveau, lui dis-je. Là-bas, au club. C'est pour ça qu'Andy a trouvé mon comportement bizarre quand je suis partie : je venais d'être abordée par le meurtrier de mon mari qui m'ordonnait de le retrouver le lendemain au Starbucks. Tout a empiré à partir de ce moment-là. Il a fait installer des caméras dans toute ma maison, m'a suivie partout où j'allais, et quand j'ai essayé de trouver refuge dans un hôtel, il a débarqué dans ma chambre et... bref, peu importe.

Je laisse Marsha tirer ses propres conclusions qui, d'après sa mine horrifiée, sont encore pires que la réalité.

Je m'en veux. Instinctivement, j'ai envie de protéger mon amie du désordre dangereux qui règne dans ma vie, tout comme j'ai protégé mes parents, mais c'est ce que j'ai raconté au FBI et je dois m'y tenir. Et puis, tout est vrai, d'un point de vue factuel du moins. Le seul élément que je passe sous silence, c'est mon propre trouble à ce sujet – l'attirance contre mon gré envers l'homme que j'aurais dû haïr et mépriser.

Une attirance qui est devenue bien plus que cela.

— Oh, mon Dieu, Sara...

On dirait que Marsha va vomir le peu de salade qu'elle a avalée.

— Je suis tellement, tellement désolée, ma belle. Je l'ignorais. Et ce... ce *monstre* – il t'a enlevée ?

— Oui, après quelques semaines, quand le FBI s'est rendu compte qu'il était dans la région. Avant, il me laissait vivre ma vie, et il se contentait... d'en faire partie.

Je fais signe au serveur pour qu'il m'apporte de l'eau, étant donné que je ne peux pas boire de bière. J'ai soif et, curieusement, j'ai la tête qui tourne comme si je venais de consommer de l'alcool.

Dans l'ensemble, je ne me sens pas bien. La douleur dans mes reins s'intensifie au point de devenir insupportable et le repas trop riche m'a barbouillé l'estomac. Et puis, j'ai trop chaud et j'ai envie de pleurer – ce doit être le stress qui me rattrape.

— Je ne comprends pas, dit Marsha tandis que je prends une profonde inspiration en essayant de m'éclaircir les idées. Pourquoi a-t-il fait ça ? Pourquoi toi ? C'est son truc, de kidnapper les femmes ? Est-ce qu'il a tout un harem de victimes à... et d'abord, où t'a-t-il emmenée ?

— Au Japon, et la réponse est non. À ce que je sache, je suis la seule qu'il ait enlevée. Quant à savoir pourquoi, eh bien, va comprendre comment fonctionnent certains hommes.

Je parviens à ébaucher un sourire.

— Je crois qu'il a développé une obsession envers moi. En tout cas, il a fini par se lasser, c'est pour ça que je suis ici.

Marsha regarde la cicatrice sur mon front.

— C'est lui qui t'a fait ça ?

Elle effleure son propre front et ajoute d'une voix blanche :

— Il t'a fait du mal ?

— Non, cette cicatrice me vient d'un accident de voiture, alors que j'essayais de m'échapper. En règle générale, il ne me faisait aucun mal. À part l'enlèvement et le meurtre de George, il me traitait plutôt bien.

— Tant mieux. C'est... c'est sans doute une bonne chose.

La voix de Marsha chevrote quand elle prend sa bière. Je remarque que sa main tremble et la culpabilité me noue le ventre. J'aimerais pouvoir tout lui dire, lui faire comprendre à quel point Peter est complexe, comme il peut être à la fois cruel et tendre. Je voudrais lui expliquer qu'être avec lui est aussi merveilleux que terrifiant, comme si j'étais sur des montagnes russes sans freins.

J'aimerais pouvoir lui raconter toute la vérité, aussi nébuleuse qu'elle soit, mais comme j'en suis incapable, je me contente d'afficher un grand sourire avant de m'excuser pour m'éclipser aux toilettes. Mon ventre est tellement retourné qu'il commence à me donner des crampes et je transpire en dépit de l'air froid qui s'engouffre par la porte ouverte du bar.

Alors que j'entre dans les petites toilettes miteuses, la sensation de crampe s'intensifie et un doute s'impose subitement à moi, me coupant le souffle.

Est-ce possible ? C'est enfin arrivé ?

Évidemment, quand je vérifie, je découvre une tache de sang dans ma culotte. Mes règles – en retard de plus d'une semaine – ont enfin débuté. C'est pour ça que je suis endolorie : c'est le premier jour et tous les symptômes sont là, depuis le mal de dos et les bouffées de chaleur jusqu'aux sautes d'humeur et aux crampes.

C'est officiel.

Je ne suis pas enceinte.

Peter et moi, nous n'allons pas avoir de bébé.

J'aurais dû éprouver du soulagement, mais alors que je regarde fixement cette tache d'un rouge brunâtre, j'ai l'impression qu'elle grandit jusqu'à colorer tout mon monde de cette même teinte sanguine. En tremblant, je plaque le poing contre ma bouche, mais je ne parviens pas à réprimer le sanglot qui monte dans ma gorge, pas plus que le suivant. Aussi insensé que ce soit, j'ai l'impression d'avoir perdu quelque chose, comme si par une quelconque perversité, je m'étais non seulement réconciliée avec la possibilité d'un enfant, mais je l'attendais avec impatience.

Ce bébé – celui que j'étais pourtant certaine de ne pas désirer – n'a jamais existé en dehors de mes craintes, et pourtant je ressens sa perte aussi cruellement que s'il s'agissait d'une fausse couche.

— Tout va bien ? demande Marsha quand j'émerge des toilettes vingt minutes plus tard.

Je hoche la tête sans chercher à cacher mes yeux gonflés et mon visage bouffi.

Je bois ma bière tiède. Je sais ce qu'elle pense : que le récit de mon enlèvement a été éprouvant d'un point de vue émotionnel, remuant le traumatisme que j'ai traversé. Je la laisse croire ce qu'elle veut. C'est toujours mieux que la réalité.

Je ne veux pas qu'elle sache que malgré ce qu'a fait Peter – malgré les crimes odieux qu'il a commis, contre moi et contre les autres – je suis tout aussi obsédée par lui qu'il l'est par moi.

Aussi malsain que ce soit, je lui appartiens désormais, corps, âme et cœur.

eter

LA SEMAINE PRÉCÉDANT LA RENCONTRE AVEC NOVAK EST L'UNE DES plus longues de ma vie. Nous faisons le plein de matériel, nous nous procurons des armes et mettons en place un entraînement quotidien, nous poussant jusqu'à l'épuisement total, et pourtant ça ne fait pas défiler les heures plus vite. Chaque jour me fait l'effet d'un mois, chaque nuit me demande une lutte interminable pour réussir à dormir sans Sara à mes côtés. Sans les comptes-rendus quotidiens des hommes que j'ai engagés pour la surveiller, je serais déjà à bord de l'avion pour retourner la chercher aux États-Unis, au mépris de ses parents et de mes propres projets.

Malheureusement, les rapports ne sont pas très approfondis. Le FBI est sur le dos de Sara et la suit partout, et mes hommes doivent garder leurs distances et veiller à ne pas attirer l'attention. Au-delà du danger que cela représenterait pour eux, ce ne serait pas bon pour Sara si le FBI savait que je m'intéresse toujours à elle. Grâce à l'accès de nos hackers aux dossiers de Ryson, je sais ce que Sara leur a dit, et je n'ai pas envie de saper un quelconque aspect de son histoire. Il faut que les agents croient que je me suis lassé d'elle et que je suis parti pour de bon, sinon ils la cacheront et l'accuseront de complicité. S'ils ne l'ont pas encore fait, c'est uniquement parce que sa famille a le bras long. Entre les contacts qu'avait son défunt mari dans les médias et les relations à Washington des amis avocats de ses parents, cette affaire a tout le potentiel pour faire les gros titres des journaux – ce qu'un grand nombre d'individus haut placés, dont Henderson, cherchent désespérément à éviter.

Pour l'heure, Sara est à l'abri, mais elle ne le restera pas si on la surprend en train de mentir.

Quoi qu'il en soit, pendant son absence, le FBI a découvert toutes les caméras et les dispositifs d'écoute que j'avais placés chez elle. Depuis qu'elle est réapparue comme par hasard après l'accident de sa mère, ils ont eu la brillante idée de procéder à une fouille minutieuse de la maison de ses parents. Désormais, il ne me reste plus que les notes du FBI que m'envoient nos hackers et un point sur ses déplacements par les hommes que j'ai postés en filature. Ça ne me suffit pas et ce manque d'informations me ronge. J'ai besoin de savoir ce qu'elle fait, comment elle se sent, ce qu'elle pense.

Si j'étais obsédé par cette femme auparavant, maintenant que nous avons vécu de nombreux mois ensemble, j'ai dépassé le stade de la simple addiction physique.

— Mais retourne la chercher, bordel ! grogne Anton en essuyant le sang sur sa lèvre, après le coup que je lui ai asséné, trop violent pour une session d'entraînement. Ou prends un calmant. Sérieux, tu ne peux pas passer quelques jours sans t'envoyer en l'air, merde ?

J'écrase mon poing contre son plexus solaire et, tandis qu'il se plie en deux et hoquette pour chercher sa respiration comme un poisson hors de l'eau, je saisis un sac lesté de poids et pars faire mon jogging pour éviter de le tuer sur place. Je sais que mon ami a raison – je bous intérieurement et je m'en prends aux gars –, mais ça ne calme pas ma colère et ma frustration. Je n'ai pas fait une nuit complète depuis... eh bien, depuis l'accident de Sara, à bien y penser. Les cauchemars sur la mort de ma famille – ceux qui avaient pratiquement disparu grâce à elle – sont de retour, si ce n'est qu'ils s'accompagnent maintenant d'un rêve encore plus terrifiant, un rêve où je la perds.

Telle est la réalité de mes nuits. Chaque fois que je me réveille, en nage, je m'empare du dernier rapport à son sujet pour le lire et le relire afin de me rassurer, de me persuader que ce n'était qu'un cauchemar et que ma ptichka est en vie et se porte bien en mon absence.

Étant donné ce que je m'apprête à faire, elle est bien plus en sécurité chez elle qu'à mes côtés.

C'est cette dernière pensée qui me permet de continuer, de résister à l'impulsion de faire exactement ce que me conseille Anton et de l'enlever de nouveau au nez et à la barbe des fédéraux. J'en suis capable – leurs agents ne font pas le poids contre mon équipe –, mais sa mère est loin d'être guérie et Sara me détesterait si je l'arrachais si tôt à sa famille. Et puis, j'ai un tout autre objectif en tête, et pour l'atteindre, je dois suivre cette voie, aussi difficile qu'elle soit.

Je dois me convaincre qu'au bout du compte, tout cela en vaut la peine.

16

_S_ ara

UNE SEMAINE SANS PETER.

Ça me semble irréel, comme un rêve dont j'attends de me réveiller. À moins que ce soit le manque de sommeil qui donne à mes journées cette étrange évanescence. J'ai comme l'impression d'être entrée dans une machine à remonter le temps. Une fois de plus, je me trouve dans un hôpital, à attendre qu'un être cher se remette d'un grave accident de voiture. Sauf qu'à l'époque, le patient c'était George, et qu'il n'est jamais sorti du coma.

Le pronostic de ma mère est bien meilleur. Les médecins ont fait un excellent travail et ses blessures ne se sont pas infectées. Elle est encore immobilisée par les plâtres et elle ne retrouvera peut-être jamais l'usage complet de son bras gauche – trop de nerfs et de tendons ont été abîmés –, mais une fois que ses jambes cassées seront guéries, avec une bonne rééducation, elle devrait pouvoir marcher de nouveau.

Papa est aux anges : ma mère va mieux et je suis de retour. Chaque fois qu'il entre dans sa chambre et me trouve assise à son chevet, sa bouche tremble comme s'il s'apprêtait à pleurer, mais au contraire, il sourit de bonheur.

— J'ai toujours peur que tu disparaisses, m'avoue-t-il quand nous nous asseyons pour dîner dans la cafétéria de l'hôpital. Si je me détourne pendant une seconde, tu pourrais t'évanouir dans les airs, *pouf*, comme ça.

D'un geste du poignet, il imite un magicien.

— Disparue, en un instant !

— Oh, papa…

Je fais la grimace et baisse les yeux sur mes pâtes, que je repousse de la pointe de ma fourchette en plastique. La culpabilité me ronge vivante, parce que c'est exactement ce qui va se produire dans un avenir proche – dès que Peter estimera que ma mère va mieux. Au prix d'un gros effort, je parviens à lever les yeux et à lui sourire.

— S'il te plaît, ne t'inquiète pas. Tout va bien, d'accord ? Je suis là, et tout se passe bien.

Je sais que ma réponse est évasive – c'est un reproche que papa m'a fait toute la semaine –, mais c'est difficile d'être convaincante tout en jonglant avec tous ces mensonges, ces demi-vérités et ces différentes versions que je donne à chacun. Pour mes parents et leurs amis, Peter est mon amant et il m'a ramenée à la maison malgré le « malentendu » qui l'oppose au FBI, car il m'aime et souhaite que je sois présente pour ma mère. Cela implique qu'un jour, quand les ennuis juridiques de Peter seront résolus, nous pourrons vivre heureux ensemble.

Par contraste, l'image que je dépeins au FBI et à tous les autres, c'est celle d'un monstre qui m'a enlevée sur un coup de tête et a fini par me libérer une fois qu'il s'est lassé de moi. Si je parviens à maintenir ces deux versions, c'est uniquement parce que les fédéraux ne souhaitent pas que mes parents – ni personne d'autre, d'ailleurs – connaissent le rôle de George dans cette affaire. Sans parler des événements qui ont lancé Peter sur le chemin de la vengeance. Après ma discussion avec Marsha au bar, ce jour-là, Ryson m'a ramenée dans leur bureau du centre-ville et m'a ordonné sans la moindre subtilité de tenir ma langue, confirmant ainsi mes soupçons sur l'implication de Marsha avec le FBI.

Comme le bar était trop bruyant afin que les agents entendent notre conversation, s'ils savent exactement ce que je lui ai dit, c'est forcément parce qu'elle leur en a parlé – ou peut-être parce qu'elle avait un micro.

Naturellement, j'ai joué la contrition et je lui ai promis d'être plus discrète. En échange, j'ai obtenu la promesse qu'en présence de mes parents, les fédéraux ne diraient rien qui risque de discréditer la version moins inquiétante que j'ai créée spécialement pour eux.

— Comme vous le savez, mon père est fragile du cœur et je ne veux pas qu'il apprenne que l'on m'a forcée à lui mentir pendant des mois, ai-je dit à Ryson, qui a acquiescé avec joie.

Sans doute Marsha aussi a-t-elle fait vœu de silence, car lorsque je croise Andy à l'hôpital, elle n'en sait pas plus que les bruits de couloir.

— Que s'est-il passé ? demande-t-elle en me dévisageant avec une curiosité et une perplexité mal contenues. Tu as disparu du jour au lendemain. Le FBI était partout ici, à interroger tout le monde. On raconte que tu es sortie avec un criminel ?

— C'est une longue histoire, dis-je en lui adressant un sourire gêné. On pourrait se revoir un de ces jours, histoire de rattraper le temps perdu. Pour l'instant, je dois y aller, ma mère m'attend...

— Oh, bien sûr.

Elle a du mal à cacher sa déception.

— Marsha m'a raconté ce qui est arrivé à ta mère. Je suis vraiment désolée. Je lui souhaite une bonne convalescence.

— Oui, merci. On se voit bientôt.

Je la salue d'un geste de la main avant de passer mon chemin dans le couloir.

Je ne me sens plus du tout à ma place ici, dans cet hôpital qui était autrefois ma deuxième maison. Je suis si perdue et seule sans Peter.

Bientôt, me dis-je. *Il reviendra bientôt me chercher. Il suffit d'attendre.*

Repoussant la culpabilité qui accompagne cette pensée, j'affiche un grand sourire et entre dans la chambre de maman.

eter

N**ous retrouvons** D**anilo** N**ovak dans un café de** B**elgrade,**
un établissement moderne et raffiné entièrement sous contrôle du
trafiquant d'armes serbe. À l'exception des deux jeunes barmaids
derrière le comptoir blanc luisant, tout le monde dans ce café est
armé jusqu'aux dents – et pour autant que je sache, les jolies
adolescentes qui tiennent le bar le sont peut-être elles aussi.

Anton se tient prêt en renfort – une simple précaution au cas
où ça tournerait mal –, mais les jumeaux sont avec moi.

Après être entrés, nous prenons le temps d'évaluer la situation.

Novak est assis à une petite table ronde au milieu du café. C'est
un emplacement choisi pour nous mettre mal à l'aise – nous
serons cernés de tous côtés –, mais j'adresse un sourire détendu au
trafiquant d'armes tandis que nous le rejoignons.

— Bel endroit, dis-je en russe, partant du principe qu'il parle
ma langue maternelle plus couramment que l'anglais. C'est à vous ?

Les lèvres fines de Novak esquissent un sourire.

— Oui. Ravi que ça te plaise.

Malgré un accent prononcé, il parle russe avec aisance. Bien sûr, je pourrais lui parler en serbe – je maîtrise la plupart des langues d'Europe de l'Est, ainsi que l'arabe et quelques autres –, mais je préfère ne pas révéler que je comprends sa langue maternelle.

Avec des hommes comme Novak, le moindre avantage compte.

Il se carre dans son siège et me dévisage avec désinvolture. Âgé d'une quarantaine d'années, le crâne dégarni et d'épaisses lunettes sur le nez, cet homme grand et mince ressemble à un comptable ou un professeur de mathématiques. Seuls ses yeux trahissent sa vraie nature – clairs et dénués d'expression, on dirait ceux d'un lézard… ou d'un tueur de sang-froid.

Curieusement, nos hackers n'ont pas trouvé grand-chose sur cet homme. Il est apparu dix ans plus tôt, surgissant de nulle part, et depuis il s'est bâti un empire dans le commerce illégal des armes en Europe de l'Est, éliminant ses rivaux avec une rapidité et une cruauté que je n'ai connues qu'une seule fois avant lui – chez Julian Esguerra, l'homme que Novak nous demande d'abattre.

Le seul trafiquant d'armes encore en vie dont l'entreprise surpasse celle de Novak.

— Alors, commence ce dernier quand je lui renvoie un regard aussi impassible que le sien. C'est toi, Sokolov ?

Je hoche froidement la tête sans rien laisser transparaître. Je sais que les jumeaux sont tout aussi calmes que moi. Ses manières ne nous déstabiliseront pas, et j'aime autant qu'il le comprenne tout de suite.

— Assieds-toi, fait-il en désignant les deux autres chaises vides à sa table.

Je ne bouge pas, Yan et Ilya non plus. C'est encore un petit test, un moyen de savoir quel membre de l'équipe est le moins important, celui qui a le moins de valeur. Nous sommes trois, il y a deux chaises – le calcul n'est pas à notre avantage et il le sait. Quelqu'un devra rester debout, jouer le rôle d'intrus, et je refuse.

Il ne sèmera pas la graine de la discorde entre nous. Je ne le laisserai pas faire.

Il m'observe sans sourciller pendant un long moment, puis il fait signe à l'un des gros bras assis à l'autre table.

— Victor. Une autre chaise pour nos invités, s'il te plaît.

J'attends que le dénommé Victor nous ait apporté la chaise, puis je m'assieds. Les jumeaux suivent mon exemple. Ilya reste de marbre, mais Yan a l'air amusé. Il comprend l'importance de ces petits jeux de domination et il sait qu'il convient de donner le ton dès le départ.

Les jeunes barmaids viennent prendre notre commande, mais je décline. Ilya et Yan en font de même.

— Nous n'avons pas soif, dis-je calmement.

Une fois de plus, Novak affiche un rictus.

— Je n'ai aucune raison de vous empoisonner, dit-il.

Je hausse les épaules. Ses garanties ne valent rien. Il peut utiliser toutes sortes de substances, depuis les drogues psychotropes jusqu'aux poisons à diffusion si lente que les symptômes mettent des semaines ou des mois à se manifester. Il pourrait facilement glisser quelque chose de mortel dans mon verre, et je continuerais comme si de rien n'était, sans en avoir conscience jusqu'à ce que ma mission soit remplie.

Jusqu'à ce que je ne lui sois plus d'aucune utilité.

— Alors, fait Novak quand il comprend que je ne changerai pas d'avis. Esguerra.

Je croise les bras devant ma poitrine et le regarde. Enfin, nous en arrivons au but de cette rencontre.

— Tu as travaillé pour lui, continue Novak tandis qu'une barmaid lui rapporte son verre – un scotch de première qualité, à en juger par son odeur et sa couleur.

— Oui... je confirme.

Je m'attendais à ce qu'il le sache, et c'est bien le cas. De toute évidence, il s'est renseigné à mon sujet.

— Ça pose un problème ?

— Je ne sais pas. À toi de me le dire, répond-il en plantant ses yeux clairs dans les miens.

— On ne s'est pas quittés en très bons termes. À vrai dire, il a juré de me tuer si je croisais à nouveau son chemin. Mais vous le savez déjà, non ? dis-je avec un sourire froid. N'est-ce pas pour cette raison que vous m'avez contacté ? Parce que j'ai l'insigne honneur d'avoir autrefois fait partie du cercle d'intimes d'Esguerra ?

Novak me regarde toujours sans émotion.

— Oui. Est-ce une erreur de ma part ? Ton équipe est-elle capable d'accomplir ce que je demande ?

— Tout dépend.

Je décroise les bras et me penche en avant.

— Quels sont les atouts que vous avez mentionnés ? Ceux qui sont censés nous aider dans notre mission ?

— À part le fait que tu es familier avec le complexe où vit Esguerra ?

Les yeux de Novak pétillent quand il jette un œil aux jumeaux. Jusqu'à présent, ils sont restés stoïques.

— Je suppose que tes hommes sont fiables ?

Je le regarde sans prendre la peine de le gratifier d'une réponse. Une fois de plus, un sourire étire ses lèvres fines.

— Très bien. J'ai peut-être quelqu'un à l'intérieur. Tu n'as pas encore à savoir qui c'est. Disons simplement que certaines choses pourraient se produire au bon moment, afin de te permettre de mener à bien ta mission.

La colère me saisit. Ce qu'il me dit, je m'en doutais déjà. Sans réagir, la mine imperturbable, je me lève.

— Dans ce cas, je vous invite à trouver une autre équipe, dis-je tandis que Yan et Ilya m'imitent.

Je me tourne pour rejoindre la sortie, mais les gorilles de Novak me barrent le passage. Ils ont dégainé leurs armes et n'ont franchement pas l'air commodes.

— Pas si vite, reprend Novak d'une voix mielleuse. La discussion est loin d'être terminée.

Je me retourne pour le regarder sans prêter attention à l'artillerie dans mon dos.

— Nous n'avons pas à discuter… je déclare d'un ton neutre. Je ne mettrai pas mon équipe en danger contre une vague assurance que des sources inconnues nous viendront en aide. Si nous voulons accepter cette mission, nous devons tout savoir, jusqu'aux plus infimes détails logistiques. C'est ainsi que nous opérons, et c'est la raison de notre succès. Si vous souhaitez faire appel à nos services, vous devez tout nous dire – sinon nous partons, et vous devrez trouver quelqu'un d'autre.

Son visage dénué d'expression se crispe légèrement.

— Tu commets une erreur, Sokolov. Il ne faut pas chercher à me baiser.

Je montre les dents dans un sourire sans joie.

— Esguerra non plus, et pourtant c'est ce qu'on fait.

Il me dévisage attentivement, avant de faire un mouvement de tête.

— Laissez-les passer, ordonne-t-il.

Quand je me retourne, les gorilles qui nous barraient la route se séparent. Leurs armes sont baissées, mais ils restent sur le qui-vive. Novak ne souhaite pas que ça dégénère et je m'en réjouis. Le fusil de précision d'Anton aurait pu abattre trois ou quatre hommes, et à nous trois, nous aurions pu en supprimer sept ou huit sans problème, mais les coups de feu, ce n'est jamais très bon. Les gilets pare-balles ultrafins que nous portons sous nos vêtements ne nous protègeraient pas contre une balle dans la tête, et aussi doués que nous soyons, nous ne sommes pas immunisés contre le plomb.

— Tu fais une erreur, lance Novak d'une voix forte tandis que nous regagnons la sortie. Écoute-moi bien, Sokolov. Tu fais une énorme erreur.

Je ne réponds pas et nous sortons dans la rue animée pour nous mêler aux piétons et rejoindre notre point de rendez-vous.

— IL NE CHANGERA PAS D'AVIS, DÉCLARE ANTON LORSQUE NOUS LUI rapportons notre échange autour du dîner, dans un restaurant local. On a perdu notre temps. Les atouts qu'il a chez Esguerra doivent être précieux s'il les protège si soigneusement. Il ne nous dira pas ce que c'est, autant l'oublier tout de suite. Tu as vu les autres propositions qu'on nous a faites récemment ? Elles ne sont pas négligeables. Il nous suffit de quelques boulots pour atteindre les cent millions. Pas besoin de Novak et de ses cachotteries.

Je hoche la tête en découpant mon steak.

— Je suis d'accord. Concentrons-nous sur d'autres missions.

Yan hausse les sourcils.

— Vraiment ? Aussi simple que ça ?

Je croise son regard.

— Nous n'allons pas le faire à l'aveuglette. Et Novak ne changera pas d'avis, alors c'est réglé. Ça pose problème ? Parce que j'avais l'impression que tu n'étais pas chaud quand je me suis intéressé à cette mission.

Yan me dévisage et je lui renvoie son regard avec un calme olympien. Je sens bien la tension qui persiste entre nous, mais je ne peux pas me permettre de jouer à ce jeu-là.

Si je veux vivre avec Sara, il n'y a qu'une seule solution et c'est encore la meilleure.

— Je crois que Peter et Anton ont raison, intervient Ilya, mettant un terme au silence désagréable. On n'a pas besoin de ce boulot. C'est trop risqué. Il suffit de le remplacer par de plus petites missions.

Je porte un morceau de steak à ma bouche et le mâchonne avant d'avaler.

— Dans ce cas, c'est décidé, dis-je en prenant mon verre d'eau. On n'a plus rien à faire ici. Demain matin, on prend l'avion pour rentrer.

∼

Je reste allongé, les yeux ouverts. J'écoute, aux aguets, et vers quatre heures du matin je finis par l'entendre.

Le léger déclic du verrou de ma chambre d'hôtel et le grincement des gonds quand la porte commence à bouger.

Je réagis instantanément. Mon corps bondit comme un ressort qui se détend. En un clin d'œil, j'ai mis l'intrus à genoux et je l'ai immobilisé dans une prise d'étranglement. Je m'accroupis derrière lui et braque un pistolet sur sa tempe.

Il suffoque et se débat en essayant de s'échapper, mais il n'a pas le recul suffisant pour me frapper ni me déstabiliser, et chacun de ses gestes ne fait que réduire ses réserves d'oxygène.

— Qui t'envoie ? je demande quand ses mouvements frénétiques commencent à faiblir. Que fais-tu ici ?

Je relâche ma prise juste assez pour lui permettre de respirer, mais comme il reprend sa lutte, je resserre mon bras autour de lui, privant ses poumons d'air. Cette fois, il ne tient que quelques secondes et je détends mes muscles avant qu'il ne perde connaissance.

— Qui t'envoie ? je répète.

Enfin, il a la sagesse de coopérer.

— N... Novak, fait-il d'une voix étranglée.

— Pourquoi ? j'insiste sans le libérer.

Je sais déjà ce qu'il va dire, mais je veux tout de même l'entendre.

— Il... il veut te voir, ânonne l'homme de main. Rien que toi, personne d'autre.

Je resserre ma prise, comme si j'étais fâché, mais je finis par le libérer en me levant. Aussitôt, je le pousse en avant et il s'étale face contre terre. Tandis qu'il reprend péniblement sa respiration et se hisse à quatre pattes, j'allume la lampe et enfile mes bottes ainsi que mon manteau d'hiver. Je n'ai pas pris la peine de quitter mes vêtements, car je m'attendais précisément à cette visite.

— Tu as gagné, dis-je à la petite frappe qui me regarde haineusement en se frottant la gorge, avant de se relever sur ses jambes hésitantes. Conduis-moi à lui.

J'ai eu raison de séjourner dans un hôtel de Belgrade encore une nuit. Il est temps de savoir quels atouts Novak cache dans sa manche.

eter

UNE LIMOUSINE NOIRE NOUS ATTEND DEVANT L'ENTRÉE DE L'HÔTEL. Dès que j'y entre, je découvre Novak.

— Ce n'était pas un accueil très chaleureux, dit-il lorsque son homme de main monte derrière moi en se frottant la gorge et en me regardant comme s'il voulait m'incendier sur place. Victor ne faisait que transmettre mon invitation courtoise.

— En entrant par effraction dans ma chambre en pleine nuit ?

Le trafiquant d'armes hausse les épaules.

— Il ne voulait pas frapper et risquer de réveiller tes collègues dans les chambres voisines.

— Je vois, dis-je avec un sourire glacial. C'est très prévenant de la part de Victor.

Le sourire avec lequel me répond Novak est identique au mien.

— Je suis certain que ça ne t'a pas vraiment décontenancé, étant donné ta profession. Et maintenant, si nous laissions de côté la forme qu'a prise mon invitation pour nous concentrer sur la question qui nous occupe ?

— Je vous en prie.

Je m'adosse contre la banquette et tends les jambes, que je croise aux chevilles.

— Commencez.

Novak m'examine pendant un long moment avant de dire, de but en blanc :

— Je ne fais pas confiance à tes hommes. Je sais que toi, tu as un passé avec Esguerra, mais eux n'ont aucune raison de le contrarier.

— À part les cent millions d'euros, vous voulez dire ?

— Ça représente beaucoup d'argent, admet-il. Mais d'après ce que j'ai entendu dire, ton équipe n'est pas dans le besoin. Qu'est-ce que tu as dit, déjà ? Quelques boulots supplémentaires et vous aurez vos cent millions ?

Ses yeux de lézard luisent dans la lumière du lampadaire.

Je garde un visage impassible, ne trahissant ni surprise ni désarroi. C'est facile, car je ne ressens rien de tout cela. Je savais que nous risquions d'être espionnés au restaurant, hier soir, et j'ai joué ma chance en choisissant méticuleusement mes mots pour obtenir ce résultat précis.

— Dans ce cas, pourquoi suis-je ici ? je demande tandis que Novak se contente de me regarder fixement. Si vous ne nous faites pas confiance et si vous mettez en doute nos motivations, pourquoi nous contacter... et pourquoi me faire sortir de mon lit en pleine nuit ?

— Je n'ai pas dit que je mettais *tes* motivations en doute.

Ses lèvres fines se recourbent en un rictus machiavélique.

— Je connais tout de la période que tu as passée auprès d'Esguerra. Tu travaillais bien – à vrai dire, tu lui as même sauvé la vie – et c'est pour cette raison que tu as fini sur sa liste noire. Je suis sûr que ce ne doit pas être très agréable. Et maintenant, tu as la chance de renverser la vapeur et de te faire un peu d'argent du même coup.

Je laisse mes épaules se détendre un peu, comme si j'étais soulagé.

— C'est très perspicace de votre part.

L'expression de Novak ne change pas, mais je perçois une certaine satisfaction. Il doit se targuer d'être un excellent juge de la nature humaine, et pour le moment, il se félicite de s'être renseigné et d'en avoir tiré les bonnes conclusions. Il est peut-être même au courant de mon altercation avec Kent après l'accident de Sara. Sans doute a-t-il soudoyé quelqu'un à la clinique suisse pour lui rapporter les échanges au sein de mon équipe pendant notre séjour. Voilà qui expliquerait cette offre au moment propice.

Il a sauté sur l'occasion dès qu'il a appris que mon dernier lien avec l'organisation d'Esguerra avait été rompu.

Bien sûr, si ses renseignements sont aussi précis, il connaît l'existence de Sara. Ça m'inquiète, mais j'espère qu'il croit la version qu'elle donne au FBI, à savoir que je me suis lassé d'elle, que la cicatrice sur son front la rendait moins attirante à mes yeux. Évidemment, ce que j'ai fait – la laisser partir quitte à prendre le risque de ne plus jamais la revoir – ne ressemble pas à ce que ferait un homme de notre trempe s'il était toujours intéressé par la femme qu'il a enlevée.

Ma relation avec Sara, sous la contrainte, n'est pas exceptionnelle dans le milieu de Novak, mais ce qui l'est davantage, en revanche, c'est que je la libère alors que je la désire toujours. Voilà pourquoi il vaut mieux qu'elle soit chez elle en ce moment.

Si Novak savait ce que je ressentais vraiment pour Sara, il se servirait d'elle comme moyen de pression, et je ne peux pas le permettre.

— Bon, dit-il alors que le silence gênant s'éternise. Je crois comprendre que ce boulot t'intéresse.

Je penche la tête.

— Oui, mais ce qui m'intéresse n'a aucune importance. Je ne ferai rien à l'aveugle. Ce n'est pas ma façon d'opérer et même si je souhaite la mort d'Esguerra, je ne suis pas prêt à me suicider pour ça.

Novak me dévisage pendant une longue minute avant de déclarer :

— Très bien. Je vais te dire quelque chose. La taupe dont je dispose sur place ne peut pas encore être activée. Il me faudra environ huit mois pour prendre les arrangements appropriés. Je dois d'abord régler quelques petites choses.

— Huit mois ?

Seul mon entraînement me permet de garder un visage impassible alors que mes entrailles se tordent sous le choc de ses paroles.

Huit mois avant de résoudre cette affaire.

Huit longs mois de souffrance sans Sara.

Novak acquiesce.

— Ce sera peut-être moins, mais je ne peux pas le garantir. Quoi qu'il en soit, ça te laisse tout le temps d'élaborer un plan d'action avec ton équipe.

Je ravale la rage qui bouillonne dans ma gorge.

— Il n'y aura pas de plan si nous ignorons les détails de ce que nous devons organiser, dis-je posément. Où est votre taupe ? Dans le complexe d'Esguerra ou ailleurs ? Qu'attendez-vous de notre part que votre homme ne soit pas capable d'accomplir lui-même ? Si c'est quelqu'un à l'intérieur, pourquoi ne se charge-t-il pas du boulot ? Je suppose qu'il a accès à Esguerra.

— Pas encore, mais *elle* ne saurait tarder.

Je cligne involontairement des yeux et Novak remarque ma réaction avec un plaisir évident.

— Oui, c'est un autre renseignement que j'accepte de te donner : ma taupe est une femme. Elle aura bientôt accès à Esguerra, mais elle n'a ni le talent ni le désir d'accomplir elle-même cette tâche. Toutefois, elle peut être au bon endroit au bon moment, et offrir ainsi une diversion, tout en désactivant certaines mesures de sécurité, par exemple. Les précisions devront attendre qu'elle soit en place et en mesure d'évaluer la situation, mais sois assuré que tu auras bien quelqu'un à l'intérieur.

Je le regarde, en proie au doute. Ces informations sont toujours insuffisantes, mais j'ai le pressentiment que cette fois, si je recule, Novak ne cherchera plus à me joindre. Et puis, étant donné ce qu'il vient de me révéler, ce sera sans doute une balle qui me trouvera la prochaine fois, et non l'un de ses hommes. Cette éventualité ne m'inquiète pas trop – j'ai l'habitude d'être pris pour cible –, mais Sara est vulnérable et je ne peux pas prendre le risque que Novak s'en prenne à elle pour m'atteindre.

C'est peu probable, grâce au scénario « il s'est lassé de moi » qu'elle a donné au FBI, mais je préfère ne pas prendre un tel risque.

— Alors, que les choses soient bien claires, dis-je en me penchant en avant. Vous aurez une femme à l'intérieur, mais pas avant huit mois. Elle n'est pas capable de se salir les mains, mais elle pourra nous aider et nous faciliter la tâche.

Il hoche la tête et je demande :

— Vous ne pouvez pas l'envoyer là-bas plus tôt ? Qu'est-ce qui va changer au cours de ces huit mois ?

— Tu vas devoir attendre pour le découvrir, dit Novak. Pour le moment, il est toujours possible que la taupe n'accède pas à Esguerra comme prévu. Si les choses ne se déroulent pas comme elles le devraient, il nous faudra attendre une autre opportunité – à moins que ton équipe se lance sans filet.

Il me regarde avec espoir, mais je secoue la tête.

— Non. Hors de question. Esguerra est bardé de protections dans son complexe. Je le sais, parce que c'est moi qui l'ai aidé à les installer. Et même si je les connais, je suis incapable de les franchir. Elles sont conçues pour être impénétrables. Le seul moyen, c'est d'avoir de l'aide de l'autre côté, et si vous ne pouvez pas nous l'assurer...

Je hausse les épaules en montrant mes paumes vides. Novak acquiesce.

— Très bien. Je m'en doutais. Alors, tu comprends la valeur de cette taupe. Une fois qu'elle sera en place, Esguerra aura une brèche dans sa sécurité. Mais ça prendra un certain temps.

— Il n'y a pas moyen d'accélérer le processus ?

Je connais la réponse, mais ça ne coûte rien de le demander.

— Non. J'ai essayé de contacter d'autres personnes à l'intérieur, mais elles sont trop loyales – ou elles ont trop peur d'Esguerra. Celle-ci, c'est la seule qui me semble prometteuse. Mais le timing est ce qu'il est.

Je digère cette information pendant un moment, avant de demander :

— Alors, pourquoi m'avoir contacté maintenant ? Pourquoi ne pas attendre d'avoir cet atout sur place ?

— Parce que si tu n'embarques pas avec nous, je vais devoir m'organiser autrement – il faut du temps pour trouver une équipe compétente et la soumettre à une enquête approfondie. Et en l'occurrence, avec la réputation d'Esguerra… Enfin, tu sais ce que c'est.

— En effet.

Même avec la perspective de gagner cent millions d'euros, peu de gens seraient prêts à s'en prendre à un criminel aussi dangereux que Julian Esguerra. Tout le monde a quelque chose à perdre, et Esguerra n'a aucune pitié envers ses ennemis. Je le sais parce que je l'ai aidé à décimer ceux qui le mettaient en rogne, allant jusqu'à rayer des communautés entières de la carte. Le trafiquant d'armes colombien ne fait aucune distinction entre les innocents et les coupables. Tous ceux qui sont connectés de près ou de loin à ses ennemis doivent payer.

— Alors…

Novak se penche en avant, son regard clair rivé sur mon visage.

— Je peux compter sur ton aide et celle de ton équipe quand le moment viendra ?

Je réfléchis un moment avant de hocher la tête.

— Oui, vous pouvez compter sur nous.

Mon intonation est monocorde, mais au fond de moi, je suis tiraillé. Ma séparation d'avec Sara ne devait durer que quelques semaines – deux mois, tout au plus. Pas aussi longtemps ! Bien sûr, il se peut que les choses commencent à bouger avant huit mois, mais pour l'instant, ça me paraît peu probable.

Novak ne divulguera pas l'identité de son contact plus tôt que nécessaire.

— Bien.

Le sourire que dessinent ses deux lèvres fines déborde de satisfaction.

— J'espérais avoir trouvé l'homme qu'il me fallait et il semblerait que ce soit le cas. Encore une chose...

J'arque un sourcil.

— Oui ?

— J'espère que tu comprends que l'information que je viens de partager avec toi aujourd'hui est extrêmement sensible et que nous sommes les seuls à la détenir. Tu ne dois en parler à aucun membre de ton équipe.

Je m'y attendais après un tel préambule, et je me contente de hocher la tête.

— Compris. De notre côté, nous exigeons un dépôt. En temps normal, il s'agit de la moitié de la somme, mais étant donné les délais étendus, nous acceptons vingt-cinq millions pour commencer, et vingt-cinq de plus en approchant de la date de la mission.

Novak répond sans sourciller :

— Tu auras l'argent sur ton compte dès demain.

Nous échangeons une poignée de main. J'essaie d'ignorer le vide insoutenable qui se creuse dans ma poitrine à la perspective des mois à venir. Maintenant que je me suis engagé sur cette voie, je n'ai plus le choix, ou du moins pas vraiment.

Je dois le faire. C'est le seul moyen d'avancer.

Si je veux Sara sur le long terme, je dois pouvoir lui offrir la vie qu'elle mérite.

PARTIE II

ara

LE RESTE DU MOIS DE NOVEMBRE S'ÉCOULE DANS UN BROUILLARD, entre les visites, les interrogatoires inopinés du FBI et l'attente. Une attente interminable. J'ai l'impression d'être constamment sur les nerfs, à attendre que Peter revienne. Chaque fois que je traverse le parking de l'hôpital, que je marche dans la rue ou m'endors dans mon ancienne chambre chez mes parents (ma maison a été saisie par le gouvernement parce qu'elle appartient à un criminel recherché), je m'attends à être enlevée et emmenée loin d'ici – si ce n'est par Peter, du moins par l'un des hommes qu'il a engagés pour me surveiller.

Et ils me surveillent. Je le sais. Je le sens. C'est la même sensation qu'avant, la même impression paranoïaque que des yeux cachés m'épient. Je la dois parfois aux agents du FBI qui suivent mes moindres mouvements, mais pas entièrement. Je suis devenue plutôt douée pour repérer les fédéraux. C'est toujours une voiture banalisée de l'autre côté de la route, un piéton qui ne semble pas vraiment à sa place, une femme ou un homme seul au bar.

Les hommes de Peter sont différents. Je ne les vois jamais, mais je sens leur présence. Ce sont des ombres au coin de la rue, des bruits de pas sur le parking, une démangeaison entre mes omoplates. Ils sont tout le temps là, mais jamais suffisamment proches pour que je les aperçoive – ni moi ni le FBI, d'ailleurs.

Bien sûr, il est possible que je sois vraiment parano cette fois, mais je ne pense pas. Je connais Peter. Il ne me laisserait pas ici sans me surveiller. Du moins, c'est ce dont je me persuade alors que les semaines s'écoulent sans nouvelles de sa part... sans le moindre indice qu'il reviendra me chercher.

J'essaie de me concentrer sur le temps que je peux ainsi passer avec mes parents, et j'en suis heureuse. Sincèrement. Papa semble avoir retrouvé un second souffle depuis mon retour, il fait de la natation et réalise les exercices conseillés par son médecin avec vigueur et dévouement. Quant à maman, son état s'améliore de jour en jour. Ses os guérissent à la vitesse d'une femme deux fois plus jeune. Elle est toujours clouée au lit – ce qui la rend folle –, mais les docteurs lui promettent qu'elle pourra commencer la rééducation dès que son corps le supportera, vraisemblablement à la mi-janvier.

Décembre succède à novembre, et l'attente interminable se poursuit. J'ai l'impression d'évoluer dans des limbes, entre mon ancienne vie et celle que j'ai commencé à bâtir avec Peter. Je vis dans la maison de mon enfance, entourée de ma famille et de mes amis, et pourtant j'ai l'impression tenace de n'être qu'une invitée, en visite dans un lieu où je n'ai plus ma place.

Je crois que mes parents le sentent, eux aussi. Alors que le mois de décembre s'étire, ils commencent à me demander pourquoi je ne fais pas certaines choses, comme trouver un nouvel emploi ou une nouvelle maison, par exemple. J'élude leurs questions en prétextant que je souhaite me concentrer sur maman pour l'instant, mais à présent que sa santé s'améliore, cette excuse sonne de plus en plus creux.

— Sara, ma chérie… Tu n'es pas obligée d'être ici tout le temps, dit maman quand je lui rends visite par une froide matinée de décembre. Ton père est largement capable de me tenir compagnie, et je sais que tu repousses certaines choses à cause de tout ça.

De sa main indemne, elle désigne les plâtres de ses jambes qui l'empêchent de bouger. Je secoue la tête en souriant.

— Tout le reste peut attendre, maman. Grâce à la vente de la maison, j'ai de l'argent sur mon compte bancaire et j'aime vivre avec papa. À moins qu'il en ait assez de m'avoir dans ses pattes ?

— Bien sûr que non, répond-elle aussitôt comme je m'y attendais. Il adore t'avoir à la maison. Tu n'as pas idée du soulagement que ton retour nous apporte. Si tu veux vivre avec nous pour toujours, tu es la bienvenue. Mais je sais que tu as toujours été indépendante et je ne veux pas que tu te sentes obligée de prendre soin de nous au lieu de remettre ta vie sur les rails.

Remettre ma vie sur les rails. Je me mords la langue pour réprimer l'envie de lui dire que je ne sais même plus ce que cela signifie. Il n'y a plus de « rails » pour moi, aucun chemin tout tracé. Mon avenir, autrefois si évident et linéaire, est désormais plongé dans les ténèbres, plein de tours et de détours que je devine à peine.

— Ne t'inquiète pas, maman, dis-je en chassant cette sombre pensée. Je suis heureuse d'être ici avec papa et toi.

Et, en souriant, je change subtilement de sujet.

Pour ne plus penser à cet avenir que je suis incapable de prévoir.

NOUS FÊTONS HANOUKKA CHEZ LES LEVINSON, PUIS NOËL ET LE Nouvel An à l'hôpital avec maman. À chaque fête, je souris et je ris en échangeant des cadeaux, comme si j'étais de retour pour de bon. Je promets à papa de chercher bientôt un nouveau travail et je discute avec Joe Levinson de l'achat éventuel d'une maison. Il me recommande un bon agent immobilier et je note son nom, comme si ça m'intéressait.

Comme si tout cela avait une quelconque importance, alors que je pourrais disparaître d'un moment à l'autre.

Quand arrive la mi-janvier, je commence à souffrir de l'attente et des faux-semblants, des demi-vérités et des mensonges avec lesquels je jongle constamment. L'absence de Peter me ronge le cœur et j'ai beau essayer de me concentrer sur ma famille et mes amis, il me manque constamment. Je ne pense à rien d'autre pendant mes longues journées. Je sais que c'est pathétique et je m'en veux, mais j'ai pris l'habitude d'étouffer ma culpabilité et ça me paraît moins terrible qu'autrefois.

Le désir que j'éprouve pour mon tourmenteur n'est plus vraiment une trahison à mes yeux.

Je n'oublie pas que Peter a tué George et qu'il m'a retenue captive pendant des mois, ni qu'il assassine pour gagner sa vie, mais quand je pense à lui, ce sont les moments de tendresse qui me viennent à l'esprit et les petites attentions qui me prouvaient au quotidien à quel point il tenait à moi. Je me surprends à rêver de ses massages des pieds et des petits déjeuners qu'il m'apportait au lit, de la manière dont il prenait soin de moi quand je ne me sentais pas bien.

De chaque soir, quand je m'endormais dans ses bras au lieu de ce lit vide et froid.

Les nuits sont les plus difficiles. C'est à ce moment-là qu'il me manque le plus, que mon besoin devient physique. Chaque soir, je tourne et me retourne pour tenter de trouver le sommeil, alors que mon corps se consume pour un homme qui est à des milliers de kilomètres. J'essaie d'utiliser des jouets, de lire des histoires érotiques, et même de regarder du porno, mais rien n'apaise ce vide douloureux. Cette séparation est encore pire que lorsque Peter est parti en mission au Mexique, parce qu'à l'époque, au tout début de notre étrange relation, c'était encore un inconnu qui me terrifiait. Or maintenant, il fait partie de moi. Il s'est trouvé une place dans mon cœur et la vie sans lui me paraît aussi vide que mon lit.

C'est si insupportable que j'envisage de céder à la demande de mes parents et de chercher un nouvel emploi. En attendant, je décide de reprendre le bénévolat à la clinique pour femmes.

À mon grand soulagement, ils sont ravis de me retrouver.

— Tu nous as tellement manqué, me dit Lydia, la réceptionniste. C'est quand tu es partie qu'on s'est rendu compte à quel point on avait besoin de toi. Tout va bien, maintenant ? Le FBI est venu. Ils nous ont posé un tas de questions, et...

— Oui, tout va bien. Ce n'était qu'un malentendu au sujet du type avec qui je suis partie en vacances, dis-je.

Je n'ai aucune envie de me lancer dans d'autres explications.

— Tout est rentré dans l'ordre maintenant, ne t'inquiète pas.

Je vois bien que Lydia meurt de curiosité, mais elle semble avoir senti mes réticences et elle n'insiste pas. J'ignore quelles rumeurs ont circulé dans le service, mais heureusement, le personnel de la clinique et les bénévoles sont constamment confrontés à des situations sensibles et ils savent quand persévérer et quand passer à autre chose. Après une salve de « qu'est-il arrivé » et de « où étais-tu passée », tout le monde retourne à ses occupations et me laisse avec mes patientes – auxquelles je me consacre à temps plein.

C'est-à-dire, chaque fois que je ne suis pas avec mes parents.

— Bon sang, mais comment fais-tu pour te surmener alors que tu es sans emploi ? se plaint Marsha un mois plus tard quand je l'appelle pour décliner son invitation, une fois de plus, épuisée après un service de nuit à la clinique. Sérieusement, ma belle. Ça fait des semaines que je ne t'ai pas vue en dehors des couloirs de l'hôpital. D'abord, c'était ta mère qui avait besoin de toi vingt-quatre heures sur vingt-quatre, et maintenant, tout ça. On n'a plus rien fait toutes les deux depuis ce repas au Patty's.

— Je sais, je sais.

Je pousse un soupir au téléphone et me pince l'arête du nez.

— Je suis désolée, Marsha. La semaine prochaine, ce sera peut-être plus facile.

C'est faux – je suis de garde à la clinique plus de soixante heures la semaine prochaine, dont deux nuits –, mais je trouverai un moment à consacrer à Marsha. Je l'évite depuis que j'ai appris qu'elle était impliquée avec le FBI, et je commence à culpabiliser. J'ai l'impression d'avoir été trahie, mais ce n'est pas une réaction rationnelle. Elle a sans doute fait ce qui lui semblait le plus judicieux, peut-être même a-t-elle pensé que cela m'aiderait. Après tout, coopérer avec les fédéraux est souvent la meilleure stratégie à adopter pour un citoyen lambda respectueux des lois – ce que je ne suis plus.

Depuis que je cache mes véritables sentiments pour un tueur en cavale.

Je crois que l'agent Ryson sent que je ne lui dis pas toute la vérité, parce qu'il ne cesse de me convoquer dans les bureaux du FBI au centre-ville. J'ai subi au moins une dizaine d'interrogatoires, et chaque fois, je me suis tenue à la même version, racontant aux agents ce que j'ai divulgué lors de notre premier entretien, et rien de plus. Chaque fois qu'ils insistent, mon rythme cardiaque s'accélère et mon corps subit une vraie crise de panique.

C'est tout à mon avantage. On dirait un syndrome post-traumatique ou, en tout cas, une angoisse causée par Peter.

— Êtes-vous suivie par un psychologue, docteur Cobakis ? demande Ryson après avoir fait appel à Karen, leur agent formé au secourisme, pour me calmer après un interrogatoire particulièrement pointilleux. Si ce n'est pas le cas, je peux vous recommander quelqu'un.

J'ai toujours du mal à respirer après mon attaque de panique, mais je parviens à secouer la tête.

— Je vois quelqu'un, merci.

Depuis mon retour, je n'ai pas mis les pieds chez mon psychologue, le docteur Evans, mais il est très qualifié. Il m'a déjà aidée auparavant, quand je luttais contre les cauchemars et l'anxiété après l'agression de Peter dans ma cuisine. Je devrais le consulter, mais je ne peux me résoudre à entrer dans son cabinet pour lui servir le même imbroglio douteux de vérités et de mensonges que je régurgite devant le FBI.

J'aime mieux gérer mes problèmes toute seule en attendant Peter.

Il va revenir me chercher d'un jour à l'autre.

eter

JE COMPTE LES JOURS SUR UN CALENDRIER COMME UN HOMME QUI attend de sortir de prison. Comme je ne peux qu'estimer le jour de ma libération – le jour où Sara et moi serons réunis –, j'ai choisi une date huit mois exactement après mon rendez-vous avec Novak et j'ai entamé le décompte. En savoir plus sur la taupe de Novak, c'est la première étape vers mon plan pour m'assurer un véritable avenir aux côtés de Sara.

Notre planque au Japon étant peut-être compromise, nous alternons entre différentes cachettes sans jamais rester plus de deux semaines au même endroit. Pendant ce temps, nous effectuons diverses missions, certaines plus délicates que d'autres, mais aucune aussi complexe ni dangereuse que celle commanditée par Novak.

Mes coéquipiers – même Yan – ont accepté ma décision de relever le défi Esguerra, malgré les informations qui ne nous seront révélées qu'au dernier moment. Comme je l'ai promis à

Novak, je ne leur ai pas donné plus de détails. En partie parce qu'il n'y a pas grand-chose à dire, mais surtout parce que je tiens à la confiance qu'il m'accorde. Mes gars peuvent jouer la comédie aussi bien que n'importe quel acteur d'Hollywood, mais quand on a affaire à un homme aussi influent que Novak, on ne sait jamais qui écoute ni quand. Nos planques sont sécurisées, mais nous nous aventurons parfois à l'extérieur et les micros paraboliques fonctionnent à des distances ahurissantes.

C'est la raison pour laquelle Sara est un sujet de conversation à proscrire. Pour les membres de mon équipe, elle pourrait aussi bien ne pas exister.

— Je ne veux pas entendre son nom, ni même le pronom *elle*, leur ai-je ordonné. Ne me parlez pas d'elle, et n'en discutez pas entre vous. Elle n'est plus là, un point c'est tout. Compris ?

Ils ont tous acquiescé en comprenant ma préoccupation et j'ai renforcé la sécurité de mes communications avec les hackers et les hommes que nous avons engagés pour surveiller Sara aux États-Unis. Je ne peux pas *ne pas* surveiller ma ptichka, mais pour sa sécurité, personne ne doit savoir que je suis toujours obsédé par cette femme.

Et c'est une véritable obsession. C'est une maladie que son absence ne fait que décupler. Je rêve de Sara toutes les nuits. Parfois, c'est aussi innocent que la serrer dans mes bras en caressant sa chevelure soyeuse, mais bien souvent, les rêves sont violents et sombres. Il m'arrive de la perdre, ou d'être à l'origine de son chagrin. Notre première rencontre, quand je l'ai droguée et brutalisée, me hante depuis des semaines. Les souvenirs envahissent mon esprit dans leurs détails les plus délicieusement crus. Le pire, quand je rêve que je lui fais du mal, c'est que je me réveille avec la queue rigide et douloureuse. Même si elle me manque – même si je l'aime de tout mon cœur –, je sais que mes sentiments pour Sara ne seront jamais simples ni tendres, à cause de la souillure causée par notre passé obscur.

Par tout ce que je lui ai infligé… et ce que je pourrais bien lui refaire.

Si les nuits sont difficiles, les journées le sont encore plus. La première chose que je fais chaque matin, c'est d'aller consulter les comptes-rendus au sujet de Sara, envoyés par les hackers et les Américains qui la surveillent. C'est ainsi que j'ai appris qu'elle avait repris le bénévolat à la clinique et que sa mère avait entamé la rééducation. De temps à autre, les Américains parviennent à réaliser une vidéo à distance de Sara et, ces jours-là, je regarde les séquences à plusieurs reprises avant le petit déjeuner, et encore une dizaine de fois le soir, juste avant de m'endormir. Entretemps, je m'entraîne avec mon équipe et gère mes affaires, mais le cœur n'y est pas.

Il est avec elle.

Ma belle ptichka, qui me manque comme un membre que j'aurais perdu.

J'envisage constamment de l'enlever. Comme Sara a affirmé aux fédéraux que je m'étais lassé d'elle, ils n'ont pas essayé de la cacher pour la protéger. Ils la surveillent toujours au cas où je reviendrais, mais ils n'ont pas jugé nécessaire de l'intégrer au programme de protection des témoins ni rien de ce genre. Au fond, je crois qu'ils *espèrent* que je viendrai la chercher.

C'est un appât, même s'ils ne l'avouent pas.

Et je suis tenté. Putain, je suis très tenté. Maintenant que ses parents n'ont plus autant besoin d'elle, je m'imagine tous les jours aller la récupérer, à tel point que l'opération est même gravée dans mon esprit. Je sais exactement comment outrepasser les contrôles aériens, où atterrir, comment créer une diversion pour éloigner les fédéraux de Sara et comment laisser une fausse piste pour les détourner pendant l'évasion.

On pourrait le faire dès demain, si tel était notre souhait.

En moins de vingt heures, je pourrais retrouver Sara.

La plupart du temps, je parviens à chasser ce rêve en me rappelant les raisons de mon inaction, en me persuadant qu'elle est plus en sécurité là où elle est. Or certains jours, ce fantasme est tel qu'il occupe toutes mes pensées et je me ressaisis de justesse pour ne pas céder et ordonner à Anton de préparer l'avion.

Pour éviter d'y perdre ma santé mentale, j'accentue les recherches autour de Henderson, la dernière personne de ma liste et la plus insaisissable. Si nous ne l'avons toujours pas trouvé, lui et sa famille, ça confirme les rumeurs concernant son passé au sein de la CIA. Cet enfoiré est doué à ce petit jeu – aussi doué que s'il exerçait dans la même branche que moi.

Il est temps de passer à la vitesse supérieure.

— Nous partons en Caroline du Nord ! j'annonce à la table du petit déjeuner le matin suivant. Il faut chercher du côté d'Asheville, voir si on peut débusquer ce connard de la manière forte.

Mes coéquipiers lèvent les yeux de leurs assiettes avec la même expression blasée. Depuis le début, c'est le plan B. On préférerait ne pas impliquer des innocents – les amis de Henderson et les membres de sa famille éloignée qui n'ont rien à voir avec le massacre de Daryevo –, mais étant donné la discrétion de notre cible, c'est la seule option qu'il nous reste.

— Il s'attend à nous voir, dit Anton en repoussant son assiette. C'est presque un guet-apens.

Je souris froidement.

— Je le sais.

J'attends avec impatience cette opération délicate. Non seulement devrons-nous entrer et sortir du pays sans nous faire repérer, mais il ne fait aucun doute que Henderson fait surveiller toutes ses relations par les fédéraux. D'un point de vue logistique, cela reviendra à récupérer Sara, si ce n'est qu'au lieu d'enlever une femme, nous interrogerons une demi-douzaine de personnes, vraisemblablement surveillées par les potes de Henderson au FBI, et peut-être même à la CIA.

— Ça devrait être sympa, déclare Yan, ses yeux verts pétillant d'amusement. Toujours mieux que de rester dans le coin.

D'un geste de la main, il désigne le chalet rustique où nous séjournons depuis une semaine – notre planque dans l'est de la Pologne.

Ilya lui décoche un regard noir avant de se pencher sur son assiette. Ça fait une semaine qu'il est en froid avec son frère, depuis qu'Yan s'est tapé une serveuse à Budapest qu'Ilya convoitait aussi. Ce n'est pas la première fois que ce genre de situation se produit – les jumeaux ont les mêmes goûts en matière de femmes –, mais dans le passé ils partageaient généreusement, soit en baisant la fille à deux, soit en se succédant dans son lit. J'ignore ce qu'il y avait de différent chez cette serveuse, mais Ilya est fâché contre Yan depuis notre arrivée.

Comme je ne compte pas intervenir dans cette dispute, je fais mine de ne pas avoir remarqué la tension qui règne autour de la table.

— Préparez-vous, dis-je à mes gars. Je veux être à Asheville avant la fin de la semaine. Il nous faut un plan qui tienne la route avant demain.

Sur ce, je me lève pour aller écrire à mes contacts américains.

21

ara

JE RETROUVE MARSHA DANS UN CLUB DU QUARTIER WEST LOOP, À Chicago. Il est nouveau, tendance, et le volume y est si fort que la musique des haut-parleurs me fait vibrer les tympans. Marsha est déjà sur la piste de danse, collée contre deux types aux allures de banquiers, et je me dirige vers le bar pour me commander un gin-tonic. J'espère que l'alcool apaisera le nœud de tension qui ne quitte jamais mon estomac.

D'un jour à l'autre, maintenant. D'un jour à l'autre. C'est ce que je me répète depuis des semaines, et pourtant je suis toujours là, coincée dans ces limbes troublants. Il y a cinq jours, maman a réussi à marcher de son lit jusqu'à la salle de bain avec ses béquilles, sans aide extérieure, et pourtant je suis toujours ici, logée chez mes parents sans savoir quand – ni si – Peter viendra me chercher.

Serait-ce possible ? Mes mensonges au FBI pourraient-ils être devenus réalité ? Peut-être que mon assassin russe s'est réellement lassé de moi. Peut-être a-t-il perdu son intérêt en me voyant aussi collante à la clinique. Je sais qu'il tire son plaisir du danger et des défis de toute sorte, et c'est peut-être tout ce que je représentais à ses yeux : un défi. Après tout, quelle plus grande réussite que de gagner l'affection de la veuve de son ennemi, une femme qui a toutes les raisons de vous haïr ?

Cette idée ne cesse de me tarauder et je la repousse inlassablement en me remémorant le visage de Peter quand il a juré de revenir me chercher. « Tant qu'il me restera le moindre souffle », a-t-il dit. Et je n'en ai pas douté un seul instant – pas après tous les moyens qu'il a déployés pour me faire sienne.

Je ne doute toujours pas – pas vraiment –, ce qui ne peut signifier qu'une seule chose.

Si Peter n'est pas revenu, c'est qu'il ne le peut pas.

Parce qu'il est arrivé quelque chose.

Je me suis efforcée de ne pas y penser, de chasser cette terrible possibilité de mon esprit, mais je ne peux plus l'ignorer. La vie de Peter est telle qu'il évolue comme un soldat en zone de guerre. Entre les autorités qui le traquent dans le monde entier et les criminels puissants auxquels il a affaire en permanence, sa survie est un pied de nez constant au destin. Et quand ses « missions » s'ajoutent à l'équation, les risques qu'il se fasse blesser – ou pire – sont bien réels.

En fait, ils sont si élevés que ces temps-ci, j'ai toujours une boule au ventre.

La seule chose qui m'apporte du réconfort, c'est de savoir que je suis toujours sous surveillance, par le FBI et les hommes de l'ombre de Peter. Cette sensation désagréable entre mes omoplates ne me laisse aucun répit quand je suis en public. À vrai dire, en ce moment même, je suis certaine d'avoir au moins deux gardiens dans ce club – l'agent en civil du FBI qui m'a suivie et a commandé une bière de l'autre côté du bar, ainsi que quelqu'un d'autre que je suis incapable d'identifier, mais dont je sens la présence.

Si Peter était mort ou captif, le FBI le saurait et cesserait de me faire suivre. Même chose pour les personnes engagées par Peter.

Ce n'est pas vraiment un soulagement – il pourrait être gravement blessé quelque part –, mais c'est mieux que rien.

C'est ce qui me permet de me lever chaque matin et de venir à bout de mes journées malgré l'angoisse qui me noue le ventre.

— Te voilà ! s'exclame Marsha en faisant irruption à côté de moi.

Elle irradie d'un éclat unique que seule la danse sous alcool peut générer.

— Je commençais à croire que tu ne viendrais pas.

— Je suis là… je lui assure tandis que le barman me tend mon verre. J'ai été retardée à la clinique – tu sais ce que c'est.

Elle hoche la tête et lance au barman :

— Une Corona, s'il vous plaît.

Il lui tend la bouteille et elle la fait tinter contre mon verre.

— Buvons à ta première sortie, dit-elle.

J'éclate de rire et mon amie boit une longue gorgée.

— Alors, dit-elle. Comment vas-tu ? Je n'en reviens pas qu'on soit déjà en mars et qu'on ne soit pas sorties une seule fois ensemble depuis la semaine de ton retour.

— Hmm, je sais, dis-je avec une grimace. Désolée. Disons qu'avec ma mère et tout le reste…

Marsha m'interrompt en agitant sa bière.

— C'est bon. Je comprends, ne t'inquiète pas. Dis-moi juste une chose…

Elle jette un regard circulaire avant de se pencher vers moi, une main sur mon avant-bras.

— Tu vas bien, ma belle ?

Sa voix est basse malgré la musique à plein volume et ses yeux s'attardent sur la cicatrice de mon front, à présent presque invisible.

— On n'a jamais vraiment parlé de… eh bien, de ce qui s'est passé.

Ma gorge se contracte.

— Je t'ai dit ce qui s'était passé.

Elle hoche gravement la tête.

— Je sais. Je ne parle pas de ça. Tu tiens le coup ?

— Je… - *suis stressée comme jamais, incapable de manger ni de dormir, et dans mes cauchemars Peter est blessé ou mort* – … vais bien.

— Hmm, hmm.

Marsha baisse les yeux sur mon bras, maigre et pâlichon sous ses doigts bronzés à la manucure impeccable.

— C'est pour ça que tu cherches à ressembler au squelette du labo d'anatomie ?

— Je suis au régime, dis-je en retirant mon bras.

Elle soupire en se redressant.

— Je vois.

Je sirote mon cocktail en regrettant de ne pas pouvoir lui dire la vérité : que je ne souffre d'aucun traumatisme psychologique, que l'homme qui m'a fait ça me manque et que j'attends qu'il revienne me chercher. Sauf que dire cela reviendrait à signer ma propre peine d'emprisonnement.

— Je vais bien ! je répète.

Puis, affichant un grand sourire, j'ajoute :

— Et si on arrêtait cette discussion déprimante pour aller danser ?

Marsha hésite avant de sourire.

— D'accord. Allons danser.

Je lui prends la main et nous rejoignons la piste de danse bondée. Le dernier tube de Nicki Minaj vient juste de commencer et j'éclate de rire en me rappelant avoir chanté à pleins poumons ma propre version de cette chanson devant les garçons au Japon.

Marsha rit, elle aussi, et penche la tête en arrière pour terminer sa bière, puis nous nous mettons à danser. Je chante en même temps, remplaçant certaines paroles par les miennes. Bientôt, nous nous amusons franchement. Le rythme vibre dans mes os et mes pieds bougent d'eux-mêmes. Je glousse quand le contenu de mon verre gicle sur ma main.

— Attends, dis-je à Marsha avant de vider le reste de mon gin-tonic pour éviter un autre accident.

Posant le verre vide sur la table la plus proche, je me fraie un chemin à travers la foule en direction du bar et commande une bouteille de bière – plus pratique sur une piste de danse. Quand je reviens, Marsha danse déjà avec deux nouveaux types. Je la rejoins et elle me prend la main pour m'attirer vers eux.

— Voici Bill et Rob, lance-t-elle par-dessus la musique.

Je souris avec gêne. Ce n'était pas ce que j'avais en tête quand j'ai accepté de sortir avec Marsha.

— Je vais aux toilettes, dis-je en me penchant pour parler à Marsha. Je reviens tout de suite.

— Attends, je t'accompagne.

Marsha abandonne ses compagnons sans un regard en arrière et me suit à travers la foule.

Il est encore tôt et la file d'attente devant les toilettes des dames n'est pas encore trop importante. En attendant, Marsha me raconte sa soirée du week-end dernier avec Tonya et me parle du gars canon qu'elle a rencontré dans un club. J'écoute et je souris en hochant la tête, tout en m'émerveillant de la différence entre ma vie et celle de mon amie, si facile et fluide. À quand remonte la dernière fois où ma préoccupation principale était de savoir si un gars allait me rappeler ? L'université, peut-être ? Quand j'ai rencontré George, ma vie de célibataire insouciante s'est arrêtée net et elle n'a jamais recommencé après sa mort.

Peter m'a accaparée avant que j'en aie l'occasion.

Nous parvenons enfin aux toilettes et nous nous séparons pendant un moment avant de retourner danser. À présent, la piste est plus chargée. On se fait bousculer et éclabousser, si bien qu'au bout d'une demi-heure, Marsha me crie à l'oreille :

— Viens, on s'en va.

Je la suis avec enthousiasme et nous rejoignons un bar lounge à quelques rues de là, où nous nous installons au bar pour écouter un groupe de musique jouer des chansons rock des années quatre-vingt entrecoupées de tubes récents.

— Tu chantes, n'est-ce pas ? demande Marsha après quelques shooters.

Je hoche la tête, étourdie par l'alcool.

— Très bien, fait-elle en souriant. J'ai une idée.

Elle descend du tabouret et m'attrape le poignet pour lever mon bras en l'air.

— Salut, tout le monde, crie-t-elle par-dessus la musique. Mon amie a une voix hors du commun. Vous voulez tous l'entendre ?

J'ai envie de m'enfoncer dans le sol, mais quelques personnes parmi la foule – essentiellement des gars un peu éméchés – acquiescent en chœur.

— Allez, dit Marsha en me poussant sur la scène, où les membres du groupe n'ont pas l'air ravis de se retrouver avec une amatrice.

En temps normal, je me défilerais avec la ferme intention d'enguirlander Marsha, mais entre l'alcool qui me désinhibe et mes représentations devant Peter et ses hommes au Japon, je trouve le courage de rester sur la scène.

— Vous connaissez *Karma* d'Alicia Keys ? je demande au guitariste en espérant que ma voix soit suffisamment assurée.

Le musicien, un type aux joues rouges et au crâne dégarni, me lance un regard méfiant.

— Peut-être. Tu chantes et on t'accompagne ?

— Ça ne vous dérange pas ? dis-je avec mon plus beau sourire. Rien qu'une chanson et je vous libère.

Il échange un regard avec les autres et me glisse un micro entre les mains avant de dire :

— Oh, et puis tant pis. Vas-y, ma belle. Montre-nous ce que tu sais faire.

Ils jouent les premières notes et je me tourne vers la foule. Mon cœur s'emballe quand je me rends compte de ce que je suis en train de faire. La dernière fois que j'ai joué devant un public si nombreux, c'était au collège, quand j'ai obtenu un rôle majeur dans une comédie musicale. Soudain, j'ai des papillons dans le ventre et j'éprouve un élan d'excitation.

Utilise cette émotion, me dis-je en prenant une grande inspiration. Puis je commence à chanter, laissant mes propres mots se mêler aux paroles familières. Malgré tout ce que j'ai bu, ma voix est nette et posée, si forte que j'en ressens les vibrations. Les autres bruits se taisent dans le bar et je remarque la surprise et l'émerveillement sur les visages tournés vers moi – y compris celui de l'agent fédéral en civil qui m'a suivie depuis le club et sirote un verre dans un coin.

Marsha aussi a l'air abasourdie et je me rends compte qu'elle ne m'a jamais vraiment entendue chanter toute seule. Nous avons entonné « Joyeux Anniversaire » en groupe pour une ou deux infirmières, et elle m'a sans doute entendu chanter sur les morceaux choisis par le DJ quand on est sorties dans ce club il y a quelques mois, mais jamais comme ça.

Jamais sur une scène… surtout avec mes propres paroles.

Je manque de m'étrangler à cette pensée. Je n'ai jamais partagé mes compositions devant quelqu'un d'autre que Peter et son équipe. Mais je parviens à continuer et, alors que j'entame ma version du refrain, je constate que quelques personnes dans le public chantent elles aussi, tapant en rythme leurs paumes sur les tables et leurs pieds sur le sol. Les papillons prennent leur envol et remplissent bientôt chaque parcelle de ma poitrine, jusqu'à me donner l'impression que je suis capable de m'élever sur leurs ailes frémissantes. Je continue de chanter tandis que mon corps suit la musique, ma formation de danseuse reprenant le dessus.

Ce n'est qu'à la fin de la chanson, suivie par un tonnerre d'applaudissements, que je prends conscience de cette sensation de légèreté. Je redescends de mon nuage et vois Marsha en train d'applaudir et de crier comme une folle devant la foule. Rayonnante, je me tourne vers le groupe pour le remercier. Eux aussi sont en train de m'applaudir. J'ai l'impression de vivre un rêve, une situation que j'imaginais souvent quand j'étais adolescente.

— C'était incroyable. Tu as d'autres chansons comme celle-là ? demande le guitariste.

Je fais oui de la tête tout en sentant les papillons se changer en colibris dans ma poitrine. Au Japon, j'ai composé et enregistré des dizaines de chansons, certaines sur des musiques déjà existantes, et d'autres de ma composition. J'avais pris l'habitude de les jouer devant mes ravisseurs, le soir, en guise de divertissement. Peter me disait toujours que j'étais douée, mais je considérais que ce n'était que des compliments pour me faire plaisir, d'autant plus que nous n'avions rien d'autre pour passer le temps. Or ces gens-là sont de parfaits inconnus. Ils n'ont aucune raison de me flatter.

Au contraire, les musiciens devraient me chasser de la scène pour pouvoir reprendre leur vraie musique.

— J'en ai une autre, dis-je au guitariste sans oser respirer en constatant que le rêve persiste. Vous connaissez l'air de *Just the Way You Are*, de Bruno Mars ?

Il sourit.

— Naturellement. D'accord, c'est parti... Comment tu t'appelles ?

— Sara, dis-je avant de le regretter aussitôt.

Mon prénom est complètement banal et cette soirée mérite autre chose. Quelque chose comme Madonna, Rihanna ou SZA...

— Applaudissez tous Sara ! s'écrie le guitariste.

Devant le public qui tape des mains et crie avec enthousiasme, j'en oublie mon prénom trop classique.

Le groupe commence à jouer *Just the Way You Are* et je prends une grande inspiration pour me préparer. Quand mon tour arrive, je chante mes propres paroles. En voyant la réaction du public, je sens l'exaltation revenir. Ils aiment ce que je fais. Purement et simplement.

La chanson se termine bien trop vite et je retombe sur terre, pour mieux m'envoler quand le public en réclame une autre, puis encore une autre, et ainsi de suite. J'interprète sept de mes meilleurs morceaux d'affilée avant que ma voix commence à donner des signes de faiblesse.

— Et voilà, dis-je au groupe avant de rendre le micro au guitariste. Merci beaucoup de m'avoir accordé ce plaisir.

— Ma belle, tu es la bienvenue quand tu veux, dit-il. En fait...

Il se tourne vers les autres musiciens pour les consulter du regard avant de m'annoncer :

— On joue ici tous les week-ends, et on adorerait que tu te joignes à nous.

— Oh, je...

— Bien sûr, on partagera la recette, dit-il comme si j'envisageais de refuser pour des questions pécuniaires. Ça paie plutôt bien ici.

— Elle est au-dessus de votre budget, déclare Marsha qui vient de monter sur la scène en oscillant des hanches. Elle est médecin, vous savez.

— Vraiment ? fait le guitariste en me toisant du regard. Talentueuse, jolie *et* intelligente ? Je vois.

Je rougis quand Marsha répond :

— Exactement. Alors si vous voulez la réserver, il faut d'abord me le demander. Tiens.

Elle prend le poignet du musicien et sort un stylo de sa poche pour inscrire son numéro sur son avant-bras, à côté d'un tatouage représentant un cœur transpercé d'une flèche. Elle ajoute avec un clin d'œil :

— Je suis disponible à tout moment.

J'éclate de rire en comprenant ce que fait Marsha et je l'entraîne au bas de la scène avant que mon amie commence à flirter plus ouvertement avec le musicien. D'après les rumeurs qui circulent à l'hôpital, elle a déjà fait pire quand elle a bu un coup de trop.

Nous traversons la foule qui applaudit encore en direction de la sortie. L'air froid de février parvient à peine à calmer notre excitation. Je suis portée par l'alcool et la performance scénique que je viens de livrer. Quant à Marsha, elle est tout aussi fébrile. Elle rit et parle du moment que nous venons de passer : selon elle, elle pourrait être mon agent et nous pourrions devenir riches si je réussissais à percer.

On s'amuse tellement que, pendant un moment, j'en oublie que rien de tout cela n'est réel, que ma vie n'est qu'une longue attente. Cependant, une fois dans le taxi qui me ramène chez moi, tout me revient et mon enthousiasme retombe sans laisser de trace.

Pendant que je chantais et que je me saoulais, une autre soirée s'écoulait lentement.

Un autre jour se terminait sans que Peter soit revenu.

eter

J'ENVISAGE DE CONTACTER SARA DÈS QUE NOUS ATTERRISSONS SUR LE petit aéroport privé, dans les contreforts des Great Smoky Mountains, à une centaine de kilomètres d'Asheville et à quelques États seulement de Sara. La tentation est forte de décrocher le téléphone pour l'appeler, histoire d'entendre sa voix. Mais si je le faisais, les fédéraux – qui la surveillent encore et écoutent tous ses appels – remettraient sa parole en doute, une fois de plus, et ils lui feraient subir de nouveaux interrogatoires.

Ce n'est pas la première fois que je pense à la contacter. J'y pense constamment. Aussi méticuleux que soit le FBI, je pourrais toujours demander à l'un des hommes que j'ai engagés pour la surveiller de lui faire passer une lettre en toute discrétion. Ce serait risqué, mais pas impossible.

Ce qui m'en empêche, ce n'est pas une question logistique. J'ignore ce que je lui dirais – et quelle serait la réaction de Sara si elle recevait un message de ma part. J'aime croire que je lui manque autant qu'elle me manque, mais je n'écarte pas la possibilité que l'accord fragile que nous avons conclu vers la fin de sa captivité soit rompu et que son retour l'ait à nouveau remplie de haine et de crainte à mon égard.

Elle espère peut-être que je suis parti pour de bon, et recevoir une lettre la bouleverserait.

Et puis, comment expliquer les raisons de mon éloignement ? Je ne peux rien dévoiler de l'affaire Novak/Esguerra – trop dangereux si la lettre était interceptée. Je devrais me contenter de lui faire savoir que je suis en vie et que je compte toujours venir la chercher.

Mais si elle a retrouvé le bonheur chez elle, sans moi, elle pourrait interpréter cela comme une menace.

Je vois bien que mes hommes meurent d'envie de dire quelque chose au sujet de cette situation, mais l'interdiction de parler de Sara reste de rigueur et ils savent qu'ils n'ont pas intérêt à l'enfreindre. Alors ils tiennent leur langue et je m'accommode de l'absence de Sara, soulageant mon obsession par les rapports quotidiens que je reçois.

Deux jours plus tôt, elle est sortie avec son amie Marsha et a chanté dans un bar, interprétant l'une de ses chansons en public. Mon cœur s'est rempli d'une douce chaleur quand j'ai lu cette nouvelle et j'ai demandé aux Américains de l'enregistrer la fois suivante, pour que je puisse l'écouter et voir la réaction du public. Je me sens dérisoirement fier à l'idée que mon petit oiseau se soit lancé, faisant taire ses inhibitions pour montrer tout le talent dont je la sais capable.

Bien sûr, la fierté n'est pas le seul sentiment que j'ai éprouvé à la lecture de ce rapport. L'idée qu'elle sorte là où d'autres hommes peuvent la draguer me fait l'effet d'un charbon ardent. Sara est à moi. La distance physique n'y change rien. Jusqu'à présent, les comptes-rendus ne font état d'aucun homme sérieusement intéressé, mais ça ne veut pas dire qu'il ne se passe rien. Comme le FBI piste Sara en permanence, mes hommes doivent être particulièrement prudents, et il arrive qu'ils ne puissent pas s'approcher suffisamment pour faire en sorte qu'aucun abruti ne lui demande son numéro de téléphone ou ne lui offre un café.

Si je pouvais placer un dispositif d'écoute sur Sara, je le ferais sans hésiter.

Je lui implanterais une puce dans le cerveau si c'était possible.

— Tu es prêt ? demande Yan.

Je me rends compte que je suis en train de nettoyer mon arme d'un air absent depuis une minute, au lieu de prendre mon sac et de descendre de l'avion.

— Oui, dis-je en remontant les pièces détachées de mon arme, que je glisse dans ma ceinture. En avant.

Lyle Bolton, le cousin germain de Wally Henderson, possède une petite épicerie bio à Asheville. D'après ses amis et ses voisins, c'est un homme tranquille et paisible, avec les 2,5 enfants de moyenne nationale – deux en maternelle et un bébé à naître. Sa femme enceinte est mère au foyer et, vus de l'extérieur, ils forment le parfait petit couple des faubourgs.

Dommage que personne ne sache ce que nos hackers ont découvert.

Nous l'attendons dans le chalet de montagne de la prostituée, notre 4x4 garé loin des regards, derrière la remise. Techniquement, la fille est une escort-girl, mais payer pour coucher, ça revient au même à mes yeux. Bolton passe ici tous les mardis et jeudis en rentrant des fermes locales où il achète des articles pour son magasin. Sa femme ne se doute de rien, tout comme les membres de sa communauté.

Personne n'imaginerait que le discret M. Bolton, fidèle paroissien et passionné par le bien-être animal et l'environnement, puisse payer une « escort-girl » à la limite de l'âge légal pour lui déféquer dessus deux fois par semaine – après l'avoir battue.

Comme Henderson fait surveiller la maison et le magasin de Bolton par ses amis, ce chalet est l'endroit idéal pour interroger ce fils de pute. Ses vilaines petites habitudes sont un secret bien gardé que même son cousin ignore. Grâce à toutes les précautions qu'il a prises pour justifier ce laps de temps, personne ne viendra le chercher avant de constater qu'il n'est toujours pas rentré à l'épicerie, quatre heures plus tard.

On peut faire beaucoup de choses en quatre heures.

Le chalet est vide à part nous. Yan a attiré la prostituée ce matin en prétendant être un client prêt à payer une forte somme. Une fois qu'elle est entrée dans la chambre d'hôtel, il l'a attachée et l'a abandonnée là. Si on a le temps, il la libèrera plus tard dans la journée, sinon l'équipe de ménage la retrouvera demain matin. Quoi qu'il en soit, la fille n'ira pas se plaindre à la police, surtout quand elle découvrira le montant que nous avons laissé sur la table de chevet.

Lyle Bolton est ponctuel, comme toujours, et il arrive à dix heures moins le quart. Sa camionnette fait crisser le gravier de l'allée et je fais signe aux gars de se tenir prêts.

Attraper notre proie est un jeu d'enfants. Il ne se doute pas de ce qui l'attend. Le connard entre avec un grand sourire de crétin sur son visage replet. Au même moment, Ilya surgit derrière la porte et lui décoche un coup de poing dans le ventre. Il reste délicat – aussi délicat que peut l'être un colosse pareil –, mais Bolton s'étale quand même de tout son long. Il hoquette et sa respiration est sifflante quand il essaie tant bien que mal de se relever.

Yan lui donne un dernier coup de pied dans les côtes, pour faire bonne mesure. Enfin, j'interviens et hisse le fils de pute par le dos de sa chemise tandis qu'il commence à bredouiller et à implorer notre pitié.

— Ton cousin, dis-je d'un ton calme en l'asseyant sur une chaise de la cuisine. Où est-il ?

Il nous regarde, bouche bée, et je remarque une crainte toute nouvelle dans ses yeux. Maintenant, il comprend que ce n'est pas une erreur, que nous ne sommes pas des cambrioleurs au mauvais endroit au mauvais moment.

— Je… je ne sais pas, bafouille-t-il.

Je soupire avant de sortir mon arme.

— Encore une chance, dis-je en collant le canon sur son front. Où est Wally, bordel de merde ?

Il se pisse dessus. Une tache sombre se propage à l'entrejambe de son pantalon en velours côtelé et je sens l'odeur âcre de l'urine. Ça m'énerve presque autant que les larmes et la morve qui coulent sur son visage.

— Je vous jure que je n'en sais rien ! gémit-il.

Je baisse le pistolet et appuie deux fois successivement sur la détente. Ses hurlements sont assourdissants quand il dégringole de la chaise et se roule en boule sur le sol. Je viens de lui planter deux balles – une dans chaque pied – et j'attends pendant une minute que les cris s'atténuent avant de répéter :

— Où est ton putain de cousin ?

— Je sais pas, je sais pas, je sais pas !

À présent, il est hystérique et tient à deux mains ses pieds ensanglantés.

— Pitié, je le jure, je n'en sais rien. Il a disparu il y a plus de deux ans et depuis, je suis sans nouvelles.

— Rien ? Pas de coups de fil, pas d'emails, pas de lettres ?

Je connais déjà la réponse à cette question grâce à nos hackers et je ne suis pas étonné quand ce triple idiot secoue la tête comme un jouet mécanique.

— Non, non, je le jure ! Rien ! Personne n'a entendu parler de lui depuis qu'il est parti.

Je me tourne vers Yan.

— Qu'est-ce que tu en penses ? je demande en russe. Tu crois ce sac à merde ?

Il le dévisage avant de hocher la tête.

— Oui, je crois bien. Henderson est trop prudent pour contacter ce type.

— Bon, d'accord. On se tire.

Je me penche pour prendre le téléphone de Bolton dans sa poche et je l'abandonne en train de bafouiller et de saigner sur le parquet. Nous sortons du chalet. Avant de partir, je mets son véhicule hors service pour m'assurer qu'il ne s'en ira pas avant un long moment.

Nous avons encore cinq enfoirés à interroger avant que quelqu'un découvre ce qui lui est arrivé.

eter

LES DEUX PERSONNES SUIVANTES SUR NOTRE LISTE NE POSENT PAS plus de difficultés que Bolton. Le premier, Ian Wyles, est un instituteur à la retraite, l'oncle de Henderson au deuxième degré. Avant la disparition de Henderson, ils s'échangeaient régulièrement des emails et il est possible que le fugitif ait trouvé un moyen de garder contact avec lui.

Nous pinçons le vieil homme sur la route, alors qu'il rentre du bureau de poste, mais il est évident qu'il ne sait rien. Il est tellement abasourdi et sidéré par nos questions qu'on ne prend même pas la peine de le rudoyer. On se contente de l'attacher et de le laisser dans son véhicule désactivé, au fond des bois, où il sera retrouvé dans quelques heures quand sa femme rentrera et se rendra compte de son absence.

La deuxième personne, Jennifer Lows, est l'amie de l'épouse Henderson. C'est une femme ronde d'un âge moyen, qui fait dans sa culotte quand on l'attrape devant la maison de retraite de ses vieux parents. Au bout d'une minute d'interrogatoire, on a compris qu'elle ne sait rien et on l'abandonne dans une ruelle, ligotée derrière une benne à ordures, bâillonnée et terrorisée, mais indemne.

— Trois pour rien, observe Anton lorsque nous quittons la ruelle.

Je hausse les épaules. C'était prévisible. Si Henderson avait gardé le contact avec ces gens-là, nous l'aurions déjà découvert. Et puis, ils seraient plus étroitement surveillés. La facilité avec laquelle nous les avons interceptés me prouve qu'ils ne sont pas dans le secret de Henderson.

Les personnes qui comptent pour lui – sa femme et ses enfants – sont aussi bien cachées qu'un trésor.

Quoi qu'il en soit, obtenir des informations sur l'endroit où se trouve Henderson n'est pas notre objectif principal. Il s'agit d'envoyer un message, de lui faire comprendre que personne dans sa vie – aussi éloignée que soit leur relation – n'est à l'abri.

Nous voulons le mettre en colère et lui faire peur, parce que les hommes effrayés commettent des erreurs quand ils sont sur les nerfs.

La prochaine personne sur notre liste est un agent de la police locale qui se trouve être un ami d'enfance de Henderson. Jimmy Gander, âgé de cinquante-cinq ans, est l'un des policiers les plus anciens du poste. Quand on l'attrape à la sortie de son bar favori, il parvient à frapper Anton au visage avant de se faire assommer.

— Putain, je vais le tuer, grommelle Anton alors que nous nous engageons dans la forêt où nous avons l'intention d'interroger notre captif. Ce fumier ne va pas s'en tirer comme ça.

— On ne tue pas, sauf en cas de nécessité ! je juge bon de lui rappeler. Nous allons juste le secouer un peu s'il refuse de coopérer.

Anton se renfrogne.

— On s'en fout de cette règle. Je vais avoir un œil au beurre noir.

— Tu n'aurais pas dû te laisser avoir par le papi, dit Yan en ricanant. Il devrait peut-être te remplacer dans l'équipe. Apparemment, il est plus doué que toi.

— Boucle-la, dis-je aux deux hommes tandis que notre 4x4 s'arrête dans une clairière. Tu règleras tes comptes avec lui plus tard.

Nous traînons le flic à l'extérieur et attendons qu'il revienne à lui avant de commencer à l'interroger. Comme les autres, il a l'air sincèrement étonné. Cependant, contrairement à nos autres cibles de la journée, il refuse tout net de répondre à nos questions. À la grande joie d'Anton, nous sommes forcés de le frapper à plusieurs reprises avant d'entendre l'éternel « je ne sais rien » et « je suis sans nouvelles de lui ». En d'autres circonstances, j'aurais admiré la loyauté de Gander pour son ami, mais étant donné qu'il nous reste moins de deux heures pour interroger les deux dernières personnes de notre liste, ce retard ne fait que me contrarier.

— Tire-lui une balle, dis-je à Anton lorsque le policier refuse de nous dire quand il a vu Henderson pour la dernière fois.

Anton se fait un plaisir de m'obéir et tire dans l'épaule droite de Gander.

Après quoi, il ne nous oppose plus aucun refus et se laisse aller à une véritable logorrhée verbale tout en nous suppliant de l'emmener à l'hôpital.

— On se barre, dis-je aux gars quand je comprends qu'on n'en tirera pas davantage. Attachez-le, on le laisse ici.

Alors que nous nous éloignons, je me promets d'appeler les urgences pour leur indiquer où il se trouve une fois que nous aurons décollé.

Ami de Henderson ou pas, ce flic n'a aucune raison de mourir.

~

À PRÉSENT, NOUS MANQUONS DE TEMPS. NOUS EXPÉDIONS LE RESTE de la liste en interrogeant nos deux dernières cibles ensemble. Nous les avons gardées pour la fin, car il s'agit de deux connaissances de Henderson encore plus éloignées – si nous n'avions pas pu les interroger pour une quelconque raison, ça n'aurait pas été une grande perte.

Le premier est l'ex-petit ami de la fille de Henderson, Bobby Carston. Il a vingt ans, trois ans de plus que la fille, et d'après nos fichiers, ils se sont séparés parce qu'il avait couché avec sa meilleure amie au bal de promo du lycée. Je ne supporte pas les types qui trompent leurs copines et je me fais un plaisir de le malmener un peu pendant notre interrogatoire – histoire de montrer à notre dernier captif, le professeur préféré du fils de Henderson, que nous ne plaisantons pas.

Tout compte fait, Sam Briars s'avère si loquace dans ses réponses à propos de Jimmy Henderson qu'il nous fournit des informations inattendues.

Une piste éventuelle.

— … et puis, ils sont partis en vacances en Thaïlande, il y a cinq ans. Jimmy ne cessait de dire à quel point ils adoraient la culture locale et tous les fruits qu'on trouve là-bas. Ils avaient même envie de s'y installer. Ils s'étaient liés d'amitié avec une famille de Phuket. Pas dans une région touristique, figurez-vous, mais dans une région reculée, loin de l'affluence. Jimmy en parlait à tous ses camarades de classe. Ensuite il y a eu Singapour, que sa mère aimait tant parce que tout y était très propre. Et l'Islande, où les parents de Jimmy comptaient partir pour leur anniversaire de mariage. Le Maryland, aussi, où sa sœur devait aller faire ses études, et je peux vous donner encore d'autres endroits si vous me laissez le temps…

Le professeur parle si vite qu'il bégaye presque et nous le laissons débiter ses souvenirs en prenant des notes pour vérifier plus tard les lieux qu'il mentionne. Nous nous sommes déjà penchés sur la majeure partie de ces pays, y compris la Thaïlande, mais les Henderson se déplacent souvent pour ne pas se faire repérer et nous n'avions pas connaissance de cette famille locale de Phuket.

C'est certainement une piste à explorer.

Dix minutes s'écoulent et le professeur ne semble pas à court d'idées. Sans doute son verbiage est-il encouragé par les gémissements plaintifs de l'ex-petit ami un peu amoché. Quand il commence à radoter, j'adresse un signe de tête à Ilya, qui lui donne un léger coup dans les côtes.

— Ça suffit… j'ordonne lorsque Briars se met à geindre comme s'il avait une côte cassée. Attachez-les, et allons-nous-en. Il faut partir.

Tandis que nous rejoignons notre avion, je guette les poursuites éventuelles, mais nous arrivons à destination sans incident.

L'opération est officiellement un succès : nous avons envoyé un message clair à Henderson et, ce faisant, nous avons récolté des pistes intéressantes.

Je devrais m'en réjouir, mais alors que les roues de l'avion quittent le sol, je ne peux m'empêcher de me dire que je suis encore loin d'obtenir ce que je souhaite réellement.

Plusieurs mois me séparent encore de mes retrouvailles avec Sara.

ara

— Il a fait *quoi* ?

Je dévisage Ryson, les paumes moites de sueur. Mon cœur bat la chamade. Ma première réaction – la joie de savoir Peter vivant, sain et sauf – est vite remplacée par un nœud douloureux au creux du ventre.

— Il a agressé six personnes en Caroline du Nord, répète l'agent. Deux d'entre elles sont hospitalisées avec des blessures par balle, et les quatre autres présentent des hématomes et sont traumatisées par un interrogatoire violent. Tous sont des citoyens innocents. Avez-vous quelque chose à nous dire à propos de cet incident ?

— Je... quoi ?

Je secoue la tête pour chasser les images sinistres.

— Pourquoi aurait-il fait une chose pareille ?

— D'après les victimes, il voulait savoir où se trouvait l'une de leurs connaissances – un certain Walter Henderson III. Cet homme a la malchance de figurer sur la même liste que votre défunt mari, explique Ryson en croisant ses bras volumineux. Il semblerait que Sokolov ait recours à des mesures extrêmes pour le retrouver. Pouvez-vous nous apprendre quelque chose ? À propos du but qu'il recherche ?

Je déglutis pour ravaler la bile qui remonte dans ma gorge. Ces deux derniers mois, j'ai réussi à oublier la réalité brutale de l'homme qui me manque, à fermer les yeux sur mes souvenirs les plus sombres.

— Vous ne savez rien ? je demande.

— Je vous l'ai dit, la majeure partie de son dossier est classifiée.

Ryson décroise les bras et se penche vers moi.

— Docteur Cobakis, vous savez aussi bien que moi que cet homme est dangereux. Nous devons l'arrêter avant qu'il fasse du mal à d'autres innocents. Il est important que vous nous disiez tout ce que vous savez à son sujet, pour que nous ayons une meilleure idée de l'endroit où il pourrait frapper la prochaine fois.

Je le dévisage. Mon corps est à la fois brûlant et glacial.

— Il... il ne m'a pas dit grand-chose.

C'est ce que j'ai toujours expliqué aux agents et je dois m'en tenir à cette version de l'histoire, quels que soient mes sentiments à l'égard du mal que Peter inflige à ces pauvres innocents dans sa quête de vengeance.

En tout cas, même si Ryson était au courant du massacre de la femme et du fils de Peter, ça ne changerait rien. Peter n'arrêtera pas avant de mettre la main sur Henderson et de le rayer de sa liste. Et comme il vient d'en faire la démonstration saisissante en Caroline du Nord, les fédéraux ne sont toujours pas à la hauteur.

Peter et ses hommes ont pénétré aux États-Unis sans se faire repérer et ont agressé six citoyens avant de mettre les voiles.

Il se trouvait dans le même pays que moi, et si Ryson n'avait pas décidé de m'interroger, je ne l'aurais jamais su.

Mon ventre se contracte et, à ma grande stupeur, je me rends compte que je ne suis pas seulement émue par la souffrance et les tourments qu'il a infligés à ces gens.

Je suis surtout vexée et furieuse que Peter ne soit pas venu me chercher.

Seuls quelques États nous séparaient, et il n'est pas venu.

— Docteur Cobakis, fait Ryson, son regard scrutateur posé sur moi. Est-ce que tout va bien ?

— Je… oui.

Je serre les poings sous la table, enfonçant mes ongles dans mes paumes. Ce semblant de douleur me tempère et je parviens à dire sur un ton presque normal :

— Je suis désolée. Ça fait beaucoup à encaisser.

C'est la vérité. Pour tout dire, c'est même trop. Jusqu'à présent, je n'avais pas vraiment saisi la gravité de la situation, à quel point ces mois passés auprès de Peter m'ont abîmée, déformant ma perception du bien et du mal. Et maintenant, alors que je viens d'apprendre que le tueur qui m'obsède a blessé six innocents, je suis bouleversée qu'il les ait choisis, eux et pas moi. Qu'il ne m'ait pas enlevée alors qu'il en avait manifestement l'occasion…

J'ai un problème.

À présent, ça me saute aux yeux – tout comme le fait que Peter ne reviendra peut-être jamais. Pendant tout ce temps, la vengeance a toujours été son véritable amour, son obsession, et ce qu'il a pu éprouver pour moi n'a pas duré… si tant est qu'il y ait vraiment eu quelque chose entre nous. J'ignore pourquoi je suis toujours sous surveillance ni même si je le suis – cette sensation tenace n'est peut-être que le fruit de ma paranoïa –, mais il est évident que je ne suis plus sa priorité.

Je réussis à tenir le coup pendant le reste de l'interrogatoire auquel me soumet Ryson et je réponds à ses questions en pilote automatique. Une fois chez moi, je décroche le téléphone et j'appelle le docteur Evans, le psychologue qui m'a aidée autrefois.

Il est temps de reconstruire ma vie en mille morceaux.

Il est temps d'accepter qu'entre Peter et moi, c'est peut-être terminé.

PARTIE III

eter

Nous passons les deux mois qui suivent à remonter la piste de la Thaïlande – ce n'est pas facile de retrouver la famille avec laquelle les Henderson se sont liés d'amitié – et en constatant que cela ne nous mène nulle part, nous acceptons une mission en Russie. Un magnat du pétrole nous demande d'éliminer l'un de ses rivaux. Ce n'est pas aussi rémunérateur que certains jobs, mais le lieu nous plaît bien.

Ça fait des années que nous ne sommes pas rentrés dans notre pays d'origine.

— Ça vous fait aussi bizarre qu'à moi ? demande Anton alors que nous passons devant la Place Rouge.

Je hoche la tête, car je comprends exactement ce qu'il veut dire. Marcher dans ces rues et entendre parler russe tout autour de nous, c'est un peu comme un retour dans le temps. La dernière fois que j'étais à Moscou, c'était à l'époque où j'ai tué mon supérieur,

Ivan Polonsky, qui avait contribué à dissimuler le massacre de Daryevo – une éternité.

— Ça te manque ? je demande à Anton.

Il hausse les épaules.

— Non. Enfin, ce n'est pas drôle de toujours être un étranger, mais je m'y suis habitué. Et grâce à Sara, mon anglais s'est amélioré, alors…

Il s'interrompt et me regarde avec méfiance quand il se rend compte de ce qu'il vient de dire.

— Je veux dire, quand on était…

— Ça suffit.

Les muscles de mon cou sont crispés et mes poings se contractent convulsivement, mais je répète d'une voix calme et mesurée :

— Ça suffit.

Anton a la sagesse de se taire et nous terminons la promenade en silence. Il sait qu'il n'a pas le droit de parler d'elle, et ce n'est plus uniquement une question de sécurité. Ces jours-ci, Sara est un sujet sensible et la seule mention de son prénom me donne des envies de meurtre. La plaie béante laissée par son absence ne guérit pas. Au contraire, elle suppure.

J'en souffre chaque seconde de chaque jour et j'ai horreur de ça.

Les comptes-rendus quotidiens ne font qu'aggraver les choses, parce qu'il semblerait qu'elle m'ait oublié. Le mois dernier, elle a trouvé un travail au sein du cabinet de deux obstétriciens-gynécologues plus âgés. Elle a quitté la maison de ses parents pour s'installer dans un nouvel appartement. Je m'en réjouis – je veux qu'elle soit heureuse –, mais depuis six semaines, elle a commencé à sortir tous les week-ends, à boire et à danser avec ses amies. Pour couronner le tout, elle chante dans un groupe le vendredi soir – cette initiative m'a fait plaisir avant que je visionne un enregistrement de l'un de ses concerts, où elle porte une robe sexy qui fait baver d'envie tous les hommes de l'assistance.

Ils la regardent comme une meute de loups devant un lièvre appétissant.

Si j'étais avec elle, j'aurais pu empêcher cela – refaire quelques portraits, si besoin –, mais la moitié du monde nous sépare et ça me dévore vivant. Pire encore, ça me fait penser que Sara m'a peut-être oublié au point d'être capable de tomber amoureuse d'un autre… peut-être même l'un des abrutis qui viennent la voir après chaque concert pour s'extasier devant elle et quémander son numéro.

La seule chose qui me retient de mettre un contrat sur la tête de ces types, c'est que jusqu'à présent, elle n'est sortie avec aucun d'entre eux.

Mais ce n'est qu'une question de temps. Je le sais. Plus mon absence dure, plus cette possibilité s'impose. C'est pour ça qu'avant d'accepter cette mission, j'ai fini par lui faire envoyer un message.

Elle ne devrait pas tarder à le recevoir.

En attendant, nous avons un homme très riche – et corrompu jusqu'à la moelle – à liquider.

ara

— SARA ! SARA ! SARA !

Mon prénom scandé par le public, combiné aux applaudissements assourdissants, me fait l'effet d'une injection d'héroïne dans les veines. Je suis si euphorique que j'ai l'impression de voler et je salue en riant, tandis que la clameur s'intensifie.

Mes musiciens – Phil, Simon et Rory – saluent eux aussi. Mais le public n'a d'yeux que pour moi. Sans doute parce que le mois dernier, sourds à mes protestations, les gars ont changé le nom du groupe, les *Rocker Boys*, en *Sara & et les Rocker Boys*. Phil a décrété que le groupe avait plus de valeur depuis que j'étais leur chanteuse, et désormais mon visage figure au premier plan sur toutes nos affiches, à côté de mon nom. La semaine dernière, une patiente de la clinique m'a reconnue comme « la fameuse Sara » et m'a demandé un autographe – un incident très gênant qui m'a valu d'être surnommée « la vedette » par le personnel de la clinique.

C'est la première fois que nous nous produisons dans une vraie salle de concert et je n'étais pas certaine d'assurer. Nous sommes au mois de mai et la météo est encore imprévisible. Deux jours plus tôt, nous ignorions encore s'il ferait dix degrés avec un temps pluvieux, ou vingt-cinq et un grand soleil. En fin de compte, le temps est mitigé – dix-huit degrés et quelques nuages –, mais le public est au rendez-vous. Nous avions pour objectif de vendre au moins une centaine de billets pour rembourser la location de la salle, et d'après le nombre de spectateurs enthousiastes qui applaudissent à tout rompre, je crois que nous avons vendu près de quatre fois plus d'entrées.

Après un dernier salut, nous revenons pour le rappel, puis nous quittons définitivement la scène. Comme toujours après un show réussi, c'est difficile de se détendre et nous allons fêter notre succès dans un bar du coin, histoire de décompresser un peu.

Comme pour moi, la musique n'est qu'un loisir pour les autres membres du groupe. Phil, notre guitariste, est professeur de maths. Simon, le batteur, est rédacteur indépendant. Quant à Rory, notre bassiste, il travaille dans un centre d'appels. Mais contrairement à moi, ils adoreraient faire de la musique leur carrière et, comme souvent après un concert couronné de succès, ils se mettent à parler tournée.

— On pourrait commencer à Seattle, puis on descendrait le long de la côte ouest, dit Phil en prenant sa bière.

Ses yeux bleus brillent avec ferveur sur son visage rouge.

— De là, on traverserait par le sud-ouest et...

— Oublie Seattle.

Rory avale son shooter de tequila et fait glisser le verre en direction du barman surmené.

— On part directement en Californie. San Francisco, puis Los Angeles. C'est l'idéal pour des artistes comme nous, sans parler du temps, de la culture et de la bouffe...

Il continue et fait de grands gestes tout en parlant. Je souris en remarquant le regard que lui lancent plusieurs clientes. Avec ses taches de rousseur, ses boucles rousses en bataille et son physique de culturiste, Rory est à mi-chemin entre Annie la petite orpheline et un mannequin d'Abercrombie sous stéroïdes. C'est un mélange qui n'aurait jamais dû fonctionner, et pourtant, ça le fait – le succès du groupe doit sans doute autant à sa belle gueule qu'à nos talents réunis.

Phil et Simon ne sont pas en reste. Simon, notamment, me fait penser à Denzel Washington en plus jeune, avec un côté rock. Phil est un peu plus quelconque. Son crâne a tendance à se dégarnir et il commence à accuser une légère bedaine de buveur de bière, mais sa personnalité avenante compense largement ses lacunes physiques. Mes trois musiciens sont attirants, chacun à sa manière, et ils m'ont tous plus ou moins fait comprendre que je les intéressais.

Dommage que tout ce que je suis capable de voir chez un homme, ces derniers temps, c'est le fait qu'il n'est pas Peter.

Bien sûr, les gars n'en savent rien. Ces bienheureux ignorent la confusion terrible que représente mon passé, ainsi que les agents du FBI qui me collent aux basques. Tout ce qu'ils savent, c'est que je suis veuve, et ils supposent que si je ne sors avec personne, c'est parce que je porte encore le deuil de mon mari.

— Ça fait combien de temps ? m'a demandé Phil avec compassion quand j'ai intégré le groupe au mois de février.

Je lui ai répondu que mon mari était décédé depuis un an et demi, qu'il était tombé dans le coma après un accident de voiture et qu'il ne s'était jamais réveillé. Phil m'a présenté ses condoléances et, depuis, Simon, Rory et lui ont eu le tact de ne plus aborder le sujet.

À vrai dire, après m'avoir discrètement fait comprendre que je leur plaisais, et après avoir été tout aussi discrètement éconduits, ils n'ont pas insisté et ont commencé à me traiter comme une sorte de figure de sainteté, une madone intouchable auréolée de mélancolie.

Ils ne sont pas loin du compte, si ce n'est que mes souffrances n'ont pas grand-chose à voir avec George, qui s'efface de ma mémoire chaque jour un peu plus. Maintenant, son accident remonte à plus de trois ans et notre amour a succombé sous le poids de ses addictions depuis plus longtemps encore. Désormais, chaque fois que je pense à lui, je ne peux m'empêcher de songer à ce que j'ai ressenti quand j'ai découvert sa double vie en tant qu'agent de la CIA... ainsi que les secrets et les mensonges qui ont amené Peter sur le pas de ma porte.

J'aimerais pouvoir l'oublier, lui aussi, mais c'est impossible. Ça fait presque six mois que mon ravisseur m'a raccompagnée chez moi, et pourtant je pense à lui tous les soirs en m'endormant. Parfois, je suis convaincue de pouvoir le sentir. Non pas à côté de moi, mais quelque part dans le monde, venu me tourmenter depuis d'autres continents, l'attraction qu'il exerce sur moi à la fois magnétique et dangereuse comme la force gravitationnelle du soleil.

Je rêve de lui, aussi. De la tendresse avec laquelle il me serrait dans ses bras quand je pleurais et de sa brutalité lorsqu'il me baisait – toutes les choses, grandes et petites, qui font toute la contradiction de Peter. Parfois, je me réveille de ces rêves à la fois excitée et frustrée, pour retrouver mon oreiller baigné de larmes et mes bras enroulés autour de ma couverture, comme si je cherchais à conjurer la solitude insoutenable qui me glace de l'intérieur.

Je dois tourner la page, je le sais. Et j'essaie. Je sors avec Marsha et les filles chaque week-end, et quand un homme plus charmant que les autres me demande mon numéro, je me fais un plaisir de le lui donner. Or je ne vais pas plus loin. Je suis incapable de franchir l'étape suivante et d'accepter un rendez-vous quand il m'appelle ou m'écrit.

— Pourquoi leur donner ton numéro, dans ce cas ? m'a demandé Marsha la semaine dernière, quand elle a appris que j'avais recommencé. Pourquoi ne pas leur dire non tout de suite ?

Je ne savais pas quoi répondre et j'ai haussé les épaules. Elle n'a pas insisté. À l'instar de mes connaissances ayant entendu la version de l'histoire que je donne au FBI, Marsha me traite comme si j'étais en cristal, comme si je risquais de me briser à la moindre pression. Je crois qu'elle pense – comme les autres à l'hôpital – que mon calvaire était encore pire que ce que j'ai avoué. Un jour, quand maman était encore hospitalisée, j'ai entendu deux infirmières discuter. Elles disaient que j'avais échappé à un « réseau d'esclavage sexuel » et que j'avais toujours du mal à gérer le contrecoup d'une « prostitution forcée ».

C'est exaspérant, mais le seul moyen de contrer ces rumeurs serait de dire la vérité, et je ne compte pas le faire.

Heureusement, mes nouveaux collègues de travail n'en savent pas plus que les membres du groupe. Les docteurs Wendy et Bill Otterman, le couple marié qui gère le petit cabinet d'obstétrique-gynécologie, étaient tellement impressionnés par mon CV et mes références universitaires qu'ils m'ont à peine interrogée sur la parenthèse de neuf mois dans mon parcours professionnel. Je leur ai dit que j'avais fait une pause pour faire le tour du monde et ils m'ont engagée sur-le-champ, sous réserve que je commence immédiatement pour leur permettre de faire cette croisière en Alaska, dont ils rêvaient depuis longtemps, à l'occasion de leur quarantième anniversaire de mariage.

J'aurais pu chercher un meilleur revenu, des opportunités plus prestigieuses, mais j'ai accepté l'offre immédiatement et j'ai débuté dès le lendemain. Comme maman venait de sortir de l'hôpital, je voulais un poste tranquille qui me permette de veiller sur papa et elle. Mais ce qui a achevé de me convaincre, c'est l'emplacement du cabinet – à un quart d'heure en voiture de chez mes parents et à distance de marche de mon nouvel appartement.

— La Terre à Rory.

Simon agite sa bouteille de bière sous le nez de Rory, interrompant son discours sur les merveilles de la Californie.

— Soyons réalistes, si tu veux bien. Sara, est-ce que tu viendrais en tournée avec nous ?

Je souris en secouant la tête.

— Non, je ne peux pas. Désolée. Le boulot ne me laissera pas prendre de telles vacances.

— Vous voyez ? s'exclame Simon en posant sur les musiciens un regard triomphant, comme s'il avait gagné un pari. Elle refuse de venir. Donc ça n'arrivera pas.

— Oh, allez.

Phil prend la bière des mains de Simon et la vide en deux gorgées avant de faire signe au barman d'en apporter d'autres. Puis il se tourne vers moi et me fait une démonstration du fameux charme à la Phil Hudson.

— Sara, ma chérie… fait-il d'une voix cajoleuse. Nous avons tous un boulot et d'autres responsabilités, mais ce genre d'occasions, ça n'arrive qu'une fois dans une vie. On casse la baraque, je le sens, et il faut en profiter tant que ça dure. *Tu* dois en profiter, car qui sait de quoi demain sera fait ?

Je secoue la tête en souriant. Je connais son sermon par cœur et il devient plus créatif à chaque fois.

— C'est vrai, qui ?

— Exactement.

Il agite son index comme un professeur.

— Personne ne le sait. La vie n'est qu'une série d'événements aléatoires. On pourrait penser qu'ils ont un sens, mais pas du tout. Tu crois peut-être savoir de quoi demain sera fait, mais il suffit d'un changement dans une seule variable pour que – *boum !* – tu prennes une tout autre direction.

— La direction d'une tournée, par exemple ? je rétorque, déclenchant l'hilarité de Rory et Simon.

— Une tournée, exactement. Ce serait une nouvelle variable, dit Phil sans se laisser décontenancer. Mais il faudrait qu'elle vienne de toi. La plupart du temps, la nouvelle variable surgit là où l'on s'y attend le moins et tous les plans minutieusement échafaudés se cassent la gueule.

— C'est un terme scientifique, ça ? Se casser la gueule ? Je me demande si je l'ai appris en cours de maths, observe Rory en se grattant le cuir chevelu.

Nous éclatons de rire et Phil lève les yeux au ciel en pestant tout bas, nous traitant d'ignares et de crétins avinés.

— Je dois y aller, dis-je en m'excusant lorsque les rires retombent. Je commence tôt demain matin.

— Ne t'inquiète pas, on le sait, fait Simon en me tapotant l'épaule. Fais ce que tu as à faire et laisse ces idiots rêver de gloire.

Je ris en secouant la tête, avant de quitter le bar pour rejoindre le parking de derrière. Si j'ai hésité avant d'intégrer le groupe, il s'avère que je n'ai jamais pris de meilleure décision. Non seulement j'ai l'impression d'être née pour ça chaque fois que je suis sur scène, mais les musiciens du groupe sont géniaux. Je préfère même sortir avec eux qu'avec Marsha et les filles – au fond, ça me met moins de pression.

Je suis en train d'ouvrir la portière de ma voiture quand je le remarque.

Un morceau d'une matière épaisse – du papier plié, peut-être ? – scotché à l'intérieur de la poignée.

Instinctivement, j'ai envie de le décrocher pour y jeter un œil, mais un sixième sens me retient. La démangeaison entre mes omoplates – cette sensation devenue si omniprésente que je n'y prête plus attention – est brusquement plus intense, et au lieu de tirer l'objet hors de sa cachette pour le regarder, je le détache discrètement et le garde dans mon poing serré en montant dans la voiture.

Maintenant, c'est évident, l'objet est un bout de papier. Je le glisse dans la poche de ma veste et sors du parking pour rentrer chez moi. Le véhicule banalisé du FBI me suit comme d'habitude. J'ai l'impression que le papier me brûle la poche.

Au prix d'un gros effort, je parviens à me garer devant mon immeuble et à traverser le hall d'entrée d'un pas nonchalant en direction des ascenseurs, sans me presser. Ce n'est peut-être qu'une publicité disposée bien curieusement, et pourtant je suis certaine que ce n'est pas le cas.

Une fois dans mon appartement, je ferme la porte à clé et jette un regard circulaire. Je ne pense pas qu'il y ait des caméras ni des micros chez moi. Après avoir découvert tous ces équipements high-tech dans mon ancienne maison et, quelques mois plus tard, chez mes parents, les fédéraux passent régulièrement mon appartement au peigne fin et ils auraient besoin d'un mandat pour effectuer eux-mêmes ce genre de surveillance intrusive. Cependant, pour plus de sûreté, je me débarrasse de mes chaussures et me dirige vers le placard de ma chambre sans me départir de mon calme.

Si quelqu'un m'observe, je ne veux lui donner aucune raison de me soupçonner.

Mon appartement de taille modeste n'a qu'une seule chambre. Il y a une petite cuisine et un salon exigu, mais l'avantage, c'est le dressing spacieux attenant à la chambre. J'y entre, comme pour me déshabiller tout naturellement, mais dès que je suis hors de vue des caméras éventuelles, je sors le papier de ma poche et le déplie dans mes mains tremblantes.

Il y a seulement deux phrases, griffonnées sur du papier épais dans une écriture masculine.

N'oublie pas, ptichka. Tant que nous vivrons.

eter

LA MISSION À MOSCOU SE DÉROULE SANS ENCOMBRE – NOUS éliminons notre cible en une petite semaine – et nous reprenons notre traque de Henderson tout en attendant des nouvelles de Novak. Le mois dernier, le trafiquant d'armes serbe a confirmé que le calendrier initial de huit mois serait respecté, mais il est resté muet quant à sa taupe au sein de l'organisation d'Esguerra – l'information centrale dont j'ai besoin pour mettre mon plan en œuvre.

Malheureusement, Henderson demeure aussi insaisissable que jamais, et alors que le mois de mai s'écoule lentement, nous secouons de nouveau certains de ses proches afin d'obtenir d'autres pistes. Cette fois, nous nous concentrons sur les relations de sa femme dans sa ville natale de Charleston, histoire d'accélérer le processus.

— Toujours rien, dit Ilya avec dégoût quand nous montons à

bord de l'avion après avoir interrogé nos cinq cibles. Ces abrutis ne savaient rien du tout.

Je hausse les épaules en prenant place sur mon siège.

— C'était prévisible.

Je considère tout de même que l'opération est un succès. Nous nous en sommes tirés sans la moindre course-poursuite, et une fois de plus nous avons montré à Henderson que personne dans sa vie n'est à l'abri, même ses connaissances les plus éloignées. Tôt ou tard, ça portera ses fruits et il commettra une erreur. Sa femme s'inquiètera peut-être pour l'une de ses amies et elle essaiera de la contacter, à moins que ce soit leur fille adolescente qui panique et appelle son ex.

Quoi qu'il arrive, dès l'instant où ils se planteront, nous serons prêts. La mort de ma femme et de mon fils sera vengée.

~

C'EST AU DÉBUT DU MOIS DE JUIN QUE ÇA SE PRODUIT ENFIN.

Je reçois un email de Novak. Il veut me rencontrer mercredi prochain.

Uniquement toi, précise l'email. *Personne d'autre.*

Je réprime un élan de joie profonde et je commence aussitôt à prendre mes dispositions.

~

ÇA FAIT DEUX SEMAINES QUE NOUS VIVONS DANS NOTRE PLANQUE DE Pologne en attendant que Novak prenne contact avec nous. Mercredi matin, je demande aux gars de me déposer à Belgrade avant de rallier leurs positions.

Ils ne seront pas avec moi, mais ils ne seront pas loin.

Je retrouve Novak dans le même café. En entrant, je remarque l'absence notoire de ses gorilles – tout comme celle des jolies barmaids. Novak est assis à la même table, au milieu de la salle, un classeur à reliure de cuir marron posé devant lui.

— Tout seul ? je demande en essayant de ne pas laisser transparaître ma surprise.

Les lèvres fines de Novak se recourbent quand il se lève et contourne la table pour venir me saluer.

— Je me suis dit qu'on pourrait se passer de toutes ces conneries.

Ses yeux clairs brillent quand il me serre la main.

— Nous avons besoin l'un de l'autre, et je crois qu'il est temps d'établir une certaine confiance entre nous.

Pour moi, la vraie connerie, c'est ce qu'il vient de dire – ses hommes sont sans doute placés stratégiquement, tout comme les miens –, mais je laisse mon visage impassible se détendre légèrement en lui lâchant la main.

— Je suis tout à fait d'accord.

— Bien.

Il se rassied à la table et me fait signe de prendre place.

— Je t'en prie.

Je m'installe sans exprimer la moindre émotion.

— Alors, la taupe est en place ?

Novak hoche la tête avec son éternel sourire satisfait.

— Elle est en train de rejoindre le complexe d'Esguerra au moment où nous parlons.

Mon pouls s'accélère. L'heure et la date de son arrivée – c'est déjà une information que je peux utiliser.

— Félicitations. C'est une grande réussite, dis-je d'un ton posé.

Novak accepte volontiers le compliment.

— Merci. Ça nous a demandé beaucoup de travail, mais j'ai réussi.

— Alors, parlez-moi d'elle, de ce mystérieux atout, lui dis-je.

Ses doigts pâles tambourinent sur la table pendant de longues secondes, puis il me demande :

— Es-tu familier avec la structure financière de l'organisation d'Esguerra ?

Je le regarde fixement.

— Non. Pas particulièrement. J'étais son consultant en sécurité, pas son conseiller financier.

Je ne m'attendais pas à ce que Novak aborde ce sujet. La taupe peut-elle avoir un rapport avec le gestionnaire de portefeuille d'Esguerra ? Je sais que ce type habite quelque part à Chicago, mais je ne vois pas...

— Alors tu ne sais pas que, d'un point de vue légal et pratique, la femme d'Esguerra est son associée d'affaires et doit hériter de sa fortune s'il venait à mourir ?

— Non, mais ça ne me surprend pas, dis-je lentement.

Même à l'époque, quand je travaillais toujours pour Esguerra, Nora, l'Américaine qu'il avait enlevée et épousée, faisait preuve d'une aptitude exceptionnelle pour gérer les affaires de son mari.

Novak sourit de nouveau et ouvre le classeur qui se trouve devant lui.

— Oui. Cette jeune Madame Esguerra, c'est quelque chose, n'est-ce pas ? Elle était major de sa promotion à Stanford.

Il sort une photo, qu'il pose devant moi. On y voit Nora, en toge ample, qui reçoit le diplôme que lui remet un agent officiel de son université. Son visage souriant apparaît de profil, car elle regarde ailleurs, mais malgré l'angle de la photo il est évident qu'elle est folle de joie.

— De quand date-t-elle ? je demande, perplexe.

Si les hommes de Novak étaient suffisamment proches pour prendre cette photo, ils ne devaient pas non plus être loin d'Esguerra.

Le trafiquant d'armes colombien ne perdrait pas sa femme de vue pendant plus d'une minute.

— Il y a deux mois, lors de la cérémonie de printemps des remises de diplômes, répond Novak. Elle est jolie, n'est-ce pas ? Si frêle, et pourtant si forte...

Sa voix est plus douce qu'à l'accoutumée quand il prononce cette phrase. Il récupère la photo d'un geste presque caressant avant de la ranger dans le classeur. Je hausse les sourcils en attendant de savoir où cette conversation nous conduira. Est-ce qu'il en pince pour le petit brin de femme qu'a épousé Esguerra ?

C'est curieux, mais après tout, on a déjà vu plus fantaisiste.

Il referme le dossier et lève les yeux vers moi.

— Je sais ce que tu penses, dit-il. Pourquoi je ne l'ai pas fait supprimer directement là-bas, lors de cette cérémonie ? Pourquoi prendre la peine de te contacter alors que j'aurais pu tenter le coup par moi-même ?

Je penche la tête.

— J'avoue que cette question m'a effleuré l'esprit, mais je suppose que la sécurité d'Esguerra était plus renforcée que ne l'indique cette photo en votre possession.

Novak pince les lèvres et esquisse un autre sourire.

— Tu as raison, la sécurité était impressionnante. Et pourtant, si je l'avais vraiment souhaité, j'aurais pu tenter quelque chose. J'aurais subi de lourdes pertes, mais j'avais une petite chance de réussir.

— Mais vous ne vouliez pas prendre un tel risque ?

— Oh, je l'aurais risqué… si seule la mort d'Esguerra comptait pour moi.

Enfin, nous en venions au cœur du sujet.

— Vous la voulez, elle aussi.

Je désigne le classeur d'un mouvement de tête.

— Ça fait partie du deal ?

Le regard clair de Novak se durcit.

— Oui… mais pas comme tu le penses. Vois-tu, Nora Esguerra n'est pas qu'un joli minois – elle détient les clés du royaume d'Esguerra. Si je le tue, c'est elle qui reprendra les rênes, et j'aurai un nouvel ennemi à affronter. Un ennemi avec des ressources pratiquement illimitées et des griefs très personnels contre moi.

Voilà qui devient intéressant.

— Alors, vous voulez qu'ils soient liquidés tous les deux ?

— C'était mon projet initial, mais finalement, non. Vois-tu, Esguerra est intelligent, bien plus que la plupart des gens dans notre métier. Tous les titres qu'il possède sont parfaitement légaux et tout est enfoui sous des couches et des couches de sociétés-écrans. Si les deux Esguerra sont tués, il me faudra des années pour démêler ce nœud de vipères, et alors même que je me serai débarrassé d'un rival, je n'aurai pas accès à ce que je désire vraiment.

— Les parts de ses entreprises.

— Oui. C'est tout à fait ça, dit-il en se penchant vers moi. Je ne cherche pas uniquement à ce qu'Esguerra disparaisse, je veux ce qu'il possède... y compris sa femme.

J'incline la tête.

— Alors, vous voulez faire tuer Julian Esguerra, mais faire enlever sa femme ?

— Oui, et pas uniquement sa femme, ajoute-t-il avec un sourire glaçant. Vois-tu, elle m'est inutile sans un moyen de pression.

— Un moyen de pression ? Comme un membre de sa famille, par exemple ?

— Oui, précisément. Et pas n'importe quel membre de sa famille. J'ai besoin de quelqu'un qu'elle serait prête à tout pour protéger... quitte à accepter le tueur de son mari.

Mon visage demeure impassible, mais mon sang ne fait qu'un tour. Est-ce une allusion subtile à ma propre obsession pour Sara ? Si tel est le cas, je le tuerai sur-le-champ. Tant pis pour ses gorilles. S'il ose la menacer, je l'écorcherai vif et...

— Vois-tu, reprend Novak sans se douter de la colère qui monte en moi. J'ai besoin de Nora et elle doit être entièrement soumise à mon contrôle. J'ai envisagé d'utiliser ses parents dans ce but, mais ça ne suffirait peut-être pas. Après tout, ce sont plutôt les parents qui se sacrifient pour leurs enfants, pas l'inverse.

Je suspends mes pensées meurtrières.

— Dans ce cas, à quoi pensez-vous ?

En fin de compte, il ne parle peut-être pas de Sara. En tout cas, il n'a pas intérêt. Partant du principe qu'il n'est pas assez stupide pour me menacer indirectement, je décide de prendre ses paroles au pied de la lettre et je dis :

— À ce que je sache, à part ses parents, Nora n'a pas...

— Oui, exactement. C'est ce que tu crois savoir.

Novak s'adosse dans son siège. De toute évidence, sa supériorité dans notre conversation l'amuse beaucoup.

— Toi, ainsi que le reste du monde, à l'exception de quelques personnes seulement.

Je le regarde fixement, jonglant avec mes pensées.

— Votre taupe, dis-je lentement. Le délai de huit mois... Êtes-vous en train de dire qu'Esguerra a un...

— Enfant ? Oui.

Son visage neutre s'anime et il ajoute :

— Une fille, pour être exact. Elle est née mardi dernier en Suisse, avec deux semaines d'avance. Elizabeth Esguerra – Lizzie, par son diminutif. Joli prénom, n'est-ce pas ?

— Oui, très... je parviens à dire.

Mon cœur menace de bondir hors de ma cage thoracique et, sous la table, je serre les poings.

Un bébé. Un putain de nouveau-né. Voilà quel est son plan, son atout. Il a raison, ce serait le moyen parfait de contrôler Nora. Une mère ferait tout pour son enfant. Elle abandonnerait un empire et sa propre vie s'il le fallait.

Ça ne devrait pas avoir la moindre importance à mes yeux – Esguerra n'est pas mon ami –, mais pour une raison quelconque, l'implication d'un nourrisson donne au plan de Novak un aspect plutôt glauque.

Je me réjouis d'avoir eu l'intention de trahir ce fils de pute dès le début.

Mais, un instant... Il a précisé que son atout serait en mesure de l'aider dans la manœuvre. Ça signifie donc qu'il ne s'agit pas de l'enfant. Cependant...

— C'est une nounou ? je demande d'une voix monocorde. Votre taupe est liée à l'enfant, n'est-ce pas ?

Novak hoche la tête tout en crispant les doigts sur la table devant lui.

— Oui, mais ce n'est pas une nounou, dit-il d'un air plus détendu. C'est une pédiatre, chaudement recommandée par les médecins de la clinique suisse qu'Esguerra porte en si haute estime.

Bien sûr. Je soupçonnais déjà Novak d'avoir des liens avec cet établissement.

— Vous avez soudoyé le personnel de la clinique ?

— J'ai essayé, mais malheureusement, non, dit-il en soupirant. Ils ont si peur de leurs patients qu'ils sont pratiquement incorruptibles. J'ai dû pirater leur système informatique.

— Je vois.

À présent, tout devient clair dans mon esprit.

— C'est ce qui vous a permis d'apprendre la grossesse de Nora dès le début.

— Esguerra l'a emmenée consulter quand elle n'a pas eu ses règles, dit-il en acquiesçant. Et dès qu'ils l'ont appris, je l'ai su – et je t'ai contacté.

Je réprime l'envie de bondir par-dessus la table pour lui briser le cou. C'est peut-être parce que je connais Nora, ou parce qu'en ce qui concerne les nouveau-nés, j'imagine mon fils à cet âge-là, toujours est-il que la perspective d'utiliser un nourrisson me rend malade.

Je déclare d'une voix impassible :

— Donc vous voulez que je tue Esguerra, que j'enlève Nora et son bébé, et que je vous les amène. De cette manière, vous éliminez votre principal rival et vous prenez le contrôle sur ses biens d'un seul et même coup.

Novak affiche un sourire tout en dents.

— Exactement.

— C'est très malin, dis-je en distillant un brin d'admiration dans ma voix. Si vous vous contentiez d'enlever Nora et l'enfant pour contrôler Esguerra, il trouverait un moyen de vous berner et réussirait à les récupérer – il l'a déjà fait par le passé. Mais sa femme – sa veuve, devrais-je dire – sera plus facile à appréhender, surtout avec un bébé pour garder la mainmise sur elle. Avez-vous l'intention d'officialiser cette union ?

— Oui, évidemment. Le mariage est le moyen le plus sûr de résoudre ces petits soucis de propriété. Et j'adopterai aussi la fille.

— Vous l'élèverez comme la vôtre ?

— Plus ou moins, fait-il en haussant les épaules. Les autres enfants que j'aurai avec Nora auront bien évidemment la priorité, mais tant que sa mère se comporte convenablement, je n'ai aucune intention de faire du mal à l'enfant.

— C'est très généreux de votre part.

Soit il ne perçoit pas le sarcasme dans ma voix, soit il choisit de l'ignorer.

— Oui. Je crois que tout le monde en profitera sur le long terme – et toi aussi. Cent millions, voilà qui t'aidera à mener ta petite vendetta personnelle.

Je ne suis pas étonné le moins du monde qu'il soit au courant.

— Oui, en effet, dis-je sans ciller.

— Bien. As-tu déjà une idée pour accéder au complexe d'Esguerra ?

— Oui, dis-je en le regardant droit dans les yeux. Je vais contacter Lucas Kent et lui demander de me conduire jusqu'à Esguerra. Je vais lui dire que je souhaite enterrer la hache de guerre – et que je suis prêt à révéler l'identité d'un traître pour le lui prouver.

ara

UNE FOIS DE PLUS, JE NE FERME PAS L'ŒIL DE LA NUIT. AU PETIT matin, je suis épuisée et je me traîne jusqu'à la cuisine pour me faire un café. Si je devais aller travailler, je crois que je me ferais porter pâle. Pourtant, aujourd'hui, c'est une journée extrêmement rare.

Un samedi sans rien au programme.

Avant, à l'époque pré-MP (Mot de Peter), je me serais rendue à la clinique pendant quelques heures, histoire de me rendre utile, ou bien j'aurais fait une surprise à mes parents en passant prendre le petit déjeuner avec eux. Or nous sommes maintenant en période post-MP, et entre le manque de sommeil et l'attente angoissée permanente, je ne parviens qu'à me laisser tomber sur le canapé devant une émission de cuisine.

J'en regarde beaucoup ces derniers temps. Ça me fait penser à Peter.

Comme toujours, quand je pense à lui, mon esprit est en

ébullition. Ça fait maintenant huit mois qu'il m'a ramenée à la maison – huit mois pendant lesquels les seules nouvelles que j'ai reçues de sa part se résument à ce petit mot. Deux mois plus tôt, en période pré-MP, j'étais presque convaincue que son obsession lui avait passé et qu'en dépit de sa promesse, il ne reviendrait peut-être plus. Mais à présent, je ne sais pas quoi penser.

S'il veut toujours de moi, pourquoi suis-je encore ici ?

Qu'est-ce qu'il attend ?

Maman est complètement guérie maintenant – ou du moins, aussi guérie qu'elle peut l'être. Son bras gauche est encore faible, mais elle est capable de bouger les doigts et elle peut se servir de sa main pour attraper des objets légers – une prouesse bien meilleure que les pronostics initiaux. Elle marche sans aucune aide et, depuis que la météo le permet, elle s'affaire au jardin. Papa est aux anges et ils attendent avec impatience leur anniversaire de mariage au mois de septembre pour partir en croisière – un cadeau que j'ai enfin pu leur offrir.

Depuis la convalescence de maman, et maintenant que l'euphorie de mon retour est retombée, mes visites quotidiennes sont devenues hebdomadaires. Mes parents sont toujours heureux de me voir, naturellement, mais ils aiment aussi leur indépendance. Mon père, en particulier, s'enorgueillit d'être très autonome et je ne veux pas le priver de sa solitude en les surveillant constamment comme une nourrice trop présente.

Mes parents m'aiment, mais ils n'ont pas besoin de moi autant que je le croyais autrefois – du moins, c'est ce dont je me persuade pour apaiser la culpabilité qui accompagne inexorablement ma nostalgie de Peter.

Mon souhait pervers, c'est qu'il vienne me chercher.

J'y ai si souvent pensé que je peux visualiser la scène comme un film dans ma tête. Je rentrerai chez moi un jour, et il sera là, grand et menaçant, plus dangereux et beau que jamais. Il sera là malgré les patrouilles de police à l'extérieur, malgré toutes les précautions des fédéraux.

Il sera là pour m'enlever, et tout ce que je dirai n'y changera rien.

C'est probablement ce dont j'ai le plus honte dans tous ces fantasmes : je n'ai pas le choix... et ça me plaît. J'ai envie que Peter m'enlève, qu'il vienne me prendre sans tenir compte de mes objections. Ce n'est que de cette manière que je serai capable de vivre en me disant que j'ai brusquement disparu de la vie des gens qui m'aiment et qui ont besoin de moi, que j'ai abandonné ma famille, mes patientes, les membres de mon groupe et tous mes amis.

Il faut que Peter soit un homme méchant afin que je puisse être quelque de bien.

Je dois le détester afin de l'aimer.

Je commence à comprendre cette contradiction en moi et à accepter la perversité qu'est la mienne, mais ce que je ne conçois pas, c'est que je sois encore ici s'il me désire toujours. Comme il ne peut plus être question de mes parents, il y a forcément autre chose – quelque chose que j'ignore.

Je me suis creusé la tête, mais la seule chose qui me vient, c'est une parole qu'il a dite alors que nous nous séparions. Je lui ai demandé si je resterais chez moi jusqu'à ce que ma mère guérisse, et il m'a répondu qu'il devait d'abord terminer quelque chose. Il ne m'a pas révélé ce dont il s'agissait ni combien de temps cela durerait. Seule sa vengeance me paraît suffisamment importante à ses yeux, mais j'ignore pourquoi cela nous empêche d'être ensemble.

Il traquait Henderson quand nous étions tous les deux, et d'après le FBI, c'est le but qu'il s'évertue à poursuivre.

Il y a deux mois, alors que je venais de recevoir le mot de Peter, Ryson m'a de nouveau convoquée dans les bureaux du centre-ville. J'ai failli faire une crise de panique en me disant que les fédéraux avaient appris l'existence du message, mais Ryson voulait simplement me poser quelques questions parce que Peter et ses hommes avaient encore frappé et « interrogé » cinq autres citoyens américains pour chercher à découvrir où se cachait Henderson.

— Ils habitaient tous à Charleston, en Caroline du Sud, m'a expliqué Ryson. Une fois de plus, Sokolov a réussi à entrer et à sortir du pays sans se faire repérer. Nous devons savoir comment il fait pour pouvoir l'empêcher de semer le chaos dans la vie de ces pauvres gens.

— Je suis désolée, je n'en ai aucune idée, ai-je dit en toute sincérité.

Peter ne parlait pas souvent de ses relations ni des astuces qui lui permettaient de réaliser ses exploits. Même si je me sens mal pour tous ceux qu'il a terrorisés et torturés, je n'ai absolument rien à dire aux fédéraux.

Si tant est que je souhaite les aider, évidemment. Certes, si Peter était incapable d'entrer aux États-Unis, il ne pourrait pas nuire à qui que ce soit sur notre sol, mais il ne pourrait pas non plus venir me chercher. Mon côté contradictoire et pervers – celui qui m'empêche de trouver le sommeil et songe à ce mot avec un mélange de joie et d'excitation – ne supporte pas cette possibilité.

J'ai besoin de lui.

Il me manque tellement que ça me fait mal.

Avant ce mot, j'étais capable de refouler ma douleur, d'être forte en me persuadant que c'était terminé, mais recevoir des nouvelles de Peter – savoir qu'il compte revenir – a ébranlé mes nouvelles défenses trop fragiles et j'ai replongé dans cette attente interminable.

— Reviens, je murmure en serrant un oreiller contre ma poitrine tout en regardant l'écran de télé. S'il te plaît, Peter, j'ai besoin de toi. Viens me chercher et ramène-moi à la maison.

eter

— Tu, *quoi* ?

Yan me dévisage comme s'il m'avait poussé une paire de tentacules.

— J'ai contacté Lucas Kent pour organiser un rendez-vous avec Esguerra... je répète tout en remuant la sauce des pâtes. Donne-moi le basilic, tu veux bien ?

Comme Yan ne bouge pas, Ilya pousse vers moi le basilic haché, sans un mot. J'en saupoudre généreusement la sauce. Ce soir, je cuisine italien – un plat que mes hommes aiment modérément, mais dont Sara raffolait.

Pour toi, ptichka. Comme ça, j'ai l'impression que tu es avec moi.

C'est une habitude que j'ai prise cette semaine, je lui parle dans ma tête. Ce n'est sans doute pas très sain, mais je me sens plus proche d'elle, comme si elle était ici et non de l'autre côté de l'océan.

Peut-être est-ce la certitude de la revoir bientôt, mais elle me manque encore plus que d'habitude. Chaque jour sans elle est une satanée torture.

— Je croyais que tu voulais tuer Kent, observe Yan en fronçant les sourcils. À cause de l'accident de Sara.

— Et j'en ai toujours l'intention, mais pas cette fois.

Je plonge une longue cuillère dans la sauce et la goûte avant d'y ajouter une pincée de sel.

— J'ai besoin qu'il me fasse entrer dans le complexe d'Esguerra.

Anton vient se camper à côté de Yan.

— Alors, quel est le plan ? Tu veux que Kent te livre Esguerra sur un plateau d'argent ? Tu te rappelles que ce type a juré de te tuer, n'est-ce pas ?

Je le toise du regard.

— Il ne me tuera pas s'il veut connaître le nom de la taupe de Novak.

— Ah, fait Yan en comprenant. Alors, tu comptes faire semblant de trahir Novak pour avoir accès au complexe d'Esguerra.

— Précisément.

Et ensuite, je le trahirai vraiment, je pense sans le dire à haute voix. J'ai beau faire confiance à mes hommes, je dois partir du principe que Novak a des yeux et des oreilles sur nous en permanence. C'est hautement improbable étant donné la sécurité de notre planque, mais je ne peux pas me permettre ce risque.

J'ai déjà eu bien assez de mal à convaincre le Serbe du bien-fondé de mon plan.

— Tu veux faire quoi ? s'est-il exclamé en se levant, manquant de renverser la table dans son élan quand je lui ai fait part de mes intentions au café.

En un instant, ses sbires ont surgi de leur cachette dans l'arrière-salle, dressant un mur humain autour de lui, leurs M16 braqués sur moi.

— Instaurer la confiance, hein ? ai-je lancé sur un ton goguenard.

Novak m'a jeté un regard noir avant de leur ordonner de s'écarter.

Je me suis rassis et j'ai attendu qu'il en fasse de même avant de lui expliquer les tenants et aboutissants de mon plan. Il a fallu un certain temps, mais il a fini par comprendre pourquoi c'était la seule option… pourquoi, malgré l'atout dont il disposait sur place, il ne parviendrait jamais à pénétrer de force dans le complexe d'Esguerra.

— Même si votre pédiatre est un petit prodige des technologies capable de désactiver les drones et les barrières électriques qui protègent le complexe, nous serons toujours confrontés aux tours de guet. Ce qui ne serait pas un problème pour mon équipe, si ce n'est qu'Esguerra dispose de générateurs et de drones de rechange qui s'enclencheraient dès l'instant où les autres seraient hors service. Et pendant qu'on se chargerait des drones qui nous tireraient dessus, les renforts d'Esguerra – il y a plus d'une centaine de gardes – apparaîtraient pour nous abattre en un rien de temps. Le seul moyen de les franchir serait d'avoir une force supérieure – mettons deux cents mercenaires –, mais un groupe de cette taille ne pourrait jamais s'approcher du complexe sans se faire repérer. On ne pourrait même pas poser le pied en Colombie sans qu'Esguerra entende parler de nous et nous intercepte bien avant qu'on passe à l'attaque.

— Alors, tu as l'intention de sacrifier ma taupe pour gagner la confiance d'Esguerra ? a demandé Novak d'un air suspicieux.

J'ai hoché la tête, non sans préciser qu'une fois à l'intérieur, ce ne serait pas difficile d'approcher Nora – et une fois que je l'aurai prise en otage, j'aurai un moyen de pression contre Esguerra.

Il donnera sa vie pour la sauver.

— Mes hommes attendront hors du complexe. Une fois que j'aurai Nora et le bébé, je désactiverai moi-même les défenses du périmètre et je profiterai de la confusion suscitée par la mort d'Esguerra pour m'échapper, ai-je expliqué à Novak. Ce ne sera pas facile, mais c'est notre seule chance.

La sauce des pâtes est enfin prête et nous prenons place pour le dîner. J'entreprends alors de leur exposer le même plan.

— C'est impossible, bordel ! s'exclame Anton une fois que j'ai terminé. Otages ou pas, tu ne pourras jamais sortir vivant de ce complexe. C'est d'une mission suicide que tu parles.

— Pas forcément, objecte Yan d'une voix plus douce.

Il enroule des pâtes autour de sa fourchette. Ses yeux verts luisent d'une étrange lueur.

— Esguerra a une faiblesse maintenant : sa femme et sa fille. Et nous allons nous en servir. N'est-ce pas ?

— Oui, tout à fait, dis-je avant de me promettre de garder un œil sur Yan pendant cette mission.

L'équilibre est tellement instable que le plus infime imprévu – comme la trahison de l'un des miens – pourrait tout faire capoter.

eter

LA RÉPONSE DE LUCAS KENT EST PRESQUE IMMÉDIATE. IL ACCEPTE de me rencontrer, ce qui est déjà un premier pas vers Esguerra.

Il me propose le nouveau restaurant de sa femme à Londres comme point de rendez-vous. Ce n'est pas un terrain neutre, mais j'accepte. Je sais ce qu'il pense : que c'est peut-être un leurre pour le coincer et le punir, lui et sa femme, d'avoir échoué à protéger Sara.

En d'autres circonstances, il aurait eu raison. L'image de ma ptichka dans cet hôpital, son visage délicat livide et tuméfié, hante toujours mes cauchemars. Un jour, Kent paiera pour l'évasion qui a entraîné cet accident, mais pour l'heure, j'ai besoin de lui.

C'est ma meilleure chance d'atteindre Esguerra.

Bien sûr, au cas où il refuse, j'ai un plan de repli. Je connais l'adresse email de Nora pour avoir communiqué avec elle par le passé au sujet de ma liste. Cela dit, Esguerra n'est pas vraiment raisonnable en ce qui concerne sa petite femme et il pourrait mal le prendre si je renouais le contact avec elle après toutes ces années.

Mieux vaut passer par Kent – le cas échéant, Esguerra sera peut-être plus enclin à m'écouter.

~

Je n'aperçois nulle part la femme de Kent, la belle Yulia, quand j'entre dans le restaurant haut de gamme. Je rejoins une banquette dans le coin, où la tête blonde de Kent dépasse du dossier.

Il se lève pour m'accueillir et tend la main d'un air méfiant.

— Sokolov.

Je lui serre la main, exerçant une pression à peine exagérée autour de ses doigts.

— Kent.

Il plisse les yeux, mais il me lâche la main sans insister.

— Je ne m'attendais pas à avoir de tes nouvelles, dit-il alors que nous nous asseyons et ouvrons les menus. Comment va ta Sara en ce moment ?

— Qui ? Oh, ça…

Je fais signe au serveur et lui demande de m'apporter une bouteille de Guinness sans l'ouvrir, avec un décapsuleur. Kent commande une tasse d'Earl Grey. J'attends que le serveur s'en aille avant de dire à Kent :

— Je ne sais pas comment elle va. Je l'ai laissé partir l'an dernier et, depuis, je ne l'ai pas revue.

Il arque un sourcil.

— Vraiment ?

— Que veux-tu que je te dise ? fais-je en haussant les épaules. Le temps était venu.

— Bon.

Il ne semble pas me croire, mais il reporte son attention sur le menu et l'étudie avant de lever les yeux.

— Tu sais ce que tu veux ?

— Je n'ai pas faim, merci.

Étant donné ce qui s'est passé avec Sara et ce que je m'apprête à lui dire, je ne fais plus confiance à Kent ni à la nourriture servie dans le restaurant de sa femme.

Il me sourit et dit sèchement :

— Je vois.

Refermant le menu, il attend que le serveur nous apporte nos boissons à table, puis il demande :

— Pourquoi veux-tu rencontrer Esguerra ? Il ne t'a toujours pas pardonné l'incident avec Nora, tu sais.

— Oui, j'en suis conscient.

J'ai utilisé sa femme comme appât, permettant qu'elle se fasse kidnapper afin de découvrir où se trouvait le groupe terroriste qui le détenait. À l'époque, je savais qu'il m'en voudrait d'avoir impliqué Nora, mais pour moi sa colère n'avait aucun sens – après tout, c'était le seul moyen de lui sauver la vie.

Pourtant, aujourd'hui, je comprends mieux sa réaction. Si quelqu'un mettait Sara en danger, je n'écouterais pas le raisonnement exposé pour justifier cet acte.

Ma vie contre la sienne ne serait jamais un marché acceptable.

— J'ai reçu une offre très lucrative, dis-je à Kent en décapsulant ma Guinness. Et j'ai appris quelques informations qui pourraient intéresser Esguerra.

Kent fronce les sourcils en prenant sa tasse de thé.

— Oh ? Et quelles sont ces informations ?

— Il y a un traître dans son complexe, dis-je avant de boire une longue gorgée sous le regard sombre de Kent. Un traître qui est censé m'aider dans ma mission.

Kent repose sa tasse.

— Quelqu'un t'a engagé pour supprimer Esguerra ?

Comme j'acquiesce, il demande d'un ton sec :

— Qui ?

J'ouvre la bouche pour le lui dire, mais il tire tout seul les conclusions qui s'imposent.

— Novak, lâche-t-il en repoussant sa tasse.

Sa mâchoire se contracte violemment.

— Bien sûr. Quel autre connard oserait un tel coup ?

Je bois une autre gorgée de bière.

— Son offre s'élève à cent millions d'euros, mais je suis prêt à accepter l'équivalent de la part d'Esguerra – si tu m'emmènes en Colombie pour lui parler. Je veux passer l'éponge. Et empocher cent millions d'euros au passage... précisé-je de peur qu'il pense que je cherche seulement à faire la paix.

Kent me regarde fixement en plissant les paupières.

— Tu sais qu'il n'acceptera peut-être pas, n'est-ce pas ? Maintenant que nous savons qu'il y a un traître, nous devinerons de qui il s'agit. Ce n'est qu'une question de temps.

— Bien sûr. Mais le temps, c'est primordial – surtout quand un nouveau-né vulnérable est dans la balance.

Le visage de Kent devient glacial.

— Putain, mais pourquoi tu me parles d'un nouveau-né ? fait-il d'une voix trop douce pour être fiable. Parce que si tu essaies de sous-entendre que...

— Que Lizzie est en danger ? Je ne le sous-entends pas, je l'affirme. Novak sait tout sur le nouveau membre de la famille Esguerra, et il a des projets pour elle.

Je prends un risque en révélant tout cela, mais je ne peux pas me permettre de tourner autour du pot.

Je dois parler à Esguerra.

Mon avenir avec Sara en dépend.

Le serveur s'approche pour prendre notre commande, mais Kent le chasse d'un geste de la main.

— Et si Esguerra te transfère les cent millions ? demande-t-il en reprenant son thé. Cent millions pour un nom, sans que tu prennes le moindre risque.

— Hors de question, dis-je avant de terminer ma bière. Je n'ai pas envie de passer le reste de ma vie à avoir peur de mon ombre, à attendre qu'Esguerra se venge. Soit il me reçoit en personne, soit j'accepte le boulot. À lui de décider.

Je me lève et sors du restaurant. Les délicieux effluves qui s'échappent de la cuisine font gronder mon estomac.

Si tout se passe bien, j'y mangerai un jour... avec Sara à mon bras.

eter

JE N'ATTENDS PAS LONGTEMPS AVANT DE RECEVOIR LA RÉPONSE
d'Esguerra. Son email se trouve dans ma boîte de réception dès
que je rentre à l'hôtel.

Ce soir sept heures, annonce le message. *Lucas passera te
chercher.*

C'est dans une demi-heure. Je préviens aussitôt mes hommes et
m'apprête à sortir.

Kent arrive à mon hôtel à sept heures précises. Je ne suis pas
étonné qu'il sache où je séjourne. J'ai su que j'étais suivi dès
l'instant où j'ai quitté le restaurant.

On dirait que le visage de Kent est taillé dans le granite.

— Pas d'armes, déclare-t-il.

Je lève alors les bras et me laisse fouiller de la tête aux pieds.

Il découvre le couteau dans ma botte, les deux couteaux dans
mes poches, et le petit revolver glissé dans la poche intérieure de
ma veste en cuir. Cependant, il ne remarque pas la lame de rasoir

dans l'ourlet de mon jean ni la longueur de câble cousue dans le col de ma veste.

Avec le Camp Larko, j'ai été à bonne école.

— Allons-y, dit-il après s'être assuré que je ne présentais aucune menace.

Je le suis hors de l'hôtel et nous montons dans une limousine blindée.

Le trajet jusqu'à l'aéroport se déroule en silence. Je m'attends à ce que Kent me dépose dans l'avion privé d'Esguerra et s'en aille, pourtant il m'accompagne.

— C'est toi qui pilotes ? je demande.

Il me répond avec un bref hochement de tête.

— Esguerra a exigé que je te conduise moi-même auprès de lui.

Il n'a pas l'air ravi et je souris en prenant place dans la cabine, sur le divan en cuir couleur crème. Que Kent soit furieux de bouleverser son planning est un avantage en ma faveur.

Je ne peux pas encore le tuer pour avoir permis que Sara ait un accident, mais je peux toujours me réjouir de voir ses projets tomber à l'eau.

JE PASSE UNE PARTIE DES ONZE HEURES DE VOL À FAIRE LA SIESTE ET À échanger des emails avec mon équipe. Eux aussi sont en chemin pour la Colombie. Ils m'attendront devant le complexe, conformément au plan établi avec Novak. Si tout se passe bien, je n'aurai pas besoin d'eux, mais si les choses tournent mal, ils pourraient m'aider à m'enfuir.

Si tant est que je sois encore en vie, s'entend.

La gigantesque propriété d'Esguerra s'étend au sud-est de la Colombie, à la lisière de la forêt tropicale d'Amazonie. Il fait nuit quand nous atterrissons sur le tarmac à l'intérieur du complexe. L'air humide est chaud et lourd lorsque nous descendons.

Je reconnais le chauffeur de la voiture qui nous attend. C'était un garde ici, quand j'étais au service d'Esguerra.

— Salut, Diego, dis-je en le saluant.

Il sourit, dévoilant ses dents blanches.

— Sokolov. Je n'aurais jamais cru te revoir un jour, vieux.

Son accent espagnol n'est plus aussi prononcé que dans mes souvenirs, mais on le distingue nettement.

— Qu'est-ce que tu deviens ? demande-t-il avant de remarquer l'homme blond à côté de moi. Salut, Lucas. Où est Yu…

— Roule, réplique sèchement Kent en entrant dans la voiture.

Je le suis. Apparemment, les mondanités ne sont pas au programme. Bon, d'accord.

Au lieu de nous conduire jusqu'au manoir où résident Esguerra et sa femme, Diego nous emmène vers un abri à l'extrême limite du complexe. Je reconnais cet endroit – c'est là où j'aidais autrefois Esguerra à interroger ses ennemis – et, malgré moi, un frisson me parcourt.

Rien n'empêche le trafiquant d'armes colombien de me ligoter pour m'extorquer le nom du traître par la torture.

Si ce n'est qu'Esguerra me connaît – et, avec un peu de chance, il sait que je ne craque pas facilement.

Il sort de l'abri au moment où Kent et moi émergeons de la voiture. Lorsque les phares illuminent son visage, je constate qu'il n'a rien perdu de son physique de star de cinéma, en dépit de l'œil artificiel qui remplace celui que ses ennemis lui ont arraché. Je ne l'ai pas revu depuis cette époque – comme je savais qu'il était mécontent de ma méthode de sauvetage, je suis parti avant qu'il puisse me tuer –, mais il est comme dans mes souvenirs.

Toujours aussi dangereux et dénué de la moindre empathie… sauf en ce qui concerne sa femme.

Et maintenant, sans doute, sa petite fille.

— Tu as des couilles, dit-il d'une voix grave en s'arrêtant devant moi.

Il parle l'anglais des États-Unis, sans accent espagnol. Je crois me rappeler que sa mère est américaine – un mannequin, il me semble.

— Je voulais te parler dans un endroit sûr, dis-je en soutenant sans sourciller son regard bleu perçant.

Je n'ai pas peur, mais j'ai peut-être tort. Julian Esguerra est l'un des hommes les plus cruels que je connaisse, un vrai sadique. Je l'ai déjà vu dépecer des hommes vivants avec un plaisir non dissimulé, et je me suis souvent demandé comment sa jeune épouse supportait cet aspect de sa personnalité.

Il l'aime, mais je doute fort qu'il l'épargne.

— Pourquoi ? demande-t-il de cette voix dangereusement désinvolte. Pourquoi souhaitais-tu venir ici ?

— Parce que je veux passer un marché avec toi, dis-je calmement tandis que Kent rejoint Esguerra. Et je suis certain qu'ici, Novak ne peut ni nous voir ni nous entendre.

Tout en parlant, je prends conscience que Diego est toujours assis dans la voiture et que le moteur tourne encore – sans doute pour faire assez de bruit et couvrir notre conversation.

Il semblerait que Kent soit la seule personne en qui mon ancien employeur ait parfaitement confiance.

— Tu crois que Novak ignore que tu as contacté Lucas ? demande Esguerra, la bouche tordue en un rictus moqueur. Que dès l'instant où mon avion a décollé avec toi à son bord, il n'en a pas été informé ?

— Oh, si, dis-je avec un sourire froid. En fait, il connaît mon plan depuis le début.

Kent et Esguerra restent de marbre, mais je perçois leur surprise.

— Il savait que tu allais le trahir ? demande Kent en fronçant les sourcils.

— Oui. Je le lui ai dit dès qu'il m'a donné le nom de sa taupe.

Esguerra contracte le muscle de sa mâchoire.

— Tu lui as dit que tu allais le trahir.

— Pas exactement. Je lui ai dit que j'allais faire semblant de le trahir afin d'accéder à ton complexe. Il est au courant pour le marché que j'ai évoqué avec Kent : la paix avec toi et cent millions d'euros contre le nom de la taupe de Novak.

Le front de Kent se plisse, mais Esguerra penche la tête pour me dévisager plus attentivement.

— Le marché que tu as évoqué avec Kent, dit-il lentement. Et je présume qu'il ne s'agit pas du véritable marché que tu souhaites conclure.

— Tout juste.

Je prends conscience de la tension douloureuse à laquelle mon cou et mes épaules sont soumis et je m'efforce de me détendre.

— En tout cas, ce n'est pas l'intégralité du marché.

Esguerra croise les bras sur son torse.

— Et peut-on savoir quel serait le marché dans son intégralité ?

— Je te donne la taupe de Novak … et je te livre Novak en personne, pour que tu n'aies plus jamais à te soucier de lui.

Esguerra plisse les paupières.

— En échange de quoi ?

— La paix, les cent millions que je viens de mentionner... et une autre petite chose.

— Quelle chose ? demande Kent sans masquer sa curiosité.

— L'amnistie, dis-je, mon regard alternant entre le trafiquant d'armes colombien et son associé. Je veux l'amnistie internationale pour les crimes dont on m'accuse, ainsi que l'immunité contre toute poursuite judiciaire. Je veux être rayé de toutes les listes de criminels recherchés – et je veux que tu me le promettes.

32

ara

CETTE NUIT ENCORE, JE RÊVE DE LUI. IL VIENT ME CHERCHER COMME un fantôme, m'enveloppe dans ses ténèbres et me serre contre son corps tandis que je pleure et me débats pour me libérer. J'ignore si je lutte contre lui ou contre mes propres désirs, mais je ne tarde pas à succomber.

Je me fonds en lui, je laisse ses ténèbres m'entourer, chassant la solitude et la lumière.

Puis, il me possède, s'enfonce en moi avec une ardeur punitive, et je m'abandonne, hurlant son nom tandis que mon corps convulse sous l'effet du plaisir torride, d'une volupté si insoutenable et si exquise qu'elle menace de me désintégrer. Nous faisons l'amour, encore et encore, jusqu'à ce que la fatigue et l'engourdissement me saisissent.

Jusqu'à ce que je n'aie plus rien à donner et qu'il finisse par s'en aller.

Il s'en va parce qu'il ne veut plus de moi.

Parce qu'il s'est lassé.

Quand je me réveille, mon oreiller est baigné de larmes et mon sexe humide palpite de désir. Je sais que le rêve n'était qu'une manifestation de mes craintes, que rien de tout cela n'était réel, mais je me sens anéantie, détruite par le rejet de Peter.

Par le retour de cette atroce solitude qui m'accompagne chaque nuit.

Je me lève et retrouve mon sac à main, d'où je sors le message que Peter m'a laissé. Il commence à s'abîmer sur les bords et je le lisse en l'ouvrant pour relire ses mots, me les répéter sans relâche.

N'oublie pas, ptichka. Tant que nous vivrons.

J'emporte le message avec moi et le glisse sous mon oreiller avant de me rendormir.

Peter va venir. Je dois le croire.

D'une manière ou d'une autre, il reviendra me chercher.

eter

ESGUERRA ME DÉVISAGE, COMME S'IL N'EN CROYAIT PAS SES OREILLES, puis il éclate d'un rire bref.

— L'amnistie et l'immunité ? Pour toi ?

À côté de lui, Kent garde le silence, mais je lis dans son regard qu'il a compris.

Il sait de quoi il retourne.

Yulia et lui m'ont vue avec Sara.

— Pour moi et mes hommes, dis-je à Esguerra. Ils ne sont pas aussi populaires auprès des forces de l'ordre, mais ils n'en sont pas moins sur leurs listes noires. Si tu demandes à tes amis de la CIA de nous rayer de ces listes, tu peux oublier Novak pour de bon.

— Vraiment ? dit-il en ricanant. Admettons que je sois capable de réaliser ce miracle, depuis quand ça te dérange d'être poursuivi ?

Kent pourrait répondre, mais à mon soulagement, il tient sa langue lorsque je dis :

— Ça ne te regarde pas. C'est le marché que je te propose. À prendre ou à laisser.

Le visage d'Esguerra a perdu toute trace d'humour.

— Et puis, merde ! Tu vas me dire qui est ce traître, et tu vas me le dire tout de suite.

C'est à mon tour de rire aux éclats.

— Et en échange, tu vas m'accorder une mort rapide et sans douleur ?

Le sourire d'Esguerra est tranchant comme une lame de rasoir.

— C'est le meilleur marché que tu obtiendras de moi. Tu sais que je t'arracherai le nom de la taupe de gré ou de force.

— Je sais que tu vas essayer… et tu pourrais même réussir. Mais ça te coûtera cher.

Il plisse les yeux et demande :

— C'est-à-dire ?

— Bien avant que je prononce son nom, dis-je à mi-voix, mon équipe préviendra la taupe. Ils réussiront peut-être la mission sans moi, peut-être pas, mais c'est un risque que tu prends. Quel âge a Lizzie maintenant ? Huit, dix jours ? Tu ne t'es peut-être pas encore vraiment attaché à elle, mais Novak a aussi des projets pour Nora. De grands projets…

Esguerra me saute dessus sans me laisser terminer ma phrase. Ses traits parfaits sont déformés par un masque de rage. Comme il s'entraîne souvent avec ses gardes, il est rapide et assassin, mais je m'y attendais. Au dernier moment, je pivote et son poing m'effleure la pommette au lieu de s'écraser sur mon nez. Malheureusement, je suis incapable d'éviter son autre poing, et le coup se répercute à travers mon plexus solaire, me coupant la respiration.

Sans entraînement, je serais plié en deux, le souffle court. Mais je sais supporter la douleur. Au lieu de chercher à retrouver l'air que réclament mes poumons, je me ferme aux sensations physiques et je reviens à la charge, lui tombant dessus avec toute une série de coups.

Nos gabarits sont similaires et il est doué – peut-être aussi doué que mes hommes. Pourtant, dans ce corps à corps, j'arrive à garder la tête froide. Chacun de mes coups est calculé pour parer et détourner les siens, alors qu'Esguerra agit par instinct, se laissant guider par la colère.

Si j'esquive la majeure partie de ses tentatives, le peu qui m'atteint ne me laisse pas indemne. Sourd à la douleur, je le roue de coups et, au bout d'une minute, je parviens à le déstabiliser. Mais cet enfoiré ne cède pas. Au lieu d'essayer de se relever, il m'attrape le pied et tire, me faisant basculer sur lui.

À la dernière seconde, je me tourne et mon coude atterrit sur sa cage thoracique. Une douleur lancinante irradie dans mon bras, mais il gémit et je comprends que je lui ai cassé une côte. L'instant d'après, je remarque un éclat lumineux dans ma vision périphérique et je réagis instantanément, lui attrapant le poignet pour tenir à distance la lame qui s'abat sur moi. Il profite que je sois déconcentré pour me décocher un coup de poing au visage, mais je ne quitte pas le couteau des yeux et lui tords le poignet, bien décidé à...

— Ça suffit.

Des mains puissantes me saisissent par-derrière, m'arrachant à Esguerra avant que je puisse lui casser le poignet. Les réflexes voudraient que je me défende contre ce nouvel agresseur, mais j'ai la présence d'esprit de me laisser faire.

Tuer Kent ou Esguerra serait contreproductif au vu de mes objectifs.

Esguerra est debout avant que Kent me relâche, mais il ne m'attaque pas. Au lieu de ça, il essuie le sang qui coule de son nez et dit d'une voix gutturale :

— Quels projets, bordel ?

Évidemment. Il veut connaître les détails de la menace qui pèse sur Nora.

— Novak veut se servir d'elle pour mettre la main sur tout ce que tu possèdes, dis-je alors que Kent me libère pour venir se camper à côté de son associé.

Mon visage et mon coude me font un mal de chien, et j'ai un goût de cuivre dans la bouche, mais je n'en fais pas cas.

Étant donné le couteau qu'Esguerra a sorti de nulle part, ça aurait pu être pire.

— Comment ? exige-t-il.

Je constate avec satisfaction que le côté de son visage commence déjà à enfler.

— Putain, comment compte-t-il s'y prendre ?

— En l'épousant. Qu'est-ce que tu crois ?

Je crache le sang accumulé sous ma langue.

— Il a attendu que ta fille naisse pour avoir un moyen de pression infaillible sur Nora. Il les veut toutes les deux, tu sais – ta femme pour lui, et ta fille comme outil pour contrôler ta femme. Qui sera devenue la sienne, mais tu saisis le tableau.

Pendant un moment, je suis persuadé qu'Esguerra va se jeter sur moi, mais cette fois, il se retient. De justesse. Et je ne peux pas lui en vouloir.

Si quelqu'un essayait de me prendre Sara, je lui découperais les couilles en petits morceaux et je les jetterais en pâture à la faune locale.

Je soupçonne fortement Esguerra d'être tenté de m'infliger le même sort et je dis :

— Je peux supprimer Novak, et je peux le faire rapidement. Je sais que tu es capable de lui régler son compte tout seul, mais il te faudra du temps pour le retrouver et contourner sa sécurité – tout comme ça te demandera du temps pour me faire avouer le nom de sa taupe... si tu y arrives. Pendant ce temps, ta femme et ta fille sont en danger. Si mon équipe échoue, Novak trouvera quelqu'un d'autre pour te traquer, un autre moyen d'atteindre Nora et le bébé. J'ai rencontré ce type, rien ne l'arrêtera. Il veut ce que tu as – tout ce que tu as, y compris Nora – et il persévèrera jusqu'à ce que tu le tues. Ou jusqu'à ce que je le fasse pour toi – et je peux le faire avant la fin de la semaine.

Esguerra est vibrant de colère, mais il doit reconnaître la sagesse de mes propos, parce qu'il reste immobile. Seuls ses poings se crispent convulsivement le long de son corps. Je peux sentir sa lutte intérieure, mais il finit par dire d'une voix sèche :

— Cinquante millions. Et je veux Novak vivant.

Mon pouls s'accélère, mais je réponds sur un ton impassible :

— Soixante-quinze. C'est le mieux que je peux faire.

En réalité, j'accepterais pour rien – le bonheur de Sara est la seule chose qui compte à mes yeux –, mais ainsi, je pourrai offrir à mes coéquipiers une compensation pour la dissolution de notre entreprise.

Une fois que je ne serai plus considéré comme un fugitif, nous n'accepterons plus aucune mission.

— Marché conclu, dit Esguerra en serrant les dents. Soixante-quinze millions, et je ferai de mon mieux pour t'assurer l'immunité, à toi et à tes hommes, en échange de Novak et du traître.

— Tu dois nous *obtenir* l'immunité ! je rectifie. Pas d'immunité, pas de marché.

— Vous assassinez dans le monde entier depuis des années. Je ne peux pas garantir…

— Si, c'est possible. Nos crimes ne sont pas pires que ceux que Kent et toi perpétrez tous les jours, dis-je en désignant d'un mouvement de tête l'homme blond qui observe nos tractations en silence. Et pourtant, personne ne vous touche. Fais-le pour nous, Julian. Fais appel à toutes tes relations s'il le faut, et je te livrerai Novak sur un plateau d'argent.

Esguerra me dévisage, les poings tout faits.

— Très bien, dit-il au bout d'un moment, d'une voix sensiblement plus calme. Marché conclu. Maintenant, dis-moi qui est le traître.

Je le jauge rapidement du regard avant de prendre ma décision.

— Conduis-moi à Nora et je te le dirai.

Sa mine se durcit et Kent se crispe à son tour, comme s'il s'apprêtait à le retenir.

— Pourquoi ? fait Esguerra en grinçant des dents. Putain, mais quel est le rapport avec elle ?

— Aucun… mais ça l'intéressera peut-être, dis-je d'un ton posé. Une fois qu'elle sera au courant, je pense qu'elle n'appréciera pas que tu veuilles me tuer malgré l'accord que nous venons de passer.

Ses narines frémissent.

— Tu me traites de menteur ?

— Tu ferais tout pour protéger ta famille, dis-je en haussant les épaules. Comme moi pour la mienne. En tout cas, je n'ai pas oublié que c'est ta femme qui m'a donné ma liste, pas toi. Emmène-moi jusqu'à Nora et je vous dirai ce que je sais. Je t'en donne ma parole.

Les muscles bandés, prêt à me battre, j'attends qu'Esguerra prenne sa décision.

eter

JE SUIS FOUILLÉ DE LA TÊTE AUX PIEDS CINQ FOIS DE PLUS — DEUX PAR Kent et Diego, et une dernière fois par Esguerra lui-même. Lors du troisième passage, ils découvrent la lame de rasoir et le câble. À présent, je suis complètement désarmé, si l'on exclut mon corps et ses capacités.

Le trajet jusqu'au manoir d'Esguerra se déroule dans un silence explosif, et je sais qu'il suffirait de la plus infime étincelle pour mettre le feu aux poudres. Mon hôte est plus nerveux que jamais. La violence qui l'habite est sur le point d'éclater.

Un contingent d'une vingtaine de gardes vient à notre rencontre devant le manoir blanc d'architecture coloniale, et nous escorte dans le salon décoré avec goût. Esguerra me laisse avec Kent et ses hommes pour disparaître à l'étage – sans doute va-t-il réveiller sa femme, la jeune mère.

Avec un traître en liberté, il ne pouvait pas attendre jusqu'au matin.

Pendant quelques minutes, je n'entends que la respiration des soldats et les mouvements de leurs corps. Puis le cri d'un bébé transperce le silence. Ce bruit est si puissant, touchant et familier que mon cœur se serre dans ma poitrine.

Pasha hurlait ainsi quand il était encore nourrisson. C'était le cri de la faim – une exigence qui était toujours satisfaite dans les minutes qui suivaient.

Le chagrin qui me happe est aussi vif qu'au début, pendant ces journées noires où seule la rage me maintenait en vie. Pendant une seconde, je suis incapable de respirer. La douleur est insoutenable, comme une lame en travers de ma colonne vertébrale.

Mon fils. Mon petit garçon qui n'a jamais eu la chance de grandir, de troquer ses petites voitures pour les modèles supérieurs.

Si j'avais des scrupules quant à mes intentions, ils s'évaporent dès cet instant. Certes, je trahis un client, mais ça en vaut la peine. Même sans l'accord passé avec Esguerra, je ne ferais jamais de mal à cet innocent bébé.

Pas avec le visage de Pasha encore vivace dans mon esprit.

Au bout de deux minutes, les pleurs cessent, et une demi-heure s'écoule avant le retour d'Esguerra. Il a le bras passé autour d'une fille menue aux cheveux noirs, entièrement recouverte d'une épaisse robe de chambre en tissu éponge.

L'obsession d'Esguerra.

Nora, sa femme.

Son petit visage s'éclaire quand elle m'aperçoit. Contrairement à son mari, elle ne me porte aucune rancune pour le sauvetage qui l'a mise en danger – à juste titre, étant donné que c'était son idée.

— Peter !

Elle s'avance pour m'accueillir, mais la poigne possessive de son mari la retient. Elle s'arrête d'un air penaud et se contente d'un sourire.

— Comment vas-tu ?

— Très bien, merci.

Malgré les gardes qui nous encerclent et mon visage tuméfié

après les coups de poing d'Esguerra, je ne peux m'empêcher de lui rendre son sourire. J'ai du mal à croire qu'une personne aussi jeune et délicate puisse être mère – et survivre à un homme aussi impitoyable qu'Esguerra.

— Félicitations pour votre petite famille.

Son sourire s'agrandit.

— Merci. Je ferais bien les présentations, mais tu sais…

Elle lève les yeux vers son mari, dont la mine orageuse est devenue encore plus menaçante pendant notre bref échange.

Il est évident qu'il a atteint les limites de sa patience. Attirant sa petite femme contre lui, il demande avec une douceur assassine :

— Tu comptes nous dire qui c'est, oui ou non ?

Et voilà. Il est temps pour moi d'abattre ma carte maîtresse. Malgré la présence de Nora et le marché que nous avons conclu, il peut toujours ordonner que je sois tué une fois qu'il connaîtra le nom.

Et puis, tant pis. Qui ne tente rien n'a rien.

Croisant le regard glacial d'Esguerra, je déclare avec assurance :

— Je ne connais pas son nom, mais il s'agit de votre pédiatre. C'est la taupe de Novak.

ara

— Tu sais, Joe demande de tes nouvelles, me dit maman en tartinant sur une tranche de pain le miel que je lui ai rapporté du marché fermier. Ça fait un moment que tu ne lui as pas parlé, n'est-ce pas ?

— Maman, je t'en prie.

Je me retiens de lever les yeux au ciel comme une adolescente attardée. Pour une quelconque raison, le petit déjeuner du samedi matin nous ramène inévitablement à ce sujet.

— Il cherche juste à être poli, c'est tout. Il n'y a rien entre nous, je te le promets.

— Mais pourquoi, ma chérie ?

Des rides soucieuses creusent le front de ma mère tandis que papa soupire dans sa tasse de café.

— Tu es rentrée il y a presque neuf mois, et tu n'es toujours pas sortie avec un seul homme. Tu ne dois rien à ce criminel. Tu le sais, n'est-ce pas ? Manifestement, votre relation est terminée. Tu dois passer à autre chose. Il ne reviendra pas.

À en croire son message, il reviendra, mais je ne peux pas en parler à mes parents. En dépit de tous mes efforts pour les convaincre que j'étais avec mon ravisseur de mon plein gré et que la chasse à l'homme du FBI n'était qu'un énorme malentendu, Peter sera toujours « ce criminel » à leurs yeux. Je ne sais pas s'ils ont eu vent de ma version officielle auprès du FBI, ou si, comme n'importe quel citoyen respectueux des lois, ils se méfient de tous ceux que les autorités voient d'un mauvais œil, mais ils sont convaincus que Peter est un homme méchant et que les sentiments que j'éprouvais à son égard étaient une manifestation du Syndrome de Stockholm.

Ils n'ont pas tout à fait tort – ou du moins, ils n'auraient pas eu tort neuf mois plus tôt. Mon attirance envers Peter *était* contre nature et toxique, et je la repoussais de toutes mes forces. Je me suis battue jusqu'à la fin, quand j'ai failli mourir dans cet accident de voiture.

Non. Ce n'est pas parfaitement exact.

Je me suis battue jusqu'à ce qu'il fasse passer mes besoins avant les siens et me laisse partir. Ce geste a marqué un tournant pour moi, même si pendant longtemps je n'y ai pas vraiment réfléchi. Et pourtant, j'en suis venue à accepter les sentiments que m'inspire le tueur de mon mari, qui est désormais « Peter » à mes yeux, tout simplement.

L'homme qui m'aime, et non celui qui a assassiné George.

Mes parents ignorent cette dernière partie – du moins, je l'espère –, mais ils détestent Peter pour m'avoir gardée loin d'eux pendant si longtemps. Ils le croient aussi dangereux que le prétend le FBI, et ça me rend malade de penser qu'ils seront anéantis quand Peter m'arrachera de nouveau à eux.

Malgré tout, je ne peux m'empêcher de le vouloir.

De le vouloir, lui et tout ce qu'il représente.

— Je ne suis pas prête, maman, dis-je en me levant pour aller me resservir en café. Essaie de me comprendre. Je suis toujours amoureuse de Peter et quand tout sera résolu, il reviendra. Tu verras.

Sur ce, je change de sujet et me lance dans le récit de mes dernières prouesses sur scène avec mon groupe.

C'est toujours mieux que les mensonges. Rien ne sera jamais résolu, parce qu'il n'y a aucun malentendu.

Peter *est* un criminel, et quand il reviendra, ce sera pour m'emmener avec lui.

M'enlever pour de bon.

eter

Je passe la nuit dans l'abri où Esguerra loge ses prisonniers, une cheville enchaînée à l'anneau métallique sur le sol.

— Ce n'est qu'une précaution, m'a expliqué Kent quand les gardes ont fermé la chaîne. Ça ne veut pas dire qu'on ne te fait pas confiance…

— C'est ça.

La chaîne mesure environ deux mètres, ce qui me permet de m'allonger sur le lit de camp que les gardes ont installé dans l'abri. Tout bien considéré, ce n'est pas si terrible. Je préférerais ne pas être enchaîné, mais en comparaison avec ce qu'Esguerra a infligé à la pédiatre, je ne me plains pas.

Il me faudra un moment pour oublier les hurlements de cette femme.

Elle a immédiatement craqué, dès que le couple Esguerra, accompagné par les gardes et par moi-même, est entré dans sa chambre. Je ne sais pas ce qu'elle imaginait – gagner un bon point pour son honnêteté ? –, mais elle a tout de suite avoué sa culpabilité, se répandant en excuses auprès d'Esguerra et de sa femme en jurant qu'elle ne leur voulait aucun mal et en arguant qu'elle ne les connaissait pas encore vraiment, ni eux ni Lizzie, quand elle a accepté d'être soudoyée.

Par ses aveux, on aurait dit qu'elle croyait que tout serait pardonné et oublié, qu'elle ne craignait rien de plus qu'un licenciement et une mauvaise réputation.

C'est peut-être parce que j'ai vu Esguerra étriper cette écervelée au premier sens du terme alors que Nora était sortie pour nourrir le bébé, ou parce que je touche enfin au but, mais mon sommeil est agité et rempli de cauchemars. À deux reprises, je rêve que je retrouve le corps de mon fils sur un tas de cadavres, et systématiquement il s'avère que ce corps appartient à Sara.

Au matin, j'ai les yeux gonflés, mais je suis d'un optimisme prudent. Le fait que je sois toujours vivant est encourageant, c'est un signe qu'Esguerra a peut-être l'intention d'honorer sa part du marché. Bien sûr, je n'ai aucune garantie, mais je soupçonne Nora d'avoir une influence toute particulière sur son mari en ce moment – et puis, il m'est redevable pour la pédiatre.

Quoi qu'il en soit, je ne suis pas étonné quand Esguerra et Kent viennent ensemble me détacher.

— Quel est ton plan ? demande Esguerra tandis que Kent déverrouille les fers autour de ma cheville. Comment comptes-tu l'avoir ? Dès que tu apparaîtras sans Nora et le bébé, tu te rends bien compte qu'il saura que tu l'as trahi. Ou il pensera que tu as échoué – dans les deux cas, il ne sera pas content.

Je prends une grande inspiration. Ce que j'ai à lui proposer est plutôt délicat.

— Oui. J'y ai réfléchi. Et c'est pour cette raison que j'ai besoin d'emprunter ta femme pour cette partie de l'opération. Il ne lui arrivera…

— C'est hors de question.

Le muscle de sa mâchoire tressaute et il ajoute :

— Nora ne mettra pas un pied hors de ce complexe.

Décevant, mais prévisible.

— D'accord, alors crois-tu que tu pourrais trouver quelqu'un qui ressemble à Nora ? Au moins un petit peu ?

Esguerra se renfrogne, et je sens qu'il s'apprête à refuser lorsque Kent intervient :

— Il n'y a personne sur le domaine, mais je peux envoyer les gardes jeter un œil dans les villages alentour pour trouver une candidate potentielle. Ce ne devrait pas être très difficile de trouver une fille aux cheveux foncés de la taille de Nora. Son teint n'est pas inhabituel dans cette région du globe.

C'est vrai. Si nous avions besoin d'une doublure pour la femme de Kent, blonde aux yeux bleus, nous nous heurterions à des difficultés, mais Nora est en partie mexicaine. Elle a les yeux noirs et la peau mate.

— Pensez à chercher quelqu'un de très jeune, dis-je. Une lycéenne, peut-être, du même gabarit que Nora. Comme j'ai commencé à te le dire, elle ne risque aucun danger. Je veux juste que Novak sache que je suis descendu de l'avion avec une fille qui ressemble à Nora et un bébé. Un poupon fera l'affaire. Il faut juste que la fille le serre contre elle.

Kent regarde Esguerra et hoche la tête.

— Vas-y. Et si possible, trouve un nourrisson aussi – il ne faudrait pas que le plan tombe à l'eau à cause d'un poupon.

J'ouvre la bouche pour objecter, mais je me ravise.

Je n'ai pas menti quant à la sécurité de « Nora » et rien ne nous empêche d'utiliser un véritable enfant.

Tant que Novak mord à l'hameçon, je pourrai nous en débarrasser pour de bon.

HUIT HEURES PLUS TARD, JE QUITTE LE COMPLEXE À PIED, ARMÉ D'UN M16 que j'ai « volé » à un garde, avec une adolescente de seize ans terrorisée et sa petite sœur âgée de deux mois dans les bras. La famille de la fille sera généreusement récompensée pour sa participation, mais même la perspective de nouveaux vêtements et de la somme nécessaire à son inscription à l'université ne suffit pas à calmer l'adolescente.

Elle est morte de peur. À vrai dire, c'est parfait.

La véritable Nora aussi serait terrifiée.

Les gardes de Kent ont trouvé une jeune fille dont la ressemblance avec Mme Esguerra est frappante – de dos, en tout cas. De face, le visage de la fille est plus rond, avec un nez plus épais et de petits yeux enfoncés. Nous l'avons maquillée pour créer l'illusion.

Grâce au fard à paupières, à la poudre, au rouge à lèvres et au fond de teint foncé savamment appliqués, le sosie de Nora arbore à présent deux yeux au beurre noir, une lèvre fendue et plusieurs hématomes jaunâtres qui masquent la rondeur enfantine de ses joues.

Elle parle un peu anglais, mais son accent est très fort et nous lui ordonnons de ne rien dire, quelles que soient les circonstances.

— Tu peux soit pleurer, soit garder le silence, lui a expliqué Esguerra.

La fille a hoché la tête, le menton tremblant.

— Sí, señor. Je garde le silence.

Jusqu'à présent, elle a tenu parole. Nous piétinons dans la jungle depuis plus de deux heures. Pendant tout ce temps, elle tient sa petite sœur dans les bras, et le bébé hurle à pleins poumons. Elle ne s'est pas plainte une seule fois, même si les raisons ne manquent pas.

Il n'a pas encore plu aujourd'hui et la chaleur moite est étouffante. L'air est si lourd qu'on dirait une couverture humide sur la peau. Nous avons demandé à la fille d'enfiler l'une des tenues habituelles de Nora – une robe d'été blanche et une paire de sandales plates – et j'aperçois des marques douloureuses sur ses pieds, là où ils se sont posés sur une fourmilière quelques kilomètres plus tôt. Nous ruisselons de sueur et de minuscules moustiques bourdonnent autour de nous, piquant chaque centimètre carré de peau disponible.

C'est une véritable épreuve, et tant mieux.

Ainsi, ça paraît plus authentique.

Après une autre heure de torture, nous retrouvons mes hommes au point de rendez-vous. Je vois la stupeur sur leurs visages quand je pousse la fille en avant, le nourrisson en pleurs serré contre sa poitrine.

— Tu as réussi.

Le regard incrédule de Yan alterne entre mon otage et moi.

— Putain, tu as réussi !

— Oui. Ce n'était pas facile, mais nous sommes là.

La remplaçante de Nora garde le silence, imitant à la perfection la captive traumatisée et apeurée. Son maquillage waterproof a un peu coulé pendant le trajet, mais elle semble toujours contusionnée, comme si elle avait été battue. Son regard sombre est hébété par la déshydratation et l'épuisement. Comme aucun de mes gars n'a jamais vu la véritable Mme Esguerra, ils n'ont aucune raison de douter de son authenticité.

Les « hématomes » produisent leur effet.

Le bébé continue de pleurer et je me promets de lui donner le biberon de lait maternel que j'ai fait acheter à mes hommes, au cas où « Nora » aurait du mal à allaiter. Nous avons également des couches à bord de l'avion, ainsi que d'autres produits pour bébé.

— Il est mort ? demande Anton en russe.

Je hoche la tête et jette un œil en direction de la fille, comme si je me souciais de sa réaction.

— Oui, j'ai eu cet enfoiré. Elle ne le sait peut-être pas encore, alors soyez discrets. Elle s'est battue comme une tigresse pour protéger ce bébé.

Ilya a l'air un peu écœuré, mais il ne dit rien tandis que nous rejoignons l'avion. Il n'aime pas ce que je fais, et je ne peux pas le lui reprocher. Voler un nouveau-né et sa mère à peine sortie de la maternité, c'est abject, même pour des criminels sans remords tels que nous. Et c'est exactement ce que je recherche. La désapprobation subtile qui émane de mes hommes donnera à cette opération l'aspect authentique dont elle a besoin.

Je veux que Novak perçoive la discorde dans nos rangs.

Je veux qu'il sente la réticence de mes hommes à livrer une jeune femme traumatisée et son bébé entre ses mains cruelles et avides.

37

eter

JE DONNE LE LAIT ARTIFICIEL À LA FILLE DÈS QUE NOUS ARRIVONS dans l'avion, et elle nourrit son bébé sans cesser de nous jeter des coups d'œil apeurés. Elle exagère peut-être un peu – la vraie Mme Esguerra ne montrerait pas sa peur –, mais comme mes hommes ne connaissent pas Nora ni tout ce qu'elle a traversé, ça fonctionne.

— Comment as-tu réussi ? demande Yan d'un ton serein quand le bébé s'endort enfin.

La fille s'est calmée et regarde par le hublot au lieu d'être tournée vers la banquette où je suis assis avec les jumeaux.

— Comment as-tu abattu Esguerra ?

— Je lui ai tiré dessus.

Ma réponse est brève et impassible, mais je n'ai pas envie d'inventer une histoire élaborée.

— Je lui ai grillé la cervelle.

— Tu as une preuve ? demande Ilya en fronçant les sourcils. Parce que Novak aura besoin de…

— Tiens.

Je sors un téléphone que j'ai également « volé » à un garde et lui montre la photo d'un homme aux cheveux noirs étalé par terre dans une mare de sang. La moitié de son crâne semble arrachée, mais il est indéniable que l'autre moitié appartient bien à Esguerra.

Il nous a fallu une heure pour obtenir une photo aussi bonne. Malgré ses allures de mannequin, mon ancien employeur n'est pas doué pour tenir la pose.

Yan me regarde, puis il observe la photo et lève de nouveau les yeux vers moi. Je soutiens son regard sans sourciller. Se rend-il compte que le « sang » n'est que du ketchup mêlé à de la terre, ou que la moitié du crâne a été effacée par les talents de Nora sur Photoshop ? Comme je sais que la photo est trafiquée, j'ai du mal à être objectif.

À mon soulagement, Yan me rend l'appareil sans dire un mot. Ilya se détourne pour se concentrer sur le transfert du pot-de-vin que nous versons sur le compte bancaire suisse privé du contrôleur aérien serbe. C'est ce qui nous permet d'entrer et de sortir de ce pays – et de nombreux autres, y compris les États-Unis.

Je suis tenté de parler à mes hommes et de leur révéler le véritable plan, mais je m'abstiens. Je ne peux pas prendre le risque qu'ils se rebellent à la dernière minute. Nous avons bâti une entreprise lucrative sur notre réputation solide, et ce que je m'apprête à faire – trahir un client qui nous paie bien – signe pratiquement la fin de nos offres d'emploi.

Un jour, nous avons parlé de prendre notre retraite, mais j'ignore s'ils sont prêts à ce que cela arrive aujourd'hui.

Quoi qu'il en soit, si tout se passe bien, mon équipe ne souffrira pas d'un point de vue financier. En plus des cent millions de Novak – dont la moitié se trouve déjà sur nos comptes bancaires –, nous aurons les soixante-quinze millions d'Esguerra.

Même si nous n'obtenons pas l'autre moitié de Novak avant que je le pince, ce sera suffisant pour le restant de nos jours.

Il faut simplement tenir encore un peu.

Plus que quelques jours, et j'aurai Sara.

Je suis tellement impatient.

ILYA ET MOI, NOUS RETROUVONS NOVAK DANS SON ENTREPÔT À l'extérieur de Belgrade – sur sa demande. Comme d'habitude, il arrive avec toute une escouade de mercenaires et une puissance de feu suffisante pour raser un petit bâtiment.

— Où sont-elles ? demande-t-il dès qu'il nous voit. Tu as dit que tu les avais. Où sont-elles ?

— En sécurité avec mon équipe, dis-je en sortant le téléphone du garde pour lui montrer les photos que nous avons prises il y a une heure.

On peut y observer la Nora de substitution, fragile et couverte d'hématomes, avec son nourrisson et mes hommes.

Il m'arrache le téléphone des mains pour les étudier avec un désir non dissimulé avant de lever les yeux vers moi.

— Est-ce qu'Esguerra… ?

— Tenez.

Je récupère le téléphone et survole les photos de « Nora » pour retrouver celle qui représente Esguerra dans une flaque de ketchup.

— Je lui ai fait sauter le caisson.

Les yeux clairs de Novak scintillent.

— Bon boulot. Je savais que je pouvais compter sur toi. Maintenant, conduis-moi à Nora et à l'enfant.

Je croise les bras sur ma poitrine.

— Le paiement d'abord.

Ces cinquante millions ne sont peut-être pas nécessaires à proprement parler, mais je ne cracherai pas dessus.

Novak pince les lèvres, mais il finit par prendre son téléphone pour appeler son comptable.

— Procédez au transfert, ordonne-t-il en serbe.

J'attends, puis il m'adresse un signe de tête et je consulte le compte sur mon téléphone.

— C'est bon, lui dis-je avant de jeter un œil vers Ilya, dont la mine impassible trahit tout de même une légère désapprobation.

Novak a dû s'en rendre compte, lui aussi, parce qu'il sourit. Il aime nous savoir en froid les uns avec les autres. Ça nous rend vulnérables, plus faciles à contrôler.

— Allons-y, lui dis-je en feignant de ne pas sentir les tensions sous-jacentes. Je vous emmène voir Nora et le bébé.

Ilya et moi, nous nous empressons de rejoindre la sortie, et Novak se précipite pour nous rattraper. Ses gardes viennent former leur cercle protecteur habituel, mais nous sommes les premiers à sortir.

Nous ne les précédons que de quelques secondes, mais c'est tout le temps dont j'ai besoin.

J'attrape Novak par le bras et hurle :

— Attention !

Je plonge derrière une benne à ordures et pousse Ilya devant moi.

Nous percutons violemment le trottoir et glissons sur le ventre tandis que les hommes d'Esguerra ouvrent le feu, criblant l'entrepôt et les gardes de Novak de centaines de balles tirées par leurs mitrailleuses.

3 8

eter

LE RESTE DU MASSACRE EST RAPIDE COMME L'ÉCLAIR. EN QUELQUES instants, nous sommes encerclés par trois douzaines d'hommes envoyés par Esguerra et je demande à un Ilya abasourdi de suivre mon exemple en lâchant ses armes. La tête de Novak heurte la benne et il reste étourdi. Je le hisse sur ses pieds tandis que nos ravisseurs lui passent les menottes et le fouillent minutieusement.

Je leur remets Novak tandis qu'Ilya se redresse à côté de moi. Son regard incrédule alterne entre moi et les hommes qui entraînent Novak.

— Est-ce que tu...?

— Oui. Je t'expliquerai tout dans un moment. Pour l'instant, appelle Yan et dis-lui qu'on arrive. Assure-toi qu'Anton et lui restent en retrait, je ne veux pas de blessés.

Ilya hésite, manifestement partagé, mais il sort son téléphone. Je le laisse pour suivre Novak jusqu'à un 4x4 noir.

Le Serbe revient lentement de sa stupeur et commence à

comprendre ce qui vient de se passer. Son regard s'illumine quand tout devient clair, et son visage se crispe dans une rage folle.

— Espèce de sale…

Le garde le plus proche lui frappe la bouche.

— La ferme, *pendejo*, lance-t-il en anglais avec un fort accent espagnol.

Je regarde attentivement le visage de l'homme à demi masqué.

— Diego ?

Il dodeline du casque.

— Salut, Peter. Comment vas-tu ?

Tout en parlant, il pousse Novak – de nouveau groggy – dans la voiture et claque la portière.

— Impec, se contente-t-il de répondre tandis qu'Ilya nous rejoint. Encore une bonne journée de boulot.

Mon coéquipier n'a pas l'air ravi – sans doute parce que nous sommes toujours désarmés, tous les deux.

— Ils attendent, me dit-il sèchement. Et ils n'interviendront pas.

— Très bien.

Je lui tape sur l'épaule et ajoute :

— Allons-y.

YAN ET ANTON SE TROUVENT SUR UN CHANTIER NON LOIN DE LÀ. ILS surveillent la Nora de substitution et sa petite sœur. Ils ont baissé leurs armes lorsque nous approchons avec les gardes d'Esguerra, mais leurs yeux sont vifs et attentifs.

— Tu nous dois des explications, me dit Anton tandis que les gardes nous dépassent pour aller chercher « Nora » et le bébé. Beaucoup d'explications, à vrai dire.

— Je sais.

Ilya et moi, nous regardons les gardes emmener la fille – toujours pétrifiée de peur – en direction d'un autre 4x4 noir.

— Je vais tout vous expliquer.

— Qu'y a-t-il à expliquer ? dit Yan en s'approchant de nous.

Ses yeux verts et désinvoltes brillent d'une lueur moqueuse.

— Ce n'est pas la vraie Nora, n'est-ce pas ?

— Non, dis-je en rencontrant son regard. Esguerra ne mettrait jamais sa femme ni son enfant en danger – même si, en réalité, elles ne risquaient rien.

— Évidemment.

Yan a un sourire sans joie.

— Alors c'était le plan depuis le début ? Appâter Novak, découvrir l'identité de sa taupe et embarquer Esguerra dans l'histoire ?

Je penche la tête.

— Tu as compris.

Anton fronce ses sourcils noirs.

— Je ne comprends pas. Pourquoi as-tu fait ça – et pourquoi ne nous as-tu rien dit ?

— Parce qu'il ne nous fait pas vraiment confiance.

La voix douce d'Yan est trompeuse.

— C'est ça, Peter ? Pour la raison…

Je l'interromps avec un geste de la main.

— Je vous confierais ma vie, à tous les trois. Mais c'était une opération très délicate qui s'est développée au fil des mois. Je devais gagner la confiance de Novak, et pour ça, toutes nos réactions et nos interactions devaient être aussi naturelles que possible. Il n'est pas bête. S'il avait senti que quelque chose clochait – le moindre soupçon de trahison –, tout serait tombé à l'eau.

— C'est à cause d'elle, n'est-ce pas ?

Ilya vient de parler pour la première fois. J'ouvre la bouche, prêt à répondre, mais il ajoute :

— Peu importe. Évidemment que c'est elle. Qu'as-tu demandé à Esguerra ? Encore plus d'argent, afin de disparaître avec elle pour de bon ?

— Non, répond Yan à son frère. Ce n'est pas ça.

Il me regarde et demande :

— N'est-ce pas, Peter ?

— Non, en effet, même si le supplément financier est un net avantage, dis-je en les regardant tour à tour. Votre part est déposée sur vos comptes en ce moment même.

Je me tourne vers Anton.

— La tienne aussi.

— Allez, dis-nous, merde ! piaffe Anton. Sérieusement, assez de mystères. Qu'est-ce que t'a promis Esguerra en échange de ça ?

— Une vie, dis-je avant de jeter un œil aux 4x4 qui s'éloignent du trottoir. Le genre de vie à laquelle les gens comme nous n'ont pas droit.

— Ah, fait Anton.

Son visage se radoucit.

— L'amnistie.

— Et l'immunité contre toute poursuite judiciaire, dis-je en hochant la tête. Pour nous tous.

Le visage d'Ilya s'illumine, mais Yan croise les bras devant son torse.

— Qui a dit que ça nous intéressait ? Tu crois qu'on a quitté les Spetsnaz et formé cette équipe pour pouvoir devenir experts-comptables et enseignants ?

— Non, je crois que vous l'avez fait pour pouvoir devenir riches à millions, dis-je d'un ton tout aussi narquois. Ce que vous êtes maintenant, félicitations. Oh, et au cas où je ne l'aie pas encore précisé, le supplément versé par Esguerra est de soixante-quinze millions.

Anton siffle avec admiration.

— Ça alors.

— Une mission à cent soixante-quinze millions ? D'un coup ?

— Oui, et la liberté de faire ce que vous voulez. Si vous souhaitez continuer dans cette branche, libre à vous. Mais vous feriez mieux de recommencer sous une nouvelle identité, au cas où tout ça finisse par se savoir, dis-je en agitant l'index. Sinon, vous pouvez toujours vous racheter une conduite et ouvrir une société de sécurité ou quelque chose comme ça.

— Et toi ? demande Ilya en inclinant la tête. Qu'est-ce que tu vas faire, Peter ?

— Dès que j'aurai le feu vert, je retournerai aux États-Unis, dis-je en souriant devant leurs mines entendues. Oui, c'est exact, pour récupérer Sara. Cette fois, nous allons jouer à papa et maman pour de vrai.

eter

Esguerra veut que je retourne le voir à son complexe. Après avoir fait le point avec mes hommes, je monte à bord de son Boeing C-17 et raccompagne Novak et les gardes en Colombie. Ilya, Yan et Anton s'y rendent séparément, dans notre avion. Je ne fais toujours pas entièrement confiance à mon ancien employeur, et mes coéquipiers ont accepté d'être présents en renfort au cas où ça tournerait mal à la dernière minute. Je ne m'attends pas à être trahi par Esguerra – d'abord, les soixante-quinze millions sont déjà sur nos comptes –, mais autant jouer la prudence.

J'ai également demandé à mon équipe de continuer à m'aider dans ma traque de Henderson. C'est le dernier nom de ma liste. Son compte n'est toujours pas réglé et j'ai la ferme intention de remplir mon objectif.

Mais avant tout, je dois récupérer Sara.

Elle est plus importante que tout le reste.

C'EST ESGUERRA LUI-MÊME QUI NOUS ACCUEILLE QUAND NOUS atterrissons. Il a le visage grave et l'œil sévère quand il regarde ses hommes traîner Novak hors de l'avion. Le Serbe peut à peine marcher – ils n'ont pas pris la peine de le nourrir ni de soigner ses blessures durant le vol –, mais ça n'a aucune importance. Il n'en a plus pour longtemps sur cette terre.

Esguerra ne se contentera pas de le tuer – il le démembrera.

Lentement.

Petit à petit.

J'aurais presque pitié de cette ordure, mais il est seul responsable de son malheur. S'il s'était limité à quelques incursions dans les affaires d'Esguerra, il aurait vécu bien plus longtemps – ou du moins, une ou deux années de plus. Mais il s'en est pris à sa famille... à Nora et son enfant.

Esguerra et moi, on ne s'aime pas, mais j'apprécie Nora.

— Où est Kent ? je demande quand Esguerra vient me voir après avoir ordonné aux gardes d'emmener Novak jusqu'à l'abri. Il est retourné à Chypre ?

— Il est parti juste après toi, dit-il en hochant la tête.

Il n'entre pas dans les détails et je décide de ne pas insister. Je n'ai toujours pas pardonné à Kent ce qui est arrivé avec Sara, mais pour l'heure, j'ai d'autres chats à fouetter.

— Tu les as appelés ? dis-je en lui emboîtant le pas en direction de la limousine qui nous attend. Tes contacts à la CIA ?

Il me jette un regard en coin.

— Oui.

— Et ?

Je me campe devant lui, le forçant à s'arrêter.

— Ils sont d'accord ?

Sa mâchoire tressaute.

— On en discutera dans la voiture.

Merde. Ça s'annonce mal.

— Et si on en parlait tout de suite ?

Ses yeux brillent d'un air menaçant.

— Très bien. Voilà le marché. C'est le seul qu'ils acceptent de passer. Ton équipe et toi, vous obtiendrez l'amnistie pour vos crimes et l'immunité contre toute poursuite judiciaire, sous réserve qu'aucun autre crime ne soit commis. Si l'un d'entre vous fait la moindre erreur, il sera arrêté et poursuivi pour *tous* ses crimes, les anciens comme les actuels.

Je réfléchis et hoche la tête.

— Ça me va.

Je ne doute pas de pouvoir vivre en tant que citoyen respectueux des lois. Ou du moins, d'en donner l'apparence. Nous devrons faire attention à ne pas nous faire pincer quand nous mettrons enfin la main sur Henderson, mais je ne dois pas être le seul ennemi de l'ancien général. On peut aussi maquiller ça en accident. Il y a toutes sortes de moyens pour…

— Une dernière chose, dit Esguerra. Une condition non négociable.

— Quoi ? je demande, les poings tout faits et le ventre noué par une prémonition. J'espère que ce n'est pas…

— Ce général à la retraite, celui que vous traquez, dit Esguerra, confirmant mon soupçon. Tu dois laisser tomber. Pour de bon. Ton immunité est directement liée à son bien-être et sa santé. Si lui ou l'un de ses proches ne subit ne serait-ce qu'une intoxication alimentaire, le marché ne tient plus, et vous vous retrouverez de nouveau tous les quatre sur la liste des criminels les plus recherchés.

Fait chier. Merde, merde, merde !

J'aurais dû me douter que ce serait une possibilité, étant donné les relations de Henderson, mais j'en avais fait abstraction. J'étais tellement concentré sur le principal obstacle à éliminer pour pouvoir vivre avec Sara – mon statut de fugitif – que je n'ai même pas envisagé le prix qui accompagnerait cette liberté.

À l'exception de la dissolution de mon entreprise et du risque que je prenais en approchant Esguerra. Ce prix-là, je le connaissais et j'étais prêt à le payer. Mais celui-ci ? De toute ma liste,

Henderson est la personne la plus directement responsable de la tragédie subie par ma femme et mon fils. C'est lui qui a donné les ordres entraînant le massacre de tout le village.

Si quelqu'un mérite de payer pour la mort de Tamila et de Pasha, c'est bien Henderson.

On ne peut pas l'autoriser à retrouver une vie normale et heureuse après tout ce qu'il a fait.

— Je ne peux pas accepter ce marché.

Ma voix est dure et gutturale.

— Tu le sais bien.

Pour la première fois, je décèle un semblant d'émotion humaine dans ses yeux d'un bleu de glace.

— Je sais, dit-il d'un ton calme. Je m'en doutais. Mais ils sont intraitables, Peter. J'ai essayé.

Je tourne les talons et rejoins la limousine. Une colère et un chagrin que je pensais avoir enterrés bouillonnent tel du magma en fusion dans ma gorge. J'inspire pour essayer de me calmer, mais au lieu de la végétation tropicale, c'est la mort et les cendres que je sens, la chair carbonisée et le sang éventé. J'ai un goût de métal sur la langue et, devant les yeux, une pile de cadavres haute de deux mètres.

Et cette petite main, refermée autour d'une voiture en jouet.

Je me souviens à peine des premiers jours qui ont suivi le massacre. Je sais que j'ai réussi à échapper aux soldats de la force opérationnelle qui m'ont emmené hors du village, mais je ne me rappelle pas comment ni quand – ni si j'ai blessé quelqu'un pour m'évader. Sans doute, car mon propre peuple s'est mis à me rechercher peu de temps après, avant même que je tue mes supérieurs pour les punir d'avoir bouclé l'enquête au bout de quelques semaines seulement.

La vengeance était mon seul moteur à cette époque-là, ainsi que pendant les mois et les années qui ont suivi. J'ai promis à mon fils et à ma femme décédés que leurs assassins le paieraient de leurs vies et j'ai tenu parole.

Je les ai tous tués à l'exception de Henderson.

— Tu pourrais la récupérer, me dit Esguerra en me rattrapant.

Je jette un œil vers lui, nullement étonné qu'il soit au courant pour Sara. Kent a dû lui en toucher un mot – à moins qu'il ait entendu parler de l'enlèvement par ses sources de la CIA. Une fois qu'il l'a appris, ça n'a pas dû être très compliqué de faire le lien.

Malgré tout, mon premier réflexe est de le menacer, lui et tout ce qui lui est cher, s'il ose s'intéresser à elle de près ou de loin. Mais s'il sait que Sara est ma faiblesse, alors il doit aussi savoir ce dont je suis capable si quelqu'un lui fait du mal.

C'est la même chose que ce qu'il ferait si l'on s'en prenait à Nora.

C'est-à-dire ce qu'il s'apprête à faire à Novak.

— Elle a une vie là-bas… je choisis de répondre. Des parents, une carrière, des amis.

Il hausse les épaules.

— Elle s'adapterait. Nora l'a fait.

Je monte à l'arrière de la limousine et il m'y rejoint, s'installant juste en face de moi.

— Sara n'est pas Nora, dis-je alors que la limousine démarre. Ses racines sont trop profondes. Elle ne sera pas heureuse comme ça.

J'ignore si j'essaie de convaincre Esguerra ou moi-même – ou encore cette partie sombre et insensible de mon âme qui attend cela depuis des mois.

Cette voix qui m'enjoint d'oublier ce plan de folie et de récupérer ce qui m'appartient.

— Et toi, tu seras heureux ? fait Esguerra en penchant la tête pour me dévisager avec une curiosité spéciale. Tu crois que tu aimeras cette demi-vie ? Tu t'épanouiras dans la cage de toutes ces règles et ces lois ?

Je hausse les épaules.

— Peut-être.

Ce n'est pas un souci pour l'instant, mais si cela devenait un problème, j'y remédierais en temps et en heure.

Une chose à la fois.

— Alors, que fais-tu maintenant ? demande Esguerra en constatant que je garde le silence. Tu comptes la laisser tomber définitivement ? Ou accepter le marché ?

— Je ne la laisserai pas tomber.

Ma réponse est instinctive, automatique. Une vie sans Sara, je ne l'envisage même pas. Ces huit derniers mois ont été un véritable enfer, presque aussi difficiles à leur manière que les semaines sombres après la mort de ma famille.

J'aimerais mieux mourir plutôt que d'abandonner ma ptichka définitivement.

Elle est à moi et elle le restera.

Esguerra esquisse un sourire moqueur.

— Eh bien, dans ce cas, dit-il d'une voix douce, on dirait que tu n'as pas vraiment le choix.

Ça me fait mal de l'avouer, mais il a raison.

Soit je prends Sara, soit je refuse le marché. C'est son bonheur ou ma vengeance.

Je ne peux pas avoir les deux.

PARTIE IV

ara

JE SENS QUE QUELQUE CHOSE A CHANGÉ DÈS QUE JE RENTRE CHEZ moi, toute seule, après mon service du soir à la clinique.

Aucun véhicule banalisé ne me suit, et personne ne m'épie discrètement lorsque je gare ma voiture devant l'immeuble avant d'entrer.

Tout en me persuadant que je suis en train de devenir folle – que je suis fatiguée et que mon sens de l'observation est défaillant –, je prends une douche et me laisse tomber sur mon lit. Inutile de s'en alarmer. Même si ce n'est pas de la paranoïa, il est toujours possible que les fédéraux aient été contraints de prendre leur soirée – problème de garde d'enfants ou quelque chose comme ça. Ce n'est encore jamais arrivé depuis mon retour, mais ça ne veut pas dire que c'est impossible.

Les agents du FBI sont humains, après tout.

Pourtant, je tourne et me retourne, incapable de trouver le sommeil malgré mon épuisement. Je me demande si je me suis sentie observée aujourd'hui, mais rien ne me vient. Soit mes espions de l'ombre se sont améliorés, soit je me suis tellement habituée à leur présence que je ne la remarque même plus.

La dernière fois que j'ai véritablement senti cette étrange démangeaison, c'était quand j'ai reçu le mot de Peter, il y a deux mois.

Serait-ce possible ?

Se pourrait-il que je ne sois plus du tout surveillée ?

Mon ventre se contracte brutalement. Étant donné la teneur du message de Peter, une seule raison pourrait expliquer à la fois le désintérêt soudain des fédéraux et celui des hommes qu'il a engagés pour me suivre.

Non. Je claque la porte de cette idée terrifiante.

Peter n'est ni mort ni captif.

C'est impossible.

Je ferme les yeux et m'efforce de prendre de grandes et profondes respirations. Un soir, ce n'est pas suffisant pour en sauter aux conclusions, et quand je me réveillerai demain matin pour aller travailler – dans moins de cinq heures, maintenant – il y a de fortes chances que les fédéraux soient de retour dans mon quartier au volant de leur berline grise.

Je veux le croire.

MAIS LES FÉDÉRAUX NE SONT PAS LÀ QUAND JE ME RENDS AU TRAVAIL, et j'ai beau être attentive, je n'arrive pas à déterminer si je suis surveillée.

Je passe la journée dans un état de panique à peine contenue. Heureusement, je n'ai que des rendez-vous aujourd'hui, et comme nous sommes surbookés, je n'ai pas vraiment le temps de réfléchir. Je passe d'une patiente à l'autre et j'enchaîne les examens de routine, les prescriptions de contraception et les conseils en soins prénatals – tout en pensant à respirer, à rester calme et à ne pas songer à la disparition des fédéraux.

Ni au fait que, pour la première fois depuis mon retour, je suis toute seule.

Alors que je m'apprête à rentrer chez moi, Phil, notre guitariste, appelle pour me parler d'un prochain concert et je lui demande spontanément s'il a envie que le groupe se réunisse pour aller boire un verre. C'est mardi soir, et demain j'ai une journée chargée et un service à la clinique, mais je n'ai pas envie de me retrouver seule avec mes pensées.

À mon soulagement, Phil accepte et nous nous donnons rendez-vous dans un bar des quartiers résidentiels de Chicago. Seul Rory peut nous rejoindre – Simon assiste à une séance de dédicace dans une librairie. Après avoir commandé des bières, nous retrouvons la même dynamique familière que d'habitude et Phil se lance dans son discours hebdomadaire pour tenter de nous convaincre de partir en tournée.

— Vous n'avez jamais envie de tout plaquer ? dit-il en agitant sa bière. D'obtenir autre chose de la vie ? Quelque chose de nouveau et d'excitant ?

— On dirait une pub, vieux ! lui dit Rory.

Nous éclatons de rire. Il y a un accent désespéré dans ma voix, mais à mon soulagement, je suis la seule à m'en rendre compte. Mes amis musiciens ne se doutent pas du tourment qui monte en moi. Ils plaisantent et continuent comme si ce n'était pas la fin du monde.

Comme si c'était un mardi soir comme un autre.

Pour eux, c'est le cas – le genre de mardi soir normal et prévisible auquel Phil souhaite échapper. Le genre de soirée que je n'ai pas connu depuis longtemps, parce que dès l'instant où j'ai rencontré Peter, rien dans ma vie n'a plus jamais été normal ni prévisible.

Je me demande ce que penserait Phil s'il l'apprenait, s'il savait que le meurtrier de mon mari m'a forcée à « tout plaquer » en me gardant captive au Japon. Trouverait-il excitante mon histoire d'amour contrainte avec un assassin ? Nouvelle, dans un genre malsain ?

Cette sortie devait me changer les idées et me faire oublier mes pensées anxieuses, mais je ne peux pas m'empêcher de penser à Peter, et mon regard dérive d'une personne à l'autre. Je cherche un homme qui ne me semble pas à sa place... un indice me prouvant que j'intéresse toujours les fédéraux.

— Tu attends quelqu'un ? demande Rory en remarquant mes coups d'œil intempestifs.

Je me force à sourire et cesse de regarder autour de moi comme une idiote.

— Non, désolée. J'ai cru voir une vieille connaissance.

Aussitôt, Phil tend l'oreille.

— Oh, une vieille connaissance. Un homme ou une femme ? Parce que je dois dire que ton amie Marsha est vraiment *smack !*

Il s'embrasse le bout des doigts avec exagération et nous éclatons de rire.

Marsha, Andy et Tonya ont assisté à l'un de nos concerts il y a deux semaines et nous sommes sortis tous ensemble pour terminer la soirée. Naturellement, Marsha s'est bien entendue avec les membres du groupe, comme toujours avec les hommes.

Un de ces jours, j'adorerais faire la connaissance d'un type qui ne tombe pas éperdument amoureux de cette bombe sexuelle blonde – ou du moins, qui n'essaie pas tout de suite de finir dans son lit.

— Ta Tonya n'est pas mal non plus, dit Rory une fois que les rires sont un peu retombés. Elle est célibataire ?

Je souris.

— Oui, je crois bien.

Je ne connais pas la jeune infirmière tant que ça, mais je suis presque certaine qu'elle n'a pas de petit ami – ou si elle en a un, ça ne le dérange pas qu'elle fasse la fête avec Marsha du crépuscule jusqu'à l'aube.

— Mec, tu es sûr que tu ne préfères pas la rousse ? demande Phil avec sérieux. Imagine comme vos enfants seraient mignons. Des poils de carotte miniatures.

— Oh, la ferme. Tu es simplement jaloux que j'aie encore ça, rétorque Rory en agitant sa crinière imposante.

Je manque avaler de travers ma gorgée de bière lorsque Phil touche instinctivement son crâne dégarni avant de faire un doigt d'honneur à Rory.

— Ça suffit, les garçons, dis-je en hoquetant quand je parviens à calmer mon hilarité. D'abord, Andy est prise, et...

Je me fige, les mots coincés dans ma gorge quand j'aperçois l'homme qui s'approche derrière Phil.

Je cligne des paupières, incapable d'en croire mes yeux, mais l'apparition ne s'estompe pas.

Au lieu de ça, ses lèvres sculpturales ébauchent un sourire magnétique.

— Bonjour, Sara, dit-il de cette voix grave au léger accent qui hante mes rêves. Tu ne me présentes pas à tes amis ?

eter

TOUTES LES COULEURS DISPARAISSENT DU VISAGE EN FORME DE CŒUR de Sara. On dirait bien qu'elle a perdu sa langue et je me tourne vers les deux hommes qui me regardent la bouche bée.

— Peter Garin, dis-je en employant ma nouvelle identité, la main tendue. Et vous êtes ?

Je le sais, évidemment, mais si je veux m'intégrer pour de bon dans la vie de Sara, je dois me comporter comme un citoyen normal, et non comme quelqu'un qui procède à une enquête approfondie sur toutes les personnes proches de ma ptichka. Ça signifie aussi que je ne peux pas leur mettre le couteau sous la gorge et l'enfoncer suffisamment pour les empêcher à tout jamais de la reluquer.

En tout cas, pas au milieu du bar.

C'est le musicien bedonnant qui se ressaisit en premier et il me serre la main.

— Bonjour, je suis Phil Hudson.

— Ravi de vous rencontrer, dis-je en réfrénant l'envie de broyer les os de cette paume ridiculement molle.

— Rory O'Rourke.

La poignée de main du rouquin est plus ferme. Sa main est aussi calleuse que la mienne – mais pas pour les mêmes raisons.

Il soulève des poids en salle de sport pour gagner des trophées, tandis que je m'entraîne pour rester en vie.

Je m'entraînais pour rester en vie, je rectifie. Si tout se déroule selon le plan, je n'aurai plus besoin de le faire.

Sara me touche le bras, attirant mon attention.

— Que...

Sa voix mélodieuse se brise.

— Qu'est-ce que tu fais ici, Peter ?

J'ai délibérément évité de la regarder dans les yeux, parce que c'est une véritable torture d'être aussi proche d'elle sans l'attraper pour la baiser sur-le-champ. Sa main sur mon bras, aussi douce qu'elle soit, me fait l'effet d'un coup de Taser. Tout mon corps vibre, en alerte, les sens affûtés. Elle est à cinquante centimètres de moi, et nous sommes tous deux habillés, et pourtant je la sens aussi intensément que si elle se plaquait nue contre mon corps.

En réalité, ma queue est convaincue que nous devrions être nus, et elle semble vouloir sortir de mon jean soudain trop étriqué.

J'aurais sans doute dû l'attendre à son appartement, où nous aurions été seuls tous les deux pour nos retrouvailles, mais j'étais trop impatient. Après un mois de paperasseries administratives, j'ai enfin obtenu le feu vert du gouvernement américain, ainsi qu'une nouvelle identité et des documents prouvant ma citoyenneté. J'ai sauté dans le premier avion, pour apprendre que tout compte fait, au lieu de rentrer chez elle, Sara avait décidé de sortir.

Avec deux hommes qui bavent constamment sur elle, rien de moins.

Je prends une grande inspiration en me rappelant que l'intégration fait partie du jeu. C'est pour cela que j'ai travaillé pendant des mois, c'est la raison pour laquelle j'ai accepté de laisser vivre cette ordure de Henderson – une promesse qui me fait toujours remonter la bile dans la gorge. Ce serait bête de tout gâcher parce que Sara me regarde avec ses yeux de biche. Leur beauté à couper le souffle me donne envie de la jeter sur mon épaule pour l'emporter dans ma tanière – après avoir d'abord arraché les couilles de tous les hommes qui osent poser les yeux sur elle.

— J'ai eu l'occasion de rentrer plus tôt, lui dis-je.

En dépit de mes efforts, ma voix est bien trop tendue pour un lieu public.

— En fait, j'ai démissionné.

— Tu… quoi ? fait-elle avec de grands yeux ébahis. Comment peux-tu…

— C'est une longue histoire, ptichka.

Je réprime l'envie de tendre les bras pour la serrer contre moi.

— Rentrons, je vais tout t'expliquer.

Le roux – Rory – se racle alors la gorge.

— Est-ce que vous… vous êtes ensemble ?

Phil et lui me dévisagent avec incrédulité – et une jalousie à peine contenue.

Ces abrutis ont de la chance que j'aie décidé de respecter la loi.

— Oui, leur dis-je.

Malgré tout, quelque chose dans mon intonation les fait blêmir.

— Nous sommes ensemble.

Je me tourne vers Sara.

— Tu es prête à rentrer, mon amour ? Nous avons beaucoup de choses à nous dire.

En saisissant brusquement sa petite main délicate, je l'entraîne vers l'extérieur, abandonnant dans le bar ses amis musiciens stupéfaits.

ara

J'AI L'IMPRESSION D'ÊTRE DANS UN RÊVE. OU PEUT-ÊTRE UN cauchemar, je n'arrive pas à le déterminer. Peter et moi, nous marchons ensemble dans une rue bondée… et il n'a pas l'air de recourir au moindre subterfuge. Il est plus grand que dans mes souvenirs. Ses épaules larges tendent les coutures de son t-shirt noir et l'on devine les muscles de ses jambes sous son jean ajusté. Ses cheveux noirs sont plus longs qu'avant et ondulent légèrement dans la brise tiède du soir. Mes doigts ont une envie folle de se perdre dans cette masse épaisse et douce, de l'agripper à pleines mains tandis qu'il descendrait entre mes jambes, accomplissant des prouesses avec sa langue si agile.

À cette pensée, un élan d'excitation brûlante me traverse, accentuant la chaleur sous ma peau. Mon cœur cogne si violemment qu'il menace d'exploser, et je n'ai plus du tout froid. Je ne suis plus glacée de l'intérieur. Mon corps est revenu à la vie dès l'instant où Peter a parlé, et à présent il bourdonne de désir... malgré les doutes qui m'assaillent.

— Est-ce que tu vas m'enlever ?

Ma voix est ténue et bien trop aiguë, mais j'ai du mal à comprendre ce... je ne sais même pas ce que c'est. Comment peut-il surgir de nulle part, après plus de neuf mois, et se présenter à mon entourage comme un petit ami perdu de vue ? J'ai beau avoir imaginé mon second enlèvement de mille manières, ce scénario – qu'il entre tout simplement dans un bar et me prenne par la main – ne m'a jamais effleuré l'esprit. J'étais prête à ce qu'on m'enfonce une aiguille dans le cou, une capuche sur la tête – ou du moins, prête pour un réveil musclé en pleine nuit. Mais jamais une balade nocturne sur North Broadway, en plein Chicago. Comment peut-il se promener à découvert ? Il a utilisé un nom différent au bar, mais son visage n'a pas changé. Où sont les fédéraux ? Après des mois à épier mes moindres faits et gestes, ils ont brusquement...

— Je ne t'enlève pas. Je te ramène chez toi.

Sa main se resserre autour de la mienne, l'enveloppant de sa chaleur... Je sens sa volonté autour de moi, puissante et inflexible, aussi incontournable qu'une force de la nature.

Je secoue la tête pour tenter vainement de m'éclaircir les idées.

— Chez moi ?

Parle-t-il du Japon ? Parce que si tel est le cas, je dois lui dire que...

— À ton appartement.

Son regard de métal étincelle quand il croise le mien.

— Pour l'instant, en tout cas, puisque toutes tes affaires sont là-bas. Ensuite, on pourra retourner vivre à la maison, si tu veux, ou en trouver une autre plus proche de ton boulot.

J'ai l'impression d'être ivre ou complètement défoncée. Y avait-il quelque chose dans la bière que je viens de boire ?

— Mais de quoi parles-tu ?

Il s'arrête et je me rends compte que nous sommes devant ma

voiture. Il me lâche la main et pose sa large paume à la peau dure contre ma joue, avant de dire tendrement :

— De nous, mon amour. Je parle de nous.

Sur ce, il prend mon sac à main, fouille son contenu, en sort la clé de la voiture et ouvre la portière.

ara

PETER CONDUIT, ET JE M'EN RÉJOUIS. JE CROIS QUE JE NE POURRAIS pas le faire moi-même – pas sans provoquer un accident, du moins.

Avec Peter, je n'ai pas ce souci. Il gère la voiture comme il gère tout le reste : avec une compétence calme et fatale. Alors que je le regarde quitter la place de parking, il m'apparaît que je ne l'ai encore jamais vu derrière un volant. Chaque fois que nous sommes montés ensemble dans un véhicule, c'était quelqu'un d'autre qui conduisait et Peter était sur la banquette arrière avec moi. Ce qui m'amène à une autre question : Où sont ses coéquipiers ? Pourquoi est-il tout seul ?

Et que voulait-il dire par « démissionner » ?

Mon esprit tourne à plein régime, au même rythme que mon pouls, mais je parviens à rassembler mes pensées embrouillées pour me concentrer sur une seule question à la fois.

— Qu'est-ce que tu entends par « nous » ? je demande en contemplant son profil bien dessiné.

À vrai dire, je le dévore du regard. J'avais oublié à quel point ses traits étaient saisissants de virilité, à quel point il était beau avec son magnétisme dangereux. Son visage est aussi mince que lorsque nous avons quitté la clinique – j'ignore à quoi il a employé son temps, mais ce n'était pas au repos ni à la relaxation – ses pommettes hautes sont semblables à des lames, son menton à la barbe naissante est si crispé qu'il semble presque sculpté dans le marbre.

J'aperçois son regard argenté et la cicatrice de son sourcil gauche quand il me jette un coup d'œil avant de reporter son attention sur la route.

— J'entends que je suis ici pour de bon, répond-il avec calme. J'ai obtenu l'amnistie complète et l'immunité – pour moi et le reste de mon équipe.

Mon souffle reste coincé dans mes poumons.

— L'amnistie et l'immunité ? Tu veux dire...

— Je veux dire que je ne suis plus un fugitif, en effet.

J'ai soudain l'impression de faire une chute vertigineuse. Il n'est plus recherché ?

— Comment ? Qu'est-ce que tu as fait ? Comment se fait-il que...

— C'est une longue histoire, mais disons que j'ai rendu service à un ancien employeur. Tu te souviens de Julian Esguerra, l'associé de Kent ?

Je prends une vive inspiration.

— Celui qui voulait te tuer pour avoir mis sa femme en danger ?

— Lui-même, confirme Peter en s'engageant sur l'autoroute avant de doubler un camion trop lent. En échange de ce service, Esguerra a fait jouer ses relations au sein de plusieurs gouvernements pour qu'on cesse de nous traquer.

Je le dévisage, sans voix. J'ignorais que les trafiquants d'armes illégaux avaient de tels pouvoirs, mais au fond, j'aurais pu m'en

douter. Lucas Kent a même évoqué l'un de ses contacts à la CIA –
John, Jeff Machin-chose ? – quand nous dînions chez lui, à
Chypre.

— Waouh. Ce devait être un sacré service, dis-je enfin.

Peter hoche la tête sans détacher ses yeux de la route.

— Oui.

Il n'en dit pas plus, et je n'insiste pas. J'ai d'autres questions plus
importantes à lui poser.

Plaquant mes paumes moites sur mes genoux, je demande sur
le ton le plus désinvolte possible :

— Quand tu dis que tu es là pour de bon, qu'est-ce que tu veux
dire exactement ?

Sa bouche s'étire pour former un léger sourire.

— D'après toi, mon amour ? Tu voulais un chien et une clôture
blanche ? Des barbecues et des enfants au parc ? Eh bien,
maintenant, je peux t'offrir tout ça – ou plutôt, Peter Garin peut te
l'offrir.

Il revient sur la voie de droite pour emprunter la prochaine
sortie.

— Ce monde différent que tu voulais, cette vie… Tu peux
l'avoir, ptichka. Et moi aussi.

Mon cœur bondit dans ma poitrine.

— Tu veux sortir avec moi ? Ici ? Comme un couple normal ?

— Non, ptichka. Je ne veux pas sortir avec toi.

Il tourne sur la droite et s'arrête dans une station-service. C'est
à ce moment que je me rends compte que le réservoir d'essence est
pratiquement vide.

— Je reviens tout de suite, dit-il avant de couper le moteur.

Il sort et, d'un œil abasourdi, je le regarde recharger ma Toyota
d'une main experte. Il paie directement à la pompe avec une
élégante carte de crédit noire.

Mon assassin russe a une carte de crédit, et il s'en sert pour
payer de l'essence.

Cette situation improbable – la présence de Peter, en train de
faire une chose aussi banale – accroît l'impression irréelle qui

m'étreint depuis que nous avons quitté le bar. Je n'arrive pas à me défaire du sentiment que je me trouve dans un rêve bizarre et que je peux me réveiller à tout moment, seule dans mon lit froid.

Et pourtant, non. La portière du côté conducteur s'ouvre de nouveau, laissant s'engouffrer l'air humide de l'été et une forte odeur de gasoil tandis que Peter remonte en voiture, repliant son corps imposant derrière le volant.

Si c'est un rêve, c'est le plus réaliste que j'aie jamais fait.

— Comment ça, tu ne veux pas sortir avec moi ? je demande quand nous quittons la station-service pour nous engager sur une route à deux voies. Dans ce cas, qu'est-ce que tu veux ?

Il s'arrête au feu rouge et me regarde.

— Je veux tout, Sara.

Sa voix grave est basse et profonde, ses yeux gris reflètent la lumière des lampadaires alentour.

— Je veux tes jours et tes nuits, tes heures et tes minutes. Je veux partager tes joies et tes peines, tes victoires et tes frustrations. Je veux m'endormir en te serrant dans mes bras tous les soirs, et me réveiller tous les matins en sentant le parfum de tes cheveux sur mon oreiller. Je te veux toi, ptichka – avec moi pour toujours, de toutes les manières.

Je le regarde fixement. À chacun de ses mots, mon cœur se serre un peu plus.

— Que…

Je déglutis pour humecter ma gorge sèche.

— Qu'est-ce que tu es en train de me dire, Peter ?

Le feu a dû passer au vert, parce qu'il reporte son attention sur la route et la voiture avance.

À mon grand étonnement, quelques instants plus tard, nous nous arrêtons de nouveau et je me rends compte qu'il s'est rangé sur le bas-côté. Avec sérénité, il passe au point mort, puis il se tourne vers moi.

Je cligne des yeux. Mon pouls s'accélère quand il détache sa ceinture et glisse la main dans la poche de son jean pour en sortir une petite boîte en velours.

— Voilà ce que je suis en train de te dire, annonce-t-il alors d'un ton posé.

Je retiens ma respiration lorsqu'il ouvre l'écrin pour révéler une bague sertie d'un diamant – un magnifique solitaire qui doit au moins compter plusieurs carats. Avec l'anneau délicat en or blanc ou en platine, c'est à la fois simple et somptueux – exactement ce que j'aurais choisi si j'avais cent mille dollars à dépenser.

Stupéfaite, je lève les yeux et rencontre son regard.

— Peter...

— Je veux que tu sois ma femme, Sara, dit-il d'une voix douce en se penchant pour prendre ma main gauche.

Ses doigts sont chauds et secs sur ma peau frissonnante, et dans la pénombre de l'habitacle son regard est presque noir. On dirait que nous sommes seuls dans l'obscurité. Le reste du monde cesse d'exister lorsqu'il glisse l'anneau à mon annulaire gauche. La sensation fraîche et métallique est semblable à celle d'une menotte autour de mon cœur.

Un souffle tremblant m'échappe.

Oh, mon Dieu. C'est en train de se passer.

C'est réellement en train de se passer.

Par réflexe, j'essaie de retirer ma main, mais il resserre sa poigne, refusant de me lâcher.

— Je veux te posséder, devant la loi et de toutes les façons possibles, poursuit-il.

Cette fois, je perçois l'acier derrière la douceur, je sens le piquant du barbelé drapé de soie.

— Tu m'appartiens déjà, ptichka, et je veux l'officialiser, ajoute-t-il, ses lèvres esquissant un sourire sombre. Je veux que tu m'épouses. Et vite.

ara

JE PASSE LE RESTE DU TRAJET DANS UN ÉTAT SECOND. LA BAGUE À mon doigt est à la fois brûlante et glacée sur ma peau. Je n'ai pas répondu à la demande de Peter sur le bord du trottoir – j'en étais incapable – et heureusement, il n'a pas insisté.

Il s'est contenté de reprendre la route.

Nous nous garons devant mon immeuble et Peter vient m'ouvrir la portière. Il me prend la main et m'aide à sortir de la voiture. Son geste est attentionné et possessif, et son regard m'enveloppe avec un désir qui accélère mon rythme cardiaque et déclenche une alarme dans ma tête.

Il n'attendra pas plus longtemps pour me prendre.

Il sera sur moi – et en moi – dès que nous entrerons.

— Attends, dis-je dans une tentative désespérée pour calmer le jeu.

J'ai très envie de lui – il m'a beaucoup manqué sur le plan

physique –, mais je ne suis pas encore prête. Ça fait trop longtemps et j'ai encore de nombreuses questions sans réponses.

Je dégage ma main et recule contre la voiture.

Sa mâchoire se contracte et il s'avance, plaquant les mains sur le toit pour m'emprisonner entre ses bras musclés.

— Tu crois que je n'ai pas attendu ?

Il se penche sur moi. Ses yeux argentés sont brillants, et même si on ne se touche pas, je sens la chaleur que dégage son corps puissant.

— Putain, tu crois que je n'ai pas été assez patient pendant ces longs mois ?

Mon sang ne fait qu'un tour devant la colère à peine contenue dans sa voix, et une fureur éclate brusquement en moi – je l'ai sentie monter progressivement pendant sa longue absence. Tous ces mois d'inquiétude, pendant lesquels j'attendais d'être enlevée sans savoir s'il était blessé ou captif, tous les mensonges, les semi-vérités et les nuits blanches, pour le voir débarquer dans un bar comme si de rien n'était ? Me passer la bague au doigt comme si, après la torture et le rapt, le mariage était la prochaine étape toute désignée ?

Je serre les dents et tends les mains, lui frappant les épaules du plat de mes paumes.

— Mais alors, où étais-tu passé ? je m'exclame.

Il a un mouvement de recul instinctif, surpris par ma réaction.

— Pourquoi as-tu été aussi long ? Moi aussi, j'ai attendu, putain… j'ai attendu, encore et encore…

Ses lèvres s'écrasent contre les miennes et ses mains se referment sur mes joues tandis qu'il me plaque contre la voiture. C'est moins un baiser qu'une conquête. Sa langue impitoyable envahit ma bouche avec fougue. Je sens le goût du sang, car mes dents ont fendillé ma lèvre, aussitôt remplacé par son goût familier, par la chaleur et la violence sombre de son désir.

J'aurais dû me sentir submergée, mais mon corps s'éveille avec une ardeur réactive, mes mains empoignent son t-shirt et je lui rends son baiser, aspirant sa langue intrusive, ripostant par ma propre invasion de ses sens. Ce que nous faisons là, j'en ai rêvé toutes les nuits et mon corps n'a eu de cesse de le désirer.

C'est pour ça que je n'ai jamais pu regarder un autre homme, et encore moins m'imaginer avec quelqu'un.

Au bout d'une minute, ses lèvres se radoucissent et ses mains libèrent mon visage pour s'aventurer sur le reste de mon corps. L'une de ses paumes me presse un sein tandis que l'autre se referme sur mes fesses. En dépit de la tendresse du baiser, ses gestes restent implacables, possessifs au-delà du raisonnable – on dirait un roi réclamant ce qui lui revient de droit. Je sens le renflement épais dans son jean, qui s'appuie contre mon ventre. Des vagues de chaleur déferlent dans mon corps tandis que sa bouche descend le long de mon cou, me marquant par des baisers chauds et mordants, en même temps que sa main abandonne mes fesses pour plonger dans mes cheveux.

— Tu es à moi, gronde-t-il à mon oreille, me tirant la tête en arrière.

J'ai la chair de poule lorsqu'il me mordille le lobe d'oreille et glisse son genou entre mes jambes. Je me retrouve à cheval sur sa cuisse aux muscles bandés. Malgré les couches formées par nos deux jeans, la pression de son sexe est brutale et intense. Il me presse à nouveau les seins, faisant frotter mon soutien-gorge contre mon téton durci. La chaleur se répercute par pulsations jusqu'à mon clitoris et je sens une tension familière monter aux tréfonds de mon être. À califourchon sur sa jambe sans pouvoir rien faire, j'ai une conscience viscérale de son odeur et de son goût si puissamment viril, de la taille et de la dureté impressionnantes de son corps, et de sa main qui se fraye un chemin sous mon haut, sa paume chaude et calleuse sur ma peau nue augmentant brutalement la tension du moment.

Je jouis avec un cri étranglé, libérant tout le désir accumulé d'un seul coup. Mon corps se contracte, saisi de spasmes tant l'extase est explosive. Mes orteils se recroquevillent dans mes chaussures. Je suis éblouie et vaguement consciente d'un ricanement lointain. Soudain, je me retrouve en position horizontale, soulevée dans ses bras d'une force incroyable.

Stupéfaite, j'ouvre les yeux et passe les bras autour du cou de Peter. Il marche vite et nous avons déjà traversé la moitié du parking, mais j'ai le temps de distinguer trois adolescents, de l'autre côté. Je me rends compte qu'ils ont dû nous voir et je rougis alors que le brouillard provoqué par l'orgasme se dissipe dans ma tête.

— Peter, ils...

— Je sais.

Sa mâchoire est crispée. Il traverse le parking à grandes enjambées, d'une démarche assurée, me transportant aussi aisément que si j'étais une enfant.

— Il faut rentrer.

Les sifflets et les plaisanteries des adolescents atteignent de nouveau mes oreilles, et je repousse ses épaules.

— Pose-moi. S'il te plaît, je suis capable de marcher.

La dernière chose dont j'ai besoin, c'est qu'on me porte dans le hall comme une mariée en tenue de ville.

À mon soulagement, Peter m'écoute et me dépose lorsque nous arrivons devant l'entrée de l'immeuble. C'était moins une. Nous n'avons pas de concierge, mais j'aperçois mes voisines – deux jeunes femmes habillées pour la soirée. Elles sortent au moment où nous entrons, et leurs regards intrigués passent de moi à Peter, qui maintient une main possessive autour de mon bras.

Je ne les connais pas très bien – nous avons simplement échangé des banalités à propos de la météo – et je leur adresse un sourire gêné en leur souhaitant une bonne soirée.

— À vous aussi, répond l'une des deux femmes, qui dévisage ouvertement Peter tandis que sa colocataire se met à glousser comme une écolière. Passez une très bonne soirée.

Je rougis encore plus et elles passent leur chemin en chuchotant et en pouffant, leurs têtes penchées l'une vers l'autre. Pour la première fois, je suis contente que les habitants de l'immeuble ne forment pas une communauté très soudée. Il y a de nombreux locataires comme moi, et avec le taux de renouvellement élevé, les gens ne prennent pas le temps de connaître leurs voisins – ni de colporter des rumeurs à leur sujet.

— Des amies à toi ? demande Peter en me libérant le bras pour appuyer sur le bouton de l'ascenseur.

Je secoue la tête.

— Pas vraiment, dis-je avant de lever les yeux, les sourcils froncés. Tu ne le sais pas ? Je croyais que tu me faisais suivre.

Un amusement sombre transparaît dans ses yeux gris.

— Bien sûr. Mais mes hommes ne pouvaient pas vraiment s'approcher, avec les fédéraux qui surveillaient tes moindres faits et gestes et cherchaient à savoir s'il y avait des micros.

— Oh.

C'est cohérent. Voilà qui explique pourquoi, la plupart du temps, je ne voyais que les agents du FBI.

Les portes de l'ascenseur coulissent et il m'invite à entrer. Sa main au bas de mon dos est chaude et délicate – mais inflexible comme de l'acier. Mon cœur rate un battement avant d'adopter un rythme plus soutenu.

Il m'escorte.

Il me guide manu militari vers l'appartement pour qu'on puisse baiser.

— Tu n'as pas vraiment cru que j'allais t'abandonner, si ? dit-il d'une voix douce alors que l'ascenseur se met en branle.

Je secoue de nouveau la tête, m'arrachant à son regard pénétrant. Je remarque la bosse considérable dans son jean, et la chaleur de mes joues s'intensifie.

Est-il en érection depuis le début ?

Ça expliquerait la bouffée d'œstrogènes chez mes voisines.

Je m'efforce de détourner les yeux, mais c'est encore pire. Il y a un miroir de chaque côté de l'ascenseur, et mon reflet me donne envie de m'enfoncer dans le sol. À cause de notre coup de folie sur le parking, non seulement j'ai la culotte mouillée, mais ma lèvre inférieure est gonflée, mes joues sont rose vif et mes cheveux se dressent sur le côté.

On dirait que je rentre à la maison après une orgie.

Désespérée, je tourne la tête et croise le regard de Peter.

— Au fait, tu ne m'as jamais dit... Pourquoi tu as mis si longtemps pour revenir me chercher ?

Sa mâchoire frémit.

— Parce que ce service que j'ai rendu à Esguerra... ça a duré longtemps. Je voulais revenir plus tôt, ptichka, crois-moi.

Il me regarde fixement.

— Je t'ai manqué ? Tu espérais que je reviendrais ?

Je déglutis et tourne la tête lorsque les portes de l'ascenseur s'ouvrent, m'évitant d'avoir à répondre. Je croyais m'être réconciliée avec mes sentiments contradictoires à l'égard de Peter, avoir fait la paix avec le fait que l'assassin de mon mari avait réussi à voler mon cœur, mais tout d'un coup, je n'en suis plus si sûre. Ce qui se passe – le retour de Peter dans ma vie de tous les jours – est trop inattendu, si réel que c'en est terrifiant. Je suis incapable de me faire à cette idée, de réfléchir aux complications qu'impliquerait une tentative de relation normale – *un mariage* – avec un ancien meurtrier qui m'a torturée et enlevée. Si tout cela est bien réel, que vais-je dire à mes parents qui le considèrent toujours comme « un criminel » ? Ou à Marsha, qui connaît la version officielle du FBI dépeignant Peter en tant que monstre, mais qui sait aussi qu'il a tué George ? Et le FBI nous laissera-t-il vraiment en paix ? Comment est-ce possible, alors que l'homme qui se tient dans cet ascenseur avec moi est probablement la personne la plus dangereuse au monde ?

Chaque fois que je nous imaginais ensemble, c'était ailleurs et je tenais le rôle de prisonnière consentante. J'étais prête à accepter mon sort de captive, à reconnaître que mon destin était auprès de mon tourmenteur, mais je n'étais pas prête à ça.

La bague est froide et lourde à mon doigt lorsque nous quittons l'ascenseur et que Peter me conduit dans le couloir en direction de l'appartement. Il n'est jamais venu dans mon immeuble – ou du moins, je le suppose – et pourtant il n'y a aucune hésitation dans ses gestes. Il ne semble pas perdu ni incertain d'aucune manière. Il évolue dans ce couloir inconnu avec son assurance habituelle, et je ne peux m'empêcher de l'envier.

Moi-même, je me sens désespérée, à la dérive, comme un navire sans gouvernail en pleine tempête.

Nous rejoignons ma porte et je cherche maladroitement les clés de l'appartement dans mon sac à main, consciente du regard de Peter. Il n'a pas l'air impatient, mais je perçois au fond de lui le besoin violent qu'il contient. Ma respiration s'accélère et mes paumes deviennent moites quand je referme enfin les doigts autour du porte-clés récalcitrant.

— Attends, laisse-moi faire.

Il me prend les clés des mains et trouve avec une précision sans faille celle de l'appartement avant d'ouvrir du premier coup.

Nous entrons et il referme la porte pendant que j'allume la lampe du salon. J'entends le déclic du verrou et je me retourne pour le regarder, le cœur battant.

— Peter...

Il est sur moi avant que je puisse prononcer un mot. Ses grandes mains encadrent mon visage et il me pousse contre le canapé, sa bouche avide contre la mienne lorsque nous tombons sur les coussins moelleux dans un désordre de membres et de désirs déchaînés.

Tous mes doutes sont balayés, noyés sous une vague d'envies si intenses qu'elles déclenchent un incendie dans mes veines. L'orgasme dans le parking n'a fait qu'aiguiser mon appétit, laissant mon sexe sensible et gonflé, avide d'autre chose. Mes tétons sont durs à la limite du soutenable et je sens presque mon entrejambe palpiter quand il déchire mon haut et baisse ma fermeture éclair dans un geste brutal et impatient, avec cette même envie qui m'a tourmentée pendant des mois.

Je lui rends chacun de ses baisers. À mon tour je déchire son t-shirt, et il tire sur mon jean. Il pousse un grognement de frustration quand mon pantalon se coince autour de mes ballerines. Je parviens à me déchausser et à expédier le jean roulé en boule, tandis qu'il dégrafe mon soutien-gorge. Bientôt, je me retrouve nue sous son corps, étendue sur le canapé pendant qu'il se débarrasse de son propre pantalon.

Il n'y a pas de paroles tendres, pas de caresses attentionnées – rien que la sensation brute de son corps lorsqu'il me pénètre avec force, le visage crispé par le désir et les yeux luisants. Il m'attrape les poignets pour les plaquer au-dessus de ma tête. J'inspire vivement sous la brutalité de son invasion. Mes muscles internes se contractent, peinant à s'ajuster à son incroyable épaisseur, s'étirant du mieux possible pour l'accueillir. J'ai l'impression que mon corps a oublié ce domaine et que c'est notre toute première fois ensemble, bien que la honte et la culpabilité ne soient plus que des ombres légères dans mon esprit.

J'ai besoin de ça – j'ai besoin de *lui* – et je ne peux pas le nier.

Après s'être enfoncé en moi, il marque une pause, m'accordant un moment pour m'habituer à sa présence. Je vois bien qu'il a du mal à garder le contrôle, à retenir son côté sauvage pour ne pas me blesser.

— C'est bon… je murmure en resserrant mes muscles pelviens autour de sa queue rigide. C'est bon, Peter… je vais m'y faire.

À vrai dire, j'ai très envie de m'y faire.

Ses pupilles se dilatent et, dans les profondeurs de ses yeux métalliques, je vois le monstre affleurer à la surface. Avec un grondement grave et guttural, il me pénètre encore plus profondément. Je pousse un cri, le dos cambré, tandis qu'il imprime un rythme féroce.

Il me prend avec violence, me labourant sans pitié, et je crie de plus en plus fort. La douleur se fond dans le plaisir et mon esprit s'engourdit dans un bruit blanc qui fait taire le bourdonnement incessant de mes pensées. Je n'ai plus de place pour la culpabilité ni l'inquiétude, plus de place pour les doutes et les questions. Il n'y a que ça, il n'y a que nous, et lorsque la tension monte en flèche, je hurle son prénom. Je ne suis consciente de rien à l'exception des sensations insoutenables et de l'extase qui me font voler en éclats.

Il jouit en même temps que moi. Son cou puissant se contracte et il rejette la tête en arrière, ses hanches plaquées contre les miennes. La pression déclenche une vague secondaire et un autre cri m'échappe. Mes muscles internes se resserrent et se crispent, je ressens chaque centimètre ancré en moi, puis il gémit à son tour et m'inonde de sa semence.

~

J'AI DÛ PERDRE CONNAISSANCE, OU DU MOINS FERMER LES YEUX, CAR l'instant d'après je sens qu'on me transporte, jusqu'à la salle de bain cette fois.

Je cligne des paupières, refermant instinctivement les bras autour du cou de Peter lorsqu'il entre dans la baignoire et me dépose sur mes pieds.

— Ça va ? murmure-t-il, m'aidant à garder l'équilibre lorsque je le lâche.

Je hoche la tête, encore trop éblouie pour parler.

— Tant mieux.

Il sort de la baignoire et retire les quelques vêtements qu'il portait encore. Je dévore des yeux son grand corps nu et admire les lignes de son physique puissant quand il revient dans la baignoire à côté de moi. Il tire le rideau et ouvre le robinet. Chaque muscle ciselé de son dos se contracte lorsqu'il bouge. Ses fesses sont fermes et rondes quand il se penche pour vérifier la température de l'eau. Ses bourses se balancent, lourdes entre ses jambes, avec sa queue encore à moitié dure. Je sens le rouge me monter aux joues en remarquant sur sa peau l'humidité luisante de nos fluides corporels combinés.

Une fois de plus, pas de préservatif. Pour une quelconque raison, ça ne me dérange pas – et je ne suis pas étonnée le moins du monde. Si Peter a vraiment l'intention de faire ça – de s'installer avec moi et de mener une vie normale –, alors les enfants ne sont pas une notion si incongrue. Étant donné qu'il souhaite me faire tomber enceinte, je ne dois pas m'attendre à retrouver l'usage des préservatifs. Nous sommes tous les deux en bonne santé, à moins que...

— Tu as couché avec quelqu'un ? je lâche de but en blanc, atterrée par cette éventualité qui se fait jour dans mon esprit. Pendant ton absence, je veux dire…

Je n'en reviens pas de ne pas y avoir pensé plus tôt. Peter est un homme en pleine force de l'âge, viril et très sexuel, avec un physique et des atouts fatals destinés à mouiller les petites culottes. La preuve, mes voisines – deux femmes d'une vingtaine d'années – en train de glousser comme des gamines en cours élémentaire. Je n'ai aucune raison de supposer qu'il m'est resté fidèle pendant tout ce temps. Neuf mois de célibat pour quelqu'un comme Peter, c'est…

— Quoi ?

Il pivote vers moi en fronçant ses sourcils noirs.

— Tu es sérieuse ?

Je hausse les épaules en essayant de paraître naturelle, même si l'idée qu'il puisse toucher une autre femme me donne envie de vomir.

— Neuf mois, c'est long, et on ne peut pas dire qu'on soit…

— Qu'on soit *quoi ?*

Sa voix est dangereusement mielleuse et il m'empoigne les bras.

— Qu'on soit quoi, Sara ?

Ma bouche se dessèche quand je vois le regard qu'il me lance.

— Tu sais… dis-je avant de déglutir. Engagés dans une relation.

— Es-tu en train de me dire que tu as couché avec quelqu'un d'autre ?

Ses doigts s'enfoncent dans ma peau et un nerf tressaute sur sa tempe.

— Que tu as laissé un autre…

— Non !

Comment peut-il avoir une idée pareille ?

— Bien sûr que non ! Et puis, je suis certaine que tes espions te l'auraient dit. Ils ne pouvaient peut-être pas m'approcher, mais ils n'auraient jamais laissé passer quelque chose comme ça.

Il relâche légèrement sa poigne de fer.

— Non, sans doute, acquiesce-t-il après un instant de réflexion.

Puis il me libère et se retourne pour enclencher le bouton qui dirige l'eau du robinet jusqu'au pommeau de douche, au-dessus de nos têtes.

Je cligne des yeux quand l'eau jaillit et je le regarde ajuster la puissance du jet. Enfin, il se tourne de nouveau vers moi. L'eau lui fouette le dos.

— Je n'ai rien baisé d'autre que mon poing depuis que je t'ai laissée, dit-il d'une voix monocorde. En fait, depuis notre rencontre, je n'ai même pas effleuré une seule femme dans une foule. Tu es la seule pour moi, ptichka – tout ce que je veux, maintenant et à jamais. Chaque nuit de ces neuf derniers mois, je me suis allongé dans mon lit avec la queue si dure qu'elle me faisait mal, et j'ai pensé à toi. Rien qu'à toi. Tu étais dans chacun de mes rêves érotiques, dans chacun de mes fantasmes. J'ai envie de te baiser en permanence, où que nous soyons, quoi que nous fassions. Même quand des océans nous séparent, tu es la seule que je désire – la seule que je désirerai jamais.

Ma gorge se noue, piégeant l'air dans mes poumons. Je le crois. Comment pourrait-il en être autrement ? Il ne m'a jamais menti, n'a jamais essayé de cacher ses sentiments. Depuis le tout début, j'ai connu la profondeur de son obsession envers moi. Même si cela me faisait peur, et aussi tordu que ce soit, c'était à la fois très rassurant.

Tant que nous vivrons.

Un déclic se fait, comme une ampoule qui s'allume, dissipant le brouillard et l'hébétude de nos ébats.

— Peter…

Ma voix chevrote quand je tends les mains pour prendre la sienne entre mes paumes.

— C'est pour moi que tu l'as fait ?

Il penche la tête. Ses yeux gris semblent perplexes.

— Fait quoi, ptichka ?

— Ce service que tu as rendu à Esguerra pour être rayé de la liste des criminels recherchés… cette chose qui t'a retenu si longtemps.

Je lui serre la main et la pose contre ma poitrine, où une pression singulière comprime mon cœur battant.

— J'en suis la raison ? Est-ce que tu l'as fait pour pouvoir être ici, avec moi ?

Il se renfrogne et enveloppe de son autre main nos paumes jointes.

— Bien sûr, ptichka. Ce n'est pas ce que tu voulais ? Une vie où je ne serais pas fugitif, où nous pourrions être ensemble sans que tu perdes ta famille et ta carrière ?

Je lève les yeux vers lui. Je prends enfin la mesure de ce qu'il a fait. C'est exactement ce que je voulais, ce à quoi j'aspirais au plus profond de mon cœur. C'est mon rêve le plus sombre et le plus inavoué – une vie normale avec mon tourmenteur – et il vient d'en faire une réalité.

Il a réalisé l'impossible, tiré Dieu sait combien de ficelles – tout ça pour moi.

La vapeur qui remplit la salle de bain me pique les yeux et l'étau se resserre un peu plus autour de mon cœur.

Peter m'aime.

Il m'aime vraiment, sincèrement.

Ce qu'il pourrait faire pour moi n'est plus théorique.

C'est réel. Il l'a fait.

— Ce n'est pas ce que tu voulais, Sara ? répète-t-il.

Son front se creuse et je hoche la tête telle une marionnette, incapable de retrouver l'usage de la parole.

— Bien.

Il extrait délicatement sa main de ma poigne et se tourne sur le côté pour me laisser la place sous le jet d'eau. Il s'empare du flacon de shampoing et s'en verse dans la paume, avant d'entreprendre un massage de mon cuir chevelu, comme si c'était tout naturel après ce genre de révélation.

Comme s'il n'y avait rien d'autre à ajouter.

Et c'est peut-être vrai. On devrait reprendre cette conversation plus tard, quand je serai moins abasourdie, moins submergée par son brusque retour et tout ce qui l'accompagne. Parce que je ne sais toujours pas quoi lui dire, comment expliquer ce que je ressens.

Comment lui dire que je suis folle de joie, et à la fois terrifiée par sa présence.

Il me lave soigneusement les cheveux, me massant le crâne et le cou de ses doigts énergiques, puis il applique l'après-shampoing et le laisse reposer pour s'occuper du reste de mon corps. Ses mains calleuses et savonneuses glissent sur toute la surface de ma peau, me cajolant et me caressant avec un parfait équilibre entre tendresse et fermeté.

C'est une sensation merveilleuse, comme le soin de thalasso le plus exquis, et lorsqu'il me rince enfin pour me débarrasser du savon, je prends le gel douche et lui rends la pareille. J'aime sentir sa peau douce sous la rugosité de ses poils quand mes mains glissent le long de son corps athlétique et solide.

Il a toujours pris soin de moi, me choyant comme une princesse, mais je me rends compte que je ne me suis jamais occupée de lui. J'ai toujours trouvé que rendre à mon tourmenteur l'affection qu'il me témoignait était une trahison envers George et tout ce qui comptait. Si au lit je ne pouvais pas me contrôler, je restais distante le reste du temps, acceptant les soins que Peter me prodiguait sans jamais les lui retourner.

J'éprouve toujours une certaine culpabilité, l'impression d'avoir tort, mais ce n'est plus cette pression étouffante que je ressentais autrefois. Au fil des mois, alors que le choc de la mort violente de George s'estompait, j'ai commencé à y réfléchir de manière plus rationnelle, à analyser les événements sous une perspective différente.

D'abord, George n'était plus vraiment vivant quand Peter lui a tiré une balle dans la tête. Il était dans le coma depuis dix-huit mois, et étant donné les dégâts de son cerveau, il n'avait presque aucune chance de s'en sortir. Tôt ou tard, j'aurais dû prendre la terrible décision d'arrêter l'assistance respiratoire – perspective à laquelle j'évitais de penser, d'autant plus que j'étais convaincue que l'accident de George était en partie ma faute.

Dans un sens, c'est Peter qui a endossé pour moi cette sinistre responsabilité – et je m'autorise à y penser depuis peu.

Il y a aussi le fait que George m'a trahie. L'alcoolisme qui a gâché notre mariage était grave, mais pendant tout ce temps, il a mené une double vie en suivant une carrière d'espion dont j'ignorais tout. Il m'a fallu longtemps pour le digérer totalement, mais à présent la trahison flagrante de George me saute aux yeux et l'amour que je pensais éprouver pour lui ne me paraît plus qu'une chimère.

Bien sûr, rien de tout cela ne justifie les actes de Peter – sous aucun prétexte. C'est toujours l'assassin amoral qui a tué plus de personnes que je ne peux l'appréhender, l'homme qui m'a torturée, harcelée et enlevée. Et maintenant, c'est l'homme qui m'aime, qui a prouvé sans la moindre équivoque à quel point je comptais à ses yeux.

Il est prêt à faire tout ce qu'il faudra, non seulement pour m'avoir, mais aussi pour me rendre heureuse.

Je finis de laver son torse et son ventre, puis je passe à ses aisselles et ses larges épaules, avant de masser, de mes mains couvertes de savon, les muscles épais et compacts de son dos. Il semble apprécier, réagissant comme un gros chat à mes caresses. Je pétris plus attentivement ses épaules avant de m'accroupir pour lui nettoyer les jambes. Ses cuisses sont en acier, ses muscles puissants dénués de toute élasticité, et il a les fesses aussi rondes et toniques que celles d'un culturiste. Incapable de me retenir, je presse ces muscles fermes et lève la tête, clignant des paupières sous le jet d'eau. Il a les yeux fermés et la tête renversée en arrière dans une béatitude purement virile.

Il aime ce que je suis en train de faire. À tel point que sa queue ne tarde pas à durcir.

Sur une impulsion, je referme mon poing savonneux autour de cette colonne épaisse et prends ses bourses entre mes doigts, avant de jeter un nouveau coup d'œil vers lui à travers le jet d'eau. À présent, il me regarde. Sur son visage, une envie de prédateur a succédé à la torpeur.

— Continue, dit-il d'une voix rauque en glissant sa main dans mes cheveux. Et mets-la dans ta bouche.

Refermant le poing entre mes mèches mouillées, il dirige mon visage vers son entrejambe et exerce une pression subtile, mais implacable.

J'obéis et ajuste mes lèvres autour de sa queue en pleine érection. Je sens l'eau et les résidus de savon sur ma langue. Je m'avance, à genoux. Malgré mes précédents orgasmes, la chaleur monte en moi et mon sexe recommence à palpiter. Cette fois, j'en suis peut-être à l'initiative, mais il prend rapidement le dessus, comme toujours. Sans prévenir, le souvenir de la période où il me punissait me revient à l'esprit et mes parois internes se resserrent dans un élan de désir. Les images dans ma tête sont plus érotiques que n'importe quel film pornographique.

À cette époque, il me baisait la bouche. Il m'attachait les mains dans le dos et me possédait sans pitié, contrôlant ma respiration, ma vie entière. C'était brutal, profondément humiliant, et pourtant j'éprouvais le même désir insoutenable, j'appelais les ténèbres à moi.

Je ne comprends pas vraiment pourquoi sa brutalité m'excite à ce point, pourquoi j'aime lui être soumise de la sorte. Avant de rencontrer Peter, mes fantasmes sexuels impliquaient rarement un tel élément de force ou de contrainte. Je restais dans ma zone de confort en choisissant la facilité, même en pensée. Est-ce possible que le traumatisme de notre première rencontre dans ma cuisine m'ait transformée d'une certaine manière ? Peut-être qu'après coup, des connexions se sont faites dans mon esprit, mêlant la violence subie entre ses mains à une forme de plaisir.

Quelles qu'en soient les raisons, je me consume lorsqu'il enfonce sa queue dans ma bouche, si loin que je manque suffoquer. Par réflexe, je m'agrippe à ses cuisses d'acier, mais je ne fais rien pour résister, pas même quand il commence à avancer les hanches, à aller et venir dans ma gorge avec une vigueur accrue. Je me contente de le regarder, clignant des paupières sous le jet d'eau, et quand l'élancement entre mes cuisses devient insupportable, j'y glisse la main pour me caresser le clitoris, laissant ses coups de reins rythmer les mouvements de mes doigts.

Il s'en aperçoit et ses traits taillés à la serpe se durcissent. Son regard de prédateur s'intensifie.

— Oui, c'est ça, ptichka.

Sa voix n'est qu'un grondement sourd et guttural. Ses coups redoublent dans ma bouche, me coupant la respiration.

— Continue comme ça. Je veux te voir jouir.

Les larmes aux yeux, je m'exécute et me frotte le clitoris encore plus rapidement sans le quitter du regard. Mon autre main lui cramponne la cuisse. Mon cœur bat plus fort quand le manque d'air se fait sentir.

Je ne respire pas.

Je ne respire pas, et j'ai de l'eau sur le visage.

Tout mon corps se crispe et je ferme vivement les yeux. Mes muscles sont tétanisés et mon esprit me ramène dans ma cuisine, aux tortures que j'y ai subies, quand j'ai failli me noyer dans l'évier. Ce souvenir me glace le sang, mais le feu qui me consume ne faiblit pas. Au fond, la terreur ne fait que le raviver, accentuant la tension. Même si je m'accroche à la cuisse de Peter, en proie à la panique, mon autre main n'interrompt pas les caresses frénétiques entre mes jambes.

Je jouis avec une telle puissance qu'une lumière explose derrière mes paupières closes. Les spasmes ébranlent tout mon corps et je pousse un hurlement. Ce n'est qu'en m'effondrant contre les jambes de Peter que je prends conscience que ma bouche est libre et que je respire.

Hébétée, je lève les yeux et constate qu'il a empoigné sa queue, avec une grimace bestiale. Enfin, il jouit dans un gémissement rocailleux, faisant gicler des traînées de sperme sur mon visage et dans mes cheveux. Je cligne des paupières en m'essuyant le front d'une main tremblante, puis il m'aide à me lever. Son geste est assuré, même s'il subit encore le contrecoup de son propre orgasme.

Je ne dis rien, et il me lave une nouvelle fois les cheveux sans prononcer un mot. Ce n'est qu'après être sorti de la douche et m'avoir entièrement séchée qu'il prend la parole.

— Tu ne m'as toujours pas donné ta réponse, tu sais.

Son intonation est calme, mais je remarque une certaine noirceur dans le gris clair de ses yeux lorsqu'il enroule la serviette autour de moi avant de se sécher.

Je cligne des paupières en retenant le bord de la serviette.

— Il y avait une question ?

Je sais de quoi il parle, évidemment – la bague me fait toujours un drôle d'effet –, mais je suis loin d'être prête pour cette discussion. Je ne pensais même pas qu'elle adviendrait un jour. Il ne m'a pas demandé de l'épouser, il me l'a simplement imposé. Alors, on ne peut pas dire que je suis censée...

— Non, Sara, fait-il en lâchant sa serviette pour s'avancer, me plaquant contre le lavabo. Ne joue pas avec moi.

Les muscles de sa mâchoire se contractent et, en se penchant, il agrippe la faïence lisse de part et d'autre de mon corps.

— Tu vas m'épouser ?

Je lève les yeux vers lui, pétrifiée, incapable de parler et de réfléchir. Je ne m'attendais pas à ce qu'il exige une réponse, ni même à ce qu'il en attende une. Depuis le début, c'est lui qui a pris toutes les décisions dans notre curieuse relation, et j'ai du mal à croire qu'il me laisse le choix.

Qu'il me laisse l'option de ne pas l'épouser.

— Et si...

Je déglutis et resserre la serviette.

— Et si je ne veux pas ?

Son visage se crispe.

— C'est un non ?

Oui. Non. Je ne sais pas. Comment puis-je lui répondre alors que mon cerveau est une bouillie sentimentale après son retour inattendu et tous les orgasmes qu'il a arrachés à mon corps ? J'ai envie de filer à l'anglaise, de me glisser sous les couvertures et de dormir tout mon saoul, pour me réveiller avec une lucidité magique. Pourtant, malgré mon état embrumé, je sais que ça n'arrivera jamais. Il n'y aura jamais un oui ni un non franc en ce qui concerne Peter. La décision ne sera jamais facile à prendre. Ce que nous partageons, c'est un fantasme de psychanalyste, et je pourrais dormir pendant une semaine non-stop sans avoir les idées plus claires sur le caractère malsain de notre relation.

Oui ou non. Vais-je épouser l'assassin qui m'a torturée ? Il m'aime, et je suis pratiquement certaine de l'aimer. « Pratiquement » parce qu'une petite partie de moi se recroqueville encore, apeurée et embourbée dans la culpabilité, le dégoût de soi et la honte. Même si je finis par lui pardonner la mort de George, je ne peux pas oublier que c'est un tueur – qu'au nom de la vengeance, il a infligé souffrances et chagrin.

Lui-même a souffert plus que je ne peux le concevoir.

Je soutiens son regard et sens la température de la salle de bain humide chuter au fur et à mesure que son regard dur et métallique s'assombrit.

— Oui. C'est un oui.

Ces paroles m'échappent de leur propre initiative, comme si un démon m'avait tirée par la langue. Pourtant, dès que je les ai prononcées, elles me semblent justifiées.

Comme si c'était écrit.

La tension agressive abandonne son visage, même si une certaine menace s'attarde.

— Bien, dit-il à voix basse avant de s'écarter du lavabo.

Il tourne les talons et sort de la salle de bain. Je m'effondre en prenant de grandes inspirations, espérant apaiser mon ventre noué.

J'ai dit oui.

J'ai accepté d'épouser mon tourmenteur.

Oh, mon Dieu. Qu'est-ce que j'ai fait ?

eter

Je regarde ma belle fiancée dormir, alternant entre la joie et une obscure satisfaction. Son visage aux traits fins est particulièrement doux et délicat dans le sommeil. L'une de ses petites mains forme presque un poing sous sa joue et ses lèvres rebondies sont entrouvertes.

Je devrais sans doute éteindre la lampe de chevet et dormir, moi aussi, mais je raterais ce spectacle. J'ai la crainte irrationnelle que, si je ferme les yeux, tout n'aura été qu'un rêve, un fantasme comme ceux qui m'ont aidé à tenir pendant tous ces mois.

Ma Sara.

Enfin, elle est à moi.

Elle m'appartient, et bientôt, le monde entier le saura.

Elle était épuisée quand je l'ai enfin emmenée au lit, si fatiguée qu'elle a immédiatement sombré. Je l'ai câlinée pendant une heure sans prêter attention aux envies de mon corps, puis je me suis connecté sur son ordinateur portable pour entreprendre les dispositions nécessaires.

Elle a accepté de m'épouser. Le bonheur que je ressens à cette idée est presque violent. J'étais prêt à recourir à des mesures plus drastiques pour la convaincre, mais je n'ai pas eu à le faire.

Elle a dit oui.

Elle porte toujours ma bague à la main gauche, celle qui se trouve sous la couverture. Je suis tenté de retirer le drap pour pouvoir la regarder de nouveau, mais je risquerais de la réveiller et elle a besoin de repos.

Après tout, nous nous marions ce samedi.

Ce mois-ci, pendant que j'attendais que les bureaucrates procèdent aux démarches administratives, j'ai eu le temps de tout organiser et de verser les pots-de-vin de rigueur. À moins que Sara soit mécontente de mon choix, tout est prêt en matière d'emplacement, de tenue, de fleurs, de photographes et presque tout ce qu'exige un petit mariage intime. Il reste encore quelques décisions à prendre – qui officiera pendant la cérémonie –, mais je veux que Sara ait son mot à dire, ainsi que ses parents, je l'espère.

Le fait qu'elle soit d'accord me facilite la tâche.

Je prends une grande inspiration et monte dans le lit à côté d'elle. J'éteins la lumière et me blottis contre son dos. Elle murmure dans son sommeil et je la serre dans mes bras.

Ma ptichka.

Ce n'est plus un fantasme.

Tout cela est bien réel, et quand je me réveillerai, elle sera toujours là.

En tout cas, elle a intérêt.

ara

C'est l'odeur alléchante des œufs et du bacon qui me réveille, avec des effluves de pâtisserie. Des pancakes ? Des biscuits, peut-être ?

Me suis-je de nouveau endormie chez mes parents ?

J'ouvre péniblement les paupières et je roule sur le dos, les yeux au plafond.

Le plafond blanc de mon appartement.

Aussitôt, les souvenirs me reviennent et je me redresse en étouffant un cri avant de rejeter ma couverture.

La soirée d'hier était réelle ? Peter est ici ?

Un éclat lumineux attire mon attention et je baisse les yeux sur ma main gauche, où un énorme diamant étincelle dans les faibles rayons du soleil qui filtrent à travers les stores baissés.

Oh, bon sang. C'est bien réel.

Peter est ici.

Je suis officiellement fiancée.

J'enfile une robe de chambre et me précipite dans la cuisine. Non seulement je sens, mais j'entends le bacon crépiter dans la poêle à frire.

Je m'arrête net devant le spectacle qui m'accueille.

Seulement vêtu d'un jean noir, Peter est debout devant la cuisinière et retourne son omelette avec un geste expert. Sur une autre poêle, des tranches de bacon sont en train de cuire, tandis que des pancakes attendent sur une assiette à côté du four. Les muscles de son large dos ondulent selon ses mouvements. Le jean tombe sur ses hanches étroites et je dois avaler ma salive lorsqu'il se retourne, révélant ses tablettes de chocolat et son torse bien bâti parsemé de poils noirs.

Les quelques kilos qu'il a perdus ne font que souligner son physique incroyable, lui donnant une apparence encore plus ferme, plus dangereuse.

— Bonjour, ptichka.

Sa voix grave évoque le ronronnement d'un tigre quand il me regarde, prenant le temps de me détailler, depuis mes orteils nus jusqu'à mes cheveux emmêlés par le sommeil. Les tatouages se plient sur son bras gauche quand il pose la spatule sur le plan de travail et s'approche de moi.

— Oh, euh… Bonjour.

Je recule, consciente que je n'ai même pas pris soin de me débarbouiller.

— Je reviens tout de suite.

Je détale dans la salle de bain avant qu'il puisse m'arrêter. Je m'empresse de me brosser les dents puis, je me glisse sous la douche pour me rincer en vitesse. Mon cœur cogne dans ma poitrine et j'ai le souffle court.

Peter est *ici*.

Dans ma cuisine, en train de cuisiner pour quinze.

Je devrais sans doute prendre un moment pour me calmer, mais je ne veux pas laisser ces délices refroidir.

Après tout, c'est mon *fiancé* qui les a cuisinés pour moi.

Mon ventre se noue et mon cœur bat plus fort. Je m'efforce de prendre de grandes inspirations en terminant de me sécher, puis j'enfile de nouveau ma robe de chambre.

Enfin, je redresse les épaules et retourne dans la cuisine.

ara

— À QUELLE HEURE DOIS-TU ÊTRE AU TRAVAIL ? DEMANDE PETER EN me tendant une assiette sur laquelle sont présentés de manière artistique une omelette aux légumes, du bacon et quelques pancakes.

Je lève les yeux vers l'horloge murale.

— Dans une quarantaine de minutes.

J'ai de la chance de m'être réveillée, parce que j'ai complètement oublié de régler le réveil hier soir.

En ce moment, je dois sans doute avoir oublié ma tête. Si je suis calme en apparence, à l'intérieur je suis en hyperventilation, dans tous mes états.

Peter est *ici*.

Il est ici, et nous sommes *fiancés*.

— Je t'accompagnerai au boulot, dit-il en s'asseyant en face de moi devant sa propre assiette. À moins que tu y ailles en voiture ?

Je pique un morceau de pancake du bout de ma fourchette.

— J'avais l'intention d'enchaîner avec la clinique, donc oui…

Il répond sans sourciller.

— D'accord. Je monterai avec toi, puis j'irai faire les courses. Ton frigo est presque vide. Jusqu'à quelle heure restes-tu à la clinique ?

Il entame son omelette avec un appétit manifeste.

— Je suis censée rester jusqu'à vingt-deux heures, mais en cas d'urgence, ce sera peut-être plus tard, dis-je avec un regard méfiant.

Va-t-il protester ? Essayer de prendre les rênes de cette partie de ma vie ? George comprenait mes horaires à rallonge, et lui-même travaillait tard et voyageait beaucoup pour son travail, mais j'ignore ce qu'en pense Peter. Il ne m'a encore jamais vraiment empêchée de travailler, mais à l'époque, c'était différent.

Il jouait la montre avant de m'enlever.

— D'accord. Je passerai te chercher.

Il se lève et rejoint le plan de travail, où est posé mon sac à main. Il en sort mon téléphone et écrit quelque chose.

— Qu'est-ce que tu fais ? je demande, perplexe.

— Je te donne mon numéro.

Une fois qu'il a terminé, il range le téléphone dans mon sac et revient à table.

— Comme ça, tu pourras m'appeler avant de finir ton service à la clinique. Je n'aime pas que tu restes toute seule dans ce quartier la nuit.

— Tu ne me fais plus surveiller ?

— Si, mais mes hommes gardent leurs distances… et moi, je ne serai pas là.

Il découpe un morceau de bacon, puis il lève les yeux.

— C'est pour ta sécurité, ptichka.

Sa voix est à la fois douce et ferme, inflexible. Il n'acceptera aucun compromis, et pour une raison quelconque, ça ne me dérange pas. Au lieu de me donner l'impression d'être contrôlée et restreinte, son besoin pathologique de me protéger me remplit d'une sorte de chaleur effervescente. Je n'oublierai jamais ce que j'ai ressenti quand les deux junkies ont essayé de me dévaliser près de la clinique. Même si j'ai été traumatisée de voir Peter les tuer, avec du recul je suis contente qu'il ait été là. Et puis…

— Tu penses que j'aurai des ennuis ? je demande alors que cette image me vient à l'esprit. Je veux dire, tu dois bien avoir quelques ennemis, étant donné ton ancien boulot et tout ça…

Il pose sa fourchette et croise mon regard.

— C'est toujours une possibilité, ptichka, je ne peux pas te mentir. C'est pour cette raison que je ne veux pas encore renvoyer l'équipe de sécurité – et que je me suis créé une nouvelle identité avant de venir. Je ne voulais pas que les gens du milieu puissent faire le lien entre Peter Garin de la banlieue de Chicago et Peter Sokolov, l'assassin. En fait, selon l'accord que j'ai passé avec les autorités, Peter Sokolov n'existe plus. Il est inscrit comme décédé dans les fichiers du FBI, de la CIA et d'Interpol, tout comme Yan et Ilya Ivanov, et Anton Rezov. L'accord d'amnistie est hautement confidentiel, et seuls quelques individus haut placés au sein du FBI et de la CIA y ont accès. Les autres, comme l'agent Ryson par exemple, ont reçu l'ordre de se retirer de l'affaire et de la boucler. Bien sûr, Esguerra et Kent savent qui je suis et il y a toujours une chance que je sois repéré et identifié par un ancien client ou autre. Cela dit, à la différence de mon nom, mon visage n'était pas très connu et, dans tous les cas, les risques de croiser une personne de mon ancienne vie sont infimes – surtout dans cette partie du monde.

— Oh, waouh.

Jusqu'à présent, je n'avais pas pleinement pris conscience du marché improbable qu'il avait conclu.

— Comment as-tu obtenu ça ? Enfin, tu as dit qu'Esguerra avait le bras long, mais…

Je ne termine pas ma phrase en voyant la mine de Peter s'assombrir.

— Ton gouvernement a émis ses propres conditions, me dit-il d'un ton sec. Mais ça ne te concerne pas, ptichka. Disons simplement que l'armée américaine fait partie des principaux clients d'Esguerra, et ils souhaitent maintenir cette relation au beau fixe, non seulement parce qu'ils ont besoin des armes qu'il produit, mais aussi parce qu'ils veulent empêcher ces armes de tomber entre des mains ennemies.

— En les achetant eux-mêmes ?

Peter hoche la tête et continue de manger.

— Exactement.

Son expression est fermée et, même si je meurs d'envie d'en savoir plus, je sais qu'il ne faut pas insister. Tout en le regardant finir son repas, j'éprouve la sensation troublante qu'un animal sauvage a envahi ma cuisine exiguë, un prédateur dont la place serait plutôt dans la jungle. Je l'ai déjà vu dans un cadre quotidien, évidemment, mais cette fois c'est différent. Savoir qu'il est là pour de bon, que cet homme imposant et fatal va désormais faire partie de ma vie de tous les jours... et de ma famille.

Mon esprit est en ébullition et je repousse mon assiette presque vide.

— Peter... Comment allons-nous faire ?

Devant son regard interrogateur, je précise :

— Que vais-je dire à mes parents ? Le FBI leur a sans doute montré ta photo un jour ou l'autre. Même si je te présente sous le nom de Peter Garin, ils vont se douter de ton identité – d'autant plus que je n'ai pas cessé de leur répéter que tu reviendrais quand ton malentendu avec le FBI serait réglé.

Son visage s'illumine. J'ai l'impression qu'il trouve ça drôle.

— Eh bien, c'est parfait, non ?

Il se penche par-dessus la table et pose sa main sur la mienne.

— Tu n'as qu'à leur dire que le malentendu a enfin été résolu – et que j'ai obtenu un nouveau nom au passage.

— Hmm... Et leurs amis, qui ont entendu une autre version de cette même histoire ? Et *mes* amis, qui savent encore autre chose –

à savoir que tu n'es rien de plus que mon ravisseur ? Que vont-ils penser quand je leur montrerai *ça* sans crier gare (je lève la main gauche pour révéler ma bague) et leur présenterai un fiancé russe qui s'appelle Peter et qui ressemble étrangement à une photo que les agents du FBI ont peut-être fait circuler pendant mon absence ?

Il me serre la main.

— Ne t'inquiète pas pour eux, ptichka. Leur opinion n'a aucune importance. Dis-leur que tu sors avec moi en secret depuis quelques mois, et laisse-les tirer leurs propres conclusions.

— Quelles conclusions ? Que je suis complètement siphonnée ? Ou que je fais une fixette sur tous les hommes russes qui ont la même beauté sombre que la tienne et qui répondent au prénom de Peter ?

Il sourit en se levant, emportant nos deux assiettes.

— L'un ou l'autre. Il te suffit de ne rien confirmer. Laisse-les croire que j'ai intégré une sorte de programme de protection des témoins et que tu n'as pas vraiment le droit d'en parler.

À vrai dire, ce n'est pas une mauvaise idée. Marsha et tous ceux qui soupçonnent la véritable identité de Peter me prendront pour une folle, mais tant que je ne leur donnerai aucune confirmation, le doute n'aura aucun fondement. Après tout, c'est de la pure folie que l'homme qui a assassiné George et qui m'a enlevée puisse obtenir l'amnistie totale et s'apprêter à m'épouser ! Mes amis pourraient penser que j'ai une tendance au masochisme et que j'ai décidé de fréquenter un homme qui ressemble trait pour trait à mon tourmenteur.

Il y a forcément une explication plus simple.

— Alors, on dit la vérité à mes parents, et pour tous les autres, on s'en tient à l'histoire de Peter Garin, dis-je en me levant pour l'aider à débarrasser la table.

— C'est ce qui me semble le plus cohérent, dit-il avant de jeter un œil à l'horloge. Tu devrais t'habiller et y aller, ptichka. Il ne faudrait pas que tu arrives en retard.

C'est vrai. À mon boulot. J'ai failli oublier.

— Attends, je vais t'aider, dis-je en commençant à entreposer les restes, mais il me chasse d'un geste de la main.

— Je m'en charge, ne t'inquiète pas. Va te préparer pour le travail.

Après avoir déposé un rapide baiser sur mon front, il entreprend de charger le lave-vaisselle.

48

eter

JE CONDUIS SARA JUSQU'À SON BUREAU ET JE LUI LAISSE LA VOITURE pour lui permettre de se rendre à la clinique après son travail, comme prévu. Il n'y a que dix minutes de marche entre son bureau et son immeuble, et le supermarché est sur la route. Je m'arrête pour acheter de quoi préparer le dîner du soir. Ce n'est pas grand-chose, seulement ce que je suis capable de porter dans une main – j'aime laisser libre ma main de tir. Je songe que nous aurions besoin d'une deuxième voiture, comme tous ceux qui vivent en périphérie des villes.

Ce n'est pas la seule chose dont nous aurons besoin. Le réfrigérateur dans la petite cuisine de Sara ne fait qu'un mètre de hauteur, et même la pièce est exiguë. J'ai passé ma jeunesse dans une cellule glaciale et délabrée en Sibérie, alors je ne suis pas exigeant en matière de logement, mais nous n'avons aucune raison de continuer à vivre dans un appartement manifestement conçu pour une seule personne.

Ce soir, quand Sara rentrera, nous discuterons de cette question, ainsi que de notre mariage samedi.

Évidemment, je sais pourquoi les voitures, les appartements et l'organisation du mariage occupent mes pensées. Ces dispositions m'évitent de m'appesantir sur l'envie folle d'attraper Sara et de l'enfermer dans ma chambre pour pouvoir la baiser toute la journée. Et toute la nuit. Et encore pendant une semaine.

En fait, j'aimerais l'enchaîner à mon lit et la garder constamment.

J'ignore à quoi je m'attendais en revenant, mais certainement pas à ça. Je ne m'attendais pas à ce qu'il soit si difficile pour moi de laisser Sara retourner à ses occupations quotidiennes, comme notre vie avant le Japon. À l'époque aussi, je voulais qu'elle reste tout le temps à côté de moi, mais quand elle partait travailler ce n'était pas un déchirement comme aujourd'hui, ça ne déclenchait pas un besoin ahurissant de l'emprisonner et de jeter la clé de sa cage. Ce matin, j'ai dû faire un gros effort pour me comporter normalement, pour l'embrasser sur le front et la déposer devant son bureau tel un futur époux dévoué, et non comme un barbare qui n'a qu'une seule envie, la boucler définitivement dans sa cave.

C'est la seule variable que je n'avais pas prise en compte dans mes prévisions.

Mon obsession grandissante envers Sara – la seule chose qui pourrait tout gâcher.

J'espère que c'est une situation temporaire, que je ressens cela parce que nous venons de passer neuf mois séparément et qu'elle m'a cruellement manqué. Avec le temps, quand le souvenir de ces mois infernaux s'estompera, j'espère que ces séparations de quelques heures seront plus faciles, plus supportables... mais pour l'instant, quelle torture !

L'autre possibilité est infiniment pire – l'éventualité qu'au Japon, je me sois habitué à vivre avec Sara vingt-quatre heures sur vingt-quatre et qu'il me soit impossible de me réadapter à notre ancienne vie. Si j'ai fait tout ça, c'est pour rendre Sara heureuse, pour lui donner la capacité de reprendre sa carrière, ses relations avec sa famille et ses amis. Lorsque j'étais fugitif, c'était impossible, mais maintenant je peux faire partie de sa vie sans la lui enlever.

Je peux tout lui donner – si seulement je suis capable de surmonter mon besoin égoïste de la garder pour moi.

ara

J<small>E PASSE LA MAJEURE PARTIE DE LA JOURNÉE ENTRE UNE JOIE</small> euphorique et des crises de panique.

Peter est en vie.

Il est de retour et nous sommes ensemble – sans enlèvement, rien que ça !

Malgré ce que m'a dit Peter au sujet de son accord, je m'attends toujours à ce que le FBI débarque et m'accuse de complicité. Mais personne ne vient. Tout est normal – en tout cas, aussi normal que ça puisse l'être quand on est fiancée à un ancien assassin.

Comme je ne suis pas prête à répondre aux questions de mes collègues, j'ai caché ma main dans ma poche et j'ai retiré la bague dès que j'ai eu un moment d'intimité. À présent, l'énorme diamant attend au fond de mon sac à main et je me sens obligée de le transporter partout.

Je ne sais pas combien coûte cette bague, mais je soupçonne un montant à six chiffres.

Peter l'a-t-il achetée ou volée ? Sans doute la première option – il est assez riche pour se le permettre –, mais je lui poserai la question pour en avoir le cœur net. Ça m'étonnerait qu'il se vexe, il a déjà fait bien pire, c'est certain.

En temps normal, le simple fait de se demander si mon fiancé millionnaire pourrait avoir volé ma bague de fiançailles me ferait hésiter. Mais je ne suis plus dans la vie « normale ». En comparaison avec le meurtre de mon mari, un vol de bijoux ne serait qu'une broutille que je peux aisément pardonner à Peter. Maintenant que je me suis remise du choc initial, les bouffées de panique que je ressens de temps à autre à l'idée de l'épouser sont moins intenses, presque raisonnables. Le soir venu, quand je monte en voiture pour rejoindre la clinique, je commence même à penser que nous devrions rendre visite à mes parents ce week-end. Selon leur réaction, nous pourrions leur annoncer notre mariage prochain.

Peut-être dès l'hiver.

Les battements de mon cœur s'accélèrent et je dois prendre de grandes inspirations avant de sortir de la voiture. Non, cet hiver, c'est encore trop tôt. Il y a tant de choses à prévoir dans un laps de temps si court. Le printemps prochain, ce serait mieux… peut-être même l'été.

Les mariages d'été, c'est toujours à la mode.

Oui, c'est décidé, me dis-je en entrant dans la clinique. Des fiançailles d'une année, voilà qui est parfait. Nous pourrons nous habituer l'un à l'autre, nous installer dans un mode de vie quotidienne. J'ignore si Peter est capable de vivre ainsi, sans l'adrénaline et le danger de ses missions. Il m'a avoué un jour qu'il aimait tuer, qu'il se délectait du pouvoir et du contrôle que l'on ressent en côtoyant la mort. Il a dit que c'était addictif, et j'ai compris qu'il n'abandonnerait jamais vraiment.

Que les ténèbres faisaient partie de lui, des ténèbres qu'il ne pouvait pas effacer.

Si ce n'est qu'il y a pourtant renoncé pour moi. Il m'a dit qu'il avait démissionné. Je n'ai pas eu l'occasion de l'interroger à ce sujet, mais il n'y a qu'un seul moyen d'interpréter ses paroles.

Il se range.

Pour moi.

Pour ne pas me contraindre à tout abandonner pour lui.

Les yeux me piquent et je dois me forcer à sourire en saluant Lydia avant de filer dans la pièce où m'attend déjà la patiente. C'est une jeune fille de seize ans, venue avec sa mère pour son premier frottis, et je mets mes émotions de côté pour me concentrer et accorder à la patiente toute l'attention qu'elle mérite.

Heureusement, son examen ne révèle rien de fâcheux, mais quand sa mère quitte la pièce la fille m'avoue qu'elle a une vie sexuelle active depuis un an. Je lui donne discrètement une boîte de préservatifs, et après le retour de sa mère, je recommande un stérilet – pour réguler les règles douloureuses de la jeune fille et la protéger contre les grossesses indésirables au cas où elle envisagerait des relations sexuelles à l'avenir.

— Ma fille n'est pas une traînée, déclare sèchement la mère avant de l'entraîner hors de la pièce.

Je suis contente de lui avoir au moins donné les préservatifs.

Ces parents-là sont souvent les pires ennemis de leurs propres enfants.

La patiente suivante est une femme enceinte d'une trentaine d'années. Elle a déjà fait plusieurs fausses couches et elle n'a aucune assurance maladie. Ensuite, je reçois une autre adolescente – il s'avère qu'elle souffre de chlamydia – avant ma dernière patiente.

Enfin.

Pour la première fois depuis une éternité, je suis impatiente de rentrer chez moi.

Je sors mon téléphone et cherche le nouveau numéro de Peter – *Peter Garin*, je lis dans mes contacts. Je lui envoie un texto pour lui annoncer que je serai prête à partir dans une vingtaine de minutes, s'il a envie de me retrouver à la clinique. Je ne sais pas vraiment comment il ferait, étant donné que c'est moi qui ai la voiture, mais connaissant Peter, il se débrouillera.

Je range mon téléphone et passe la tête par la porte de la salle d'examen pour annoncer à Lydia que je peux recevoir la prochaine patiente.

Je suis en train de griffonner quelques notes au sujet de la fille à la chlamydia quand la porte s'ouvre et que la dernière patiente entre.

Je lève les yeux et me fige, stupéfaite.

Je reconnais cette fille.

C'est Monica Jackson, la jeune fille de dix-sept ans que j'ai aidée après le viol commis par son beau-père.

Son petit visage rond est couvert d'hématomes violets et il y a du sang coagulé sur le coin de sa lèvre gonflée.

— Bonjour, docteur Cobakis, fait-elle d'une voix chevrotante.

Avant même que je puisse répondre, elle éclate en sanglots.

Il me faut bien quinze minutes pour la calmer et apprendre que le beau-père est sorti de prison la semaine dernière.

— Il devait y rester pendant sept... sept ans, me dit-elle en hoquetant. On s'en sortait si bien. Avec l'argent que vous nous avez donné, nous avons trouvé un nouvel appartement, j'ai obtenu mon diplôme et je travaille à temps plein. Bobby – c'est mon petit frère – a commencé l'école, une bonne école, où il y a des ordinateurs et tout ça. Et maman... elle allait mieux, elle ne buvait presque plus dès le matin. J'ai cru qu'on s'en était enfin tirés, et puis *il* est sorti pour une question de procédure et...

Elle se remet à pleurer et j'attends qu'elle se calme avant de demander avec précautions :

— C'est lui qui t'a fait ça ? Il t'a frappée ?

Elle hoche la tête en essuyant les larmes sur son visage avec son petit poing serré.

— Maman s'est saoulée dès qu'elle a appris qu'il était sorti, et quand je suis rentrée avant-hier, il était là, à la maison avec elle, en train de picoler comme avant. Je me suis disputée avec lui, et je lui ai dit de partir, et puis...

Elle s'effondre et ses épaules se remettent à trembler.

Comme l'exige ma formation, je dois m'efforcer de maintenir une distance professionnelle avec elle au lieu de la serrer dans mes bras.

— Tu as prévenu la police ? je demande doucement quand elle parvient à se ressaisir.

Elle secoue la tête en regardant fixement le sol.

— Il a dit qu'il ferait un procès à maman pour la garde de Bobby si je dis quelque chose, et maintenant il connaît des gens. C'est comme ça qu'il a réussi à sortir plus tôt. Il est ami avec un dealer qui a beaucoup d'influence.

— Même s'il entame un procès, ça ne veut pas dire qu'il le gagnera, dis-je.

Mais Monica secoue vivement la tête.

— Il ne gagnera peut-être pas, mais il la traînera dans la boue, dit-elle en levant les yeux pour rencontrer mon regard. Elle a des antécédents, elle aussi, pour ivresse sur la voie publique et prostitution. Les services d'aide à l'enfance interviendront forcément. Maintenant, j'ai dix-huit ans, alors je pourrais demander la garde, mais je touche le revenu minimum et je n'ai aucune garantie de gagner. Si je perds, Bobby sera envoyé en famille d'accueil.

Un instinct de protection farouche fait étinceler ses yeux marron.

— Je ne peux pas le permettre, docteur Cobakis. J'ai connu ça et je ne veux pas le faire subir à mon frère. C'est un enfant à problèmes, il sera broyé par le système. Je ne peux pas prendre ce risque, croyez-moi.

Une fois de plus, j'ai le cœur brisé par cette fille. J'ai la conviction qu'elle devrait parler à la police, mais je sais que je ne pourrai jamais la convaincre. Et cette fois, il ne suffira pas de signer un chèque pour tout arranger.

Cinq mille dollars ne règleraient rien. Je comprends soudain ce que c'est que de haïr quelqu'un au point de souhaiter sa mort.

Si une voiture renversait son ordure de beau-père demain, je serais la première à m'en réjouir.

Ravalant ma colère, je fais appel à tout mon professionnalisme pour garder la distance nécessaire.

— Bon, Monica, je comprends. Monte sur cette table, je vais vérifier que tu n'as aucune lésion interne.

Elle s'exécute en séchant ses larmes et je l'examine soigneusement. Même si l'agression a eu lieu deux jours plus tôt, il reste des traces d'hématomes vaginaux et de déchirement. Je m'empare d'un kit de viol, au cas où il resterait des preuves ADN et si elle changeait d'avis à propos de la police. Je lui donne également la pilule du lendemain et j'effectue un test MST quand elle admet que son agresseur n'a pas utilisé de préservatif.

— Vous pourriez me donner un de ces appareils en cuivre ? demande-t-elle une fois que j'ai terminé. Je n'ai absolument pas envie de tomber enceinte avant très longtemps.

— Bien sûr.

Comme elle a dix-huit ans, c'est facile. Je prévois l'implantation de son stérilet pour la semaine prochaine, afin de lui laisser le temps de guérir.

— Tu as un endroit où aller ? À part chez ta mère ? je demande alors qu'elle se prépare à partir.

Il vaut mieux qu'elle ne rentre pas chez elle, où habite également son beau-père.

— Je suis chez un copain en ce moment, dit-elle, à mon grand soulagement. Je dors sur son canapé.

— Et ton frère ?

Ses frêles épaules se crispent.

— Il n'y a pas de place pour Bobby chez mon ami. Je passe le chercher le matin pour l'emmener à l'école, puis je le ramène à la maison.

— Chez ta mère encore ivre ? Ton beau-père est là quand tu rentres avec Bobby ?

Elle détourne le regard.

— Je dois y aller, docteur Cobakis. Merci pour tout.

Avant que je puisse lui poser plus de questions, elle sort précipitamment de la pièce.

5 0

ara

JE PENSAIS AVOIR RÉUSSI À RECTIFIER MON MASCARA ÉTALÉ AVANT DE quitter la clinique, mais dès que je sors et pose les yeux sur la silhouette de Peter, grande et large d'épaules, le sourire disparaît sur son visage aux traits ciselés.

— Qu'y a-t-il ? demande-t-il brusquement en s'avançant pour me prendre les mains. Quelqu'un t'a fait du mal ?

J'essaie de sourire.

— Non, bien sûr que non. Tout va bien.

Il plisse les yeux d'un air menaçant.

— Ne mens pas. Tu as pleuré.

Son regard se pose alors sur ma main gauche et il demande :

— Où est ta bague ?

— Je… ne voulais pas avoir à donner d'explications.

Malgré tous mes efforts, ma voix est tendue et je vois sa mine s'assombrir.

— Quelqu'un a dit quelque chose ?

Je secoue la tête en retirant mes mains avant de reculer.

— Non, ce n'est pas ça.

Je jette un regard circulaire, mais la rue est sombre et paisible, déserte à l'exception d'un 4x4 stationné au bord du trottoir, de l'autre côté de la chaussée. Son taxi, peut-être ? Je lève les yeux et rencontre le regard de Peter.

— J'ai été émue par une patiente, c'est tout.

Sa mine sévère se détend un peu.

— Je vois. Je suis désolé, ptichka. Quelqu'un a été blessé ?

Je déglutis pour chasser un nouvel assaut de larmes.

— C'est une longue histoire. Rentrons.

Je me dirige vers ma voiture, mais il me prend le bras.

— Je la ferai ramener à la maison, ne t'inquiète pas, dit-il avant de m'entraîner vers le véhicule stationné, un 4x4 Mercedes noir aux vitres teintées étrangement épaisses.

Le chauffeur baisse sa vitre à notre approche.

— Ramène sa voiture, ordonne Peter.

L'homme imposant, à l'air revêche, descend du véhicule et remet ses clés à Peter.

Je cligne des yeux lorsqu'il passe avec un bref hochement de tête.

— Est-ce...

— L'un des agents de sécurité que j'ai engagés pour te surveiller ? Oui.

Peter me conduit de l'autre côté de la voiture, du côté passager, et m'ouvre la portière. Il m'aide à monter avant de contourner le capot pour rejoindre le siège du conducteur.

— Au lieu d'acheter un autre véhicule, j'ai décidé que Danny serait ton chauffeur dorénavant, déclare-t-il.

La voiture démarre et s'éloigne du trottoir.

— Je passerai te chercher la plupart du temps, mais si je suis incapable d'arriver à l'heure ou si tu as une urgence, je saurai que tu es en sécurité.

J'ouvre la bouche pour objecter, mais je m'interromps. Je n'en ai pas l'énergie – j'ai le cœur en miettes à cause de la tragédie vécue par Monica.

Demain matin, elle passera chercher son frère et se retrouvera nez à nez avec son agresseur.

— Que s'est-il passé, ptichka ?

La grande paume chaude de Peter se pose sur ma cuisse, massant le muscle tendu pendant un instant avant de se retirer.

— Qu'est-ce qui te met dans un tel état ?

J'hésite une seconde avant de capituler. Après tout, Peter peut bien le savoir. Je lui raconte tout, de la visite de Monica à la clinique avant mon enlèvement jusqu'à ce qui s'est passé aujourd'hui.

Peter écoute patiemment jusqu'à la fin de mon récit. Puis il demande d'un air attentionné :

— Alors c'est à cause de cette fille que tu t'es fait agresser ce soir-là, dans cette ruelle ?

Je me redresse, saisie d'effroi.

— Ce n'est pas sa faute !

Je ne voudrais surtout pas que mon assassin surprotecteur rende Monica responsable des junkies qui ont essayé de me voler.

— Ce n'est pas ce que je dis.

Il sort de l'autoroute et s'arrête au feu rouge.

— Je veux juste être certain d'avoir toutes les données.

Mon cœur rate un battement. Ça ne prend pas la direction que j'imaginais.

— Pourquoi ? je demande en regardant son profil bien dessiné. En quoi ça t'intéresse ?

Il ne me regarde pas.

— Ne t'inquiète pas, mon amour. Tout va bien se passer pour ta patiente, je te le promets.

Ma bouche se dessèche. Est-il en train de dire ce que je pense ? Je ne lui ai pas donné le nom de Monica, mais connaissant Peter, il n'aurait aucun mal à mettre quelqu'un sur sa piste.

— Peter...

Le feu passe au vert et il appuie sur l'accélérateur sans me regarder.

Mon pouls monte dans les tours.

— Peter, je t'en prie, ne me dis pas que tu vas…

— Que je vais quoi ? fait-il en tournant dans ma rue. Je te l'ai dit, tu n'as aucun souci à te faire. Tout va bien se passer pour la fille que tu as aidée. Ne t'inquiète pas.

Tout va bien se passer pour *elle*… mais son beau-père ?

J'ai envie de lui poser la question, mais je ne peux me résoudre à prononcer ces mots. Si je le dis à haute voix, ça rendra les choses réelles, et je préfère qu'elles restent à l'état de possibilité terrifiante dans mon esprit.

Je ne veux pas être coupable.

Nous nous garons sur le parking de mon immeuble et je sors de la voiture sans laisser le temps à Peter de m'ouvrir la portière. Mon cœur cogne si fort que je peux presque l'entendre, et mes paumes sont moites, même si j'essaie de me convaincre que j'ai mal compris.

Peter cherche peut-être simplement à me calmer, en me disant quelque chose qu'il estime rassurant.

J'ai envie de le croire, et avec n'importe quel autre homme, je le croirais. Si c'était Joe Levinson ou n'importe lequel de mes amis musiciens, je l'interpréterais comme une formule vaine pour me rassurer, du genre : « là, là, tout va bien. » Mais il s'agit de Peter, et je ne peux pas me contenter de cette supposition.

Je dois…

— Quand allons-nous voir tes parents ? demande Peter.

Je lève les yeux, stupéfaite, pour le découvrir juste à côté de moi. Il tend la main, prend la mienne dans sa grande paume et me conduit vers l'immeuble en disant :

— Il faut qu'on discute avec eux des préparatifs pour samedi.

Je le dévisage, troublée. Je lui ai déjà parlé de mon intention de rendre visite à mes parents ce week-end ? Non, j'y ai simplement pensé au travail et…

— Ce samedi ?

Il hoche la tête et me regarde en souriant.

— J'ai tout réservé pour notre mariage à cette date. Il nous reste à discuter de quelques détails, et tout sera réglé.

Je m'arrête net.

— Quoi ?

Est-ce qu'il vient de dire *notre mariage* ?

Il me lâche la main et se tourne vers moi.

— Si tu peux les appeler ce soir, on pourra peut-être dîner avec eux demain. Comme ça, ils auront le temps d'inviter quelques amis. Et tu peux déjà en parler à tes collègues de travail et à qui tu en as envie. On doit rester en comité restreint, pour des raisons de sécurité, mais les lieux peuvent accueillir une centaine de personnes.

Ma langue reste collée à mon palais.

— Tu veux qu'on se marie ce samedi ? C'est-à-dire dans trois jours ?

Il penche la tête.

— Ça pose problème ? Je voulais le faire plus tôt, mais je me suis dit que le week-end c'était mieux qu'un soir de semaine si tu veux pouvoir inviter des amis.

Je reste bouche bée, comme si j'avais été renversée par un train de marchandises.

— L'*année* prochaine, ce serait mieux, dis-je enfin. Ce week-end, c'est… C'est impossible.

— Pourquoi ?

Il me prend de nouveau la main et se remet à marcher, comme si nous étions en train de discuter du menu de ce soir et non de notre mariage.

Un mariage qu'il veut faire dans *trois jours*.

— Parce que… parce qu'on ne peut pas.

Je cherche un moyen de le convaincre.

— Et les invitations ? On n'a pas le temps de les envoyer et…

— Il te suffit d'appeler les personnes que tu souhaites inviter. D'ailleurs, je trouve que c'est plus personnel.

— Et le repas ? Les photographes ? Et la robe ?

— Je me suis occupé de tout. J'ai embauché un excellent traiteur et un fleuriste chaudement recommandé. Le photographe est réservé pour toute la journée de samedi, ainsi que le vidéaste. Pour la robe, ils passeront à ton bureau demain et prendront tes mesures. Tu choisiras un modèle qui te plaît dans leur catalogue. Ils m'ont promis que ça ne durerait pas plus d'une demi-heure, j'ai pensé que tu pourrais le faire pendant ta pause déjeuner. Pour la coiffure et le maquillage, ils viendront à l'appartement samedi matin, et pour la musique j'ai réservé un groupe qui est en tournée à Chicago en ce moment – les C-Zone Boys, je crois qu'ils s'appellent. Il me semble t'avoir entendue chanter leurs chansons ?

Si ma mâchoire n'était pas accrochée, elle dégringolerait jusqu'à terre. Il a engagé les C-Zone Boys pour notre mariage impromptu ? Le groupe dont les chansons s'enchaînent au hit-parade depuis deux ans ?

— Et pourquoi pas Rihanna ou les Black-Eyed Peas ? je demande une fois que je retrouve l'usage de la parole.

Il me décoche un regard en coin lorsque nous entrons dans le hall.

— C'est ce que tu veux ? Je peux voir si on...

— Non ! Je...

Je secoue la tête, incapable de trouver les mots.

— Peu importe. C-Zone, c'est parfait. Où as-tu réservé ?

— Le country-club Silver Lake, à Orland Park. La météo sera parfaite, alors nous ferons la cérémonie et la réception dehors, au bord du lac. À moins que tu veuilles le faire à l'intérieur ? Il n'est pas trop tard pour changer.

— Non, c'est... Au bord du lac, c'est très bien.

Il me conduit dans l'ascenseur et j'appuie mollement sur le bouton de mon étage. J'ai l'impression que ce train de marchandises m'entraîne à une vitesse folle. Comment a-t-il pu tout organiser ? Quand ? Et pourquoi ne m'a-t-il pas consultée ?

Notre vie commune sera-t-elle toujours ainsi ?

Avant d'aborder cette question épineuse, j'ai encore un dernier argument rationnel à formuler.

— Et si personne ne vient ? je demande alors que nous sortons de l'ascenseur. C'est déjà mercredi. La plupart des gens ont prévu leur week-end et...

— Ils changeront leurs projets.

Il sort un nouveau jeu de clés de sa poche – il a dû les faire fabriquer aujourd'hui, car j'ai les miennes dans mon sac. Il ouvre et me fait entrer, puis il referme la porte derrière nous.

Je me débarrasse de mes sandales.

— Et s'ils ne peuvent pas ?

— Alors, ils rateront quelque chose.

Il enlève ses chaussures et se tourne vers moi.

— Est-ce vraiment important, ptichka ? Tes parents seront là, et puis toi et moi. De qui d'autre as-tu besoin ?

Personne – pas vraiment –, mais ce n'est pas la question.

— Peter... dis-je avant de prendre une grande inspiration. Je ne peux pas t'épouser ce week-end. C'est trop tôt.

Son regard se durcit.

— Pourquoi trop tôt ? Je te l'ai dit, toute la logistique est réglée.

— Ce n'est pas un problème de logistique !

Ma voix monte dans les aigus et j'inspire profondément pour tenter de retrouver le contrôle. Je reprends, en m'efforçant de rester calme :

— Je ne t'ai pas vu depuis plus de neuf mois, et auparavant nous n'avons pas vraiment eu ce qu'on peut appeler une relation normale.

— Et alors ? dit-il en plissant les yeux. Maintenant, c'est le cas.

— Que tu me forces la main pour m'épouser et que tu prennes toutes les décisions au sujet de ce mariage, ce n'est pas normal, Peter. Absolument pas.

Jusqu'à présent, je suis fière de lui tenir tête.

— Nous avons besoin de temps pour apprendre à nous connaître dans ce contexte-ci, pour voir si ça peut fonctionner...

Je ne termine pas ma phrase en voyant l'orage gronder dans le reflet argenté de ses yeux.

— Pourquoi ça ne fonctionnerait pas ?

Sa voix est dangereusement grave lorsqu'il s'avance.

— Ce n'est pas un galop d'essai, une histoire en dents de scie entre deux colocs de fac. Tu crois vraiment que si on se dispute pour les tâches ménagères, je te laisserai me quitter ?

Une fois de plus, mon pouls s'emballe. Bien sûr que non. Pas après tout ce qu'il a fait pour qu'on en arrive là. Mais il doit comprendre que m'épouser *ce week-end* – sans me laisser le choix –, ce n'est pas l'idéal après neuf mois d'absence précédés par une relation forcée impliquant meurtre, torture et enlèvement.

— Que dirais-tu d'un mariage cet hiver ? je propose, au désespoir. On pourrait le faire pendant les vacances de décembre, comme ça cette saison-là sera toujours très festive pour nous. On pourrait aussi prévoir un voyage de noces à ce moment-là. Je pourrai prendre une semaine ou deux, et...

— On peut partir en voyage de noces n'importe quand.

Il s'avance et glisse les mains sous mon chemisier, posant ses paumes chaudes contre mes flancs nus. Ses yeux de métal prennent une lueur torride tandis que ses pouces effleurent la peau sensible sous ma cage thoracique, la caressant dans un mouvement circulaire.

— Si tu ne peux pas, ou si tu ne veux pas prendre des congés la semaine prochaine, ce n'est pas obligatoire. Ça ne me dérange pas d'attendre l'hiver pour un voyage de noces.

— Dans ce cas, pourquoi pas le mariage ?

Je soutiens son regard en essayant de me concentrer sur le sujet qui nous occupe au lieu de prêter attention à la caresse lente et hypnotique de ses pouces qui me réchauffent la peau et me liquéfient de l'intérieur.

— Quel mal y aurait-il à se marier à ce moment-là ?

Sa bouche prend une courbure sensuelle et il penche la tête tout en inspirant, comme s'il humait mon parfum.

— Tu veux dire, à part le fait que mon organisation tomberait à l'eau ? murmure-t-il, ses lèvres frôlant le haut de mon oreille.

— Ou... oui.

Je ferme les yeux quand il m'attire contre lui et j'enfouis mon nez dans son cou, penchant instinctivement la tête en arrière pour lui accorder un meilleur accès. Ma respiration s'accélère et j'ai l'impression que mes os se ramollissent tandis que son érection se manifeste, rigide et ferme contre mon ventre, provoquant une sensation de vide à l'intérieur de moi.

— Eh bien…

Il me mordille le cou avant d'apaiser le picotement en léchant ma peau endolorie.

— D'abord, je veux que tu sois ma femme, et je le veux aujourd'hui, pas demain ni dans trois jours.

Son haleine mentholée est chaude sur ma peau et un léger courant électrique se propage le long de mon corps.

— Je veux que tu portes mon alliance tout le temps, partout, pour que tout le monde sache que tu m'appartiens.

Il me donne un autre coup de langue derrière l'oreille et sa voix est presque un grondement quand il murmure :

— Ce n'est pas rationnel, ptichka, mais j'en ai besoin – j'ai besoin de toi. Et je ne peux pas attendre. Pas après avoir été séparé de toi pendant si longtemps.

— Mais…

J'ai de plus en plus de mal à rassembler mes pensées alors qu'il continue à infliger ces petites morsures sensuelles dans mon cou et sur mon épaule. Avec un effort monumental, j'essaie de me concentrer.

— Et les enfants ? Où vivrons-nous ? Et…

J'étouffe un cri quand il baisse la fermeture de mon pantalon pour glisser la main dans ma culotte mouillée.

— Et…

Je commence à haleter lorsque ses doigts trouvent mon clitoris et se mettent à en jouer avec une habileté infaillible.

— … ton travail ?

— Je te l'ai dit, j'ai démissionné.

Son souffle est tout aussi effréné que le mien et il plonge un long doigt en moi avant de décrire des cercles sur mon clitoris en feu, grâce à la moiteur qui en résulte.

— C'est terminé.

— Mais… oh, Seigneur.

À présent, mes hanches ondulent pour suivre le mouvement de ce doigt insistant. La pression monte en flèche, si rapidement qu'elle annihile toutes mes pensées.

— Oh, mon Dieu, Peter, je vais…

Avec un cri étranglé, j'explose. Chaque muscle de mon corps se contracte en une vague violente de plaisir. L'orgasme est si fort que mon esprit s'engourdit, envahi par des sensations purement physiques. Je suis vaguement consciente qu'il me déplace, qu'il tire sur mon pantalon et mes sous-vêtements, le long de mes jambes, puis qu'il me penche sur le canapé avant de s'enfoncer en moi, sa queue épaisse me pénétrant profondément en un coup vigoureux.

Le choc m'ébranle jusqu'aux os et mes muscles encore frissonnants se contractent, crispés par un effort instinctif pour repousser l'invasion. Mais en vain. Il me semble encore plus volumineux et massif entre mes jambes et je halète de nouveau lorsqu'il m'agrippe les hanches pour imprimer un mouvement de va-et-vient, plaquant son bassin contre mes fesses à chaque coup impitoyable.

— Peter…

Je sens la vague se reformer, menaçant de m'inonder d'un délice brûlant.

— Peter, attends…

Il ne ralentit pas. Au contraire, le rythme de ses coups punitifs accélère.

— Jouis avec moi, m'ordonne-t-il d'une voix rauque. Je veux sentir ton plaisir autour de ma queue.

Avant même qu'il finisse sa phrase, j'y arrive. La vague déferle avec la force d'un tsunami. Le plaisir submerge mes sens, me dépouillant des dernières traces de résistance. J'ignore si je hurle ou si c'est le sang qui rugit dans mes oreilles, mais tous les autres bruits sont étouffés.

Tout ce que j'entends, tout ce que je ressens, tout ce que j'éprouve, c'est l'extase. L'extase et lui.

eter

MA PTICHKA EST SILENCIEUSE QUAND JE L'EMMÈNE DANS LA SALLE DE
bain et la dépose dans le bain moussant que j'ai préparé avant
d'aller la chercher. La baignoire est trop petite pour deux, et après
une rapide toilette au lavabo, je m'assieds sur le rebord et regarde
ses tétons roses pointer entre les bulles. La tête posée au bord de
la baignoire, les yeux fermés et ses traits délicats colorés par le
plaisir de l'orgasme, elle me tente tellement que j'ai encore envie
d'elle.

Ce soir, je me promets.

Dès que Sara aura terminé son bain, nous irons manger, puis
elle sera à moi toute la nuit.

Elle a dû sentir mon regard sur elle, car elle ouvre les yeux.

— Merci, murmure-t-elle en passant sa main gracieuse dans la
mousse. Je ne me rappelle pas à quand remonte la dernière fois que
j'ai fait ça.

Je réprime l'envie de me pencher pour lui prendre la main, de l'attirer à moi et sentir son corps glissant et savonneux contre le mien.

— Tu vas m'épouser samedi, dis-je d'un ton plus rude que je l'aurais voulu. Ce n'est pas négociable.

Elle se raidit ostensiblement et se redresse.

— Peter, ce n'est pas…

— Ou ce soir. Je n'ai rien contre une escapade à Las Vegas après le dîner.

Je m'efforce d'éviter le spectacle des seins blancs et souples exposés à la surface.

C'est trop important pour me laisser distraire par le désir.

Comme si elle percevait mes pensées, Sara s'enfonce dans l'eau et les bulles masquent à ma vue sa poitrine si délicieuse.

— Tu as un avion disponible ?

— Plus ou moins.

Pour l'instant, j'ai laissé notre avion à mes coéquipiers, mais je peux faire venir un jet privé dans quelques heures.

Avec l'argent, tout est possible.

— Peter…

Elle se redresse, prenant soin de ramener son bras mince devant sa poitrine.

— Il faut qu'on parle de tout ça, sincèrement. Tu es rentré hier et je ne sais toujours pas où tu étais ni ce que tu as fait. Où sont Anton et les jumeaux ? Ils sont ici avec toi ?

— Non.

Je prends une inspiration et réfrène le besoin pressant de l'emmener jusqu'à Las Vegas à l'instant même. Sara a raison, il y a beaucoup de choses dont nous devons discuter.

— Ils sont en Europe, mais ils viendront pour assister à notre mariage ! je lui explique en me levant.

Elle suit mon exemple et j'enroule une serviette autour d'elle lorsqu'elle sort de la baignoire. Elle me paraît incroyablement chétive, avec la tête penchée et l'épaisse serviette autour de son corps svelte.

Je prends conscience de sa vulnérabilité, de sa fragilité.

Je me rappelle à quel point j'avais envie de la punir autrefois…
et encore parfois maintenant.

— Mangeons, nous discuterons après, dis-je en réprimant mon
impulsion obscure. Je vais tout te raconter.

Pourtant, ça ne changera rien au plan.

Avant la fin de cette semaine, d'une manière ou d'une autre,
Sara sera ma femme.

ara

CE SOIR, NOTRE DÎNER EST UN MÉLANGE DE CUISINE RUSSE ET asiatique, des *pelmeni* juteux – raviolis russes à la viande – servis en entrée avec de la crème aigre, et une poêlée de légumes avec du tofu mariné au chili en plat de résistance.

Mon déjeuner remonte à loin et notre corps à corps expéditif ainsi que le bain chaud ont achevé mes réserves d'énergie. Je suis affamée et dès que Peter dépose les plats sur la table, je me jette dessus et dévore cinq énormes raviolis et deux portions de poêlée épicée avant de lever les yeux de mon assiette.

— Tu avais faim ? demande Peter avec une ironie désabusée alors que je me sers une troisième fois.

Je rougis en prenant conscience que j'étais trop concentrée sur le repas pour songer à tenir une conversation.

— C'est très bon, dis-je en guise d'excuse.

Il sourit, ses yeux métallisés plus chaleureux que jamais.

— Profites-en, ptichka. J'adore te voir manger ce que j'ai mitonné.

— Tu es un cuisinier hors pair, lui dis-je avec sincérité.

Son sourire s'agrandit.

— Je suis content que tu le penses, mon amour.

— Et si tu ouvrais un restaurant ? je demande sur une impulsion. Tu sais, comme Yulia ? Ou un café ?

Il éclate de rire en secouant la tête.

— Non, ptichka. Ce n'est pas pour moi. Mais je veux bien te faire la cuisine chaque fois que tu en auras envie.

— Non, mais sérieusement... qu'est-ce que tu comptes faire ?

Je pose ma fourchette et le dévisage attentivement.

— As-tu des idées de carrière qui te plairaient ? Tu m'as dit que tu avais démissionné. Je suppose que tu n'es plus un... euh...

Pour une quelconque raison, ce mot reste coincé dans ma gorge. Il hausse les sourcils, manifestement amusé.

— Un assassin ? Non, ptichka. Cette partie de ma vie est derrière moi.

Il pique un morceau de chou chinois du bout de sa fourchette.

— Désormais, je suis un citoyen respectueux des lois.

— Vraiment ?

Je le regarde fixement, à la fois incrédule et pleine d'espoir. Au début, j'ai vraiment cru qu'il s'était rangé, puis nous avons eu cette discussion au sujet de Monica. Aurais-je mal compris ? J'aurais juré qu'il avait promis à mots couverts de faire quelque chose à son beau-père, mais si Peter affirme qu'il s'est racheté une conduite, alors peut-être n'étaient-ce que des paroles creuses, simplement rassurantes comme n'importe quel homme en dirait pour apaiser sa petite amie.

En pensant à Monica, mon humeur s'assombrit aussitôt, étouffant ce qu'il me reste d'appétit, et je repousse mon assiette. Peter sourit et dit :

— Sérieusement. C'est l'une des conditions du marché : plus de crimes à partir de maintenant.

— Oh. Tant mieux.

Une fois de plus, il arque les sourcils.

— Tu n'as pas l'air très enthousiaste.

— Quoi ? Non !

Je chasse la sensation oppressante qui m'étreint le cœur quand je songe à Monica, et j'affiche un sourire éclatant.

— Je suis folle de joie que tu te sois rangé. Le contraire serait impossible !

Et je suis sincère, même si je dois écraser cette infime graine d'espoir teinté de culpabilité à l'idée que le dilemme de Monica aurait pu trouver une solution permanente.

Je ne pouvais pas souhaiter une chose pareille.

Je refuse de le croire.

— Je ne sais pas, ptichka.

Peter penche la tête et me dévisage attentivement.

— Y a-t-il quelque chose qui t'inquiète à ce sujet ?

— Tout m'inquiète, dis-je de but en blanc. Comment vas-tu appréhender ce mode de vie ? Que vas-tu faire de ton temps libre ? Tu dis que tu veux m'épouser samedi, mais ensuite ? Et ta vengeance ? As-tu trouvé ce dernier…

— C'est fini.

Sa voix est tranchante et sans appel. Brusquement, son visage a tourné à l'orage.

— Il n'y a plus rien à dire à ce sujet.

Je le dévisage. Ce que je viens de manger s'est changé en plomb dans mon ventre.

— Que s'est-il passé ?

Il se lève et emporte son assiette à moitié vide, puis la mienne.

— Rien.

Il rejoint l'évier et y dépose la vaisselle avec une telle force qu'elle s'entrechoque, avant de revenir à table pour chercher le reste.

Je me lève à mon tour, les nerfs à vif, et le regarde faire les cent pas dans la cuisine avec une violence à peine contenue.

— Peter…

Je rassemble mon courage et lui attrape le poignet lorsqu'il passe près de moi.

— Que s'est-il passé ? je répète avec douceur, levant les yeux vers son regard d'acier.

Les tendons de son poignet épais se crispent et je sais que ce serait un jeu d'enfant pour lui d'arracher sa main à la mienne.

— Rien, répond-il.

Cette fois, dans son intonation, je perçois le chagrin amer et la fureur.

— Rien de rien, bordel !

J'humecte mes lèvres sèches.

— Comment ça ? Tu ne l'as pas trouvé ?

Sa bouche se tord et il se libère de ma poigne avec délicatesse.

— Laisse tomber, ptichka.

J'en ai envie, mais ce n'est pas possible. Pas si nous voulons bâtir une vie ensemble.

Je refuse d'épouser de nouveau un homme dont les secrets risqueraient de nous détruire.

— S'il te plaît, Peter.

Une fois de plus, je capture sa main et la serre entre mes paumes. Soutenant son regard, je demande d'un ton calme :

— Dis-moi la vérité.

Ses doigts se referment autour des miens et il ferme les yeux, prenant de grandes inspirations. Quand il les rouvre, son amertume a disparu, voilée par un masque inexpressif.

— Je te l'ai dit, il ne s'est rien passé, fait-il d'un ton neutre. Et il ne se passera rien. Henderson retrouvera sa vie normale, sain et sauf. C'est une clause du marché que j'ai conclu.

Alors que je le dévisage, stupéfaite, il ajoute :

— C'est terminé, Sara. Il n'y a rien d'autre à en dire.

Je commence à parler, mais je m'interromps, incapable de trouver les mots. N'importe quels mots, à vrai dire. J'ai l'impression d'avoir le cœur en miettes, et ma poitrine est comprimée à tel point que j'ai du mal à respirer.

Il a laissé passer la chance de venger complètement sa famille.

Pour moi.

Il a fait tout ça pour moi.

— Allons… dit-il, la gorge nouée.

Je me rends compte que mes joues sont humides. Ma vision est brouillée, sans doute par des larmes.

— Je suis désolée.

Je le lâche pour essuyer mes joues du revers de la main.

— C'est juste que… Ce n'est rien.

Il me regarde longuement avant de se détourner pour reprendre le nettoyage de la cuisine comme si de rien n'était.

Comme s'il ne venait pas de m'arracher le cœur pour le mettre dans sa poche.

Je m'accorde quelques minutes, histoire de me calmer, puis je me dirige vers mon sac à main et en sors mon téléphone.

— Qu'est-ce que tu fais ? demande Peter.

Je compose le numéro de mes parents et pose le doigt devant mes lèvres, geste universel pour intimer le silence à quelqu'un.

— Salut, maman, dis-je en entendant sa voix familière. Comment vas-tu ? Tu te sens mieux ?

— Ça va, ma chérie.

Elle a l'air étonnée.

— Qu'y a-t-il ? Tout va bien ?

Je lève les yeux vers l'horloge et fais la grimace en constatant qu'il est plus de vingt-deux heures.

— Oui, tout va bien. Désolée d'appeler si tard. J'étais de garde à la clinique et j'ai perdu la notion du temps. Je ne te réveille pas, si ?

— Moi ? Oh, non. Je lisais avant d'aller me coucher. Mais ton père est déjà au lit. Tu voulais lui parler ? Je peux le réveiller si tu…

— Non, non, tout va bien. Laisse-le dormir.

Je prends une profonde inspiration.

— Maman, qu'est-ce que vous faites demain soir, papa et toi ? Vous êtes libres pour le dîner ?

Du coin de l'œil, je vois Peter s'immobiliser un instant avant de continuer à remplir le lave-vaisselle.

— Eh bien, c'est la soirée Bingo, on pensait peut-être y aller, mais ce n'est pas obligatoire, dit maman. Pourquoi, ma chérie ? Tu ne travailles pas demain ?

— J'ai une journée calme.

C'est presque vrai. Demain, je ne suis pas de garde et je n'ai aucune procédure chirurgicale prévue. Quant à la clinique, je peux remettre mon service à un autre jour.

— Vous voulez venir dîner ?

Un silence s'écoule, puis elle demande :

— Chez toi ?

— Oui. J'aimerais vous présenter quelqu'un, dis-je.

Peter se tourne pour me regarder. Ce ne sera que la deuxième fois que mes parents me rendent visite dans mon nouvel appartement. Je n'ai jamais été très douée pour recevoir, et en temps normal c'est moi qui vais chez eux ou bien nous sortons quelque part pour le brunch ou le déjeuner. Mais avec Peter, j'estime qu'il vaut mieux rester à la maison.

Mes parents se comporteront mieux.

— Oh.

La voix de ma mère vibre d'excitation.

— Oui, bien sûr, ma chérie, avec plaisir. Tu veux qu'on apporte quelque chose, ou on commandera à manger ?

— On s'en occupe, maman. Ne vous préoccupez de rien, dis-je sous le regard scrutateur de Peter.

— À demain, vers six heures, d'accord ?

Je raccroche et il me rejoint. Ses mouvements sont lents et vagues comme ceux d'un prédateur. On dirait la démarche chaloupée d'un chat sauvage.

— C'était ma mère, dis-je en reculant instinctivement. Je les ai invités à dîner demain. Ça ne te dérange pas, si ? On peut commander à manger ou…

Mes paroles se terminent dans un glapissement lorsque Peter me soulève pour m'assoir sur le plan de travail avant d'ouvrir mon peignoir d'un geste brusque.

— Peter, attends…

Je passe la langue sur mes lèvres tandis qu'il fait glisser le peignoir le long de mes bras, me déshabillant intégralement.

— On devrait décider ce que nous allons... aahh...

Je gémis en rejetant la tête en arrière. Il dépose plusieurs baisers sur la peau sensible de ma clavicule en même temps que ses mains envahissent le creux bouillant entre mes jambes. Il enfonce brusquement deux doigts en moi sans la moindre pitié. Comme je ne suis pas encore humide, ça me fait mal, et pourtant mon corps est saisi d'une brusque montée de chaleur, d'un déferlement violent de sensations.

— Tu m'épouses. Ce samedi, gronde-t-il en me baisant avec deux doigts.

J'acquiesce par un gémissement, le corps de nouveau en proie aux flammes.

Ce samedi, ce soir, demain... plus rien n'a d'importance. J'en ai assez de me battre, j'en ai assez de résister.

Il avait raison depuis le début.

Je suis à lui, et il est à moi.

C'était écrit.

 eter

ELLE DORT, VAINCUE PAR LA FATIGUE, QUAND JE SORS DU LIT AVEC précaution et regroupe les vêtements que j'ai laissés sur une chaise, bien pliés. Je m'habille furtivement en prenant soin de ne pas la réveiller, puis je sors de la chambre en chaussettes.

Mes chaussures sont dans l'entrée et je les enfile avant de tapoter la poche de ma veste pour m'assurer que mon téléphone s'y trouve.

J'en aurai besoin pour retrouver l'immeuble d'un certain monsieur Samson « Sonny » Pearson, le beau-père de Monica Jackson.

Danny m'attend déjà sur le parking. Je retrouve l'email que m'ont envoyé mes hackers et je lui donne une adresse à quelques rues d'ici. C'est là où vit Pearson – il s'agit de l'appartement de son ex-femme.

Apparemment, la mère de Monica n'a aucun scrupule à laisser le violeur de sa fille dormir chez elle.

Je prends un risque en réglant moi-même la question. J'aurais mieux fait d'engager quelqu'un pour réaliser un coup discret dans quelques mois, quand personne ne pourrait plus faire le lien entre la mort de Pearson et la visite de sa belle-fille dans une certaine clinique associative pour femmes. Mais ma ptichka pleurait aujourd'hui – elle pleurait à cause de cet *ublyudok* – et je ne le supporte pas.

Il va mourir ce soir, et sa belle-fille sera enfin libre.

— Dépose-moi ici, dis-je à Danny quand nous atteignons l'adresse que je lui ai donnée, un immeuble à quelques rues de ma destination.

Ce type est loyal et il accepte de travailler aux frontières de la loi, mais je ne lui fais pas confiance comme à mes hommes.

Mieux vaut agir seul, sans témoins.

L'appartement d'Amira Pearson se trouve au premier étage d'un immeuble délabré de trois étages. Il flotte une légère odeur d'urine et de vomi dans le hall d'entrée, et la peinture des escaliers s'écaille. Ça me fait penser aux bâtiments de l'époque soviétique en Russie. Si ce n'est que la porte devant laquelle je m'arrête est constituée de bois, et non de deux couches d'acier comme c'est monnaie courante dans mon pays miné par la corruption.

Je pourrais briser cette porte par un coup de pied si j'en avais envie.

Je me contente de coller mon oreille contre le bois et d'écouter. J'entends un murmure de voix étouffées. Mes informations sont donc exactes. Sonny a obtenu un boulot – il décharge des camions de supermarché à trois heures du matin – et il partira dans peu de temps.

Je redescends et sors l'attendre dehors. J'aurais pu entrer pendant que ce connard dormait, mais la mère et le frère de Monica se trouvent dans l'appartement. Mieux vaut attendre.

Je préfère surprendre Sonny tout seul et déguiser mon crime en vol qui aurait mal tourné.

Près d'une demi-heure plus tard, il sort enfin. Je reste vif, sur le qui-vive. L'adrénaline pulse à un rythme régulier dans mes veines.

Je ne peux nier le frisson d'excitation que j'éprouve. Ma soif de sang me fait le même effet que plusieurs litres de café.

Je suis un prédateur, un monstre, et je le sais.

Sonny Pearson ne va pas tarder à le savoir, lui aussi.

Je suis tapi dans la ruelle. Quand il passe à mon niveau, je tends les bras pour l'attraper par le devant de sa chemise et l'attirer à moi.

— Eh !

Il essaie de me frapper, mais il se fige dès que je pose ma lame contre sa gorge.

— Ne bouge pas... je murmure en me penchant vers lui. Ne respire même pas.

La pomme d'Adam de son cou épais tressaute dangereusement près de ma lame.

— Que... qu'est-ce que tu veux ? J'ai pas... pas de fric.

— Je le sais.

Pas besoin de le voir blêmir pour savoir que mon sourire est glaçant.

— Ce n'est pas ce que je cherche.

Sur ce, je lui tranche la gorge. Son sang chaud me baigne les doigts et la puanteur de ses boyaux qui se vident imprègne l'air. Au moment où la vie quitte ses yeux marron, je dis à mi-voix :

— Monica te salue.

Laissant son corps retomber sur le trottoir, j'essuie ma main et ma lame sur la partie intacte de sa chemise, puis je récupère son portefeuille dans sa poche et je sors de la ruelle pour rejoindre Danny qui m'attend.

Nous nous arrêterons dans un motel en chemin.

J'ai besoin de prendre une douche avant de rentrer à la maison.

ara

JE NE SUIS PAS ENCORE PRÊTE À PORTER MA BAGUE AU TRAVAIL, MAIS pendant la pause déjeuner, quand les stylistes arrivent – deux femmes élégantes de mon âge –, je les escorte dans le hall sans prêter attention aux regards intrigués de la réceptionniste. Nous entrons dans l'une des salles d'examen et elles me mesurent de la tête aux pieds – un procédé qu'elles expédient en quelques minutes grâce à leurs mains rompues à l'exercice.

— Vous êtes très mince, c'est formidable, me dit une femme grande aux cheveux noirs qui s'est présentée sous le prénom de Suzie. Nous avons une splendide robe Monique Lhuillier qui vous ira comme un gant, avec quelques ajustements. Pam, tu as une photo ?

Pam, une petite blonde aux cheveux bouclés, sort son téléphone et me montre une robe sirène très chic présentée sur un mannequin. Toute en dentelle raffinée, c'est une robe bustier au col carré, avec une rangée de boutons en nacre dans le dos –

simple, et pourtant si parfaite que j'en baverais presque d'admiration.

— Nous avons beaucoup d'autres modèles, dit Suzie en interprétant par la négative mon silence ébahi. Y a-t-il quelque chose de spécifique que vous...

— Non, c'est magnifique.

Je détache mon regard de l'écran de téléphone.

— Combien ça coûte ?

Suzie cligne des paupières avant de regarder Pam à la dérobée.

— Monsieur Garin nous a dit qu'il n'y avait aucun budget défini, répond Pam avec circonspection. Ce n'est pas le cas ?

— Oh, euh... si. Je pose juste la question par curiosité.

Les finances, voilà un autre sujet que je n'ai pas abordé avec Peter. Je m'efforce de cacher ma gêne derrière un sourire radieux.

— Oh, je vois, fait Pam, rayonnante. Eh bien, soyez assurée que votre fiancé est un homme très généreux. Cette robe est une pièce unique de défilé, avec de la dentelle cousue à la main, et elle se vend à trente-trois mille dollars hors taxes. Mais nos ajustements sont gratuits.

— C'est... très gentil de votre part.

On dirait que ma voix est étranglée, mais c'est plus fort que moi. Je ne suis pas Cendrillon – malgré la réduction de salaire qu'implique mon nouvel emploi, il reste largement dans les six chiffres annuels –, mais trente-trois mille dollars, ça reste une coquette somme pour une robe que je porterai une seule et unique fois.

Et moi qui estimais que la robe à mille deux cents dollars de mon premier mariage était chère.

— Vous aurez également besoin de chaussures et d'accessoires, me dit Suzie en sortant de son sac surdimensionné un catalogue en papier glacé. Voulez-vous le feuilleter ? demande-t-elle en tendant le catalogue. Ou préférez-vous être conseillée ?

— J'apprécierais quelques conseils.

Elles s'empressent de me trouver une paire d'escarpins blancs Louboutin avec des lanières discrètes autour des chevilles, ainsi qu'un collier de perles assorti à deux barrettes à cheveux, en perles et en diamants.

— Bien sûr, il vous faudra une coiffure élaborée, commente Pam en tournant les pages du catalogue pour me montrer quelques modèles sur les mannequins. L'effet d'ensemble sera très joli.

— Merci. J'y veillerai.

Enfin, elles rassemblent leurs affaires et s'en vont. Comme elles l'avaient annoncé, notre entrevue aura duré moins de trente minutes – une infime fraction du temps que j'ai passé à faire les boutiques pour trouver une robe et des accessoires lors de mon premier mariage.

Il y a peut-être un avantage à ce que Peter me force ainsi la main, me dis-je avec une ironie désabusée tout en sortant pour manger sur le pouce dans la demi-heure dont je dispose avant mon prochain patient. Mon premier mariage était un gros événement. George avait invité toutes nos connaissances et dépensé des sommes que nous n'avions pas vraiment. Il y avait deux cents personnes à la réception et il nous avait fallu un an pour tout préparer – à l'époque, accaparée par ma résidence de médecine, j'en avais par-dessus la tête de tous ces préparatifs.

Un petit mariage qui me demande seulement d'être présente, c'est peut-être ce qui me correspond le mieux, tout compte fait.

— Qui étaient ces dames ? demande Annabelle, la réceptionniste, quand je rentre du déjeuner.

Je prends une inspiration, consciente qu'il me reste encore une tâche importante à accomplir. Je dois inviter mes amis et mes collègues, et supporter au passage leurs questions étonnées.

— Elles sont venues prendre mes mesures pour une robe, dis-je, décrétant qu'il vaut mieux se jeter à l'eau tout de suite.

Je glisse discrètement la main gauche dans mon sac et enfile ma bague avant de tendre la main pour montrer à Annabelle le gros diamant.

— En fait, je suis fiancée, et le mariage a lieu...

Un cri excité noie le reste de mes paroles avant même que j'ajoute :

— … ce samedi.

Annabelle, une femme prosaïque de presque soixante ans, qui tient tête aux compagnies d'assurance et aux patients récalcitrants avec le même aplomb, bondit avec la vivacité d'une adolescente et me prend la main pour admirer la bague sans cesser de jacasser.

— Oh, mon Dieu ! Regardez-moi cette pierre ! Qui est l'heureux élu ? Comment l'avez-vous rencontré ? Je ne savais même pas que vous étiez fiancée !

Quand elle prend le temps de respirer, je lui explique que Peter et moi sortions ensemble par intermittence depuis quelque temps, mais que notre relation n'était pas sérieuse à cause de son travail, qui lui demandait de beaucoup voyager à l'étranger. Or maintenant, il va faire autre chose, et nous avons décidé de passer à l'étape suivante en nous fiançant.

— On ne prévoit pas un gros mariage, dis-je avant qu'elle se lance dans une autre salve de questions. Mais nous tenons une petite cérémonie ce samedi. J'aimerais beaucoup que votre mari et vous puissiez y assister. Je sais que c'est à la dernière minute, mais…

Une fois de plus, elle glapit et me serre dans ses bras.

— Oh, merci, ma belle. C'est un véritable honneur ! Nous serons là, soyez-en sûre. Vous l'avez déjà annoncé à Bill et Wendy ?

Je souris devant sa mine réjouie.

— Non, j'allais le faire.

— Oh, alors, allez-y. Tout de suite. Je suis impatiente de voir la tête de Bill quand il apprendra que j'avais raison.

Je hausse les sourcils, intriguée, et elle précise :

— J'ai parié vingt dollars avec lui qu'une jolie fille comme vous avait forcément un petit ami.

Comme j'éclate de rire, elle penche la tête vers la salle d'attente et déclare :

— Je ne vois pas encore votre patiente. Vous avez quelques minutes devant vous.

— Merci, Annabelle.

Elle me houspille d'un geste de la main et je ris de nouveau.

— J'y vais, c'est promis.

Je me dépêche en direction du bureau de mes patrons avant qu'Annabelle m'y entraîne de force, et je frappe à la porte.

— Wendy ? Bill ? Vous avez une seconde ?

Wendy ouvre la porte une seconde plus tard.

— Bien sûr, ma chère. Comment puis-je t'aider ?

Son sourire est aussi doux que les cheveux blancs cotonneux qui encadrent son visage avenant. Chez madame Otterman, tout n'est que douceur, depuis l'intonation caressante de sa voix jusqu'à son habitude d'appeler régulièrement ses patientes pour prendre de leurs nouvelles.

Travailler avec elle est un vrai plaisir, même si elle est toujours flanquée de son mari ronchon.

— Bill est ici ? je demande avant de le voir assis derrière elle, en train de mâcher un sandwich presque aussi volumineux que sa moustache.

Il me lance son éternel regard sévère et pose son sandwich.

— Qu'y a-t-il ?

Si je ne le connaissais pas, je penserais qu'il me déteste. Mais il est comme ça avec tout le monde, y compris les patients, et je ne m'en formalise pas.

D'après les infirmières, plus il a l'air revêche, plus il vous apprécie.

— Eh bien...

Du coin de l'œil, je vois Annabelle qui vient se camper à côté de moi. De toute évidence, elle ne peut pas résister à l'envie de voir de ses propres yeux la tête que fera Bill.

— Je me demandais si vous aviez des projets pour samedi, dis-je en optant pour un ton désinvolte. Je me marie. Ce sera une petite cérémonie en comité réduit et...

— Tu *quoi* ?

La moustache grisonnante de Bill frémit quand son regard se pose sur ma main gauche.

— Tu es fiancée ?

— Ça date d'hier, dis-je en levant la main pour leur montrer la bague. Je sais que c'est précipité, alors si vous avez d'autres projets, c'est tout à fait...

— Oh, non, nous serons là, ma chère. Félicitations.

Wendy me regarde en souriant et me prend la main droite.

— Qui est cet homme chanceux ? demande-t-elle en regardant mon annulaire. C'est une belle bague qu'il t'a offerte.

La moustache de Bill ne cesse de frétiller.

— Tu as un petit ami ?

Il se renfrogne tout en se levant.

— On ne savait pas que tu avais un petit ami.

Je souris et répète mes explications à propos de notre relation en pointillés et des déplacements professionnels de Peter.

— Alors voilà, nous sommes prêts à franchir le cap ! je conclus avant de jeter un œil à l'horloge murale. Oh, regardez. Ma patiente est sans doute arrivée.

Tout sourire, Annabelle détale vers le bureau d'accueil.

— Désolée, je dois y aller, dis-je à mes patrons. Vous viendrez ?

— Avec tambours et trompettes, répond Bill d'un ton maussade.

J'en déduis qu'il est content pour moi et, après avoir salué joyeusement Wendy d'un geste de la main, je m'éloigne, ravie que cette annonce se soit déroulée sans problème.

Maintenant, il me reste à le dire à tout le monde – et à l'expliquer à mes parents.

～

J'ai une annulation de rendez-vous en fin d'après-midi, et j'en profite pour passer les coups de fil nécessaires.

Simon et Rory ne décrochent pas et je leur laisse un message vocal pour qu'ils me rappellent. Phil, en revanche, doit avoir terminé sa journée de cours, parce qu'il répond à la première sonnerie.

— Tiens, te voilà. On a failli croire que ton mystérieux copain t'avait enlevée, dit-il.

Je ris en espérant qu'il ne remarquera pas la tension dans ma voix.

Il plaisante, mais Peter aurait très bien pu me faire disparaître. C'était d'ailleurs ce que j'imaginais quand j'ai quitté le bar à son bras.

— Je suis toujours là, dis-je enfin. Mais j'ai des nouvelles.

— Ne me dis rien...

Phil feint de glousser en se récriant :

— Tu es en cloque.

— Euh, non...

En tout cas, si c'est le cas, je ne le sais pas encore. Ce n'est pas impossible après deux jours de rapports sans protection, mais il est trop tôt pour le dire.

— Par contre, je me marie.

Un long silence me répond au téléphone, suivi d'un :

— *Quoi ?*

— Oui, c'est une longue histoire, dis-je avant d'entreprendre les mêmes explications que j'ai données à mes collègues, au sujet de notre relation par intermittence et des voyages de Peter.

— Mais pourquoi tu ne nous as pas parlé de lui ? demande Phil, abasourdi. On pensait tous que tu ne sortais avec personne à cause de ton mari.

— C'était parfois un peu compliqué. Et comme je n'étais pas sûre que ça nous mènerait quelque part...

Je ne termine pas ma phrase, espérant que Phil la complètera tout seul.

— Bref, alors on se marie et c'est prévu ce samedi, donc...

— *Quoi ?*

Je souris en imaginant ses yeux exorbités.

— Oui, je sais. Nous n'avions pas envie de faire durer nos fiançailles. Quoi qu'il en soit, je suis consciente que c'est à la dernière minute, alors si tu as d'autres projets samedi, je comprends tout à fait. Mais si tu pouvais te joindre à nous, on aimerait beaucoup que tu sois là. Évidemment, sens-toi libre de venir accompagné.

— Tu te maries. Ce samedi.

— C'est ce que je viens de dire.

Je marque une pause pour lui laisser l'occasion de s'épancher, mais il semble avoir perdu sa langue et je reprends :

— Tu n'es pas obligé de me répondre tout de suite, mais si tu pouvais me prévenir demain, ce serait parfait. Peter a réservé un traiteur et tout le reste, donc ce sera en petit comité, mais très sympa je l'espère.

— Où... commence Phil avant de se racler la gorge. Où aura lieu le mariage ?

— Au country-club Silver Lake, dis-je. Tu connais ?

— Oui, bien sûr. Mon cousin s'y est marié il y a deux ans. Un très bel endroit.

— Oh, tant mieux.

Je souris, même s'il ne peut pas me voir.

— Alors, peux-tu me dire si tu comptes venir ? Ou tu me préviendras demain ?

— Tu plaisantes ? Bien sûr que je serai là. Tu as déjà appelé Rory et Simon ?

— Je leur ai laissé des messages, dis-je en regardant l'heure.

Je ferais mieux de me dépêcher si je veux appeler Marsha avant ma prochaine patiente.

— Merci beaucoup, Phil. Désolée de t'avoir annoncé la nouvelle de but en blanc, lui dis-je. À samedi.

— Oui. À plus, dit-il d'une voix toujours aussi abasourdie quand je raccroche.

Marsha est la suivante sur ma liste. C'est une conversation que je redoute presque autant que le dîner avec mes parents. Je compose son numéro en espérant vaguement qu'elle ne décrochera pas, mais elle répond à la première sonnerie.

— Salut, ma belle.

Je prends une grande inspiration.

— Salut, Marsha. Comment vas-tu ?

— Oh, tu sais. J'allais prendre mon service du soir. C'est Andy qui a tiré la courte paille cette semaine, mais son copain s'est fâché parce que c'est leur anniversaire aujourd'hui. Alors, elle m'a demandé d'échanger avec elle. Et toi, tout va bien ? Qu'est-ce que tu fais ce week-end ? Tonya et moi, on comptait aller boire un verre samedi. Tu veux te joindre à nous ? Tu n'as aucun concert, si ?

— Non, mais justement, à propos de samedi…

J'agrippe le téléphone un peu plus fort.

— J'ai des nouvelles.

— Oh ?

— Il y a un gars avec qui je sors depuis quelque temps. Par intermittence.

— Ah bon ? fait Marsha d'une voix haut perchée. Qui ça ? Pas ce bodybuilder roux de ton groupe, si ?

— Rory ? Non, pas du tout.

— Oh, tant mieux. Parce que Tonya l'apprécie beaucoup et elle espère que c'est réciproque. Qui donc, alors ? Je le connais ?

— Non, pas encore.

Je prends une autre inspiration.

— Mais c'est devenu très sérieux entre nous.

— Vraiment ?

Son intérêt semble monter en flèche.

— Sérieux à quel point ?

Je prends mon courage à deux mains et débite à toute allure :

— On va se marier ce samedi.

— Vous *quoi* ?

Maintenant que la bombe est lancée, je répète le plus calmement possible :

— Je me marie. Ce samedi. Si c'est possible, j'aimerais beaucoup que tu sois là.

— C'est une blague, n'est-ce pas ?

De ma main libre, je me pince l'arête du nez.

— Non. Nous avons décidé de ne pas faire de grande cérémonie et d'inviter juste quelques personnes. Ce sera au country-club Silver Lake. Tu sais, à Orland Park ?

— Hmm, hmm. Et moi, je participe à *Danse avec les Stars*.

— Marsha… Je ne plaisante pas.

Un silence pesant s'installe, puis elle répète :

— Tu vas te *marier* ?

— Oui. Ce samedi.

— Bordel, mais c'est quoi cette histoire ? Tu es sérieuse ? Vous vous êtes rencontrés quand, tous les deux, et comment ? Comment s'appelle-t-il ? Et pourquoi ne m'as-tu jamais parlé de lui ?

— C'est une longue histoire. On se fréquentait en dents de scie depuis quelque temps et…

— Comment ça, *depuis quelque temps* ? Combien de temps ? Des semaines ? Des mois ?

Je grimace intérieurement.

— Euh, des mois. C'est bien ça, des mois.

D'ailleurs, au mois d'octobre ça fera deux ans que Peter m'a martyrisée dans ma cuisine, mais si l'on compte le temps passé ensemble, nous sommes sans doute plus proches des sept ou huit mois au total.

— Waouh. D'accord. Mais… waouh !

Marsha garde le silence pendant une seconde, avant de demander sur un ton un peu vexé :

— Pourquoi n'as-tu rien dit ? Tu sais qu'on pensait tous que tu étais célibataire depuis… enfin, tu sais.

— Je sais. Je suis désolée. Comme c'était en pointillés, au début je ne pensais pas que ce serait sérieux. Il voyageait beaucoup pour le travail. Mais maintenant, il en a terminé avec ça, alors on a décidé de passer à l'étape supérieure.

— Et l'étape supérieure, c'est le *mariage* ? Vivre d'abord ensemble, ça ne vous est pas venu à l'esprit ? Sara, ma belle…

Sa voix prend une intonation soucieuse.

— Que se passe-t-il ? Est-ce que tout va bien ?

C'est le plus difficile, parce qu'à la différence de Phil et de mes nouveaux collègues, Marsha me connaît depuis des années. Elle sait que je fais toujours très attention avant de m'engager, et elle sait aussi ce qui s'est passé avec Peter.

En tout cas, les aspects les plus sombres.

— Tout va bien.

Je réponds sur le ton le plus guilleret possible.

— On est simplement tout excités de pouvoir enfin être ensemble et on ne voit aucune raison d'attendre. Ni lui ni moi ne voulons une grande cérémonie, alors...

— Attends, attends, du calme. Machine arrière. Tu ne m'as toujours pas dit son nom ni ce qu'il fait dans la vie.

Je prends une inspiration. On n'a rien à perdre...

— Il s'appelle Peter Garin. Il était consultant en sécurité, mais il vient de quitter son métier.

— Peter Garin ? Une minute...

La voix de Marsha est tendue.

— Cet assassin russe qui t'a enlevée ne s'appelait pas Peter quelque chose ?

— Sokolov... S'il te plaît, ne me parle pas de ça.

Notamment parce que je n'ai pas envie de mentir plus que nécessaire.

— Quoi qu'il en soit, comme je te le disais, nous faisons une petite cérémonie ce samedi et j'aimerais beaucoup que tu puisses venir. Mais tu as dit que tu avais d'autres projets, donc si tu ne peux pas...

— Voyons, Sara. Bien sûr que je viendrai. Les bars peuvent attendre. Mais je suis toujours perplexe. Le nom de ton homme, c'est aussi Peter ? Et c'est quoi ce nom, Garin ? D'où vient-il ?

Je tambourine des doigts sur le bureau.

— Il vient de... d'un peu partout. Mais il est né en Europe de l'Est.

Je ne peux pas mentir sur ce point. L'accent de Peter, aussi subtil qu'il soit, trahit clairement ses origines.

Ce doit être pour cette raison qu'il a choisi un nom de famille à consonance russe au lieu d'opter pour quelque chose comme Smith ou Johnson.

— Quoi ?

Marsha semble à deux doigts de devenir dingue.

Je ferme vivement les paupières et réponds :

— En Russie.

— Tu te fous de moi, n'est-ce pas ? Dis-moi que tu plaisantes.

J'ouvre les yeux et jette un œil en direction de l'horloge. À mon grand soulagement, il est presque l'heure de mon prochain rendez-vous.

— Écoute, Marsha, je dois y aller. Tu rencontreras Peter samedi et tu apprendras tout ce que tu veux savoir, c'est promis. Maintenant, j'ai une patiente à voir.

— Sara, attends…

— Je t'enverrai tous les détails demain par email.

Je raccroche et coupe mon téléphone avant qu'elle puisse me rappeler.

Déjà quatre invitations, encore quelques-unes.

Je peux y arriver.

Ce n'est pas si terrible.

ara

Pourtant, *c'est si terrible* ! Je décrète quand je sors du travail après avoir parlé à Rory, Simon, Andy, Tonya et mes collègues de la clinique, profitant d'une autre annulation de dernière minute. Après avoir rabâché une dizaine de fois la même conversation, je suis vidée. Et il me reste encore l'apothéose, ce soir.

Le dîner avec mes parents.

— Je m'en charge, m'a dit Peter ce matin, au petit déjeuner, quand j'ai proposé de passer chercher des plats à emporter sur le chemin du retour. Rentre à la maison en temps et en heure, et ne te soucie de rien.

Danny attend sur le trottoir quand je sors du bâtiment. Je monte en voiture. La surprotection de Peter me fait lever les yeux au ciel. Comme il faisait beau ce matin, je n'avais pas envie de prendre la voiture et Peter m'a accompagnée à pied au travail. Et maintenant, je rentre sous bonne escorte.

À ce rythme, je vais vite oublier ce que c'est que d'être toute seule dans la rue.

Sur une impulsion, je compose le numéro de Peter.

— Salut, ptichka.

Sa voix grave est une caresse à mes oreilles.

— Tu rentres ?

— Je suis dans la voiture avec Danny.

Je jette un œil vers le chauffeur, qui se fraie un chemin dans les rues tout en faisant mine d'être sourd et muet.

— Tu le savais déjà, n'est-ce pas ?

— Danny m'a envoyé un texto il y a une minute. Tu as passé une bonne journée, mon amour ?

— Oui. J'ai invité presque toutes les personnes que je souhaitais inviter. Il n'y a que Simon qui ne pourra pas venir. Il a une réunion de famille en Caroline du Sud.

— C'est très bien.

J'entends des tintements en fond sonore, puis de l'eau qui coule, et Peter ajoute :

— Attends une seconde. Je dois égoutter les pâtes.

— Tu prépares le dîner ? je demande quand il récupère le téléphone, une minute plus tard.

— Oui, des plats italiens. Tes parents aiment ça, j'espère ?

— Ils adorent, dis-je en souriant. Je suis certaine qu'ils seront très impressionnés.

— Tu veux dire, une fois que l'envie d'appeler le FBI leur sera passée ? Oui, tu as sans doute raison. Je crois que ce sera délicieux.

J'éclate de rire. Mon anxiété à la perspective du repas à venir se transforme en véritable vertige. C'est réel, c'est vraiment en train de se produire.

Peter et moi, nous devenons un couple normal.

— Tu as passé une bonne journée ? je demande. Qu'est-ce que tu as fait ?

C'est vrai, comment un ancien assassin occupe-t-il ses journées ?

— J'ai fait quelques courses, je suis allé acheter de quoi cuisiner, me dit Peter, sa voix éclairée par un sourire chaleureux. J'ai aussi repéré quelques maisons dans le quartier. On pourra les regarder plus tard. Je n'ai pas eu l'occasion de t'en parler hier, mais cet appartement est trop petit pour nous – surtout cette cuisine. Et si je ne me trompe pas, ils refusent les animaux de compagnie, n'est-ce pas ?

— Oui. C'est l'un des inconvénients majeurs de cet immeuble, dis-je.

Mon cœur fait des claquettes dans ma poitrine. C'est réel, vraiment réel. Une vie ensemble – maison, chien, et tout le reste. Modérant un élan de vertige, je dis :

— Je l'ai choisi parce que c'était à la fois près de chez mes parents et de mon boulot, mais ça ne me dérangerait pas de m'éloigner un peu maintenant que maman va mieux.

— C'est ce que je pensais, dit Peter. Deux des maisons que j'ai repérées ne sont pas loin, et l'une d'elles se trouve à environ deux kilomètres de ton travail. Bien sûr, il y a toujours ton ancienne maison...

— Ils te l'ont rendue ? je demande avant de prendre conscience que c'est une question bête.

Peter n'étant plus un fugitif, le gouvernement n'a pas le droit de conserver la propriété qu'ils ont saisie quand ils ont appris qu'elle lui appartenait.

— Oui, évidemment, répond Peter. Réfléchis-y et dis-moi ce que tu as l'intention d'en faire. Même si on n'y retourne pas, on peut la garder juste au cas où. Ou bien la vendre. À toi d'en décider.

— Oh, vraiment ? Et moi qui croyais que tu prenais toutes les décisions ! je plaisante avant de me rendre compte que ce n'est pas vraiment une blague.

Une fois de plus, Peter a fait irruption dans ma vie comme une tornade, mettant sens dessus dessous ma tranquillité d'esprit et semant le chaos sur son passage. Avec sa force de caractère et son inflexibilité, impossible de faire semblant que je contrôle mon destin, que j'ai mon mot à dire dans l'évolution de notre relation.

Et pourtant... c'est peut-être le cas. Nous sommes ici au lieu d'être cachés dans une partie du monde reculée, je m'apprête à devenir sa femme et non sa captive. Même s'il emploie souvent la manière forte, Peter a clairement prouvé qu'il se souciait de mon avis.

Que mon bonheur comptait pour lui.

— Tu parles du mariage ? demande Peter, prenant ma plaisanterie au pied de la lettre. Parce qu'on peut toujours y apporter quelques changements si un détail ne te plaît pas.

— Comme la date, par exemple ? je demande avec ironie.

Seul un silence me répond. J'ajoute :

— Peu importe. J'ai déjà invité tout le monde. C'est bon.

— Tant mieux, j'en suis heureux.

D'autres bruits retentissent en arrière-plan et Peter dit :

— On se voit dans quelques minutes, ptichka. Je t'aime.

Je t'aime aussi. J'ai les mots sur le bout de la langue, mais au lieu de ça, je réponds :

— À tout de suite.

Puis je raccroche. Je suis certaine que Peter sait ce que je ressens – il est convaincu que nous sommes faits l'un pour l'autre depuis le début –, mais comme je n'ai encore jamais prononcé ces mots-là, je n'ai pas envie de les lâcher au détour d'une conversation.

Pourtant, je l'aime. Je peux enfin me l'avouer, même si rien n'a véritablement changé. C'est toujours un tueur, un monstre qu'une femme saine d'esprit redouterait et détesterait. Mais je dois avoir perdu ma santé mentale, parce que je l'aime et je vais l'épouser.

De mon plein gré, je m'apprête à unir ma vie avec un homme qui me torturait et qui me harcelait autrefois. Dans un sens, il me harcèle toujours – si me faire suivre en permanence correspond à cette définition.

— Nous y sommes, dit Danny d'une voix rocailleuse.

Je regarde par la vitre, étonnée de constater que nous sommes déjà garés devant mon immeuble – et que le chauffeur au visage de marbre vient de me parler pour de vrai.

— Merci, lui dis-je.

Je prends mon sac à main et Danny hoche légèrement la tête tandis que je sors de voiture.

Waouh. C'est un progrès.

Mon chauffeur et garde du corps vient de reconnaître mon existence.

Le vertige que j'avais tenté de chasser revient – jusqu'à ce que j'aperçoive la voiture de mes parents en train de se garer sur le parking d'en face.

Ils sont en avance.

De vingt bonnes minutes.

Fébrile, je rappelle Peter.

— Ils sont là, dis-je en haletant lorsqu'il décroche. Mes parents, ils sont déjà arrivés.

— Ce n'est rien, dit-il sans se laisser décontenancer. Le repas est presque prêt. On se voit dans une minute.

— Oui, d'accord.

Je raccroche et range mon téléphone dans le sac. Je commence à faire glisser la bague de mon doigt pour la dissimuler, mais je me ravise.

Inutile de cacher quoi que ce soit alors qu'ils vont rencontrer Peter dans une minute.

Je prends une grande inspiration et m'approche de leur voiture.

— Salut, maman, papa.

— Oh, bonsoir, ma chérie.

Maman ouvre la portière et sort. La raideur de son corps est à peine perceptible.

— Tu rentres tout juste du travail ? Désolés, on est en avance. Ton père a pensé qu'il y aurait de la circulation, alors nous sommes partis beaucoup trop tôt.

— Il *devait* y avoir de la circulation, d'après le GPS, rectifie papa avant de contourner la voiture pour me serrer dans ses bras.

Je lui rends son étreinte, puis j'embrasse maman sur la joue.

— Tout va bien. Le dîner est presque prêt.

Maman sourit.

— Pas de plats à emporter ?

— Eh, non. L'homme que je voulais vous présenter, figurez-vous qu'il cuisine.

Je jette un œil derrière moi et aperçois Danny, assis dans la voiture noire, qui nous observe en silence. Je me retourne vers mes parents et annonce avec précaution :

— Il y a quelque chose que je dois vous dire…

— Quoi donc, ma chérie ?

Maman me touche la main gauche et ses doigts effleurent ma bague. Aussitôt, son regard se pose sur le diamant et ses yeux deviennent ronds comme des soucoupes.

— Sara, est-ce…

— J'allais y venir, justement, dis-je.

Mon père se fige et regarde mon annulaire gauche d'un air incrédule.

— J'ai d'excellentes nouvelles.

— Tu es fiancée ? demande ma mère en détournant enfin le regard du bijou scintillant pour me dévisager, bouche bée. Comment ? À qui ? Tu n'étais même pas…

— Maman, papa, dis-je en prenant leurs mains à chacun. S'il vous plaît, écoutez-moi et essayez de rester calmes.

Pétrifiés, ils me regardent comme des biches dans les phares d'un camion lorsque je déclare sur un ton assuré :

— Peter, l'homme que j'aime, est de retour. Il a enfin réussi à résoudre son malentendu avec les autorités et il n'est plus recherché pour un interrogatoire. Nous pouvons enfin être ensemble. Et, en effet, nous venons tout juste de nous fiancer.

56

eter

JE REGARDE DE NOUVEAU PAR LA FENÊTRE, OÙ SARA EST EN GRANDE conversation avec ses parents sur le parking. Ça fait bien huit minutes qu'ils sont dehors et je regrette de ne pas avoir fait poser de micros sur Sara pour écouter ce qu'ils disent.

D'après leurs gesticulations à tous les trois, je devine que les émotions sont de la partie.

Je devrais peut-être mettre une puce avec micro sur Sara. Et pourquoi pas quelques-unes – dans son téléphone, son sac et ses chaussures préférées. Je piste déjà son portable pour savoir en permanence où elle se trouve, mais un micro, ce serait mieux pour m'assurer un esprit tranquille.

La table est déjà mise, mais j'attends avant de servir. Enfin, l'application de suivi de son téléphone m'indique qu'elle est entrée dans l'immeuble et qu'elle approche de l'appartement. Je vais ouvrir la porte pour la laisser entrer, elle et ses parents.

— Maman, papa, voici Peter, dit-elle tandis que le couple âgé entre derrière elle.

Ils s'arrêtent et me regardent avec méfiance.

— Comme je vous l'ai expliqué, il a coupé tout contact avec ses anciennes relations et se fait maintenant appeler Peter Garin. Peter, voici mes parents, Lorna et Chuck Weisman.

— C'est un plaisir de vous rencontrer, tous les deux, dis-je en tendant la main pour serrer celle de son père.

— De même.

Malgré sa réponse courtoise, la voix de Chuck est aussi sèche que sa poignée de main, et ses yeux d'un bleu délavé se posent avec sévérité sur moi.

Puis je serre la main de Lorna en prenant soin de ne pas écraser ses doigts fragiles.

— Vous avez beaucoup d'explications à nous donner, *Monsieur Garin*, dit-elle d'une voix douce en me regardant.

Je souris en retrouvant un peu de Sara dans les traits élégants de son visage plus âgé.

— Bien sûr. Je serai ravi de tout vous expliquer.

— Le dîner est prêt. Si on passait à table ? propose Sara en venant se camper à côté de moi.

La chaleur se propage dans ma poitrine quand son bras fin se referme autour de mon coude dans un geste possessif.

Ma ptichka. Enfin, elle nous a acceptés en tant que couple.

— Bien sûr. Ça sent très bon, dit Lorna.

Je lui souris une fois de plus, heureux de constater qu'au moins la mère de Sara a décidé de jouer le jeu.

Quand nous entrons dans la cuisine, Sara s'excuse et disparaît dans la salle de bain. Je dispose sur la table la salade César et le plat d'antipasti que j'ai préparés.

— Sara nous a dit que vous aimiez cuisiner, fait Lorna en me regardant m'affairer en cuisine.

Je hoche la tête et prends place en face d'elle.

— C'est l'un de mes passe-temps. Ça me détend.

— Un passe-temps, hein ? dit Chuck en se renfrognant. Alors, que faites-vous dans la vie ? Nous n'avons jamais réussi à obtenir une réponse claire de la part de Sara.

— J'ai occupé divers postes, mais plus récemment, j'ai travaillé comme consultant en sécurité et j'ai créé ma propre société dans ce domaine, dis-je en me levant.

Je m'empare de la pince à salade et regarde Lorna.

— Salade ?

Elle fait oui de la tête avec distinction.

— S'il vous plaît.

Je me penche par-dessus la table et lui sers une généreuse portion de salade avant de me tourner vers Chuck.

— Pas pour moi, merci.

Il pique un cœur d'artichaut mariné au bout de sa fourchette sur le plat d'antipasti et le dépose sur son assiette tout en me regardant d'un œil torve.

— Quel genre de société ? demande-t-il dès que je me rassieds. Sara nous a dit que vous étiez une sorte d'entrepreneur. Il s'agit de votre société de conseil en sécurité ? Qui étaient vos clients et comment se fait-il que vous ayez eu des ennuis avec la loi ces derniers temps ?

Je me retiens de sourire. Décidément, le vieil homme ne prend pas de gants.

— Je viens des Spetsnaz, les forces spéciales russes, dis-je, estimant que je peux leur dévoiler ce détail sans danger. Après mon départ de l'armée, j'ai voyagé dans le monde entier et j'ai conseillé un certain nombre d'organismes et d'individus qui avaient des raisons de se soucier de leur sécurité. Je ne peux pas vous expliquer dans le détail ce qui m'a attiré des ennuis, étant donné que c'est un dossier classifié, mais je peux vous promettre que tout est résolu maintenant.

— Résolu comment ? demande Lorna lorsque Sara revient dans la cuisine.

Je souris tandis que ma ptichka prend place à côté de moi et tend la main vers la salade.

— J'ai passé avec les autorités un accord avantageux pour les deux parties, dis-je alors que Sara commence à manger, visiblement satisfaite de me laisser répondre au pied levé aux questions de ses parents. Alors, maintenant que j'ai un nouveau nom de famille et que la page est tournée, Sara et moi, nous pouvons enfin nous marier.

— La page est tournée ? s'exclame le père de Sara, dont les narines commencent à frémir. Il paraît que des gens ont été tués.

— Je ne peux pas vous en dire plus que ce que vous savez déjà, je le crains.

Je dépose un peu de salade dans ma propre assiette.

— Ça fait partie du marché que j'ai passé.

Le visage de Chuck vire au rouge et, pendant un moment, je suis convaincu qu'il va me poignarder avec sa fourchette. Mais il doit être plus civilisé que moi, parce qu'il se contente de harponner une olive verte sur le plat d'antipasti.

— Monsieur Garin, dit Lorna en posant sa fourchette. J'espère que vous...

— Je vous en prie, tutoyez-moi et appelez-moi Peter. Nous ferons bientôt partie de la même famille.

Ses lèvres soigneusement maquillées se pincent légèrement.

— D'accord, Peter. J'espère que tu comprends que nous avons de nombreux sujets de préoccupation, à la fois sur ton histoire et tes relations. Sans parler du fait que Sara a disparu pendant cinq mois après que tous les deux, vous... eh bien...

— Qu'on ait commencé à sortir ensemble ? propose Sara.

Sa mère fronce les sourcils.

— C'est ça, commencé à sortir ensemble.

Lorna reporte son attention sur moi et je reconnais son cran inébranlable. Sa fille a le même, c'est ce qui a permis à ma ptichka de gérer un traumatisme capable de détruire une personne plus faible qu'elle.

— Écoute-moi, Peter.

La mère de Sara se penche en avant et, bien que sa voix demeure douce, son regard est aussi sévère que celui de son mari.

— Tu as peut-être résolu ton malentendu auprès des autorités, mais nous ne sommes pas convaincus que tu ne représentes pas un danger pour notre fille. Nous ignorons tout à ton sujet, et très honnêtement, ce que nous savons n'est pas rassurant. Sara nous dit que vous êtes amoureux, et qu'elle est partie avec toi de son plein gré, mais nous en doutons sérieusement. Tu n'es pas le genre d'homme que notre Sara…

— Maman, je t'en prie, fait Sara en repoussant son assiette. Je te l'ai déjà dit, Peter n'est pas ce que tu…

— Tes parents ont raison, ptichka.

Je recouvre sa main de ma paume et la serre légèrement, avant de me tourner vers sa mère.

— Madame Weisman, dis-je en employant une formule de politesse pour lui témoigner mon respect. À votre place, je serais tout aussi soucieux, car vous avez absolument raison : votre fille et moi, nous venons de deux mondes différents.

Lorna et Chuck me regardent, de toute évidence déconcertés. Je profite de ce moment pour préparer ce que j'ai à leur dire. Je dois me montrer très prudent, leur donner l'impression de me connaître sans pour autant les terroriser, et la frontière est très mince.

Je décide de commencer par le début.

— J'ai grandi dans un orphelinat en Russie. J'ignore qui étaient mes parents, mais je suis pratiquement certain qu'ils n'avaient rien de commun avec vous. Ma mère était vraisemblablement une adolescente tombée enceinte par accident, mais ce n'est que pure spéculation de ma part. Tout ce que je sais, c'est qu'on m'a laissé sur le seuil d'un orphelinat alors que je n'avais que quelques jours.

Sara pose sa main libre sur nos deux mains déjà jointes, m'apportant sans un mot tout son soutien tandis que je poursuis :

— Ce n'était pas un bon endroit où grandir, et dans ma jeunesse, je m'attirais constamment des ennuis, dis-je sous le regard attentif des Weisman. Cependant, à dix-sept ans, j'ai été recruté dans une unité spéciale de contre-terrorisme des Spetsnaz – j'y ai servi mon pays pendant de nombreuses années.

— Il était très doué, intervient Sara avec toute la fierté d'une fiancée. À vingt-et-un ans, il était déjà chef d'équipe.

Je lui souris. La chaleur se répand dans ma poitrine, même si je sais qu'elle cherche seulement à épater ses parents. Sara sait ce que j'ai fait au sein de cette unité, et je doute qu'elle soit vraiment fière du nombre de terroristes et d'insurgés radicaux que j'ai arrêtés et torturés pour mon pays. Malgré tout, c'est agréable d'avoir son approbation, aussi artificielle qu'elle soit.

— C'est très impressionnant, dit Lorna.

Je me tourne vers Chuck. Il semble un peu moins hostile que tout à l'heure.

— Merci, dis-je en souriant. C'est vrai que j'étais doué, notamment grâce à ma jeunesse tourmentée.

— Alors, pourquoi êtes-vous parti ? demande Chuck en tendant sa fourchette pour piquer une autre olive. Comment avez-vous atterri ici ?

Mon humeur s'assombrit et la chaleur que je ressentais retombe, malgré les mains attentionnées de Sara sur la mienne. Je n'étais pas certain d'aborder le sujet – de réussir à m'y résoudre –, mais à présent, ça me semble nécessaire. Si j'omets cette partie essentielle du récit, les Weisman le sentiront et je perdrai l'occasion de gagner leur confiance.

— Après quelques années de service, le travail m'a amené dans un petit village de montagne, au Daghestan, où j'ai rencontré une jeune femme, dis-je d'un ton régulier en retirant ma main de celles de Sara. Elle est tombée enceinte et nous nous sommes mariés.

Lorna écarquille les yeux.

— Tu as un enfant ?

— *J'avais.*

En dépit de mes efforts, j'ai répondu d'un ton trop sec, presque mordant.

— Pasha, mon fils, et Tamila, ma femme, ont été tués il y a sept ans. On a cru à tort que Daryevo, le village où ils vivaient, abritait des terroristes, et des dizaines d'innocents ont été tués par les frappes de l'OTAN.

Les parents de Sara restent bouche bée. Leurs visages blêmes paraissent incrédules.

— Je ne comprends pas, dit Chuck après un long silence pesant. Comment cela a-t-il pu se produire ? Une terrible erreur de cette ampleur aurait dû être annoncée aux actualités. Ce que vous dites est...

Il secoue la tête et, d'une main tremblante, s'empare d'un verre d'eau.

— C'est difficile à croire, je sais, papa, intervient Sara. Mais je peux te dire que c'est la vérité. J'ai vu les photos de mes propres yeux. C'est arrivé, et c'était horrible.

Lorna regarde sa fille, puis elle se tourne vers moi.

— Je suis vraiment désolée, Peter.

Sa voix se radoucit devant l'expression de mon visage.

— Quel âge avait ton fils ?

— Il aurait eu trois ans le mois suivant.

Une intense détresse me saisit aux tripes. Je me lève, incapable de regarder plus longtemps Sara et ses parents. Je rejoins la cuisinière et prends le plat de pâtes, que je rapporte à table. Je profite de cet intermède pour retrouver ma contenance.

— J'espère que vous aimerez cette sauce marinara, dis-je d'un ton plus calme en déposant une généreuse portion de linguinis recouverts de sauce dans l'assiette de Sara avant de servir ses parents. C'est un peu différent de ce qu'on trouve dans le commerce.

La mère de Sara fait tourner sa fourchette dans les linguinis, puis elle en mange une bouchée avant de m'adresser un sourire timide.

— C'est très bon, Peter. Merci.

— Je vous en prie.

Je sens la main délicate de Sara sur mon genou. Elle le serre tout doucement et, quand je la regarde, ses yeux noisette me paraissent trop brillants. Elle ne dit rien, mais cette chaleur fugace revient, faisant dégeler le bloc de glace que les souvenirs ont formé à l'intérieur de moi.

Le père de Sara se racle ostensiblement la gorge.

— Alors, euh… comment êtes-vous arrivé ici ? Après que… vous savez.

Je prends une inspiration. Je dois faire attention de ne pas trop en dévoiler.

— Il y a eu une enquête, dis-je en croisant le regard de Chuck. Et à la suite de cette enquête, les responsables ont été officiellement blanchis et tout l'incident a été balayé comme « l'un de ces événements qui arrivent souvent dans cette partie du monde ». Je n'ai pas accepté ce résultat et, comme mes supérieurs ont contribué à étouffer l'affaire, j'ai quitté mon travail. Ensuite, j'ai voyagé dans le monde entier en tant que consultant en sécurité. C'est ainsi que j'ai atterri à Chicago, où j'ai rencontré votre fille.

— Et d'où viennent tes ennuis avec les autorités ? demande Lorna en me regardant avec une méfiance teintée d'une touche de compassion. C'est en rapport avec ce qui est arrivé à ta famille ?

— Je crains de ne pas pouvoir vous le révéler. Comme je vous l'ai dit, c'est classifié.

Je marque une pause pour les laisser tirer leurs propres conclusions. Comme ils ne me posent pas plus de questions, je les regarde dans les yeux et je dis d'un ton calme :

— Lorna, Chuck… J'espère que je peux vous appeler comme ça ?

Lorna hoche la tête et je continue :

— Je ne peux pas vous mentir quant au type d'homme que je suis. Je n'ai pas grandi dans un beau quartier et je n'ai pas fait d'études pour devenir médecin ou avocat. Je suis soldat de formation et par choix, et j'ai vu et fait des choses que vous ne pouvez même pas imaginer. Mais j'aime votre fille. Je l'aime de toutes mes forces. C'est la seule personne qui compte pour moi dans ce monde, et je ferais tout pour elle.

Me tournant vers Sara, je prends sa main dans la mienne et ajoute avec la plus parfaite sincérité :

— Je donnerais ma vie pour la rendre heureuse.

ara

JE N'AVAIS AUCUNE IDÉE DE LA MANIÈRE DONT LE DÎNER SE déroulerait, mais je n'avais certainement pas imaginé que Peter ouvrirait son cœur devant mes parents, qu'il les désarmerait par sa franchise au lieu de rejeter leurs objections avec arrogance et menaces sous-entendues.

Pendant le reste du dîner, il se montre poli et respectueux, répondant à leurs questions avec suffisamment de détails pour donner l'illusion de la réalité la plus absolue, même s'il passe certains éléments sous silence.

Où nous sommes-nous rencontrés ? Dans un club de Chicago. Était-il déjà en cavale ? Oui. Pourquoi nous sommes-nous fréquentés en secret ? À cause de son statut de fugitif, qu'il ne m'a avoué qu'une fois que j'étais à bord de l'avion avec lui. Pourquoi ne suis-je pas rentrée pendant cinq mois ? Parce que les autorités ont découvert où il était, et que c'était notre seul moyen de rester ensemble. Qu'a-t-il l'intention de faire désormais ? Il y réfléchit encore, mais il a suffisamment d'argent pour nous permettre de vivre à l'abri du besoin pendant le restant de nos jours. Comment a-t-il gagné de telles sommes ? Par sa société de conseil – et, oui, une fois de plus, les détails sont confidentiels.

D'abord, je me contente d'écouter, mais quand je comprends mieux sa stratégie, j'interviens avec mes propres réponses en prenant soin de laisser Peter mener la danse. Quand arrive le moment du dessert – des bols de baies fraîches surmontées de tiramisu maison –, mes parents semblent plus accommodants, même s'ils ne sont pas encore totalement à l'aise avec notre relation.

C'est toujours mieux que leur réaction de panique lorsque je leur ai parlé de nos fiançailles dans le parking. Ils étaient à deux doigts d'appeler le FBI quand je leur ai annoncé que notre mariage aurait lieu samedi prochain, et il m'a fallu déployer tous mes efforts pour les convaincre de monter et de rencontrer Peter en personne.

— Je ne comprends toujours pas pourquoi vous vous mariez si précipitamment, dit maman en sirotant sa camomille.

Je dissimule un sourire en percevant la résignation dans sa voix. Au moins, à présent, le sujet de conversation est l'empressement du mariage, et non plus les risques que représente Peter ni la légitimité de notre couple.

— C'est mon initiative, je le crains, dit Peter en adressant à maman un sourire si charmeur que je suis étonnée de ne pas la voir fondre sur place. Votre fille m'a beaucoup manqué et je lui ai fait ma demande dès que nous nous sommes retrouvés. La vie est trop courte, voyez-vous. Quand on rencontre la bonne personne, il faut la garder – et je sais que Sara et moi, nous sommes faits l'un pour l'autre. Et puis...

Il jette un œil vers moi et son regard s'enflamme.

— J'aimerais que l'on fonde rapidement une famille.

Mon père manque de s'étrangler avec sa tasse de café.

— Vous *quoi* ?

Peter lui tend une serviette.

— J'aimerais qu'on ait des enfants, dit-il calmement tandis que mon père essuie les gouttes qui ont coulé. Une petite fille et un garçon... ou ce que le destin nous réserve.

Je rougis quand le regard de maman se braque sur mon ventre.

— Sara, ma chérie, tu n'es pas...

— Non, bien sûr que non.

Je sens mon visage s'empourprer lorsqu'elle hausse les sourcils d'un air incrédule.

— C'est trop tôt... Peter vient à peine de rentrer.

— Mais vous essayez déjà ? demande maman avec un sourire radieux.

À mon grand étonnement, je me rends compte que ce rebondissement la réjouit.

Le besoin viscéral d'avoir des petits-enfants doit surpasser ses dernières retenues à propos de Peter.

Papa, en revanche, semble tout aussi mal à l'aise que moi.

— Lorna, je t'en prie. Ça ne nous regarde pas.

— Dès qu'un bébé sera en route, vous serez les premiers à le savoir, promet Peter à ma mère.

Une fois de plus, elle me surprend en hochant la tête d'un air conspirateur.

— Merci.

Puis, baissant la voix, elle se penche vers mon ancien ravisseur.

— Je croyais que ça n'arriverait pas de notre vivant.

Mon visage doit avoir pris la même nuance que les framboises dans mon bol, mais mon père semble curieux. Je crois qu'il vient de prendre conscience que tout cela – depuis le retour inattendu de mon ancien hors-la-loi d'amoureux jusqu'à nos fiançailles précipitées – est de bon augure pour quelque chose dont il ne cesse d'évoquer la possibilité depuis mon mariage avec George.

Comme maman, il a toujours voulu des petits-enfants, mais étant donné son âge avancé, il avait abandonné cette idée.

De mon côté, je suis toujours terrifiée par cette perspective, mais ce n'est pas le moment d'exprimer ces doutes. Et puis, je me rappelle ce que j'ai ressenti la dernière fois que j'ai eu mes règles.

La déception était si cuisante qu'elle était proche de la souffrance. J'ai peut-être envie d'avoir un enfant avec Peter, même si mon côté rationnel me hurle d'attendre et de voir comment tout se déroule.

Si je suis vraiment capable de bâtir une vie normale avec un tueur impitoyable.

Tandis que nous terminons le dessert, Peter discute avec mes parents des détails du mariage. Il a la prévenance de leur demander quelles sont leurs préférences en matière de prêtre officiant et combien de personnes ils souhaiteraient inviter. Je les écoute avec circonspection opter pour un adjoint municipal que connaît mon père, puis mes parents expriment le désir d'inviter les Levinson ainsi que quelques connaissances – ce que Peter approuve sans réserve.

— De mon côté, je n'invite que trois amis, dit-il en faisant référence à ses coéquipiers russes.

Voilà qui semble rassurer un peu plus mes parents – le fait qu'il ait des amis le rend sans doute plus humain à leurs yeux.

À la fin du repas, Peter commence à débarrasser la table et mes parents se préparent à rentrer.

— Merci. C'était délicieux, lui dit maman.

— Oui, merci, renchérit papa de mauvaise grâce.

Mon fiancé leur sourit.

— Tout le plaisir était pour moi. Nous espérons vous revoir bientôt, dit-il.

J'enfile mes chaussures pour raccompagner mes parents jusqu'à leur voiture.

— Eh bien, je ne m'attendais pas à ça, dit maman alors que les portes de l'ascenseur se referment. Il est... intéressant, ton Peter.

Je lui souris.

— Tu veux dire qu'il est splendide *et* que c'est un véritable homme d'intérieur ? Oui, je suis d'accord.

Papa bougonne.

— Si c'est un homme d'intérieur, je veux bien manger mon chapeau. C'est un sauvage, cet homme-là. Sans aucun doute.

— Chuck ! se récrie maman.

— Tu n'as pas vu comme il la regardait ? réplique mon père lorsque les portes de l'ascenseur s'ouvrent au rez-de-chaussée. Je suis étonné qu'il ne l'ait pas assommée d'un coup sur la tête, juste devant nous, pour la traîner jusqu'à son lit.

— Papa, je t'en prie.

Le rougissement qui venait à peine de quitter mes joues revient, multiplié par dix.

— Ce n'est pas…

— Bien sûr que j'ai remarqué, dit maman comme si je n'étais pas là. Ce n'est pas forcément une mauvaise chose, tu sais.

— Si, avec un homme de ce genre.

Papa jette un œil par-dessus son épaule, comme s'il craignait que Peter nous écoute – d'ailleurs, étant donné ses tendances au flicage, ce pourrait bien être le cas.

Après tout, j'ignore s'il n'a pas déjà placé des caméras dans l'immeuble et implanté je ne sais quelle puce sur moi.

— Je ne pense pas qu'il soit si méchant, dit maman alors que nous croisons un couple de voisins dans le hall d'entrée. Enfin, bien sûr, ce n'est pas le premier quidam venu, mais…

— Il est dangereux, déclare papa sur un ton impassible. Ne soyez pas dupe. Ce n'est pas parce que cet homme veut une famille qu'il n'est pas capable de faire des choses qui vous hérisseraient les cheveux sur la tête. Ce qu'il nous a dit aujourd'hui, ce n'est que la partie émergée de l'iceberg, croyez-moi.

— Oh, je te crois, dit maman quand nous sortons sur le parking. Mais je pense qu'il l'aime, et si tous ces problèmes avec le FBI sont vraiment terminés…

— Vous voulez peut-être attendre deux minutes pour pouvoir discuter de moi à la troisième personne une fois que je ne serai plus là ? je suggère en traînant des pieds derrière eux. Sinon, je peux aussi remonter et…

— Non, non, ma chérie.

Maman s'arrête et se retourne en m'adressant un regard contrit.

— Désolée, on essaie juste de se faire à cette idée, tu comprends.

— Oui, maman.

Je souris et me penche pour déposer un baiser sur sa joue toute douce.

— Je plaisantais, c'est tout. Je sais que ça demandera un certain temps d'adaptation.

— Sara, ma chérie.

Papa me touche l'épaule et, quand je me tourne vers lui, il dit à voix basse :

— Promets-nous une chose.

— Quoi donc ?

— S'il te fait du mal, s'il te fait peur, ou si quelque chose t'inquiète, viens nous voir. Ne le cache pas et n'essaie pas de gérer ça toute seule, d'accord ?

Je n'ai encore jamais vu le regard de mon père aussi sombre.

— Je sais que tu es amoureuse de cet homme, je le vois bien, mais quand on chasse le naturel il revient au galop. Il est dangereux. Peut-être pas envers toi, mais pour tous les autres. Je le vois dans ses yeux.

— Papa…

— Non, écoute-moi, Sara. Même s'il ne fait pas entrer dans votre vie les horreurs de son passé – ce dont je doute fortement –, il ne sera pas comme George, qui se contentait de rester en marge de ta vie. Ce n'est pas ce genre d'homme, tu comprends ?

— Oui.

Je le comprends mieux que mon père peut l'imaginer, parce que je sais exactement quel genre d'homme est Peter. Avec George, même en faisant partie d'un couple, j'étais capable de rester moi-même, de maintenir le peu de distance mentale nécessaire pour me protéger. Mais Peter est trop dominateur, trop autoritaire pour le permettre. Je serai à lui dans tous les sens du terme, et mon père en a l'intuition.

— Chuck.

Maman pose une main sur le bras de mon père.

— Viens. On ferait mieux de rentrer.

— Promets-le-moi, insiste papa.

Comme il ne bouge pas, je hoche la tête en souriant.

— C'est promis, papa. S'il arrive quelque chose, je me tournerai vers vous.

Papa approuve, satisfait, et nous rejoignons leur voiture. Je les embrasse et les serre contre moi pour leur dire au revoir. Je remarque Danny, toujours assis dans sa voiture obscure. Je souris et lève les yeux vers la fenêtre illuminée de ma cuisine.

Malgré tous leurs avertissements et leurs réprimandes, mes parents ne se doutent pas à quel point mon fiancé est vraiment dangereux et autoritaire. J'ai menti en faisant cette promesse à mon père. Je ne me tournerai jamais vers eux si j'ai un problème avec Peter, parce qu'ils ne pourraient rien y faire, ni eux ni personne d'autre d'ailleurs.

Le monstre que j'ai appris à aimer fait partie de ma vie pour de bon, et je dois trouver le moyen de vivre avec lui.

58

 ara

JE PARS TRAVAILLER COMME D'HABITUDE LE VENDREDI, MAIS JE PASSE chaque minute entre deux patients à répondre aux questions que me posent mes collègues au sujet de mon mariage imminent. Pour éviter de paraître aussi ignorante que je le suis à propos de l'événement, je leur explique que les détails seront une surprise et je ne développe pas.

Ils découvriront les fleurs, le gâteau et la robe demain.

Mes parents aussi ne cessent de m'appeler pour me demander tout un tas de petites choses auxquelles je suis incapable de répondre. Je leur donne le numéro de Peter, en leur disant que c'est lui l'organisateur officiel du mariage, mais ma mère m'appelle toutes les heures avec une question ou une remarque. Je les soupçonne d'avoir peur que je disparaisse de nouveau et j'essaie d'être patiente, mais au cinquième appel, je dois me faire violence pour décrocher et leur expliquer une fois de plus que j'ignore s'il y aura des chaises ou des bancs à la cérémonie.

Au travail, c'est une journée chargée. J'ai une césarienne prévue dans l'après-midi pour la naissance de jumeaux et j'ai à peine le temps de déjeuner avant de me rendre à l'hôpital pour la procédure. Afin de ne pas perdre de temps, j'achète un sandwich dans un petit commerce et je l'engloutis dans la voiture.

L'avantage avec un chauffeur, c'est qu'on a les deux mains libres pour manger.

La patiente a déjà reçu la péridurale quand j'arrive dans la salle d'opération, et après un bref examen je réalise la procédure sans plus attendre. Elle commence à se dilater et l'un des jumeaux est positionné dans le mauvais sens. La future mère ne cesse de se tourmenter pendant tout ce temps – elle a une petite quarantaine d'années et elle n'a pas réussi à concevoir avant son sixième cycle de FIV. Quand je dépose dans ses bras les deux garçons, minuscules, mais en parfaite santé, son visage s'illumine avec une telle joie que je dois cligner des paupières pour retenir quelques larmes.

— Merci, docteur Cobakis, dit-elle avec ferveur lorsque les infirmières emmènent les bébés pour les tests de routine. Merci pour tout.

— Tout le plaisir est pour moi, vous savez, lui dis-je en inspectant une dernière fois ses bandages avant de prendre quelques notes sur son graphique. On peut s'attendre à des douleurs et des saignements après la procédure, mais si vous commencez à avoir de la fièvre ou si vous souffrez excessivement, appelez-moi, d'accord ?

Je la regarde avec sérieux.

— J'y tiens. À n'importe quelle heure du jour ou de la nuit.

— D'accord. Vous êtes tellement gentille.

Son sourire larmoyant est épuisé, mais rempli de joie.

— C'est vrai ce que les infirmières racontent ? Vous vous mariez ce week-end ?

Décidément, les rumeurs circulent vite.

Réprimant un soupir, je réponds :

— Oui, c'est vrai. Mais vous pouvez tout de même m'appeler en cas de besoin. Je reste dans le coin, d'accord ?

— Oh, merci ! Et félicitations. Je suis sûre que vous ferez une mariée magnifique.

Elle rayonne et je lui rends son sourire. J'apprécie cet échange sans la moindre complexité.

Contrairement à toutes les personnes qui m'entourent, cette femme ignore que le mariage est une décision inattendue ou encore que j'épouse un homme que la plupart de mes amis n'ont même pas rencontré.

— Reposez-vous bien et profitez de vos fils, dis-je à la nouvelle maman.

Puis je retourne au bureau, où je termine la journée.

Peter a peut-être raison en évitant de faire durer les choses plus que nécessaire.

Avec un peu de chance, la folie autour du mariage sera retombée lundi et la vie pourra reprendre son cours normal – ou du moins, aussi normal qu'il peut l'être quand vous épousez l'homme qui vous a enlevée.

eter

J'accorde à Danny sa soirée et je passe moi-même chercher Sara. Je suis trop impatient de la voir pour attendre qu'elle rentre à la maison. Je suis heureux qu'elle ne soit pas de garde à la clinique ce soir ni qu'elle ne donne de concert, car même les heures qu'elle passe au travail loin de moi sont trop longues à supporter.

J'ai besoin d'elle. En permanence.

Elle sort du bâtiment et ses yeux noisette balaient la rue – elle cherche Danny, sans aucun doute. J'ouvre la portière et sors de la voiture.

Aussitôt, elle m'aperçoit et un sourire éclaire son joli visage. Elle s'approche. C'est une chaude journée d'été et elle porte une robe grise sans manches qui épouse à la perfection sa silhouette de ballerine. Ses boucles brunes brillantes rebondissent sur ses épaules fines quand elle marche. On dirait une starlette d'Hollywood des années cinquante transplantée à l'époque actuelle.

Ma belle ptichka.

Bon sang, je suis impatient qu'elle devienne ma femme.

— Salut, dit-elle en s'arrêtant devant moi, un peu essoufflée. Tu as une nouvelle voiture ? Je ne savais pas que c'était...

Je prends son visage entre mes paumes et plaque ma bouche contre la sienne pour l'embrasser avec ferveur. C'est plus fort que moi. Tout chez elle me fait envie, de son parfum sucré jusqu'à la sensation de son corps mince contre le mien, et ses mains qui n'ont pas d'autre choix que de s'agripper à mes biceps. Je voudrais dévorer sa douceur, y boire jusqu'à étancher ma soif intense – même si je sais que c'est impossible.

J'aurai envie d'elle jusqu'à mon dernier jour.

Prenant conscience d'un gloussement agaçant, je lève la tête et fusille les coupables du regard – deux adolescentes à trois mètres de nous. Elles détalent aussitôt en pâlissant sous leurs épaisses couches de maquillage, et je reporte mon attention sur Sara, qui me regarde en clignant des yeux, ses lèvres souples gonflées et rosies par notre baiser.

— Salut, ptichka.

Résistant à l'envie de prendre de nouveau possession de ses lèvres, je pose les mains sur ses épaules et la serre tout doucement.

— Tu as passé une bonne journée ?

— Oui.

Elle me semble un peu fébrile quand elle ajoute :

— Et toi ?

— Moi aussi. Je nous ai acheté cette nouvelle voiture.

D'un mouvement de tête, je désigne la Mercedes S-560 noire derrière moi. Au premier coup d'œil, on dirait une berline de luxe comme il y en a tant. Mais à bien y regarder, on se rend compte que les vitres sont en verre blindé et que la carrosserie métallique est plus solide que d'habitude.

Elle m'a coûté une somme rondelette, mais ça en vaut la peine. Je ne pense pas qu'on cherchera à nous tirer dessus, mais sait-on jamais. Et puis, cette voiture est indestructible en cas d'accident – c'est très important pour moi après ce qui est arrivé à Chypre.

— C'est joli, dit-elle, les sourcils légèrement froncés. Et ma vieille Toyota ?

— Je l'ai vendue.

Elle se dégage de mes bras, la mine renfrognée.

— Tu n'as pas pensé à me consulter ?

Je suis tenté de l'attirer à moi pour l'embrasser de nouveau jusqu'à lui faire oublier la raison de sa colère. Mais comme nous nous sommes déjà donnés en spectacle devant les passants, je lui demande :

— Tu étais attachée à cette voiture, mon amour ? Je peux la récupérer si elle a une valeur sentimentale.

Ma réponse ne semble pas lui convenir.

— Non, je me fiche de la voiture. C'est juste que...

Elle redresse les épaules et me regarde droit dans les yeux.

— Peter, tu dois m'impliquer dans les décisions qui me concernent – qui nous concernent tous les deux. Tu m'as dit que nous pouvions former un partenariat si je le souhaitais, et c'est ce que je veux. C'est important pour moi.

Je réfléchis à ses paroles et finis par acquiescer.

— D'accord.

Elle cligne des yeux.

— D'accord ?

— Avant de faire quoi que ce soit avec la voiture, je penserai à te le demander, dis-je en ouvrant la portière du côté passager.

Puis je lui prends le coude et je l'aide à entrer. Je me sens soudain trop à l'étroit dans mon jean en apercevant sa culotte bleu clair quand elle glisse ses jambes fuselées à l'intérieur.

Il faudra peut-être penser à modifier les classiques de sa garde-robe de travail.

— Je ne parle pas uniquement de la voiture, dit-elle alors que je m'assieds derrière le volant. Je parle de tout – les préparatifs du mariage, l'endroit où nous habiterons et le tournant que tu comptes donner à ta carrière. Je veux qu'on prenne toutes ces décisions ensemble à partir de maintenant, comme n'importe quel couple marié.

— Je comprends.

Après un coup d'œil dans les rétroviseurs, je m'engage dans la rue.

— Tu veux que je te consulte comme un mari devrait le faire. Je vois.

— Vraiment ?

J'ignore pourquoi, mais elle a l'air d'en douter.

— Je pensais que… Non, laisse tomber. Je suis contente que tu comprennes.

Je souris et pose ma main droite sur sa cuisse mince. J'aime sentir sa peau nue soyeuse sous mes doigts. Si ma ptichka veut que je la consulte pour des questions aussi triviales que la voiture ou la manière dont j'occuperai mon temps libre, je veux bien lui faire ce plaisir.

Nous pouvons même prendre toutes nos décisions ensemble, tant qu'elle comprend une simple chose.

Elle m'appartient, pour le restant de nos jours.

eter

Q<small>UAND LE JOUR SE LÈVE, SAMEDI MATIN, LE TEMPS EST CHAUD ET</small> clair. Le ciel est bleu et sans nuages, tel que je l'aurais commandé dans un catalogue de mariage si c'était possible. La météo était la seule variable incontrôlable, mais par chance elle est de notre côté. L'événement devrait se dérouler sans accroc.

Je m'en suis assuré.

En fin de compte, l'organisation d'un mariage, ce n'est pas très différent de l'organisation d'une mission. Il faut être méthodique d'un point de vue logistique, et se préparer à toutes les éventualités. Bien sûr, les enjeux sont très différents, mais c'est bon de voir que certaines de mes compétences sont également applicables dans la vie civile.

Esguerra avait tort.

Je vais réussir.

Sara et moi, nous serons heureux ici.

Ses rendez-vous pour la coiffure et le maquillage n'ont pas lieu avant dix heures du matin, et comme je l'ai épuisée hier soir, je la laisse dormir tout en préparant le petit déjeuner. Puis je retourne dans la chambre avec une tasse de café fumant entre les mains.

Soit elle m'a entendu, soit c'est l'odeur du café qui l'a réveillée, toujours est-il qu'elle roule sur le dos et tend son bras frêle en travers du matelas. Son autre main forme un petit poing délicat qu'elle porte devant sa bouche pour cacher un bâillement.

— C'est le matin ? murmure-t-elle sans ouvrir les yeux.

Je souris en m'asseyant au bord du lit et je dépose la tasse de café sur la table de chevet.

— Oui, mon amour.

Je me penche et enfouis mon nez au creux de son cou parfumé.

— C'est le jour de notre mariage.

Ses cheveux sentent bon, légèrement fruités comme le shampoing de sa douche. Ça me donne l'eau à la bouche. Spontanément, mes mains se glissent sous la couverture et se referment autour d'un sein rond et doux. Ma queue devient dure et mon souffle s'accélère quand je sens son téton qui pointe sous ma paume.

Merde. Nous n'avons pas le temps – et puis, je l'ai prise trois fois hier soir, elle doit être encore endolorie.

Je me force à me redresser en retirant ma main.

— Ton petit déjeuner est prêt, dis-je d'une voix chargée de tension avant de me lever, ajustant le renflement gênant dans mon jean.

Je dois me détendre de peur de lui sauter dessus séance tenante, et au diable le petit déjeuner et les rendez-vous pour le mariage.

— Hmm.

Elle bâille une fois encore, cachant sa poitrine si attirante sous la couverture. Elle cligne des yeux pour se réveiller totalement, puis regarde la tasse sur la table de nuit.

— C'est du café ?

— Bien sûr. Et le petit déjeuner t'attend dans la cuisine – une quiche aux légumes et des frites maison. Tu auras besoin d'énergie pour tenir toute la journée.

Elle me sourit.

— Tu es formidable.

Mon cœur se serre – et ma queue réagit à son tour – quand elle bondit hors du lit toute nue et file dans la salle de bain. Apparemment, la promesse de la caféine et d'un bon repas l'a redynamisée. C'est ce que je voulais, la raison pour laquelle je me suis battu pendant tout ce temps : Sara, comme ça, taquine et affectueuse envers moi. Nous ne pourrons jamais effacer les ténèbres du passé, mais ensemble, nous pouvons bâtir un avenir plus léger.

Un avenir qui, pourtant, me semble encore terriblement fragile.

J'écarte cette pensée dès qu'elle m'effleure l'esprit. Je n'ai aucune raison de penser que ce genre de matinée n'est qu'occasionnelle, qu'il ne s'agit pas tout simplement du début de notre nouvelle vie.

Aujourd'hui, c'est le jour de notre mariage et je vais faire en sorte que ce soit le plus beau.

C'est bien le moins que ma ptichka mérite après tout ce que j'ai fait.

61

$\mathcal{S}$ara

L'INVASION COMMENCE UNE FOIS QUE J'AI TERMINÉ D'ENGLOUTIR LE petit déjeuner que m'a préparé Peter. J'ai l'impression qu'une armée de stylistes, de maquilleurs et de coiffeurs débarque dans mon petit appartement à une chambre, remplissant le salon de produits capillaires, de housses de vêtements et d'un si grand nombre de fards à paupières qu'on les croirait au service d'une quinzaine de mariées – ou de drag-queens. Pam et Suzie, les femmes qui ont pris mes mesures pour la robe, sont venues accompagnées de leurs assistantes, et il y a au moins quatre coiffeurs et maquilleuses. C'est difficile de déterminer leur nombre étant donné qu'ils ne cessent d'entrer et de sortir de l'appartement pour apporter toujours plus d'affaires.

Peter m'abandonne vite à la torture, prétextant qu'il doit superviser les dispositifs de sécurité et autres préparatifs à Silver Lake. Son propre costume lui sera livré sur place et je n'aurai même pas l'occasion de le voir avant que Danny me conduise sur les lieux plus tard dans l'après-midi.

— Ce n'est pas juste que tu n'aies qu'à enfiler un beau costume… je feins de me plaindre en faisant la moue.

Il sourit et dépose sur mes lèvres un rapide baiser qui accélère mes battements de cœur.

— Sois sage, sinon… m'avertit-il, ses yeux argent brillants d'humour.

Je lui pince le flanc pour me venger, ce qui le fait rire et il m'embrasse de nouveau.

— Les cheveux d'abord, m'annonce un jeune homme à la tenue excentrique dès que Peter s'en va.

Je me laisse guider vers le canapé, où tout un assortiment d'outils effrayants est déjà déployé.

Mes cheveux sont encore humides après ma douche du matin, et on les discipline au sèche-cheveux avant de les lisser au fer et de les boucler. Apparemment, la coiffure exige une texture parfaitement lisse que je ne possède pas naturellement. Pendant ce temps, mes ongles sont polis, limés et vernis avec une teinte rose clair. Enfin, c'est le moment du maquillage.

Maman arrive alors qu'on termine d'appliquer le mascara sur mes cils. Elle est déjà élégamment coiffée et vêtue d'une longue robe pêche qui flatte sa silhouette toujours svelte.

— Waouh, fait-elle dans un souffle quand je me lève du canapé.

Je souris en la rejoignant pour la serrer contre moi.

— Tu es magnifique, maman.

Je m'écarte pour mieux l'admirer.

— J'adore cette robe. Quand l'as-tu achetée ?

— C'est ton fiancé qui l'a fait livrer hier soir. C'est une robe Chanel. Tu peux le croire ? Je me plaignais à ton père hier matin que je ne trouverais rien de correct en si peu de temps, et puis, *bam*, cette robe arrive – et elle me va comme un gant. Tu t'en rends compte ? Ton père aussi a reçu un nouveau costume.

Elle a l'air aussi excitée qu'une adolescente en route pour son bal de promo.

— Waouh. C'est merveilleux.

Une fois de plus, Peter a dû faire installer des caméras et/ou des micros chez mes parents – une invasion de la vie privée dont nous discuterons plus tard. Pour l'heure, je lui suis reconnaissante d'avoir englobé mes parents dans son organisation du mariage, particulièrement minutieuse et presque délirante.

Maman adore s'habiller et elle aurait été très déçue d'être contrainte de porter une vieille robe ou une tenue qu'elle ne trouvait pas suffisamment spéciale.

— Comment va papa ? je demande alors que Pam et Suzie chassent tout le monde hors de l'appartement et me demandent de me déshabiller pour mettre la robe.

— Il va bien. Il a encore du mal à s'y faire, mais…

Maman pousse un cri en voyant la robe.

— Waouh, Sara. Elle est splendide !

— C'est une Monique Lhuillier, déclare Pam avec fierté tandis que Suzie m'aide à l'enfiler avant de fermer les boutons dans le dos. En dentelle cousue main… intégralement.

— Sara, c'est…

Maman cligne plusieurs fois des paupières, puis elle renifle sans retenue.

— Ma chérie, tu es tellement belle… irréelle, comme une princesse de conte de fées.

— Vraiment ? Laisse-moi voir.

J'attends que Suzie ajoute les pinces à cheveux, puis je me dirige vers le miroir de la salle de bain.

C'est une beauté saisissante qui me renvoie mon regard. Ses yeux mouchetés de vert sont immenses et mystérieux sur son visage sans défaut, absolument irréprochable. La cicatrice sur le front causée par mon accident – déjà presque invisible ces derniers temps – a complètement disparu et ma peau sans pores est aussi lisse que du verre. Après une heure de maquillage, on dirait que je n'en porte presque pas – si ce n'est que chacun de mes traits est aussi parfait que s'il avait été retouché sur Photoshop.

Ce sont les cheveux qui donnent une impression de princesse.

Rassemblé au sommet de mon crâne, c'est un arrangement artistique de boucles et de vagues. Chaque mèche est si brillante et lisse que j'ai du mal à les reconnaître. Même la couleur – d'un brun sombre avec des reflets auburn – est plus riche et plus éclatante grâce aux barrettes en diamant, à moins que ce soit le lustre apporté par tous ces produits.

Pam avait raison au sujet de la coiffure : c'est exactement ce dont cette robe avait besoin. La dentelle confère un aspect éthéré à la somptueuse robe sirène, mais ce n'est qu'en l'associant à la coiffure élaborée qu'elle revêt vraiment cette allure magique et féerique qui fait monter les larmes aux yeux de ma mère.

Alors que je me regarde dans le miroir, ma gorge se noue.

Je vais me marier.

Avec Peter.

Aujourd'hui.

La vague de panique qui me submerge est aussi spontanée qu'irrationnelle. Étouffant un cri, je claque la porte de la salle de bain et m'y appuie sans prêter attention à la dentelle fragile. Mon cœur joue les tambours de guerre dans ma poitrine et j'ai le souffle court et rapide.

Je vais me marier. Avec Peter.

Je ne comprends pas la source de ma panique, mais elle n'en est pas moins intense. Des gouttes de sueur glaciales perlent sur mon front et humidifient mes aisselles. J'ai du mal à rester droite, à ne pas m'effondrer par terre.

Peter et moi, nous allons nous *marier*.

— Sara ?

Maman frappe à la porte et me demande d'une voix inquiète :

— Ça va, ma chérie ?

Est-ce que je vais bien ? Ce serait cohérent. Je devrais être aux anges. J'épouse l'homme que j'aime, qui a fait des miracles pour me prouver son amour… pour me rendre heureuse malgré notre début chaotique.

Est-ce le problème ? Au fond de moi, suis-je encore incapable de surmonter ce que m'a fait Peter ?

Le visage parfait dans le miroir ne me donne aucune réponse et je prends plusieurs inspirations avant de répondre d'une voix assurée :

— Je vais bien, maman. Je suis juste un peu barbouillée.

— Oh, pauvre chérie. Tu as des comprimés ?

— Non, mais je vais bien. Donne-moi une seconde.

Après quelques inspirations mesurées, une fois que mon cœur a cessé de cavaler dans ma poitrine, j'humecte une serviette et m'essuie sous les bras. Enfin, j'applique du déodorant et tapote le haut de mon front avec un mouchoir en prenant soin de ne pas étaler mon maquillage.

Quand le miroir me confirme qu'il ne reste aucune trace de ma crise de panique impromptue, j'affiche un sourire et je sors pour rassurer maman en lui jurant que tout va bien.

Nous retournons dans le salon, brusquement si vide que j'en suis déconcertée.

— Ils sont tous partis, me dit-elle en souriant devant ma mine étonnée. Pendant que tu étais dans la salle de bain.

— Oh.

Je jette un œil à l'horloge et constate à ma grande stupeur qu'il est déjà quatorze heures.

Pas étonnant que Peter ait tenu à ce que je mange un petit déjeuner copieux.

— La cérémonie commence à seize heures, mais Peter a dit que le photographe serait là à quinze heures pour les photos de famille, me dit maman. On devrait y aller. Ton père est déjà en chemin.

— Bon, d'accord.

Je serre discrètement le poing pour cacher le tremblement de mes doigts. J'ai toujours la gorge nouée et cette idée – les photos, la cérémonie, tous les yeux braqués sur nous et les murmures – me semble insoutenable, profondément déstabilisante.

— Maman…

À présent, j'ai le ventre tout retourné et j'y pose ma main.

— Tu sais, je crois que j'ai besoin d'un médicament. Il y a une pharmacie au bout de la rue, je vais…

— Quoi ? Non, ne sois pas folle.

Ma mère me pousse en direction du canapé.

— Tu n'iras nulle part habillée de cette façon. Assieds-toi et détends-toi. Je reviens tout de suite, d'accord ?

— Non, maman, c'est bon. Je vais quitter la robe et...

— Assise, ordonne ma mère sur un ton sans appel. Je suis peut-être vieille, mais je suis capable d'aller au bout de la rue. Je reviens dans quelques minutes. Pendant ce temps, reste assise, d'accord ? Essaie de manger quelque chose – tu fais peut-être de l'hypoglycémie.

Ce n'est pas une mauvaise idée. Dès que maman s'en va, je me rends dans la cuisine pour réchauffer quelques restes au micro-ondes. Je me rappelle que le jour de mon premier mariage, j'étais trop occupée pour manger et j'ai ressenti des vertiges. Cette fois, comme j'ai l'esprit tranquille, car Peter supervise tout, je peux bien m'accorder quelques minutes pour me remplir l'estomac.

Le photographe attendra.

La sonnette de l'entrée retentit au moment où j'ouvre la porte du micro-ondes.

— C'est ouvert, maman ! je lance en prenant une serviette pour ne pas me brûler en sortant l'assiette chaude.

Brusquement, je me rends compte qu'il est bien trop tôt pour qu'elle soit déjà de retour.

Les maquilleuses auraient-elles oublié quelque chose ?

Je repose l'assiette de pâtes et sors de la cuisine. Aussitôt, je me fige sur place.

L'agent Ryson est dans mon salon, et il pose sur ma robe blanche un regard plein de dérision.

eter

— EH BIEN, TU AS RÉUSSI TON COUP, DIT ANTON SUR UN TON admiratif tandis que j'ajuste ma cravate noire devant le miroir. Une vie civile, l'amnistie, la fille et tout le tralala. Putain, je n'en reviens pas.

— Tu devrais.

Je me tourne et souris à mes anciens coéquipiers.

— De quoi ai-je l'air ?

— Pas mal.

Yan me contourne tout en me détaillant d'un œil critique.

— Mais j'aurais choisi une cravate blanche. Plus classe, et mieux adaptée à ton teint.

Anton lève les yeux au ciel.

— Arrête de faire le métrosexuel, bordel. Sérieusement, Ilya, qu'est-ce que ta mère donnait à bouffer à ce crétin ?

— La même chose qu'à moi, répond Ilya en s'avançant devant le miroir pour resserrer sa propre cravate.

Contrairement à son jumeau élégant, qui semble né pour porter un costume, Ilya ressemble à un voyou déguisé. La veste est trop étroite sur ses épaules gonflées aux stéroïdes et les tatouages de son crâne rasé luisent d'un air menaçant dans la lumière du jour.

Le père de Sara risque de faire une crise cardiaque rien qu'en le voyant – et encore, il ne se doutera pas de l'arsenal que renferme sa veste.

Toutes nos vestes.

Bien sûr, il n'y a aucune raison de s'inquiéter, mais je suis toujours mal à l'aise. Dans le bon vieux temps, les événements comme celui-ci, notamment en extérieur, nous fournissaient souvent d'excellentes occasions. Les mariages, les anniversaires, les enterrements – on les affectionnait tout particulièrement, parce que nos cibles, emportées dans l'excitation du moment, oubliaient invariablement un aspect essentiel de leur sécurité.

C'est une erreur que je n'ai pas l'intention de commettre. Voilà pourquoi, en plus de mon équipe habituelle affectée au service de Sara, j'ai engagé vingt gardes du corps supplémentaires et missionné une surveillance aérienne sous la forme d'une dizaine de drones.

Personne ne s'approchera à moins d'un kilomètre des lieux sans que je le sache.

— Alors, comment trouves-tu la vie civile jusqu'à présent ? demande Yan en m'emboîtant le pas quand je sors pour guetter l'arrivée du photographe. Tout est conforme à tes rêves ?

Sa voix est moqueuse, comme d'habitude, mais quand je le regarde, je ne vois aucun humour sur son visage.

— Oui, dis-je en prenant sa question au pied de la lettre. Tu devrais essayer, toi aussi.

Un ricanement sans joie me répond.

— Non, merci. J'apprécie trop cette vie.

Je hoche la tête, pas étonné le moins du monde. Au lieu de profiter de l'amnistie que je lui ai obtenue, Yan a repris les rênes de notre entreprise – les dossiers, les sociétés-écrans, les comptes de l'équipe et tout le reste. Il utilise nos anciens contacts pour s'assurer de nouveaux contrats encore plus lucratifs. Il a pris la relève dès le lendemain de mon départ pour le complexe d'Esguerra, ce qui signifie qu'il en avait l'intention depuis longtemps.

J'avais raison de me méfier.

Si je ne m'étais pas retiré quand je l'ai fait, l'un de nous aurait fini par mourir.

Comme je m'y attendais, Ilya s'est joint à son frère dans cette nouvelle aventure, mais Anton hésite toujours.

— Je suis déjà tellement riche, tu sais, m'a-t-il dit au téléphone il y a deux semaines, quand Yan l'a de nouveau sollicité. Le frisson risque sans doute de me manquer, mais je n'ai pas besoin de plus d'argent que ça – pas comme Yan, en tout cas.

Il a marqué une pause avant de me demander avec précaution :

— Tu ne lui en veux pas, n'est-ce pas ?

— Non, ai-je répondu à Anton.

J'étais sincère. J'ai dit aux gars qu'ils pouvaient reprendre l'entreprise s'ils en avaient envie, alors quand bien même Yan aurait prévu de prendre ma place depuis le début, quelle importance ? Nous ne sommes pas des anges, et au fond, j'ai toujours su qu'Yan ne se contenterait pas longtemps de suivre les ordres.

Même en Russie, je le pressentais déjà – un drapeau rouge dont je n'ai pas tenu compte quand j'ai proposé aux jumeaux Ivanov une place dans ma nouvelle équipe.

Dans le contexte de mon ancien monde – *notre* monde –, Yan Ivanov s'est montré suffisamment loyal et, comme nous avons évité l'affrontement final, ça me semble logique de rester en bons termes avec lui.

Après tout, on ne sait jamais quand on peut avoir besoin d'un service.

— Qu'est-ce que tu vas faire ? demande Yan alors que je finis de compter les chaises devant le kiosque de jardin. À part organiser des mariages ?

— J'ai quelques idées, dis-je en terminant mes calculs.

Il nous manque une chaise – le personnel de la salle doit tout de suite y remédier.

— Pour l'instant, l'organisation de mariage, ça me va bien.

— Tu sais que tu te berces d'illusions, n'est-ce pas ?

La voix d'Yan n'a rien de narquois, et quand je me tourne pour le regarder, j'aperçois une gravité toute particulière dans ses yeux verts si froids.

— Ce n'est pas pour toi – pas plus que ça ne le serait pour moi.

Il a lu le même script qu'Esguerra ou quoi ?

— Qui essaies-tu de convaincre ? je demande avec curiosité. Moi, ou toi ?

Il soutient mon regard avant de hocher la tête, comme s'il comprenait quelque chose qui m'échappe.

— Bonne chance, dit-il à mi-voix. Je te soutiendrai.

Puis il tourne les talons et s'éloigne, me laissant attendre tout seul le photographe.

ara

MON POULS RATE UN BATTEMENT AVANT DE MONTER DANS LES
tours.

C'est impossible.

Ils ne peuvent pas arrêter Peter le jour de notre mariage.

— Agent Ryson.

Je suis fière de ma voix inflexible.

— Que faites-vous ici ?

Il me répond avec un petit sourire.

— Oh, ne vous inquiétez pas, docteur Cobakis – à moins que ce
soit la future docteur Garin ? Je ne suis pas ici en mission officielle.

Les battements frénétiques de mon cœur se calment un peu.

— Dans ce cas, pourquoi êtes-vous venu ?

— Pour vous présenter mes félicitations, naturellement, dit-il
avec un rictus. Vous nous avez bien bernés avec votre amant russe.

Je garde le silence. Que pourrais-je dire ? Je comprends de quoi
cette histoire doit avoir l'air de son point de vue – du point de vue

de quiconque la suit depuis le début. J'épouse le meurtrier de George, l'homme qui m'a torturée, qui a envahi ma vie et qui m'a enlevée.

L'homme que Ryson a passé les deux dernières années à traquer.

— Dites-moi une chose, docteur Cobakis, poursuit l'agent avec amertume. À quel moment avez-vous décidé, Sokolov et vous, de vous débarrasser de votre légume de mari ? Était-ce avant ou pendant sa soi-disant agression ?

J'étouffe un cri d'horreur. C'est donc ce qu'il pense vraiment ?

— Vous vous trompez. Je n'ai jamais…

— Jamais menti ? Jamais prétendu que vous aviez besoin d'être protégée contre l'homme que vous êtes sur le point d'épouser ?

Il me foudroie du regard avant d'ajouter :

— Oui, c'est bien ce que je pensais.

J'ai le cou en feu.

— Ça ne s'est pas passé comme ça. Pas au début.

— Ah, vraiment ? Alors, dans ce cas, comment ça s'est passé ? Il vous a fait un lavage de cerveau au Japon ? Il vous a éblouie par ses prouesses dans la chambre à coucher pour vous faire oublier le sang qu'il a sur les mains ? Vous vous fichiez peut-être de l'alcoolique à qui vous alliez demander le divorce – oui, nous savons tout –, mais votre amant a aussi tué les gardes de Cobakis. Des hommes droits, des hommes honnêtes. Il leur a grillé la cervelle – vous ne l'avez pas oublié ?

Je ravale la bile qui monte dans ma gorge.

— Bien sûr que non.

— Ah, non ? fait Ryson en s'approchant d'un pas. Et les agents de police dans l'hélicoptère qu'il a abattu alors qu'ils essayaient de vous sauver de cet enlèvement supposé ? Et tous ceux qu'il a tués et torturés au nom de cette justice malsaine il cherche à rendre ? Vous aimeriez que je vous donne une liste de toutes ses victimes, pour que vous puissiez les accrocher au mur, au-dessus de votre lit conjugal ?

À présent, je suis toute tremblante et j'ai le ventre en vrac.

L'odeur des pâtes réchauffées qui me donnait l'eau à la bouche il y a une minute me donne envie de vomir. Je soutiens tant bien que mal le regard de Ryson, résistant à l'envie de me recroqueviller sur le sol en une petite boule de honte.

C'est vrai. Tout est vrai.

Peter est un monstre, et je le suis aussi parce que je l'aime.

Devant mon absence de réaction, l'agent renifle avec mépris.

— Rien à dire ? Eh bien, laissez-moi vous donner un petit avertissement.

Il s'approche. Bientôt, je n'ai pas le choix et je dois reculer. Il se penche alors sur moi et dit d'une voix mielleuse :

— Je ne sais pas qui a tiré les ficelles pour vous permettre de tourner la page, mais si j'ai appris une chose au cours des années, c'est que les psychopathes comme Sokolov ne changent pas. Il commettra un autre crime, et quand il le fera, l'accord qu'il a passé avec ma hiérarchie sera nul et non avenu. Nous attendrons… et maintenant, docteur Cobakis, nous avons aussi *votre* numéro.

Il recule et s'éloigne, comme pour s'en aller, mais il s'arrête et ajoute par-dessus son épaule :

— Oh, et encore toutes mes félicitations. Vous êtes une mariée magnifique. Je vous souhaite tout le bonheur du monde.

Puis il sort en claquant la porte derrière lui. J'ai à peine le temps de rejoindre les toilettes avant que mon estomac se retourne, expédiant son contenu au fond de la cuvette.

eter

Elle est en retard.

La cérémonie doit commencer dans quarante-cinq minutes, et Sara n'est toujours pas là.

Je lance un regard cinglant au photographe quand il consulte sa montre d'un air exaspéré, et il blêmit aussitôt avant de détourner les yeux, puis il se met à triturer ses boutons de manchettes, comme si c'était ce qu'il faisait depuis le début.

D'après les gardes du corps qui surveillent l'appartement de Sara, ainsi que les dispositifs de suivi que j'ai installés sur elle, je sais que la mariée est toujours chez elle avec sa mère. Je leur ai déjà parlé plusieurs fois, mais seule Lorna a décroché.

— Sara a mal au ventre, m'a-t-elle informé sèchement avant de raccrocher – depuis, mes appels sont redirigés sur son répondeur.

Inquiet et de plus en plus agacé, je balaie du regard les invités qui forment de petits groupes autour du kiosque de jardin en buvant du champagne et en dégustant les canapés élaborés de manière artistique. Presque tout le monde est déjà là. Apparemment, ils passent un bon moment même si certains invités – notamment les amis de Sara et ses anciens collègues – me dévisagent comme si j'étais Oussama ben Laden. Yan bavarde avec les nouveaux collègues de ma future femme, tandis qu'Ilya semble fasciné par les anecdotes de concert que racontent ses amis musiciens. Anton parle de son enfance en Russie au père de Sara, et je repère même Joe Levinson, l'avocat qui aime un peu trop ma fiancée. Il avale des verres de tequila au bar et regarde dans ma direction d'un air mécontent.

Il a du culot de se montrer ici. Il ne sait pas que je suis au courant de son intérêt pour Sara, mais tout de même. Au moindre regard déplacé, il n'aura même pas le temps de le regretter.

Cela dit, si elle n'arrive jamais, il n'aura peut-être aucune occasion de la regarder.

J'attends encore cinq minutes en consultant l'application de suivi toutes les trente secondes, puis j'appelle Danny, que j'ai affecté à la surveillance personnelle de Sara aujourd'hui.

— Je veux que tu montes à l'appartement, dis-je quand il décroche. Donne ton téléphone à Sara et ne repars pas avant qu'elle m'appelle.

— Compris.

Il raccroche et, cinq minutes plus tard, mon téléphone m'annonce un appel provenant du numéro de Danny.

— Sara ?

— Peter, je…

Elle déglutit.

— Je suis vraiment désolée. J'ai encore besoin d'un peu de temps.

Mon angoisse s'accentue.

— Qu'y a-t-il ? Il s'est passé quelque chose ?

— Non, rien. J'ai juste mal au ventre.

— Tu veux que je t'envoie un médecin ? Quelque chose ?

— Non, je…

Elle s'interrompt avant d'ajouter avec prudence :

— Écoute, Peter, je sais que c'est un mauvais timing, mais…

— Tu essaies de te dérober ?

Ma voix reste calme et ne trahit pas le tumulte qui s'empare de moi.

— C'est ça ?

— Non, pas du tout. J'ai juste besoin de temps. Ton retour, le mariage… Tout se passe très vite. Je ne dis pas qu'on ne devrait pas le faire, mais c'est peut-être trop tôt, on devrait essayer de vivre ensemble d'abord, voir si c'est seulement…

— Seulement quoi ?

Le métal froid du téléphone s'enfonce dans ma paume.

— Seulement possible ? Tu crois vraiment que ça va se passer comme ça ?

Une fureur chauffée à blanc me traverse, mais je garde une voix sereine et une mine impassible. Je m'écarte derrière un petit bosquet, à l'abri des regards et des oreilles indiscrètes.

— Peter, s'il te plaît. Je te demande juste un délai supplémentaire. On peut dire la vérité aux gens : que je ne me sens pas bien, et puis…

— Je vais t'expliquer ce qui va se passer, ptichka, dis-je d'une voix encore plus posée. Tu peux suivre Danny et venir tout de suite sans plus de retard, ou c'est moi qui viendrai te chercher. Mais dans le deuxième cas, on ne reviendra pas ici. D'ailleurs, il n'y aura plus personne ici, car je n'ai pas l'intention de garder des témoins de cet événement malheureux.

Je marque une pause avant de demander sur un ton conciliant :

— Tu comprends ce que je dis, mon amour ?

Un silence pesant me répond, puis elle ânonne dans un murmure rauque :

— Tu ne ferais pas ça.

— Ah bon ? Essaie pour voir.

J'attends quelques instants avant d'ajouter :

— Bien sûr, je ne considère pas tes parents comme des témoins. Je sais qu'ils comptent beaucoup pour toi, alors nous les emmènerons. Ça te convient ? Ils seront enchantés par une petite escapade exotique, tu ne penses pas ?

Elle garde le silence pendant longtemps. Je suis presque certain qu'elle croit que c'est du bluff. Mais je ne plaisante pas. Je me fiche complètement de ces gens, à l'exception des parents de Sara. Si elle me pousse à bout, je mettrai ma menace à exécution, même si je dois abandonner l'amnistie pour laquelle j'ai pourtant déployé tant d'efforts.

Sans Sara, ces conneries n'ont aucune importance.

Si je ne peux pas l'avoir, autant mettre ce monde à feu et à sang.

— Tu es fou, murmure-t-elle enfin.

À sa voix, je comprends qu'elle capitule et un sourire sinistre me vient.

— Oui, c'est vrai, ptichka. Ne l'oublie pas. À tout de suite.

Après avoir raccroché, je reviens me mêler aux invités.

ara

JE TREMBLE TOUJOURS LORSQUE JE SORS ENFIN DE LA CHAMBRE, serrant le téléphone de Danny dans une main et lissant la dentelle souple de ma robe de l'autre.

— Je suis prête à partir, maman, dis-je quand elle se lève du canapé, manifestement étonnée de me voir.

— Tu en es sûre ? Ma chérie, tu es vraiment très pâle.

— Non, ça va, maman.

Je parviens à esquisser un petit sourire.

— Les médicaments commencent à faire effet.

Ma mère est revenue avec les cachets alors que je sortais de la salle de bain après avoir vomi, et j'en ai avalé deux en lui annonçant que j'allais m'allonger pendant quelques minutes. J'ai cru qu'elle avait accepté cette explication, mais en la voyant froncer les sourcils, je me rends compte que je me suis trompée.

Maman me connaît trop bien.

— Sara, ma chérie… tu sais que tu n'es pas obligée de le faire, n'est-ce pas ? dit-elle en se campant devant moi. Si tu hésites, tu as le droit de changer d'avis. Tout le monde comprendrait. Tu n'es pas forcée de l'épouser si tu n'es pas prête.

Elle se trompe. Je n'ai pas le droit de changer d'avis – pas si je veux que nos amis survivent à cette journée. Peter ne mettrait peut-être pas ses menaces à exécution, mais je ne peux pas prendre un tel risque.

Cet homme est capable des pires monstruosités.

Si le but de Ryson était de me faire sentir plus bas que terre, il y a parfaitement réussi. Chaque mot qu'il m'a lancé m'a percutée comme une balle de revolver, parce que tout était vrai. Les crimes que Peter a commis sont atroces, impardonnables, et je le sais. Je le sais depuis le début, et pourtant je me suis laissé tomber amoureuse de lui.

J'ai accepté ce mal, je l'ai adopté au point d'être prête à l'épouser de mon plein gré. Même après la visite de l'agent, je ne comptais pas rejeter Peter, et pourtant c'est l'interprétation qu'il en a faite. J'étais encore sous le choc de l'agression verbale de Ryson et j'ai instinctivement cherché à gagner du temps.

J'aurais accepté de me marier – mais un autre jour.

— Ce n'est pas ça, maman, dis-je lorsque son regard s'attarde sur mon visage à la recherche du moindre signe de doute. J'aime Peter et j'ai envie de l'épouser. C'est simplement que je ne me sentais pas bien.

Son regard se pose sur le téléphone que je tiens.

— Qu'est-ce qu'il t'a dit ?

Je cligne des paupières.

— Quoi ?

— Ce grand chauffeur qui est venu, il t'a donné ce téléphone. Je suppose que c'était pour appeler Peter, n'est-ce pas ? Alors, que t'a dit ton fiancé ?

— Rien. Il m'a juste rappelé l'heure. D'ailleurs, en parlant de ça…

Je regarde avec insistance l'écran du téléphone encore allumé.

— Il faut vraiment y aller.

Maman me dévisage quelques instants, puis elle hoche la tête.

— Très bien, ma chérie. Si c'est ce que tu veux, allons-y. Un mariage nous attend.

66

———————

ara

Je dois avoir perdu la notion du temps, parce que le trajet
jusqu'à Silver Lake ne semble durer que quelques secondes. En
clignant des paupières, je sors de la voiture sous les acclamations
de plusieurs invités et mon regard se pose aussitôt sur une
silhouette grande et ténébreuse, à quelques mètres de là.

Peter.

Mon ennemi.

Mon harceleur.

Mon amant.

Mon futur époux.

Ses yeux sont gris comme du goudron. Ils ne reflètent rien,
mais je décèle un tourbillon d'émotions volatiles en lui. Je sens la
violence tapie sous son masque de prédateur immobile. Et
pourtant, je ne peux m'empêcher de le dévorer du regard. Je laisse
glisser mes yeux sur les lignes puissantes de son corps. Je ne l'avais
encore jamais vu habillé de manière aussi élégante, mais ça lui va

bien. Son costume droit met en valeur la forme en V de son torse, et la chemise d'un blanc immaculé fait ressortir sa peau bronzée.

Il est majestueux, d'une beauté de star de cinéma, et malgré le tourment qui m'habite, je sens la chaleur se propager sur ma peau. Cette réaction est aussi instinctive et incontrôlable que le frisson de peur qui l'accompagne.

J'ai peut-être sauvé tout le monde en me montrant, mais je paierai ce retard.

Peter ne laissera pas impuni un tel moment de faiblesse.

Je soutiens son regard en avançant et il tend le bras, un demi-sourire moqueur aux lèvres. Je pose ma main dans sa grande paume et en ressens la chaleur jusque dans mes orteils – je me rends compte qu'ils sont aussi glacials que mes doigts.

— Bonjour, ptichka, murmure-t-il en penchant la tête pour déposer un tendre baiser sur mes lèvres.

Autour de nous, j'entends quelques « oh » émus – sans doute mes nouveaux collègues, qui n'ont aucune raison de soupçonner autre chose qu'un simple mariage d'amour. Du coin de l'œil, je vois Marsha qui nous observe, le visage fermé et livide. Derrière Peter, on dirait que Joe Levinson assiste à un enterrement... où le cercueil serait bourré d'explosifs.

— Bonjour, je réponds faiblement, m'efforçant d'ignorer les regards autour de nous. Le photographe est là ?

— Oui, mon amour. Allons-y.

Il pose une main possessive au creux de mon dos et me dirige vers un endroit pittoresque au bord d'un lac, où un homme muni d'un appareil est en train de prendre Phil et Rory en photo.

Mon père aussi est déjà là et ma mère est en chemin. Elle marche aussi rapidement que le lui permettent ses chaussures à talons hauts. Ça me réchauffe le cœur de la voir si forte et en bonne santé. Dans mes cauchemars, je la revois à l'hôpital, entourée de bandages comme une momie.

Quand nous sommes presque arrivés au lac, hors de portée d'oreilles des autres invités, je lève les yeux vers Peter et murmure :

— Je suis désolée.

Sa mâchoire se crispe.

— Nous en discuterons plus tard.

Je déglutis et baisse les yeux, m'efforçant de ne pas trébucher sur le sol inégal avec mes talons hauts. Je n'ai pas menti : je *suis* désolée. Maintenant que j'ai retrouvé le giron de Peter, je ressens le caractère inévitable de notre relation, l'attraction des liens sombres qui nous unissent. Mes doutes me semblent à présent bien infondés et naïfs, irrationnels aux limites de la folie. Quelle importance si notre mariage a lieu aujourd'hui, demain ou dans un an ? Mon tourmenteur sera toujours le même homme, le même tueur fatal dont je suis tombée amoureuse.

Dès l'instant où j'ai rencontré Peter, j'ai su qu'il n'y avait aucune échappatoire possible, et ce qui s'est produit aujourd'hui le confirme.

Bientôt, je repère les coéquipiers de Peter, rassemblés sur le côté. Je leur fais signe. Je suis ravie de voir qu'ils me répondent. C'est étrange, mais eux aussi m'ont manqué.

Pour moi, ce sont comme les frères de Peter.

Nous atteignons enfin le lac et le photographe – un homme barbu et potelé, sorte de père Noël aux cheveux noirs – nous fait prendre diverses poses. Tour à tour, nous nous regardons dans les yeux d'un air languissant, puis nous nous asseyons sur un banc, et enfin Peter me tient dans ses bras. On prend des photos de couple, chacun séparément, puis de nous deux avec mes parents, et tous nos amis. Les permutations n'en finissent pas. Une fois que j'ai présenté Peter à tout le monde, je continue en pilote automatique et prends la pose sans y prêter attention.

Peter aurait-il mis sa menace à exécution ?

Aurait-il tué tous ces gens rien que pour me punir de lui avoir posé un lapin ?

J'ai envie de croire que la réponse est non, mais mon instinct me dit le contraire. Il en est capable et son obsession pour moi a toujours revêtu un aspect noir, comme nos jeux érotiques.

Peter m'aime et me chérit, il ferait tout pour moi.

Y compris commettre une tuerie de masse.

C'est une pensée terrifiante – ou du moins, elle devrait me terrifier. Et c'est le cas... pour la plupart. Malgré tout, une infime partie de moi trouve dans ce degré d'obsession quelque chose d'enivrant, d'aussi excitant qu'un plongeon dans une mer agitée depuis le sommet d'une falaise.

— Tu es prête, mon amour ?

La grande main possessive de Peter se referme autour de mon coude et je lève les yeux, un peu hébétée.

— Pour la cérémonie, précise-t-il.

J'acquiesce et me laisse conduire vers le kiosque de jardin.

Nous y sommes.

Vie conjugale, nous voilà.

6 7

eter

MA PTICHKA EST PÂLE ET D'UNE BEAUTÉ À COUPER LE SOUFFLE QUAND
elle me rejoint. Nous écoutons le laïus de l'adjoint municipal. Il parle
d'amour et d'engagement, de soutien mutuel en toutes circonstances.
Une vague de sombre satisfaction déferle sur moi lorsqu'il pose à
Sara la question traditionnelle, à laquelle elle répond avec sérénité :

— Oui, je le veux.

Puis il se tourne vers moi.

— Et vous, Peter Garin, acceptez-vous de prendre Sara Cobakis
comme légitime épouse, promettez-vous de l'aimer et de la chérir,
dans la santé comme dans la maladie, jusqu'à ce que la mort vous
sépare ?

— Oui, dis-je à haute voix pour m'assurer que tout notre
auditoire m'entende. Je le veux.

— Vous pouvez embrasser la mariée, déclare alors le juge.

Je me tourne vers Sara.

Elle lève vers moi ses grands yeux, et ses lèvres souples se séparent. Je penche la tête et j'effleure doucement sa bouche si attirante. Je dois absolument rester sage. Le moindre écart de conduite pourrait laisser libre cours à la colère qui bouillonne à l'intérieur de moi. Je ne peux pas le permettre.

Pas tant que nous ne serons pas seuls.

Je perçois des applaudissements et des cris de joie, puis un air familier se fait entendre derrière le kiosque.

Le groupe que j'ai engagé – celui pour lequel Sara était si enthousiaste – est arrivé. Il s'est installé pendant la cérémonie. Je n'ai pas lésiné sur les moyens pour ces deux heures de concert, mais à en juger par la réaction des invités, ça en valait la peine.

— Tu viens ?

J'offre mon bras à Sara tandis que la majeure partie des invités parmi les plus jeunes se précipitent vers la musique en poussant des cris émerveillés à l'idée de pouvoir écouter leurs idoles en concert privé.

— Bien sûr.

Sa petite main se glisse au creux de mon coude et elle m'adresse un sourire timide.

— Allons-y.

Nous n'avons préparé aucune danse, mais devant l'insistance des nouveaux collègues de Sara, je la prends dans mes bras et nous nous balançons sur une chanson lente et romantique que je reconnais. Ce n'est pas une composition du groupe, mais la reprise d'un air classique. Une fois de plus, je dois faire attention et garder la main légère et souple pour maintenir la distance appropriée, de peur d'attirer Sara à moi et de lui arracher son élégante robe blanche pour la prendre sans plus attendre sur cette pelouse verte moelleuse.

Heureusement, le slow se termine avant que je perde le contrôle et le groupe entonne l'un de ses morceaux les plus populaires. Les musiciens de Sara et d'autres invités se joignent à nous, en riant et en tapant des mains, et nous finissons par danser tous ensemble. Bientôt, l'amie de Sara, Marsha, l'entraîne pour danser avec elle et deux des autres infirmières.

J'attends que la chanson soit terminée, puis je fais signe au personnel du traiteur de commencer à apporter les canapés.

Comme nous ne sommes que deux douzaines de convives, nous avons trois tables : une petite ronde pour Sara et moi, et deux tables ovales pour le reste des invités. Je n'ai pas pris la peine d'attribuer des places et les parents de Sara s'assoient avec leurs amis. La majeure partie de ses connaissances et de ses collègues sont réunis à l'autre table.

La cuisine est remarquable – le chef mériterait huit étoiles au Michelin. La plupart des invités semblent passer un excellent moment. C'est également l'avis de Sara, parce qu'elle dit d'un ton serein :

— Merci d'avoir tout organisé. C'est l'un des plus beaux mariages auxquels j'aie assisté.

Je lui souris avec calme, même si je meurs d'envie de la pencher par-dessus la table.

— J'en suis content, mon amour. Je veux que tu sois heureuse.

Et elle le sera, une fois qu'elle aura surmonté les doutes qu'elle nourrit à notre égard. Je m'en assurerai. Je ferai tout mon possible pour faire son bonheur.

La seule chose que je refuse, c'est de lui rendre sa liberté.

Quoi qu'il en soit, je ne pense pas qu'elle le souhaite – pas au fond d'elle-même, dans le secret de son cœur. Je ne sais pas ce qui l'a effrayée cet après-midi, mais j'ai des soupçons.

Aurait-elle pu apprendre la mort de Sonny Pearson ?

Je ne vois pas comment, car elle n'est pas retournée à la clinique depuis quelques jours, mais c'est la seule chose qui me paraît logique. Quoi qu'il en soit, je compte bien découvrir le fin mot de l'histoire.

Ce soir.

Dès que nous serons seuls.

Après avoir goûté à tout, Sara et moi, nous coupons le gâteau – une splendide pièce montée avec un glaçage à la crème pâtissière – et tout le monde se remet à danser et à prendre des photos. Manifestement, les brèves présentations de Sara avant la cérémonie ne suffisent à personne et je suis bientôt entouré et bombardé de questions par des invités dont le courage semble proportionnel à leur consommation d'alcool.

— Comment vous êtes-vous rencontrés tous les deux ? demande Marsha.

Elle titube sur ses pieds et avale un autre verre de champagne.

— Sara m'a dit que vous êtes sortis ensemble par intermittence pendant un moment... ?

— Oui, exactement, intervient Joe Levinson, sa mâchoire contractée avec pugnacité. Quand et comment vous êtes-vous rencontrés ? Aucun de nous ne savait que Sara était en couple.

Je m'efforce de me rappeler que le couteau attaché à ma cheville ne doit pas servir à trancher la gorge de cet homme.

— Nous nous sommes rencontrés dans un club de Chicago il y a quelques mois... je réponds d'un ton calme avant d'adresser un signal discret à Anton. Comme je voyageais beaucoup pour le travail, nous avons décidé de garder notre relation secrète jusqu'à ce que nous soyons certains qu'elle nous menait quelque part.

— Et vous venez de Russie ?

Andy, l'infirmière rousse, m'observe en fronçant les sourcils avec perplexité.

— C'est-à-dire le même endroit que...

— Te voilà, toi ! s'exclame Anton en me gratifiant d'une tape dans le dos. Je t'ai cherché partout. Les gars ont besoin de toi un petit moment.

— Excusez-moi, dis-je poliment aux invités avant de suivre Anton au bord du lac, où mes coéquipiers se sont installés avec une bouteille de vodka hors de prix.

— Merci de m'avoir secouru, dis-je une fois que nous ne sommes plus à portée d'oreilles des amis de Sara. Je ne suis pas d'humeur à répondre à leurs questions aujourd'hui.

— Il faudra bien que tu le fasses, dit Anton.

Je hausse les épaules, mais je sais qu'il a raison. Si je veux m'intégrer à ces gens, je vais bien devoir leur donner des réponses.

— Alors, ça fait quel effet d'être de nouveau un homme marié ? demande Ilya en me servant un petit verre de vodka.

Je l'avale d'un seul coup au lieu de lui répondre et savoure la brûlure familière dans ma gorge. Je ne bois pas beaucoup – je n'ai jamais beaucoup bu –, mais aujourd'hui ça me tente. J'aimerais oublier ce que j'ai ressenti en entendant la voix hésitante de Sara au téléphone, quand elle m'a annoncé qu'elle avait besoin de temps.

— Sers-moi encore, dis-je en tendant mon verre vide.

Ilya obtempère. Je l'écluse, puis je lui rends le verre.

— Encore ? demande-t-il d'un ton sec, mais je secoue la tête.

— C'est bon, merci.

Ça devrait suffire pour me calmer les nerfs. Je suis déjà à deux doigts de perdre le contrôle et je ne compte pas prendre le risque de faire du mal à Sara quand je me retrouverai enfin seul avec elle.

Je ne suis pas un monstre à ce point.

— Alors, c'est ça ? fait Anton en désignant les invités qui se mêlent les uns aux autres près du kiosque. C'est ce que tu veux ?

— C'est *elle* que je veux.

Je m'assieds sur l'herbe et regarde Sara aller de groupe en groupe, en riant et en bavardant, imitant à la perfection l'heureuse mariée.

— Et il se trouve que tout ça l'accompagne.

— Peut-être, dit Yan en tendant la main vers la bouteille.

Il dévisse le bouchon et avale une rasade à même le goulot.

— Peut-être pas, ajoute-t-il.

Je lui décoche un regard noir.

— Tu es un expert au sujet de ma femme, c'est ça ?

Il hausse les épaules et boit une autre gorgée.

— Et pourtant, elle pourrait te surprendre. Tu trouves qu'elle est très différente de nous ? Qu'elle n'est que bonté, douceur et lumière ? Tu crois que ces gens – il embrasse d'un geste tous les invités sans lâcher sa bouteille – ne sont que douceur et lumière ?

Je reporte mon attention vers Sara au lieu de répondre, et il soupire.

— Ça m'étonne que toi, plus que quiconque, tu ne t'en rendes pas compte. Elle veut vivre avec toi, n'est-ce pas ? Elle t'aime, même si elle sait quel genre d'homme tu es ?

Je ne réponds toujours pas, et il poursuit :

— Pourquoi crois-tu qu'elle est attirée par toi ? Parce qu'elle voit du bon en toi ? Ou parce qu'au fond, c'est le mal qui l'intéresse ?

Anton renifle.

— Oh, pitié. Ne recommence pas avec ces conneries. Chaque fois que tu bois de la vodka...

— Moi, je parie sur la dernière option, dit Yan comme si Anton n'avait pas parlé. Elle te ressemble plus que tu l'imagines, et toutes ces conneries – une fois de plus, il tend sa bouteille vers le kiosque –, elle croit que c'est ce qui la rendra heureuse parce qu'elle a été éduquée pour ça, mais ce n'est pas ce qu'elle désire réellement.

Je me lève en époussetant mon pantalon pour faire tomber quelques brins d'herbe.

— Il reste encore de la vodka à notre table, dis-je à Ilya qui regarde avec envie son frère vider la bouteille. Tu ferais mieux d'aller la chercher si tu en veux. On ne va pas tarder à tout remballer.

Aussi agréable que ce soit d'écouter Yan débiter ses élucubrations d'ivrogne, je préfèrerais ramener ma nouvelle femme chez nous et la mettre au lit.

6 8

ara

J'AI L'IMPRESSION QUE PETER ET MOI ÉVOLUONS DANS UNE PIÈCE DE théâtre, chacun de nous jouant le rôle qui lui est échu. Lui, c'est le marié affable, réservé, mais excessivement courtois, tandis que je suis la mariée rayonnante, pleine de vitalité et enthousiaste. Ou du moins, c'est le cas après trois coupes de champagne. C'est très utile pour l'aspect vitalité et enthousiasme, ce qui m'aide à éviter les questions exagérément insistantes de mes amis.

Je peux toujours m'envoler en riant vers un autre groupe d'invités et pousser tout le monde à danser – ce qu'ils sont heureux de faire, étant donné le groupe qui se produit sur scène.

— Comment te sens-tu, ma chérie ? me demande maman quand je rejoins leur petit cercle pendant une minute. Encore mal au ventre ?

— Non, tout va bien.

J'affiche mon sourire le plus éclatant.

— Et vous, ça va ?

Maman sourit en prenant la main de papa.

— On passe un très bon moment, comme tout le monde. Ton Peter a vraiment bien fait les choses.

— Merci, maman.

Je leur souris à pleines dents. La réaction de mes parents était ma principale crainte et je suis franchement soulagée de constater qu'ils ont accepté ma relation – du moins, en apparence. Je ne leur ai pas laissé le choix, naturellement, mais c'est toujours agréable de savoir qu'ils sont prêts à donner sa chance à Peter.

— Te voilà, murmure alors une voix à l'accent familier, tandis qu'un long bras se referme autour de ma taille.

Je lève les yeux pour rencontrer le regard argenté de mon mari et souris, oubliant temporairement ma méfiance.

— Salut. Où étais-tu ?

— Là-bas, avec les gars, dit-il en désignant la rive du lac d'un geste de la tête.

Je ris en voyant les trois Russes faire tourner ce qui ressemble à une bouteille de vodka.

— Alors les stéréotypes sont vrais ? demande papa en suivant mon regard.

Peter hoche la tête en souriant.

— Pour l'essentiel. Personnellement, je préfère la bière, mais parfois on a besoin de sentir sa gorge brûler.

Il baisse les yeux sur moi sans se départir de son sourire.

— Comment te sens-tu, ptichka ?

Ma respiration s'accélère quand je perçois la nuance sombre de ce sourire sensuel.

— Oh, je… je vais bien.

— Tant mieux.

Il se tourne entièrement vers moi et les jointures de ses doigts effleurent tendrement mon menton.

— J'étais inquiet.

Je déglutis et les battements de mon cœur redoublent. Nous approchons du moment de vérité, je le sens.

— Pourquoi ne lancerais-tu pas le bouquet ? Ensuite, nous

pourrons prendre congé des invités, propose-t-il comme s'il lisait dans mes pensées. La journée a été longue et tu es peut-être encore malade.

— Oui, ma chérie, intervient naïvement maman sans se douter des sous-entendus. Et si vous rentriez, tous les deux ? C'était une fête magnifique, je suis sûre que tout le monde a suffisamment mangé et bu.

Je jette un œil en direction du soleil qui se couche sur le lac.

— Mais...

— Viens, mon amour.

Le bras de Peter se resserre autour de ma taille comme pour me prévenir, même si son sourire demeure inchangé.

— Allons-y.

— D'accord.

Je regarde mes parents.

— Au revoir. À très bientôt.

— Au revoir, ma chérie.

Maman fait un pas vers moi et Peter me libère pour me permettre d'enlacer mes parents.

— Encore une fois, félicitations.

— Merci.

Je leur adresse un autre sourire éclatant, et Peter m'entraîne pour lancer le bouquet et dire au revoir aux autres invités.

— ALORS, ON DÉMÉNAGE ? JE DEMANDE LORSQUE NOUS SORTONS DE la voiture au pied de mon immeuble.

Ma voix est encore un peu faible, et le courage que m'a donné l'alcool est retombé pendant le trajet. Au fur et à mesure que l'on se rapproche de l'appartement, mon cœur bat de plus en plus fort.

— Tu en as envie ?

Peter me regarde et ses yeux se voilent légèrement tandis que nous rejoignons l'immeuble.

— Comme je te l'ai dit, j'ai trouvé quelques endroits

intéressants, mais je ne voulais pas franchir le pas sans te consulter.

Sa voix n'a rien de moqueur, mais je décèle néanmoins une certaine raillerie. Si cette journée m'a prouvé quelque chose, c'est qu'il a toujours le pouvoir – et qu'il édicte toutes les règles.

Je décide de donner le change.

— Oui, je crois que j'aimerais déménager. Cet endroit est trop petit pour nous deux – et ce sera plus agréable de ne pas avoir autant de voisins.

— Je suis d'accord.

Ses yeux s'illuminent et sa voix est grave quand il murmure :

— Je veux t'avoir pour moi tout seul.

En rougissant, j'ouvre la bouche pour répondre, mais au même moment il se penche et me soulève dans ses bras sans tenir compte de mon petit cri étouffé.

— La tradition, dit-il avec un sourire sombre.

Il entre dans le hall en me portant avec son aisance habituelle.

Nous croisons mes jeunes voisines en rejoignant l'ascenseur et je cache mon visage contre le cou de Peter tandis qu'elles glapissent et s'exclament :

— Félicitations !

Il faut vraiment déménager dans un quartier moins fréquenté.

— Tu peux me poser, dis-je à Peter une fois que nous sommes dans l'ascenseur, mais il se contente de me regarder, les yeux sombres.

— Pourquoi ? chuchote-t-il en resserrant son étreinte. J'aime bien te porter comme ça.

Mon pouls s'accélère et je sens ma nervosité revenir. Je repousse les épaules de Peter.

— Non, vraiment, pose-moi par terre, s'il te plaît.

— Pourquoi ?

Sa mâchoire se crispe et son expression retrouve toute sa gravité.

— Pour t'enfuir ? Te terrer quelque part et mentir en me faisant croire que tu es malade ?

— J'*étais* malade !

Je le fusille du regard, l'anxiété cédant le pas à la colère.

— Demande à ma mère si tu ne me crois pas. J'ai vomi et j'ai dû prendre des cachets antiacides.

Il fronce ses sourcils noirs.

— Quoi ?

— Maman te l'a déjà dit. Au téléphone – je l'ai entendue.

Une fois de plus, je repousse ses épaules tandis que les portes de l'ascenseur coulissent. Il sort et me porte dans le couloir.

— J'avais mal au ventre.

Il se renfrogne encore davantage en s'arrêtant devant la porte de mon appartement.

— Oui, elle me l'a dit, mais je pensais…

Il me dépose avec précaution et glisse la main dans sa poche pour prendre les clés.

— Tu as cru que c'était une excuse ? Non, c'est arrivé.

Cela dit, ce n'est pas parce que j'étais malade. Je me mords la joue, mais je n'ai pas envie de commencer notre vie conjugale par un mensonge – même par omission.

J'attends que nous soyons à l'intérieur pour déclarer d'un ton plus calme :

— Peter… tu dois savoir quelque chose. L'agent Ryson est venu ici aujourd'hui, juste avant mon départ.

Il se transforme en statue et pivote pour me dévisager avec incrédulité.

— Quoi ?

— Il n'était pas en mission officielle ! je m'empresse de le rassurer. Il voulait juste me parler.

Ses grandes mains se crispent convulsivement le long de son corps.

— Pourquoi ?

— Je crois… Je crois qu'il était contrarié. Par la tournure des événements. Il pense que je lui ai menti et que nous…

Je déglutis, la gorge en feu.

— … que nous avons comploté pour tuer George. Que je

voulais que tu le tues à cause de ses lésions cérébrales et parce que c'était un alcoolique dont j'avais déjà l'intention de divorcer.

Peter pousse un juron.

— Ce sale *ublyudok*. J'aurais dû...

Il s'interrompt et prend une inspiration pour se calmer. Sa voix est plus douce quand il demande :

— Il t'a troublée, ptichka ?

Il s'approche et prend délicatement mon menton entre ses doigts pour me forcer à le regarder.

— C'est pour ça que tu voulais te dérober ?

J'esquisse un bref hochement de tête.

— Je suis désolée. Sincèrement. Tout arrivait si vite, et puis il est venu et...

Je ferme vivement les yeux avant de les rouvrir pour rencontrer son regard orageux.

— Je suis désolée. J'ai mal réfléchi.

La main de Peter me caresse la joue avec douceur et tendresse.

— Que t'a-t-il dit, mon amour ?

— Rien. Il était juste... Oh, il m'a dit que si tu commettais le moindre crime, le marché serait nul et non avenu... et il a ajouté qu'ils avaient aussi mon numéro désormais.

Une fois de plus, le regard de Peter se durcit.

— Je vois.

Il recule en laissant retomber son bras, et je me rends compte qu'il est fâché – plus fâché que je ne l'ai jamais vu.

Soudain inquiète, je m'avance et prends sa main entre les miennes.

— Tu ne vas rien lui faire, n'est-ce pas ? Je te l'ai dit parce que je ne veux aucun mensonge entre nous, pas parce que je veux que tu punisses Ryson.

Il ne répond pas, mais je trouve ma réponse dans sa mâchoire contractée et la rigidité de sa paume entre les miennes.

— Peter, non. S'il te plaît. Écoute-moi...

Je lui serre la main.

— C'est un agent fédéral et il *veut* que tu dérapes. En fait, je ne serais pas étonnée que ce soit pour cette raison qu'il est venu aujourd'hui : pour te provoquer et faire en sorte que tu enfreignes les conditions de l'accord. N'entre pas dans son jeu. Ça n'en vaut pas la peine.

L'expression de Peter ne change pas.

— C'est pour lui ou pour moi que tu as peur ?

Je lui lâche la main.

— Les deux, évidemment. Je ne veux pas que tu lui fasses du mal – et je ne veux surtout pas que tu t'attires des ennuis à cause de lui.

— Hmm.

Peter s'est remis à me caresser la joue.

— Je me le demande.

Je m'humecte les lèvres.

— Tu te demandes quoi ?

— Tu serais heureuse si je partais pour te laisser mener ta vie ? Si je m'attirais des ennuis et si je devais m'en aller pour de bon ?

Je cligne des paupières.

— Mais... tu ne ferais pas ça. Tu m'emmènerais, n'est-ce pas ? Si tu devais partir ?

Son regard s'assombrit.

— Peut-être. C'est ce que tu aimerais, ptichka ?

Mon cœur se serre et j'ai du mal à respirer.

— Peter... Je...

— Tu n'arrives toujours pas à le dire, n'est-ce pas ?

Il prend de nouveau mon menton dans sa main pour me contraindre à soutenir son regard. Sa voix prend un accent étrange.

— Tu es incapable d'avouer que c'est réciproque, que je ne suis pas le seul à être fou.

Je déglutis péniblement et recule en me dégageant de sa poigne.

— Ce n'est pas ça.

— Ah bon ?

Il me suit, aussi impitoyable qu'un requin.

— Dis-moi pourquoi tu as failli t'enfuir aujourd'hui, dans ce cas. Dis-moi ce qui t'a tellement touchée dans la visite de Ryson.

Je continue de reculer jusqu'à ce que mon dos rencontre le mur.

— Je te l'ai déjà dit. Je t'ai tout dit.

— Pas tout.

Il plaque ses paumes de part et d'autre de mon corps, m'emprisonnant une fois de plus. Son intonation est à la fois cruelle et tendre quand il murmure :

— Pas vraiment tout, mon amour.

Je lève les yeux vers lui, sentant mon cœur battre la chamade dans mes tempes. Je ne comprends pas ce qu'il cherche ni ce qu'il attend de moi.

— Peter, s'il te plaît. Je suis désolée pour aujourd'hui. Vraiment, sincèrement désolée. J'étais tellement remuée que je n'ai pas réfléchi, mais ce n'est pas une excuse. Je n'aurais pas dû…

Je secoue la tête.

— Non, tu n'aurais vraiment pas dû, acquiesce-t-il.

Ses yeux s'assombrissent encore plus et, sans prévenir, il referme la main sur le corsage de ma robe et tire d'un coup sec, avec une violence inattendue, arrachant la dentelle cousue main et envoyant les boutons de perle rouler sur le carrelage.

Je tressaille et retiens le haut de ma robe déchirée, mais Peter me retourne et plaque mon visage contre le mur.

— Tu n'aurais vraiment, vraiment pas dû ! gronde-t-il dans mon oreille.

Il tire vivement sur la robe, qui tombe autour de mes genoux.

Je reste à moitié nue, avec mon soutien-gorge blanc sans bretelles et mon string – des sous-vêtements sexy en dentelle que j'ai choisis pour accompagner la robe. Mais ils ne durent pas longtemps, car Peter les arrache, me laissant complètement nue.

En haletant, je pose les paumes contre le mur. Je m'attends à ce qu'il m'écarte les jambes d'un coup de pied pour me baiser, mais au lieu de ça, son bras puissant glisse autour de ma cage thoracique et il me soulève pour me faire quitter le reste de ma robe. Mes chaussures restent à leur place, avec leurs fines lanières autour de mes chevilles, même si mes jambes s'agitent quand il m'emporte sans ménagement jusqu'à la chambre.

Il me jette face contre le lit et j'essaie de me retourner tandis qu'il recule pour se déshabiller. J'aperçois un éclat de métal et j'entends un bruit sourd quand il jette sa veste – *était-il armé à notre mariage ?* – avant de reporter mon attention sur un détail bien plus inquiétant.

L'expression de son visage.

Il plisse les yeux et ses narines frémissent lorsqu'il détache sa ceinture. À ses mouvements brusques, je constate que le désir violent est toujours là, ce besoin sauvage et sombre qui palpite aussi en moi.

Ce soir, il va me faire mal, je le sens, et une vague de peur et d'envie mêlées me noue l'estomac. Je devrais courir, je devrais protester, mais mon corps agit de sa propre initiative. Mes jambes me propulsent hors du lit et je m'agenouille sur le tapis devant lui. Mes mains trouvent la fermeture de son pantalon.

— Oui, c'est ça, viens ici, marmonne-t-il tout bas.

Ses mains se referment avec vigueur dans mes cheveux tandis que je baisse la fermeture et tire sur son pantalon, libérant son érection. Il est déjà très excité. Sa queue longue et épaisse est si dure que les veines ressortent sur toute sa longueur. Ce sexe est une arme, mais également l'outil d'un plaisir incommensurable, et à le contempler l'eau me vient à la bouche. Je me rappelle comme il s'en servait pour m'étouffer – et combien ça m'enflammait.

Il rapproche mon visage et me frappe la joue avec sa queue. Une fois, puis deux, puis trois. J'ouvre la bouche à la quatrième gifle et le prends dans ma bouche pour me mettre à le sucer tout en le regardant. Son goût musqué m'enflamme de nouveau et ma main gauche se fraie un chemin entre mes jambes tandis que la droite se pose sous ses bourses.

Son visage se contracte sous l'effet d'un plaisir féroce quand j'exerce une légère pression, et il s'enfonce encore plus profondément dans ma gorge, les poings serrés dans mes cheveux.

— Putain… gronde-t-il d'une voix grave et gutturale. Continue, oui, comme ça.

J'obéis et me laisse faire tout en lui massant les bourses. En même temps, avec la main gauche, je me frotte le clitoris et mes cuisses frémissent, au comble de la tension, quand je trouve le bon rythme. Ses pupilles se dilatent et ses hanches accélèrent. Je touche au but, mais il prononce quelques mots en russe, les dents serrées, et me repousse violemment.

Stupéfaite, je tombe à la renverse. Avant que je puisse me ressaisir, il m'empoigne et me jette de nouveau sur le lit.

— Tu ne t'en tireras pas aussi facilement, gronde-t-il.

Je prends une inspiration hésitante lorsqu'il passe sa ceinture autour de mes poignets pour les attacher à la tête de lit, avant de descendre le long de mon corps, m'écartant les jambes de ses grandes mains puissantes.

— Qu'est-ce que tu fais ?

Les battements de mon cœur sont si rapides que j'ai du mal à parler.

— Peter, je t'en prie, tu n'es pas obligé de…

— Chut, souffle-t-il contre ma cuisse.

J'étouffe un cri lorsque ses dents effleurent mon entrejambe, avant que sa langue pénètre entre mes plis, trouvant immédiatement mon clitoris endolori.

L'embrasement est presque instantané. Le feu se propage dans mes veines et je me cambre en hurlant, tirant sur la ceinture alors que l'orgasme tant retenu déferle sur moi dans un spasme qui m'ébranle tout le corps. Mais mon tourmenteur n'a pas terminé. Sa langue se radoucit juste assez pour me permettre de résister au contrecoup, puis deux doigts s'enfoncent brusquement en moi, trouvant mon point G en un instant. Je pousse un cri et le plaisir remonte en flèche lorsque sa langue reprend sa danse diabolique. Il ne me faut pas longtemps avant de jouir de nouveau.

Ses lèvres se posent sur les miennes au moment où l'extase me saisit et je gémis dans sa bouche. Il approfondit notre baiser. Je peux sentir mon propre goût sur sa langue. J'ai l'impression que mes muscles se sont liquéfiés. Mes poignets sont à vif à force de tirer sur la ceinture, mais il continue de me baiser avec deux doigts impitoyables, pendant l'orgasme et encore après.

Je suis sur le point de jouir une fois de plus, mais il lève la tête et retire ses doigts pour les diriger un peu plus bas, étalant ma moiteur sur leur passage. Je me trémousse en comprenant ce qu'il a l'intention de faire, mais il est implacable et j'étouffe un cri en fermant vivement les yeux lorsque son majeur trouve mon orifice. L'humidité de mon sexe tient lieu de lubrifiant quand il enfonce son doigt, faisant céder la première résistance de mes muscles serrés.

Il m'a déjà prise de cette façon, mais ça fait plus de neuf mois et son doigt me semble aussi énorme que sa queue. Le bord de son ongle érafle mes tissus tendres. Mon pouls monte en flèche et mon souffle reste coincé dans ma gorge quand il retire lentement son doigt envahissant, pour en ajouter un second.

— Peter !

— Chut…

Il m'embrasse de nouveau et, tandis que ses deux doigts se pressent contre mon orifice, me crispant de panique, son pouce trouve mon clitoris encore engourdi. L'orgasme qui ne l'avait jamais quitté revient en force et la tension augmente avec une puissance explosive. Au moment où je jouis en gémissant éperdument, les deux doigts s'enfoncent jusqu'au bout.

Une fois de plus, je me raidis, mais il est trop tard. La seule chose dont je suis capable, c'est de respirer en tremblant tandis qu'il étire les parois de mon passage étroit, provoquant brûlure et picotement. La sensation est insoutenable, je suis envahie et remplie, mais sous l'inconfort de son geste, je décèle la promesse d'autre chose, et mon corps tout entier se contracte sous le contrecoup de l'orgasme, chassant toute sensation négative.

— Oui, c'est ça, ptichka, fait-il dans un souffle contre mes lèvres.

Je frémis en sentant de nouveau son pouce sur mon clitoris. Je ne peux pas jouir une fois de plus, c'est impossible, mais mon corps ne semble pas se rendre compte qu'il a atteint ses limites. La tension remonte et je vacille, au bord de l'orgasme. Je tremble de tous mes membres, à bout de souffle, mais les doigts intrusifs quittent soudain mes fesses.

Je pousse un gémissement de frustration en tirant sur la ceinture et en cambrant les hanches. Il se met à rire tout bas, d'une voix rauque et sinistre. Le matelas s'enfonce sur ma gauche.

Étonnée, j'ouvre les yeux, mais il est déjà de retour avec un flacon dans la main.

— Ne t'inquiète pas, ptichka. On y vient, me promet-il avec gravité.

Je tressaille lorsqu'il incline le flacon, faisant couler le liquide froid sur mon sexe gonflé. Il ruissèle plus bas, jusqu'à la fente entre mes fesses, et mon pouls s'accélère quand nos regards se croisent.

Dans ses yeux, je lis l'avidité et un sentiment encore différent, une exigence à la fois muette et féroce. Il glisse ses avant-bras sous mes genoux et me cale les jambes contre ses épaules, tout en avançant mes hanches. Mes tendons s'étirent lorsqu'il dirige sa queue vers mes fesses.

— C'est ce que tu attends ?

Ses yeux brillent lorsqu'il s'appuie contre moi.

— C'est ça que tu veux ?

Il s'enfonce. Je gémis en sentant une légère douleur. La sueur coule le long de mon dos lorsque mon sphincter cède lentement. Les jambes sur ses épaules, je suis incapable de contrôler la profondeur de pénétration et il s'insère jusqu'au bout, me remplissant tout entière. Mon ventre se noue, mon souffle n'est plus qu'un halètement frénétique.

— Je ne...

Je prends une grande inspiration et réprime un début de vertige.

— Je ne comprends pas.

— Vraiment ?

Sa bouche se tord et une lueur malfaisante éclaire son regard métallique quand il se retire à moitié pour mieux s'enfoncer de nouveau.

— Ce ne serait pas plutôt que tu n'arrives pas à le dire ?

La brûlure se fait toujours sentir et la sensation d'invasion est aussi extrême qu'avant, mais lorsque son pouce se pose sur mon clitoris, une délicieuse tension succède à la douleur. Ses hanches bougent lentement, faisant glisser son énorme queue un peu plus loin à chaque coup impitoyable, et l'orgasme reprend son ascension. Cette fois, le plaisir est différent, il est plus puissant et plus sombre, aussi insoutenable qu'exquis.

C'est trop, trop intense. Je m'entends supplier et implorer, remuant dans les limites imposées par ma position. Mais la lueur cruelle ne quitte pas ses yeux. Son rythme reste soutenu, même lorsque des gouttes de sueur apparaissent sur son front.

— Réponds-moi, dit-il d'une voix rauque en se penchant encore plus, me pliant presque en deux.

Je hurle lorsque la douleur déclenche une étincelle, provoquant un feu qui me consume tout entière. L'extase se déploie dans mes terminaisons nerveuses et une lumière blanche explose derrière mes paupières closes. Les frissons de plaisir déferlent le long de ma colonne vertébrale, la jouissance se répercutant dans tout mon corps, faisant trembler et capituler chacun de mes muscles.

Je l'entends gémir et je sens une pulsation chaude tout au fond de moi. Je prends conscience avec hébétude qu'il est en train de jouir, lui aussi, et j'ouvre les yeux pour découvrir la même crispation de plaisir sur son visage.

La respiration lourde, il s'effondre sur moi, et nous restons ainsi, le souffle à l'unisson. J'ai l'impression que mes tendons vont se déchirer sous son poids. J'ai les fesses en feu tandis que sa queue s'assouplit progressivement à l'intérieur, mais je n'ai pas envie de bouger.

Je voudrais rester ainsi, mon corps à jamais uni au sien.

— Oui, dis-je calmement quand il lève lentement la tête et se redresse pour apaiser la tension dans mes jambes.

Nos regards se rencontrent et une victoire sombre illumine ses yeux. Je répète d'un ton las :

— Oui, c'est ça.

À présent, je comprends sa question, et je connais la réponse terrifiante. C'est exactement ce que j'attends de lui – et c'est précisément ce que je veux. La douleur, la punition, la force – c'est ce que je lui réclame, presque autant que l'amour et la tendresse.

J'ai besoin de la totale, aussi tordu que ce soit.

Il tend les mains, libère mes poignets et se retire avec précaution avant de me nettoyer à l'aide d'un mouchoir. Je ferme les yeux, trop épuisée pour bouger, et ses bras puissants glissent sous mon corps pour me soulever du lit.

Il m'emmène dans la douche et me lave, essuyant le maquillage étalé et dénouant les boucles et les vaguelettes complexes de ma coiffure. Enfin, il m'enveloppe dans une serviette et me ramène dans le salon, où il s'assied sur le canapé en me gardant pelotonnée sur ses genoux.

Je pose la tête sur sa large épaule et place une paume sur son cœur. Je sens le rythme régulier sous ses pectoraux, tandis qu'il me masse délicatement la nuque. Ses doigts vigoureux parviennent à apaiser des nœuds de tension dont j'ignorais l'existence.

— Alors, dis-moi.

Sa voix est un grondement doux et grave sous mon oreille.

— Dis-moi pourquoi tu as failli te défiler aujourd'hui.

— Parce que...

Parce que Ryson m'a rappelé la réalité de la situation et m'a fait sentir plus bas que terre – c'est ce que je commence à dire, mais je me ravise. Ce n'est pas un mensonge, mais ce n'est pas non plus toute la vérité. Je paniquais déjà avant la visite de l'agent, avant qu'il me force à regarder la triste réalité en face.

— Parce que quoi ? insiste Peter en suspendant son massage.

— Parce que...

Un nœud m'obstrue la gorge et je ferme vivement les yeux avant de les rouvrir, m'écartant de lui pour bien le regarder. Il est temps que je cesse de faire semblant et que j'accepte enfin la vérité. Après une inspiration, je déclare d'un ton hésitant :

— Parce que tu avais raison. Au Japon, quand tu as dit qu'il était trop tard pour moi, tu avais raison.

J'ai de plus en plus de mal à formuler ma pensée, mais je m'efforce de continuer.

— Il était déjà trop tard à l'époque, et ça l'est encore plus maintenant. Je ne sais pas quand c'est arrivé, mais à un moment ou à un autre de ce parcours tourmenté, je suis tombée amoureuse de toi. Seulement, je…

Je m'arrête, la gorge complètement nouée.

Ses yeux gris se radoucissent et sa main reprend son massage discret.

— Seulement quoi ?

— Seulement, je ne le supporte pas.

Cet aveu me donne l'impression d'avoir du gravier dans les cordes vocales.

— J'ai besoin…

Je m'interromps, incapable de le prononcer entièrement, mais il comprend.

— Tu as besoin de ça.

Il lève la main et me caresse la joue.

— Tu as besoin que je te fasse souffrir parfois, que je prenne le contrôle et que je te force. Que je balaye tous les autres choix pour te permettre d'accepter le seul que tu désires vraiment.

Je hoche la tête par à-coups, à la fois honteuse et soulagée. C'est mal et lâche de ma part, mais en perspective avec tout le reste, c'est la seule chose qui me paraisse juste. Notre relation ne sera jamais comme celles des autres… parce qu'elle ne devrait pas exister. Le bourreau et la victime, le tueur et la veuve de sa cible – notre couple est aussi impossible qu'un prédateur et sa proie, mais grâce à Peter, nous sommes là.

C'est son obsession qui nous a créés.

Il comprend. Je le vois dans la chaleur argentée de son regard.

— Alors aujourd'hui, quand je t'ai appelée depuis le lac,

murmure-t-il en glissant une mèche de mes cheveux mouillés derrière mon oreille, tu avais besoin de ça, n'est-ce pas, ptichka ? Tu avais besoin de savoir que la fuite n'était pas une option… que tu devais m'épouser, sinon gare.

Je déglutis avec peine, luttant contre la tentation de détourner le regard.

— Je crois. Peut-être. Je…

Une fois de plus, je m'interromps, incapable de formuler le troublant mélange d'émotions que j'ai ressenti. Sa menace m'a terrifiée, comme il le souhaitait, mais à présent je me rends compte qu'elle m'a également soulagée.

Au fond, je comptais sur lui pour le faire, pour chasser ma honte et ma culpabilité les plus ancrées.

Sa main chaude se referme sur ma mâchoire et son pouce me caresse tout doucement la joue.

— Tout va bien, ptichka. Ne t'en veux pas. C'est ainsi, et tu as le droit de l'admettre.

Je le regarde dans les yeux.

— Tu ne trouves pas que je suis… une mauvaise personne ? je demande.

— Parce que tu m'aimes ou parce que tu n'arrives pas à l'accepter pleinement ?

— Oui. Les deux.

Son sourire est sensuel et triste.

— Non, mon amour. Tu es le produit de ton éducation, et moi, de la mienne. Tu avais raison, toi aussi, à la clinique suisse, quand tu as dit que dans un autre monde, dans une autre vie, tout aurait été différent. Si je le pouvais, j'effacerais le passé, je réécrirais l'histoire entre nous, mais au lieu de ça, je te donnerai ce dont tu as besoin – ce dont nous avons besoin tous les deux, pour être honnête.

Je soutiens son regard, les yeux brûlants. Il comprend, parce que c'est mon miroir sombre et terrifiant. Ses envies sont à la fois inverses et parallèles aux miennes. Il m'aime, il l'a prouvé de bien des manières, mais une partie de lui a besoin de me faire mal, de me punir pour la souffrance du passé.

De me contrôler, afin que je ne puisse plus le quitter.

Afin qu'il ne me perde pas comme il a perdu Tamila et son fils.

— Je t'aime, dis-je d'une voix douce.

Les mots me viennent plus facilement la deuxième fois.

— Je t'aime, Peter, de toutes mes forces. Et j'apprécie ce que tu as fait pour moi… ce que tu as abandonné.

Il m'a préférée à sa propre vengeance.

Il a préféré notre amour à son désir de punir la mort.

Son sourire retombe – le rappel de Henderson doit toujours être douloureux –, mais il se penche enfin et dépose un tendre baiser sur mes lèvres.

— Je le sais, ptichka. Je sais que tu m'aimes – et d'une manière ou d'une autre, nous allons y arriver. Il le faut… parce que je ne te laisserai pas partir.

Je repose la tête sur son épaule, ferme les yeux et sens son cœur battre dans sa poitrine musclée.

Il a raison.

Nous allons y arriver.

Notre amour n'est peut-être pas simple et clair, mais la façon dont il a commencé ne le rend pas moins fort. Ce mariage ne sera pas facile, mais c'est pour toujours.

Quoi qu'il arrive, nous serons là l'un pour l'autre.

Aussi longtemps que nous vivrons.

ÉPILOGUE

$\mathcal{H}$enderson

JE REGARDE FIXEMENT MON ÉCRAN D'ORDINATEUR ET CLIQUE POUR passer d'une photo clinquante à une autre. J'ai la gorge nouée et ma main tremble d'une fureur qui me soulève le cœur.

Ils sont beaux, jeunes et en bonne santé, vêtus des parures de mariage les plus raffinées que peut acheter l'argent sale. Sur une photo, il la tient dans ses bras, contre son torse ; sur une autre, ils sont main dans la main et se regardent dans les yeux.

Je clique une fois de plus et sens l'amertume de la bile dans ma bouche. Ils se sourient sur la photo, à côté de leur famille et de leurs amis.

Ces gens sont-ils seulement au courant ?

Ont-ils conscience de ce qu'il est ?

Elle le sait. Je n'en ai pas le moindre doute. Je le vois dans ses yeux, dans son joli sourire trompeur.

Elle le sait, et elle l'aime.

Elle l'a épousé en sachant toutes les monstruosités qu'il a commises.

Je roule la tête sur mes épaules en essayant vainement de soulager la tension insoutenable. Les injections de stéroïdes ne font plus effet et la douleur me ronge, m'empêche de fermer l'œil la nuit, accentuant mes cauchemars et mes insomnies.

Trois ans à fuir.

Trois ans à craindre pour la vie de mes enfants.

Trois ans à savoir que tous ceux que j'ai connus risquent d'être tués ou torturés... et que personne parmi les êtres qui me sont chers ne sera jamais vraiment en sécurité.

Je bascule sur l'onglet de mon navigateur et consulte la page Facebook de ma fille. Il n'y a plus rien depuis trois ans, rien non plus sur les réseaux sociaux de mon fils. Eux aussi ont vécu dans la peur pendant tout ce temps.

Dans la peur du monstre qui sourit à sa jeune mariée.

Il croit qu'il a gagné.

Il croit que c'est fini.

Il est convaincu qu'ils vont pouvoir laisser derrière eux son règne de la terreur.

Détournant les yeux de l'ordinateur, j'ouvre le dossier sur mon bureau en m'efforçant de rester calme, et je passe en revue la liste de noms – ma propre liste, cette fois.

Julian Esguerra, le monstre allié à la CIA.

Son fidèle associé, Lucas Kent.

Yan et Ilya Ivanov.

Anton Rezov.

Et bien sûr, Peter Sokolov lui-même.

Ils pensent qu'ils ont réussi, ils se croient intouchables.

Ils se trompent cruellement.

Il est temps que le monde entier sache que ce sont des terroristes.

D'une manière ou d'une autre, ils vont devoir payer.

MON ÉTERNITÉ

MON TOURMENTEUR : TOME 4

PARTIE I

enderson

— Qu'est-ce que tu fais ?

La voix anxieuse de Bonnie me tire de mes prévisions et je lève les yeux, rangeant le dossier que j'examinais dans une pile de documents sur mon bureau, tout en m'apprêtant à lui répondre par un mensonge plausible.

Sauf que la femme qui partage ma vie depuis vingt et un ans ne me regarde pas.

Elle a les yeux rivés sur l'ordinateur derrière moi, où la photo d'une belle mariée aux cheveux bruns, souriante au bras de son charmant époux, occupe la majeure partie de l'écran.

Merde. Je croyais avoir fermé cet onglet. Les muscles de mon cou se contractent et la bile me brûle la gorge quand je vois Bonnie commencer à trembler.

— Pourquoi as-tu cette photo ?

Sa voix monte dans les aigus tandis que ses yeux accusateurs se posent sur moi.

— Pourquoi as-tu la photo de ce monstre sur ton écran ?

— Bonnie… Ce n'est pas ce que tu crois.

Je me lève, mais elle recule déjà en secouant la tête. Ses longues boucles d'oreilles se balancent autour de son visage fin.

— Tu m'avais promis. Tu m'as dit que nous serions en sécurité.

— Et nous serons en sécurité, dis-je.

Mais il est trop tard.

Elle est déjà partie.

Dans le refuge de son lit, de ses cachets et de sa télé-réalité abrutissante.

Là où les enfants et moi ne parvenons jamais à l'atteindre.

Je me laisse retomber sur mon fauteuil et je fais rouler ma tête sur le côté. La tension insoutenable qui me crispe la nuque s'estompe un peu. Je sors à nouveau le dossier. Le nom à l'intérieur me saute aux yeux. Chaque lettre me provoque, attisant les braises amères de ma rage brûlante.

Peter Sokolov.

Je suis la dernière personne sur sa liste. La seule qu'il n'a pas encore tuée pour ce qui s'est passé dans ce village minable du Daghestan. Une seule erreur, un ordre irréfléchi, et voilà le résultat. Pendant des années, il m'a traqué, ma famille et moi, torturant nos amis et nos êtres chers afin de m'atteindre. Mes enfants le voient dans leurs cauchemars et il détruit nos vies à tous les égards.

Maintenant, grâce à l'influence de son ami Esguerra sur notre gouvernement, il a le droit d'évoluer en liberté. D'épouser ce joli médecin aux cheveux couleur noisette et de vivre aux États-Unis, comme si tout était pardonné et oublié.

Comme si j'étais censé croire sa promesse de ne pas me tuer.

Mon regard se pose sur les autres noms dans le dossier.

Julian Esguerra.

Lucas Kent.

Yan et Ilya Ivanov.

Anton Rezov.

Les alliés de Sokolov – des monstres, chacun d'entre eux.

Ils doivent payer pour ce qu'ils ont fait.

Comme Sokolov, ils doivent être mis hors d'état de nuire.

Ce n'est qu'à ce moment-là que nous serons vraiment en sécurité.

2

ara

QUAND JE ME RÉVEILLE, C'EST POUR ME RAPPELER AVEC émerveillement que je suis mariée.

Mariée à Peter Garin, alias Sokolov.

L'homme qui a tué George Cobakis, mon premier mari, après être entré par effraction chez moi pour me torturer.

Mon harceleur.

Mon ravisseur.

L'amour de ma vie.

Mon esprit revient à la soirée de la veille et la chaleur se répand dans tout mon corps – un mélange de honte et d'excitation. Il m'a punie hier. Il m'a punie parce que j'ai failli lui faire faux bond à l'autel.

Il m'a prise avec brutalité, m'arrachant des aveux.

Il m'a fait avouer que je l'aime – que j'aime tout ce qui le constitue, y compris les zones d'ombre.

Que j'ai besoin de ses ténèbres… j'ai besoin qu'il me les inflige, afin de surmonter la honte et la culpabilité de savoir que je suis tombée amoureuse d'un monstre.

En ouvrant les yeux, je fixe le plafond à la peinture blanche neutre. Nous sommes toujours dans mon petit appartement, mais je suppose que nous déménagerons bientôt. Et ensuite ? Des enfants ? Des promenades au parc et des dîners avec mes parents ?

Suis-je réellement sur le point de bâtir une vie avec l'homme qui a menacé de tuer tous les invités de notre mariage si j'y renonçais ?

Il doit préparer le petit-déjeuner, parce que je sens de délicieux effluves en provenance de la cuisine. C'est appétissant, savoureux, et mon estomac gronde quand je me redresse. Les muscles de mes cuisses endolories me font grimacer.

Si nous devons souvent baiser dans des positions exotiques, je ferais bien de reprendre le yoga.

Secouant la tête pour chasser cette pensée ridicule, je file sous la douche et je me brosse les dents. Quand je ressors, enveloppée dans un peignoir, j'entends la voix de Peter qui m'appelle avec son accent subtil.

Il emploie mon surnom de « ptichka ».

— Je suis là, dis-je en entrant dans la cuisine.

Soudain, des bras incroyablement forts me soulèvent et je reçois un baiser si intense qu'il me coupe le souffle.

— Je vois ça, murmure enfin mon mari en me remettant sur mes pieds. Tu es là et tu n'iras nulle part.

Ses grandes mains se posent sur ma taille dans un geste possessif. Ses yeux gris scintillent comme des billes d'argent sur son visage obscurci par un début de barbe. Même s'il porte déjà un tee-shirt et un jean, il ne s'est pas encore rasé. Cette barbe est délicieusement rugueuse et rêche, et je me demande quel effet ça ferait de la sentir sur toute ma peau.

Sur une impulsion, je lève la main vers sa mâchoire carrée. Elle pique, comme je l'imaginais, et je souris lorsqu'il ferme les yeux et frotte son visage contre ma paume, tel un gros matou marquant son territoire.

— C'est dimanche, lui dis-je en laissant retomber ma main lorsqu'il rouvre les paupières. Alors, c'est vrai. Je n'irai nulle part. Qu'y a-t-il au petit-déjeuner ?

Il sourit et recule en me libérant.

— Des pancakes à la ricotta. Tu as faim ?

— Je pourrais manger un morceau.

Mon aveu fait briller de plaisir ses yeux aux nuances métalliques.

Je m'assieds tandis qu'il récupère deux assiettes et les dépose devant nous sur la table. Même s'il n'est revenu auprès de moi que mardi dernier, il est parfaitement à l'aise dans ma cuisine minuscule. Ses mouvements sont aussi fluides et assurés que s'il vivait ici depuis des mois.

En l'observant, j'ai à nouveau la sensation désagréable qu'un dangereux prédateur a envahi mon petit appartement. C'est en partie en raison de son gabarit – il fait au moins une tête de plus que moi, ses épaules sont incroyablement larges et son corps de soldat d'élite est compact et musclé. Mais c'est aussi quelque chose chez *lui*, quelque chose de plus que les tatouages qui ornent son bras gauche ou la légère cicatrice qui lui barre le sourcil.

C'est quelque chose d'intrinsèque, un caractère impitoyable qui se traduit même par son sourire.

— Comment te sens-tu, ptichka ? demande-t-il en me rejoignant à table.

Je baisse les yeux sur mon assiette, consciente de ce qui le préoccupe.

— Ça va.

Je n'ai pas envie de penser à la veille, à la visite de l'agent Ryson qui m'a rendue malade. J'étais déjà angoissée par le mariage, mais ce n'est que lorsque l'agent du FBI m'a asséné les crimes de Peter comme une gifle que j'ai rendu le contenu de mon estomac – et que j'ai bien failli poser un lapin à Peter.

— Aucun effet secondaire après la nuit dernière ? précise-t-il.

Je lève les yeux, le visage rouge, en comprenant qu'il fait référence à notre vie sexuelle.

— Non, dis-je d'une voix étranglée. Ça va.

— Tant mieux, murmure-t-il.

Son regard est sombre et brûlant, et je dissimule mes joues enflammées en me penchant pour prendre un pancake à la ricotta.

— Tiens, mon amour.

Dans un geste expert, il me sert deux pancakes et pousse vers moi une bouteille de sirop d'érable.

— Veux-tu autre chose ? Des fruits, peut-être ?

— Avec plaisir.

Sous mes yeux, il se dirige vers le réfrigérateur pour prendre des fruits rouges et les rincer.

Mon assassin domestiqué. Est-ce à cela que ressemblera notre vie commune désormais ?

— Que veux-tu faire aujourd'hui ? je demande quand il revient à table.

Il hausse les épaules et ses lèvres sculpturales dessinent un sourire.

— À toi de décider, ptichka. Je me disais que nous pourrions sortir et profiter de cette belle journée.

— Alors… une promenade au parc ? Vraiment ?

Il se renfrogne.

— Pourquoi pas ?

— Aucune raison. Ça me va.

Je me concentre sur mes pancakes pour ne pas glousser de manière hystérique. Il ne comprendrait pas.

Nous expédions le repas – j'ai faim et les pancakes à la ricotta (*sirniki*, comme il les appelle) sont à tomber –, puis nous sortons au parc. Peter conduit. Nous sommes presque arrivés quand je remarque un SUV noir derrière nous.

— C'est encore Danny ? je demande en jetant un œil par la lunette arrière.

Depuis le retour de Peter, les fédéraux nous ont laissés

tranquilles, et il est bien trop serein à l'idée que nous soyons suivis pour que ce soit quelqu'un d'autre que le garde du corps/chauffeur qu'il a engagé.

À mon grand étonnement, Peter secoue la tête.

— Danny est en congé aujourd'hui. Ce sont deux autres gars de son équipe.

Ah. Je me retourne sur mon siège pour observer le SUV. Les vitres sont teintées et je n'y vois rien. En fronçant les sourcils, je reporte mon attention sur Peter.

— Tu crois que nous avons encore besoin de toute cette sécurité ?

Il hausse les épaules.

— J'espère que non. Mais mieux vaut prévenir que guérir.

— Et cette voiture ?

Je jette un regard circulaire dans l'habitacle de la berline Mercedes que Peter a achetée la semaine dernière.

— Est-elle ultra sécurisée ?

Je tambourine des doigts sur la vitre.

— Ça me semble très épais.

Toujours impassible, il répond :

— Oui. C'est du verre pare-balles.

— Oh. Waouh.

Il jette un œil vers moi, un léger sourire aux lèvres.

— Ne t'inquiète pas, ptichka. Je n'ai aucune raison de penser qu'on nous tirera dessus. Ce n'est qu'une précaution, c'est tout.

— D'accord.

Ce n'est qu'une précaution – comme les armes qu'il dissimulait dans sa veste à notre mariage. Ou le garde du corps/chauffeur qui passe me chercher quand Peter est occupé. Parce que les couples normaux ont toujours des gardes du corps et des voitures blindées.

— Parle-moi des maisons que tu as trouvées, dis-je en repoussant le sentiment désagréable causé par toutes ces mesures de sécurité.

Étant donné son ancienne profession et sa pléthore d'ennemis, la paranoïa de Peter est parfaitement justifiée et je ne compte pas protester contre les précautions qu'il estime nécessaires.

Comme il l'a dit, mieux vaut prévenir que guérir.

— Je vais te montrer la liste dans une seconde, répond-il.

Je me rends compte que nous venons d'arriver à destination.

Il manœuvre aisément pour se garer et contourne la voiture afin de m'ouvrir la portière. Je glisse ma main dans la sienne et il m'aide à sortir. Je ne suis pas étonnée le moins du monde quand il profite de cette occasion pour m'attirer à lui et m'embrasser.

Ses lèvres sont douces et souples sur les miennes. Son haleine est parfumée au sirop d'érable. Il n'y a aucune urgence dans ce baiser, rien de sombre – uniquement de la tendresse et du désir. Et pourtant, quand il lève la tête, mon pouls est tout aussi rapide que s'il m'avait kidnappée. La peau chaude de ma joue picote sous sa paume.

— Je t'aime, murmure-t-il en dardant sur moi son regard de braise.

Aussitôt, je rayonne et mon embarras est remplacé par une sensation légère et joyeuse.

— Je t'aime aussi.

Ces mots me viennent encore plus facilement aujourd'hui – parce qu'ils sont sincères. J'aime Peter.

Je l'aime même s'il me terrifie encore.

Il sourit et me conduit vers un banc.

— Viens.

Il me fait asseoir et sort son téléphone, effleurant l'écran à plusieurs reprises avant de me le tendre.

— Voici la liste que j'ai trouvée, dit-il en posant sur moi ses yeux argentés pleins de chaleur. Dis-moi quelles maisons te plaisent. Nous irons les visiter.

Au fur et à mesure que je parcours ces photos, ma gaîté s'intensifie.

Est-ce donc cela le vrai bonheur ?

— Allons discuter en marchant, dis-je après avoir passé les photos en revue.

Il acquiesce joyeusement. Tandis que nous marchons dans le parc en discutant des avantages et des inconvénients de chaque maison, il serre ma main dans la sienne.

— Tu ne trouves pas que quatre chambres, c'est trop petit ? demande-t-il avec un sourire interrogateur.

Je secoue la tête.

— Pourquoi dis-tu ça ?

— Eh bien…

Il s'arrête et se tourne vers moi.

— As-tu réfléchi au nombre d'enfants que tu aimerais avoir ?

Mon estomac se noue. Et voilà, le sujet que nous évitions depuis Chypre, quand Peter a avoué qu'il essayait de me faire tomber enceinte, quand j'ai eu un accident de voiture en essayant de fuir. Je m'attendais à ce que cette discussion revienne – nous n'utilisons plus de préservatifs depuis le retour de Peter et il a annoncé à mes parents qu'il aimerait que nous fondions une famille sans tarder. Pourtant, mon cœur bat la chamade et mes paumes deviennent moites dans les mains de Peter lorsque j'essaie d'imaginer un enfant avec lui.

Avec le tueur impitoyable qui m'aime au point de l'obsession.

Je prends une inspiration en puisant dans mon courage. Peter n'est plus un criminel, plus un fugitif, et je suis sa femme et non sa captive. Il a renoncé à sa vengeance pour cela – pour une vraie vie ensemble.

Des promenades au parc, des enfants, la totale.

— J'en imaginais trois, dis-je avec assurance, les yeux dans ses yeux. Mais je crois que je serais tout aussi heureuse d'en avoir un seul. Et toi ?

Un tendre sourire éclot sur son beau visage ténébreux.

— Au moins deux, si tout se passe bien avec le premier.

Il pose sa grande paume sur mon ventre.

— Crois-tu qu'il y a une chance… ?

Je recule en riant.

— Tu plaisantes ? C'est encore trop tôt pour le savoir. Tu es revenu il y a moins d'une semaine. Si je savais que j'étais enceinte, tu pourrais te poser des questions.

— C'est vrai, acquiesce-t-il en reprenant ma main pour la serrer dans une poigne possessive.

Nous recommençons à marcher et il me décoche un regard en coin.

— J'en déduis que tu es d'accord ?

— Pour avoir un bébé maintenant, tu veux dire ?

Il hoche la tête et j'inspire, levant les yeux vers un groupe de skateurs adolescents.

— Je crois. J'aimerais encore attendre un peu, mais je sais que c'est très important pour toi.

Il ne répond pas. Quand je le regarde, je vois que son expression s'est assombrie et que sa mâchoire est contractée. Il a les yeux rivés droit devant lui. Ma sensation de légèreté s'évapore lorsque je comprends que, sans le faire exprès, je lui ai rappelé la tragédie de son passé.

— Excuse-moi, dis-je en levant nos mains jointes pour appuyer son poing contre ma poitrine. Je ne voulais pas te remémorer ta famille.

Son regard rencontre le mien et la douleur à vif que j'y vois diminue un peu.

— Ce n'est rien, ptichka.

Sa voix est rauque quand il porte nos mains à ses lèvres et dépose un tendre baiser sur les jointures de mes doigts.

— Tu n'es pas obligée de marcher sur des œufs avec moi. Pasha et Tamila vivront éternellement dans mes souvenirs, mais *tu* es ma famille désormais.

Mon cœur se serre, formant une boule douloureuse. Il a raison. Je *suis* sa famille, et il est à moi. Comme le mariage est arrivé si vite, je n'ai pas eu l'occasion d'y penser longuement, d'articuler cette réalité dans mon esprit.

Nous sommes mariés.

Mariés pour de bon.

Je ne considère plus George comme mon mari parce que c'est

Peter qui détient ce titre à présent – tout comme, à ses yeux, Tamila n'est plus son épouse.

— Tu as raison, poursuit-il tandis que j'en prends pleinement conscience. La famille est importante pour moi. J'ai envie que nous ayons un enfant et moi aussi, j'en veux un, bientôt. Malgré tout…

Il hésite avant d'avouer à mi-voix :

— Si tu as envie d'attendre, je ne te forcerai pas.

Je m'arrête pour le regarder, bouche bée.

— Vraiment ? Et pourquoi ?

Un sourire imprévisible apparaît sur son visage.

— Tu voudrais ?

— Non ! Je…

Je secoue la tête et retire ma main de la sienne.

— Je ne comprends pas, lui dis-je. Je croyais que c'était implicite. Tu sais, la vie de couple, tout ça. Tu m'as imposé le mariage, alors…

Aussitôt, son regard perd toute trace d'humour.

— Tu as failli mourir, mon amour. À Chypre, quand tu pensais que je te forcerais à tomber enceinte, tu as essayé de t'échapper et tu as failli mourir.

Je me mords la lèvre.

— C'était différent. *Nous* étions différents.

— Oui. Mais l'accouchement peut toujours s'avérer dangereux. Malgré toutes les avancées de la médecine de nos jours, une femme risque sa santé, si ce n'est sa vie. Et s'il t'arrivait quelque chose parce que j'ai insisté…

Il s'arrête et serre les dents en détournant le regard.

Je le dévisage, le cœur battant dans ma poitrine. Il y a peu de risques qu'il m'arrive quoi que ce soit à l'accouchement et mon instinct de médecin voudrait que je le lui dise, que je le rassure. Pourtant, à la dernière seconde, je me ravise.

— Alors, tu veux bien attendre ? je demande avec précaution.

Peter se retourne vers moi, le regard sombre.

— Tu préfères attendre, mon amour ?

Maintenant, c'est à mon tour de détourner les yeux. Est-ce

vraiment ce que je veux ? Jusqu'à présent, j'avais cru que le retour de Peter et le mariage précipités signifiaient que l'arrivée d'un enfant ne se ferait pas attendre. Je m'étais résignée à cette pensée, et dans une certaine mesure, je l'avais même acceptée.

Au moins, mes parents pourront avoir les petits-enfants qu'ils désirent tant – un point positif auquel je n'avais pas réfléchi jusqu'à notre dîner de l'autre soir.

— Sara ? insiste Peter

Je lève les yeux pour rencontrer son regard.

Elle est là.

Mon occasion de repousser l'échéance.

De prendre la bonne décision, la décision la plus intelligente.

D'avoir un enfant quand je serai certaine que nous en sommes capables, que Peter peut mener ce genre de vie.

Tout ce que je dois faire, c'est dire oui, utiliser le choix qu'il m'offre. Mais ma bouche refuse de formuler ce mot. Au lieu de quoi, je plonge les yeux dans les siens, où la tension est palpable, et je m'entends dire :

— Non.

— Non ?

— Non, je ne veux pas attendre.

À peine ai-je fait taire la voix de la raison qui hurle dans mon esprit qu'un sourire joyeux et radieux étire ses lèvres.

C'est peut-être la mauvaise décision, mais en cet instant, ce n'est pas mon impression. Peter avait raison quand il disait que la vie est courte. Elle *est* courte et incertaine, remplie d'écueils. J'ai toujours vécu avec prudence, prévoyant mon avenir en partant du principe qu'il y en aurait un, mais si j'ai appris quelque chose ces deux dernières années, c'est qu'il n'y a jamais aucune garantie.

Il n'y a qu'aujourd'hui, que maintenant.

Il n'y a que nous, ensemble et amoureux.

～

NOUS PASSONS ENCORE UNE HEURE DANS LE PARC, PUIS NOUS ALLONS faire des emplettes pour les repas des jours suivants. Peter achète de quoi nourrir un régiment. Quand je l'interroge à ce sujet, il m'annonce qu'il a l'intention d'inviter mes parents pour le dîner de vendredi – et de me préparer un déjeuner à emporter chaque jour de la semaine.

Dès que nous rentrons, il disparaît dans la cuisine et je rejoins mon ordinateur pour répondre aux messages de félicitations et découvrir de nombreuses cartes cadeaux – un choix populaire pour la majorité des invités à notre mariage, étant donné que personne n'a eu le temps de faire les boutiques afin de trouver un vrai cadeau. J'imprime tous les bons d'achat, je les classe en catégories, j'applique les codes aux boutiques en ligne spécifiques et je rédige des messages de remerciement. Tout cela me prend moins de quarante minutes – encore un avantage de ce mariage éclair et simple.

Avec George, nous avions consacré deux week-ends d'affilée à cette tâche.

Je m'apprête à éteindre l'ordinateur quand j'aperçois un autre email dans ma boîte de réception – de la part d'un expéditeur inconnu, avec pour objet le mot : *Félicitations*.

Je l'ouvre, m'attendant à découvrir une autre carte cadeau, mais j'y trouve un bref message.

Félicitations pour ce beau mariage. Si tu as besoin de nous joindre, n'hésite pas à utiliser cette adresse email.

Tous nos meilleurs vœux,

Yan

Je cligne des yeux en regardant le message. Je me demande bien comment l'ancien coéquipier de Peter a eu mon email et pourquoi il a décidé de m'écrire, mais j'ajoute son adresse à ma liste de contacts, juste au cas où.

Après avoir terminé de trier les cadeaux, je suis le délicieux fumet jusqu'à la cuisine, où Peter prépare le déjeuner.

C'est peut-être trop tôt pour le dire, mais je me sens optimiste.

Ce mariage va fonctionner.

Ensemble, nous nous en assurerons.

3

$\mathcal{P}$eter

PENDANT LE DÉJEUNER, JE SENS À PEINE LE GOÛT DES ALIMENTS TANT mon attention est rivée sur Sara qui me parle de nos cadeaux de mariage et du curieux message de Yan. Ses yeux noisette sont presque verts et elle parle avec animation, décrivant de grands gestes avec sa fourchette. Sa peau semble pâle comme de la crème dans la lumière vive du soleil qui se déverse par la fenêtre de la cuisine. Vêtue d'une robe bleue décontractée, ses cheveux bruns tombant en boucles souples sur ses frêles épaules, cette femme est un rêve devenu réalité et mon cœur se serre quand je songe à notre séparation forcée de plusieurs mois.

Je ne la quitterai plus jamais.

Elle m'appartient, jusqu'à ce que la mort nous sépare.

— Pourquoi crois-tu qu'il a décidé de me donner son adresse email ? Tu penses qu'il veut simplement garder le contact ? demande-t-elle en piquant un morceau de concombre dans sa salade russe.

Je m'efforce de me concentrer sur la conversation, refoulant mon envie de l'étendre sur la table et de la dévorer – elle plutôt que le repas que j'ai préparé.

— Je n'en ai aucune idée, lui dis-je.

C'est vrai. Yan Ivanov a repris les rênes de notre société d'assassinats commandités après mon départ. Il est peu probable qu'il espère mon retour. Pendant des mois, il y a eu des tensions entre nous et si je ne m'étais pas retiré de mon plein gré, je crois bien qu'il aurait fait son possible pour prendre ma place.

Cela dit, il est persuadé que je ne suis pas fait pour la vie civile. Il me l'a dit lors de notre mariage. Peut-être s'attend-il à ce que je revienne et garde-t-il un œil sur la situation au cas où cela se produirait.

Avec Yan, on ne sait jamais.

— Eh bien, j'espère qu'ils viendront nous rendre visite, dit Sara. Je parle des gars. Je n'ai pas eu l'occasion d'échanger avec eux pendant le mariage, et maintenant je culpabilise.

Je hausse les sourcils.

— Vraiment ? C'est pour *ça* que tu culpabilises ?

Elle baisse les yeux sur son assiette de salade.

— Et aussi parce que j'ai failli te faire faux bond, naturellement.

Les bords du manche métallique de la fourchette m'entament la paume et je me rends compte que je le serre trop fort. Je n'en veux plus à ma ptichka, mais je me sens encore vaguement vexé. Je comprends que cela a été difficile pour elle d'admettre qu'elle m'aimait, de m'accepter pleinement après tout ce que j'ai fait. Je ne devais pas lui laisser le choix, et c'est ce que j'ai fait en menaçant ses amis pour la forcer à venir au mariage.

Non, la source de ma colère n'est pas Sara, mais l'homme qui a essayé de la manipuler pour lui faire renoncer à notre union.

L'agent Ryson.

Le fait qu'il ait osé débarquer comme ça me remplit d'une rage noire. Je laisse Henderson tranquille, ils nous laissent tranquilles, Sara et moi – c'était notre accord. Plus de surveillance par le FBI, plus de harcèlement. Une ardoise vierge pour nous permettre de couler des jours paisibles.

Il a aussi menacé Sara. Il l'a accusée d'avoir comploté avec moi pour le meurtre de son mari. Je ne sais pas vraiment ce qu'il lui a dit, mais ce devait être assez violent pour provoquer chez elle une telle réaction.

En d'autres circonstances, il serait déjà rongé par les vers, mais à présent, je suis censé mener une vie d'honnête citoyen. Je ne peux pas me mettre à tuer des agents du FBI – pas sans renoncer à la vie pour laquelle je me suis battu, la vie civile dont Sara a besoin. Alors, malgré la tentation, j'ai laissé la vie sauve à Ryson – pour l'instant, du moins. Plus tard, quand l'eau aura coulé sous les ponts, il subira peut-être un accident malheureux ou une agression violente comme le beau-père de la patiente de Sara... mais je réserve cette pensée pour un autre jour.

Aujourd'hui, j'ai Sara pour moi tout seul et j'ai bien l'intention d'en profiter.

— Ne t'inquiète pas, mon amour, dis-je tandis que ma jeune épouse continue de manger en silence, évitant soigneusement mon regard. C'est fini. C'est du passé, comme toutes les erreurs que nous avons commises. Concentrons-nous sur le présent et sur l'avenir... vivons sans jamais regarder en arrière.

Elle lève un regard hésitant.

— Crois-tu vraiment que c'est possible ?

— Oui, lui dis-je avec conviction.

Je me penche vers elle et porte sa main à mes lèvres pour un tendre baiser.

Après le déjeuner, nous allons visiter les propriétés que je lui ai montrées et Sara tombe sous le charme d'une maison – une demeure victorienne de cinq chambres, bâtie dans les années quatre-vingt, mais intégralement rénovée l'an passé. Il y a un immense jardin – pour le chien et les enfants, me dit-elle joyeusement – et une magnifique cheminée dans le salon. La proximité avec les voisins et le jardin entièrement ouvert me chagrinent, mais si nous plantons des arbres et dressons une clôture, nous aurons une intimité suffisante.

Quoi qu'il en soit, c'est toujours mieux que l'appartement de location actuel de Sara.

Avant de partir, je fais une offre en argent liquide supérieure aux prix du marché et l'agent immobilier nous appelle quelques minutes plus tard pour nous annoncer que l'offre a été acceptée.

— Et voilà, dis-je à Sara en raccrochant. Nous signons l'acte de vente la semaine prochaine.

Elle écarquille les yeux.

— C'est vrai ? Comme ça ?

— Pourquoi pas ?

Elle éclate de rire.

— Oh, je ne sais pas. J'imagine que la plupart des gens n'achètent pas des maisons aussi facilement que des paires de chaussures.

Je souris et je lui prends la main.

— Nous ne sommes pas la plupart des gens.

— Non, dit-elle avec ironie en levant les yeux vers moi. Tu as raison.

Nous rentrons à la maison et je prépare le dîner – des escalopes grillées avec de la purée de patate douce et des brocolis à la vapeur. Pendant le repas, Sara aborde la question du déménagement et je lui annonce que je m'occuperai de tout, comme je l'ai fait pour les préparatifs du mariage.

— Tout ce que tu devras faire, c'est entrer dans ta nouvelle maison, dis-je en lui servant un verre de Pinot Gris.

Soudain, je me remémore sa contrariété inexplicable lorsque j'avais vendu sa Toyota et j'ajoute :

— À moins que tu veuilles qu'on le décide ensemble ? Tu veux peut-être choisir de nouveaux meubles ou des décorations ?

Elle esquisse un sourire timide.

— Non, je crois que c'est bon. Je ne suis pas très pointilleuse sur les questions ménagères. Si tu veux tout gérer, ça ne me dérange pas.

— Alors, à notre nouveau chez nous.

Je lève mon verre et je le fais tinter contre le sien.

— Et à notre nouvelle vie.

— À notre nouvelle vie, répond-elle d'une voix douce avant de siroter son vin.

Je ne peux m'empêcher de me rappeler la fois où elle a essayé de droguer mon vin, au début de notre relation. Elle était tellement méfiante à l'époque, tellement convaincue de me détester.

Est-ce encore le cas ? D'une certaine manière ?

L'humeur assombrie, je pose mon verre et je me lève. Contournant la table, je hisse Sara sur ses pieds.

— Qu'est-ce que… commence-t-elle.

Mais déjà, je l'embrasse, goûtant le vin sur ses lèvres.

Ses lèvres souples et rebondies qui m'ont attiré toute la journée.

J'ai fait de mon mieux pour me comporter en bon mari, pour faire tout ce que font les couples en temps normal au lieu de l'enchaîner à mon lit et de la baiser toute la journée comme l'exige mon instinct. J'ai été calme et patient, je l'ai laissé se remettre de la nuit passée, mais je ne peux plus rester aussi civilisé.

J'ai besoin d'elle.

Ici.

Maintenant.

Elle jette les bras autour de mon cou et son corps svelte se cambre contre moi lorsque je la serre, avide de son goût et de son odeur, de la sensation de sa langue délicate sur la mienne. Cette femme est un vrai délice et ma queue durcit. Mon cœur s'emballe furieusement dans ma cage thoracique et je pousse les assiettes d'un mouvement du bras sans me soucier du désordre que je provoque.

De toute façon, nous devons racheter de la vaisselle.

Elle tressaille quand je l'étends sur la table et retrousse sa robe d'été, exposant ses cuisses pâles et un joli string bleu à la bordure en dentelle. Incapable de me contrôler, je déchire la soie et j'enfouis ma tête entre ses cuisses. Ma langue plonge avec gourmandise entre les replis de son entrejambe et mes lèvres se referment autour de son clitoris. Je l'aspire avec fougue, ses jambes sur les épaules.

— Peter... Oh, mon Dieu ! Peter...

Elle décolle les hanches et serre les poings dans mes cheveux. J'ai l'impression que ma queue va exploser dans mon jean quand je sens son goût sur ma langue, son parfum chaud et féminin et la sensation de sa chair soyeuse. J'aime tout chez elle, ses petits ongles nets qui m'éraflent le crâne, ses cuisses toniques pressées contre mes oreilles, les gémissements étouffés dans sa gorge et son sexe lisse qui frémit et se contracte sous ma langue.

C'est le paradis, le septième ciel. Je n'en reviens pas de m'être passé de cela – d'*elle* – pendant neuf longs mois insoutenables.

Tout en me délectant de son clitoris, je glisse un doigt en elle. L'intrusion lui fait bouger les hanches. Les parois moites de son sexe se crispent et elle commence à onduler, me suppliant sans un mot.

— Presque... encore un peu, je gronde entre ses jambes, la caressant de l'intérieur.

Lorsque je trouve la chair spongieuse qui détermine son point G, tout son corps se cambre et elle jouit dans un cri affolant. Ses mains se resserrent frénétiquement dans mes cheveux et son sexe palpite autour de mon doigt.

À présent, ma queue menace d'exploser dans mon jean et je retire mon doigt avant de la retourner sur le ventre. Puis je l'attire vers moi jusqu'à ce qu'elle soit penchée au-dessus de la table, sa robe autour de la taille. Les globes blancs et fermes de ses fesses s'offrent à moi, avec son sexe encore luisant de ma salive et de sa propre excitation. Incapable de me retenir plus longtemps, je baisse la fermeture de mon jean et je le quitte, emportant mon boxer avec lui, libérant ma queue endolorie.

— Prête ? dis-je d'une voix éraillée.

En même temps, je me penche sur elle et je guide mon sexe vers le sien. Sa respiration s'accélère sensiblement lorsque je la pénètre sans attendre sa réponse.

À l'intérieur, elle est glissante, d'une douceur veloutée. Sa chair tendre se resserre fermement, s'ajustant comme un gant autour de moi. C'est si parfait que mes bourses remontent contre mon corps et qu'un gémissement grave s'échappe de ma gorge tandis que j'enfonce les doigts dans ses hanches.

C'est une pure folie, de la démence absolue. Après notre discussion de la veille au soir, nous avons fait l'amour à deux reprises avant de trouver le sommeil et je ne devrais pas éprouver cela, cette envie si éperdue. Je suis à deux doigts de perdre le contrôle. Mais je suis insatiable. Avec Sara, je suis toujours affamé. Le besoin de la posséder me colle à la peau, mon désir sombre se propage le long de ma colonne vertébrale. Je le sens brûler dans mes veines, m'enflammant de l'intérieur.

Elle est mon addiction et je ne l'assouvirai jamais complètement.

Libérant ses hanches, je l'attrape par les coudes et je tire pour la forcer à cambrer son dos avant de la pilonner avec force. Ses muscles internes se contractent autour de moi et je redouble d'ardeur.

Elle crie un peu plus à chaque poussée punitive. J'exerce une pression sur ses coudes. Le haut de son corps ne touche plus la table. Je sens l'orgasme monter en moi, le plaisir déferler comme un tsunami. En gémissant, je rejette la tête en arrière sans cesser de la labourer avec vigueur. Ses cris s'intensifient, son sexe se contracte autour de moi et tout son corps se raidit. Des spasmes la parcourent et je suis emporté avec elle. J'éjacule en sentant sa chair moite se refermer autour de moi, me pomper et me comprimer jusqu'à ce qu'il ne reste plus rien.

Enfin, je m'effondre, la plaquant sur la table tout en reprenant ma respiration. J'inhale le parfum enivrant de sexe, de sueur et de sa peau.

Ma Sara. Ma femme.

Mon obsession.

Nous pourrions passer l'éternité ensemble et ce ne serait toujours pas suffisant.

4

*H*enderson

Allongé sur mon lit, je regarde le plafond. Pour la deuxième nuit d'affilée, je n'arrive pas à fermer l'œil. Des pensées noires s'infiltrent dans mon esprit et mon cou ne cesse de se bloquer.

Le plan que je mets en place est extrême, et même monstrueux, mais je n'ai pas d'autre choix. Je ne peux pas frapper directement Sokolov – son épouse et lui sont trop bien surveillés. Si j'essaie et rate mon coup, la vengeance sera infernale.

Et puis, Sokolov n'est pas le seul que je cherche à éliminer.

Ses alliés sont tout aussi dangereux... pour moi, ma famille et le monde au sens large.

C'est le seul et unique moyen.

Ils doivent payer, lui et les autres.

5

S_{ara}

Je me réveille en entendant la sonnerie discrète. J'éteins mon réveil, je roule sur le dos et je m'étire, à la fois engourdie et satisfaite. Après avoir nettoyé la cuisine et pris une douche, Peter m'a fait l'amour une fois de plus avant que nous laissions le sommeil nous emporter, puis une fois supplémentaire pendant la nuit.

Il faudrait mettre en bouteille l'énergie sexuelle de cet homme et la vendre comme stimulant. Cela vaudrait une petite fortune.

Souriant à cette idée, je me lève d'un bond et file sous la douche. Je sens déjà le repas délicieux que prépare Peter et mon estomac est fin prêt à entamer la journée.

— Bonjour, ptichka, m'accueille-t-il lorsque j'entre dans la cuisine après m'être rapidement douchée et habillée pour le travail.

Sur la table, je découvre deux assiettes avec du pain grillé, de l'avocat et des œufs, et un sac en papier sur le plan de travail – sans doute pour que je l'emporte à la clinique.

— Salut.

Les battements de mon cœur s'accélèrent quand je le vois. Aujourd'hui, il est torse nu. Il porte son jean foncé bas sur les hanches, et les tatouages sur ses bras luisent dans la lumière du matin. Son corps est une œuvre d'art fuselée, avec des muscles parfaitement définis, des épaules larges et une taille étroite. Même les cicatrices sur son torse présentent une forme de beauté violente et dangereuse – tout comme lui.

— As-tu le temps de manger ? demande-t-il.

J'acquiesce en réprimant l'envie de passer la langue sur mes lèvres devant les abdominaux fermes sous mes yeux.

Peter n'est peut-être pas le seul à avoir une libido débridée, tout compte fait.

C'est une maladie contagieuse.

— J'ai quinze minutes, dis-je péniblement, me forçant à rejoindre la table au lieu de m'approcher de lui.

Si je l'embrasse maintenant, nous retournerons au lit, à la case départ.

— Tant mieux. Je t'emmène au travail ce matin, déclare-t-il en s'attablant à son tour.

Il prend son pain grillé et y mord à belles dents. J'en fais de même avec le mien, savourant le piquant du citron combiné à l'œuf à la poêle et au pain de seigle croustillant.

— Tu as une semaine chargée ? demande-t-il alors que je termine ma tartine.

Je hoche la tête en tamponnant une serviette sur mes lèvres.

— Oui, pour tout dire. Très chargée. Wendy et Bill – tu sais, mes patrons – viennent de partir en vacances et j'examine certaines de leurs patientes en plus des miennes. Oh, et je déclenche un accouchement demain après-midi, alors je rentrerai sûrement tard. Et puis, la deuxième moitié de la semaine, je suis de service à la clinique.

— Je vois.

L'expression de Peter est neutre, mais je sens son humeur

s'assombrir subtilement. Il n'est pas content et je ne peux pas lui en vouloir.

Moi aussi, je préférerais passer du temps avec lui plutôt que d'aller travailler.

— Seras-tu de retour pour le dîner ce soir ? demande-t-il.

Je souris, ravie de pouvoir lui donner de bonnes nouvelles à ce sujet.

— Oui, normalement. S'il n'y a pas d'urgences.

— D'accord, dit-il en se levant. Je vais enfiler une chemise et je te conduirai au boulot.

— Merci… et merci pour ce délicieux petit-déjeuner.

Mais il a déjà disparu dans la chambre.

6

eter

À PIED, LE CABINET DE SARA EST PROCHE DE SON APPARTEMENT, ET en voiture le trajet ne dure que quelques minutes. Bien trop tôt à mon goût, je me gare au bord du trottoir et je remets à Sara son déjeuner. Je préférerais encore me couper un bras plutôt que de la laisser quitter ce véhicule.

J'appréhende de passer toute la journée sans la voir, sans la toucher ni lui parler avant le soir. C'est encore plus difficile que la semaine précédente, car maintenant que nous avons passé le dimanche ensemble, je sais à quoi ressemble le paradis.

C'est ce que nous vivions au Japon, sans l'animosité amère, sans la rancune qu'éprouvait Sara parce que je l'avais arrachée à sa carrière et à tous les gens qu'elle aimait.

Malgré tout, il me faut toute ma force pour rester assis et calme tandis qu'elle pose un baiser sur ma joue et murmure :

— Je t'aime, à tout à l'heure !

Aussitôt, elle sort de la voiture.

Je regarde sa silhouette élancée disparaître dans le bâtiment, puis j'envoie un message à l'équipe pour lui donner les instructions de la journée concernant la protection de Sara.

Si je ne peux pas être avec elle, au moins je saurai où elle est et ce qu'elle fait.

Je tiens à m'assurer qu'elle est en sécurité.

~

JE PASSE LA MATINÉE À TRANSFÉRER LES FONDS NÉCESSAIRES POUR l'acte de vente du jeudi et à organiser le déménagement à venir. Je prévois une installation dans la nouvelle maison dès la semaine prochaine, ce qui signifie qu'il y a beaucoup de travail à faire. Même si les lieux viennent d'être rénovés et ne demanderont pas d'améliorations majeures, je dois mettre en place des mesures de sécurité efficaces.

Quartier paisible ou non, notre maison sera une forteresse, et personne – surtout pas l'agent Ryson – ne pourra plus jamais aborder Sara dans sa propre maison.

C'est le milieu de l'après-midi et je rince des légumes pour le dîner lorsque mon téléphone vibre sur le plan de travail. En appuyant sur l'écran avec un doigt encore humide, je découvre le texto de Sara.

Je suis désolée. La clinique vient d'appeler. Ils sont débordés et ils me supplient de venir. Ce ne sera que jusqu'à dix heures du soir. Vraiment désolée.

La courgette que je nettoyais se brise en deux morceaux et j'écarte le téléphone avec mon coude pour éviter de lui faire subir le même sort.

Putain, j'aurais dû m'en douter.

« S'il n'y a pas d'urgence » est sans doute un code pour : « Une urgence va forcément se produire ». C'était déjà comme ça avant le Japon et même si le travail actuel de Sara se concentre sur l'aspect obstétrique de son métier de gynécologue-obstétricienne, son état d'esprit n'a pas changé.

Le travail passe toujours en premier pour elle, même le bénévolat à la clinique.

Il me faut bien vingt minutes pour me calmer et retrouver des pensées rationnelles. La carrière de Sara est l'une des raisons pour lesquelles j'ai pris autant de risques avec Novak et Esguerra, acceptant de renoncer à ma vengeance contre Henderson. Son rôle de médecin – aider les patients – est très important pour elle. Elle a besoin de sa carrière tout autant qu'elle a besoin de sa famille et de ses amis. Je le savais quand je l'ai enlevée, mais à l'époque, ça n'avait pas d'importance à mes yeux.

Tout ce qui comptait pour moi, c'était de la garder.

Maintenant que je suis avec elle et qu'elle est heureuse, je ne peux plus revenir sur ce mode de pensées. Je ne peux pas oublier ce que c'était que d'être la source de son malheur, car chaque fois qu'elle me regardait, je voyais le chagrin dans ses yeux.

À présent, c'est différent. Elle a encore quelques réserves, mais elle a enfin avoué qu'elle m'aimait – suffisamment pour avoir un enfant avec moi.

Une fille ou un fils... comme Pasha.

Pendant un moment, j'éprouve des difficultés à respirer, mais l'angoisse passe, laissant une douleur sourde dans son sillage. Ces derniers mois, j'arrive à penser à Pasha plus souvent, sans la fureur qui empoisonne mes souvenirs. Et je sais que c'est grâce à elle.

Mon petit oiseau que j'ai tellement envie d'emprisonner à nouveau dans une cage.

Après une grande inspiration, je soupire enfin et je me concentre sur la cuisine, une tâche apaisante. Si Sara ne peut pas rentrer ce soir, alors c'est moi qui la rejoindrai.

ara

J'IMAGINE QUE L'UN DES HOMMES DE PETER VA M'ACCOMPAGNER À LA clinique, mais c'est mon mari en personne qui m'attend au bord du trottoir.

Je souris et ma fatigue s'estompe. Ses yeux balaient mon corps avant de se poser avidement sur mon visage.

— Salut.

Je me blottis directement dans ses bras et j'inspire profondément tandis que ses bras musclés se referment autour de moi, m'attirant résolument contre son torse. Il sent le propre, un parfum bon et chaud, typiquement masculin – l'odeur familière de Peter que j'associe maintenant au réconfort.

Il me serre ainsi pendant un long moment, puis il s'écarte pour me regarder.

— Tu as passé une bonne journée, mon amour ? dit-il d'une voix agréable, effleurant les cheveux qui encadrent mon visage.

Rayonnante, je lui réponds :

— Une journée animée, mais c'est encore mieux.

Je suis dérisoirement heureuse qu'il soit venu me conduire lui-même à la clinique.

Il me rend mon sourire.

— Je t'ai manqué, n'est-ce pas ?

— Oui… j'avoue alors qu'il ouvre la portière pour me laisser entrer. Tu m'as beaucoup manqué.

Le sourire avec lequel il me répond me donne envie de me liquéfier sur le siège.

— Tu m'as manqué aussi, ptichka.

— Je suis désolée de devoir y aller, dis-je tandis que nous quittons le bord du trottoir.

Il flotte une odeur délicieusement épicée dans l'habitacle et mon estomac gronde au moment même où j'ajoute :

— J'ATTENDAIS AVEC IMPATIENCE CE BON DÎNER À LA MAISON.

Peter me jette un coup d'œil.

— Je t'ai apporté le dîner. Il est sur la banquette arrière.

— C'est vrai ?

Je me retourne sur mon siège et je repère l'origine de ces délicieux effluves – un autre sac.

— Waouh, merci. Tu n'étais pas obligé, mais j'apprécie beaucoup.

Je me penche et je prends le sac en papier, que je pose sur mes genoux.

J'allais m'acheter des bretzels dans un distributeur de la clinique, mais c'est infiniment mieux.

— Pourquoi dois-tu faire ça ? demande Peter en s'arrêtant au feu rouge.

Son ton est détaché, mais je ne suis pas dupe.

Lui aussi, il se réjouissait de dîner avec moi.

— Je suis vraiment désolée, dis-je avec sincérité.

Quand Lydia, la réceptionniste de la clinique, m'a appelée à la pause déjeuner, j'ai failli refuser sa demande – mais si je n'y allais pas, plusieurs dizaines de femmes ne pourraient pas avoir leur dépistage du cancer et leurs soins prénataux essentiels, et la raison a fini par l'emporter.

— Ils sont à court de bénévoles aujourd'hui. Je ne pouvais pas les laisser le bec dans l'eau.

Il me lance un regard en coin.

— Tu ne pouvais vraiment pas ?

Je m'interromps en ouvrant le sac en papier.

— Non, dis-je sur un ton sans appel. Je ne pouvais pas.

Et voilà, ce que j'appréhendais depuis le début. Je me doutais que ce ne serait qu'une question de temps avant que mes horaires à rallonge commencent à lui poser problème. De toute évidence, j'avais raison de me faire du souci.

Tendue, je m'apprête à essuyer un ultimatum, mais Peter se contente d'appuyer sur la pédale pour accélérer en douceur.

— Mange, mon amour, dit-il sur le même ton impassible. Tu n'as pas beaucoup de temps.

Je suis son conseil et j'attaque le plat – un mélange de légumes à la semoule avec du poulet grillé. L'assaisonnement me fait penser au fameux kebab d'agneau que nous préparait Peter au Japon. J'avale le tout en quelques minutes.

— Merci, dis-je en m'essuyant la bouche avec la serviette en papier qu'il a eu la délicate attention d'apporter avec les couverts. C'était un délice.

— Il n'y a pas de quoi.

Il tourne dans la rue de la clinique et se gare juste devant le bâtiment.

— Viens, je t'accompagne à l'intérieur.

— Oh, tu n'es pas obligé…

Je n'en dis pas plus, car il contourne déjà la voiture.

Il m'ouvre la portière et il m'aide à sortir, m'escortant dans le bâtiment comme si je risquais de m'éloigner s'il ne posait pas sa main au bas de mon dos.

Je m'attends à ce qu'il s'arrête devant la porte, mais il entre avec moi.

Troublée, je lève les yeux vers lui.

— Qu'est-ce que tu fais ?

— Te voilà ! s'écrie Lydia en accourant, le soulagement manifeste sur son large visage. Dieu merci, je croyais que tu n'allais pas… Oh, bonjour.

Elle rougit en voyant Peter. Il est évident qu'il la fait complètement craquer.

— Peter allait juste…

J'ai commencé à parler, mais il sourit en s'avançant.

— Peter Garin. Nous nous sommes rencontrés au mariage, dit-il en tendant la main.

La réceptionniste ouvre de grands yeux et elle lui serre vigoureusement la main.

— Lydia, dit-elle, le souffle court. Encore une fois, toutes mes félicitations. C'était une belle cérémonie.

— Merci.

Il lui sourit et je sens qu'elle se pâme intérieurement.

— Vous savez, dit-il, Sara vient de me dire que vous manquez de bénévoles ce soir. Je ne suis pas médecin, c'est évident, mais je peux sans doute faire quelque chose pour vous aider ? Vous avez peut-être des dossiers à classer ou quelque chose à réparer ? Nous n'avons qu'une voiture pour l'instant et j'aime mieux ne pas faire l'aller-retour pour revenir chercher Sara.

— Oh, bien sûr.

L'excitation de Lydia semble monter en flèche.

— Merci, il y a tellement de travail. Vous dites que vous êtes bricoleur ? Par hasard, maîtrisez-vous un peu l'informatique ? Parce que j'ai un logiciel récalcitrant et…

Elle l'entraîne en jacassant. Incrédule, je regarde mon assassin de mari disparaître à l'angle du couloir sans même un regard en arrière.

eter

J'AIDE LYDIA AVEC SON PROBLÈME INFORMATIQUE, JE RÉPARE UN robinet qui fuit et j'accroche quelques décorations dans la salle d'attente sous les yeux fascinés d'une vingtaine de femmes – enceintes pour la plupart.

Seul médecin ici ce soir, Sara reçoit une file interminable de patientes et je ne la dérange pas. Il me suffit de savoir qu'elle n'est qu'à quelques salles de moi et que je peux la rejoindre en une minute s'il le faut.

Une fois que toutes les tâches basiques ont été effectuées, j'entreprends d'assembler une machine à ultra-sons qu'un hôpital de la région leur a donnée. Je n'ai encore jamais travaillé avec des équipements médicaux, mais j'ai toujours été doué pour bricoler les choses – les armes, les explosifs, les dispositifs de communication. J'ai tôt fait de découvrir quelle pièce va où et de la tester pour m'assurer que tout fonctionne.

— Oh, mon Dieu, vous me sauvez la vie, comme votre femme,

s'exclame Lydia quand je lui montre le résultat. Ça fait des mois que nous attendions le passage du technicien. Nous allons enfin pouvoir nous en servir ! Sara est avec sa dernière patiente en ce moment. Croyez-vous que vous auriez le temps de réparer ce placard aussi ? Il penche et...

— Aucun problème.

Je la suis dans l'une des salles d'examen et j'ajoute quelques vis pour faire en sorte que le placard en question ne tombe sur la tête de personne.

— Vous êtes doué, s'extasie la réceptionniste une fois que j'ai terminé. Avez-vous déjà travaillé dans le bâtiment ? Vous semblez avoir l'habitude de la perceuse et de tous ces...

— J'ai travaillé sur des projets de construction quand j'étais adolescent, dis-je sans entrer dans les détails.

Cette femme n'est pas obligée de savoir que les projets en question étaient du travail forcé dans une version pour jeunes du goulag sibérien.

— Je m'en doutais, fait-elle avec un grand sourire. Je vais voir si Sara a terminé.

— Merci, dis-je en lui rendant son sourire. J'aimerais ramener ma femme à la maison.

La réceptionniste s'empresse de détaler et je m'étire les bras pour apaiser mes muscles raides. Ça ne fait que quelques jours, mais je suis fébrile. J'ai envie de bouger et de faire de l'activité physique. Après avoir préparé le dîner, je suis parti courir au parc et je me suis arrêté dans une salle de boxe pour me défouler, mais ça ne m'a pas suffi.

J'ai besoin de défis.

Pour la première fois, je me demande sérieusement ce que je vais faire du reste de ma vie. Grâce au double coup Esguerra-Novak, j'ai bien assez d'argent pour Sara et moi, ainsi qu'une douzaine d'enfants et de petits-enfants – surtout si nous ne prenons pas l'habitude d'acheter des avions privés, des armes spécifiques et autres babioles hors de prix. Je n'ai pas à travailler pour nous faire vivre et je n'avais pas d'autre projet que de retrouver Sara et l'unir à moi – en partie parce que j'ai toujours apprécié les moments de repos entre deux missions.

Maintenant, je commence à me rendre compte que c'était uniquement parce que ce repos n'était que temporaire, parce qu'une mission bourrée d'adrénaline m'attendait dans un avenir proche. À présent, il n'y a plus rien – rien qu'une série de jours paisibles et sereins à l'infini.

Des jours où tout ce que j'aurai à faire, c'est penser à Sara et attendre qu'elle rentre à la maison.

— Peter ?

Sara passe la tête dans la salle et un grand sourire illumine son visage lorsqu'elle pose les yeux sur moi.

— Je suis prête à rentrer si tu es prêt.

— Allons-y, dis-je, reléguant mon problème à un autre jour.

Je réfléchirai plus tard à ce que je ferai de mon temps.

Pour le moment, j'ai ma ptichka et je n'ai besoin de rien d'autre.

 ara

LES DEUX JOURS DE TRAVAIL SUIVANTS S'ÉCOULENT DANS UN brouillard. Mardi, je reste tard à l'hôpital pour un accouchement. Mercredi, je suis encore de service à la clinique où, une fois de plus, je suis le seul médecin à recevoir toutes les patientes.

C'est épuisant, mais ça ne me dérange pas, parce que Peter trouve un moyen d'être près de moi tous les soirs – le mardi en consultant ses emails au Snacktime Café à côté de l'hôpital, afin que je puisse passer le voir en attendant que ma patiente soit prête à accoucher, et le mercredi en faisant à nouveau du bénévolat à la clinique, non loin de moi.

— Pourquoi fais-tu ça ? je lui demande alors que nous arrivons en voiture devant la clinique. Comprends-moi bien, j'en suis très contente. Et Lydia est aux anges, évidemment. Mais est-ce vraiment ce que tu veux ?

Il tourne vers moi ses yeux brillants couleur argent.

— Ce que je veux, c'est toi dans mon lit, vingt-quatre heures sur vingt-quatre et sept jours sur sept. Ou à défaut, menottée à moi en permanence. Mais comme je sais à quel point tu tiens à ta carrière, j'opte pour ce qui s'en rapproche le plus.

Je le dévisage en me demandant comment réagir. Avec un autre homme, je serais convaincue que c'est une plaisanterie, mais avec Peter, loin de moi cette idée. D'autant plus que je comprends ce qu'il ressent.

Il me manque terriblement quand nous sommes séparés.

Nous nous arrêtons devant la clinique une minute plus tard et je me prépare à un flot de patientes tandis que Lydia entraîne Peter pour lui faire déplacer des meubles. De dix-neuf à vingt-deux heures, des femmes me consultent pour des désagréments mineurs avant qu'un nom de famille sur le planning me saute aux yeux.

Monica Jackson.

Mon cœur se serre douloureusement. La jeune femme de dix-huit ans est venue me voir la semaine dernière après la deuxième agression brutale de son beau-père, sorti de prison pour un détail technique au lieu de purger la peine de sept ans à laquelle il avait été condamné pour l'avoir violée quand elle avait dix-sept ans. Cette fois-là, je l'avais aidée, je lui avais donné de l'argent afin de libérer sa mère alcoolique de sa dépendance financière envers cette ordure, mais la semaine dernière, je n'ai rien pu faire. Monica était terrorisée à l'idée que son beau-père leur intente un procès pour obtenir la garde de son petit frère et gagne – ou que l'enfant soit envoyé dans un foyer d'accueil.

Sa situation désespérée m'avait tellement secouée que j'avais pleuré pendant une heure.

Je prends une inspiration et, affichant mon visage le plus serein, je me lève quand la fille entre dans la pièce.

— Monica. Comment vas-tu ?

— Bonjour, docteur Cobakis.

Son petit visage est si rayonnant que je la reconnais à peine. Même les hématomes presque guéris encore visibles sur sa peau n'atténuent en rien la joie qui irradie de sa personne.

— Je suis prête à me faire poser mon stérilet.

Je suis stupéfaite par son enthousiasme.

— Formidable. Je vois que tu vas mieux !

Elle hoche la tête en sautant sur la table d'examen.

— Oui, bien mieux. Devinez quoi ?

— Quoi ?

Elle sourit.

— Il ne peut plus rien me faire. Plus jamais. La semaine dernière, il est parti pour son boulot de nuit et il s'est fait agresser dans une ruelle. On lui a tranché la gorge, vous vous rendez compte ?

— On... quoi ?

Je me laisse tomber sur mon fauteuil en sentant mes jambes se dérober.

Son sourire disparaît et elle me regarde d'un air penaud.

— Je suis désolée. Ça paraissait méchant, n'est-ce pas ?

— Euh, non. C'est...

Je secoue la tête dans une tentative futile pour m'éclaircir l'esprit.

— Tu as dit qu'on lui avait *tranché la gorge* ?

— Oui, les agresseurs ou l'agresseur. La police ne sait pas combien ils étaient. On lui a volé son portefeuille, c'était pour son argent.

— Je vois.

J'ai une voix étranglée, mais c'est plus fort que moi. Le souvenir des deux toxicomanes que Peter a tués pour me protéger refait vivement surface. Je sens l'odeur de cuivre de la mort. Je revois leur chute, comme deux pantins désarticulés, et les flaques sombres formées par le sang de leurs corps, face contre terre...

Il y avait tant de sang. On leur avait forcément tranché la gorge.

— Docteur Cobakis ? Ça va ?

La fille a l'air soucieuse. Je dois avoir blêmi.

Au prix d'un effort, je me ressaisis et lui adresse un sourire rassurant.

— Oui, désolée. Une mauvaise association d'idées, c'est tout.

— Oh, excusez-moi. Je ne voulais pas vous faire paniquer. Bien sûr, je ne dis pas que je suis heureuse qu'il soit mort. Mais, disons que...

— Tu es contente qu'il soit sorti de ta vie. Je comprends.

Une fois de plus, je me lève et, le plus calmement du monde, je tends à Monica une blouse en papier dans un emballage plastique.

— S'il te plaît, va te changer. J'arrive.

Je lui laisse un peu d'intimité et je sors. Mes jambes flageolent et mes poumons peinent à respirer.

La semaine dernière, quand j'ai appris la seconde agression de Monica, je n'ai pas seulement pleuré.

Je me suis également confiée à Peter en lui disant exactement ce qui s'était passé.

S'il ne s'agit pas d'une coïncidence macabre, alors l'agent Ryson avait raison.

Je suis un monstre, tout autant que Peter. J'ai tué le beau-père de Monica en braquant sur lui l'arme la plus mortelle que je connaisse.

Mon nouveau mari.

ara

J'AI TOUJOURS DU MAL À RESPIRER QUAND J'ENTRE DANS LA VOITURE avec Peter. Le poids des révélations de Monica m'oppresse comme un iceberg dans la poitrine.

— Qu'y a-t-il, ptichka ? demande-t-il alors que nous commençons à rouler. Tout va bien ?

J'ai envie de rire comme une hystérique. Je vais bien ? Je devrais ?

Existe-t-il un baromètre du bien-être à consulter lorsqu'on a commandité un meurtre par inadvertance ?

— Sara ? insiste Peter en jetant un œil vers moi.

Même si sa voix est légèrement intriguée, je décèle la lueur sinistre de la certitude dans son regard.

Il a dû remarquer Monica à la clinique.

Le dernier espoir qu'il se soit agi d'une coïncidence s'évapore, laissant derrière lui une hébétude terrifiante.

Peter a commis ce meurtre pour moi.

Le sang de sa victime souille *mes* mains.

C'est inutile de le lui demander, mais je ne peux m'en empêcher. Je dois entendre ces mots prononcés à haute voix :

— C'est toi qui as fait ça ?

Je m'attends à ce qu'il gagne du temps, à ce qu'il nie, mais il me répond sans hésitation, les yeux rivés sur la route droit devant :

— Oui.

Oui.

Voilà. Aucune incompréhension, aucune confusion.

Il a tué un homme pour moi.

Il lui a tranché la gorge, comme il l'avait fait avec ces toxicomanes.

— Aurais-tu préféré que je laisse la fille entre ses griffes ?

Sa voix est calme et mesurée lorsqu'il me regarde à nouveau.

— Je l'ai fait pour que tu ne t'inquiètes pas. Pour que ta patiente puisse avoir une vie normale et heureuse.

Je déglutis péniblement en détournant les yeux pour regarder par la vitre. Que puis-je dire ?

Comment as-tu osé faire une chose pareille ?

Merci ?

Je m'efforce de revenir vers son visage de profil.

— Je croyais…

Ma gorge se referme et je dois m'y reprendre à deux fois.

— Je croyais que tu allais respecter la loi. N'est-ce pas l'une des conditions du marché que tu as passé avec les autorités ?

Peter acquiesce sans quitter la route des yeux.

— C'est le cas, et je respecte la loi. Je considère que ce que j'ai fait est un coup de pouce à la loi – parce que la loi est censée protéger les filles comme Monica contre les hommes comme son beau-père.

Je détourne le regard, les yeux brûlants. Le poids glacial se propage dans ma poitrine.

Il ne considère même pas qu'il a mal agi. Pourquoi le ferait-il ? C'est ce qu'il est, ce qu'il fait.

Tuer est aussi normal pour lui que mettre un enfant au monde
l'est pour moi.

— Sara.

Sa voix grave me parvient et je me rends compte que nous
venons de nous garer. Je dois avoir passé le reste du trajet absorbée
dans mes pensées.

Je me ressaisis et je me tourne vers lui.

Il me prend la main.

— Ptichka...

Sa voix est douce et sa grande main est chaude lorsqu'elle se
referme autour de mes doigts glacés.

— Pourquoi m'as-tu parlé de ça si tu ne voulais pas de mon
aide ? Croyais-tu vraiment que j'allais te regarder pleurer à cause
de cet *ublyudok* sans rien faire ?

Je frémis malgré moi.

Voilà, c'est exactement le cœur du problème, la raison pour
laquelle les révélations de Monica sont aussi dévastatrices.

Parce qu'au fond, je ne m'attendais *pas* à ce qu'il reste les bras
ballants. Dans mon for intérieur, je savais ce qu'il ferait – avant
même qu'il me promette que ma patiente « irait bien ».

Je le savais et j'ai fait semblant de ne rien voir.

Secrètement, je *voulais* que ça se produise.

J'ai montré le problème à Peter et il m'a fourni une solution.

Comme ça.

— Sara...

Il lève une main et la pose sur mon cou. Son regard est sombre,
mais empli de chaleur, dans l'habitacle de la voiture.

— Ne fais pas ça, ptichka. Ne te le reproche pas. Il le méritait,
tu le sais bien. Crois-tu honnêtement que Monica est la seule fille à
qui il a fait du mal ? Ton système juridique avait une chance
d'arranger la situation, de l'enfermer pour de bon – et ils l'ont
laissé partir. Tu as rendu au monde un grand service en m'en
parlant.

Je ferme les yeux. J'aimerais m'appuyer contre sa paume, laisser sa voix douce et apaisante chasser l'horreur et la culpabilité qui me glacent de l'intérieur.

Non seulement suis-je amoureuse d'un tueur, mais en quelque sorte, j'en suis devenu un.

— Ne te tourmente pas, mon amour. Il n'en vaut pas la peine.

Son souffle me réchauffe le visage et ses lèvres frôlent les miennes dans un tendre baiser enjôleur.

En réaction, un frisson me traverse et je sens monter une bouffée de chaleur sous le froid qui m'habite. Tout à coup, la douceur ne suffit plus.

Je n'ai pas envie d'être cajolée – j'ai envie qu'il me baise jusqu'à m'en faire perdre la raison.

Ouvrant les yeux, je glisse mes doigts dans ses cheveux et je lui agrippe la tête, puis j'incline mon visage afin d'approfondir le baiser. Ma langue pénètre dans sa bouche et mes ongles s'enfoncent dans son crâne tandis que je me plaque contre lui, penchée par-dessus l'accoudoir qui sépare nos deux sièges. Il retient son souffle, enfouit les mains dans mes cheveux pour m'agripper fermement, et un grondement sourd monte de son torse tandis qu'il répond avec sa propre agressivité. Il me mord la lèvre inférieure en me rendant mon baiser, plus fort et plus intense, me repoussant vers mon siège.

Oui, c'est ça. J'ai la tête qui tourne. La chaleur en moi monte en puissance, jusqu'au point de l'explosion. Il a le goût de la violence et de l'avidité masculine, comme si la punition et l'amour se mêlaient. Je ne réfléchis plus sous cet assaut des sens, et je n'en ai pas envie.

C'est cela que je veux.

C'est lui que je veux.

Je prends vaguement conscience que mon dossier se penche en arrière. L'instant d'après, Peter est sur moi. La voiture est secouée quand il m'arrache mes vêtements. Il plonge une main sous mon chemisier tandis que l'autre s'attaque à la fermeture de mon pantalon. Sa paume calleuse est brûlante et rêche lorsqu'elle passe sur mon ventre nu. Je garde les yeux ouverts, assez longtemps pour voir les vitres de la voiture s'embuer. Cela suffit presque à me rendre lucide, à me rappeler où nous sommes, mais quand sa main redescend, son baiser devient plus exigeant et la tempête d'envies furieuses s'abat à nouveau sur moi.

Je ne sais pas vraiment quand ni comment il parvient à baisser mon pantalon et ma culotte ni quand j'ouvre le bouton de son jean. Tout ce que je sais, c'est que soudain, il est en moi, si brusque et si épais que c'en est douloureux. Je pousse un cri et halète lorsqu'il commence à me baiser franchement, mais il n'arrête pas, il ne ralentit pas – et je n'en ai pas envie. Nous nous lâchons comme des animaux, sans retenue ni finesse. Quand je jouis en criant, agrippée à lui, il m'accompagne dans l'extase, dans cette folie qu'est notre connexion.

Dans les ténèbres de notre amour.

eter

Je suis presque certain que quelques voisins ont vu ce qui s'est passé dans notre voiture sur le parking – et je sais que ça n'a pas échappé à mon équipe –, mais je m'en fiche complètement. Je raccompagne une Sara tremblante jusqu'à l'ascenseur. Elle est plus échevelée que jamais. Son chemisier est boutonné de travers et elle a les cheveux en bataille autour de son visage rouge. Je dois avoir la même allure et je ne peux me retenir de sourire lorsque nous croisons un couple bon chic bon genre avec une poussette dans le hall d'entrée. Ils nous lancent un regard scandalisé et Sara détourne le regard, les joues incroyablement écarlates.

C'est adorable. Ma pauvre ptichka est gênée par notre élan de passion quasi publique – même si elle en était à l'origine.

— Ne t'inquiète pas. Nous déménagerons dans la semaine, lui dis-je lorsque nous entrons dans l'ascenseur.

Elle appuie son front contre le miroir et ferme vivement les paupières, frappant son petit poing contre le verre.

— Je n'en reviens pas qu'on ait fait ça. Je... oh, Seigneur, je ne m'en remettrai jamais.

Elle a l'air tellement mortifiée que j'ai envie de la serrer dans mes bras. Alors, c'est exactement ce que je fais, ignorant ses tentatives pour me repousser. Au bout d'un moment, elle se détend et je caresse ses cheveux emmêlés jusqu'à ce que l'ascenseur arrive à notre étage.

Puis je me penche et je la soulève dans mes bras afin de l'emmener jusqu'à l'appartement.

Elle ne proteste pas, mais elle cache son visage contre mon cou lorsque nous croisons un autre voisin dans le couloir. Ce dernier – un gamin à peine sorti de l'adolescence – sourit et, en passant, lève le pouce comme pour m'encourager.

Si seulement ce garçon connaissait toute l'histoire.

En arrivant à la porte, je remets Sara sur ses pieds pour prendre les clés et elle se précipite dans l'appartement dès que j'ouvre. Je suis toujours en train de retirer mes chaussures quand j'entends la douche couler. Lorsque je rejoins Sara dans la salle de bain, elle sort déjà de la baignoire, les joues joliment colorées et l'air encore un peu troublé.

Je suis contente de la voir comme ça.

C'est bien mieux que dans la voiture, tout à l'heure, quand elle a appris la mort du beau-père de Monica.

— Tu crois que quelqu'un nous a vus ? demande-t-elle avec angoisse, enroulant une serviette autour d'elle.

Je réprime un autre sourire et je commence à me déshabiller.

— À ton avis, ptichka ?

— Eh bien, il est tard et le parking est obscur, et... oh, pitié !

Elle me frappe sur le bras quand je laisse tomber ma chemise dans le panier de linge sale et j'éclate de rire, incapable de me retenir.

Ça m'étonnerait fort que personne dans tout l'immeuble n'ait vu la voiture, sur le parking, secouée comme un bateau en plein ouragan.

Elle gémit en se cachant le visage entre ses mains, puis elle lève les yeux, soudain blême.

— Tu crois que nous allons nous faire arrêter ? Pour atteinte à la pudeur ou quelque chose comme ça ?

Cessant de rire, je réponds :

— Non, mon amour.

Je vois la peur et la culpabilité sur son visage et je sais que ce n'est pas à cause de nos galipettes sur le parking.

Elle s'est rappelé ce qui avait précédé et elle craint les conséquences.

— Sara...

Je prends ses deux mains dans les miennes. Une fois de plus, ses paumes sont froides, malgré la vapeur d'eau brûlante qui emplit la petite salle de bain.

— Ptichka, il ne va rien nous arriver. Rien ne me relie à la mort de cet homme – et personne ne mène l'enquête. Je le sais, car j'ai demandé à mes pirates informatiques de vérifier. Pour les gens, un ancien détenu s'est fait agresser dans un quartier malfamé, c'est tout. Aucun policier ne va perdre son temps à creuser la question – quand bien même, ils ne découvriraient rien. Je suis douée pour ce que je fais... ou faisais.

— Je le sais. Et c'est...

Sa gorge fine tressaute quand elle déglutit.

— C'est terrifiant.

— Pourquoi ? je demande à mi-voix tout en passant mes pouces sur ses paumes. Je te l'ai dit, cette partie de ma vie appartient au passé. Nous sommes tournés vers l'avenir, non ? Et maintenant, ta patiente aussi. Elle est libre de mener sa vie sans peur. N'est-ce pas ce que tu souhaitais pour elle ?

— Bien sûr.

Elle retire ses mains et croise les bras devant sa poitrine. Elle a l'air tellement perdue que je regrette presque d'avoir fait cela pour elle.

Il aurait peut-être mieux valu que je trouve un autre moyen de régler le problème de Monica – ou du moins que je me débarrasse du corps.

Une fois de plus, je voulais que la patiente de Sara sache que son agresseur ne représenterait plus aucune menace. Une disparition inexpliquée ne lui aurait pas procuré la même tranquillité d'esprit. La pauvre fille aurait constamment regardé sur son épaule, redoutant le retour de ce monstre.

C'était la bonne décision, j'en suis convaincu. Maintenant, je dois en convaincre Sara.

— Ptichka…

— Peter… commence-t-elle en même temps.

Je m'interromps pour la laisser parler. Elle prend une inspiration et expire lentement.

— Peter, si nous voulons… le faire pour de bon – si nous voulons bâtir une vie normale ensemble, alors je veux que tu me promettes quelque chose.

— Quoi, mon amour ? je demande, même si je le devine déjà.

— Je voudrais que tu me promettes que tu ne le referas plus jamais.

Ses yeux noisette demeurent rivés sur mon visage.

— Je dois savoir que si quelqu'un me contrarie, il ne terminera pas dans une ruelle, la gorge tranchée. Que si nos enfants ont un enseignant difficile à l'école ou se font brutaliser par un camarade de classe, si quelqu'un nous fait un doigt d'honneur en voiture, le meurtre ne sera *pas* envisagé comme une solution.

Je cligne lentement des paupières.

— Je vois.

— Peux-tu me le promettre ? insiste-t-elle en agrippant les bords de sa serviette. Je veux savoir que les gens sont en sécurité autour de moi, qu'en étant avec toi, je ne condamne personne à mort.

C'est à mon tour de prendre une profonde inspiration apaisante.

— Mon amour… je ne peux pas te promettre de ne pas te protéger. Si quelqu'un essaie de te faire du mal, à toi ou à nos enfants…

— Nous irons voir les autorités, comme tout le monde.

Elle lève obstinément le menton.

— C'est à cela que sert la police. Bien sûr, je ne parle pas d'un cas de légitime défense flagrante. Si nous marchons dans la rue et que quelqu'un nous braque avec une arme, évidemment, c'est différent – même si la meilleure option serait encore de le désarmer ou de blesser cette personne. Je parle du meurtre comme un moyen de régler des questions qui ne posent *pas* de menace mortelle. Tu vois la différence, n'est-ce pas ?

Non, pas vraiment. Je n'ai aucune intention de tuer les abrutis qui nous klaxonnent ou pour les broutilles que Sara imagine, mais je ne vais pas rester sans rien faire et laisser un *ublyudok* la faire pleurer comme si elle avait le cœur brisé.

Elle me regarde, l'air d'attendre quelque chose. Je sais qu'elle ne changera pas d'idée.

— D'accord, dis-je après un moment de réflexion. Si c'est ce que tu veux, je promets que je ne tuerai pas, même si la personne représente une menace, pour nous ou un proche.

— Et tu ne tortureras, tu ne frapperas ou tu ne blesseras personne ?

Je soupire.

— Très bien. Pas de violence physique, c'est promis.

J'ai encore d'autres moyens à employer si le besoin se présente – corruption, chantage, pression financière – alors, cette promesse ne me coûte pas trop. Et puis, à mes yeux, ce qui constitue une « menace » est sujet à interprétation.

Si une brute épaisse agresse notre enfant à l'école, lui ou ses parents ne s'en tireront *pas* indemnes.

Comme Sara n'a pas l'air satisfaite de mes promesses très spécifiques, je prends sa serviette et je la tire en même temps que je déboutonne mon jean.

— Attends... commence-t-elle.

Mais je la repousse déjà dans la douche, où je m'assure de chasser de ses pensées tous ces hypothétiques connards que je pourrais affronter un jour.

eter

L<small>E LENDEMAIN MATIN</small>, S<small>ARA ME PARAÎT SILENCIEUSE ET UN PEU</small> distante. De toute évidence, elle réfléchit encore à ma solution au problème de sa patiente. Tout cela ne mènera nulle part et j'essaie de lui changer les idées en évoquant sa nouvelle passion, sa place de chanteuse dans un groupe.

— Quand a lieu ton prochain concert ? je demande pendant le petit-déjeuner. J'ai vu des vidéos de toi sur scène, mais j'aimerais beaucoup y assister en personne.

Elle lève les yeux de son omelette, clignant des paupières comme pour mieux se concentrer.

— Oh, je voulais te le dire. Notre guitariste, Phil, m'a envoyé un texto hier soir. Nous jouons demain, si tout le monde peut se libérer à temps. Crois-tu que nous pourrions reporter à samedi le dîner avec mes parents ?

Ma première impulsion est de refuser. Je comptais la garder pour moi après le dîner – un événement qui ne prendrait que deux ou trois heures maximum. Ce concert va occuper toute la soirée du vendredi et il faudra quand même passer du temps avec ses parents au cours du week-end – tout en emménageant dans notre nouvelle maison.

En même temps, j'ai très envie de voir mon rossignol sur scène, à chanter de tout son cœur. Si c'est important pour elle, ça l'est aussi pour moi.

— Bien sûr, dis-je avec calme tout en me levant pour faire la vaisselle. Nous pouvons dîner avec tes parents samedi. Ou mieux, invite-les pour le brunch.

J'ai toujours su qu'en menant cette vie, je devrais partager l'attention et le temps de Sara, mais je ne peux pas laisser mon obsession tout gâcher.

Je suis capable de le supporter.

Je vais devoir m'y habituer, c'est tout.

JE TERMINE LA VAISSELLE PENDANT QUE SARA S'HABILLE ET JE LA conduis au travail.

— N'oublie pas, la signature chez le notaire est à dix-huit heures, lui dis-je alors que nous nous garons devant son cabinet. Je passe te chercher à dix-sept heures trente, d'accord ?

Elle acquiesce et tend la main vers la poignée de la portière tout en se dérobant à mon regard.

— Sara.

Je lui prends le poignet alors qu'elle ouvre.

— Regarde-moi.

Elle obéit avec réticence. De l'autre main, je glisse derrière son oreille une mèche de cheveux égarée.

— Dis-le, ptichka. Je veux entendre ces mots.

Elle me dévisage et je sens son pouls s'accélérer dans le poignet fin que je tiens. Elle est aux prises avec elle-même, avec ses sentiments pour moi, et je ne le tolèrerai pas.

— Dis-le ! j'insiste en resserrant ma poigne.

Je vois le moment précis où elle capitule.

Fermant les yeux, elle prend une vive inspiration, puis elle rouvre les paupières.

— Je t'aime.

Sa voix est basse, mais assurée, et elle me regarde dans les yeux.

— Je t'aime, Peter… quoi qu'il arrive.

Quelque chose tout au fond de moi – un nœud de tension dont j'ignorais l'existence – se détend et je porte sa main à mes lèvres, embrassant la peau douce de ses phalanges.

— Je t'aime aussi. On se voit à dix-sept heures trente, d'accord ?

— D'accord, murmure-t-elle.

Je me résous enfin à la quitter.

À lui laisser sa liberté, au moins jusqu'à ce soir.

ara

FIDÈLE À SA PAROLE, PETER PASSE ME CHERCHER À DIX-SEPT HEURES trente précises, et nous rejoignons le cabinet du notaire pour signer les documents.

— Tu as mis la maison à mon nom ?

Je regarde Peter avec étonnement quand je découvre l'espace blanc qui attend seulement ma signature sur chaque feuille.

Il hoche la tête avec un léger sourire.

— C'est pour le mieux, mon amour. Au cas où.

Un frisson remonte le long de ma colonne vertébrale. « Au cas où » pourrait signifier tout un tas de choses, mais quand votre mari était traqué par les agences des forces de l'ordre du monde entier et qu'il a toujours des liens avec le milieu criminel, ces mots revêtent un sens particulièrement sinistre.

J'ai envie d'approfondir la question, mais le notaire - une jolie femme élégante d'une trentaine d'années - nous regarde avec une curiosité manifeste, et je me contente de signer à chaque X en essayant de ne pas songer à ces éventualités terrifiantes.

Comme, par exemple, à la possibilité qu'une unité spéciale enfonce notre porte en pleine nuit parce qu'on aura découvert le rôle de Peter dans le meurtre du beau-père de Monica.

— C'est terminé, déclare la femme sur un ton enjoué quand je lui remets les derniers papiers. Félicitations pour votre nouvelle maison.

— Merci.

Je me lève et lui serre la main.

— Nous sommes très enthousiastes.

À son tour, Peter lui serre la main et je ne peux m'empêcher de remarquer le regard que la femme pose sur lui – comme un chat regarderait une écuelle de crème. Il ne semble pas prêter attention à son intérêt, mais j'éprouve tout de même un vilain élan de jalousie.

Peut-être devrais-je dire à Peter qu'*elle* me contrarie ?

Je chasse cette plaisanterie macabre dès qu'elle me vient à l'esprit, mais il est trop tard. Une fois de plus, je broie du noir et j'ai la nausée. Pendant toute la journée, j'essaie de me convaincre que ce qui est arrivé n'était qu'un cas isolé et que Peter tiendra sa promesse de ne plus faire de mal à quiconque. Pourtant chaque fois que je m'apprête à le croire, je me rappelle ce qu'il a menacé de faire lors de notre mariage si je lui faisais faux bond.

Le meurtre – ou la menace – fera toujours partie de son arsenal et personne autour de moi ne sera véritablement en sécurité. C'est comme si je me promenais avec une grenade dégoupillée.

Peter m'escorte vers la sortie et nous rentrons à mon appartement, où la table est déjà dressée, avec des chandelles et une bouteille de champagne glacée dans un seau. De délicieux effluves émanent du four.

— À notre nouvelle maison, dit-il en portant un toast après nous avoir servi un verre.

J'avale d'un trait la boisson à bulles en m'efforçant de chasser les images de cadavres désarticulés dans des ruelles sombres, les images de mares de sang.

Et de la grenade dégoupillée constamment à mes côtés.

eter

LES DÉMÉNAGEURS N'ARRIVENT PAS AVANT MIDI. APRÈS AVOIR DÉPOSÉ Sara au travail le vendredi, je pars courir avec un sac à dos lesté pour imiter l'entraînement que j'effectuais avec mes hommes. J'ai besoin d'exercice éreintant afin de soulager la fébrilité que je ressens – et d'oublier à quel point ma vie exclusivement axée autour du travail me manque.

Je termine mon jogging dans un parc désert et calme, non loin de l'appartement, et je retire mon tee-shirt trempé de sueur, afin de me lancer dans une série de mouvements de musculation en utilisant le sac à dos de quarante kilos pour ajouter de la difficulté à mes pompes sur un bras et à mes tractions contre un arbre.

J'ai presque fini quand j'aperçois un adolescent qui court dans ma direction, son tee-shirt flottant sur son corps efflanqué. Pendant un moment pétrifiant, il me fait penser à mon ami Andrey, celui qui m'a fait tous mes tatouages au Camp Larko.

L'illusion se dissipe quand le garçon s'approche, mais je suis incapable de détourner le regard.

Le gamin court comme s'il avait les chiens de l'enfer aux trousses. Il a les yeux écarquillés et ses bras battent désespérément l'air de part et d'autre de son corps. Quelques secondes plus tard, je comprends pourquoi.

Quatre garçons plus grands et plus âgés – de jeunes hommes, à vrai dire – le poursuivent tout en hurlant des insultes.

Cela ne me regarde absolument pas, mais c'est plus fort que moi.

Dès que le sosie d'Andrey me dépasse en trombe, je détache mon sac de ma taille et je le jette au sol. Puis, au moment où ses poursuivants arrivent à ma hauteur, je me campe en travers de leur chemin, les bras tendus afin de leur barrer le passage.

Ils s'arrêtent net, juste à temps pour ne pas me rentrer dedans.

— Putain, mec ! s'exclame le plus costaud des quatre. Dégage !

Il essaie de m'écarter – grosse erreur de sa part. Mon instinct affûté entre en jeu et, un instant plus tard, le type est étalé sur le dos. Il gémit et ses trois camarades reculent, les mains levées en signe de défense.

— Foutez le camp !

Aussitôt, ils s'exécutent, prenant à peine le temps de récupérer leur ami à terre avant de l'entraîner.

Je me penche pour ramasser mon sac à dos quand j'aperçois un mouvement du coin de l'œil.

C'est le gamin que j'ai aidé. Son torse maigre palpite tandis qu'il me dévisage.

— Comment avez-vous fait ?

Il y a de l'admiration et de l'envie dans sa voix.

— Quoi donc ?

Je prends mon sac et je fourre mon tee-shirt à l'intérieur.

— Comment l'avez-vous étendu comme ça ?

Je hausse les épaules en hissant mon sac à dos, attachant les lanières autour de ma taille.

— Autodéfense élémentaire.

— Non, clairement pas.

Les yeux bleus du gosse sont grands ouverts – leur ressemblance avec ceux d'Andrey est troublante.

— Il y avait autre chose. Vous avez servi dans l'armée ? Et vous vous entraînez avec ça ? demande-t-il en désignant mon sac à dos.

— En quelque sorte. Oui.

Je me tourne pour partir, mais le garçon n'en a pas terminé avec moi.

— Pouvez-vous m'apprendre ? À combattre, je veux dire…

Je fais mine de ne pas l'avoir entendu et je commence à trottiner.

Sans se laisser décourager, il me rattrape et court à mes côtés.

— Vous pouvez m'apprendre ? S'il vous plaît ?

J'accélère le pas.

— Je ne forme pas les jeunes.

— Je vous paierai.

Il est essoufflé, mais il parvient à conserver son allure.

— Tenez.

Glissant la main dans sa poche, il en sort deux billets de vingt dollars.

— De toute façon, ils allaient les prendre, alors autant que je vous les donne.

Je m'apprête à refuser lorsqu'une idée me vient. Je m'arrête alors à côté d'un banc et je le toise d'un regard attentif.

— Tu as envie d'apprendre ? Vraiment ?

— Oui.

Il trépigne d'excitation.

— J'ai envie de savoir me défendre. Enfin, j'ai suivi des cours de karaté quand j'étais petit, mais ça n'a pas vraiment…

— Quel âge as-tu ? je l'interromps.

— Seize ans. Presque, le mois prochain.

— Et qui étaient ces types après toi ?

Le garçon rougit.

— Les amis de mon grand frère. Ils ont prêté serment dans une fraternité d'étudiants et c'est un rituel chez eux. Vous savez, voler de l'argent à un intello.

Je lève presque les yeux au ciel tant ce qu'il dit est ridicule. Suis-je sérieusement en train d'envisager cela ?

— S'il vous plaît, monsieur.

Le garçon sautille d'un pied sur l'autre.

— Mon père dit toujours que je dois m'affirmer, mais je ne sais pas comment. Et la manière dont vous les avez arrêtés... Je tuerais pour être capable de faire ça.

Ce gamin n'a pas idée de ce qu'il dit, mais pour une raison quelconque – peut-être parce que je pense toujours à Andrey à qui tout le monde s'en prenait dans notre camp de l'enfer avant que le gardien sadique l'ébouillante – je tends la main et demande :

— Donne-moi ton téléphone.

Le gamin s'empresse d'obéir. J'y inscris alors mon numéro avant de le lui rendre.

— Appelle-moi ce week-end et nous prévoirons un emploi du temps. Comment t'appelles-tu, au fait ?

— Aiden, monsieur. Aiden Walt.

Il hésite, puis il prend son courage à deux mains et demande :

— Et vous êtes... ?

— Peter Garin, dis-je avant de repartir à petites foulées, laissant l'adolescent debout à côté du banc.

15

ara

COMME IL EN A PRIS L'HABITUDE CETTE SEMAINE, PETER PASSE ME chercher après le travail. Mais au lieu de nous conduire à la maison ou à la clinique, il nous emmène au bar où mon groupe joue ce soir.

— Merci beaucoup, dis-je dans la voiture, entre deux bouchées de pâtes au poulet. Sérieusement, c'est un délice.

— De rien.

Son regard couleur argent est chaleureux lorsqu'il se tourne vers moi avant de reporter son attention sur la route.

— Je suis content que ça te plaise.

— Je n'en reviens pas que tu aies trouvé le temps de cuisiner aujourd'hui. Les déménageurs ne devaient-ils pas passer ?

Il sourit.

— Oh, je ne te l'ai pas dit ? Ils sont passés... et ce soir nous allons dormir dans notre nouvelle maison.

— Quoi ?

Je manque m'étouffer avec mes pâtes.

— Tu es sérieux ?

Il acquiesce.

— J'ai embauché quatre types. Ils emballent tout et le transfèrent en un temps record. J'ai déjà rangé le nécessaire, toutes les affaires de la cuisine et de la chambre. Il ne restera que des cartons à déballer ce week-end et quelques babioles à acheter, bien sûr, mais je me suis dit qu'on pourrait le faire ensemble.

— Tu es merveilleux.

Je le pense. Sa façon d'être, implacable et obsessionnelle, cette capacité presque surhumaine à surmonter les pires embûches pour atteindre son objectif, tout cela me terrifiait autrefois, mais maintenant que je ne me débats plus pour lui échapper, je me rends compte de l'avantage que cela représente.

Cette même force de volonté que Peter a employée pour me faire tomber amoureuse de lui s'attache désormais à aplanir toutes les aspérités mineures de notre vie paisible – une vie uniquement possible parce que Peter a accompli un véritable miracle en se faisant rayer de la liste des criminels les plus recherchés au monde.

Si je ne le connaissais pas mieux, je le prendrais pour un magicien capable de soumettre le destin et la réalité à sa volonté.

— J'ai décidé d'ouvrir un studio d'entraînement, dit-il sur un ton détaché tandis que je poursuis mon repas. Je commencerai à chercher un local la semaine prochaine.

Je m'interromps au milieu de ma bouchée pour le dévisager avec incrédulité.

— Vraiment ?

— Oui. J'ai rencontré un adolescent au parc aujourd'hui. Il m'a supplié de lui donner des cours de combat. Ça m'a donné l'idée et plus j'y réfléchis, plus ça me plaît. Je pense à des cours d'autodéfense pour les femmes et les adolescents, des camps d'entraînement pour les athlètes confirmés, le maniement des armes pour les gardes du corps et ainsi de suite. J'ai de l'expérience en tant que chef, puisque j'exerce mes gars depuis que j'ai mis sur pied mon équipe, alors ça pourrait être sympa.

— C'est une *excellente* idée, dis-je d'une voix qui trahit mon excitation. Ce sera tellement parfait pour toi.

Il me décoche un regard plein d'ironie.

— Mieux que les assassinats ?

J'éclate de rire. Décidément, il lit dans mes pensées.

— Oui, beaucoup mieux.

Je me suis inquiétée de ce qu'il ferait, me demandant si son ancien métier bourré d'adrénaline n'allait pas lui manquer, et ce projet me tranquillise un peu.

Avec le studio d'entraînement pour occuper ses journées et lui offrir un nouveau défi, mon assassin de mari pourrait bien s'adapter à notre vie calme de civils comme les autres.

Je ne me suis pas sentie aussi légère depuis la visite de Monica et je termine mes pâtes au moment où nous nous garons près du bar où je chanterai ce soir.

CETTE SENSATION DE LÉGÈRETÉ S'ENVOLE DÈS QUE NOUS PÉNÉTRONS à l'intérieur. Le bar est immense, bruyant et bondé. La plupart des clients sont déjà saouls et je sens monter la tension de Peter quand nous rejoignons les coulisses, où les autres membres du groupe se préparent déjà.

— Ah, les voilà ! Les nouveaux mariés ! Content que vous ayez pu venir.

Quand Phil me serre dans ses bras, le visage de mon mari devient aussi dur que la pierre et je vois qu'il ferme le poing.

Zut, j'avais oublié la possessivité extrême de Peter.

Je repousse mon musicien et je m'empresse de prendre Peter par le bras. Le muscle d'acier se contracte sous mes doigts et je comprends que je ne m'étais pas trompée.

Ma grenade était bel et bien sur le point d'exploser.

— Où sont Simon et Rory ? je demande en frottant le bras de Peter comme si j'avais simplement envie de sentir la force de ses biceps meurtriers – ce que je ferais si je n'étais pas inquiète pour

Phil. Ils sont prêts ?

— Ils sont en train de se changer par là-bas, me dit ce dernier avec un mouvement de tête vers la droite. Tu devrais aller te changer aussi. Nous avons préparé ta tenue. Ne t'inquiète pas, je te la rends dès que nous aurons terminé.

Il sourit à Peter, qui semble toujours sur le point de lui enfoncer des clous dans la chair. Très lentement.

— D'accord. Je me dépêche.

Après avoir exercé une dernière pression sur le bras de Peter, je m'éloigne avec réticence pour aller me changer.

J'espère que notre guitariste sera indemne à mon retour.

eter

— ALORS, DIT PHIL.

Son amabilité s'évapore dès que Sara disparaît.

— On est jaloux, pas vrai ?

Je le dévisage sans ciller.

— Tu n'as pas idée, lui dis-je.

S'il serre à nouveau Sara dans ses bras, ce sera son tout dernier geste. Cet endroit me rend déjà bien assez nerveux – avec la foule d'ivrognes, c'est un repaire de crapules – et rien qu'à l'idée que ce connard plein de bière pose ses sales pattes sur Sara, mes doigts me démangent de briser sa nuque trop grasse.

Il me renvoie mon regard avant d'éclater de rire.

— Oh bon sang, tu devrais voir ta tête. Je croyais que le regard qui tue, ce n'était qu'une expression.

Je me force à cligner des paupières, atténuant mon « regard qui tue » tandis qu'il poursuit sans se douter un instant que ses remarques ont visé juste.

— Désolé, vieux. Je ne voulais pas empiéter sur ton territoire. Nous connaissons Sara depuis un bout de temps, c'est comme une sœur pour nous. Enfin, pas tout à fait, parce que nous ne sommes pas de la même famille et qu'elle est vraiment canon, mais tu vois ce que je veux dire. Honnêtement, on ne savait même pas qu'elle aimait les hommes. Je ne dis pas qu'on croyait qu'elle jouait dans l'autre équipe, mais on se disait qu'elle ne sortait avec personne, étant donné qu'elle est veuve, tout ça. Maintenant, je suppose qu'elle te voyait en secret et...

Il secoue la tête.

— Enfin, c'est fou qu'on n'en ait rien su.

— Eh bien, maintenant, vous le savez.

Je devrais sans doute être plus affable. Après tout, il essaie ouvertement de créer un lien avec moi, mais j'ai encore du mal à me retenir de le tuer pour cette étreinte qu'il a osée – et toutes les autres fois où il a très certainement dragué ma femme « vraiment canon ».

Ce n'était pas ma femme à l'époque, mais elle m'appartenait déjà.

Heureusement, Sara réapparaît avant que ma patience ne soit poussée à bout. Elle porte une robe blanche dos nu qui me fait penser à celle de Marilyn Monroe dans la fameuse scène de la grille de métro. Sur une autre femme, elle aurait simplement pu paraître coquette, mais sur Sara, avec son allure de danseuse, elle est aussi élégante que sexy.

— Je me suis dit que c'était approprié, lance Phil tandis que je la dévisage, l'eau à la bouche.

J'ai envie de mordiller la peau douce exposée par le décolleté plongeant de la robe.

— Tu sais, étant donné que c'est une jeune mariée...

Je détache mes yeux de ses clavicules délicates.

— Quoi ?

— La robe blanche, dit le guitariste en souriant. C'est moi qui l'ai choisie. Comme un prolongement de votre mariage.

— Ah.

Je me retourne afin de regarder Sara qui s'arrête pour parler au batteur, Simon.

Ce serait mal si je l'enlevais sur-le-champ ? Si je la prenais dans mes bras pour l'emmener hors du bar et la garder dans mon lit jusqu'à ce que nous soyons incapables de marcher ?

J'ai envie qu'elle chante pour moi, et rien que pour moi, dans cette robe.

Dans n'importe quelle robe, en réalité.

— Eh bien, tu es accro, dit Phil.

Je lui lance un regard agacé. Cet idiot secoue la tête et sourit comme s'il ne se rendait pas compte que je m'apprête à lui tordre le cou.

— Salut, Phil !

Une blonde fait son entrée dans la pièce et je reconnais Marsha de l'hôpital, l'amie de Sara.

En me voyant, elle se fige pendant une seconde, puis elle s'approche d'un pas hésitant.

— Salut, Marsha, dis-je avec un sourire chaleureux.

Inutile d'effaroucher encore plus cette femme. Elle nourrit déjà toutes sortes de soupçons à mon égard.

— Je ne savais pas que tu serais là.

— Oui, eh bien…

Elle regarde Phil et lui demande :

— Je peux te parler ?

— Bien sûr, répond-il avant de se tourner vers moi. Excuse-moi.

Je reporte mon attention sur Sara tandis que Marsha entraîne le guitariste à l'écart. À présent, ma ptichka discute avec le rouquin, Rory, et je n'aime pas le regard que ce paon au corps musclé pose sur elle.

Je fais un pas vers eux, mais Sara met un terme à leur conversation et jette un œil à la scène à travers le rideau.

— Ils sont prêts, lance-t-elle par-dessus son épaule.

Sans un mot, je quitte les coulisses pour rejoindre la foule au bar.

Le spectacle de ma ptichka va commencer et je ne veux pas en rater une seconde.

~

À MON GRAND ÉTONNEMENT, LA FOULE TAPAGEUSE SE TAIT DÈS QUE Sara monte sur scène. Et quand elle ouvre la bouche, je comprends pourquoi. Elle est aussi phénoménale qu'une pop-star célèbre. Sa voix est suave et pure, avec des paroles qu'elle a composées elle-même. Je l'ai entendue répéter au Japon, mais je l'écoute avec enchantement, comme tout le monde dans le bar.

Le contraire serait impossible.

La chanson est à la fois évocatrice et enjouée, un mélange inhabituel de country, de R&B et de rythmes actuels – tout cela combiné à la touche unique de Sara.

Elle est plus que douée.

Elle est merveilleuse.

Nos regards se croisent et mon cœur grandit dans ma poitrine. Bientôt, j'ai l'impression de ne plus être capable de le contenir. Mon désir pour cette femme est surréaliste. Chaque cellule de mon corps a envie d'elle. Cet instinct primitif se réveille à nouveau en moi, le besoin de la jeter sur mon épaule pour la ramener dans ma tanière.

J'ai envie de l'arracher aux yeux des autres, pour pouvoir la dévorer tout seul.

Une chanson, trois, cinq, quinze – avant que je m'en rende compte, deux heures se sont écoulées. Le public ne cesse de la rappeler, exigeant une dernière chanson, et chaque fois, elle revient. Enfin, le concert est terminé.

Je l'intercepte lorsqu'elle quitte la scène. Je l'attrape et la soulève dans mes bras, la serrant contre mon torse.

— Privilège des jeunes mariés, dis-je férocement à ses fervents admirateurs.

Et tandis qu'elle enfouit son visage contre moi, rieuse et rougissante, je fais ce que je meurs d'envie de faire depuis le début de la soirée.

Je l'emmène pour profiter d'elle à mon aise.

17

eter

Je me retiens assez longtemps pour nous conduire jusqu'à notre nouvelle maison. Chaque fois que Sara bouge sur son siège et que j'aperçois sa cuisse nue sous cette robe blanche légère, je suis tenté de me garer au bord de la route.

La seule chose qui m'en empêche, c'est que je ne veux pas d'un coup vite fait dans la voiture. Je la veux dans mon lit, où je pourrai savourer son corps délicieux durant toute la nuit, où je pourrai lui montrer qu'elle m'appartiendra toujours même si les autres hommes bavent devant elle.

Ce qui m'aide, c'est qu'elle ne cesse de parler, encore portée par l'adrénaline de son concert. Elle me dit qu'il a fallu accorder la guitare de Phil au dernier moment et que Simon a failli ne pas venir parce qu'il avait un article à rendre. Me concentrer sur ses paroles m'évite de glisser la main sous sa robe et de remonter le long de sa cuisse lisse et tonique avant de m'aventurer sous le string en dentelle qu'elle a enfilé ce matin, caressant la soie douce de son...

— Tu te rends compte que Marsha sort avec Phil maintenant ? fait Sara.

Je me rends compte que je ne l'écoutais plus, perdu dans mon fantasme torride.

— Vraiment ? dis-je, m'efforçant de revenir à la conversation. Depuis quand ?

— Rory m'a dit que tout a commencé le soir de notre mariage. C'est amusant, tu ne trouves pas ? Apparemment, Marsha était trop saoule pour conduire après la cérémonie, alors Phil s'est proposé pour la raccompagner. Et le reste, comme on dit, ça fait partie de l'histoire...

— C'est super.

Je m'efforce de garder les yeux sur la route au lieu de dévorer Sara du regard.

— Tant mieux pour eux.

Je suis sincère. Avec un peu de chance, l'infirmière fantasque occupera le guitariste et il cessera de tourner autour de Sara à tout bout de champ. Quant à lui, il lui changera peut-être suffisamment les idées pour qu'elle ne cherche plus à s'immiscer dans notre vie privée.

Sara s'est un peu trop confiée à elle pendant mon absence et même si Marsha n'est pas certaine que ce soit moi qui aie harcelé Sara et qui aie tué son premier mari, elle s'en doute fortement.

— Oui, j'espère que ça marchera, répond-elle. Ils méritent d'être avec quelqu'un de bien, tous les deux.

Je hoche la tête de manière évasive et risque un autre coup d'œil en direction de Sara. Elle me regarde avec un sourire, puis elle cause ma perte en posant une main sur ma cuisse.

Ma queue, déjà rigide après toutes ces images classées X qui ont défilé dans mon esprit, se réveille brusquement. Ses doigts fins embrasent ma peau malgré l'épaisseur de mon jean. On dirait qu'un câble électrique est posé sur ma cuisse, propageant des étincelles directement entre mes jambes. Mon cœur s'emballe violemment et ma mâchoire se contracte tandis que la route droit devant se brouille pendant une seconde dangereuse.

— Sara.

Son prénom est sorti dans un grognement et mes mains se contractent convulsivement autour du volant.

— Ptichka, si tu n'enlèves pas ta main tout de suite…

Sa respiration s'accélère nettement et elle retire aussitôt la main en comprenant ce qu'elle me fait. Mais c'est inutile. Je sens encore la chaleur de ses doigts, imprimés dans ma peau, mon esprit… mon cœur. Un jour peut-être, cela ne me fera plus un tel effet, son affection spontanée ne me tuera pas systématiquement, mais pour le moment, nous sommes encore trop neufs, trop à vif. Il n'y a pas si longtemps, elle me craignait et elle me détestait. J'étais un monstre à ses yeux. C'est peut-être encore le cas… mais maintenant, elle m'aime.

Elle sait qu'elle a besoin de moi, y compris de mes zones d'ombre.

Quand nous nous garons devant notre nouvelle maison, je marque une pause pour m'assurer qu'aucun danger ne déclenche mon radar bien affûté. Je ne sens rien – c'est plutôt normal. Maintenant, les lieux sont aussi sécurisés que possible. Tout est surveillé par une technologie de pointe et mon équipe est postée de manière stratégique dans tout le quartier.

Je ne veux pas courir le risque que les ennemis de mon passé fassent irruption dans notre présent serein.

— Waouh, s'exclame Sara tandis que je l'aide à sortir de la voiture.

Ébahie, elle tourne la tête de chaque côté, les yeux grands ouverts.

— D'où viennent tous ces arbres ? Et cette clôture ? Quand as-tu trouvé le temps de faire tout ça ?

Je jette un œil à ce dont elle parle. En effet, j'ai fait installer une grande barrière et planter des arbres tout autour de la propriété afin de protéger notre vie privée et de couper la ligne de mire d'un tireur potentiel.

— Hier, lui dis-je en posant une main au bas de son dos pour la conduire vers l'entrée.

Elle pourra s'émerveiller de notre nouvelle maison demain. Ce soir, elle est toute à moi.

Nous avons à peine franchi la porte lorsque ma retenue cède comme une brindille sous une averse de grêle.

Refermant la porte avec le pied, j'allume le couloir et je la plaque contre le mur. Mes mains se posent sous sa robe et je la soulève pour trouver son string en dentelle détrempé. En dessous, son sexe est doux et moite.

Oh, putain. Son concert a dû l'exciter à tous les niveaux.

— Peter.

Elle écarquille les yeux en s'agrippant à mes biceps.

— Attends, d'abord… ah !

Ses mots se terminent dans un gémissement lorsque je la pénètre à deux doigts. J'aime la sensation souple et soyeuse de son entrejambe contracté.

— Dis-moi que tu en as envie, je demande en exerçant un mouvement de va-et-vient, laissant mon pouce calleux effleurer son clitoris à chaque coup. Dis-moi que tu as envie de *moi*.

Son regard est incroyablement vitreux, ses pupilles un peu plus dilatées chaque seconde.

— Oui. Tu le sais.

Elle est à bout de souffle. Ses muscles internes se compriment et elle ondule des hanches dans un rythme qui me laisse comprendre qu'elle y est presque.

— S'il te plaît, Peter…

J'écarte les doigts et porte ma main à son visage.

— Suce-les.

Puis je les insère entre ses lèvres rebondies.

— Je veux qu'ils soient bien trempés, tu comprends ?

Une fois de plus, elle ouvre grand les yeux, mais elle obéit. Sa langue agile tournoie autour de mes doigts quand je les glisse dans sa bouche. C'est une sensation merveilleuse. J'imagine cette langue sur ma queue. Impatient d'aller plus loin, j'enfonce encore mes doigts. Sa gorge convulse dans un réflexe incontrôlable, les enduisant de salive.

Putain. Si je ne la pénètre pas, je vais exploser.

Déboutonnant mon jean avec ma main libre, je sors mes doigts de sa bouche et je les glisse entre ses jambes. Sa moiteur se mêle à sa salive et je reprends mes mouvements enivrants. J'ai envie de retrouver cette lueur d'abandon dans ses yeux.

Il ne me faut pas longtemps. Trente secondes après, elle respire vite et sa belle peau claire s'empourpre. Elle a toujours les yeux rivés sur moi, mais ils deviennent vitreux. Elle ne me regarde plus. Ses ongles s'enfoncent dans mes biceps et les muscles de ses cuisses commencent à frémir comme une corde trop tendue.

J'attends d'être certain qu'elle va jouir, puis je retire à nouveau mes doigts pour empoigner ses cuisses fuselées et la soulever, l'empalant sur mon sexe avide. Le « o » que forme sa bouche se change en un gémissement retentissant et elle referme les jambes autour de mes hanches. Quand je la pénètre d'une brusque poussée, je sens ses muscles internes frémir et se contracter. Je m'ancre au plus profond de son corps. Je dois mobiliser tous mes efforts pour ne pas céder à une puissante envie de jouir.

Elle ne s'en tirera pas aussi facilement.

Pas ce soir.

Je parviens à me retenir jusqu'à ce que ses spasmes s'estompent et que son corps s'affaisse contre le mien. Elle ferme les paupières. Son visage exprime un ravissement absolu. Alors, je baisse la tête et j'embrasse ses lèvres entrouvertes. Les doigts avec lesquels je l'avais pénétrée quittent sa cuisse pour rejoindre la fente si attirante entre ses fesses.

Elle est détendue, absorbée dans mon baiser, et elle ne résiste pas lorsque j'enfonce un doigt humide dans son ouverture étroite. Ma première phalange est déjà en elle quand elle ouvre vivement les yeux. Son corps se raidit, ses muscles internes se contractent sur mon sexe et sur mon doigt, tandis que ses jambes se referment autour de mes hanches.

— Laisse-moi entrer, ptichka, je murmure contre ses lèvres. Tu sais que tu en as envie.

Elle n'a pas vraiment le choix. Je soutiens son poids avec mon corps, ainsi que ma main libre. Ses jambes sont repliées autour de mon bassin et ma queue est profondément en elle. Elle ne peut ni s'échapper ni contrôler la profondeur de ma pénétration dans chacun de ses orifices.

Elle est entièrement à ma merci et c'est exactement ce que je veux.

Je ne l'ai pas prise par-derrière depuis la nuit de notre mariage, mais je n'ai pas cessé d'y penser – ses globes ronds et parfaits pressés contre mes bourses et la douleur teintée de plaisir sur son visage. Je lui ai fait mal, j'en suis conscient, mais aussi pervers que ce soit, cela m'a semblé particulièrement délicieux.

J'ai beau adorer cette femme, j'ai parfois envie de la punir, de voir la peur mêlée à l'excitation dans ses beaux yeux.

En levant la tête, je constate que c'est exactement ce qu'ils reflètent en ce moment même.

— Je...

Une fois de plus, son souffle s'accélère.

— Je ne sais pas si...

J'avale ses prochains mots par un autre baiser et mon doigt reprend sa manœuvre dans son ouverture étroite tandis que je la soulève de ma main libre, l'avançant sur mon sexe. Elle gémit tout contre mes lèvres et je sens les mouvements de ma queue à travers la fine paroi entre ses deux orifices.

Je respire plus fort, mes bourses se contractent et la retenue que je possédais encore s'évanouit. Approfondissant le baiser, je m'enfonce encore plus et j'insère un deuxième doigt entre ses fesses. Elle se raidit. Ses ongles m'entament les bras. Les muscles entre ses jambes se compriment pour résister, mais c'est inutile. Je suis déjà en elle, si profondément qu'elle ne peut plus m'écarter.

Pour elle, il n'y a aucune échappatoire.

Ni maintenant. Ni jamais.

Tout en moi me hurle de la baiser, de redoubler d'ardeur, sans relâche, jusqu'à ce que j'explose et que la tension insoutenable retombe, mais j'ai envie d'autre chose. Prenant une grande inspiration, je lève la tête et croise son regard. Elle me dévisage d'un air hébété, les joues rouges et les paupières alourdies par l'excitation.

— Dis-moi ce dont tu as besoin, j'ordonne d'une voix rauque.

Son souffle produit un sifflement entre ses dents lorsque j'enfonce profondément mes doigts entre ses fesses afin de l'étirer, la préparer.

— Je veux te l'entendre dire.

— Je ne…

Elle gémit et ferme vivement les paupières. J'écarte mes doigts, l'étirant de plus belle.

— Je ne sais pas.

— Si, tu sais. Regarde-moi.

Elle ouvre les yeux avec obéissance et sa langue délicate pointe pour humecter sa lèvre inférieure.

— Dis-moi, Sara. Dis-moi ce dont tu as vraiment besoin.

— Je…

Sa respiration s'accélère et j'imprime un mouvement plus intense, m'assurant d'appuyer sur son clitoris à chaque mouvement.

— C'est… ça. Peter, j'ai besoin de ça. J'ai besoin de te sentir en moi. J'ai besoin que tu…

Elle tressaille lorsque je donne un coup de hanches plus vigoureux.

— … que tu me prennes et…

— Et quoi ? j'insiste.

Un picotement se fait sentir à la base de ma colonne quand ses muscles internes se contractent.

— Que tu me baises.

À présent, elle halète. Son regard devient flou et trouble.

— Que tu… me fasses mal.

— Oui.

Ma voix est éraillée lorsque j'ajoute :

— C'est ça. Tu m'appartiens. Je peux te baiser, te faire du mal, faire tout ce que je veux de toi. N'est-ce pas, mon amour ?

Elle hoche la tête et ses yeux retrouvent les miens.

— Oui. Toujours.

Toujours. Ce mot me transperce la poitrine, apportant son mélange de chaleur tendre et de satisfaction violente. J'aime qu'elle le comprenne, qu'elle l'admette.

Nous sommes faits l'un pour l'autre. Je l'ai su dès le début – et maintenant, elle le sait aussi.

Je penche la tête et reprends possession de ses lèvres pour un baiser qui reste doux et sensuel. Je retire mes doigts et place les deux mains sous ses cuisses. J'écarte ses jambes tout en la hissant contre le mur, puis ma queue quitte son sexe pour se diriger vers son orifice arrière.

Elle sursaute en retenant son souffle, mais je l'attire déjà sur ma queue rigide, utilisant la force de la gravité et sa lubrification naturelle afin de faciliter la pénétration. Si je ne l'avais pas étirée avec mes doigts, cela aurait été impossible, mais l'anneau de muscles cède à la pression inflexible et je me glisse dans l'étroit conduit. Je sens que son corps me comprime pour résister à l'invasion.

— Peter...

Elle tremble lorsque je lève la tête, rencontrant à nouveau ses yeux.

— Peter, s'il te plaît...

— Oui ! je lui promets d'une voix rocailleuse. Ça va te plaire, ptichka. Je vais te donner ce dont tu as besoin... tout ce dont tu as besoin.

Soutenant son regard, je commence à bouger, l'entraînant avec moi là où la douleur se fond avec le plaisir, là où l'amour et la haine fusionnent.

Dans cet état merveilleux où elle m'appartient, à moi et moi seul.

18

*H*enderson

J'EXAMINE LES NOUVELLES PHOTOS SUR MON ÉCRAN TOUT EN massant les muscles noués de mon cou, sans prêter attention à ma migraine carabinée.

Contacter le FBI s'est avéré utile et il ne m'a pas fallu beaucoup insister. L'agent Ryson n'était que trop heureux de reprendre pour moi son enquête sur Sokolov.

Je ne me fais aucune illusion, il ne découvrira pas grand-chose, mais ce n'est même pas le sujet. J'ai besoin qu'une enquête soit en cours, même s'il s'agit d'une petite vengeance personnelle menée par un agent mécontent.

Ouvrant le dossier sur mon bureau, j'observe les plans qui s'y trouvent. Le projet commence à prendre forme, lentement, mais sûrement. Maintenant, je dois juste trouver les personnes adéquates pour le mettre en œuvre.

Le bruit d'une arme automatique parvient à mes oreilles,

accentuant la douleur lancinante entre mes tempes. Écartant le dossier, je me lève et j'entre dans le salon.

— Jimmy.

Mon fils de quinze ans ne réagit pas.

Je répète son prénom plus fort.

— Quoi ? lance-t-il sans détacher son regard de l'écran.

— Baisse le volume de ce putain de jeu, dis-je aussi calmement que possible.

Il me fait un doigt d'honneur.

Mon mal de crâne se change en migraine fulgurante et mon cou subit une crispation douloureuse tandis qu'une nouvelle crise de colère glaciale se propage dans mes veines.

Calme en apparence, je rejoins le canapé et j'attrape la manette dans les mains de mon fils.

— Eh ! fait-il en se levant d'un bond pour essayer de la récupérer.

Du revers de la main, je lui décoche une telle gifle qu'il titube.

— Je t'avais dit d'éteindre ce foutu jeu, dis-je alors qu'il lève les yeux vers moi en se frottant la mâchoire.

Abandonnant la manette sur le sol, je retourne dans mon bureau.

ara

JE ME RÉVEILLE LE SAMEDI MATIN AVEC L'IDÉE QUE PETER ET MOI sommes mariés depuis une semaine – et que nous venons de passer notre toute première nuit dans notre nouvelle maison.

Je n'ai pas eu l'occasion de bien la visiter hier soir et je prends le temps de contempler la chambre. Elle est spacieuse et lumineuse avec les murs peints dans un bleu gris clair apaisant et le plafond suspendu, à environ trois mètres cinquante au-dessus de notre lit *king-size* au cadre en bois de chêne.

C'est beau et moderne. J'éprouve une soudaine envie d'acheter des plantes pour en disposer dans tous les coins, comme une bonne fée du logis.

Je m'étire en souriant, avant de grimacer lorsqu'une douleur interne me traverse. Après ce rapport brutal dans le couloir, Peter m'a emmenée à l'étage et m'a prise à nouveau sous la douche, puis encore une fois dans ce grand lit.

Un de ces jours, il faudra que nous discutions de ce qu'il

considère comme une vie sexuelle normale et saine. Les hommes ne sont pas censés baiser leurs femmes chaque soir comme s'ils sortaient de prison.

J'imagine une telle discussion et je secoue la tête. Même moi, je ne suis pas dupe. Endolorie ou pas, son désir débordant ne me dérange pas le moins du monde. La sexualité intense de Peter fait partie de lui, aussi ouvertement fougueuse que son amour pour moi. Il ne connaît aucune limite, n'accepte aucune retenue. Et je le désire comme ça : sauvage et tendre à la fois, dangereux et d'une douceur perverse.

Je ne veux plus faire semblant de ne pas être folle de lui, aussi mal que ça puisse être.

Le fumet d'un délicieux petit-déjeuner me parvient déjà sous la porte close et je prends une douche rapide dans notre nouvelle salle de bain luxueuse avant d'enfiler un tee-shirt et un pantalon de yoga. Mon estomac gronde quand je dévale l'escalier.

Debout devant la cuisinière en acier inoxydable aux dimensions professionnelles, mon mari prépare des pancakes. Je m'arrête en le voyant, l'eau à la bouche. Il ne porte qu'un jean élimé et j'admire ses larges épaules, ses muscles secs et fermes. Les tatouages qui ornent son bras gauche ondulent à chaque mouvement de son biceps puissant. Ses cheveux noirs épais sont délicieusement ébouriffés, comme pour inviter mes doigts à les toucher, et sa peau hâlée brille dans la douce lueur matinale.

Il se retourne avec un sourire sensuel.

— Le voilà, mon petit rossignol. Comment te sens-tu ?

Je passe la langue sur mes lèvres, incapable de détacher mes yeux de son large torse.

— J'ai faim.

— Oui, c'est ce que je pensais, dit-il en souriant. Malheureusement, ptichka, tu as dormi si tard que c'est déjà l'heure du brunch. Tes parents arrivent dans vingt minutes, alors tu vas devoir attendre.

Je lève les yeux vers l'horloge pour constater qu'il a raison.

— C'est de ta faute, lui dis-je en croisant les bras sur ma poitrine. C'est toi qui m'as laissé dormir aussi tard.

— Je sais. Pauvre chérie. Viens ici.

Il me rejoint, une lueur sombre dans le regard, et je recule.

— Non, non. Nous n'avons pas le temps.

Il tend les bras.

— Nous avons toujours le temps.

— Les pancakes…

Ses lèvres chaudes se posent sur les miennes et sa langue envahit les recoins de ma bouche. Mes doigts se glissent dans ses cheveux soyeux tandis que ma tête s'abandonne sous ses paumes. Son haleine a une odeur de miel – il a dû goûter à ses pancakes – et je ne peux m'empêcher de cligner des paupières, hébétée lorsqu'il lève enfin la tête, me regardant avec sérieux.

— Bordel, je ne peux pas attendre que nous soyons à nouveau seuls, grommelle-t-il avant de se pencher pour prendre à nouveau possession de ma bouche, dans un baiser plus ardent et plus vigoureux qui ne laisse aucun doute quant à son intention ultime.

Il veut me faire l'amour, une fois de plus.

Dès que mes parents seront partis, je retournerai dans son lit.

La sonnette retentit au moment où il reprend sa respiration.

— Putain.

Le souffle court, il me lâche.

— Ils sont encore en avance.

Je lisse mes cheveux d'une main hésitante, intensément consciente de mes lèvres encore gonflées par le baiser.

— File t'habiller, lui dis-je. Je vais les accueillir.

— Attends.

Il se dirige vers la cuisinière et fait glisser les pancakes de la poêle dans un plat.

— Pour éviter qu'ils brûlent, m'explique-t-il avant de sortir de la cuisine.

Je jette un œil dans un miroir en rejoignant la porte. On dirait vraiment que je viens de faire des folies de mon corps, mais je n'y peux rien.

Je me coiffe une dernière fois avec les doigts et j'ouvre la porte
à mes parents.

~

Ils insistent pour visiter d'abord la maison. Nous passons de
pièce en pièce tandis que Peter dresse le couvert. Tout en montrant
les lieux à mes parents, je m'émerveille une fois de plus de tout ce
que mon mari a accompli la veille. Même s'il reste quelques
cartons entreposés discrètement dans les coins, même si
l'ameublement est encore sommaire, tout est organisé et propre...
presque à l'excès.

— Je n'en reviens pas que vous soyez déjà aussi bien installés,
dit maman, exprimant mes pensées tout haut. Je croyais que vous
aviez signé jeudi ?

— C'est le cas, mais Peter ne laisse jamais traîner les choses.

— Tu m'en diras tant, fait papa dans sa barbe en ouvrant un
placard pour découvrir des serviettes déjà pliées à l'intérieur. C'est
une vraie machine, ton mari.

Je tends la main vers l'avant-bras buriné de papa pour le serrer
doucement.

— Oui, et c'est très bien comme ça.

Mes parents ne sont pas encore enthousiastes à l'idée de notre
relation, mais j'espère qu'après avoir passé plus de temps avec
Peter, ils changeront d'avis. Notre premier dîner ensemble s'est
relativement bien passé la semaine dernière, en grande part grâce à
l'honnêteté surprenante dont Peter a fait preuve au sujet de son
passé et de ses sentiments pour moi. Il leur a directement annoncé
qu'il voulait fonder une famille, ce qui a joué en sa faveur, car mes
parents avaient abandonné tout espoir d'avoir un jour des petits-
enfants.

Comme mon père vient d'avoir quatre-vingt-huit ans et que
ma mère n'a que neuf ans de moins que lui, l'horloge biologique
des grands-parents se fait entendre de plus en plus fort.

Mon père a beau avoir de l'arthrite et se déplacer avec un

déambulateur, il insiste pour braver les marches afin de voir toute la maison. Nous terminons par la chambre, où j'ai la surprise de découvrir le lit bien rangé. Peter a dû s'en charger quand il est allé s'habiller.

Après avoir admiré la chambre, papa s'éclipse aux toilettes tandis que maman jette un œil à notre dressing.

— Alors, qu'en dis-tu ? je demande lorsqu'elle ressort.

Elle me dévisage d'un air grave.

— C'est une maison magnifique, ma chérie.

— Mais… ? j'insiste devant son silence.

Elle soupire et va s'asseoir sur le lit.

— Ton père et moi, nous sommes toujours inquiets pour toi, c'est tout.

— Maman… dis-je sur un ton exaspéré.

Mais elle lève la main et tapote le lit à côté d'elle. Quand je vais m'asseoir auprès d'elle, elle me dit à voix basse :

— L'agent Ryson est passé voir ton père au parc hier matin. Je ne sais pas ce qu'il lui a dit, mais la pression sanguine de ton père a atteint des sommets. J'ai essayé de le faire parler, mais il refuse de me dire quoi que ce soit, si ce n'est qu'il s'inquiète pour toi.

Je la dévisage et un étau de glace m'enserre le cœur. Pourquoi l'agent du FBI est-il allé le voir ? Qu'a-t-il dit à mon père ? Si ça ressemble de près ou de loin à ce que Ryson m'a dit quand il m'a abordée le jour de mon mariage, c'est un miracle que papa n'ait pas fait une autre crise cardiaque sur-le-champ.

Le FBI serait-il au courant pour le beau-père de Monica ?

Mes poumons cessent de fonctionner lorsque cette pensée me traverse l'esprit. Je dois avoir blêmi, car maman fronce les sourcils et me serre la main.

— Est-ce que tu vas bien, ma chérie ?

— Oui, je…

Je m'efforce de respirer normalement.

— Tout va bien.

Ma voix est un peu trop aiguë et je lui souris pour paraître plus convaincante.

— Désolée, je me fais du souci pour papa. Comment va sa pression sanguine aujourd'hui ?

Elle soupire en me lâchant la main.

— Mieux. Ce n'est pas parfait, mais c'est mieux. J'aurais aimé qu'il m'explique ce que lui a dit l'agent Ryson.

— Je comprends.

J'ai presque une intonation normale quand j'ajoute :

— J'en parlerai à papa aujourd'hui.

— Je crois qu'il ne vaut mieux pas.

Elle jette un œil vers la porte de la salle de bain et elle baisse la voix.

— J'ignore ce que c'est, mais de toute évidence, c'était stressant et je ne veux pas qu'il y pense trop.

— D'accord, maman.

Je parviens même à sourire à papa lorsqu'il sort de la salle de bain.

— Et maintenant, allons goûter ces pancakes.

Tout en mangeant, je regarde Peter interagir avec mes parents. Même si je sais qu'il préférerait être seul avec moi, il se montre poli et respectueux… et même franchement gentil à sa façon. Après avoir monté et descendu les marches, mon père semble avoir une recrudescence d'arthrite et Peter l'aide avec son déambulateur – il le fait de manière aussi naturelle et discrète que mon père en oublie de s'offusquer.

D'abord, mes parents sont méfiants et réservés, mais au fur et à mesure du repas, ils semblent se réchauffer au contact de Peter – même mon père malgré ce que lui a dit l'agent Ryson. Peter conduit la conversation d'une main de maître et il bombarde mes parents de questions sur leur rencontre et sur mon enfance au lieu d'attendre qu'ils fourrent leur nez dans son passé trouble.

— Sara était un bébé parfait, tu n'imagines pas, lui explique maman, radieuse. Elle dormait toute la nuit, elle mangeait ce qu'on lui donnait et elle ne pleurait presque jamais. Et elle n'était jamais malade non plus, même si elle était fragile à sa naissance – elle pesait à peine plus de deux kilos sept. Nous avions très peur – à cause de notre âge, tu comprends –, mais elle nous a vite rassurés. On aurait dit qu'elle savait que nous n'étions pas de jeunes parents typiques, capables de supporter la tension, et qu'elle faisait en sorte que tout se déroule sans encombre. C'est bête, je le sais bien, car ce n'était qu'un bébé, mais c'est l'impression qu'elle donnait à tout le monde.

— Ça ne m'étonne pas, dit Peter en me regardant avec une telle chaleur que je détourne les yeux, les joues rouges.

Après avoir orienté la conversation sur les sujets préférés de mes parents, Peter leur témoigne toutes sortes de petites attentions. Il sert à maman sa tisane à la camomille sans qu'elle le lui demande, et les pancakes de papa sont accompagnés d'un bol de fruits frais et de crème fouettée en plus de la confiture de fraises maison. Je ne sais pas quand Peter a appris ce détail sur les goûts de mon père, mais de toute évidence, mes parents apprécient.

— Tu es un excellent cuisinier, lui dit maman.

Il lui répond avec un grand sourire chaleureux, les yeux plissés par un plaisir authentique.

En le voyant ainsi, je commence à me demander si Peter fait uniquement ça pour moi. Est-ce possible qu'au fond, tout cela lui plaise aussi ? Comme il n'a jamais eu de parents, aime-t-il sincèrement faire partie de notre famille ? En tout cas, s'il fait semblant, il se débrouille à merveille.

Personnellement, je suis convaincue qu'il commence à apprécier mes parents – et malgré tout, ils pourraient bien l'apprécier en retour.

Alors que nous terminons le repas, ils nous posent quelques questions sur le travail – des sujets chers au cœur de tout parent.

— Alors, as-tu décidé ce que tu voulais faire ? demande maman à Peter.

En hochant la tête, il leur parle du studio d'entraînement qu'il a l'intention d'ouvrir.

— J'aime cette idée, déclare papa. Ça me paraît intelligent, étant donné ton expérience.

Peter sourit à cette approbation.

— C'est ce que je me suis dit. Au moins, j'aurai quelque chose à faire pendant que Sara est au travail.

Il n'y a aucun regret dans sa voix, mais je ne peux réfréner un pincement au cœur quand il se lève et commence à débarrasser la table. Je sais bien que mes horaires le perturbent. Après tous ces mois de séparation, les soirs et les week-ends que nous passons ensemble ne sont pas suffisants – ni pour lui ni pour moi.

Cette nouvelle aventure professionnelle arrangera peut-être les choses. Il pourra se concentrer sur un objectif en particulier. Alors que nous nous installerons dans notre vie de couple marié, nos absences respectives seront vécues moins péniblement. Sinon, tôt ou tard, la pression sera trop forte – et c'est moi qui céderai.

Peter a tout sacrifié pour me rendre heureuse. Ce serait le moins que je puisse faire pour lui.

Après le départ de mes parents, j'envisage de parler à Peter de la visite que Ryson a rendue à mon père, mais je me ravise. Il était déjà furieux en apprenant que l'agent du FBI avait interféré avec notre mariage. S'il savait que Ryson continue à harceler ma famille, il serait tenté d'y remédier – et c'est la dernière chose que je souhaite.

Promesse ou non, Peter fera tout ce qui est en son pouvoir pour me protéger et je n'ai pas besoin de la mort d'un autre homme sur la conscience.

PARTIE II

20

ara

AU COURS DES MOIS QUI SUIVENT, NOUS NOUS INSTALLONS DANS notre nouvelle maison et nous continuons la vie routinière que nous avons commencée dès la première semaine de notre mariage. Même si Danny et le reste de l'équipe de sécurité de Peter sont toujours présents, il me conduit au travail et me ramène lui-même, et il fait du bénévolat avec moi à la clinique. Entretemps, il travaille au développement de son entreprise et à la recherche de nouveaux clients – activité dans laquelle il excelle.

Je me faufile hors de mon bureau un après-midi, après deux rendez-vous annulés, et je demande à Danny de m'emmener au parc que Peter a choisi comme cadre d'entraînement. Là, je le vois, le sourire aux lèvres, en train de faire transpirer cinq adolescents. Il les fait courir, sauter par-dessus des bancs, escalader des arbres et tenter de lui donner des coups de poing au visage.

Aucun n'y parvient, bien sûr, mais visiblement, ils aiment essayer.

Je sais ce qu'ils ressentent, parce que je lui ai demandé de m'apprendre quelques coups dimanche dernier. Nous avons passé la matinée dans sa salle de sport, à répéter quelques mouvements basiques d'autodéfense. Autant combattre une montagne. La seule chose que j'ai réussi à faire, c'est lever les jambes et devenir un poids mort lorsqu'il m'a attrapée par-derrière – soi-disant pour déstabiliser l'agresseur. Inutile de préciser qu'après tous ces jeux de mains, nous avons fait l'amour dès l'instant où nous sommes rentrés. Je suis encore loin de savoir me défendre toute seule. De toute façon, je n'en ai pas besoin, avec Peter et les gardes du corps présents en permanence.

Il me repère une minute plus tard et un sourire radieux illumine son visage. Il me tourne le dos pour aboyer ses dernières instructions aux garçons, puis il me rejoint, laissant ses élèves gémissants et haletants s'essayer aux tractions sur un tronc d'arbre.

C'est une chaude journée d'août et il est torse nu, uniquement vêtu d'un treillis camouflage et bottes de combat. La bouche sèche, je le regarde s'approcher à grandes enjambées, son torse musclé luisant d'une fine pellicule de sueur.

— Que fais-tu ici, ptichka ? demande-t-il en s'arrêtant devant moi.

Je lui saute au cou et passe mes bras autour de lui. Il m'attrape et me fait tournoyer tandis que je l'embrasse sans aucune discrétion. Lorsqu'il me repose, nous avons le souffle court et, plus loin, ses élèves nous encouragent en sifflant.

— Au boulot ! lance-t-il par-dessus son épaule, les mains toujours autour de ma taille.

Ses jeunes recrues obéissent instantanément, reprenant leurs simulacres de tractions.

— Un véritable sergent instructeur, n'est-ce pas ?

Je le regarde en souriant et je tends la main pour tenter de remettre en ordre ses cheveux ébouriffés. Je sens que nous allons bientôt devoir lui prendre rendez-vous chez le coiffeur.

— Tu l'as dit, murmure-t-il en penchant la tête pour m'embrasser à nouveau.

Je ris en le repoussant avant que notre étreinte dérape pour de bon. Trop souvent, c'est arrivé en public. Peter n'a aucune pudeur avec ça.

C'est en partie parce que nous avons toujours l'impression de ne pas avoir suffisamment de moments à nous. Mon travail actuel a des horaires plus prévisibles, mais j'ai encore quelques femmes enceintes – et comme mes patrons ont prolongé leurs vacances, je reçois aussi leurs patientes ce mois-ci.

Ils m'ont demandé de les remplacer. Je ne pouvais pas refuser.

— Si, tu aurais pu, m'a dit Peter quand je lui ai expliqué que je serais encore de service le week-end suivant parce que la patiente de Wendy est sur le point d'accoucher. Tu aurais clairement pu refuser. Que se passera-t-il, dans le pire des cas ? Ils te mettront à la porte ?

— Euh… oui, dis-je avant de soupirer. Je sais, je sais. Nous avons de l'argent et techniquement, je n'ai pas besoin de travailler.

— C'est exact.

Il me dévisageait attentivement et j'ai détourné le regard. Je ne suis pas encore prête à lâcher prise. D'un point de vue logique, je sais qu'il a raison – nous sommes multimillionnaires grâce à ses aventures récentes –, mais j'ai travaillé trop dur afin de devenir médecin pour abandonner comme ça.

— Tu pourrais toujours être bénévole à la clinique, dit-il.

Une fois de plus, il marque un point. J'y ai souvent réfléchi. Ce serait agréable de pouvoir faire la grasse matinée avec lui tous les matins au lieu de me lever dès que le réveil sonne et de filer au travail. Aussi frustrante qu'ait été ma période de captivité au Japon, nous étions toujours ensemble – je ne l'ai pas appréciée sur le moment, étant donné ma colère envers Peter, mais maintenant je m'en souviens avec une nostalgie perverse.

— Ce n'est pas pareil, lui dis-je. À la clinique, je n'aide pas les bébés à venir au monde.

C'est la vérité, et il abandonne la discussion, mais je sais que nous y reviendrons.

C'est inévitable, étant donné notre obsession mutuelle.

Car c'est une obsession. Je ne peux le nier. Je croyais aimer George, en tout cas au début, mais mes sentiments pour lui n'étaient qu'une ombre bien diffuse de ce que j'éprouve pour ce tueur. George ne me manquait jamais autant quand nous étions séparés. Je n'attendais pas de le retrouver chaque soir avec une telle intensité. Nous menions des vies plus ou moins distinctes, et je croyais que c'était normal, que tous les mariages – et toutes les relations – se déroulaient ainsi.

Il n'y a aucune séparation d'aucune sorte avec Peter. Loin de là. On dirait qu'un fil invisible nous lie, même quand nous sommes éloignés physiquement. Il est constamment dans mes pensées et je me surprends souvent à ressentir un manque physique, comme si mon corps était accro à sa peau.

Bien sûr, c'est accentué par le fait que lorsque nous sommes ensemble, il me couvre d'attentions et me gâte tellement que j'ai l'impression d'être un animal de compagnie trop choyé. Il me masse le corps et les pieds, il me coiffe – chaque fois que nous en avons le temps. Sans parler de notre vie sexuelle.

Oh, mon Dieu, notre vie sexuelle.

Depuis notre nuit de noces, quand j'ai avoué à Peter – et à moi-même – que j'avais besoin d'un certain degré de force de sa part pour accepter notre relation atypique, il n'a eu aucun scrupule à libérer son monstre intérieur dans la chambre à coucher. Même s'il est souvent tendre et attentionné, la plupart du temps, il me prend avec une avidité débridée, me laissant endolorie et courbaturée le matin. Aucune partie de mon corps n'échappe à ses caresses et je me retrouve fréquemment attachée, à genoux, la bouche remplie de lui et les fesses encore douloureuses après ses assauts vigoureux.

C'est peut-être mon mari maintenant, mais il demeure mon tourmenteur.

L'élément clé, cela dit, c'est le mot « mon ». À mon grand soulagement, j'ai l'impression que Peter laisse libre cours à toutes ses pulsions au lit. À ce que je sache, il a tenu parole et n'a plus fait de mal à personne. Au fil des semaines, je suis de moins en moins inquiète quand nous sommes avec ma famille et mes amis. Mes parents s'habituent lentement à lui et les membres de mon groupe semblent l'apprécier – ce qui m'étonne, étant donné que Marsha est dans une relation sérieuse avec Phil désormais et qu'elle n'est clairement *pas* fan de Peter.

En tout cas, je suppose que c'est pour ça que je ne l'ai presque pas revue depuis le mariage.

— Marsha ne sort pas souvent avec nous ces derniers temps, dis-je à Phil alors que nous buvons un verre tous ensemble un vendredi soir, après le concert. Vous êtes toujours en couple, n'est-ce pas ?

Il rougit, manifestement gêné.

— Oui, mais elle est… euh, très occupée.

Je hoche la tête et je prends mon verre.

— Bon, d'accord.

C'est ridicule d'être blessée par l'abandon de mon amie. Après tout, je l'ai évitée pendant quelque temps quand j'ai appris qu'elle avait aidé le FBI à m'espionner. De toute façon, je ne peux pas lui en vouloir d'être prudente. N'importe quelle femme saine d'esprit chercherait à garder ses distances avec un homme qu'elle soupçonne d'être un assassin sans foi ni loi ayant torturé son amie après avoir tué son mari.

— Qu'est-ce qui l'occupe autant ? demande Peter en arrivant derrière moi pour commencer à me masser les épaules.

Son ton est léger et jovial, mais je sens la tension de ses doigts puissants tandis qu'il masse mes muscles noués.

— Elle travaille trop ?

— On peut dire ça, marmonne Phil avant de faire signe au barman. Une tournée de téquila, s'il vous plaît. La meilleure que vous avez.

La téquila me brûle la gorge lorsque nous vidons nos verres à shooters et l'ambiance se détend sensiblement. Rory et Simon se lancent dans une discussion animée sur les avantages et les inconvénients des blondes naturelles. Phil se joint à la conversation, mais Peter garde le silence. Il les observe d'un air vaguement amusé, et avant de faire un saut aux toilettes je l'entends commander une tournée de vodka.

— Rien pour moi ? je demande en découvrant quatre verres en revenant.

Mon mari me sourit.

— Je crains que non, ptichka. Je veux que tu sois consciente et alerte dans mon lit ce soir.

Il accompagne ces mots en me pressant le genou et les gars s'esclaffent tandis que je me retiens de rougir. Peter ne s'excuse absolument pas de son désir débordant et il profite de chaque occasion de me toucher et de marquer sa possession – en privé ou en public. Les membres de mon groupe sont convaincus que nous baisons en permanence comme des lapins et c'est vrai.

Mon mari a l'énergie d'un adolescent sous Viagra.

Les gars avalent leur vodka en riant, et immédiatement Peter en commande d'autres. Je le dévisage, perplexe. Je ne l'ai jamais vu boire autant, mais j'imagine qu'il a besoin de relâcher la pression après cette longue semaine.

Deux autres tournées de vodka plus tard, je me rends compte qu'il y a autre chose. D'abord, je suis pratiquement certaine d'avoir vu Peter renverser son dernier shooter par terre. Mes amis étaient trop ivres pour s'en rendre compte, mais je suis à peine pompette et je l'ai vu pencher le verre sur le côté avant de le porter à ses lèvres comme les autres.

On dirait que Peter essaie volontairement de les saouler.

Après une autre demi-heure et trois tournées supplémentaires, mes soupçons deviennent une certitude. Rory et Simon sont complètement beurrés. Rory chante une ballade irlandaise et Simon l'accompagne d'une voix de fausset, tandis que Phil se lance dans une dissertation philosophique sur les hasards de la vie et la règle de régression vers la moyenne. Peter fait semblant d'être tout aussi éméché et concentré sur les divagations de Phil, mais il est évident que mon mari manipule la conversation – dans quel but, je l'ignore.

— Alors, tu vois, un PDG de studio de cinéma peut croire qu'il a le feeling absolu avec les gros succès, alors qu'en fait c'est juste un coup de chance, explique Phil d'une voix traînante.

Peter acquiesce, comme si tout était parfaitement cohérent.

— On croit avoir réussi, mais c'est uniquement du bol, mec. Rien que du putain de bol. Ensuite, *bam !* Le pendule bascule de l'autre côté. Parce que tout est aléatoire et régresse vers la foutue moyenne. Et nous, les humains, on ne comprend pas. On croit avoir le contrôle, parce qu'on constate une tendance, mais ce ne sont que des conneries. La vie est comme un pendule rouillé en plein tremblement de terre, il se balance d'un côté et de l'autre, et parfois il se coince vers le haut. Par moments, toute ta vie est en pleine ascension, jusqu'à ce qu'une secousse agite toute la rouille et ça redescend.

Il secoue tristement la tête. Je décrète qu'il a largement assez bu.

Je ne sais pas ce que mijote Peter, mais on ne plaisante pas avec le coma éthylique.

Je me penche et pose la main sur l'épaule de mon mari. À voix basse, je lui dis :

— Rentrons. J'ai sommeil.

Il serre ma main dans sa paume, ses yeux parfaitement sobres malgré le sourire de biais qu'il esquisse.

— Encore un peu, mon amour. Phil touche un point intéressant.

Je me renfrogne, dubitative.

— Vraiment ?

— Oh oui, dit Phil d'une voix pâteuse. Tu ne le vois pas parce que tu ne veux pas le voir. Tu ne l'imagines même pas. Aucun humain ne le peut, parce que nos esprits ne sont pas capables de capter ces changements aléatoires. Et quand les algorithmes le font pour nous, au fond ce n'est pas vraiment aléatoire. Comme la lecture aléatoire des musiques. Ce n'est pas vraiment le cas. Sinon, on aurait parfois la même chanson deux ou trois fois d'affilée. Ça ne nous semble pas vraiment aléatoire. On dirait qu'une chanson est choisie délibérément, comme s'il y avait un but précis, alors que pas du tout. Ce ne sont que des maths, de la programmation. Donc…

— Donc ils ont modifié l'algorithme et ont retiré le caractère véritablement imprévisible de la lecture pour que ça paraisse encore plus aléatoire, déclare Peter avec tout le sérieux d'un ivrogne, tout en jouant avec mes doigts. Je vois ce que tu veux dire. C'est fou.

Phil hoche la tête.

— Tu vois ? Je le dis tout le temps à Marsha, mais elle ne me croit pas. Elle ne comprend pas que parfois, une coïncidence n'est rien d'autre qu'une coïncidence, que les choses peuvent être aléatoires. Regarde, Sara et toi, par exemple. Il y avait un sale type qui s'appelait Peter dans son passé. Marsha pense que c'est toi, même si le FBI lui a dit – *ils le lui ont dit comme je te le dis* – que ce n'était pas le cas. C'est vrai, qu'est-ce qui est plus logique ? Que tu sois un tueur recherché qu'on laisse se balader dans la nature sans raison logique, ou qu'il y ait deux Peter dans la vie de Sara ? C'est comme une chanson qui revient deux fois de suite – difficile à croire, mais vraiment aléatoire. Le pire, c'est qu'il y a un type du FBI qui est toujours en contact avec elle. Je crois bien qu'il la drague, cet abruti.

Je me fige, ma main se crispe dans celle de Peter. Mon mari ricane en secouant la tête, dans une franche camaraderie typiquement masculine.

— Waouh, tu as raison, quel abruti. Comment s'appelle ce type ?

— Tyson, quelque chose comme ça.

Phil a un hoquet et bâille bruyamment avant de commenter :

— Ça rime avec bison.

Merde. Mon cœur bat la chamade et Peter jette un œil vers moi. Son regard est franc, indéchiffrable. A-t-il des soupçons depuis le début ? Est-ce pour cela qu'il a offert à Phil – et par défaut, à Rory et Simon – de l'alcool pendant toute la soirée ?

Sait-il aussi que l'agent fédéral a abordé mon père ?

J'ai essayé d'oublier, de ne pas craindre que le FBI apprenne la vérité sur le beau-père de Monica, mais je me réveille souvent avec des sueurs froides, après un cauchemar dans lequel des agents des forces d'intervention faisaient voler en éclat la porte de notre chambre. Officiellement, il existe un accord, mais de toute évidence Ryson s'est lancé dans une mission personnelle.

Qu'a-t-il dit à Marsha ? Et *elle*, que lui a-t-elle dit ? Mon esprit tourne à plein régime tandis que Peter commande une dernière tournée avant de prendre congé de mes amis, les laissant vider les derniers verres tout seuls tandis qu'il me conduit à l'extérieur du bar où la voiture de Danny nous attend.

Mon ancien assassin respecte bien assez la loi – ou est assez malin – pour ne pas prendre le volant après avoir bu.

J'attends que nous soyons rentrés pour évoquer ce que Phil nous a dit.

— Peter, à propos de...

— Pourquoi ne m'as-tu pas dit que Ryson était toujours dans le paysage ? m'interrompt-il en s'approchant de moi.

Son haleine sent à peine l'alcool lorsqu'il se penche, me prenant au piège de son corps puissant contre le dossier du canapé.

Soit il a bu moins que je le pensais, soit son métabolisme défie toute logique.

Ma gorge se dessèche et ma respiration s'accélère quand je vois la sévérité glaciale de son regard couleur métal. C'est le Peter qui me terrorisait autrefois, l'homme qui est entré par effraction chez moi et qui m'a interrogée sans pitié pour trouver George.

Le tueur qui ne connaît aucun remords.

— Je ne savais pas qu'il discutait avec Marsha, dis-je après avoir retrouvé un semblant de calme.

Je sais que Peter ne me fera jamais aucun mal en dehors de nos jeux érotiques, mais c'est difficile de ne pas être intimidée quand il se penche au-dessus de moi, de toute sa hauteur. La chaleur de son corps musclé m'enveloppe. Sa présence est à la fois une tentation et une menace.

Il ne me fera peut-être pas de mal, mais il peut s'en prendre aux autres.

La vie de l'agent Ryson est sur la sellette – et peut-être celle de Marsha.

— Non ? fait-il en plissant les yeux. Et tes parents ? Tu ne savais pas qu'il fouinait aussi de leur côté ?

— Non, je...

Je m'interromps au lieu d'aggraver la situation par un mensonge.

— D'accord, je savais qu'il avait parlé à mon père il y a quelques mois, mais je me suis dit que ce n'était arrivé qu'une fois. Es-tu en train de me dire qu'il est retourné les voir ?

Mon débit est trop rapide, mais c'est plus fort que moi.

Je suis à la fois terrifiée pour l'agent et pour ce qu'il risque de découvrir.

Peter me dévisage longuement avant de reculer, me laissant prendre une grande inspiration.

— Plus tôt dans la journée, dit-il d'un ton maussade.

Il me faut un moment pour prendre conscience qu'il répond à ma question.

— Mon équipe l'a vu aborder ta mère quand elle était dans un centre commercial avec Agnès Levinson. L'un des gars l'a suivi quand il est parti. Tu devines où est allé ce connard ?

Je déglutis.

— Où ?

— À l'hôpital. Où tu travaillais, et où ta copine travaille encore.

Bien sûr. C'est ce qui lui a donné l'idée de questionner Phil ce soir. Ou plus précisément, de l'interroger – utilisant l'alcool plutôt qu'une drogue de synthèse afin de lui soutirer des informations.

— Crois-tu qu'il est au courant ? Pour le beau-père de...

Je me tais brusquement en songeant que ce n'est peut-être pas prudent de parler aussi ouvertement.

Si le FBI est sur notre piste, la maison est peut-être sur écoute.

— Ne crains rien. Je vérifie tous les jours, dit Peter en comprenant mon inquiétude. Personne ne nous écoute.

Il vérifie tous les jours ? Ça frise la paranoïa. Je sais que notre maison est tout aussi sécurisée qu'une base militaire – j'étais là quand on a installé toutes ces technologies futuristes –, mais je ne me rendais pas compte que mon mari était parano à ce point.

— Non, poursuit-il alors que je rassemble mes pensées. Je crois qu'il ne sait rien. Mes pirates informatiques surveillent étroitement les dossiers liés à Sonny Pearson, et personne ne les a consultés depuis des semaines.

Sonny Pearson ? Est-ce le nom du beau-père de Monica ? Mon estomac se noue quand je regarde Peter. Des images de ruelles sombres et de mares de sang flottent devant mes yeux. J'avais occulté ce meurtre de mes pensées, comme toutes les atrocités commises par Peter, mais maintenant que je connais le nom de cet homme, l'horreur et la culpabilité reviennent en force.

— Arrête, ptichka.

Peter a une voix douce et je me rends compte que mon visage doit refléter mes pensées. Il se penche et prend mes deux mains dans ses grandes paumes.

— Ne pense pas à ça. C'est fini.

Il m'attire à lui et m'enveloppe dans une étreinte apaisante. Je passe mes bras autour de sa taille, inspirant son odeur familière, posant la joue sur son épaule musclée. C'est pervers de me laisser réconforter de la sorte, mais je n'y résiste pas.

J'aime un homme impitoyable et c'est la seule réaction que je connaisse.

Alors que je me laisse aller dans ses bras et qu'il me caresse les cheveux, je sens quelque chose de dur contre mon ventre et je sais que, dans quelques instants, il ne se satisfera plus de m'enlacer.

Je suis tentée de m'en accommoder, de trouver refuge dans le plaisir étourdissant qu'il m'offre toujours, mais je dois d'abord m'assurer d'une chose.

— Peter…

Je m'écarte en levant les yeux vers lui.

— Tu ne vas rien faire à Marsha ni à l'agent Ryson, si ?

Il baisse les yeux sur moi et ses mains se referment sur mes flancs.

— Qu'entends-tu par « rien » ?

— Peter, s'il te plaît.

Il pince les lèvres et recule en me libérant.

— Très bien, ton amie ne craint rien. Je ne la toucherai pas. Même si elle ne nous évitait pas comme la peste, tu sais maintenant qu'on ne peut pas lui faire confiance.

— Mes lèvres sont scellées en ce qui la concerne, je te le promets. Et tu ne t'approcheras pas non plus de Ryson. N'est-ce pas ? j'insiste en constatant que Peter ne confirme ni ne cherche à nier ma déclaration.

Un muscle tressaute sur sa mâchoire carrée.

— Lui, c'est une menace. Tu le sais, Sara. Pour lui, ce n'est pas qu'une mission comme une autre. Il veut nous faire tomber, c'est une obsession.

— Oui, mais nous ne faisons rien de mal, nous menons notre vie. Et si nous continuons comme ça, il ne pourra rien nous faire. En revanche, si tu mords à l'hameçon…

Peter jure dans sa barbe et se détourne. Il va se poster devant la fenêtre. Je le suis, consciente que si je n'obtiens pas sa promesse, les jours de l'agent sont comptés.

— Tu sais que c'est exactement ce qu'il espère, dis-je lorsque Peter se tourne vers moi, la mine sombre. Il attend que tu enfreignes les conditions de l'accord. Ça le tue de te savoir ici avec moi, de voir que nous sommes heureux. Ça… j'ajoute en prenant la main de Peter. C'est la meilleure vengeance que tu puisses avoir. Laisse-le nous suivre en reniflant nos traces. Il ne trouvera rien, parce qu'il n'y aura rien à trouver.

Tandis que je parle, Peter serre le poing dans ma main avant de se détendre un peu. Une lueur spéciale fait briller son regard.

— D'accord, dit-il d'une voix rauque en m'agrippant les poignets pour me rapprocher. Je comprends ce que tu veux dire.

Il plaque mes mains entre ses jambes, où je sens un renflement rigide.

Je m'humecte les lèvres et une douce chaleur se propage dans mon bas-ventre.

— Alors, j'ai ta parole ?

Je masse délicatement son sexe en érection à travers son jean avant de me mettre à genoux devant lui.

— Tu ne feras aucun mal à Ryson ?

Il ferme les yeux et se raccroche à mes épaules alors que je baisse sa fermeture éclair.

— Non, tu as ma parole. Il ne craint rien.

Sa voix est vibrante de désir, mais j'entends une note sombre sous-jacente lorsqu'il ajoute :

— Tant qu'il ne tente rien d'autre.

enderson

JE TOURNE DANS UNE RUELLE ET JE FRISSONNE EN SENTANT LE FROID mordant d'une bourrasque. Il fait froid pour la saison à Budapest cette semaine, ce qui me rappelle ma brève période de service à Vladivostok au début des années quatre-vingt-dix.

Putain, comme cette époque plus simple me manque.

Elle m'attend près de la porte de derrière, comme convenu, sa frêle silhouette androgyne emmitouflée dans une veste épaisse, ses cheveux courts blond platine dressés en pointes autour de son visage d'elfe.

Si je ne savais pas qui elle est réellement, sous son look de couverture, ce serait facile de la prendre pour une serveuse dans un bar tendance.

— Mink ? dis-je en m'approchant.

Elle hoche la tête.

— Tenez.

Je lui remets une épaisse enveloppe.

— Un passeport américain et la moitié du paiement, conformément à notre accord.

Elle prend l'enveloppe et la glisse à l'intérieur de son manteau. Quand elle ressort sa main, elle tient un dossier.

— Voici les hommes que vous voulez, dit-elle en me le donnant.

Elle parle un anglais aussi américain que le mien, sans le moindre soupçon d'accent d'Europe de l'Est.

— Ce sont les meilleurs, ils feront absolument tout.

J'ouvre le dossier et je feuillette les documents qui s'y trouvent. Chacun des candidats a un casier judiciaire aussi long que ceux de mes cibles. Ce sont d'anciens militaires d'élite.

Mieux encore, j'en repère quatre dont l'apparence pourrait facilement être modifiée avec des perruques et un peu de maquillage.

— C'est bon ? demande-t-elle.

Je hoche la tête en refermant le dossier.

C'étaient les dernières pièces de puzzle qui me manquaient.

— Êtes-vous certain que vous ne voulez pas que je le supprime moi-même ? demande-t-elle tandis que je range le dossier dans mon propre manteau. Parce que je pourrais le faire, vous savez.

— Non, vous ne pouvez pas, dis-je. Il est trop bien surveillé. Et même si vous le pouviez, ce n'est pas la question. Votre rôle est de vous assurer qu'il ne s'en sorte pas vivant, compris ?

Elle esquisse un faux salut militaire.

— Chef, oui, chef. C'est comme si c'était fait.

Pivotant sur les talons de ses Doc Martens, elle ouvre la porte et disparaît dans le bar.

 eter

22

Je ne pensais pas que c'était possible d'aimer Sara encore plus, mais au fil des semaines, quand nous trouvons notre rythme de couple marié, mes sentiments deviennent plus profonds et intenses. À présent, je me rends compte que j'ignorais beaucoup de choses sur l'objet de mon obsession – notre relation a été tellement intense qu'elle n'a jamais été vraiment détendue avec moi. Maintenant, je découvre de nouvelles facettes de sa personne et j'adore chaque nouveau trait de caractère et chaque excentricité qu'elle dévoile.

Ma ptichka déteste la politique, mais elle est étrangement fascinée par les catastrophes naturelles. Elle s'intéresse religieusement à toutes les actualités à ce sujet avant d'envoyer des dons généreux. Elle affirme préférer les chiens aux chats, mais c'est aux vidéos de chats qu'elle est accro sur YouTube. Elle trouve que The Big Bang Theory est la série la plus drôle du monde et elle me force à la regarder le week-end. Par-dessus tout, elle chante quand elle est d'excellente humeur – parfois tout bas, parfois à pleine voix.

— Tu devrais l'ajouter dans ton prochain concert, lui dis-je lorsque je la surprends en train de fredonner dans la cuisine le samedi matin. J'aime cette mélodie. C'est très évocateur.

Elle me sourit.

— Vraiment ? C'est quelque chose que je viens de composer. Je dois encore trouver les paroles pour l'accompagner.

— Tu trouveras, dis-je en posant un baiser sur son front lisse. Comme toujours.

Sa musique évolue, tout comme notre relation. Elle est plus assurée dans ses choix et ça se voit lors des concerts du groupe – qui joue ses compositions et attire un public croissant. Il y a un mois, Simon a créé une chaîne YouTube pour leur groupe et elle compte déjà cinquante mille abonnés.

— Ce n'est qu'une question de temps avant qu'on perce, nous annonce Rory avec insouciance alors que leur prochain concert du vendredi soir en plein air affiche déjà complet. Ça va marcher, je le sens.

Phil et Simon sont tout aussi fébriles. Ils veulent sortir boire un coup pour fêter ça, mais Sara refuse. Elle leur dit qu'elle est fatiguée. Inquiet, je la ramène immédiatement à la maison pour pouvoir la mettre au lit au cas où elle serait malade.

— En fait, ça va, me dit-il, exaspérée, quand je la soulève dans mes bras pour la transporter de la voiture à la maison. Je suis fatiguée, mais je peux marcher. C'est vrai, disons simplement que la semaine a été longue.

Sourd à ses protestations, je l'emmène dans la maison et je ne la dépose qu'en atteignant notre salle de bain à l'étage. Là, je lui fais couler un bain chaud et je m'assure qu'elle soit confortablement installée avant de descendre à la cuisine pour lui préparer une tisane.

Quand je reviens avec la tasse, elle pique déjà du nez dans la baignoire. Elle est tellement adorable, à somnoler ainsi, que je la mets au lit juste après l'avoir séchée avec une serviette, sans prêter attention à l'envie prévisible que provoque en moi son corps nu entre mes bras.

Je dois prendre soin d'elle, pas lui faire l'amour.

Elle s'endort immédiatement sans prendre la moindre gorgée de tisane, même s'il n'est que vingt-deux heures. En temps normal, nous ne nous couchons pas avant vingt-trois heures minimum. Je lui touche le front pour m'assurer qu'elle n'a pas de fièvre, puis j'emporte mon ordinateur portable et je m'installe sur un relax près du lit avec l'idée de travailler un peu tout en veillant sur elle. L'administration d'une société comme mon studio d'entraînement demande une quantité de paperasse ahurissante, sans parler de la gestion de ma fortune.

Je ne m'en plains pas. Non que j'aime la paperasse – personne n'aime ça –, mais cela m'occupe. En formant des civils aux bases de l'autodéfense, je suis loin des missions bourrées d'adrénaline que j'ai connues autrefois, mais cette entreprise m'aide à passer le temps et me calme les nerfs quand je pense trop à Sara. Même si ses patrons sont rentrés, elle travaille toujours trop et il me faut toute ma volonté pour ne pas la forcer à lâcher du lest et à passer plus de temps avec moi.

Quoi qu'il en soit, quand elle ne travaille pas, nous faisons tout ensemble, des commissions jusqu'au bénévolat à la clinique pour femmes, en passant par les moments avec nos amis et sa famille. Chaque fois que l'un de ses rendez-vous est annulé, elle vient me voir au studio pour s'exercer aux mouvements que je lui ai appris. Souvent, je passe à son cabinet à la pause déjeuner, au cas où elle aurait le temps de manger un morceau avec moi. J'ai même programmé nos rendez-vous de suivi chez le même dentiste, au même moment, afin que nous fassions le trajet ensemble.

Pour la plupart des gens, cela peut sembler excessif, mais ça me suffit à peine.

Au bout d'une heure, je vais regarder Sara. Toujours pas de

fièvre. Elle dort paisiblement, peut-être un peu trop. Elle était seulement fatiguée.

En bâillant, je range mon ordinateur et je prends une douche rapide avant de me mettre au lit à mon tour. Je l'attire à moi et prends une profonde inspiration, savourant son doux parfum, puis je m'autorise à sombrer. Je me laisse aller au sommeil, heureux de la sentir dans mes bras.

ara

ÉTRANGEMENT, JE SUIS TOUJOURS FATIGUÉE QUAND JE ME RÉVEILLE le lendemain matin. Les effluves du petit-déjeuner qui montent du rez-de-chaussée me donnent la nausée au lieu d'aiguiser mon appétit comme d'habitude. Les yeux gonflés, je rejoins la salle de bain en titubant. Alors que je me brosse les dents, je prends conscience que nous sommes samedi.

J'aurais dû avoir mes règles il y a quatre jours.

La bouffée d'adrénaline chasse aussitôt les dernières bribes de sommeil. Le cœur battant, je me précipite dans la chambre et je sors mon téléphone, comptant fébrilement les jours sur mon calendrier pour m'assurer de ne pas faire d'erreur.

Non.

J'ai du retard, et cette fois, ce n'est pas la faute du stress.

Je me suis constitué tout un stock de tests de grossesse depuis notre discussion au sujet des enfants. Je retourne en trombe dans la salle de bain. Le problème, c'est que je viens d'uriner et que je ne serai pas capable de recommencer tout de suite.

Pestant tout bas contre mon manque de jugeote, je remets le bâtonnet intact dans la boîte, je le range dans le tiroir et je pars m'habiller.

Je vais devoir attendre après le petit-déjeuner pour faire le test.

~

— Tes parents arrivent bientôt, m'informe Peter quand je descends.

Je me rappelle brusquement qu'ils viennent prendre le brunch aujourd'hui.

— J'ai encore trop dormi ? dis-je en jetant un œil à l'horloge. Waouh, en effet.

Il est onze heures vingt-sept – trois minutes avant l'heure prévue avec mes parents.

— Tu dois vraiment être épuisée, dit Peter en saupoudrant du persil sur une quiche bien garnie. Comment te sens-tu ce matin, ptichka ?

J'hésite avant de lui faire un grand sourire.

— Bien. J'avais besoin de rattraper du sommeil en retard, c'est tout.

Étant donné à quel point mon mari désire un bébé, mieux vaut en avoir le cœur net avant de le lui annoncer. Si c'est une fausse alerte, je m'en voudrais de lui faire une fausse joie.

Il ne semble pas vraiment me croire, mais la sonnette de la porte d'entrée retentit avant qu'il puisse répondre. Je m'empresse d'aller accueillir mes parents. Quand nous revenons dans la salle à manger, Peter a déjà préparé la table.

— Oh, waouh, dit maman en goûtant la quiche. Peter, je dois dire que j'ai déjà mangé dans des restaurants cinq étoiles qui étaient moins exceptionnels.

Il lui adresse un sourire plein de chaleur. À son tour, mon père pousse un grognement de délice en mordant dans sa part. Mes parents sont toujours un peu méfiants envers Peter, mais il gagne peu à peu leurs cœurs en agissant comme le gendre idéal. Avec George, quand nous étions occupés, nous passions parfois un mois ou plus sans voir mes parents, mais Peter tient à ce que nous les voyions au moins une fois par semaine. Et puis, il tond leur pelouse et il joue les hommes à tout faire en bricolant et en les aidant à régler leurs petits soucis informatiques. Il laisse à mes parents l'impression de garder la main et de ne faire appel à lui qu'à l'occasion.

— Tu es très doué pour ça, lui ai-je dit deux semaines plus tôt. On vous apprend comment conquérir une belle-famille hostile dans ton école d'assassins ?

Peter s'est contenté de hocher la tête.

— La belle-famille, les explosifs, les armes de gros calibre… tout cela doit être manié avec soin. Tu sais, j'apprécie tes parents. Après tout, ce sont eux qui t'ont créée.

Je lui ai souri, éprouvant un bonheur presque incandescent. J'ignore ce que j'imaginais quand je me figurais notre vie de couple marié, mais jusqu'à présent, tout a surpassé mes attentes. Les ténèbres de notre passé commun flottent toujours en arrière-plan, mais maintenant l'avenir est si rayonnant que ça n'a plus vraiment d'importance.

Nous avons réussi l'impossible : une vie normale et heureuse, tous les deux.

Après le brunch, que j'ai englouti malgré le désagrément de cette nausée persistante, j'emmène maman à l'étage pour lui montrer le manteau élégant que je me suis acheté en ligne. Papa reste en bas, installé dans notre salon pour regarder les actualités sur notre téléviseur grand écran pendant que Peter débarrasse la table.

Maman approuve tout de suite le manteau – elle adore la mode – et je m'apprête à m'éclipser pour passer enfin le test quand la voix tendue de papa me parvient depuis le rez-de-chaussée.

— Lorna, Sara, descendez. Vous devez voir ça.

Au même moment, mon téléphone vibre, tout comme celui de maman.

Nous échangeons un coup d'œil anxieux et sortons ensemble nos téléphones.

Sur mon écran apparaît une notification de CNN.

Acte terroriste suspecté au siège local du FBI à Chicago, je lis. *Nombre de victimes encore inconnu.*

ara

MON CŒUR COGNE DANS MA POITRINE. LE TEMPS QUE J'ARRIVE AU bas des marches, la quiche s'est changée en plomb dans mon estomac. Peter et mon père sont dans le salon, devant la télévision – qui révèle un immeuble en flammes.

Le même immeuble où Ryson m'a interrogée si souvent.

Maman plaque une main sur sa bouche, le visage blême, tandis que nous regardons les hélicoptères décrire des cercles au-dessus du bâtiment en feu. En contrebas, des pompiers et des ambulanciers travaillent d'arrache-pied pour porter secours aux survivants et installer les blessés sur des civières.

On dirait une scène tirée d'un film, et pourtant c'est bien réel, à moins d'une heure d'ici.

— Si les autorités n'ont pas fait de déclaration officielle, les premières indications font état d'une explosion violente et coordonnée à l'intérieur du bâtiment, annonce la journaliste d'un ton grave. Actuellement, tous les aéroports et les bureaux du gouvernement dans le monde entier sont en alerte maximale, et le trafic aérien dans la région de Chicago a été interrompu.

L'écran montre à présent les membres d'une équipe d'intervention qui se précipitent à l'aéroport O'Hare avec des chiens renifleurs de bombes, bousculant les voyageurs terrifiés.

— On conseille aux résidents de Chicago de se tenir à l'écart des routes pour laisser la voie libre aux véhicules d'urgence, poursuit la journaliste. Quiconque aurait des informations sur ce terrible événement peut appeler le numéro ci-dessous.

Un numéro vert apparaît en gras au bas de l'écran.

— Pour l'instant, on déplore trois morts et quinze blessés. Nous vous tiendrons informés dès que nous en saurons plus.

Elle marque une pause, la main à son oreille, puis elle dit :

— Dernière nouvelle, le bilan des victimes s'élève à sept morts. Il semblerait que l'explication ait trouvé son origine au deuxième étage de l'immeuble.

Au deuxième étage ?

C'est là que se trouve le bureau de Ryson.

Y était-il ?

Fait-il partie des victimes ?

Je ne suis pas consciente que je titube, mais soudain Peter est à mes côtés et passe un bras puissant autour de mon dos.

— Viens, assieds-toi, ptichka, murmure-t-il en me conduisant vers le canapé. On dirait que tu vas t'évanouir.

Je cligne des paupières, frappée par le calme olympien qu'il affiche en s'assoyant à côté de moi. À l'exception de sa mâchoire crispée, rien dans l'expression de Peter ne suggère qu'il se passe quelque chose d'inhabituel. En même temps, je suis certaine qu'il a vu pire.

Et peut-être *fait* pire.

Une pensée sinistre me vient à l'esprit, mais je la repousse. Je n'ai même pas envie de la formuler clairement.

Je refuse de m'orienter dans cette direction, pas même une seconde.

— Je n'en reviens pas, dit papa, des trémolos dans la voix.

Je me tourne quand il s'assoit à côté de moi, le visage aussi blême que celui de maman, les yeux rivés sur la télévision.

— L'immeuble du FBI, pourquoi ? Comment ont-ils réussi à franchir leur sécurité ?

Bonne question !

Mon idée noire revient en force, mais je la refoule avec détermination. Cette terrible tragédie n'a rien à voir avec Peter ou moi.

— Tu vas bien, papa ? je demande en tendant la main pour lui toucher le bras.

Ce ne doit pas être bon pour son cœur malade.

Il hoche la tête sans détourner le regard de l'écran.

— Heureusement que nous sommes samedi. Vous imaginez le nombre de victimes si c'était un jour de semaine ?

Je reporte mon attention sur la télévision, où les pompiers luttent contre les flammes tandis que les victimes sont emmenées sur des brancards – bien moins que l'on pourrait imaginer avec une explosion de cette ampleur. Bien sûr, certains corps ont dû voler en éclats et on ne les a pas encore retrouvés, mais papa doit avoir raison. Le bâtiment était bien moins fréquenté qu'en semaine.

— La bombe a peut-être éclaté plus tard que prévu. Ou plus tôt, dit maman pour tenter une explication en se laissant tomber sur un fauteuil rembourré à côté du canapé. Je suis certaine que les monstres qui ont fait une chose pareille cherchaient à tuer un maximum de gens.

— Je n'en suis pas si sûr, dit Peter.

Je me retourne pour voir son regard pensif.

— Les responsables savaient très bien ce qu'ils faisaient.

Je déglutis péniblement et mon estomac se noue autour de la quiche lestée de plomb. Je n'ai pas envie de penser aux responsables, car c'est dans cette direction que rôdent mes pensées sombres et sordides, celles que je refuse d'envisager.

— Excusez-moi, je bredouille en me levant.

La nausée qui m'a tourmentée toute la matinée empire chaque seconde.

— Je reviens tout de suite.

Naturellement, Peter me suit. Il me rattrape avant que j'atteigne la salle de bain du rez-de-chaussée.

— Tu vas bien, mon amour ?

Je hoche la tête en déglutissant. La salive s'accumule dans ma bouche et les pirouettes dans mon ventre adoptent un rythme de machine à laver.

— Je dois juste aller aux toilettes, dis-je difficilement.

Je le contourne et fonce vers la porte ouverte.

J'ai à peine le temps de la claquer derrière moi et de m'agenouiller devant la cuvette avant de vider le contenu de mon estomac.

Bien sûr, inutile d'espérer qu'en entendant mes haut-le-cœur, Peter s'éclipserait comme le ferait un mari normal. Je suis toujours en train de vomir dans la cuvette quand je sens ses mains puissantes rassembler mes cheveux pour les écarter de mon visage. Quand je relève la tête, il m'aide à me redresser et me tend un verre d'eau afin que je me rince la bouche.

Ridiculement contente de son soutien, je me penche sur le lavabo et prends une brosse à dents entre mes doigts tremblants. J'ai les jambes en gélatine et mon tee-shirt est plaqué contre mon dos en sueur.

Je me brosse deux fois les dents, puis je m'asperge le visage d'eau pendant que Peter tire la chasse et essuie le siège avec une serviette en papier, préoccupé, mais pas dégoûté le moins du monde.

— Viens, ma chérie, je t'emmène au lit, me dit-il une fois que j'ai terminé. C'est évident que tu n'es pas dans ton assiette.

— Maintenant, ça va mieux, je proteste lorsqu'il me soulève pour me serrer contre son torse. Sincèrement, je me sens mieux.

— Hmm.

Il m'emmène hors de la salle de bain et nous passons devant

mes parents, dans le salon. Ils nous regardent avec de grands yeux ronds.

— Tu es bouleversée ou malade, me dit Peter. Quoi qu'il en soit, tu as besoin de repos.

— Que s'est-il passé ? demande maman en nous emboîtant le pas en direction de l'escalier. Sara est malade ?

Peter hoche la tête.

— Oui, elle est peut-être…

— … enceinte ! je m'exclame.

Aussitôt, je le regrette en voyant Peter et maman se figer sur place, la même stupeur sur le visage.

Ce n'est pas comme ça que je prévoyais d'annoncer la nouvelle.

Enfin, la nouvelle éventuelle. Je n'ai toujours pas fait ce fichu test.

Maman est la première à se ressaisir.

— Enceinte ? Oh, Sara !

— Je n'en suis pas encore certaine, dis-je avec empressement tandis que des larmes – de joie, vraisemblablement – apparaissent dans ses yeux. Disons que mes règles ont quelques jours de retard et…

— Tu es enceinte ?

La voix de Peter est vibrante. Quand je lève les yeux, je découvre une expression inhabituelle sur son visage.

Un mélange de perplexité et, je crois bien, un soupçon de panique.

A-t-il peur ?

N'était-ce pas ce qu'il désirait depuis le début ?

— C'est une possibilité, dis-je avec précaution. Si tu me poses, j'irai passer le test aux toilettes et je te le dirai.

Toujours abasourdi, mon mari me dépose lentement sur mes pieds.

— Bon, d'accord.

Je m'extrais de ses bras et recule, contente que mes jambes me soutiennent.

— Maintenant, laissez-moi quelques minutes.

— Chuck ! s'écrie maman en retournant d'un pas précipité dans le salon tandis que je gravis les marches, Peter sur les talons. Tu as entendu ? Notre Sara est peut-être enceinte !

Je fais la grimace. Je m'en veux d'avoir lâché la nouvelle sur un coup de tête, avec un timing aussi mauvais. J'entends encore la télévision annoncer les dernières informations sur l'attentat meurtrier et voilà que je détourne l'attention de tout le monde par quelque chose d'aussi terre-à-terre qu'un bébé potentiel.

Le bébé de Peter et moi.

Mon cœur rate un battement tandis que mon mari me suit dans la salle de bain de l'étage et sort le test de grossesse du tiroir.

— Et voilà, mon amour, dit-il en me le tendant.

Sa voix est toujours à vif, mais il semble remis du choc.

— Fais ce que tu as à faire.

Je m'approche des toilettes et je m'arrête en le regardant avec insistance.

— Un peu d'intimité, s'il te plaît ? dis-je sur un ton amusé en constatant qu'il ne sort pas.

Il me dévisage sans sourciller, puis il se retourne.

— Vas-y. Je ne regarde pas.

Je lève les yeux au ciel, mais je décide que c'est inutile d'opposer une objection. Les limites, ce n'est pas le fort de mon mari en temps normal, et en ce moment, il doit avoir peur que je m'évanouisse en urinant.

Je fais ma petite affaire sur le test, puis je le pose sur une feuille de papier toilette, au bord du lavabo, et je me lave les mains pendant que Peter l'observe comme s'il essayait de l'hypnotiser.

— On dirait un plus, dit-il d'une voix étranglée tandis que je m'essuie les mains sur la serviette. Attends… non, c'est sûr, c'est un plus. Sara, est-ce que ça veut dire que… ?

Mon cœur fait un saut de l'ange dans ma poitrine lorsque je pose les yeux sur le test – où l'on voit maintenant un signe plus, petit, mais sans ambiguïté.

— Je crois bien, dis-je en levant les yeux vers Peter. Je ferai un test sanguin à mon cabinet pour en avoir le cœur net, mais…

— Tu es enceinte.

C'est une évidence, pas une question, mais je hoche néanmoins la tête, instinctivement consciente qu'il a besoin que je le lui confirme.

— D'environ cinq semaines si mes calculs sont exacts.

Pendant un moment, mon mari ne montre aucune réaction. Son regard métallique demeure inexpressif, braqué sur moi. Mais alors que je commence à redouter qu'il ait changé d'avis au sujet du bébé, il s'avance et m'attire dans une étreinte fervente.

— Un bébé, grommelle-t-il dans mes cheveux.

Son corps puissant tremble presque. Ses bras sont assez forts pour expulser l'air de mes poumons.

— Nous allons avoir un enfant.

— C'est vrai ?

La voix de maman vibre d'excitation. Quand Peter me relâche, j'aperçois ma mère, du haut de ses soixante-dix-neuf ans, qui sautille dans l'encadrement de la porte comme un enfant surexcité.

Elle vient à peine d'arriver.

Je commence à répondre, mais avant que je puisse dire un mot, maman sort en trombe de la salle de bain en criant à pleins poumons :

— Chuck, c'est positif ! Le test est positif ! Ils vont avoir un bébé !

Son enthousiasme doit être contagieux, parce que je me surprends à sourire en regardant Peter, dont les yeux intenses ne me quittent pas.

— Ça va ? je demande en tendant la main pour caresser son menton piquant. Tu es content, n'est-ce pas ?

Il prend ma main dans la sienne et il l'appuie contre sa joue.

— Et toi ?

Sa voix est grave et rauque, son regard inexplicablement soucieux.

— Es-tu heureuse, mon amour ? C'est ce que tu veux ?

— Je... oui, dis-je en prenant une grande inspiration. Oui.

C'est la vérité. Je désire ce bébé. Mon envie est telle qu'elle est presque palpable. Je ne me l'étais pas avoué, mais chaque fois que j'ai eu mes règles comme d'habitude ces trois derniers mois, j'ai éprouvé une véritable déception.

Au cours de notre vie de couple en dents de scie, ce bébé est passé de mon pire cauchemar à mon souhait le plus ardent.

— Alors, pas de regrets ? confirme Peter. Pas de peur ni d'hésitation ?

— Non, dis-je en soutenant son regard sans ciller. Non.

Alors qu'un sourire incandescent illumine lentement son beau visage, je me hisse sur la pointe des pieds et je l'embrasse, submergée par une vague d'amour pour cet homme ténébreux et complexe.

Pour le père de mon enfant.

25

eter

QUAND NOUS REDESCENDONS AU REZ-DE-CHAUSSÉE, LES PARENTS DE Sara ont déjà trouvé la bouteille de Cristal que je gardais au frais pour une occasion spéciale.

— Laissez-moi faire, dis-je en remarquant que Chuck a du mal à l'ouvrir.

Je lui prends la bouteille des mains, je fais sauter le bouchon et je remplis trois verres – un pour chacun à l'exception de Sara. Pour elle, je sors une bouteille de Perrier et je verse l'eau pétillante dans une coupe à champagne.

Ma ptichka ne pourra pas boire d'alcool pendant la durée de sa grossesse ni lorsqu'elle allaitera.

Lorsqu'elle allaitera notre bébé.

Une fois de plus, ma cage thoracique se comprime et mon cœur s'emballe. J'ai toujours du mal à croire que c'est bien réel, que ce que j'ai si longtemps désiré arrive enfin.

Sara est heureuse de porter mon enfant.

506

Nous sommes une vraie famille.

Mon bonheur est si absolu que j'en suis terrifié. Je ne me souviens pas d'avoir jamais éprouvé cela : une joie intense et une véritable fragilité. Tout ce que je veux, c'est prendre Sara et l'enfermer dans une forteresse, ou mieux, l'envelopper dans une combinaison de sécurité rembourrée et l'emmener partout avec moi, de peur qu'elle ou le bébé soient blessés.

— À notre premier petit-enfant, dit Lorna en levant sa coupe de champagne.

Je m'efforce de sourire en entrechoquant mon verre avec le sien, puis avec ceux de Chuck et de Sara. Tous trois sourient. Ils rient, même, emportés par la joie de l'occasion. Je devrais être aux anges, moi aussi, mais pour une raison quelconque, je ne parviens pas à me défaire de l'inquiétude qui plane sur moi comme un nuage malveillant.

Quelque chose me chagrine, mais je n'arrive pas à mettre le doigt dessus.

Un téléphone bipe, indiquant une notification, et Chuck pose son champagne avant de glisser la main dans sa poche pour jeter un œil à l'écran.

— Douze morts maintenant.

Quand il lève les yeux, son sourire a disparu.

— Quel dommage d'apprendre que nous avons un petit-fils par un jour aussi sombre.

— C'est peut-être une petite-fille, dit Lorna.

Mais sa voix est teintée d'anxiété.

C'est peut-être ça. C'est peut-être ce qui me trouble.

C'est un jour sombre, en effet – pour Ryson et ses collègues, en tout cas. Pour moi, il est possible que ce soit une occasion de réjouissances. Si Ryson a été réduit en lambeaux, il ne nous causera plus d'ennuis. Ce qui m'inquiète, c'est que Sara et ses parents sont bouleversés.

Le stress est mauvais pour la grossesse.

— Viens, ptichka. Assieds-toi.

Je la conduis avec précaution vers une chaise à la table de la cuisine, puis j'entre dans le salon, où la journaliste, à plein volume, émet des spéculations quant à l'organisation terroriste qui pourrait être responsable de l'attentat. Je regarde les images du bâtiment en flammes pendant une seconde, puis j'éteins la télévision.

Je préfère que Sara n'écoute pas cela dans son état.

Quand je reviens, je découvre les parents de Sara dans le hall d'entrée. Ils s'apprêtent à partir.

— Vous venez toujours demain ? demande Lorna à Sara tout en récupérant son sac à main. Je me disais qu'on pourrait prendre le thé toutes les deux pendant que Peter aidera ton père à installer cette nouvelle stéréo.

— Oui, bien sûr, répond Sara en souriant. Tu sais que je viendrai, maman.

— Parfait, dit-elle en embrassant sa fille sur la joue. Et maintenant, repose-toi ma chérie, d'accord ?

— C'est ce que je vais faire, répond-elle sur un ton obéissant.

Je hoche la tête, un sourire aux lèvres, lorsque Lorna me regarde de manière appuyée. Elle ne croit pas sa fille une seule seconde, mais elle me connaît suffisamment pour savoir que je m'assurerai qu'elle se repose.

— À demain, me dit Chuck d'un ton bourru.

À ma grande surprise, il me tape sur l'épaule avant de s'éloigner.

— Soyez prudents sur la route, dis-je.

Une autre surprise me vient de la mère de Sara, qui me serre chaleureusement dans ses bras avant de suivre son mari à l'extérieur.

J'attends que la porte se referme derrière eux avant de me tourner vers Sara.

— Est-ce qu'ils viennent de…

— De t'accepter officiellement comme un membre de notre famille ? répond-elle, radieuse. Eh bien, oui, je crois. Félicitations, papa.

Mon cœur se réduit à une tête d'épingle avant de s'étendre pour occuper toute ma cage thoracique.

— Je t'aime, dis-je avec émotion en l'attirant à moi. Tu n'imagines pas à quel point.

Alors qu'elle referme ses bras graciles autour de mon cou, je l'embrasse, savourant le goût de ses lèvres – et l'amour qu'elle me rend désormais en toute liberté.

ara

Après le départ de mes parents, Peter et moi montons en voiture pour nous rendre dans mon bureau, où je prélève un échantillon de mon sang. Quelques minutes plus tard, nous avons la confirmation officielle.

Je suis enceinte de cinq semaines.

Et je suis affamée, étant donné que j'ai vomi ce que j'ai mangé ce matin.

— Je crois que je ne peux pas attendre d'être rentrée, dis-je à Peter afin qu'il s'arrête devant une petite pizzéria sur la route.

Je ne suis encore jamais venue ici, mais même si nous sommes les seuls clients à cette heure-ci, j'ai le plaisir de découvrir que leur pizza est délicieuse, aussi bonne que ce que j'ai pu goûter dans des restaurants plus huppés. Le seul hic, c'est que la télévision est allumée, montrant les images de l'attentat, et que le gérant – un homme d'âge moyen bedonnant avec un fort accent italien – ne cesse de nous en parler tandis que nous mangeons au comptoir.

— C'est terrible, vraiment terrible, dit-il d'un ton sinistre, tout en pétrissant sa pâte sous nos yeux. Où va le monde ? D'abord le 11 septembre, puis le marathon de Boston, et maintenant ça. Au moins, cette fois, c'est le FBI qu'ils ont pris pour cible, pas des citoyens innocents. Je ne dis pas que ces agents sont coupables, mais vous comprenez… Si vous en voulez à l'Amérique, c'est plus logique de viser la CIA ou un service en lien avec le gouvernement.

Je hoche la tête sans conviction tout en me gavant de pizza. L'homme n'a pas besoin de plus d'encouragements pour continuer.

— Ils disent que l'explosif n'était pas commun, une technologie très avancée, explique-t-il tout en faisant rouler la pâte d'un geste expert. Je me demande ce que c'est, et comment les terroristes ont mis la main dessus. C'est le genre de chose que devrait posséder la Russie ou la Chine, ou même notre propre armée. Je parie que toutes les théories du complot vont se réveiller pour affirmer que c'est un travail de l'intérieur ou je ne sais quoi.

Je mords dans une autre part, laissant l'homme divaguer tout en jetant un œil vers Peter. Je m'attends à ce qu'il mange paisiblement, lui aussi, mais à mon grand étonnement, il fronce les sourcils, sa part intacte devant lui et les yeux intensément rivés sur la télévision.

— Qu'y a-t-il ? je demande à voix basse lorsque le gérant nous tourne le dos pour aller chercher de la farine. Quelque chose ne va pas ?

Il détache son regard de l'écran et me sourit tristement.

— Pas vraiment. De vieux instincts qui me titillent, c'est tout.

J'ai envie de l'interroger, mais l'homme revient pour pétrir sa pâte devant nous et réfléchir tout haut aux responsables de l'explosion.

— Merci beaucoup. C'était délicieux, lui dis-je, incapable de manger un morceau de plus.

Peter s'empresse de régler l'addition et me conduit à l'extérieur. Malgré son déni, je sais que mon mari est inquiet – je le vois dans sa poigne crispée sur le volant tandis que nous rentrons à la maison. La graine noire du soupçon, que j'avais refoulée, revient me nouer l'estomac.

Est-ce possible ?

Cela pourrait-il être une terrible coïncidence ?

Je combats ce doute le plus longtemps possible, mais bientôt je n'y tiens plus.

Dès que nous sommes à l'intérieur de la maison, je me tourne vers mon mari.

— Peter… je dois te demander quelque chose.

Même à mes propres oreilles, ma voix me paraît étrange.

Immédiatement, il m'accorde toute son attention.

— Qu'y a-t-il, ptichka ? demande-t-il en me massant les épaules. Tu vas bien ?

Je hoche la tête et j'avale ma salive en levant les yeux vers lui. Mon cœur danse les claquettes dans ma poitrine et la nausée revient me chatouiller.

Cette pizza était peut-être une erreur.

Et ma question est peut-être une erreur plus grande encore.

— Qu'y a-t-il, mon amour ?

Avec douceur, il me guide vers une causeuse dans l'entrée.

— Viens, assois-toi. Tu es pâle.

— Non, je vais bien.

Pourtant, je m'assieds. C'est plus facile d'obéir que de résister. Il prend place à côté de moi et enferme mes deux mains dans les siennes, me massant les paumes avec les pouces comme si j'avais besoin d'être rassurée.

Peut-être est-ce le cas.

Tout dépend de la réponse qu'il va donner à ma prochaine question.

— Peter…

Rassemblant mon courage, je poursuis :

— J'ai besoin de savoir. As-tu…

Je prends une vive inspiration.

— As-tu un quelconque rapport avec ce qui s'est passé aujourd'hui ? Avec cette… explosion ?

Il se change en statue, sans cligner des yeux ni réagir pendant quelques secondes. Enfin, il déclare sur un ton monocorde :

— Non.

Il me lâche les mains et il se lève. Sans ajouter un mot, il retourne près de la porte et retire ses chaussures.

Je ne le quitte pas des yeux. Je me sens mal, et à la fois je suis soulagée.

Je le crois.

Il ne m'a jamais embobinée, il n'a jamais nié sa culpabilité pour aucun crime.

Mon mari est peut-être un tueur, mais ce n'est pas un menteur.

— Je suis désolée, dis-je lorsqu'il passe devant moi sans même me regarder. Peter, je suis vraiment désolée, mais il fallait que je le demande. Le deuxième étage est celui du bureau de Ryson et...

Je m'interromps, car il a disparu dans la cuisine.

J'inspire en revenant sur mes pas pour me déchausser à mon tour. Je m'en veux de lui avoir posé cette question – et même que cette idée me soit venue à l'esprit. Non seulement cet attentat est un véritable acte de haine, mais c'est aussi quelque chose qui aurait mis notre vie commune en danger – et Peter s'est tellement battu pour l'obtenir.

Il a même renoncé à sa vengeance pour cela.

Je m'apprête à ramper à ses pieds lorsque j'entre dans la cuisine, mais Peter n'est pas là. Je fais le tour de la maison à sa recherche. Ce n'est qu'en jetant un œil dans le dressing de la chambre d'amis que je le découvre enfin.

Il est accroupi devant un ordinateur portable. Ses doigts volent sur le clavier à une vitesse record.

Je fronce les sourcils et je m'agenouille à côté de lui pour regarder l'écran. Il rédige un email. C'est en russe et je ne reconnais pas l'interface du programme qu'il emploie.

— Qu'est-ce que tu fais ? je demande avec précaution. Peter... pourquoi es-tu ici ?

— Attends, dit-il sans lever les yeux. Laisse-moi terminer.

En silence, je le regarde taper sur son clavier. Il prend encore quelques minutes, puis il referme son ordinateur et tapote sur le mur du dressing.

La cloison coulisse, révélant un autre espace réduit.

Un espace rempli à ras bord d'armes de type militaire, y compris plusieurs lance-roquettes et grenades… ainsi que d'autres ordinateurs de rechange.

Sans voix, je regarde Peter ranger son portable sur une étagère avant de taper sur un autre mur. Aussitôt, la cloison originale se referme, bouchant l'ouverture.

Je claque la langue.

— Est-ce…

— Une cache d'armes ? Oui.

Il se lève et tend la main pour m'aider à en faire de même.

— Mais ne t'inquiète pas, mon amour.

Ses yeux étincellent d'un amusement froid lorsque je lui prends la main afin de me redresser.

— Je n'ai pas l'intention de m'en servir pour commettre des actes terroristes.

Je le lâche avec une grimace.

— Je sais. Je suis désolée. Je n'aurais pas dû…

— Non, tu as bien fait.

Il écarte les cheveux de mon visage, dans un geste aussi tendre que jamais même si son regard demeure celui d'un inconnu.

— Je veux que tu viennes toujours me voir si tu as des doutes. Et puis, le pizzaïolo et toi, vous m'avez fait prendre conscience d'une chose.

Je cligne des yeux.

— Quoi donc ?

— Que je dois enquêter sur ce qui s'est passé ! Il y a quelque chose là-dessous qui ne me plaît pas du tout.

— Qu'est-ce que tu veux dire ?

— Je ne sais pas encore.

Il laisse retomber sa main et recule.

— Mais je viens de contacter nos pirates informatiques et j'aurai bientôt plus d'informations.

Il se tourne et sort du dressing. Je me précipite dans ses pas, le rattrapant juste avant qu'il quitte la chambre d'amis.

— Alors, tu n'es pas fâché ? je demande, essoufflée, en me campant devant lui pour lui barrer le passage. Parce que je t'ai posé cette question ?

Ses lèvres frémissent.

— Fâché ? Non, ptichka. Pourquoi le serais-je ?

— Eh bien, parce que tu es innocent et que je t'ai plus ou moins accusé. Je suis vraiment désolée, je n'aurais même pas dû y penser...

— Pourquoi dis-tu que tu n'aurais pas dû ? demande-t-il en penchant la tête. J'ai déjà fait pire.

Une boule me pèse sur le ventre.

— Je sais, mais...

— C'était une supposition cohérente. Un explosif sophistiqué, une cible difficile et un mobile. En fait, je suis même étonné que tu me croies.

Je suis presque sûre qu'il se moque de moi, sur ce coup-là, mais je le mérite.

— Que puis-je faire pour me racheter ? je demande au lieu de lui présenter de nouvelles excuses. Comment puis-je arranger ça ?

Il hausse les sourcils et ses yeux luisent d'un intérêt soudain.

— À quoi penses-tu ?

Mon pouls s'accélère et tout mon corps rougit lorsqu'il l'enveloppe d'un regard lubrique. Je ne pensais pas au sexe, mais si c'est ce qu'il désire, je me ferai un plaisir de m'y soumettre.

— À ça, je murmure en soutenant son regard, avant de commencer à me déshabiller.

eter

UNE FOIS QUE NOUS AVONS FAIT L'AMOUR, SARA S'ENDORT DANS LA chambre d'amis et je la laisse à sa sieste. J'ai fait de mon mieux pour être tendre, mais je dois tout de même l'avoir épuisée.

À moins qu'elle ait tout simplement besoin de repos. Pendant les huit prochains mois, je devrai m'assurer d'y aller doucement avec elle.

Une fois de plus, cette joie teintée d'anxiété m'emplit la poitrine, occultant les résidus de tristesse. Je n'ai aucune raison d'être fâché par la question de Sara. Au contraire, je devrais me réjouir qu'elle me fasse suffisamment confiance pour m'interroger franchement au lieu de laisser ses soupçons s'envenimer.

Et puis, je ne peux pas lui reprocher d'avoir nourri des doutes. Je n'aurais jamais fait quelque chose d'aussi flagrant et public que mettre une bombe dans l'immeuble du FBI, mais je prévois discrètement d'éliminer Ryson – qui a continué à fouiner après que j'ai fait à Sara ma promesse conditionnelle.

S'il nous avait laissés tranquilles, il serait en sécurité, mais il ne l'a pas fait – et en cela, il méritait amplement ce qui lui pendait au nez.

Ce qui lui pend toujours au nez s'il survit.

Mon mauvais pressentiment s'intensifie à nouveau, mais cette fois, l'inquiétude est plus concrète. Je ne crois pas aux coïncidences, et pourtant ça en a tout l'air. Je ne l'ai pas dit à Sara, mais je me suis déjà procuré une liste des morts et des blessés, et Ryson fait partie de ces derniers. Il a été emmené à l'hôpital dans un état critique.

Si j'étais naïf, je dirais que quelqu'un m'a rendu un service.

Une demi-heure plus tard, je reviens voir Sara. Elle dort et je retourne dans le dressing pour récupérer quelques armes. Je les disperse de manière stratégique dans toute la maison et j'en emporte quelques-unes au garage, où je les cache dans un compartiment spécial de notre voiture blindée.

Au cas où.

Une fois ma paranoïa apaisée, j'ouvre à nouveau mon ordinateur portable et je commence à répondre aux emails de mes élèves du studio en attendant que ma ptichka se réveille.

∾

— OH, MON DIEU, dit SARA LE LENDEMAIN MATIN, LES YEUX SUR LA télévision. Peter, Ryson *était* là-bas. Ils viennent d'identifier les victimes de l'explosion et il fait partie des blessés graves. Tu t'en rends compte ?

Je hoche vaguement la tête.

— Je l'ai appris tout à l'heure. C'est triste pour lui.

D'après mes sources, il a des brûlures aux troisième et quatrième degrés sur la majeure partie du corps. J'ai presque de la peine pour ce connard. Je l'aurais supprimé de manière bien plus humaine – une crise cardiaque causée par médicaments, vraisemblablement, pour que cela ressemble à une mort de causes naturelles.

— Quelle affreuse tragédie, dit Sara, les yeux toujours sur l'écran. J'espère qu'il s'en remettra.

— Hmm.

J'évite de la perturber encore davantage en désapprouvant.

— Tu veux manger ou tu as toujours la nausée, mon amour ?

Ce matin, elle n'a picoré qu'une biscotte alors que je lui avais préparé son omelette préférée avec des pancakes.

Elle se tourne vers moi.

— C'est bon pour le moment, merci. La nausée a presque disparu, mais je crois que je grignoterai chez mes parents pendant que tu bricoleras avec papa.

— Bon, d'accord. Tu es prête à partir ?

Elle se lève et me rejoint.

— Oui. Allons-y.

~

J'EMPRUNTE UNE ROUTE DIFFÉRENTE JUSQUE CHEZ MES BEAUX-parents et je m'assure que mes hommes aient passé le quartier en revue avant notre arrivée. Les hackers enquêtent toujours sur l'explosion, mais mon radar est sur le qui-vive.

Sara et moi, nous devrions peut-être quitter la ville, partir en lune de miel au lieu d'attendre les vacances comme prévu. Ce pourrait aussi être un voyage pour fêter l'arrivée prochaine du bébé – j'ignore si ça existe.

Les parents de Sara nous accueillent chaleureusement et sa mère joue les parfaites maîtresses de maison en nous offrant du thé, des biscuits, des fruits et tout un buffet. Je refuse poliment – j'ai mangé un petit-déjeuner copieux –, mais Sara accepte la proposition de sa mère tandis que j'aide Chuck à installer sa nouvelle stéréo.

— Tu dois brancher ce fil, dit-il en désignant le câble audio.

Je hoche la tête en le remerciant comme si je ne le savais pas déjà.

Le père de Sara a envie que ce soit un projet d'équipe et je lui accorde ce plaisir.

J'ai presque fini de tester le son *surround* quand mon téléphone vibre dans ma poche. Je le sors et jette un œil sur l'écran. Mon sang ne fait qu'un tour.

Un groupe d'intervention arrive, annonce le texto de mon équipe. *Dans trois minutes.*

2 8

ara

Je l'entends avant que Peter fasse irruption dans la cuisine, où maman et moi discutons de la décoration de la chambre d'enfant.

Le grondement caractéristique des pales d'hélicoptère.

— On s'en va.

Il m'entraîne avant que je puisse réagir.

— Excusez-nous, dit-il à ma mère ébahie en me soulevant contre son torse.

Puis il la contourne en direction de la porte.

Je m'agrippe frénétiquement à sa chemise.

— Peter, que...

— Pas le temps.

Il ouvre brusquement la porte et recule sans me lâcher – pour rester pétrifié alors qu'un énorme fourgon noir s'arrête dans un crissement de pneus. Des agents équipés jusqu'aux dents surgissent, boucliers en avant et fusils d'assaut braqués sur nous.

J'ai l'impression que mon cerveau s'est changé en boue.

Je suis incapable de réfléchir.

Je ne saurais même pas par où commencer.

Lentement et très ostensiblement, Peter me dépose sur mes pieds et s'avance devant moi, me protégeant avec son corps.

— Ne tirez pas.

Son intonation est étrangement calme. Il lève les mains au-dessus de sa tête.

— Pas besoin d'être violents. Je vous accompagne.

Ma langue se dénoue enfin :

— Attendez ! dis-je en m'avançant sur mes jambes flageolantes. Nous avions un accord. Vous ne pouvez pas…

— Reculez, madame ! aboie l'agent de tête.

Je m'immobilise lorsque plusieurs armes se tournent vers moi.

— J'ai dit que ce n'était pas nécessaire.

La voix de Peter est sèche et il s'avance pour me cacher derrière lui.

— Je n'oppose aucune résistance, annonce-t-il. Personne ne sera blessé, c'est compris ?

— Que se passe-t-il ici ? demande papa derrière moi.

Je me rends compte dans un élan de panique que mes parents viennent de sortir de la maison.

— Retournez à l'intérieur.

Ma voix chevrote et je jette un œil derrière moi.

— Papa, s'il te plaît, emmène maman à l'intérieur.

À présent, l'hélicoptère est presque au-dessus de nos têtes. Son rugissement étouffe mes paroles.

— À genoux ! hurle quelqu'un.

Je regarde derrière moi pour voir mon mari obéir avec des mouvements tout aussi lents et mesurés.

Je prends conscience avec une terreur proche de la nausée qu'il ne veut pas les rendre nerveux. Ils savent ce dont il est capable et, même s'il n'est pas armé, ils sont terrifiés à l'idée de l'affronter.

— Peter Garin, vous êtes accusé de l'assassinat d'employés fédéraux, de la destruction d'une propriété de l'État, de l'usage d'explosifs et de meurtre prémédité, lance l'agent qui a déjà pris la parole, par-dessus le vacarme de l'hélicoptère.

Il s'approche de Peter avec des menottes tandis que ses collègues gardent leurs fusils d'assaut pointés sur le visage de mon mari.

— Vous avez le droit de...

Son casque explose avant qu'il puisse ajouter un mot, et aussitôt, l'enfer se déchaîne.

29

eter

Je bouge avant même d'entendre la détonation du fusil du tireur embusqué.

C'est instinctif, purement automatique.

Je n'ai qu'un seul objectif.

Survivre assez longtemps pour protéger Sara et le bébé.

Comme toujours en de telles situations, mes pensées sont claires et nettes.

Tireur à cinq heures, identité inconnue.

Un agent mort. Les autres sur le point d'ouvrir le feu.

Neuf adversaires en face de moi. Sara et ses parents derrière.

Je m'empare du M4 de l'agent dont le cerveau a giclé sur moi et je m'élance sur le côté tout en criblant ses collègues de balles, visant les interstices de leurs armures dont je connais les faiblesses.

Je dois détourner leur attention de Sara, représenter la seule menace afin qu'ils se concentrent uniquement sur moi.

Du coin de l'œil, je vois les parents de Sara l'entraîner à

l'intérieur de la maison. Elle hurle quelque chose, mais je n'entends rien par-dessus le bruit de l'hélicoptère et le crépitement d'une arme à feu automatique.

Le sol à côté de moi explose sous une pluie de balles, mais je continue de bouger en appuyant sur la détente. Leurs armures les protègent, mais elles les ralentissent, m'offrant de précieuses secondes. Même si je ne les tue pas, mes balles les font tomber comme des mouches.

Cinq ennemis sont à terre.

Toutes les armes que j'ai préparées se trouvent dans notre voiture. J'ai un Glock attaché à ma jambe, et quand mon arme d'emprunt émet un cliquètement indiquant que le chargeur est vide, je la jette et plonge derrière deux agents étendus, attrapant une arme dans la foulée.

Une vive douleur me déchire le bras gauche, mais je l'ignore.

Je peux encore tenir mon arme, preuve que la blessure n'est pas si grave.

Le fourgon de l'équipe d'intervention n'est plus qu'à quelques mètres et je m'élance, à la fois pour me mettre à couvert, mais également parce que c'est aussi loin de la maison que possible. Quand je percute le sol, je tire encore quelques rafales. L'angle de tir joue en ma faveur, car je touche deux agents sous leurs casques.

Une balle me perfore le mollet droit, mais l'adrénaline me porte.

D'autres projectiles labourent le sol tout autour de moi, même si je me trouve à présent derrière le véhicule.

L'hélicoptère.

Je me retourne sur le dos et je tire une salve dans sa direction. Une pale de rotor explose et l'engin oscille brusquement. J'ouvre à nouveau le feu, et cette fois il s'éloigne, disparaissant derrière les arbres quelques rues plus loin.

Sans interruption, je roule sous le fourgon et je ressors de l'autre côté, devant les trois derniers agents.

Sauf qu'il n'y en a plus que deux.

L'autre court en direction de la maison.

30

ara

TOUT SE DÉROULE EN UN CLIN D'ŒIL. JE SUIS DERRIÈRE PETER ALORS que l'agent s'apprête à lui passer les menottes, et l'instant d'après une détonation assourdissante retentit et le casque de l'homme vole en éclats, faisant gicler son sang et sa cervelle tandis que Peter passe à l'action et arrache l'arme des mains de l'homme.

— Sara, rentre ! fait maman.

Elle m'agrippe le bras, me tirant en arrière alors que les armes détonent, se joignant au concert des hélices.

— Non, rentrez tous les deux ! je m'écrie en me dégageant de sa poigne.

Je ne peux pas laisser Peter tout seul.

— Retournez à l'intérieur maintenant !

— Ton bébé ! crie alors papa par-dessus le vacarme, en me prenant le poignet alors que je m'apprête à foncer. Tu es enceinte, ne l'oublie pas !

Ce rappel me fait l'effet d'un seau d'eau glacée en pleine face.

J'avais oublié cette petite vie en moi, l'enfant que Peter désire aussi désespérément.

— Rentre, Sara. Tout de suite !

Maman me tire l'autre poignet. Cette fois, j'obéis et je rentre dans la maison en titubant tandis que la rue se change en zone de guerre.

— Nous devons… nous éloigner… des fenêtres, dit papa d'une voix sifflante, plié en deux dans l'entrée. Les balles, elles…

— Tout va bien, papa. Respire.

Je lui prends le coude alors qu'il commence à s'effondrer, mais il est trop lourd pour moi et je parviens seulement à atténuer sa chute.

— Où sont tes pilules ?

Ma voix monte dans les aigus, en proie à la panique. Son visage vire au bleu.

— Maman, où est son traitement ?

— Dans la… la cuisine.

À sa voix, elle semble sous le choc.

— Le placard du haut, à droite.

— D'accord, je reviens tout de suite.

La fenêtre du salon explose lorsque je passe devant à toutes jambes, mais je prête à peine attention aux fragments de verre qui se fichent dans ma peau.

Je dois aller chercher les médicaments de papa.

Je suis incapable de penser à Peter en cet instant, je ne peux pas me concentrer sur la terreur toxique qui me comprime la poitrine.

Il va y arriver.

Il le faut.

J'ouvre le placard, m'empare des pilules de nitroglycérine et d'un flacon d'aspirine avant de revenir en trombe. Je constate que le bruit de l'hélicoptère diminue et que les coups de feu ont cessé.

Maman est agenouillée devant le corps inconscient de mon père. Elle me regarde, un masque de terreur sur le visage.

— Il ne respire pas. Sara, il ne respire pas.

Je suis déjà à genoux. Je pousse sur le torse de papa tout en comptant à mi-voix, puis je me penche pour souffler dans sa bouche.

Sa poitrine se soulève quand l'air remplit ses poumons, puis retombe et ne bouge plus.

Luttant contre ma panique croissante, je reprends le massage cardiaque.

Un, deux, trois, quatre...

La porte s'ouvre à la volée et deux hommes déboulent dans l'entrée, en plein combat au corps à corps.

Ce sont un agent des forces d'intervention et Peter ensanglanté.

eter

J'ouvre le feu avant les agents, tirant deux rafales qui les atteignent sous leurs casques. Mû par l'adrénaline, je me lève d'un bond, à peine conscient de la douleur lancinante dans mon bras et mon mollet.

Je dois arrêter l'agent qui s'enfuit.

Il ne doit pas rejoindre Sara et sa famille à l'intérieur.

Redoublant de vitesse, je le rattrape devant la porte et je le plaque alors qu'il se retourne, prêt à faire feu. L'arme crépite sous le porche. Ensemble, nous nous écrasons sur la porte qui s'ouvre brusquement sous le choc.

Je n'ai qu'une fraction de seconde pour découvrir la scène à l'intérieur, mais ça me suffit pour changer de cap, sur la droite, évitant de trébucher sur Sara agenouillée et ses parents.

Au lieu de ça, nous nous étalons sur le canapé et nous roulons ensemble sur le sol, chacun cherchant à atteindre le Glock glissé dans sa ceinture. J'atterris sur lui et je tire l'arme, mais il enfonce son coude dans mon bras blessé et l'arme me tombe de la main.

Sans prêter attention à l'élancement, je retire son couteau et je l'enfonce dans une fente de son armure. Il tressaille comme un poisson hors de l'eau et je le poignarde une fois de plus, puis deux.

Son corps s'affaisse sous le mien.

— Peter !

La voix de Sara traverse le rugissement de mon cœur et je lève les yeux pour découvrir son visage blanc brouillé de larmes. Elle appuie sur le torse de son père. Je reconnais le rythme régulier caractéristique d'un massage cardiaque. Sa mère est à genoux à côté d'elle.

Je me hisse au-dessus de mon adversaire mort et je me lève. La pièce tournoie autour de moi dans un cercle inquiétant. Quand je baisse les yeux, je me rends compte que ma jambe droite est couverte de sang – et que du sang ruisselle le long de mon bras gauche.

Bien sûr. Les blessures par balles.

Réprimant le vertige grandissant, je m'avance vers Sara et ses parents.

— Que s'est-il passé ? Il est touché ?

Je ne vois pas de sang sur Chuck, mais…

Sara secoue la tête.

— Arrêt cardiaque.

Penchée, elle lui pince le nez et souffle dans sa bouche avant de reprendre son geste régulier.

Merde. J'aperçois les flacons de pilules intacts sur le sol et mon propre cœur se serre.

C'est le pire cauchemar de Sara, et c'est moi qui l'ai causé.

— Vous devez partir tous les deux.

La voix de Lorna est éraillée comme celle d'un fantôme. Quand je jette un œil vers elle, je constate qu'elle en a aussi l'apparence, blanche comme un linge.

— Avant qu'ils envoient le…

Une balle fait voler en éclats le mur au-dessus de nos têtes et, instinctivement, je me place devant Sara et sa mère, les protégeant avec mon corps.

Une vive douleur explose dans mon flanc gauche. La violence du coup me fait tituber et je les bouscule toutes les deux derrière le canapé. Une lumière blanche éclate devant mes yeux, la douleur se propageant à travers mes terminaisons nerveuses en même temps qu'une balle siffle à mon oreille.

Non. Putain, non !

Avec ce qu'il me reste de force, je me jette sur le côté, détournant de Sara et de sa mère l'attention du tireur. Une autre balle vient se ficher dans le sol à côté de mon genou, envoyant des échardes de bois alentour. Malgré ma vision brouillée, je distingue une silhouette en armure qui s'avance dans l'encadrement de la porte, une arme au poing.

C'est l'un des agents des forces d'intervention sur lesquels j'ai tiré.

Sonné et blessé, mais vivant.

Il ne porte pas de casque et j'aperçois sa peau tachetée et ses yeux furibonds.

— Meurs, fils de pute ! fait-il d'une voix sifflante.

Il vise ma tête et appuie sur la détente.

3 2

ara

JE TOMBE VIOLEMMENT SUR LE CÔTÉ ET MA TÊTE HEURTE LE CANAPÉ
tandis qu'un autre coup de feu retentit. Un jet chaud et métallique
éclabousse mon visage et mon cou.

— Peter !

Terrifiée pour lui, je me redresse à genoux, essuyant le sang
devant mes yeux. C'est alors que je découvre la scène.

Maman est étalée par terre, le visage maculé de sang.

Ou du moins, une partie de son visage.

Sa joue et un bout de son crâne ont disparu, laissant un trou
béant à la place de sa pommette.

Mon esprit se ferme, un mur de torpeur se met en place. Au
même moment, un troisième coup de feu résonne.

Je regarde mon mari, sur le dos et ensanglanté, puis l'agent sur
le seuil, le visage tordu de haine, qui vise la tête de Peter.

Mon regard se pose alors sur l'arme de Peter, tombée alors qu'il
se battait avec l'autre homme.

Elle est à moins d'un mètre de moi.

Je tends la main et je m'en empare. Elle est glaciale et lourde dans ma paume, accentuant le froid qui m'enserre déjà le cœur.

Mes parents sont morts.

Peter va être assassiné.

Je vise et j'appuie sur la détente une fraction de seconde avant l'agent.

Ma balle rate sa cible, mais le coup de feu le déstabilise et il manque son tir.

Il se tourne alors vers moi. À nouveau, je fais feu.

Je l'atteins sur son gilet et il recule d'un pas.

Sans la moindre hésitation, je marche vers lui. Une fois de plus, je brandis mon arme.

— Non... fait-il d'une voix étranglée.

Je l'entends haleter lorsque j'appuie sur la détente.

Son visage explose en éclats de sang et d'os. On dirait un jeu vidéo hyperréaliste, avec les odeurs, le goût et les sons environnants. Fascinée, je laisse tomber l'arme par terre et je tends la main pour savoir si la texture sous ma main sera tout aussi réelle...

— Sara.

La voix tendue de Peter me parvient, comme si j'étais sous l'eau.

— Regarde-moi, dit-il.

Je cligne des yeux vers son corps étendu à plat ventre. Mon engourdissement se dissipe quand je découvre le sang qui s'amasse sous ses côtes.

Il est blessé.

Gravement.

Un élan de terreur lève les restes de brouillard dans mon esprit et je me laisse tomber à genoux, tirant fébrilement sur sa chemise. Je dois arrêter l'hémorragie, voir si la balle...

— Ptichka, arrête.

Il m'agrippe le poignet avec une force surprenante et me dit, les yeux dans mes yeux :

— Nous n'avons pas le temps. Tu dois me donner cette arme. Mets-la dans ma main. Tu n'as jamais fait ça, c'est compris ? Maintenant, tu dois t'en aller. Partir aussi loin de moi que...

— Non.

Je me dégage de sa poigne.

— Je ne t'abandonne pas.

Il a besoin de soins médicaux, mais il n'y a aucune chance que les agents l'emmènent à l'hôpital après ce massacre. Il a tué trop de policiers, ils vont l'abattre sur place.

Innocent ou coupable, ils ne se poseront pas la question.

— Ptichka, tu dois...

— Lève-toi.

Bondissant sur mes pieds, j'attrape son bras indemne et je le tire de toutes mes forces.

— Nous devons partir tout de suite.

Je ne peux pas le perdre.

Une grimace déforme le visage de Peter lorsqu'il essaie de se redresser, sans succès.

— Mon amour, dit-il. Tu dois...

— Tout de suite ! je m'exclame en tirant vivement sur son bras.

Mon intonation semble faire son effet.

Les mâchoires contractées, il s'assoit péniblement et je m'accroupis afin de passer mon bras autour de son buste. Il est incroyablement lourd. Son large corps est trop ferme, ses muscles trop solides. Mon dos et mes jambes hurlent pour protester, mais je parviens à me lever, soutenant la majeure partie de son poids.

— La voiture, dit-il entre ses dents, d'une voix rauque. Il faut monter en voiture.

La voiture.

Dehors, garée au bord du trottoir.

Nous pouvons y arriver.

Nous devons y arriver.

Je fais un pas vers la porte. Soudain, je sens le poids de Peter s'alléger. Jetant un œil vers lui, je constate qu'il est debout, même si son visage est grisâtre sous les taches de sang et de crasse.

— La voiture. Viens, dis-je avec empressement lorsque nous sortons. On y est presque. Encore quelques pas.

Au loin, j'entends le hurlement des sirènes et le vacarme d'un autre hélicoptère.

Ils viennent nous cueillir.

Ils viennent me prendre Peter, comme ils ont pris mes parents.

— Les clés. Elles sont dans ma poche, fait Peter d'une voix rauque.

Je remercie le ciel pour cette infime grâce, car je me rappelle que toutes les Mercedes modernes ont simplement besoin de capter la proximité des clés pour s'ouvrir et démarrer automatiquement.

J'ouvre la portière du côté passager et j'y pousse Peter sans ménagement avant de faire le tour pour monter derrière le volant. Mon cœur bat la chamade dans un rythme assourdissant et mes mains tremblent quand j'enclenche la vitesse avant d'appuyer sur l'accélérateur.

— Où va-t-on ? je demande fébrilement en empruntant le virage vers la route principale dans un crissement de pneus.

Le bruit de l'hélicoptère et des sirènes devient de plus en plus fort. Ce n'est qu'une question de temps avant qu'ils découvrent que nous avons disparu et qu'ils se lancent dans une course poursuite.

Pas de réponse.

Je risque un œil vers Peter. Il est à moitié affaissé sur son siège, le visage livide et les yeux fermés, une boule de serviettes en papier imbibées de sang pressée contre son flanc.

Oh, non. Oh, pitié, non.

— Peter.

Je secoue son genou.

Toujours rien.

— Peter, s'il te plaît. Tu dois me dire où aller.

Il gémit et je le secoue plus fort. Ses paupières s'ouvrent sur ses yeux vitreux.

— Une cabane à Horicon Marsh. Prends l'I-294 vers la 94, puis la 41 et tourne sur la 33, à droite sur Palmatory et continue cinq kilomètres. Un chemin de terre sur la gauche.

Oh, Dieu soit loué.

Je fais un brusque virage à droite en direction de l'autoroute et j'écrase la pédale tandis qu'il sombre à nouveau. Il perd trop de sang, mais je ne peux rien faire tant que nous ne serons pas en sécurité.

S'ils nous rattrapent, c'est un homme mort.

Mon esprit tourne comme une toupie sous stéroïdes quand je m'engage sur l'autoroute. Incapable de me concentrer sur mes parents ni sur l'énormité de ce qui vient de se passer, je me concentre sur les pourquoi.

Pourquoi sont-ils venus le chercher ?

Pourquoi quelqu'un a-t-il abattu cet agent alors que Peter s'apprêtait à se rendre ?

J'ai cru mon mari quand il m'a dit qu'il n'avait rien à voir avec l'attentat contre le FBI, mais est-il possible qu'il m'ait menti ? Seraient-ils venus l'arrêter ainsi si aucune preuve ne l'associait à l'attentat ?

La logique me dit que non, et pourtant je ne peux me résoudre à y croire. Peter a perpétré des horreurs, mais ce n'est pas un terroriste.

Toute morale mise à part, quand il tue, il le fait avec précision et discrétion.

Alors, pourquoi ? Pourquoi le croiraient-ils coupable ? Et qui a tiré sur cet agent ? Est-ce possible qu'un membre de l'équipe de Peter ait été aussi stupide ? Si c'était le cas, pourquoi ne nous a-t-il pas aidés ensuite ?

Si quelqu'un était prêt à tuer un agent des forces d'intervention, pourquoi laisser Peter combattre les autres tout seul ?

Cela n'a aucun sens, mais ces réflexions m'empêchent de céder à l'hyperventilation derrière mon volant. Je ne dois pas penser à nos infimes chances de survie ni au fait que Peter se vide de son sang.

Ou que la petite vie qui grandit en moi a désormais deux fugitifs pour parents.

— Ralentis, murmure la voix rocailleuse de Peter lorsque je double une Toyota à cent trente sur la voie rapide. N'attire pas l'attention en accélérant. Où est ton téléphone ?

Mon pouls s'emballe de bonheur tandis que je lève le pied.

Parler, c'est bien.

C'est très bien.

— Pas de téléphone, je réponds.

Mon soulagement est de courte durée. Un coup d'œil vers lui m'apprend qu'il est conscient, mais livide.

— J'ai oublié mon sac chez…

— Tant mieux, répond-il. Ils ne pourront pas suivre notre trace.

Merde. Je n'y avais même pas pensé.

— Et le tien ?

Il fait la grimace et change de position sur son siège, détachant de nouvelles feuilles d'un rouleau d'essuie-tout rangé dans sa portière.

— Intraçable.

— D'accord.

Mon esprit tourne à plein régime.

— D'autres instructions ? On doit se débarrasser de la voiture ? Peut-on appeler quelqu'un au secours ? Tes gardes du corps ? Ils peuvent…

— Non.

Une fois de plus, il ferme les yeux, tamponnant les serviettes propres contre son flanc.

— C'est trop complexe pour eux. Ils ne peuvent pas lutter contre le FBI.

Bien sûr. C'est cohérent. La nouvelle équipe de Peter n'est pas constituée de criminels. Ils sont payés pour nous protéger contre les personnes dangereuses issues du passé de Peter, pas pour nous aider à échapper aux autorités.

Ce qui signifie qu'ils ne peuvent pas être à l'origine de la fusillade.

— Peter...

Je le regarde à la dérobée, mais il a encore perdu connaissance. Sa tête roule sur le côté.

Un étau de glace m'enserre le cœur.

— Peter, réveille-toi. Tu dois me dire ce que je dois faire.

Pas de réponse, rien que le cognement fébrile de mon pouls dans mes oreilles.

Je tends la main pour lui secouer le genou, mais il ne réagit pas et je constate qu'il ne serre plus les serviettes en papier. Sa main est molle le long de son corps.

Ma cage thoracique semble s'être ratatinée, aussi réduite que celle d'un enfant, broyant tous les organes à l'intérieur.

Ce n'est pas possible.

Ça ne peut pas se terminer comme ça.

— Peter.

Ma voix se brise.

— Peter, s'il te plaît... j'ai besoin de toi. Tu ne peux pas me faire ça.

Il ne peut pas mourir et m'abandonner. Pas après s'être battu bec et ongles pour nous.

Pas après avoir gagné mon amour.

— Réveille-toi, Peter, dis-je en lui secouant le genou plus vivement. Je t'en prie, réveille-toi.

Mais il ne réagit pas.

Il a sombré dans l'inconscient.

33

ara

J'AI L'IMPRESSION QUE L'HABITACLE DE LA VOITURE SE REFERME SUR moi. Je lui agrippe le poignet et je cherche son pouls.

Je le trouve.

Faible et erratique, mais bien présent.

Un sanglot de soulagement monte dans ma gorge et la route se brouille devant moi.

Il est encore vivant.

Évanoui, mais vivant.

Avec un effort herculéen, je me ressaisis. Je ne peux pas me laisser aller, pas tant qu'il existera un infime espoir.

Chaque chose en son temps. Je dois guérir la blessure de Peter. Ça ne peut pas attendre. Ensuite, la voiture. Je suppose qu'ils la recherchent et que ce n'est qu'une question de temps avant qu'on nous repère sur la route. Cela signifie que je dois nous trouver un autre véhicule.

La question, c'est *comment*.

Si Peter était conscient, il pourrait nous en voler une, mais je n'ai aucune compétence en la matière. Je dois trouver une autre solution, quelque chose qui ne nous ralentira pas trop.

Un panneau de sortie apparaît devant nous et je me rends compte que nous sommes presque au niveau de l'hôpital Advocate Lutheran.

Mon cœur a un raté avant de s'emballer. Je devrais peut-être l'y conduire. Tout de suite, avant que les autorités sachent que nous sommes là.

Avant que d'autres agents des forces d'intervention débarquent et l'abattent en riposte à tous ceux qu'il a tués, tout en feignant la légitime défense.

Ils seront bien obligés de le soigner aux urgences si je le leur amène. Ils l'examineront. Et quand la police arrivera, elle ne pourra pas le tuer en présence de nombreux témoins. Ils seront contraints de le laisser revenir à lui avant de l'emmener.

Avant de l'enfermer à Guantanamo ou dans un autre cachot sinistre pendant le restant de ses jours.

Même si on prouve qu'il est innocent pour l'attentat, on ne le libérera jamais – tôt ou tard, la police se vengera.

Si j'emmène Peter à l'hôpital, je ne le reverrai jamais. Mais si je ne le fais pas, il se videra de son sang et mourra.

Peut-être est-ce déjà trop tard. Je risque de le perdre tout comme j'ai perdu mes parents.

Ravalant la peur qui menace de me suffoquer, je m'engage sur la bretelle de sortie et je quitte l'autoroute en direction de l'hôpital. En arrivant, je trouve une place de parking sous un arbre, entre un SUV et une fourgonnette.

— On devrait être bien cachés ici, dis-je d'une voix chevrotante en me tournant vers Peter. Maintenant, je vais inspecter tes blessures, d'accord ?

Il ne répond pas, comme je pouvais m'y attendre.

Je me penche au-dessus de ses genoux et j'incline son siège. Puis je soulève sa chemise et j'examine la plaie par balle dans son abdomen.

Je repère un trou de sortie. Étant donné son emplacement, il y a de grandes chances que la balle n'ait pas touché d'organes vitaux. Si je désinfecte la plaie et interromps le saignement, il pourra s'en tirer sans consultation.

Retenant ma respiration, j'inspecte rapidement le reste de son corps. Je découvre un pistolet sanglé autour de sa cheville gauche, mais comme elle n'est pas blessée, je n'y touche pas. Enfin, je constate qu'une balle a éraflé son bras gauche et qu'une autre a traversé son mollet droit.

Les deux plaies saignent encore, mais ne semblent pas mettre sa vie en danger.

J'expire, soulagée et tremblante, et je serre sa main inerte.

Je sais ce qu'il me reste à faire.

J'espère simplement que la chance sera de notre côté.

Je me penche sur lui et caresse ses cheveux tachés de sang coagulé.

— Tiens bon, mon chéri, s'il te plaît. Je reviens tout de suite, c'est promis. Accroche-toi. Fais-le pour moi.

Je peux le faire.

Je dois le faire.

Je m'écarte, me redresse et oriente le rétroviseur dans ma direction. Comme je m'y attendais, je suis tout aussi mal en point que Peter. Mon visage est blafard, strié de larmes. J'ai du sang et des éclats de chair sur la peau et les vêtements.

Heureusement que le personnel des urgences a déjà connu pire.

— Je reviens dans un moment, dis-je à mi-voix en lui serrant la main une dernière fois.

Je bondis hors de la voiture et détale sur le parking jusqu'à l'entrée des urgences.

Personne ne prête attention à moi lorsque j'entre. Je garde la tête basse pour échapper aux caméras dans les coins. À ce que je sache, ma photo n'est pas encore diffusée aux actualités, mais je préfère ne pas prendre de risque.

À l'intérieur, c'est le chaos habituel à ce genre de service. L'infirmière au bureau des admissions est submergée par les nouveaux arrivants qui exigent de voir quelqu'un *tout de suite*, et une demi-douzaine d'infirmiers et de médecins se pressent autour de deux patients sur des brancards à roulettes. L'un d'eux hurle, la jambe en sang, et l'autre semble ébranlé par une grave crise cardiaque.

Au fond, je repère une porte de service. Les infirmiers y emmènent le patient qui hurle et je les suis en faisant mine de l'accompagner. Une infirmière essaie de me refuser l'accès, mais quelqu'un l'appelle et elle disparaît dans le couloir, oubliant aussitôt ma présence.

Je suis le brancard sans me faire remarquer. Quand nous passons devant un placard à fournitures, j'y entre et referme la porte derrière moi.

Au fond, il y a des blouses pliées, des draps, des bandages, des échantillons de médicaments et du nécessaire à pharmacie. Je m'empresse de me déshabiller pour enfiler une tenue d'infirmière, essuyant le sang sur mon visage à l'aide d'une taie d'oreiller, puis je fourre tout ce qui pourra m'être utile dans un drap que je replie afin de me constituer un sac de fortune. Enfin, je recouvre mon butin avec du linge froissé et je ressors en faisant croire que j'emporte des draps sales à la buanderie.

Personne ne me parle lorsque je retourne dans le hall de réception des urgences et me dirige vers la sortie. Je m'assure de cacher mon visage, derrière les draps, aux caméras qui clignotent dans les coins.

Je retourne à la voiture et retrouve Peter toujours inconscient.

— Tout va bien, je suis là, dis-je en déposant le nécessaire à ses pieds. On va y arriver.

Il ne m'entend pas, mais cela n'a aucune importance.

C'est moi-même que j'essaie de convaincre.

Il est trop lourd pour que je parvienne à le déshabiller, alors je retrousse sa manche et je déchire la jambe de son jean afin d'accéder aux blessures. Parmi les affaires que j'ai chapardées, je trouve du savon et une solution saline, que je mélange avec de l'eau pour nettoyer le sang et la terre autour de ses plaies.

Contrairement à la croyance populaire, c'est une mauvaise idée d'utiliser de forts antiseptiques sur les blessures. L'eau oxygénée et d'autres alcools du même ordre risquent d'endommager les tissus et de ralentir le processus de guérison.

Après avoir suffisamment nettoyé les plaies et retiré tous les fragments de balles, je les recouds et lui pose des bandages, en commençant par la blessure sous ses côtes. Tout en travaillant, je remercie ma bonne étoile d'avoir pu effectuer mon internat dans un service d'urgences et soigner de nombreuses victimes d'armes à feu.

Pourtant, mes mains tremblent lorsque je termine. Je me rends compte que l'adrénaline qui m'avait soutenue commence à s'épuiser.

Ce n'est pas bon signe.

Il me reste encore beaucoup de choses à faire avant de pouvoir m'effondrer.

— Je dois m'éloigner pendant quelques minutes, d'accord ? Tiens bon, mon chéri, je chuchote en caressant le visage de Peter.

Je me penche et pose un tendre baiser sur sa mâchoire contractée. Puis je m'écarte en me persuadant que j'ai juste besoin d'un coup de pouce du destin.

D'un peu de chance et de beaucoup de cran.

Mes jambes ne sont pas stables lorsque je rebrousse chemin jusqu'à l'hôpital. C'est la partie la plus aléatoire de mon plan, car elle repose sur de nombreux facteurs. À l'heure actuelle, nos visages doivent être diffusés aux informations et la chasse à l'homme doit battre son plein. Il suffirait d'un inconnu trop indiscret pour qu'une nuée de policiers et d'agents du FBI fonde sur nous.

C'est peut-être une erreur.

Je devrais peut-être retourner dans la voiture et conduire en priant pour un miracle, pour que toutes les patrouilles n'aient pas encore reçu la description de notre véhicule.

Je m'apprête à tourner les talons et revenir sur mes pas quand une Toyota bleue ancien modèle fait irruption sur le parking dans un crissement de pneus et s'arrête devant l'entrée.

— Au secours ! hurle une femme d'un certain âge en ouvrant la portière.

Je me précipite pour l'aider à faire sortir son mari à moitié inconscient.

De toute évidence, il vient de faire une attaque.

Deux infirmières des urgences accourent et je m'écarte pour ne pas les déranger. Ensemble, elles emmènent le patient et la pauvre épouse dans tous ses états. La voiture reste sans surveillance, la portière ouverte. La clé est toujours sur le contact.

Bingo.

En temps normal, dans de telles circonstances, le personnel des urgences envoie quelqu'un déplacer le véhicule, mais s'ils ne le trouvent pas en sortant, ils penseront simplement qu'on l'a déjà garé ailleurs.

Il ne leur viendra pas à l'esprit de signaler un vol de voiture tant que la femme du patient n'aura pas constaté sa disparition.

Je m'en veux en m'assoyant derrière le volant pour diriger la Toyota vers notre voiture. J'imagine à quel point cette pauvre femme sera stressée quand elle devra gérer un vol de voiture en plus de l'attaque de son mari. Mais je n'ai pas le choix : la vie de Peter est en jeu.

Je gare la Toyota à côté de notre Mercedes, je sors d'un bond et je me rue vers notre véhicule. Ouvrant la portière, je regarde mon mari en me demandant comment je vais bien pouvoir déplacer cet homme inconscient de quatre-vingt-dix kilos d'une voiture à une autre.

Bon, qui ne tente rien n'a rien.

Agrippant ses chevilles, je tire de toutes mes forces.

Il bouge de quelques centimètres. À peine.

Merde.

Je m'arc-boute et plante mes talons sur l'asphalte.

Encore quelques centimètres.

Je devrais peut-être laisser tomber cette idée stupide et

retourner au volant de notre voiture. L'épouse de l'homme victime d'un arrêt cardiaque sera heureuse de retrouver sa Toyota sur le parking et…

Mon mari pousse un gémissement grave.

Aussitôt, mon pouls s'enflamme.

— Peter.

Je grimpe dans la voiture et me penche sur lui.

— Peter, mon chéri, s'il te plaît, réveille-toi.

Il marmonne des paroles incohérentes en tournant la tête sur le côté.

— Je t'en prie, j'ai besoin de toi.

Je le secoue tout doucement.

— S'il te plaît, réveille-toi.

Il ouvre les paupières, le regard dans le vague.

— C'est bien, mon chéri.

Mon soulagement est tel que le rythme de ma respiration s'accélère.

— Tu peux y arriver. Regarde-moi.

Il cligne des paupières et fixe lentement son regard sur moi.

— Sara ? Que…

— Nous sommes sur le parking d'un hôpital, lui dis-je rapidement. Je nous ai trouvé une voiture, mais je ne peux pas te déplacer sans ton aide. Peux-tu te lever pour moi ?

Sa mâchoire se crispe, mais il hoche la tête.

— Bon, allons-y. Viens.

Je redresse le siège en position assise et je l'aide à sortir de la voiture. Ses jambes ne sont pas stables. Il s'appuie lourdement sur mes épaules, mais nous parvenons à longer la voiture.

Son visage est presque vert lorsque je l'aide à monter, mais il se raccroche à la conscience avec une volonté de fer.

— Les armes, fait-il d'une voix rauque en se laissant tomber sur le siège du côté passager. Sous la banquette arrière. Va les chercher.

Nous avons des armes ?

Je ne suis pas aussi surprise que je le devrais.

Abandonnant Peter dans la Toyota, je reviens vers la Mercedes et j'essaie de soulever la banquette arrière. Il me faut faire preuve d'ingéniosité, mais j'y parviens enfin – et je reste bouche bée devant l'arsenal qu'elle renferme.

En plus des armes de poing et des fusils d'assaut, il y a des grenades et même ce qui ressemble à un lance-roquettes.

Je n'arriverai jamais à tout emporter dans l'allée sans que quelqu'un me remarque dans le parking et donne l'alerte.

C'est alors qu'une idée me vient.

Je récupère le baluchon contenant toutes les fournitures de premiers secours et je vais les déposer sur la banquette arrière de la Toyota, puis je prends les draps et je reviens au pas de course. Les armes sont lourdes et je dois effectuer trois allers-retours, mais je rapporte tout dans notre nouveau véhicule, bien enveloppé dans les draps.

— C'est bon, dis-je à Peter en m'assoyant derrière le volant, à bout de souffle.

Mais je ne reçois aucune réponse. Une fois de plus, il a perdu connaissance.

Je me penche et bascule son siège en position couchée. Il pourra se reposer et personne ne l'apercevra par la vitre.

Puis, avec une grande inspiration, je quitte le parking et pars à la recherche de la cabane.

ara

PETER M'A RECOMMANDÉ DE NE PAS ROULER VITE, ALORS JE CONDUIS prudemment, respectant le code de la route et les limites de vitesse. Comme le téléphone de Peter est verrouillé et que je ne peux pas le réveiller, je me fie aux panneaux de circulation et à mes propres connaissances plutôt vagues pour rejoindre le chemin de terre dont il m'a parlé.

Je ne pense pas à mes parents ni à l'homme que j'ai tué sans pitié. Je ne peux pas, j'ai trop besoin de garder mon sang-froid. Alors, je me concentre sur le trajet sans m'arrêter. Lorsque nous pénétrons enfin dans les bois, ma vessie est sur le point d'exploser. Je me gare sur le bas-côté du chemin et je contourne un arbre, où je m'accroupis comme en camping. La vieille dame conservait dans la voiture un petit flacon de désinfectant et je me nettoie les mains avant de reprendre la route, m'efforçant de ne pas réfléchir à ce qui se passera une fois que nous atteindrons notre destination.

En dépit de tous mes efforts, de redoutables questions tournoient dans ma tête.

Que ferons-nous si les blessures de Peter s'infectent ?

Y aura-t-il de quoi manger et boire dans la cabane ?

Et pire encore, dans combien de temps va-t-on nous retrouver ?

Parce qu'on nous retrouvera. Je ne suis pas dupe. Jusqu'à présent, nous avons eu de la chance, mais nous ne sommes pas de taille contre le FBI. En tout cas, *je* ne le suis pas. Peter a réussi à éviter la détention pendant des années avec l'aide de ses réseaux dans les milieux de la pègre.

Je n'avais encore jamais regretté de ne pas avoir de criminels dans mon cercle social auparavant, mais maintenant, c'est le cas. Aucun de mes amis, aucune de mes connaissances ne peut nous aider – pas sans devenir hors la loi. En fait, à l'exception de mon mari, les seules personnes que je connaisse à avoir les compétences et les contacts nécessaires sont ses anciens collègues russes, et ils sont bien loin d'ici...

Un instant.

J'ai l'adresse email de Yan.

Depuis qu'il m'a félicitée pour notre mariage.

Une fois de plus, mon pouls s'emballe. L'excitation crépite dans mes veines avant qu'un détail important ne parvienne à ma conscience.

Je n'ai aucun moyen d'envoyer des messages, sauf à utiliser le téléphone de Peter. Pour cela, il faudrait que mon mari retrouve ses esprits et puisse saisir son mot de passe.

Je jette un œil vers lui. Mon cœur se serre quand je constate le teint cireux de son visage. Il devrait être dans un hôpital, avec un cathéter qui l'alimente en antibiotiques et en fluides essentiels, au lieu de bringuebaler sur ce chemin plein d'ornières.

S'il meurt, ce sera ma faute.

Ce sera parce que j'ai choisi de le cacher aux autorités au lieu de l'emmener à l'hôpital.

Un panneau « propriété privée » apparaît droit devant avec une clôture de part et d'autre du chemin et un portail de bois en travers. Nous devrions être arrivés à destination, à moins que je me sois trompée de route.

J'arrête la voiture et je sors pour ouvrir le portail. Le problème, c'est qu'il est bloqué par une chaîne avec un cadenas. Je tire sur le cadenas rouillé, refusant de croire qu'après tout ce que nous avons traversé, ce soit une embûche aussi stupide qui nous empêche d'aller jusqu'au bout.

Tout en m'efforçant de contenir ma frustration, je reviens à la voiture et j'essaie de réveiller Peter en le secouant. Il garde peut-être une clé quelque part.

J'ai beau le supplier et l'implorer, il ne réagit pas. Quand je pose la main sur son front, je le trouve brûlant et moite.

Une boule douloureuse se forme dans mon ventre.

La fièvre. En général, c'est mauvais signe.

Les mains tremblantes, je tâte son corps en espérant, sans trop y croire, découvrir une clé cachée dans l'une de ses poches. Mais il n'y a rien à l'exception de son téléphone et du pistolet attaché à sa cheville.

Éreintée, je m'effondre par terre à côté de la portière.

C'est sans espoir.

Je ne sais plus quoi faire.

Qu'est-ce que j'avais dans la tête, à vouloir jouer les fugitives ? C'est Peter qui dispose des connaissances et des talents nécessaires, pas moi. Je n'arrive même pas à franchir un fichu portail. À ma place, il saurait crocheter la serrure, il la ferait sauter ou encore…

Bien sûr, c'est évident.

Je dois dépasser mon cadre de pensées étriqué.

Je me lève d'un bond, j'attache la ceinture de Peter et je contourne la voiture au pas de charge.

Assise derrière le volant, je recule la voiture jusqu'à une cinquantaine de mètres du portail, puis j'écrase la pédale d'accélération.

La Toyota part en avant dans un soubresaut.

Nous percutons le portail à près de cent à l'heure, arrachant de ses gonds le bois vermoulu.

Le pare-brise se craquelle, heurté par un élément du portail, mais aucun des airbags ne se déclenche et je freine avec un sourire triomphant tandis que nous poursuivons sur la route à une vitesse plus modérée.

Sara, 1. Foutu portail, 0.

Ma joie ne dure pas. Quand je jette un œil vers Peter, j'aperçois une nouvelle tache de sang qui se propage sur sa chemise, au niveau de ses côtes.

Ses points de suture ont dû se déchirer lorsque nous avons enfoncé le portail ou sur le chemin cahoteux.

Je dois absolument trouver cette cabane pour pouvoir le soigner au plus vite.

Le trajet semble durer une éternité, même si d'un point de vue plus réaliste, je suppose que nous n'avons pas fait plus d'un kilomètre et demi.

Enfin, je l'aperçois.

Une cabane en bois entourée par les arbres.

Avec un frisson de soulagement, je m'arrête devant l'entrée et je me précipite vers la cabane.

Surprise, surprise.

La porte d'entrée est fermée à clé.

Cette fois, en revanche, je suis préparée. M'emparant d'une grosse pierre, je m'approche d'une fenêtre et je la frappe de toutes mes forces. Elle éclate, projetant des bouts de verre. J'utilise la pierre pour retirer ce qu'il reste de vitre dans l'encadrement. Puis je l'enjambe sans prêter attention au sang qui coule le long de mes bras.

Je m'occuperai plus tard de mes propres blessures. Pour l'instant, ma priorité, c'est Peter.

Rejoignant la porte d'entrée, je tire le verrou et je sors tout en me creusant les méninges pour trouver un moyen de le déplacer à l'intérieur. Ce serait merveilleux s'il se réveillait de nouveau et faisait preuve d'une force de volonté incroyable pour marcher, mais étant donné son absence de réaction tout à l'heure, il n'y a pas beaucoup de suspense. Je pourrais peut-être l'enrouler dans le drap et le traîner jusqu'à la cabane, ou alors…

Mon regard se pose sur une vieille brouette. Elle est appuyée contre la façade, à côté d'une hache rouillée.

Elle devait servir à entreposer le bois coupé.

Je m'en approche et soulève les poignées, puis je teste la brouette en effectuant quelques mouvements. Les roues grincent, mais tout semble fonctionner.

Je la pousse jusqu'à la voiture et j'oriente les poignées vers la portière ouverte, reposant la brouette au sol. Puis j'attrape les chevilles de Peter et je campe mes talons au sol avant de tirer de toutes mes forces.

Il bouge de quelques centimètres.

Les dents serrées, je recommence.

Encore.

Et encore.

Une fois que la moitié de son corps est dans la brouette, je rejoins le côté conducteur et je le pousse un peu plus. Mon cœur se serre lorsqu'il pousse un gémissement de douleur. Je lui promets à voix basse :

— Encore un petit effort, mon chéri.

Dans une dernière poussée, je le fais basculer entièrement sur la brouette.

Première étape réussie.

Maintenant, je dois le conduire à l'intérieur et le mettre au lit.

3 5

eter

Tout mon monde n'est que feu et douleur, auxquels se mêlent une voix douce et des mains apaisantes. La souffrance est insoutenable, mais chaque fois que cette voix est proche et que ces mains tendres et fraîches caressent mon front fiévreux, j'oublie tout.

Je me concentre uniquement sur elle.

C'est elle. Sara, ma ptichka. Je le sais depuis les abysses de mon délire. Quoi qu'il arrive, elle est là, me touche, me parle, me fait boire de petites gorgées d'eau. Souvent, elle me pose des questions. Sa voix mélodieuse est suppliante, pleine de désespoir, mais je suis incapable de lui répondre. Je parviens à peine à tourner la tête vers cette voix, acceptant le réconfort fugace de sa main sur ma peau.

Au bout d'un moment, elle capitule et son intonation devient résignée. Je préfère ça, même si j'aime mieux quand elle susurre d'une voix aussi douce et chaleureuse que les baisers qu'elle dépose sur mes lèvres gercées et brûlantes.

Elles me réconfortent, ces lèvres – du moins, jusqu'à ce que je replonge dans les ténèbres où les démons me rejoignent, enroulant leurs tentacules autour de mon torse, me poignardant de leurs tisonniers chauffés à blanc. Mes côtes, mon bras, mon mollet – ils me torturent sans pitié, consumant ma peau jusqu'à l'os.

Pasha est là aussi. Il lui manque la moitié du crâne et son cerveau apparaît, grotesque, sous les mèches brillantes de sa chevelure brune.

— Papa ! crie-t-il en sautant sur mon corps, enfonçant les tisonniers encore plus profondément, me perforant le cœur.

— S'il te plaît, Peter, reste avec moi, fait Sara sur un ton suppliant.

Je me raccroche à sa voix, repoussant les démons dans le noir, me débattant contre leur emprise.

D'autres baisers me frôlent. Ses lèvres sont fraîches, curieusement salées. Comme des larmes. Toutes ces larmes qu'elle verse à cause de moi. Mais pourquoi pleure-t-elle ? Ce n'est pas ce que je veux. J'ai envie de me laisser aller aux soins qu'elle me prodigue, de m'imprégner de son amour et non de ses larmes. Elle s'est battue contre moi, mais à présent, elle m'appartient. C'est à moi de prendre soin d'elle et de la protéger. Pourtant je ne peux rien faire, calciné dans les flammes. Le feu me ronge, me dévore, enveloppant de douleur mes pensées désarticulées.

— S'il te plaît, mon chéri. Donne-moi le mot de passe. Je dois déverrouiller ton téléphone.

Ces mots devraient avoir un sens, mais ils me semblent incohérents. Les sons rebondissent dans mon cerveau comme des rayons de soleil qui se réverbèrent sur la surface d'un lac.

— Papa, tu veux voir mon camion ?

Pasha est revenu me sauter dessus, ses petits pieds comme des boulets de démolition qu'il écrase contre mon flanc.

— Alors, papa ? Tu veux bien ?

J'ouvre la bouche afin de répondre, mais les tentacules du démon se referment autour de mon cou, m'étranglant comme un lasso de feu.

— S'il te plaît, mon chéri…

Les mains tendres m'apaisent le visage et la gorge, rafraîchissant la brûlure qui se propage en moi.

— S'il te plaît, je veux que tu me donnes le mot de passe, je dois trouver de l'aide.

— Papa. Papa. Joue avec moi.

— Le mot de passe, Peter, je t'en prie. C'est notre seule chance.

— Ne t'en va pas, papa.

— S'il te plaît, mon chéri. J'ai besoin de toi. *Notre bébé* a besoin de toi.

— S'il te plaît, papa. Je serai sage. C'est promis, papa. Je serai sage.

Le martyre est insoutenable. J'ai l'impression de me scinder en deux, que les tentacules brûlants se changent en fouets alors que je sombre encore plus dans les ténèbres.

— Reste avec moi, Peter. S'il te plaît, mon chéri…

Le goût salé est de retour sur mes lèvres, sa voix m'attire vers la lumière, m'arrachant aux démons.

— Je t'aime. Je n'y arriverai pas sans toi. Je t'en prie… Je ne peux pas te perdre aussi.

Quelque chose danse au bout de ma langue, une chose importante dont je me souviens. Quelque chose dont ma ptichka a besoin.

Quatre chiffres flottent dans ma conscience et je m'en saisis avec un gros effort.

C'est une date d'anniversaire.

L'anniversaire de mon ami Andrey.

Nous le fêtions toujours dans ce terrible camp.

— Un, cinq, zéro, six… je murmure, ou du moins j'essaie.

Ma langue refuse d'obtempérer. J'essaie encore, mobilisant mes dernières forces.

— Nol' shest' ahdeen pyat'. Ptichka, passvord den' rozhden'ye Andreya.

ara

AVEC UN FRISSON, JE ME LÈVE TANDIS QUE PETER SOMBRE DANS UN langage russe fiévreux, bredouillant des mots incohérents entrecoupés du prénom de son fils, comme il le fait depuis des heures. En dépit de tous mes efforts, son état se détériore rapidement et je sais que si je n'injecte pas d'antibiotiques dans son organisme, il ne survivra pas.

La pénicilline que j'ai volée à l'hôpital a ses limites.

Les murs en bois oscillent autour de moi tandis que je m'éloigne vers l'évier pour en revenir avec une serviette imbibée d'eau froide – la seule chose qui semble l'apaiser un peu. Assise au bord du lit, je la passe sur son visage, son cou et son torse, essuyant sa sueur poisseuse. Mon bras tremble d'épuisement, mes yeux sont brûlants de larmes, mais je ne m'arrête pas.

Je ne peux pas… pas tant qu'il reste un infime espoir.

Mon corps tout entier est douloureux. J'ai des courbatures dans le dos pour avoir transféré Peter de la brouette jusqu'au lit. Il est minuit passé et la seule chose que j'ai mangée de la journée, c'est la boîte de conserve que j'ai dégotée dans un placard il y a une heure, du bouillon de poulet aux vermicelles. J'ai essayé de le nourrir, mais je n'ai réussi à lui faire boire que deux gorgées. Alors, j'ai avalé le reste. Pas pour moi, pour le bébé.

L'enfant de Peter a besoin de nutriments.

La soupe ne m'a pas apporté beaucoup de calories, mais un peu d'énergie – assez pour me permettre de tenter à nouveau de soutirer le mot de passe à Peter.

J'ai échoué, comme les vingt fois précédentes, mais cette fois au moins, Peter a semblé me comprendre. Il a marmonné « ptichka » et a parlé d'un mot de passe avec un fort accent russe. À moins qu'il l'ait carrément prononcé en russe. Après tout, c'est peut-être le même mot dans sa langue.

Une fois de plus, ma vision se brouille de larmes. C'était une erreur de venir ici. Je n'aurais pas dû prendre un tel risque. Même dans un environnement hospitalier stérile, les blessures par balles ont une tendance aux complications, et étant donné tout le sang que Peter a perdu et l'endroit où je l'ai soigné, une infection était pratiquement inévitable.

Si je l'avais emmené à l'hôpital, il aurait perdu sa liberté, mais il aurait survécu.

— Je suis désolée, je murmure en pressant mes lèvres sur son front brûlant.

Tout son corps combat l'infection, et cet effort le tue.

— Je suis tellement désolée. Pour tout.

C'est la vérité. Je suis désolée de ne pas lui avoir avoué mon amour plus tôt, d'avoir résisté au sien pendant si longtemps. Ça me semblait important sur le moment, ne pas céder à mes sentiments pour le meurtrier de George. Ça me semblait moral et juste. Mais à présent, je considère ma résistance comme ce qu'elle est.

De la lâcheté.

J'avais peur de tomber amoureuse de Peter. J'étais terrorisée à l'idée de capituler et de l'aimer, pétrifiée par la perspective de le perdre si je lui ouvrais mon cœur.

Comme j'ai perdu George au profit de la bouteille.

Comme je savais qu'inévitablement, je perdrais mes parents.

D'autres larmes dévalent mes joues, me brûlant la gorge. C'est un souci que je n'aurai plus à me faire.

Ils sont morts.

Le pire est arrivé.

Je n'arrive pas à me faire à l'idée. Mon cerveau refuse de penser à l'horreur à laquelle il a assisté, quand le crâne de maman a explosé sous mes yeux – et ensuite, quand j'ai appuyé moi-même sur la détente. Je n'ai senti aucune hésitation, aucun regret en abattant l'agent qui avait tué maman – rien qu'une torpeur insoutenable. On dirait que quelqu'un a pris possession de mon corps, une personne impitoyable, froide… et puissante.

Seigneur, je me suis sentie tellement puissante.

Est-ce là ce que Peter ressent ? Quand il tue, fait-il taire cette part de lui-même qui le rend humain lorsqu'il s'abandonne à cette bouffée de puissance ? Je me suis toujours demandé comment une personne douée d'une capacité d'amour et de tendresse si profonde pouvait ôter une vie sans remords, mais maintenant, je comprends.

Nous sommes tous des monstres sous la surface. Certains d'entre nous n'ont jamais l'occasion de le découvrir, c'est tout.

Ses lèvres gercées bougent et je prends un bol d'eau. J'y plonge une serviette propre et je fais couler le liquide sur sa bouche, goutte à goutte pour ne pas l'étouffer. La fièvre qui fait rage dans son corps le déshydrate, le tuant sous mes yeux, et je ne peux rien y faire.

Même si je voulais le conduire à l'hôpital, il ne survivrait pas à un retour sur ce chemin de terre cahoteux – et sans son mot de passe, je suis incapable de téléphoner ni d'envoyer un message d'appel au secours. Je ne peux pas non plus aller chercher de l'aide.

Je ne peux pas abandonner Peter pendant des heures alors qu'il est malade.

Il bafouille encore. Sa tête roule d'un côté et de l'autre, agitée, tandis qu'il répète une phrase en russe. Ça ressemble à ce qu'il disait tout à l'heure, quand je pensais qu'il me comprenait.

— Nol' shest' ahdeen pyat'. Den' rozhden'ye Andreya, ptichka.

Sa voix rauque est à peine audible.

— Nol' shest' ahdeen pyat'.

Je me penche et je pose mon front sur le sien.

— Qu'est-ce que ça veut dire, mon chéri ? je murmure en fermant les yeux pour réprimer un nouvel afflux de larmes. Qu'essaies-tu de me dire ?

Il y a quelque chose de vaguement familier dans cette phrase, en tout cas chaque mot pris à part. Je les connais ? Je m'efforce de me remémorer ce que les coéquipiers de Peter m'ont appris au Japon. *Spasibo* – c'est « merci » en russe. *Vkusno* – ça veut dire « délicieux ». Ilya m'a aussi appris à prononcer le nom de certains aliments et à compter jusqu'à dix...

Je me redresse, électrisée. C'est ça ! Voilà pourquoi ces mots me disaient quelque chose.

Ce sont des chiffres en russe.

— Peter, mon chéri, est-ce le mot de passe ?

Ma voix chevrote quand je me penche à nouveau sur lui, lissant ses cheveux trempés de sueur.

— Est-ce que tu me dis comment débloquer ton téléphone en russe ?

Il ne semble pas m'entendre. Son agitation s'apaise et il sombre encore plus dans l'inconscient. Je prends une grande inspiration pour me calmer, puis j'essaie de me rappeler les termes spécifiques qu'il a prononcés et les chiffres jusqu'à dix en russe. Ils ont un rythme presque musical, si je me souviens bien. *Ahdeen, dva, tree,* quelque chose, quelque chose...

Bon, très bien. Alors, *ahdeen* est un, et je suis presque certaine que c'est ce que Peter a dit.

C'était le troisième mot après ce qui ressemblait à « null » et « jest ».

Je me creuse la tête en essayant de me remémorer comment

Anton scandait le reste des chiffres. *Ahdeen, dva, tree...* était-ce *chet*-quelque chose ? *pet*-quelque chose ?...

Non, cinq était *pyat'* – c'est le dernier mot qu'a dit Peter.

Je m'efforce de contenir mon excitation, mais mon cœur cogne de manière incontrôlable. Il me manque encore deux chiffres, mais je peux essayer de deviner l'un d'eux.

Certains mots en russe sont similaires à l'anglais, ce qui signifie que celui qui se prononce « null » pourrait être « zéro ».

Très bien. Zéro, inconnu, un, cinq – trois sur quatre. Je peux toujours essayer tous les autres chiffres en deuxième position... si le téléphone de Peter ne me bloque pas après de nombreuses tentatives infructueuses, bien sûr.

En bondissant, je m'empare du téléphone. Au moment où je saisis le zéro, les dix autres chiffres me reviennent.

Ahdeen, dva, tree, chetyre, pyat', shest', sem', vosem', devyat', desyat'.

J'entends presque la voix d'Anton qui me les récite.

En retenant mon souffle, j'enchaîne avec le six, le un et le cinq.

enderson

Je balaie brusquement l'étagère, renversant les chevaux en porcelaine – la collection ridicule que Bonnie a insisté pour emporter aux quatre coins du monde. Ils se brisent dans un fracas satisfaisant, mais ça ne suffit pas à apaiser la rage qui bouillonne en moi.

Toujours pas localisé.

Les mots sur mon écran d'ordinateur me hantent, me laissant le cœur à vif.

La chasse à l'homme continue, mais le fugitif n'est toujours pas localisé, déclare l'email de mon contact au sein de la CIA.

Bordel, comment est-ce possible ?

Comment ont-ils pu s'en tirer ?

D'après les agents de la force d'intervention qui ont survécu à la fusillade, Sokolov a été touché au moins deux fois – et sur une vidéo, on voit sa femme voler du matériel dans un hôpital. Il devait être gravement blessé pour qu'ils prennent le risque de s'y arrêter.

Et pourtant, on ne retrouve leur trace nulle part – ni celle de la voiture qu'elle a volée dans ce même hôpital, même si la police estime pouvoir la retrouver rapidement.

Bande d'enfoirés incompétents. Ça ne devait pas se passer comme ça. Sokolov aurait dû se faire descendre pendant l'assaut.

La tireuse embusquée, cette salope de Mink, a été grassement payée pour cela.

Si Sokolov parvient à quitter le pays, ce n'est qu'une question de temps avant qu'il comprenne ce qui s'est passé et s'en prenne à moi et à ma famille – je ne dois pas le permettre.

Il doit être tué pendant la capture, mais pour ça, il faut d'abord le retrouver.

Tout en faisant rouler mon cou sur le côté pour soulager la douleur lancinante, je compose une réponse pour mon contact.

Il est grand temps qu'ils lancent le filet, qu'ils fassent appel à Interpol et tout le bataclan.

3 8

ara

Je fais les cent pas dans la cabane, sur mes jambes faibles, jetant un coup d'œil par la fenêtre cassée toutes les cinq secondes. À l'extérieur, il fait nuit noire. Le silence n'est interrompu que par les bruits habituels de la forêt.

Pourtant, je ne cesse de monter la garde, attentive au moindre bruit d'hélicoptère.

À présent, ça fait presque seize heures que j'ai volé la voiture à l'hôpital. Depuis le temps, son propriétaire a dû constater sa disparition et prévenir la police. S'ils ont découvert notre Mercedes sur le parking – et ce serait très étonnant qu'ils ne l'aient toujours pas repérée –, toutes les forces de l'ordre de la région doivent être à la recherche de la Toyota bleue et de ses passagers fugitifs.

Ce n'est qu'une question de temps avant qu'ils retrouvent la cabane.

Si Yan n'arrive pas très bientôt, tout cela n'aura servi à rien.

Une fois de plus, je regarde le téléphone et je lis son email pour la quinzième fois. Je devrais économiser la batterie, mais c'est plus fort que moi. Les deux petits mots sur l'écran sont la seule chose qui m'aide à tenir le coup.

On arrive.

C'est tout ce que Yan a répondu quand je lui ai envoyé un email détaillant la situation ainsi que notre emplacement. De toute évidence, il comprend ce qui se passe parce qu'il a répondu dans la minute.

On arrive. C'est tout. Aucun détail, pas d'heure d'arrivée, même vague. J'ignore si c'est une question de minutes, d'heures ou de jours.

On parle peut-être même en semaines.

Il m'a fallu faire un choix insoutenable quand j'ai débloqué le téléphone : appeler les urgences afin que Peter reçoive enfin toute l'attention médicale dont il a désespérément besoin, ou joindre Yan et continuer cette cavale complètement insensée. Finalement, j'ai écouté mon instinct – et quand j'ai consulté le moteur de recherche sur le téléphone après avoir obtenu la réponse de Yan, je me suis félicitée de mon choix.

Maintenant, il y a nos visages sur tous les sites d'information, le mien et celui de Peter. Tous les médias en ligne, d'une petite ou grande ampleur, dissèquent nos vies dans des articles constamment mis à jour avec de nouveaux détails sur notre mariage et des spéculations au sujet de notre relation. Pour certains, je suis une victime ayant subi un lavage de cerveau, pour d'autres, une complice depuis le début. Au sujet de Peter, en revanche, il n'y a aucune ambiguïté.

Dans chaque version, c'est le méchant.

« Elle m'a dit qu'il avait tué son premier mari, affirme Marsha, citée par le *Chicago Tribune*. Qu'il l'avait torturée et harcelée avant de l'enlever. Elle a disparu pendant des mois, et quand elle est revenue, elle était dans un sale état. Il a vraiment dû lui faire quelque chose, lui laver le cerveau ou je ne sais quoi. Parce que dès qu'il est réapparu, elle l'a épousé. Quelques jours plus tard, à peine.

Elle niait que c'était lui – il s'était arrangé pour changer de nom –, mais je n'étais pas dupe. J'ai toujours soupçonné la vérité."

Les musiciens de mon groupe aussi ont été interviewés.

« Il a débarqué de nulle part, a raconté Phil au *New York Times*. Pendant des mois, nous la connaissions comme une veuve timide et réservée, et soudain voilà qu'elle épouse ce mystérieux Russe. Elle disait qu'ils se fréquentaient en secret, mais j'ai toujours pensé qu'il y avait autre chose. Il était très possessif envers elle. À un point où c'était dangereux. Si quelqu'un osait la regarder trop longtemps, on voyait bien qu'il aurait pu le tuer. Il y avait comme une aura de menace autour de cet homme. »

Je passe en revue tous ces articles à la recherche de preuves spécifiques associant Peter à l'attentat, mais il n'y a rien – pas plus qu'au sujet de ses antécédents et de ses motivations.

Certains médias prétendent que c'est un espion russe et que l'explosion était la réaction non officielle de Poutine aux sanctions. D'autres avancent que Peter est un assassin de la mafia russe et que la bombe était liée à une enquête en cours. On mentionne George aussi, en tant que journaliste courageux dont l'article sur la mafia lui a valu d'être assassiné.

Il n'y a rien sur le petit village de Daryevo ni sur la famille de Peter, pas un seul mot sur cette erreur tragique qui a causé leur mort.

Quelques articles évoquent le décès de mes parents et les réactions de leurs voisins à la fusillade, mais je ne peux me résoudre à les lire. Chaque fois que j'essaie, ma gorge se noue et mon cœur se met à battre à un rythme irrégulier. L'horreur et le chagrin sont trop puissants, trop frais – tout comme ma culpabilité suffocante.

J'ai laissé tomber mes parents, je n'ai pas réussi à les protéger contre les ténèbres que j'ai infiltrées dans leurs vies et je ne suis pas encore prête à affronter cela, pas plus que je ne peux imaginer un monde sans eux.

Cessant mes allées et venues, je m'assieds au bord du lit de Peter et je lui touche le front. Il est toujours brûlant. Son corps combat l'infection qui donne à la plaie sous ses côtes un aspect rouge et enflammé.

Je change ses bandages, puis je réduis en poudre sa prochaine dose de pénicilline et je la mélange avec un peu d'eau pour la lui administrer par cuillérées. Il demeure sans réaction, mais je parviens à faire descendre une grande partie du médicament dans sa gorge. Ce n'est pas suffisant – il a besoin d'un traitement plus puissant –, mais c'est le mieux que je puisse faire pour le moment.

— Tiens bon, mon chéri, je murmure en passant une serviette humide sur son visage pour le rafraîchir. Les secours arrivent. Accroche-toi, tout ira bien.

Il le faut.

Je ne supporte pas d'envisager autre chose.

Je pique du nez à côté de Peter lorsque la porte d'entrée s'ouvre dans un grincement retentissant.

La bouffée d'adrénaline est si forte que je me suis levée avant même de comprendre d'où provenait le bruit.

— Que…

— C'est nous, dit Ilya en franchissant le seuil avec Yan. Nous devons partir. Tout de suite.

Je me rends compte que je halète, une main sur mon cœur qui bat la chamade.

— Vous êtes là. Vous êtes venus.

Yan se penche déjà sur Peter.

— Aide-moi, ordonne-t-il à son frère jumeau.

Ilya se précipite. Ensemble, ils soulèvent Peter du lit et l'emportent prestement hors de la cabane.

Tardivement, mon cerveau se met en marche et je m'empresse de récupérer le matériel de premiers soins avant de leur emboîter le pas.

À l'extérieur se trouve un SUV de couleur foncée. Les phares sont éteints, mais le moteur tourne.

— Monte derrière avec lui, me dit Yan en installant Peter sur la banquette avec l'aide de son frère, avant de rejoindre le volant.

J'obéis, un peu hébétée.

— Il y a des armes dans la Toyota, dis-je, essoufflée, tandis que Yan prend place à l'avant. Faut-il les prendre ou…

— Pas le temps, répond Ilya au moment même où Yan écrase la pédale d'accélération.

La voiture démarre dans un soubresaut.

— Si on ne sort pas de l'espace aérien américain avant huit heures du matin, ils vont abattre notre avion.

Je prends une inspiration, mais je garde le silence. Je m'efforce de protéger Peter contre les cahots de la route. Il est étendu sur la banquette arrière, la tête sur mes genoux, et à chaque nid de poule que la voiture aborde à pleine vitesse, je redoute qu'il décolle du siège, déchirant ses points de suture.

D'abord, je me demande comment Yan parvient à y voir suffisamment pour conduire sans phares, mais après quelques minutes, ma vue s'accoutume et je commence à distinguer les silhouettes des arbres et des buissons sous la lueur pâle du croissant de lune que l'on aperçoit par intermittence à travers les nuages.

— Où est l'avion ? je demande lorsque nous tournons enfin sur une route asphaltée et que la torture des secousses s'achève. Encore loin ?

— Non, répond Ilya en jetant un œil vers moi tandis que Yan allume les phares – sans doute pour mieux se mêler aux rares voitures qui circulent à cette heure-ci. Encore un peu de temps.

— Bon, tant mieux.

Peter est fiévreux. Il marmonne à nouveau et ça ne m'étonnerait pas que quelques-uns de ses points aient sauté.

— Pensez-vous que nous pourrons… ?

— Chut !

L'ordre de Yan est tranchant comme une lame.

— Je ne veux pas rater l'embranchement, précise-t-il.

Je sombre à nouveau dans le mutisme pour le laisser se

concentrer sur notre destination. Bientôt, nous nous engageons sur un autre chemin de terre et Yan éteint les phares. Nous entamons un autre passage bringuebalant.

J'essaie de stabiliser Peter au maximum tout en caressant ses cheveux humides de sueur. Apparemment, ce geste l'apaise en plus de m'aider à me calmer. J'ai beau être soulagée de ne plus être seule, je sais que nous ne sommes pas encore sortis de l'auberge. La tension est palpable dans la voiture, l'adrénaline épaissit l'atmosphère.

— *Zdes'*, dit soudain Ilya.

Yan braque à droite, si brutalement que je manque m'envoler. Je parviens à retenir les épaules de Peter, mais il pousse un gémissement de douleur alors que sa jambe blessée heurte le siège devant lui.

— Il va bien ? demande Ilya d'un ton bourru en jetant un œil dans son dos.

Les premières lueurs du jour commencent à éclairer le ciel et son crâne luit dans la pénombre de l'aube, sa peau pâle et lisse uniquement assombrie par les motifs intriqués de ses tatouages.

— Tout dépend de ta définition du mot, je réponds à voix basse.

Comme je ne veux pas déranger Yan, je me contente d'ajouter :

— Il a besoin d'un hôpital. Terriblement besoin.

— Et toi ?

La voix grave d'Ilya s'est radoucie.

— J'ai appris ce qui était arrivé à tes…

— Ça va.

Mon intonation est plus sèche que je l'aurais voulu, mais je ne peux pas me permettre d'y réfléchir. Je ne veux pas me pencher sur ce puits noir rempli de chagrin et de désespoir. Mes émotions sont à fleur de peau, mais tant que je n'y touche pas, tant que je ne m'y ouvre pas, j'évite de sombrer.

Ilya me dévisage longuement, puis il se retourne vers le pare-brise. J'espère qu'il n'est pas vexé, mais quand bien même, je n'ai pas l'énergie pour m'en soucier. Maintenant que je ne suis plus responsable de notre protection, je sens que je commence à craquer, progressivement, et je dois faire un effort surhumain pour sauver les meubles.

Je dois rester forte.

Si je ne le fais pas pour moi, au moins pour Peter et notre bébé.

Les soubresauts se prolongent encore pendant dix minutes, puis nous tournons sur une autre route goudronnée et j'aperçois enfin un avion de bonnes dimensions, à une dizaine de mètres.

— C'est l'aéroport ?

Je regarde autour de moi, découvrant l'étroite piste d'asphalte. Entourée par la forêt, elle me semble plutôt courte.

— C'est une piste de décollage illégale, dit Yan en descendant de voiture. Ilya, aide-moi à le faire sortir.

J'attends à l'écart tandis qu'ils emmènent Peter hors du véhicule et à bord de l'avion. M'emparant du matériel médical, je me précipite derrière eux. Je suppose qu'à l'intérieur, je vais retrouver Anton, ami et coéquipier de Peter.

À mon grand étonnement, au lieu du visage barbu d'Anton, je découvre les traits sévères de Lucas Kent – le trafiquant d'armes chez qui j'ai séjourné à Chypre. Il est debout dans la cabine luxueuse, les bras croisés sur son large torse.

— Bonjour, dis-je avec méfiance.

Il hoche la tête, la mâchoire contractée. Il doit encore m'en vouloir d'avoir persuadé sa femme, Yulia, de m'aider à m'échapper.

À moins que cette opération l'inquiète.

— Nous avons moins de deux heures avant que mon contact termine son service, dit-il aux jumeaux, confirmant que ma seconde supposition est fondée. Posez-le ici.

Il désigne une banquette en cuir de couleur crème.

— Allons-y.

Les jumeaux obéissent aux ordres de Kent, puis il disparaît dans le cockpit. Une minute plus tard, le moteur démarre dans un rugissement et je m'assieds à côté de Peter sur la banquette tandis que l'avion commence à rouler. Yan et Ilya prennent place à l'avant. Je regarde par le hublot en retenant mon souffle pendant que l'avion prend de la vitesse.

Avec une piste aussi courte, il faut un sacré pilote pour ne pas heurter les arbres en bout de piste au moment où nous décollons.

Apparemment, Kent *est* un sacré pilote, car nous nous élevons sans encombre au-dessus de la cime des arbres. Les moteurs puissants vrombissent alors que nous gagnons rapidement de l'altitude. Une vague de soulagement me saisit lorsque je prends conscience que nous sommes enfin dans les airs.

Nous n'avons pas encore franchi la frontière, mais au moins, nous sommes dans le ciel.

Dès que l'avion se stabilise, j'inspecte les blessures de Peter. Le bandage autour de son mollet est à nouveau imbibé de sang, mais les points de suture ont tenu sous ses côtes et sur son bras, même si sa plaie à l'abdomen est très enflammée. Je lui administre une autre dose de pénicilline écrasée avec de l'eau et je renouvelle ses bandages.

C'est peut-être mon imagination, mais sa peau me paraît moins brûlante une fois que j'ai terminé, son visage plus détendu. On ne dirait pas qu'il est assommé par la fièvre, mais plutôt qu'il dort.

Je passe une serviette humide sur son visage et dans son cou pour le rafraîchir un peu plus, puis je dépose un baiser sur sa joue, rugueuse à cause de son début de barbe, avant de rejoindre les jumeaux.

— Comment va-t-il ? demande Ilya en se levant. Il va tenir jusqu'à l'hôpital ?

Je ravale la boule qui me comprime la gorge.

— Je crois. Oui… je crois bien.

Je ne m'étais pas autorisée à envisager l'éventualité contraire, pas vraiment, mais cette sinistre possibilité en arrière-plan n'a cessé de me ronger le cœur, de creuser un trou dans mon ventre.

— C'est un dur, dit Yan.

Ses yeux verts étincellent. Adossé dans son siège, il ressemble à un requin de la finance dans son costume sur mesure parfaitement taillé et sa chemise immaculée.

— Il faudra plus que quelques balles pour le tuer.

Quand je ris timidement, je constate que mes joues sont mouillées.

Est-ce que je pleure ?

Je me détourne, gênée, en essuyant ces larmes indésirables. Au même moment, une grosse main se pose sur mon épaule, la serrant doucement.

— Ça va aller, dit Ilya sur un ton bourru quand je me tourne vers lui. Tu t'es bien débrouillée, *kroshka*. Il va s'en sortir, grâce à toi.

— Et à vous, j'ajoute d'une voix rauque.

Je ne comprends pas le surnom qu'il vient de me donner, mais ce n'était pas une insulte, plutôt une marque de tendresse.

— Si vous n'étiez pas venus…

— Oui, vous auriez été baisés, déclare Yan sur un ton détaché. Ils mettent le paquet pour vous retrouver.

Je hoche la tête en réprimant un frisson.

— Je m'en doutais quand j'ai vu les informations. Je ne sais même pas comment vous remercier pour…

— Alors, ne dis rien, fait Yan en se levant. Nous n'avons pas besoin de tes remerciements.

Je souris, un peu embarrassée.

— C'est gentil de ta part, mais sincèrement, je vous suis très reconnaissante. Je sais quel risque vous prenez…

Yan part d'un rire sarcastique.

— Ah bon ? Tu es une experte de la vie de fugitive maintenant ?

— Non, mais j'en apprends un peu plus tous les jours, je réponds d'un ton neutre. Alors, merci. Je suis heureuse que vous soyez venus et je suis sûre que Peter vous remerciera quand il se réveillera.

J'ignore pourquoi, mais j'ai la désagréable impression que Yan joue avec moi comme un chat avec une souris.

Écartant cette image troublante, je me tourne vers Ilya.

— Où est Anton ? je demande. Il va bien ?

— Il est à Hong Kong en mission, répond Ilya. Il ne serait pas arrivé à temps. Nous avons eu de la chance que Kent soit au Mexique avec nous et qu'il ait un avion. Sinon...

Il hausse ses épaules imposantes.

— D'accord.

Je me mords la joue et j'ajoute :

— Je dois le remercier, lui aussi.

— Je ne le ferais pas si j'étais toi, rétorque Yan sèchement. Il ne te porte pas dans son cœur.

— Oh.

Alors, le trafiquant d'armes m'en veut toujours pour mon évasion – ou du moins, le rôle qu'y a joué sa femme.

— Je crois que je devrais d'abord lui présenter mes excuses.

— Pourquoi ?

Penché au bord de son siège, Yan semble vaguement amusé.

— Parce que tu as vu une occasion et que tu l'as saisie ? demande-t-il. À ta place, il aurait fait la même chose.

— Oui, mais quand même.

Je me tourne vers le cockpit, mais Ilya s'avance, me barrant le passage.

— Tu n'es pas obligée, dit-il avec gentillesse. C'est entre Peter et lui.

— D'accord...

Je ne m'étais pas rendu compte qu'il existait un protocole spécifique pour ce genre de choses.

— Ils régleront ça entre eux.

Je m'apprête à retourner vers la banquette de Peter, mais une question importante me revient :

— Où allons-nous exactement ? je demande en me tournant vers les jumeaux.

— À la clinique en Suisse, répond Yan. Pour le remettre sur pied, ajoute-t-il en désignant Peter. Ensuite, qui sait.

Avec un sourire sombre, il ajoute :

— Tu es chez toi dans le monde entier maintenant, Sara Sokolov. Bienvenue dans notre vie.

PARTIE III

39

eter

QUAND JE ME RÉVEILLE, LA SENSATION DE BIEN-ÊTRE QUE J'ÉPROUVE tranche avec la légère douleur sous mes côtes. Des mains attentionnées me caressent les cheveux et une voix douce fredonne une mélodie apaisante qui me donne une impression de chaleur et de relaxation.

Ouvrant les yeux, je croise le regard ébahi de Sara. Elle est assise au bord de mon lit, un peigne à la main. Je suppose qu'elle me coiffait.

— Tu es réveillé.

Son visage s'illumine et elle se lève d'un bond avant de se pencher vers moi, abandonnant le peigne sur la table de chevet.

— Comment te sens-tu ?

— Bien.

Ma voix est éraillée, comme si je ne l'avais pas utilisée depuis longtemps. J'ai la bouche sèche, tout comme ma gorge. Humectant mes lèvres craquelées, je demande péniblement :

— Que s'est-il passé ? Où sommes-nous ?

Rayonnante, Sara prend un verre d'eau posé à côté du lit.

— À la clinique en Suisse. Les jumeaux Ivanov nous ont tirés d'affaire.

Ça fait beaucoup d'informations et j'aspire un peu d'eau dans une paille tout en fouillant mes souvenirs. Je me rappelle que la balle m'a déchiré le flanc et que Sara m'a escorté dans la voiture, mais tout devient flou et je ne garde qu'un brouillon d'impressions pêle-mêle. Nous avons dû changer de voiture à un moment donné, car j'ai le vague souvenir d'être monté dans une Toyota bleue. Ensuite, c'est le trou noir. Et avant la fusillade...

— Le bébé.

Je lui agrippe le poignet et mon pouls s'emballe.

— Ptichka, est-ce que le bébé et toi...

— Nous allons bien.

Elle pose le verre d'eau et m'adresse un sourire radieux.

— Ils m'ont examinée et nous allons très bien.

J'expire, soulagé, avant de me rappeler autre chose.

— Tes parents.

Mon cœur se brise lorsque je vois son sourire disparaître.

— Mon amour, je suis tellement déso...

— Non, dit-elle en s'écartant. Je n'ai pas envie d'en parler.

Ça me fait de la peine de la voir tourner la tête, sans doute le temps de retrouver sa contenance. Maintenant, je m'en souviens, y compris de l'agent qu'elle a abattu sans sourciller.

Mon petit rossignol, qui a consacré sa vie à guérir, vient de tuer un homme.

Pour me protéger... et pour venger sa mère.

Elle a appuyé sur la détente non pas une, mais trois fois.

J'imagine à peine ce qui se passe dans sa tête en ce moment, avec la mort de ses parents et la perte irrévocable de son ancienne vie. Sans mentionner le traumatisme de la fusillade et de la débâcle qui a suivi.

Comment a-t-elle réussi à nous faire échapper ? Je suis certain que Yan n'attendait pas devant chez ses parents avec un avion.

— Sara...

Je me redresse en position assise, réprimant une grimace lorsque mon abdomen proteste douloureusement.

— Mon amour, viens ici.

Aussitôt, elle s'approche.

— Qu'est-ce que tu fais ? Allonge-toi. C'est encore trop tôt pour bouger.

— Ça va.

Mais elle me repousse sur le dos et je me laisse faire. J'aime qu'elle s'occupe de moi, voir son beau visage concentré et soucieux.

C'est toujours mieux que le chagrin refoulé.

— Explique-moi ce qui s'est passé quand j'ai perdu connaissance, dis-je une fois qu'elle a inspecté mes bandages pour s'assurer que je n'aie causé aucun dégât. Depuis combien de temps sommes-nous ici ? Comment avons-nous réussi à nous échapper ?

Elle prend une grande inspiration.

— C'est une longue histoire. Mais en gros, je suis allée à la cabane dont tu m'as parlé, puis j'ai envoyé un email à Yan avec ton téléphone. Il a averti Kent et ils sont venus nous chercher en avion – les jumeaux et Kent qui pilotait.

Une fois de plus, elle inspire.

— C'était il y a deux jours.

Deux jours ? Je devais être à l'article de la mort pour être resté inconscient aussi longtemps.

J'évite de réfléchir à ce qu'implique la participation de Kent pour me concentrer sur la compréhension des faits.

— D'accord, et maintenant l'histoire longue, dis-je.

J'écoute, abasourdi, tous les détails que me donne ma femme : son expédition incognito à l'hôpital et son astuce pour nous procurer une voiture.

— Alors voilà, conclut-elle. Une fois que j'ai compris ce que tu disais en russe et après avoir déverrouillé ton téléphone, j'ai écrit à Yan, et les jumeaux sont arrivés quelques heures plus tard. Yan m'a dit qu'ils étaient au Mexique quand tout est arrivé. Comme ils étaient en mission avec Kent, il leur a suffi de récupérer l'avion et d'aller nous chercher... en soudoyant le contact de Kent au contrôle de la circulation aérienne avec un million et demi de dollars. Yan a dit que tu le rembourserais.

Je dois à Yan bien plus que de l'argent pour ce qu'il vient de faire, et il le sait. Kent aussi.

Bande de manipulateurs. Il va falloir que je leur rende la pareille un de ces jours.

Apercevant mon téléphone sur la table de chevet, je le prends et je parcours mes emails pour voir si les hackers ont trouvé quelque chose au sujet de l'attentat. Je dois comprendre comment tout ce bordel est arrivé.

Malheureusement, il n'y a toujours rien et je repose le téléphone avant de demander :

— Où sont les jumeaux et Kent ? Toujours ici ?

— Les jumeaux sont allés à Genève pour une réunion d'affaires hier et Kent est rentré chez lui, me dit Sara. En revanche, Anton arrive de Hong Kong demain, alors je suis sûre que tu le verras avec les jumeaux.

C'est bien. J'aurai besoin de leur aide pour démêler ce fatras une fois que j'en aurai découvert la cause. Mais d'abord, il y a quelque chose d'important que je dois savoir.

— Ptichka...

Je pose une main sur son genou frêle.

— Pourquoi as-tu fait ça, mon amour ? Tu aurais pu attendre que les autorités arrivent et me laisser endosser la responsabilité pour cet agent. Personne n'aurait jamais rien su et tu aurais pu continuer ta vie, garder ton boulot et...

— Et quoi ?

Elle bondit et me regarde droit dans les yeux.

— Te regarder te faire arrêter pendant que tu te vides de ton sang ? Te laisser à la merci de ces gens qui non seulement sont convaincus que tu es un terroriste, mais qui t'accusent aussi de la mort de leurs collègues ? Comment peux-tu croire que je ferais une chose pareille ?

Elle serre les poings, indignée, tout son corps rigide.

— Tu es mon mari, l'homme que j'aime...

— Et aussi l'homme qui t'a torturée et enlevée, je lui rappelle non sans ironie tandis qu'une douce chaleur se propage dans ma poitrine.

Je ne doutais pas de l'amour de Sara, pas vraiment, mais au fond je crois que je pensais toujours qu'elle saisirait l'occasion pour se libérer – que si le choix se présentait entre moi et sa vie normale, elle opterait pour cette dernière.

Ses sourcils se rejoignent.

— Vraiment ? Tu veux parler de ça ?

— Non, mon amour.

Réprimant un sourire ravi, je tapote le lit. Je ne devrais pas trouver son indignation aussi adorable, mais c'est plus fort que moi.

— Viens ici.

Elle ne bouge pas et me regarde les bras croisés.

— Bon, alors c'est moi qui vais me lever et te rejoindre.

Je fais le geste de me redresser, et avec un grognement frustré, elle se laisse tomber sur le lit à côté de moi.

— Reste allongé, s'exclame-t-elle en me repoussant sur le matelas. Tu vas faire sauter tes points. *Encore.*

Malgré son intonation sèche, ses mains sont douces quand elle se penche pour inspecter mes bandages et alors que j'inspire son parfum sucré et chaud, mon corps se manifeste, réagissant comme toujours à sa proximité.

— Ptichka.

Ma voix est rauque lorsque j'agrippe son poignet fin.

— Mon amour, regarde-moi.

Ses yeux noisette croisent les miens et je vois ses pupilles se dilater quand je pose la main derrière son crâne pour attirer son visage à moi.

— Attends, tu n'es pas encore...

J'avale ses protestations dans un baiser. Ses lèvres douces et souples s'écartent et elle tressaille lorsque j'envahis sa bouche, savourant son goût addictif et les sensations qu'elle me procure. Ce n'est ni le lieu ni le moment, mais je ne peux pas m'en empêcher. Une envie intense déferle dans mes veines, propageant une chaleur brûlante sur ma peau.

Elle m'aime.

Elle m'a choisi.

Elle a abandonné sa vie pour me sauver.

J'ai l'impression d'avoir à nouveau de la fièvre, et pourtant je ne ressens aucune douleur. Je brûle de l'envie de la posséder, de sentir ses mains douces sur ma peau. Elle m'appartient, sans réserve désormais. Alors que je guide sa main sous les draps, les dernières chaînes de notre passé obscur tombent, nous laissant unis dans le présent.

Ensemble, quoi qu'il arrive.

40

enderson

Je souris en lisant l'email qui vient d'arriver dans ma messagerie.

L'évasion fâcheuse de Sokolov mise à part, mon plan a fonctionné comme prévu, surtout en ce qui concerne ses alliés. L'emploi d'un explosif conçu par Esguerra dans l'attentat terroriste a alerté tout le monde du danger que représente l'empire clandestin du trafiquant d'armes, et la protection spéciale dont jouissait Esguerra grâce au quiproquo de sa relation avec le gouvernement américain s'est envolée. Avec tous ses associés, il est une proie à abattre, et une équipe se dirige déjà vers la résidence de Lucas Kent à Chypre.

Mieux encore, Interpol a fait le nécessaire, comme je l'espérais. Les frères Ivanov ont été repérés à Genève, ce qui signifie que Sokolov n'est peut-être pas loin. D'ailleurs, mon contact a eu vent d'une rumeur au sujet d'une clinique secrète dans les Alpes suisses, spécialisée dans les patients hors la loi.

Si tout se passe bien, mes problèmes seront bientôt relégués à l'histoire ancienne.

Dans quelques heures, Kent, Sokolov et deux de ses amis russes assassins seront morts, et bientôt les autorités débusqueront le dernier malfrat, Anton Rezov. Ensuite, il faudra démanteler l'organisation criminelle d'Esguerra et mettre la main sur son chef en personne.

Une fois que ce sera fait, le règne de la terreur entretenu par ces monstres sera terminé et ma famille et moi, nous serons enfin en sécurité.

41

ara

AVEC LE SOURIRE, JE M'ÉLOIGNE À GRANDES ENJAMBÉES DANS LE couloir, les lèvres gonflées et encore fébriles de la fellation que je viens de donner à Peter. Je pouvais m'y attendre, étant donné la libido surhumaine de mon mari, mais tout de même il m'a prise au dépourvu.

Dans mon esprit, les patients cloués au lit et les parties de jambes en l'air ne font pas bon ménage.

Mais Peter n'est pas un patient ordinaire. Dès l'instant où il a été admis à la clinique et relié à un cathéter, il a surpassé toutes les attentes – les miennes et celles du personnel. On dirait que toute sa volonté de fer s'est concentrée sur la guérison. Au bout de quelques heures après notre arrivée, sa fièvre a baissé et si les médecins ne lui avaient pas administré un sédatif pour lui imposer du repos et un temps de convalescence, il aurait immédiatement repris connaissance.

Une infirmière me croise dans le couloir et me sourit. Je lui rends son sourire.

J'aime les gens qui travaillent ici. Ils sont avenants, même si leurs patients comptent parmi les pires criminels de l'humanité. Qui suis-je pour juger ?

À présent, je suis moi-même une criminelle.

J'ai tué un homme de sang-froid.

Je n'ai pas encore pris le temps d'y réfléchir, tout comme je n'ai pas pu penser à mes parents – ni aux implications de notre statut de fugitifs, avec nos photos dans tous les médias. J'ai choisi de me concentrer sur le positif en me réjouissant que nous soyons ici tous les deux, vivants et libres.

J'ai toujours Peter et notre bébé.

C'est utile de vivre chaque instant à la fois, d'avancer un pas après l'autre. Quand je m'occupe, je ne remarque pas les bords dangereux qui s'effilochent ni la pression grandissante du chagrin. Je suis capable de sourire, aussi, même si une partie de ma personne demeure engourdie.

Lorsque j'ai appuyé sur la détente, j'ai tué quelque chose en moi.

En ôtant une vie, j'ai perdu une partie de mon être.

— Bonjour, docteur Sokolov, me dit le docteur Jart en entrant dans son bureau. Comment va votre mari ?

— Mieux, dis-je en souriant au vieil homme. Bien mieux.

Ses sourcils gris broussailleux remontent sur son front.

— C'est vrai ? Il est réveillé ?

— Tout à fait. Mais je crois que je l'ai… fatigué. Quand je suis partie, il dormait encore.

— Ça lui arrivera souvent, dit le docteur Jart. Son corps a besoin de sommeil pour guérir.

Il se lève et contourne son bureau.

— Mais je suis sûr que vous le savez.

— Oui.

Il retire un énorme volume de sa bibliothèque. Avec son air grincheux, il me fait un peu penser à mon patron, Bill, même si du point de vue de sa personnalité, le docteur Jart est bien plus amical.

J'ai brièvement rencontré le médecin l'an dernier, quand j'ai passé deux semaines ici après l'accident de voiture. Lorsqu'il est venu inspecter les blessures de Peter l'autre jour, il m'a reconnue et nous avons discuté. En apprenant que j'étais gynécologue obstétricienne, il m'a invitée à l'aider avec une patiente en salle d'accouchement – ce que j'ai fait avec plaisir, après m'être assurée que Peter était stable et qu'il se reposait.

Tout ce qui pouvait me permettre de me changer les idées m'intéressait.

— Comment va María ? je demande en faisant référence à la patiente – la maîtresse adolescente d'un baron de la drogue mexicain, qui a accouché de jumeaux hier. Elle est déjà rentrée chez elle ?

— Elle se remet tout doucement, mais elle est toujours ici.

Le docteur Jart soupire.

— Gomez veut qu'elle reste pendant au moins une semaine et comme c'est lui qui paie...

Il hausse les épaules et retourne à son bureau.

— Je vois.

Contrairement à un hôpital traditionnel, basé sur les paiements des assurances et respectant des règles strictes de durée de séjour, cette clinique est au service des puissants du monde de la pègre et ce sont les patients – ou les criminels fortunés auxquels les patients sont associés – qui décident à quel moment ils s'estiment suffisamment guéris.

— Bon, docteur Sokolov...

Le médecin s'assoit et me dévisage d'un œil noir perçant.

— Si je voulais vous voir, c'est parce que j'aimerais discuter avec vous.

— Bien sûr. À quel sujet ? je demande en prenant place en face de lui.

J'espère qu'ils ont une autre patiente à me confier pendant que Peter se repose.

Je dois rester occupée pour ne pas réfléchir.

— Accepteriez-vous de vous joindre à notre équipe ? demande le docteur Jart. J'ignore quels sont vos projets avec M. Sokolov, étant donné…

Il se racle la gorge avant de poursuivre :

— … étant donné les circonstances, mais nous aurions besoin d'une femme dans votre domaine d'expertise. Comme vous le savez, notre obstétricien, le docteur Ludwig, est excellent, mais c'est un homme et certaines de nos patientes, surtout originaires de cultures plus traditionnelles, sont un peu… gênées par cela.

— Oh.

Je regarde fixement le médecin.

— Merci. Je… je ne sais pas quoi dire.

Je ne m'attendais pas à une offre d'emploi – surtout basée en grande part sur mon sexe. Mais une fois de plus, pourquoi en serais-je étonnée ? Le politiquement correct n'existe pas dans ce nouveau monde sans foi ni loi auquel j'appartiens, où la violence fait partie du jeu et où les femmes sont considérées comme l'extension des hommes puissants qui les possèdent.

— Je sais que vous allez devoir en parler avec M. Sokolov, ajoute le docteur Jart devant mon silence. Si cela vous intéresse, naturellement.

— Très bien.

Je fais taire la féministe en moi et je me concentre sur l'opportunité qu'il m'offre – elle me semble intéressante. J'ai aussi évité de réfléchir à la fin de ma carrière, mais je sais que je ne pourrai pas repousser cette pensée éternellement. Ainsi, je pourrais toujours être médecin, si Peter accepte que nous vivions dans la région – après tout, il veut peut-être que nous retournions nous cacher quelque part en Asie.

— Prenez le temps d'y réfléchir, me dit le docteur Jart. Vous n'avez pas à nous donner de réponse immédiate – ni même sous peu. Nous comprenons que la situation…

Une fois de plus, il s'éclaircit la voix.

— ... que la situation est délicate en ce moment, alors prenez tout le temps qu'il vous faudra.

— Merci.

Je me lève et lui serre la main.

— J'apprécie beaucoup.

Je me demande s'il propose souvent des postes à de présumés terroristes en cavale. Il ne semble pas très à l'aise avec « la situation », mais ça ne le dissuade pas non plus.

Les dossiers du personnel doivent être fascinants dans cette clinique.

APRÈS NOTRE ENTRETIEN, JE DESCENDS AU CAFÉ DU REZ-DE-chaussée pour manger un morceau. Quand je retourne dans la chambre de Peter, il est réveillé et il me cherche.

— Où étais-tu ? demande-t-il en se redressant – avec un effort moins insoutenable cette fois.

Il guérit remarquablement vite – à moins que sa tolérance à la douleur soit exceptionnelle. Il ne fait aucune grimace, et pourtant le mouvement doit tirer sur ses points de suture à l'abdomen.

Je suis tentée de le forcer à s'allonger, mais je me retiens. Il a l'air en bien meilleure forme, son regard gris est rivé sur moi avec intensité et je sais qu'il aura bientôt recouvré toutes ses facultés.

— Je discutais avec l'un des médecins, lui dis-je en venant me percher au bord de son lit. Il m'a offert un poste.

Peter fronce les sourcils.

— Ici ? Dans cette clinique ?

— Oui. Apparemment, ils ont besoin d'une obstétricienne.

Je lui prends la main et je passe mon pouce sur les callosités de sa large paume.

— Qu'en penses-tu ? Bien sûr, il faudrait rester dans la région et je ne sais pas si c'est raisonnable.

Aucun emploi ne vaut la peine de mettre notre liberté en danger.

Peter garde le silence pendant un moment, méditant mes propos.

— Ce n'est pas une si mauvaise idée, dit-il enfin. Mais d'abord, nous allons devoir comprendre comment c'est arrivé.

— Tu veux dire pourquoi ils ont cru que tu étais responsable de l'attentat ?

Il hoche froidement la tête et je prends une inspiration pour maîtriser l'étau qui m'enserre le cœur. C'est aussi la question que je me pose, et si Peter est innocent – ce que je crois – il n'y a qu'une seule conclusion logique.

— Tu es victime d'un coup monté, dis-je. Peut-être même quelqu'un au sein du FBI.

— Oui.

Son expression reste impassible. Il a déjà dû y réfléchir.

— La question, c'est qui et pourquoi.

Une fois de plus, il s'empare de son téléphone et je le vois dérouler ses messages dans un rythme frénétique.

— Les fédéraux n'ont peut-être aucun véritable suspect. Ils ont décidé de faire de toi leur bouc émissaire, dis-je alors qu'il ouvre un message. Une organisation terroriste est peut-être derrière l'explosion, mais ils ont décidé de t'arrêter à la place. Quelqu'un d'autre que Ryson désapprouvait peut-être l'accord que tu as passé et lorsque l'occasion s'est présentée...

Je m'interromps, car le visage de Peter est devenu aussi dur que du granite.

— Qu'y a-t-il ?

Il continue à lire sans rien dire, de plus en plus tendu chaque seconde. Les muscles de mon cou sont raides et mon cœur s'emballe comme si j'allais piquer un sprint.

J'ignore le contenu de ce message, mais c'est grave. Je le vois bien à sa tête.

Il lève les yeux vers moi.

— Tu te rappelles quand je t'ai parlé du général à la retraite, le responsable de l'opération de Daryevo ?

Sa voix est d'une douceur trompeuse.

— Celui que j'ai promis de laisser tranquille en échange de l'amnistie et de l'immunité ?

— Oui, bien sûr, dis-je, la boule au ventre. Henderson, c'est ça ?

— C'est ça.

Ses narines frémissement.

— Ce putain de Wally Henderson III.

Je retiens mon souffle.

— C'est le responsable ?

— Il semble bien.

Un muscle tressaute dans la mâchoire de Peter.

— Avant qu'on s'en prenne à moi, j'ai demandé à nos pirates informatiques d'enquêter sur l'explosion parce que quelque chose dans cette histoire me semblait bizarre. Et ils viennent de m'envoyer les résultats.

— Ils ont dit que Henderson t'avait tendu un piège ? Mais comment ? Pourquoi ? Comment savait-il que cette tragédie allait se produire ?

La police est venue chercher Peter moins de vingt-quatre heures après l'attentat. Même avec le bras long comme celui de Henderson, il faudrait un certain temps afin de bricoler des preuves suffisamment fortes pour envoyer une équipe d'intervention dans un quartier paisible des faubourgs. Même en se mettant au travail dès qu'il a appris l'explosion, Henderson aurait mis des jours, voire des semaines, pour...

— Parce qu'il l'a causée lui-même, déclare Peter d'un air furibond. Ce salopard a organisé l'attentat.

J'en reste bouche bée.

— Quoi ?

— Un homme correspondant à ma description a été filmé en train de pénétrer dans le bâtiment, se faisant passer pour un membre de l'équipe d'entretien, la veille de l'explosion.

La voix de Peter est si cassante qu'elle pourrait fendre un rocher.

— Et on a retrouvé mes empreintes digitales sur l'une des poignées du deuxième étage, où la bombe a été placée. Quant à l'explosif, il était d'un genre unique, quasiment indétectable – ce qui a permis à mon sosie de le transporter dans une boîte à sandwich. Sais-tu qui a accès à ce genre d'explosif ?

Je le dévisage, perplexe.

— Je... non.

— L'armée américaine. Ils ont retrouvé le trafiquant d'armes qui les fabrique – Julian Esguerra.

Mon rythme cardiaque s'emballe à nouveau.

— C'est celui qui a négocié l'accord pour toi ? Le type à qui tu as rendu un service ?

— Lui-même, dit Peter, la bouche tordue de rage. Maintenant, tu comprends pourquoi ils ont cru que j'étais le coupable ? L'armée américaine achète tous les explosifs qu'Esguerra fabrique. Et s'ils arrêtaient, il a une liste d'attente longue comme le bras. Cela dit, il est possible que quelqu'un qui connaît personnellement le trafiquant d'armes s'en soit procuré cinq cents grammes ou un kilo. Bon sang, ce n'est même pas nécessaire d'en utiliser autant. C'est puissant – comme une bombe nucléaire, la radioactivité en moins.

Oh, mon Dieu. Maintenant, je me souviens que Peter en discutait avec Kent quand nous dînions ensemble à Chypre. Il parlait de l'Oncle Sam et des contraintes de fabrication pour un explosif indétectable. C'était donc l'explosif en question ?

— Alors, pourquoi...

Je m'efforce de rassembler mes pensées fébriles.

— Pourquoi crois-tu que Henderson est derrière tout ça ? C'est peut-être quelqu'un d'autre – je ne sais pas, Esguerra par exemple ? Tu as dit qu'à un moment donné, il voulait ta mort, et il a les contacts nécessaires pour le faire, non ? À moins que ce soit un autre de tes ennemis ?

— Parce que ça empeste la CIA, dit Peter d'un ton maussade. Le concierge qui me ressemble, mes empreintes sur les lieux, mes liens avec Ryson et le fait que la bombe ait été déposée à son étage – un grand classique. Ils font ce genre de choses depuis la

Guerre froide. D'après les rumeurs, devine qui était espion pendant sa jeunesse ?

— C'est vrai, Henderson.

Je me rappelle que Peter m'en a parlé un jour.

— Mais Esguerra aussi a des liens avec la CIA, il me semble. Aurait-il pu...

— Non, dit Peter en serrant les dents. Hormis le fait qu'il aurait pu me tuer de mille manières différentes s'il le voulait vraiment, il n'avait aucune raison de ficher en l'air une relation d'affaires lucrative avec le gouvernement américain. Actuellement, les autorités le croient complice de l'attentat et ils s'apprêtent à se mettre aussi à sa recherche.

— Oh, c'est... c'est très grave.

À ce que je sache, Esguerra a toujours été intouchable jusqu'à présent.

— Oui, en effet, répond Peter d'un air sombre. C'est pour ça que je dois absolument parler à Yan tout de suite. Parce que... les autres membres de cette équipe d'entretien ? Leurs descriptions correspondent à Anton, Yan et Ilya, jusqu'aux tatouages sur le crâne de l'un d'eux.

eter

Je relis le message des hackers pour la troisième fois, tout en consultant l'heure sur mon téléphone de manière obsessionnelle. Trois heures plus tôt, j'ai appelé Yan pour lui annoncer ce que j'avais appris, mais il n'a pas décroché. Je lui ai laissé un message en lui demandant de me rappeler, puis je lui ai envoyé un texto et un email pour faire bonne mesure avant de chercher à joindre son frère.

Aucun des jumeaux n'a repris contact avec moi – pas plus qu'Anton.

Une fois de plus, je jette un œil à l'heure. Il est 23 h 33 – deux minutes de plus que la dernière fois que j'ai vérifié. Sara dort à côté de moi, ses boucles noisette étalées sur mon oreiller. J'ai beau avoir envie de la rejoindre dans ce sommeil paisible, je ne peux me résoudre à fermer les yeux.

Mon instinct est en alerte maximale.

En prenant soin de ne pas réveiller Sara, je me redresse en

position assise et je pose mes pieds au sol. Lentement, avec précaution, je me lève sans prêter attention au tiraillement sous mes côtes ni à la douleur à mon mollet. La salle tournoie autour de moi lorsque je fais le premier pas, mais mes jambes me soutiennent.

Tant mieux.

Je ne peux pas me permettre d'être cloué au lit s'il arrive quelque chose.

Sur ma demande, deux armes ont été livrées dans ma chambre et je rejoins le placard pour les inspecter. Ce n'est rien de très élaboré – rien qu'un M16 et deux Glock –, mais c'est mieux que rien.

Je vérifie l'état des armes et je les charge avant de sortir un pantalon du placard pour l'enfiler sous ma blouse d'hôpital, tout en prenant soin de ne pas déplacer les bandages sur ma jambe. Mon cœur bat toujours trop fort à cause de l'effort et je transpire comme un goret, mais je me débarrasse de la blouse et j'enfile un pull ample, puis des chaussettes et des chaussures.

— Peter ?

La voix ensommeillée de Sara me parvient alors que j'attache l'un des Glocks à ma cheville gauche.

— Qu'est-ce que tu fais ?

Accroupi, je lève les yeux.

— Je m'habille, ptichka. Ne t'inquiète pas.

— Quoi ?

Sara s'assoit. Les dernières bribes de sommeil ont tôt fait de s'évaporer quand elle me voit.

— Pourquoi t'habilles-tu ? Tu dois rester au lit et te reposer, non pas...

— Je crois que nous devons partir.

Je me lève lentement en respirant pour atténuer la douleur.

— Il y a quelque chose qui cloche.

Sara se change en statue.

— Tu crois que nous ne sommes pas en sécurité ici ?

— Je crois que nous ne sommes en sécurité nulle part, dis-je en jetant le M16 par-dessus mon épaule avant de fourrer l'autre Glock derrière ma ceinture. Mais ce qui m'inquiète, c'est que je suis sans nouvelles de Yan et des autres.

— Vraiment ?

Elle traverse la chambre pieds nus et s'arrête devant moi. Son visage est aussi blanc que le tee-shirt qu'elle porte en guise de pyjama.

— Ils sont peut-être occupés.

— Tout est possible.

D'après ce que je sais, les jumeaux sont en pleine mission et Anton est en avion, où la réception est mauvaise.

— Dans notre situation, mieux vaut prévenir que guérir.

— Mais où irons-nous ? Il y a trois jours, tu étais inconscient à cause de la fièvre. Tu dois rester à l'hôpital, te soigner…

— Je vais très bien.

Prenant son visage délicat entre mes paumes, j'ajoute d'une voix plus douce :

— Ne t'inquiète pas, mon amour. Tu as fait ta part, et maintenant c'est à mon tour de faire la mienne.

Tandis qu'elle me regarde de ses grands yeux apeurés, je pose un baiser sur ses lèvres attirantes avant de me tourner vers le placard pour en sortir ses vêtements.

ara

PENDANT QUE JE M'HABILLE, PETER ESSAIE À NOUVEAU DE JOINDRE
Anton et les jumeaux. Mes mains sont froides à cause du stress,
mes doigts maladroits et je dois m'y prendre à deux fois pour
tenter de lacer mes baskets.

— Alors ? je demande une fois que j'ai terminé.

Peter secoue la tête, la mine sombre.

— Rien. Je vais essayer Kent, voir s'il a entendu parler de
quelque chose.

— Oh, c'est une bonne idée.

Je me mords la lèvre tandis qu'il compose un numéro et attend,
le téléphone contre son oreille.

— C'est Peter, dit-il laconiquement. As-tu... Attends, quoi ?

Il écoute dans un silence tendu tandis que Kent l'informe de ce
qui s'est passé. Quand il baisse son téléphone, je recule devant
l'expression de son visage.

— Interpol a fait une descente dans les restaurants de Yulia.

Tous, reprend-il d'un ton grave. Lucas a réussi à emmener Yulia de justesse avant que la police arrive chez eux à Chypre. Maintenant, ils se rendent au complexe d'Esguerra en Colombie – le seul endroit où ils auront peut-être une sécurité relative.

— Oh, mon Dieu.

Je sens la nausée m'envahir.

— Crois-tu que Yan et les autres… ?

— Ils ont peut-être été arrêtés, oui. Quoi qu'il en soit, nous n'avons pas une minute à perdre.

Il me prend par la main et m'entraîne hors de la chambre, d'une démarche aussi assurée que s'il n'avait pas été à l'article de la mort quelques jours auparavant.

Je dois trottiner pour rester à son allure tandis que nous pressons le pas dans le couloir, puis l'escalier.

— Pas l'ascenseur ? je demande en haletant alors que nous dévalons les marches.

Il secoue la tête, resserrant sa poigne autour de ma main.

— Trop facile d'y rester coincé.

J'ai envie de lui rappeler la gravité de ses blessures et de le supplier d'y aller doucement, mais ce n'est pas le moment. Si les autorités sont allées jusqu'à s'en prendre à Kent – bras droit d'Esguerra et donc intouchable – Peter a raison de penser que la clinique n'est peut-être pas sûre.

Plus aucune règle ne s'applique.

— Où allons-nous ? je demande, surtout pour m'éviter de penser à la nausée qui m'assaille.

Ce qu'on appelle la nausée matinale se manifeste de temps en temps, jour et nuit, et cette course folle dans l'escalier n'arrange rien.

— Dans une planque, dit Peter sans me regarder.

Je constate que son visage est plus pâle que d'habitude, ses tempes couvertes de gouttes de sueur à cause de l'effort.

Il n'est pas aussi guéri qu'il le prétend.

Je dois mobiliser toute ma volonté pour me retenir de le supplier de s'arrêter afin de respirer. Au lieu de ça, j'accélère le rythme pour lui éviter l'effort supplémentaire de me traîner derrière lui.

— Tu ne veux pas me dire où c'est ?

— Non.

Il lève les yeux vers le coin du plafond et j'y aperçois une petite lumière rouge.

Bien sûr. Des caméras.

J'aurais dû me douter que c'était inutile de le lui demander.

Nous effectuons le reste du trajet en silence et Peter s'arrête devant la porte du hall d'entrée. Lentement, il l'entrouvre et jette un œil par l'entrebâillement.

— La voie est libre, murmure-t-il après une minute.

J'expire péniblement et nous avançons.

— Monsieur Sokolov, s'exclame la réceptionniste blonde, étonnée lorsque nous passons devant son bureau. Vous partez déjà ?

— Oui. Je réglerai la facture plus tard.

Elle commence à répliquer, mais nous sortons déjà du bâtiment dans une cour qui tient lieu de parking. Il fait froid, mais le paysage est magnifique. Le clair de lune souligne les sommets enneigés des Alpes suisses qui nous entourent. Pourtant je le remarque à peine, car Peter m'entraîne déjà sur le parking.

À présent, mon ventre se révolte et je dois déglutir à plusieurs reprises pour éviter de vomir.

Soudain, il s'arrête et s'accroupit entre deux voitures, m'attirant au sol avec lui.

— Quelqu'un arrive, murmure-t-il en s'emparant de son M16.

Une seconde plus tard, un SUV noir s'arrête devant la clinique dans un crissement de pneus.

eter

JE M'ATTENDS À VOIR DES AGENTS D'INTERPOL SURGIR DE LA voiture, mais c'est un homme vêtu de noir qui en sort.

— Anton !

Je me lève et j'agite la main pour me montrer. Il fait volte-face et le soulagement apparaît sur son visage barbu.

— Montez ! lance-t-il en désignant la voiture avec son pouce. Nous devons partir.

Sara est déjà debout à côté de moi. Je lui prends la main en m'élançant, boitillant vers le SUV d'Anton. Mon mollet me fait un mal de chien et je crains d'avoir fait sauter des points de suture à mon abdomen, mais cela n'a aucune importance.

Anton ne panique pas facilement, et pourtant il a l'air nerveux.

Il saute au volant lorsque nous atteignons la voiture et je me jette sur la banquette arrière, grinçant des dents pour faire passer un assaut de douleur. Sara monte derrière moi et nous quittons le parking avant même qu'elle ait refermé la portière.

— Yan et Ilya ? je demande tandis que le plus fort de la douleur s'estompe.

Anton me lance un regard noir dans le rétroviseur.

— Interpol a débarqué à leur réunion, à Genève. Depuis, je n'ai pas de nouvelles.

— Putain.

Je ferme les yeux. Ça me rend malade. Mon corps est encore à plat, faible et tout tremblant – clairement pas en forme pour affronter une horde d'agents armés s'ils se lancent à nos trousses.

Quand j'ouvre les yeux et regarde Sara, elle s'efforce de respirer méthodiquement. Son profil délicat a viré au blanc maladif.

— Ça va, ptichka ? je murmure.

Elle répond avec un hochement de tête.

— Nausées matinales, explique-t-elle d'une voix à peine audible.

Je lui serre la main et mon cœur se comprime dans un mélange de fureur et de culpabilité.

Ma Sara est enceinte. C'est la période de sa vie où le stress est le plus toxique. Elle devrait se reposer dans le confort de notre foyer, dorlotée par sa famille et par moi – au lieu de fuir les autorités après avoir assisté à la mort de ses parents.

Je n'aurais jamais dû accepter d'épargner la vie de Henderson. Cet *ublyudok* devait payer – et cette fois, il va payer.

Je vais l'anéantir, le réduire en pièces.

Mais pour cela, nous devons d'abord sortir vivants.

— J'ai essayé de te joindre, dis-je à Anton alors qu'il s'engage sur la route qui conduit jusqu'à l'aéroport privé réservé aux patients de la clinique. Tu as jeté ton téléphone ?

Il acquiesce.

— Je venais d'atterrir et j'étais en ligne avec Yan quand Interpol a fait irruption dans leur salle de réunion. Alors, je l'ai détruit, au cas où.

— Tant mieux.

Nos téléphones sont indétectables, car le signal passe par

plusieurs satellites tout autour de la planète, mais mieux vaut ne pas prendre de risque.

— Est-ce possible qu'ils se soient échappés ?

— Tout est possible, dit-il – mais il ne semble pas convaincu.

— Anton... fait Sara d'une voix pleine de tension. Je suis vraiment désolée, peux-tu arrêter la voiture ?

— Range-toi, lui dis-je.

Dans une embardée, il se gare sur le bas-côté de la route et écrase la pédale de frein. La voiture est encore en mouvement quand Sara ouvre la portière et se penche avec un haut-le-cœur. Je passe un bras autour de sa taille fine et je rassemble ses cheveux dans mon autre main, les écartant de son visage tandis qu'elle vomit.

— Excusez-moi, murmure-t-elle une fois qu'elle a terminé.

Je lui tends une bouteille d'eau que je trouve dans un sac à mes pieds.

— Tu n'as pas à t'excuser, dis-je alors qu'Anton reprend la route. C'est parfaitement naturel.

Ma voix reste sereine, comme si je n'étais pas soucieux le moins du monde de voir ma femme vider ses tripes au bord de la route tandis que nous fuyons pour avoir la vie sauve. Comme si la rage ne brûlait pas comme un acide dans mes veines, teintant ma vision d'un rouge sanglant.

— Tu es malade, Sara ? demande Anton.

Je me rends compte qu'il n'est pas encore au courant pour le bébé. Comment le saurait-il ? Nous venons à peine de l'apprendre nous-mêmes.

— Nous allons avoir un enfant, dis-je.

En dépit de mes efforts, ma voix trahit ma tension.

S'il arrive quelque chose à Sara ou au bébé à cause de cette histoire, je ne me le pardonnerai jamais.

— Oh, fait Anton, manifestement à court de mots. C'est... Félicitations.

— Merci, je grommelle.

C'est à ce moment que je l'entends.

Le hurlement des sirènes au loin.

Merde.

— Appuie sur le champignon, dis-je à Anton.

Mais il accélère déjà, le visage crispé. Je me tourne vers Sara.

— Attache ta ceinture.

Elle s'exécute avec empressement, ses yeux noisette presque noirs sur son visage blafard. J'inspecte mes armes.

Les sirènes se rapprochent derrière nous – en provenance de la clinique, ce qui signifie que mon intuition était bonne.

Ils venaient nous chercher.

Le vacarme d'un hélicoptère se joint bientôt aux sirènes. Pied au plancher, Anton aborde un virage abrupt à une vitesse terrifiante.

— Bordel, ralentis ! j'aboie lorsque Sara m'agrippe instinctivement la main. Il faut éviter l'accident, tu comprends ?

Si j'étais seul avec Anton, je prendrais le risque, mais pas avec Sara.

Pas alors qu'elle a failli mourir dans un accident sur une route très similaire.

Anton relâche un peu l'accélérateur et je porte la main de Sara à mes lèvres.

— Tout va bien se passer, ptichka, je murmure en posant un baiser sur les jointures de ses doigts. Nous devons rejoindre l'avion.

— Ils nous attendent peut-être déjà là-bas, grommelle Anton. Comme s'ils savaient que tu étais à la clinique, ils sont peut-être au courant pour la piste de décollage.

— La clinique figure sur la carte, mais pas le tarmac, dis-je en serrant la main de Sara pour la rassurer quand je sens qu'elle se crispe dans la mienne. Il aurait fallu que le personnel leur en parle.

Ou du moins, je l'espère.

Parce qu'il est toujours possible que nous foncions tout droit dans une embuscade.

Anton ne réagit pas, mais une fois de plus, il colle son pied au plancher lorsque nous atteignons une ligne droite. Nous ne sommes plus qu'à quelques minutes de la piste maintenant, mais le rugissement de l'hélicoptère devient de plus en plus retentissant chaque seconde, étouffant jusqu'au cognement de mon cœur décuplé par l'adrénaline.

Enfin, j'aperçois ses phares derrière nous tandis que nous négocions un autre virage serré.

— Baisse-toi ! je lance à Sara en la plaquant sur la banquette.

Puis j'ouvre la vitre et je me penche à l'extérieur, ignorant la douleur vive dans mon flanc. Je braque mon M16 sur l'hélicoptère.

L'engin zigzague entre les arbres avant que je puisse ouvrir le feu.

J'attends pour ne pas gaspiller mes balles.

Une seconde plus tard, l'hélicoptère réapparaît et je tire une rafale.

Ils ripostent, puis s'éloignent à nouveau.

Merde. À présent, nous sommes presque arrivés à la piste.

J'attends que l'hélicoptère revienne en ligne de mire et j'ouvre le feu, appuyant sur la détente jusqu'à ce que le chargeur se vide dans un ultime déclic. L'hélicoptère garde ses distances dans un effort pour éviter mes balles.

Je me cache dans la voiture, je recharge rapidement et je me penche à nouveau dehors.

Mais cette fois, l'hélicoptère reste en retrait.

Ce n'est pas bon signe.

Nous ne pourrons pas décoller si ces connards nous tirent dessus.

La voiture change brusquement de cap. Quand je regarde devant nous, je constate que nous avons atteint le tarmac et que nous filons en droite ligne vers l'avion.

— Le lance-roquettes est à l'intérieur, s'écrie Yan en enfonçant la pédale de frein. Je vais courir.

Nous nous sommes arrêtés net à une dizaine de mètres de l'avion et je grince des dents lorsque mes côtes heurtent la bordure métallique de la vitre.

Si nous survivons, Sara sera furieuse que mes points de suture aient sauté.

Anton sort de la voiture et se précipite vers l'avion. De mon côté, je le couvre en tirant sur l'hélicoptère en approche. Les sirènes sont de plus en plus assourdissantes. Ils doivent être juste derrière nous.

— Monte dans l'avion, tout de suite ! je lance à Sara.

Du coin de l'œil, je vois qu'elle s'exécute malgré sa peur.

Mon M16 cliquette, mais je n'ai pas le temps de le recharger et je m'empare du Glock à ma ceinture tandis que l'hélico s'éloigne pour mieux revenir, arrosant la voiture de balles. Le verre explose autour de moi et les éclats m'entaillent le visage et le cou. Armé de mon Glock, j'ouvre la portière et je sors en titubant, puis je détale tout en ripostant.

J'aimerais qu'ils se concentrent sur moi, non pas sur l'avion ni Sara.

Des balles se fichent dans le sol tout autour de moi, projetant des bouts d'asphalte devant mes yeux. Je sens l'odeur de la poudre, la brûlure du plomb qui passe en sifflant à mes oreilles.

C'est fini.

Je n'y arriverai pas.

Mon pistolet se vide au moment où un fourgon noir surgit sur le tarmac et s'arrête dans un crissement de pneus à côté de notre voiture.

ara

J'ai presque rejoint l'avion quand je vois le fourgon noir.

Interpol.

Ils nous ont rattrapés.

— Anton !

Je crie par-dessus la fusillade et le bruit de l'hélicoptère lorsqu'Anton réapparaît à la porte de l'avion avec un lance-roquettes sur l'épaule.

— Ils sont...

Boum !

L'éclat lumineux me brûle la rétine et la détonation est tellement assourdissante que mes tympans manquent exploser. Le ciel semble se changer en boule de feu et une pluie de morceaux métalliques retombe autour de moi.

Oh, bon sang.

Anton a abattu l'hélicoptère.

Mon regard ébahi se pose sur le fourgon et je reconnais deux silhouettes familières.

— Yan ! Ilya !

Je n'ai jamais été aussi heureuse de les voir – surtout lorsqu'ils se penchent pour soutenir Peter, ses bras sur leurs épaules, et se précipitent ensemble vers l'avion.

— Dépêchez-vous ! hurle Anton.

J'entends les sirènes se rapprocher.

— Il faut partir tout de suite.

Il disparaît dans la cabine et je m'engouffre derrière lui avec les jumeaux et Peter sur les talons.

Les véhicules de police apparaissent au moment où nos roues quittent la piste.

— ALORS, C'EST VOUS QU'ILS POURSUIVAIENT, PAS NOUS ? JE demande à Yan pour m'assurer d'avoir bien compris, tout en essuyant la terre et le sang sur le visage de Peter avant de retirer les éclats de verre incrustés dans sa peau.

Je me sens bizarrement calme, comme si je réalisais un frottis de routine au lieu de soigner les blessures de mon mari après une évasion sur les chapeaux de roue.

Soit je m'habitue à la vie de cavale, soit je suis encore sous le choc, et le contrecoup de l'adrénaline va bientôt m'assommer.

— Oui, et c'était moins une, dit Yan depuis le siège à côté de la banquette où Peter est étendu. L'hélicoptère avait pris de l'avance pour nous coincer, mais vous avez dû attirer leur attention.

Tout en parlant, il tend un miroir devant lui pour appliquer une pommade antibiotique sur son oreille, où une balle l'a éraflé, laissant une vilaine plaie.

— Content d'avoir servi de leurre malgré moi, dit Peter alors que je soulève sa chemise pour inspecter le bandage autour de son abdomen.

Il est pâle, mais il est conscient – et suffisamment en forme, manifestement, pour faire du sarcasme.

— C'était un travail d'équipe, dit Ilya.

Un sourire lui barre le visage et il se carre dans son siège – miraculeusement intact.

— On n'aurait pas fait mieux même si on l'avait voulu.

Je secoue la tête en m'efforçant de ne pas penser à ce que j'ai ressenti en courant vers l'avion pendant que Peter était coincé par les tirs de l'hélicoptère. C'est un miracle qu'il ait survécu – que nous ayons tous survécu et que nous nous soyons échappés.

Mes mains commencent à trembler quand je déroule le bandage de Peter et la réalité me frappe.

Peter aurait pu être touché à nouveau.

Il aurait pu être tué, son crâne détruit par une balle exactement comme…

Non, arrête.

— Où allons-nous maintenant ? je demande afin de me changer les idées, d'oublier les souvenirs qui menacent d'envahir mon esprit.

Je ne peux pas plonger dans ce puits obscur. Je ne peux pas penser à ce qui est arrivé à mes parents ni à ce qui aurait pu arriver à Peter.

Je ne suis pas encore prête à affronter cela.

— C'est une bonne question, dit Yan en posant la pommade pour prendre son téléphone. Je vais voir si notre contact en Turquie a fait le nécessaire.

Il effleure son écran à plusieurs reprises et fait la grimace.

— Merde.

— Quoi ? s'exclame Peter en essayant de se redresser.

Mais je le repousse.

— Reste tranquille, dis-je en le fusillant du regard. Je n'ai pas encore terminé.

— Notre gars au contrôle aérien est en prison, répond Yan lorsque Peter obéit, me laissant nettoyer sa peau autour de ses points déchirés. Ses revenus exceptionnels ont mis la puce à l'oreille de la police.

— Bon, oublions la Turquie.

Peter n'a pas l'air étonné.

— Et la Lettonie ?

— Laisse-moi regarder.

Yan saisit un numéro et prend la parole en russe.

Ce que lui dit son interlocuteur ne doit pas lui plaire, parce que Yan fronce un peu plus les sourcils à chaque instant.

— Qu'y a-t-il ? demande Ilya lorsque Yan raccroche. Que t'a dit ce connard ?

— Apparemment, tous les aéroports d'Europe guettent notre avion, répond-il. Y compris les pistes privées. Interpol a mis nos têtes à prix pour un montant exorbitant et nos visages à tous les quatre sont diffusés dans tous les médias, en tant que suspects de l'attentat du FBI. En ce moment, je ne ferais confiance à personne. Tout le monde pourrait nous livrer autant que nous aider.

— Putain.

Une fois de plus, Peter essaie de se redresser, mais cette fois je le laisse faire. Le calme qui m'avait envahie après le choc s'estompe et je subis une extrême lassitude, combinée à une angoisse oppressante.

Nous nous sommes peut-être échappés, mais nous sommes loin d'être tirés d'affaire.

— Si l'Europe est hors de question, notre meilleure chance reste le Venezuela, déclare Peter tandis que j'applique un nouveau bandage sous ses côtes, en pilote automatique. Avons-nous suffisamment de carburant pour aller aussi loin ?

— Je vérifie auprès d'Anton, dit Yan en quittant son siège.

Il disparaît dans le cockpit, puis revient une minute plus tard.

— Oui, mais tout juste, reprend-il. Si quelque chose se passe mal, nous sommes foutus.

— Je tenterais le coup, dit Ilya en grattant son crâne tatoué. Au moins, ce sera plus tranquille là-bas.

— Donne-moi ton téléphone, fait Peter à Yan. Je vais joindre Esteban. En attendant, demande à Anton de faire cap vers le Venezuela. D'une manière ou d'une autre, nous devons atterrir là-bas.

eter

ESTEBAN, CE SALE GRIPPE-SOU, N'EXIGE PAS MOINS DE TROIS millions d'euros pour effectuer les arrangements nécessaires, mais nous n'avons pas le choix.

Si nous n'atterrissons pas dans son petit aéroport, nous sommes fichus.

Enfin, une fois que la logistique est réglée, je me dirige vers le siège de Sara. Il est suffisamment large pour deux personnes et elle paraît fragile, pelotonnée avec les genoux contre sa poitrine, les yeux tournés vers le hublot de l'avion.

— Ptichka.

Je m'accroupis devant elle, sans prêter attention au tiraillement douloureux dans mon mollet, et pose les mains sur ses chevilles.

— Mon amour, tu vas bien ?

Elle se concentre sur moi en clignant des paupières.

— Qu'est-ce que tu fais ? Tu devrais t'allonger.

— Je vais bien, lui dis-je.

Mais elle est déjà debout et m'aide à me redresser, m'attirant en direction de la banquette.

En soupirant, je me laisse faire. À vrai dire, je ne me sens pas dans mon assiette.

— Allonge-toi avec moi, dis-je en m'installant sur la banquette. J'ai envie de te serrer dans mes bras.

Elle fronce les sourcils.

— Mais tes côtes…

— Ne t'inquiète pas pour ça.

Je l'attire jusqu'à ce qu'elle n'ait pas d'autre choix que de s'étendre à côté de moi. Me tournant sur mon côté indemne, je plaque son dos contre mon ventre, humant le parfum délicat de ses cheveux tandis qu'Ilya et Yan font pivoter leurs sièges pour nous laisser un peu d'intimité.

Au début, elle est crispée. Sans doute craint-elle de raviver mes blessures, mais au bout d'une minute, la raideur s'atténue dans ses muscles. C'est alors que je le perçois.

L'infime tremblement de son corps.

Elle frissonne.

Mon cœur se serre d'une compassion déchirante. Mon joli petit oiseau n'est pas blessé physiquement – je m'en suis immédiatement assuré dans l'avion –, mais ça ne veut pas dire qu'elle s'en soit tirée sans égratignures.

Ce qu'elle a subi suffirait à causer un syndrome post-traumatique à un soldat chevronné, alors une civile…

Une civile *enceinte*.

— Comment te sens-tu, mon amour ? je demande avec douceur, posant une main sur son ventre.

C'est peut-être mon imagination, mais il me paraît plus plat que d'habitude, comme si elle avait perdu du poids. Peut-être est-ce le cas.

Entre les nausées matinales imprévisibles et tout ce stress, elle ne doit pas se nourrir correctement.

— Je vais bien, murmure-t-elle, trahie par son souffle court et ses frissons involontaires. C'est simplement…

— Le contrecoup de l'adrénaline, je sais.

Je garde une voix basse et apaisante tout en retirant la main de son ventre pour lui caresser la hanche.

— Ça passera.

Elle prend une vive inspiration.

— Je sais. Ça va aller.

— Ça va aller, je lui promets. Nous allons rejoindre notre planque et tout ira bien.

C'est la première fois que je lui mens ouvertement, et d'après la crispation de son corps, ma ptichka le sait.

Parce que ça n'ira pas mieux.

Rien ne pourra arranger ce qui s'est passé ni ramener les parents de Sara.

Tout ce que je peux faire, c'est chercher la vengeance – et c'est ce que je ferai.

Henderson priera pour mourir vite, bien avant que j'en aie terminé avec lui.

enderson

ILS SE SONT ENCORE ÉCHAPPÉS.

La fureur se mêle à une peur grandissante dans ma poitrine quand je lis le dernier email de mon contact.

Ils se sont échappés, tous, au nez et à la barbe d'Interpol.

Une minute plus tôt, Sokolov et ses amis russes auraient été cernés. Interpol aurait pu tous les cueillir en même temps. Au lieu de ça, maintenant, ils sont dans les airs quelque part, en direction de Dieu sait où.

Sans mentionner l'évasion réussie de Kent vers le complexe d'Esguerra dans la jungle amazonienne, que même le gouvernement colombien considère comme impénétrable.

S'ils se réunissent tous, je suis foutu, parce que maintenant, ils ont dû comprendre ce qui s'était passé et comment.

Avec une grande inspiration pour reprendre le contrôle sur ma panique, je commence à rédiger un email pour mon contact de la CIA.

Il est encore possible d'intercepter l'avion de Sokolov.

Il faut prévenir tous les aéroports du monde entier et leur demander de surveiller étroitement tous les contrôleurs aériens susceptibles d'accepter les pots-de-vin.

 ara

J'AI DÛ M'ASSOUPIR DANS LES BRAS DE PETER, PARCE QUE JE ME
réveille en entendant des chuchotements en russe. J'ouvre les yeux
pour découvrir mon mari sur un siège, un ordinateur sur les
genoux et les jumeaux à côté de lui. Il désigne quelque chose à
l'écran et parle dans sa langue maternelle.

— Que se passe-t-il ? je demande en m'assoyant.

Je me sens engourdie comme si j'avais dormi pendant des
heures. Après tout, c'est peut-être le cas.

Le vol entre la Suisse et le Venezuela dure longtemps.

Les hommes jettent un œil dans ma direction.

— Nous essayons de comprendre où se trouvait le tireur
embusqué, dit Yan.

En même temps, Peter me dit :

— Rien, mon amour. Ne t'inquiète pas pour ça.

— Un tireur embusqué ?

Je me lève d'un bond sous l'effet de l'adrénaline.

— Quel tireur ?

Soudain, je comprends.

— Oh, vous parlez de celui qui a tiré sur l'agent venu pour t'arrêter ? Ce qui a déclenché la panique générale et la fusillade ? Je me suis posé la question. Au début, je croyais que c'était quelqu'un qui voulait t'aider, mais ce n'était pas ça, n'est-ce pas ? Ils essayaient de causer le chaos.

Peter foudroie Yan du regard – pense-t-il qu'il faut me protéger de cette vérité ? – avant de se tourner vers moi.

— Henderson a dû engager un tireur pour s'assurer que je sois tué lors de l'arrestation. Je suppose que l'objectif était de me tendre un guet-apens, puis d'attendre que les autorités me retrouvent, moi et tous ceux qui m'ont aidé un jour. Il fallait que ça se passe dans un lieu très public afin que rien ne soit caché par les médias. Si j'avais été arrêté, j'aurais peut-être pu convaincre les autorités de mon innocence en retrouvant les vrais coupables, tout serait redevenu comme avant – et Henderson aurait eu de très gros ennuis.

— Mais si c'est lui qui nous a envoyé un tireur, pourquoi ne pas t'avoir tué au lieu de l'agent des forces de l'ordre ? je demande en réprimant un frisson lorsque j'imagine la tête de Peter volant en éclats. Si ce tireur était en position...

— Eh bien, d'abord l'angle n'était pas idéal pour m'atteindre, dit Peter. Ou du moins, c'est ce que nous avons déterminé en fonction de mes souvenirs. Pour tirer comme il l'a fait, il devait être à plat ventre sur le toit de la maison à deux étages dans la rue voisine. Tu sais, la blanche au toit gris ?

Je hoche la tête et il poursuit.

— J'étais plus proche de la maison, alors le toit devait me cacher en partie. Mais surtout, si j'avais été abattu par un tireur inconnu, cela aurait suscité toutes sortes de questions sur les véritables responsables de l'attentat et je suppose que c'est la dernière chose que Henderson aurait voulue. Avec la mort de l'agent, il était presque certain que les policiers allaient penser que c'était la faute d'un de mes complices. Je devais mourir dans la fusillade qui a suivi.

— Tu n'es pas passé loin.

Cette fois, je ne peux réprimer un frisson.

— Tu es passé à un cheveu de la mort…

Les lèvres de Peter esquissent un sourire.

— Oui, mais malheureusement pour Henderson, ce n'est pas arrivé.

Je le dévisage et je sens les cheveux se dresser sur ma tête. La promesse sinistre dans sa voix me fait peur. Je n'ai pas oublié cet aspect de sa personne, mais c'était facile de ne pas y penser quand nous menions notre vie tranquille dans les faubourgs. Le Peter que j'ai accepté d'épouser n'était pourtant pas différent de l'assassin vengeur qui avait débarqué chez moi pour assassiner George, mais j'ai réussi à me persuader du contraire – qu'il n'était plus capable des horreurs qu'il avait commises pour venger Tamila et son fils.

Je me trompais.

Il a toujours été le même.

Et maintenant, il a une raison supplémentaire de s'en prendre à Henderson.

— Comment comptes-tu faire ? je demande.

Je suis la première étonnée par mon intonation détachée.

— As-tu déjà un plan ?

Il est évident que Henderson le paiera de sa vie. Je le sais, aussi assurément que Peter m'aime. Mon meurtrier de mari se vengera de son ennemi au centuple. Je sais que c'est mal, mais je suis incapable d'éprouver une quelconque objection morale à cette pensée.

Le monstre qui vient de se réveiller en moi *veut* que Henderson souffre, qu'il connaisse la douleur et un deuil dévastateur.

Le sourire glacial de Peter ne vacille pas.

— Ne t'inquiète pas pour les détails, mon amour. Il te suffit de savoir qu'il ne s'en tirera pas comme ça.

— Je le sais, dis-je avec douceur tout en regardant mon mari droit dans les yeux. Tu ne le permettras pas.

En me levant, je rejoins les toilettes pour me rafraîchir, consciente que Peter me suit des yeux dans la cabine de l'avion.

eter

Chacun gère le traumatisme de manière différente. Certains s'effondrent et ne parviennent jamais à se ressaisir. D'autres se découvrent une force qui leur permet de tenir bon. J'ai toujours su que Sara appartenait à cette dernière catégorie, mais je n'avais encore jamais mesuré ses nerfs d'acier plus qu'en cet instant, quand la porte des toilettes se referme sur sa silhouette élancée.

C'est une guerrière, mon rossignol – aussi forte que n'importe quel soldat entraîné.

— Tu crois toujours qu'elle n'est que douceur et lumière ? dit Yan en russe alors que je détourne les yeux de la porte pour rencontrer son regard amusé. De mon point de vue, ton parfait petit docteur semble avoir développé une sacrée soif de sang.

— La ferme, Yan, lâche Ilya avant que je puisse répondre. Ce n'est pas le moment.

En d'autres circonstances, j'aurais déjà les mains autour de la gorge de Yan, mais Ilya a raison.

Nous allons amorcer notre descente et l'heure n'est pas aux prises de bec.

— Je vais vérifier une dernière fois la situation au sol, dis-je à Ilya en ignorant copieusement Yan. Esteban a promis que tout irait bien, mais vous savez que je ne fais pas confiance à cette fouine.

— C'est vrai.

Ilya arrache le téléphone de Yan de la poche de son frère et me le tend.

— Bonne idée.

Je saisis le numéro d'un chef de police vénézuélien qui compte parmi mes hommes de main depuis trois ans et j'attends qu'il décroche. Si tout va bien, Santiago ne se doutera pas de la raison de mon appel. Dans le cas contraire...

— Hola ? répond-il.

— C'est Peter Sokolov.

Il y a un moment de silence tendu, puis il dit tout bas :

— Putain, mais pourquoi vous m'appelez ? Il est trop tard. Je ne peux rien faire. Ils sont partout dans le petit aéroport. Je vous l'ai dit, je ne peux rien faire alors que tout le département...

Je raccroche sans le laisser terminer et je lève les yeux pour croiser deux paires d'yeux verts identiques.

— Apparemment, il faut oublier la piste d'atterrissage d'Esteban, leur dis-je sur un ton monocorde. D'autres idées ?

50

ara

QUAND JE REVIENS, JE DÉCOUVRE PETER ET LES JUMEAUX agglutinés à l'entrée du cockpit. Les trois hommes sont debout et gesticulent énergiquement tout en discutant avec Anton en russe.

Une boule se forme dans mon ventre.

— Qu'y a-t-il ? Il s'est passé quelque chose ?

— Notre contact vénézuélien nous a vendus, dit Ilya par-dessus son épaule. À moins qu'il se soit fait pincer, on ne sait pas trop. Quoi qu'il en soit, la police nous attend au sol, ce qui veut dire que nous devons tirer sur nos réserves de carburant pour trouver un autre...

— Il n'y a plus de réserves, Anton te l'a dit.

La voix d'Yan est sèche et sans appel.

— Je propose qu'on tente notre chance avec la police. Si nous manquons de carburant, c'est la mort assurée, mais avec les flics...

— Il reste encore sept pour cent, remarque Peter. Ça suffit pour rejoindre un autre aéroport à proximité.

— Où ils nous attendront aussi, dit Yan. Nous sommes déjà sur leur radar et si nous faisons une erreur de calcul, ne serait-ce qu'un peu…

— C'est toujours mieux que de foncer tête baissée dans un piège, rétorque Ilya. Je propose qu'on atterrisse ailleurs. Sur une piste privée, une autoroute, ou même…

Brusquement, il se tait et se précipite vers l'ordinateur que Peter utilisait tout à l'heure.

— Qu'y a-t-il ? je demande, le cœur battant.

— La Colombie.

Étrangement, sa voix vibre d'excitation.

— Nous ne sommes pas loin du complexe d'Esguerra en Amazonie, et il a une piste d'atterrissage…

— Tu plaisantes, n'est-ce pas ? fait Yan en croisant les bras. Nous n'aurons jamais assez de carburant pour tenir jusque là-bas, et encore faudrait-il qu'Esguerra accepte de nous aider. Il est jusqu'au cou dans les emmerdes en ce moment.

— Oui, mais ce sont les mêmes emmerdes, tu comprends ?

Les doigts épais d'Ilya survolent le clavier.

— C'est à cause de nous qu'il subit des attaques. Alors…

— Alors, il se fera un plaisir d'épargner ce souci à la police et de nous abattre immédiatement, dit Yan. Quoi qu'il en soit, je ne vois pas comment nous aurions assez de…

— Je retourne vérifier le niveau du réservoir avec Anton, annonce Peter avant de disparaître dans le cockpit.

Je le regarde partir. Ma nausée revient en force lorsque je prends conscience qu'il n'y a aucune option qui vaille.

Même si nous avons suffisamment de carburant pour rejoindre le complexe d'Esguerra, il n'y a aucune chance que le trafiquant d'armes nous accueille les bras ouverts.

— Nous avons *peut-être* assez pour aller jusque chez Esguerra, dit Peter en ressortant. Tout dépend de la vitesse et de la direction du vent. Pour le moment, nous avons un fort vent de queue. Si les conditions ne changent pas, nous pouvons réussir.

— Le vent ? C'est là-dessus qu'on parie ?

Personne ne répond à la question rhétorique de Yan et il rejoint la banquette pour s'y laisser tomber tout en grommelant des jurons russes dans sa barbe.

— Je viens de contacter Kent, dit Ilya en levant les yeux de l'ordinateur. Il est chez Esguerra en ce moment. Il pourra peut-être le convaincre de nous laisser nous réfugier avec eux un moment.

— Nous n'avons pas le temps, déclare Peter. Le temps qu'ils prennent leur décision, nous serons à court de carburant. Je vais appeler Esguerra directement. Il doit nous laisser atterrir. C'est notre seule chance.

eter

LE TRAFIQUANT D'ARMES COLOMBIEN DÉCROCHE À LA TROISIÈME sonnerie.

— Des ennuis au paradis ? répond-il d'une voix mielleuse.

— De ton côté aussi, j'imagine, dis-je calmement.

Je n'ai aucune envie qu'Esguerra flaire mon désespoir.

— Je crois que nous pouvons nous entraider, lui dis-je.

Il rit avec dérision.

— Oui, bien sûr.

— Sais-tu qui se trouve derrière toutes ces emmerdes ?

— J'ai ma petite idée. L'ancien général, c'est ça ? Ce connard que tu n'as pas tué parce que tu voulais jouer à la dînette dans les beaux quartiers ?

Putain. Évidemment, il est déjà au courant. Esguerra fait commerce de ses informations tout autant que de ses armes.

Je change de tactique.

— Écoute, je suis désolé que cette affaire t'ait éclaboussé, toi et tes affaires. Mais le seul moyen de régler ça, c'est de révéler Henderson et ce qu'il a fait. Et je sais exactement comment faire.

— Vraiment ? On ne parle pas du type que tu essaies de retrouver depuis trois ans sans succès ?

J'ignore la moquerie dans sa voix.

— Si. Ça veut dire que personne n'en sait autant que mon équipe et moi à son sujet. Il vous faudra des mois, sinon des années, pour rassembler toutes les données dont nous disposons déjà sur ses amis et ses proches, et pour passer en revue toutes les cachettes que nous avons trouvées et éliminées. Regarde les choses en face : tu as besoin de moi pour arranger cet imbroglio avant de perdre encore plus d'argent. Combien te coûtent les descentes dans tes usines ? Dix millions par jour ? Plus ?

J'ai tenté le coup au sujet des descentes, mais à en juger par son silence au téléphone, j'ai visé juste.

— Julian, écoute-moi, dis-je sous le regard attentif de Sara et des jumeaux. Je peux neutraliser Henderson, et le faire vite. Tout ce qu'il me faut, c'est un endroit où rester pendant un moment et quelques ressources, et je prouverai que tu n'as rien à voir avec l'explosion. Dans un mois jour pour jour, tu auras retrouvé les bonnes grâces de l'Oncle Sam, et nous te ficherons la paix pour de bon. Ou tu peux essayer de te débrouiller seul et d'affronter toutes les forces de l'ordre qui s'en prendront à toi...

— Va te faire foutre, toi et ton équipe.

La fureur est perceptible dans la voix d'Esguerra.

— Tout ce bordel, c'est à cause de toi. Et tu sais quoi ? Je parie que si je te livre à l'Oncle Sam, toi et les autres « terroristes » de ton équipe, ça aidera grandement à réparer cette relation.

— Vraiment ? Tu en es sûr ?

C'est à mon tour de paraître vaguement moqueur.

— Un explosif dangereux – *ton* explosif – a été utilisé sur le sol américain contre *le FBI*. Chaque agence est impliquée, tous les bureaucrates, du haut de l'échelle jusqu'en bas. Crois-tu vraiment que tout sera oublié et pardonné si tu livres tes collègues conspirateurs ? Parce que c'est ce qu'ils croiront, tu sais que tu dénonces tes partenaires. À moins de révéler la culpabilité de Henderson et laver ton nom, tu es tout aussi fichu que nous.

Un long silence s'ensuit à l'autre bout de la ligne. Puis Esguerra déclare sèchement :

— Très bien. Je peux te donner un endroit où te cacher. J'ai un contact au Soudan. Quand tu arriveras...

— Le Soudan, ça ne conviendra pas, dis-je en lui coupant la parole. J'ai une autre idée en tête.

— Ah oui ?

— Ton complexe. Nous arrivons dans une heure.

Et avant qu'il puisse répondre, je raccroche.

52

ara

LA BOULE AU VENTRE, JE REGARDE PETER QUI RANGE CALMEMENT LE téléphone dans sa poche avant de retourner dans la cabine du pilote – sans doute pour informer Anton que nous nous rendons au complexe d'Esguerra quoi qu'en pense le trafiquant d'armes.

— Tu sais qu'il va nous abattre dès notre arrivée, dit Yan lorsque Peter réapparaît une minute plus tard. Si tant est que le carburant dure jusque-là.

— Ça ira, répond Ilya avec assurance. Et il ne nous tuera pas. Tu as entendu Peter. Esguerra a besoin de nous pour régler ce bazar au plus vite.

— Oui, c'est ça, grommelle Yan en se dirigeant vers les toilettes au fond de l'avion.

Les jambes faibles, je rejoins la banquette pour m'asseoir.

Est-ce ainsi que nous allons mourir ?

Non pas par balle, mais dans un accident d'avion ?

Le siège s'enfonce à côté de moi et une grande main chaude se pose sur mon genou.

— Tout va bien se passer, ptichka, murmure Peter en levant son autre main pour écarter mes cheveux.

Ses doigts effleurent mon menton, dans un geste si doux que j'en pleurerais presque.

— Qu'est-ce que tu en sais ? je murmure.

Aussitôt, je m'en veux de me comporter comme un enfant en manque d'affection.

Évidemment, il n'en sait rien. Il dit cela pour me rassurer, c'est tout.

— Parce que je connais Julian, dit-il à mi-voix.

Ça fait des jours qu'il ne s'est pas rasé et son début de barbe accentue la lividité maladive de sa peau. Pourtant, il exsude toujours la même force et la même confiance en lui. Je sais que ce n'est sûrement qu'une façade, mais je ne peux m'empêcher d'être rassurée lorsqu'il m'embrasse le front, passant un bras puissant sur mes épaules pour m'attirer à lui contre son côté indemne.

— Tu devrais te reposer, je murmure au bout d'une minute.

Mon mari a beau être costaud, il n'est pas invincible. Il y a encore quelques jours, il était aux portes de la mort. Mais quand j'essaie de m'écarter, il resserre son étreinte et je cède en soupirant, posant ma tête sur son épaule.

Ça ne vaut pas la peine de se disputer.

Après tout, c'est peut-être notre dernière heure ensemble.

eter

LE VENT DE QUEUE COMMENCE À FAIBLIR JUSTE AVANT QUE NOUS amorcions notre descente. C'est une annonce laconique d'Anton qui nous l'apprend.

Je m'excuse et je me détache lentement des bras de Sara pour aller lui parler, content qu'il ait eu la prévenance de s'exprimer en russe.

Ma ptichka se fait déjà bien assez de soucis comme ça.

Ilya et Yan sont aussi dans le cockpit. Yan est accroupi à côté d'Anton, un ordinateur devant lui.

— Combien nous reste-t-il avant de tomber en panne ? je demande sans préambule.

— Pas beaucoup, dit Anton. Si la vitesse du vent ne descend pas trop, nous serons peut-être capables d'effectuer un atterrissage brutal – ou pas. Tout dépend de la capacité de cet avion à poursuivre sur sa lancée.

— Y a-t-il des pistes d'atterrissage à proximité ? demande Ilya. Une route large ferait l'affaire.

— Je ne trouve rien sur la carte, dit Yan.

Sur Google Maps, je vois qu'il zoome sur la forêt dense qui couvre toute la région.

— Nous sommes au bord de la jungle, il n'y a que des arbres, des rivières et des chemins de terre étroits.

Je réprime un terrible juron.

C'est mauvais signe.

Très mauvais signe.

S'il n'y avait que nous, je ne m'inquiéterais pas autant – certains ont survécu à des accidents d'avion –, mais même un atterrissage brutal pourrait être néfaste à Sara et au bébé.

— Que se passe-t-il ? dit-elle derrière moi.

Quand je me retourne, elle s'est avancée et regarde le tableau de bord d'un œil circonspect.

— Il est arrivé quelque chose ?

Personne ne répond. Même Yan n'a aucune remarque sarcastique à me faire.

— Rien, ptichka. Nous nous apprêtons à atterrir, dis-je.

Je la prends par la main et je la raccompagne hors du cockpit.

ara

J'AI LE VENTRE AUSSI MALMENÉ QUE DES FEUILLES MORTES DANS UNE
tempête d'hiver lorsque Peter me reconduit vers mon siège et
m'attache, resserrant la ceinture sur mes cuisses, à tel point que j'ai
du mal à respirer. Puis il rejoint la banquette en boitillant et en
retire les coussins pour venir les lâcher devant moi, avant d'ouvrir
un casier au-dessus des sièges, d'où il sort un sac marin.

— Que fais-tu ? dis-je d'une voix chevrotante. Peter, qu'est-ce
que tu fais ?

Sans répondre, il sort une longue corde et un couteau.
Récupérant l'un des coussins, il l'attache derrière le siège devant
moi, à l'endroit précis que ma tête heurterait si l'avion venait à
s'écraser, si je devais être précipitée en avant.

Puis il prend l'autre coussin et le cale sur ma gauche, entre mon
siège et le hublot. Il le coince de sorte qu'il ne soit pas nécessaire
d'utiliser la corde pour le maintenir en place.

— On va s'écraser ?

C'est une question ridicule, car de toute évidence, c'est exactement ce qui se passe, mais c'est plus fort que moi. J'ai envie qu'il me mente, qu'il me dise qu'il prend juste de simples précautions inutiles.

— Non, nous allons atterrir, répond-il comme s'il lisait dans mes pensées.

En même temps, il sangle le troisième coussin sur ma droite, m'arrimant à lui.

Je me trompais.

Je n'ai pas envie qu'il me mente.

J'ai envie qu'il me dise la vérité afin que je puisse paniquer pour de bon.

L'avion commence à piquer du nez et mon estomac suit le même chemin lorsque je ressens la dépressurisation de la cabine.

— Peter, dis-je d'une voix étonnamment assurée. S'il te plaît, assois-toi.

— Dans un moment, répond-il en disparaissant à l'arrière.

Yan et Ilya sortent de la cabine du pilote et prennent place sur leurs propres sièges.

Quelques secondes plus tard, Peter revient avec d'autres coussins. Sourd à mes protestations, il les enroule autour de moi en posant un autre, plus petit, sur le sommet de ma tête. Quand il a terminé, je ressemble à un marshmallow humain.

Ce n'est qu'à ce moment qu'il s'autorise à s'asseoir à côté de moi.

— Prends des coussins pour toi.

Je le supplie, mais il se contente d'attacher sa ceinture.

— S'il te plaît, Peter. Ou donnes-en à tes coéquipiers. Pourquoi faut-il que je les garde tous ? S'il te plaît, écoute-moi…

— Ne l'écoute pas, Peter, dit Ilya d'un ton bourru de l'autre côté de l'allée. Ça va aller.

— Mais…

— Détends-toi, Sara, ajoute Yan avec sérénité. Mon frère a raison. Et puis, le rembourrage ne servira à rien.

Peter aboie quelque chose en russe – sans doute lui reproche-t-il de m'avoir effrayée sans raison. Je sens mes oreilles se boucher tandis que notre descente s'accélère.

— Sept minutes avant l'atterrissage, annonce Anton dans l'interphone.

Peter se penche sur la tablette entre nos sièges et glisse la main à travers les nombreux coussins pour prendre la mienne. Sa poigne est aussi forte que d'habitude, mais ses doigts sont froids lorsqu'ils se referment autour de ma paume.

— Six minutes, dit Ilya.

L'avion penche sur la gauche et j'aperçois la forêt luxuriante en contrebas.

Au loin, je distingue un vaste espace dégagé bordé de petits bâtiments et d'un grand édifice blanc, mais lorsque l'avion penche sur la droite, je ne vois plus que le ciel.

Un crachotement interrompt le ronronnement régulier des moteurs. On dirait qu'un géant se racle la gorge.

Je retiens ma respiration et mes yeux se tournent vers Peter.

Son visage est livide, sa mâchoire crispée en une ligne brutale, mais sa poigne sur ma main demeure inébranlable et rassurante.

Les moteurs reprennent leur murmure et je prends l'inspiration dont j'avais tant besoin. Des sueurs froides coulent sous mes aisselles et les coussins me donnent l'impression de suffoquer.

— Cinq minutes, dit alors Ilya d'une voix rauque. Encore un peu et il pourra déployer le train d'atterrissage sans foutre en l'air notre trajectoire de descente.

Les moteurs crachotent à nouveau avant de redémarrer.

L'avion penche sur la droite et je me force à jeter un œil par le hublot.

L'ensemble de bâtiments – le complexe d'Esguerra, vraisemblablement – est presque en dessous et je constate que le grand édifice blanc est un manoir majestueux. Je remarque aussi ce qui ressemble à des tours de guet, comme celles d'une prison, au bord de l'espace dégagé.

— Quatre minutes, dit Ilya.

Je repère notre destination : une piste goudronnée à bonne distance du manoir, entourée de toute part par une forêt dense.

Une fois de plus, les moteurs crachotent.

— Trois minutes, dit Ilya d'une voix blanche alors que le train d'atterrissage commence à se déplier dans un grincement.

Avec un dernier soubresaut, les moteurs se taisent et le grincement cesse.

Nous sommes en panne de carburant.

— Ptichka.

La voix de Peter est étrangement calme lorsque mon regard terrifié croise le sien.

— Je t'aime. Maintenant, prépare-toi.

ara

J'AI TOUJOURS CRU QUE LES AVIONS AUX MOTEURS DÉFAILLANTS tombaient du ciel comme des oiseaux abattus en plein vol. Mais alors que je regarde Peter, paralysée de terreur, je ne ressens aucune chute libre.

J'ignore comment, mais nous descendons toujours progressivement.

— Sara, dit-il vivement. Penche-toi et serre tes genoux. Maintenant.

Mes membres pétrifiés obtempèrent. Du coin de l'œil, je vois qu'il adopte la même position.

Oh, mon Dieu.

C'est maintenant.

C'est bien réel.

Nous allons nous écraser.

Nous allons mourir.

Mon souffle rapide est aussi retentissant qu'une tornade à mes oreilles, ma main droite glissante de sueur quand je la pousse à travers les coussins pour toucher le bras de Peter.

J'ai besoin de le toucher.

J'ai besoin de savoir que nous restons connectés jusqu'à la fin.

Puis sa grande main se referme à nouveau autour de ma paume et, pendant une fraction de seconde, je n'ai besoin de rien d'autre. L'éclat de joie est aussi intense que la panique qui me consume, l'élan d'amour si puissant qu'il surmonte la peur de ma mort imminente.

— Je t'aime, dis-je à mi-voix en tournant la tête pour croiser son regard argenté. Je t'aimerai toujours, Peter... dans ce monde et l'au-delà.

Le premier impact me fait l'effet d'un rodéo sur un cheval sauvage. L'avion percute si violemment le sol qu'il rebondit deux fois, chaque secousse presque aussi forte que la suivante. Seule la ceinture sur mes cuisses m'empêche de décoller du siège. Mon épaule gauche percute violemment le coussin de la banquette lorsque l'avion oscille dangereusement sur un côté avant de retrouver son équilibre.

Je me rends compte que le train d'atterrissage ne s'est pas déplié en entier quand le crissement insupportable du métal sur le tarmac me transperce les oreilles par-dessus le cognement assourdissant de mon pouls. Miraculeusement, nous ralentissons.

Nous sommes sur la terre ferme et nous ralentissons.

Je comprends lentement, et ce n'est que lorsque nous sommes complètement arrêtés que j'en prends pleinement conscience.

Nous avons survécu.

Nous sommes tombés en panne de carburant, mais nous avons tout de même atterri.

À bout de souffle, je me redresse et j'ouvre les yeux – j'ai dû les fermer pendant l'atterrissage. Je vois Peter déjà bien droit. Une ride soucieuse barre son front. Ses joues que recouvre un début de barbe sont tendues quand il libère sa main de mes doigts aux jointures blanches.

Il détache sa ceinture, se lève et me débarrasse prestement des coussins avant de me tâter des pieds à la tête.

— Tout va bien ? demande-t-il fiévreusement.

J'acquiesce et il m'attire contre lui, me serrant si fort que je n'arrive plus à respirer. De toute façon, c'est inutile, parce que je n'ai besoin de rien d'autre. Sa chaleur imprègne mon corps glacé, son odeur rassurante m'enveloppe. L'oreille collée contre son torse puissant, j'entends battre son cœur à l'unisson avec le mien.

Nous avons réussi.

Nous sommes ensemble et nous sommes en vie.

eter

Sɪ ᴊᴇ ᴍ'ᴇ́ᴄᴏᴜᴛᴀɪꜱ, ᴊᴇ ɢᴀʀᴅᴇʀᴀɪꜱ Sᴀʀᴀ ᴅᴀɴꜱ ᴍᴇꜱ ʙʀᴀꜱ éternellement, baignant dans sa chaleur et son parfum, mais nous devons maintenant affronter notre hôte récalcitrant.

À contrecœur, je la relâche et je recule. Ilya et Yan sont déjà près de la porte et l'ouvrent avant de déplier la passerelle. Aussitôt, je vais les aider.

Bien sûr, à l'extérieur, nous sommes accueillis par tout un régiment de gardes armés. Ils ont encerclé notre avion. Derrière eux j'aperçois une vingtaine de SUV en renfort, et une dizaine d'autres arrivent encore.

— Reste ici jusqu'à ce que je vienne te chercher, dis-je à Sara par-dessus mon épaule.

Puis je sors dans la chaleur moite de la jungle, prêt à me faire fusiller sur place.

Ce n'est pas parce qu'Esguerra nous a permis d'atterrir qu'il souhaite nous laisser la vie sauve. Il cherchait peut-être uniquement à ne pas faire sauter notre avion.

On ne me tire aucune balle, mais je ne dois pas me détendre. Je descends les marches lentement. L'adrénaline m'aide à ne pas boiter.

— Je ne suis pas armé, dis-je lorsque les gardes les plus proches lèvent leurs M16.

Ils doivent être nouveaux. Leurs visages me sont inconnus. Ils n'étaient pas là quand je travaillais pour Esguerra.

— Dites à votre patron que je suis ici pour le voir.

— C'est vrai ? demande alors Esguerra en contournant un groupe de gardes. Quelle coïncidence. Parce que j'aurais juré que votre avion venait de s'écraser... comme si vous étiez à court de carburant.

— Oui, eh bien, ce sont des choses qui arrivent. Une fuite à la dernière minute, ce genre d'emmerdes.

Il secoue la tête en feignant la compassion.

— Tu devrais virer ton mécanicien en chef. Un réservoir qui fuit, c'est dangereux.

— N'est-ce pas ?

Mon sourire est aussi affûté que le couteau caché dans ma chaussure. Contrairement à ce que j'ai dit, je ne suis jamais tout à fait désarmé.

— Mais tout est bien qui finit bien. Nous sommes ici maintenant. Si nous remettions les pourquoi à plus tard pour nous concentrer sur ce qui nous occupe – retrouver Henderson et démêler cette situation le plus rapidement possible.

Les yeux d'Esguerra deviennent deux fentes bleues. Pendant un moment je suis certain qu'il va me tuer, mais le sens des affaires doit prendre le dessus, parce qu'il me répond froidement :

— Très bien. Tu as deux semaines pour arranger ce merdier. Diego va vous conduire dans votre logement, ton équipe et toi.

Il tourne les talons pour partir et je m'autorise à expulser l'air que je retenais dans mes poumons.

Nous sommes loin d'être hors de danger, mais nous venons de gagner un peu de temps.

PARTIE IV

enderson

— Plus vite ! j'aboie à Jimmy qui traîne sa valise dans la voiture avec tout l'ennui qui caractérise l'adolescence.

Bonnie et Amber, ma fille de dix-huit ans, sont déjà dans le véhicule. Elles attendent avec angoisse.

Contrairement à mon crétin de fils, elles comprennent la gravité de la situation. Elles savent que si Sokolov et ses cohortes nous retrouvent, nous subirons tous un sort plus tragique que la mort.

La défaite est amère sur ma langue lorsque je monte en voiture et claque la portière. D'après mes sources, Sokolov a rejoint à son tour le complexe d'Esguerra, ce qui signifie que mes ennemis sont non seulement regroupés, mais qu'ils forment aussi une équipe.

Nous devons reprendre la fuite.

Nous devons nous cacher.

Du moins, jusqu'à ce que je trouve un autre moyen de les avoir.

ara

JE ME RÉVEILLE EN SURSAUT EN ENTENDANT LES PLEURS D'UN BÉBÉ, combinés à des voix de femmes qui essaient de le calmer.

Ouvrant les yeux, je me redresse en m'efforçant de mettre mon cerveau au travail pour comprendre où je suis. Quand je regarde la chambre simple aux murs blancs et à la moquette grise, tout me revient.

Nous sommes en Colombie, chez le trafiquant d'armes.

Plus précisément, nous sommes dans la maison où Diego – un jeune garde que Peter semblait connaître – nous a conduits hier. Je soupçonne notre hôte de nous l'avoir proposée par égard pour moi. Yan, Ilya et Anton ont rejoint les gardes dans leurs baraquements, mais Esguerra a dû estimer que ce serait étrange pour un couple marié de s'entasser dans un dortoir avec d'autres hommes.

Je m'en réjouis. J'aime l'intimité. En outre, la maison est agréable – propre et moderne, même si l'ameublement est sommaire. J'ai même trouvé des vêtemtrs dans le placard et visiblement, ils sont à ma taille – un détail d'importance, étant donné que je n'ai que le jean et le pull que je portais en arrivant.

— Ce n'était pas la résidence de Kent ? Où séjourne-t-il ? a demandé Peter quand nous sommes arrivés.

Diego lui a expliqué que Lucas et Yulia Kent étaient dans la maison principale avec les Esguerra – pour des raisons de sécurité et de facilitation de leurs réunions d'affaires.

Les pleurs semblent provenir de l'extérieur et je me lève en enfilant une robe de chambre que j'ai trouvée dans le placard hier. Je m'approche de la fenêtre de la chambre et je jette un œil à travers les stores fermés.

Deux jeunes femmes brunes sont accroupies au-dessus d'un bébé, étendu sur la pelouse verte devant la maison. Elles changent la couche de l'enfant et le bébé hurle comme si c'était la pire torture au monde.

Qui est-ce ?

Et où est Peter ?

À en juger par le soleil éclatant, c'est déjà le matin – étant donné que je me suis assoupie quelques heures après notre arrivée la veille, j'ai dû dormir environ seize heures.

Mon corps devait avoir besoin de repos après tout le stress.

Par réflexe, je pose la main sur mon ventre. Il est toujours plat et aucun signe de vie n'est manifeste à l'intérieur, mais je sais qu'il est là. Je le sens.

Mon propre bébé.

Dans quelques mois, moi aussi je changerai des couches.

Si tant est que nous soyons toujours en vie, naturellement.

La gorge nouée, je m'écarte de la fenêtre. Pendant un moment, j'avais presque oublié la nature précaire de notre situation – et ce qui nous a conduits jusqu'ici.

Le vacarme de l'hélicoptère au milieu de la fusillade. Mes efforts pour faire repartir le cœur de papa. Le visage de maman, une partie du crâne arrachée...

J'étouffe un cri et tombe à genoux. Mon cœur bat la chamade

tandis que tout mon corps se couvre d'une sueur froide. Pendant une seconde, j'ai eu l'impression de revenir en arrière. Le souvenir était si vivace que j'ai presque senti l'odeur métallique du sang qui giclait sur mon visage.

Oh, mon Dieu.

Je ne peux pas faire ça.

Je ne peux pas penser à ça.

Toute tremblante, je me relève et je rejoins la salle de bain adjacente d'une démarche vacillante. Là, je fais couler de l'eau brûlante et j'entre sous la douche, laissant la chaleur faire fondre la glace en moi.

Un jour, je serai capable de penser à mes parents, mais pas maintenant.

Ce ne sera pas avant très, très longtemps.

LA SONNETTE RETENTIT LORSQUE J'ARRIVE DANS LE SALON, VÊTUE d'un short en jean et d'un tee-shirt que j'ai trouvés dans le placard. Ils me vont à merveille. Comme Peter a dit que c'était la maison de Kent autrefois, j'en déduis que ce sont les vêtements de Yulia.

J'espère qu'elle ne m'en voudra pas de les avoir empruntés.

La sonnerie se fait à nouveau entendre.

— Peter ? je lance en regardant autour de moi.

Mais il ne répond pas. Il doit être sorti.

Avec une inspiration, je vais ouvrir la porte d'entrée.

Ce sont les deux jeunes femmes que j'ai vues tout à l'heure, avec le bébé assoupi dans une poussette. Elles semblent avoir une petite vingtaine d'années et elles portent des robes d'été et des sandales. L'une est menue et d'une beauté saisissante, avec une épaisse chevelure brillante qui descend sur ses épaules et un gabarit mince et athlétique, tandis que l'autre a les joues rondes, un sourire éclatant et une silhouette pulpeuse. À ma grande surprise, j'ai l'impression de les connaître.

Les aurais-je déjà vues quelque part ?

— Bonjour, me dit la plus petite en me dévisageant d'un drôle d'air.

Ses yeux sont immenses et foncés sur son visage aux traits délicats.

— Tu dois être la femme de Peter. Je suis Nora Esguerra.

Ce prénom aussi me dit quelque chose – mis à part le nom de famille Esguerra qui m'est désormais familier.

— Et moi, je suis Rosa Martinez, dit l'autre fille avec un léger accent espagnol.

À l'instar de Nora, elle me regarde comme si j'étais un animal exotique. Je me rends compte que son nom ne m'est pas non plus inconnu.

C'est sûr, nous nous sommes déjà rencontrées. Mais où ?

— Bonjour, dis-je lentement alors qu'un souvenir commence à me titiller.

Ça remonte à des années, quand je travaillais à la clinique…

— Je m'appelle Sara Cobakis, enfin, Sokolov.

Ou Garin, ou quel que soit le nom que Peter nous fera endosser par la suite.

— Et tu es médecin, c'est ça ? demande Nora en penchant la tête. Je ne sais pas si tu t'en souviens, mais…

— Tu étais l'une de mes patientes ! je m'exclame dès que la mémoire me revient.

Mon regard se pose sur Rosa et je redouble de stupeur.

— Toutes les deux.

À présent, je m'en souviens bien. C'était il y a des années, peu après l'accident de George. J'ai été appelée aux urgences pour soigner deux jeunes femmes qui avaient été agressées dans une boîte de nuit. L'une d'elles, Rosa, avait été violée, tandis que l'autre, Nora, avait subi une fausse couche en essayant de défendre son amie.

Le mari de Nora était là aussi, un bel homme qui semblait sur le point d'assassiner tout le monde autour de sa jeune épouse.

Était-ce Julian Esguerra ?

Ai-je déjà rencontré l'homme dont j'ai tellement entendu parler ?

Nora esquisse un sourire.

— Tu as bonne mémoire. Je suis sûre que tu as dû soigner des milliers de patientes au fil des années.

— Je... oui, mais...

Je me rends compte que je les laisse dehors comme des vendeuses en porte-à-porte et je recule pour les inviter à entrer.

— Je vous en prie. Vous devez avoir chaud.

— Merci, dit Nora en entrant.

Rosa la suit avec la poussette.

— C'est ton bébé ? je demande à Rosa, qui sourit en secouant la tête.

— C'est la fille de Nora.

— Oh, oui, voici Lizzie.

Nora repousse la capote de la poussette et se penche pour prendre dans ses bras le bébé endormi. Elle la pose doucement contre son épaule et me regarde, tout sourire.

— Elle a cinq mois.

— Félicitations, dis-je avec douceur.

Je me rappelle à quel point elle était dévastée à l'hôpital, soucieuse pour son amie. Quant à Rosa... difficile de croire que la fille tuméfiée que j'ai soignée ce soir-là n'est autre que la femme aux yeux rieurs qui se tient devant moi. Sans la présence de Nora, il m'aurait sans doute fallu plus de temps pour la reconnaître. La moitié du visage de Rosa était enflée et tachée de sang coagulé la dernière fois que je l'ai vue.

— Merci.

Le sourire de Nora faiblit légèrement avant de revenir en force.

— Ce trésor est tout notre univers. C'est pour ça que j'ai dit à Julian que nous devons vous accueillir, même s'il est furieux à cause de Henderson.

Je la regarde en clignant des paupières.

— Quoi ?

Sans subtilité, Rosa décoche un petit coup de pied à Nora et lui dit quelque chose dans un espagnol au débit rapide.

— Je suis sûre qu'elle est au courant pour Henderson, répond Nora en fronçant les sourcils avant de se tourner vers moi. Tu connais le problème Henderson, n'est-ce pas ?

— Oui, évidemment. Mais je me demande quel est le rapport entre ta fille et notre accueil ici.

— Oh…

Nora semble soulagée.

— Peter ne te l'a pas dit ?

Comme je ne réagis pas, elle explique :

— Ton mari nous a rendu un grand service il y a quelques mois. Il a peut-être même sauvé Lizzie des griffes d'un homme terrible.

— Et toi aussi, ajoute Rosa.

Nora acquiesce.

— Oui, moi aussi. Et la vie de Julian, même s'il refuse de l'admettre.

— Oh, je vois.

Ce doit être la faveur qu'a mentionnée Peter – celle qui lui a valu l'amnistie. J'ai envie de poser un million de questions à ce sujet et bien d'autres, mais je dois d'abord les accueillir comme il se doit.

— Voulez-vous boire ou manger quelque chose ? je propose. Je crois que Peter a rempli le réfrigérateur hier…

— Non, merci, répond Nora en allant s'asseoir sur le canapé.

— Un verre d'eau pour moi, s'il te plaît, dit Rosa lorsque je la regarde.

Ravie d'avoir quelque chose à faire, j'entre dans la cuisine et je remplis deux verres d'eau filtrée du réfrigérateur – un pour moi et un pour Rosa. Comme le reste de la maison, la cuisine est propre et moderne, tout en restant modeste. J'imagine bien Lucas Kent se sentir chez lui ici. Il me semble que l'esthétique minimaliste de la maison devait lui plaire.

— Alors, comment vous êtes-vous rencontrés, Peter et toi ?

demande Nora quand je reviens dans le salon et tends à Rosa son verre d'eau.

Maintenant, elle est assise sur le canapé à côté de Nora, et Lizzie est de nouveau dans sa poussette, paisiblement endormie.

Elle a dû s'épuiser en pleurant tout à l'heure.

— C'est une longue histoire, dis-je en réponse à la question de Nora, en m'asseyant sur un fauteuil en face d'elles. Qu'en est-il de ton mari et toi ? Et qu'est-ce qui vous amenait à Chicago cette fois-là ? Êtes-vous originaires de la région ?

Je ne suis pas certaine d'avoir envie d'entrer dans les détails de ma rencontre avec Peter. Même si ces jeunes femmes ont l'air gentilles, je n'oublie pas qu'elles sont du côté de notre hôte – un homme qui, sans être l'ennemi de Peter, n'est clairement pas son ami.

— Mes parents vivent à Oak Lawn, me dit Nora. Alors, oui, je suis originaire de la région de Chicago. Et toi, tu es de Homer Glen, c'est ça ?

— Oui. Waouh, quelle coïncidence.

Oak Lawn est à moins d'une heure de route de Homer Glen.

La femme d'Esguerra et moi étions pratiquement voisines.

Nora sourit.

— Je sais, n'est-ce pas ? C'est fou. Quant à ma rencontre avec Julian, c'était en boîte de nuit à Chicago. Il était dans le coin pour affaires et je sortais avec des amis pour fêter mon dix-huitième anniversaire. Quelques semaines plus tard, il m'a kidnappée et...

Je manque recracher l'eau que j'ai commencé à boire.

— Il a *quoi* ?

— Ce n'est pas aussi terrible que ça en a l'air, dit Nora en secouant la tête, un sourire aux lèvres. Oh, qu'est-ce que je raconte ? Si, c'était terrible. Mais nous sommes heureux maintenant, alors c'est tout ce qui compte. Et toi ? Comment as-tu rencontré Peter ?

— Oui, comment ? insiste Rosa.

Je sens autre chose qu'une simple curiosité dans ses yeux brillants.

Je lui renvoie son regard. Quelque chose me trotte dans la tête, un détail important... C'est alors que ça me revient.

Bien sûr.

Comment ai-je pu oublier ?

Je me tourne vers Nora et je dis sur un ton détaché :

— Tu sais déjà comment nous nous sommes rencontrés. En tout cas, tu devrais... parce que c'est toi qui as fourni à Peter sa liste.

eter

C'est fou les miracles qu'une bonne nuit de sommeil peut accomplir. J'ai toujours mal sous les côtes quand je bouge, mon mollet et mon bras m'élancent régulièrement, mais je me sens infiniment mieux lorsque je prends place de l'autre côté de la table en face de Kent et d'Esguerra.

Ilya, Yan et Anton me rejoignent et je souris à la femme replète d'un certain âge qui nous apporte un plateau garni de fruits coupés en morceaux et de biscuits.

C'est une amélioration par rapport aux anciennes réunions d'Esguerra, car d'après mes souvenirs, il ne nous offrait pas de collation.

— Merci, Ana, dis-je lorsqu'elle pose le plateau au centre de la table ovale.

La gouvernante m'adresse un grand sourire, contente que je me souvienne d'elle. Je n'avais pas beaucoup d'interactions avec elle quand je travaillais pour Esguerra, mais j'ai une bonne mémoire des noms.

— Bienvenue parmi nous, Señor Sokolov, dit-elle avec un accent espagnol perceptible. C'est bon de vous revoir.

— De même, dis-je avant qu'elle quitte la pièce.

Mon sourire disparaît et je reporte mon attention vers les deux hommes assis en face de moi. Aucun ne semble particulièrement réjoui d'être ici, et je les comprends.

D'après nos pirates informatiques, une descente a eu lieu dans les bureaux d'Esguerra à Hong Kong hier soir.

Sans prêter attention à l'atmosphère tendue, Ilya tend la main pour prendre un biscuit.

— C'est bon, dit-il après l'avoir goûté.

Anton l'imite, s'emparant d'un biscuit et d'une grappe de raisins. Esguerra les regarde froidement, puis il se tourne vers moi.

— Bon… Henderson.

— Oui.

Je pousse un épais dossier sur la table dans sa direction.

— C'est tout ce que nous avons au sujet de ce connard. Je t'enverrai aussi les dossiers par email, au cas où vous voudriez analyser les données.

— Je suppose que tu l'as déjà fait ? demande Kent.

J'acquiesce.

— Une dizaine de fois.

— Et ? insiste Kent.

Je hausse les épaules.

— Rien de très concluant pour le moment. Mais j'ai quelques idées.

Alors qu'Esguerra se penche en avant, je fais taire mes dernières réticences et je lui expose mon plan.

Si Henderson a cru que nous étions en guerre jusqu'à présent, il se trompait.

Maintenant, c'est la guerre – et avant que ce soit terminé, il capitulera et implorera le pardon.

60

ara

DEVANT MON TON ACCUSATEUR, NORA TRESSAILLE, MAIS ELLE NE détourne pas le regard.

— Alors, tu es au courant pour la liste. Quand j'ai lu ton nom dans les papiers, je me suis demandé si c'était ce qui vous avait réunis.

— Tu veux dire que tu t'es demandé si c'est à cause de toi qu'il a fait irruption chez moi pour me soutirer par la torture des informations sur mon premier mari, décédé depuis ? je demande avec sarcasme.

Une fois de plus, Nora fait la grimace.

— C'est ce qui s'est passé ? J'espérais que Peter t'aurait épargnée, ou du moins…

Elle baisse les yeux et ajoute :

— Peu importe.

— Elle a voulu te contacter, tu sais, dit Rosa en se penchant.

Quand nous avons compris qui tu étais, Nora a voulu prendre contact avec toi pour t'avertir à propos de Peter.

Je dévisage la femme d'Esguerra.

— C'est vrai ?

Cela n'aurait pas aidé George – Peter aurait fini par le retrouver quoi qu'il arrive –, mais si j'avais été prévenue, je ne me serais peut-être pas laissé prendre par surprise dans ma cuisine ce soir-là.

J'aurais peut-être accepté de me cacher, comme les fédéraux le voulaient. Peter aurait trouvé un autre moyen d'abattre George.

Mon tourmenteur et moi, nous ne nous serions peut-être jamais rencontrés.

Mon cœur se serre à cette idée, et à ma grande stupeur, je me rends compte que ce n'est pas ce que j'aurais voulu.

Même après tout ce qui s'est passé, tout ce que j'ai perdu, si j'avais une machine à remonter le temps et si je pouvais réécrire l'histoire par magie, je ne le ferais pas.

Je choisirais ce même ici et ce même maintenant avec Peter, plus que toute autre vie sans lui.

— Oui, mais je ne l'ai pas fait.

Nora lève les yeux, la mine sombre.

— Je suis désolée, Sara. J'ai vu le nom de ton mari sur la liste quand je l'ai envoyée à Peter. Ensuite, à l'hôpital, je savais bien que le nom sur ton badge me disait quelque chose, mais je n'ai fait le rapprochement que plus tard. Et quand je l'ai fait…

Elle s'interrompt pour prendre une vive inspiration.

— Bon, ça n'a plus aucune importance maintenant.

— Si, c'est important, dit Rosa.

Ses yeux marron étincellent.

— Elle ne l'a pas fait parce que son mari l'en a empêchée.

— Rosa… commence Nora.

Mais son amie lui pose une main sur le genou.

— Non, laisse-moi terminer, répond-elle en se tournant franchement vers moi. Si tu dois accuser quelqu'un, Sara, alors c'est moi. J'ai dit au Señor Esguerra ce que Nora avait l'intention de faire et il s'est assuré qu'elle ne mette pas son plan à exécution.

Je cligne des yeux.

— Vraiment ? Pourquoi ?

Je ne leur en veux pas de ne pas m'avoir prévenue – évidemment, elles ne me devaient aucun service –, mais je ne comprends pas pourquoi Rosa est intervenue.

— Parce que Peter Sokolov est un homme dangereux, déclare-t-elle résolument. Peut-être aussi dangereux que Señor Esguerra lui-même. Et après tout ce que Nora avait traversé, la dernière chose dont elle avait besoin, c'était qu'il s'en prenne à elle et au Señor Esguerra si elle était intervenue. Ton mari était obsédé par cette liste. Il aurait anéanti tous ceux qui lui barraient la route vers la vengeance.

— Oui, je le sais, dis-je amèrement. J'étais là.

C'est au tour de Rosa de détourner le regard.

— Alors, comment se fait-il que tu l'aies épousé en fin de compte ? demande Nora en me regardant d'un air grave.

Sans ses grands yeux noirs, avec sa silhouette menue et sa peau de bébé, on pourrait la prendre pour une adolescente. Mais son regard la trahit.

C'est le regard d'une femme – une femme qui a connu son lot de souffrances.

Elle m'a dit que son mari l'avait enlevée quand elle avait dix-huit ans. Comment a-t-elle vécu cette épreuve ? Moi, j'avais vingt-huit ans quand Peter est entré dans ma vie et j'ai eu beaucoup de mal à gérer la complexité émotionnelle de notre relation malsaine. Comment cette fille a-t-elle fait à son âge ?

Comment a-t-elle survécu à un homme qui, comme tout porte à le croire, est le diable incarné ?

— De la même manière que ton mari et toi, j'imagine, dis-je sous son regard insistant rempli de questions. Au début, je détestais Peter, et avec le temps, les choses ont… évolué. Après m'avoir soutiré l'endroit où il pourrait trouver George, Peter l'a tué et il a disparu, puis il est revenu me chercher.

Je pourrais lui raconter toute l'histoire sordide, mais ce n'est pas nécessaire. Elle comprend, je le vois dans ses yeux.

— Je suis désolée, Sara, pour mon rôle dans ton malheur, dit-elle à mi-voix. J'espère que tu me pardonneras un jour. Et pour ce que ça vaut, parfois il faut plonger dans les ténèbres pour trouver la plus éclatante des lumières. C'est ce qui s'est passé dans mon cas.

Je souris, sur le point de lui dire qu'il n'y a rien à pardonner, quand le bébé commence à s'agiter. Rosa bondit et rejoint la poussette, manifestement satisfaite d'avoir quelque chose à faire. Nora se lève à son tour.

— On va y aller, te laisser t'installer, dit-elle alors que Rosa prend le bébé dans ses bras et apaise ses pleurs en la berçant doucement. Si tu as besoin de quoi que ce soit, vraiment tout ce que tu veux, nous ne sommes pas loin, dans la maison principale.

— Merci. Tu as déjà été plus que généreuse, lui dis-je.

Je le pense. Je viens à peine de prendre conscience que c'est *elle* qui a convaincu son mari de nous héberger. Sa remarque était tellement désinvolte qu'elle a bien failli m'échapper.

Après tout, Esguerra ne nous aurait peut-être pas laissé atterrir sans cela !

Nous devons peut-être nos vies à cette jeune femme.

— C'était un plaisir de te revoir, Sara, dit Rosa.

Elle me fait un grand sourire et remet Lizzie à sa mère. Le bébé s'est calmé. Je lui rends son sourire, mais mon regard est attiré par la fillette.

— Tu aimerais la tenir ? demande gentiment Nora.

J'accepte avec joie. Un fourmillement presque électrique me traverse quand je prends sa fille dans mes bras.

Elle est douce, tiède comme un petit coussin moelleux. Je la pose contre mon épaule comme j'ai vu Nora le faire. Le bébé tourne la tête et lève vers moi ses immenses yeux bleus.

— Elle est magnifique, je murmure avec admiration.

C'est la vérité. Sa petite tête est couverte de cheveux noirs soyeux et sa peau délicate et lisse est d'une adorable teinte claire et dorée. Tous les bébés sont censés être beaux, mais elle… Je sais déjà qu'elle brisera des cœurs.

Comment sera mon enfant ?

Aura-t-il ou aura-t-elle les mêmes traits que Peter ?

— Elle t'aime bien, constate Nora. Tu as vu comme elle te regarde ? Elle est fascinée.

Je détache mes yeux de la petite créature dans mes bras pour me concentrer sur sa mère.

— Ta fille est merveilleuse, dis-je à Nora en toute sincérité.

Elle sourit.

— C'est aussi notre avis, à Julian et moi, mais nous ne sommes pas objectifs.

— Moi aussi, je le pense, dit Rosa avec un grand sourire. Mais je suis peut-être partiale.

— As-tu des enfants ? je demande.

Elle secoue la tête. Son sourire se dissipe.

— Non, malheureusement.

Elle s'approche de moi et tend les bras vers le bébé.

— Viens ici, Lizzie, ma belle. Tu veux être avec Tante Rosa, n'est-ce pas ?

Je ne suis pas encore prête à laisser partir la petite, mais je n'ai pas le choix. Lizzie rejoint les bras de Rosa avec un joyeux gargouillis. Aussitôt, mon épaule me semble froide et vide. Curieusement, mon cœur se serre.

Ce doit être l'effet du désir d'enfant – un véritable désir. J'ai déjà tenu des bébés auparavant, et ça m'a plu, mais je n'avais encore jamais rien ressenti de tel.

C'est peut-être parce que je suis enceinte. La nature me prépare à devenir mère, libérant les hormones nécessaires pour s'assurer que j'accueille mon enfant quand il naîtra.

Par réflexe, je pose ma main sur mon ventre en regardant Rosa qui allonge le bébé dans la poussette. Quand je lève les yeux, Nora me dévisage. À son regard, je vois qu'elle a compris.

— Tu en es à combien ? demande-t-elle avec douceur.

Rosa étouffe un cri et fait volte-face pour me regarder.

— Tu es enceinte ?

Je me mords la lèvre. C'est encore trop tôt pour en parler à tout le monde, mais il est inutile de le nier. J'avoue :

— Oui, de six semaines.

— Waouh, félicitations, s'exclame Rosa en fixant mon ventre du regard.

— Oui, félicitations, ajoute Nora avec un sourire plein de chaleur. Je suis très heureuse pour Peter et toi.

— Merci, dis-je en lui rendant son sourire.

Mon ancienne vie est terminée, mais peut-être est-ce le début d'une nouvelle existence, avec de nouvelles amitiés.

Avec le temps, je retrouverai peut-être une part de ce que j'ai perdu.

eter

JE SUIS PROCHE DE LA MAISON QUAND LA PORTE S'OUVRE. UNE femme menue aux cheveux noirs recule en tirant une poussette. Elle dit :

— ... et comme le docteur Goldberg n'est pas obstétricien, il n'a pas de machine à ultra-sons. Julian en a commandé une quand j'étais enceinte. Alors, il peut s'assurer que le bébé va bien.

Elle se retourne et s'arrête net.

— Oh, bonjour, Peter.

— Salut, Nora, dis-je.

Puis j'aperçois son amie, la jeune femme de chambre, debout derrière elle dans l'encadrement de la porte en compagnie de Sara.

— Bonjour, Rosa, dis-je avant de reporter mon attention sur la seule personne qui compte à mes yeux. Ptichka, tu vas bien ?

Sara hoche la tête.

— Très bien. Nora me parlait de son médecin à domicile, au cas où j'aie besoin de vérifier mon état de santé. Mais je ne pense pas que…

— C'est une excellente idée, dis-je avec conviction. Fais-le venir en consultation aujourd'hui.

J'ai rencontré Goldberg lors de mon précédent séjour. Bien sûr, j'aurais préféré que Sara soit examinée par un obstétricien, mais le chirurgien traumatologue d'Esguerra est excellent.

— D'accord, dit Sara. Ce serait bien que tu le consultes aussi.

— Si tu veux, dis-je en haussant les épaules.

Quand nous sommes arrivés hier, elle a changé tous mes bandages et a renouvelé mes points de suture. J'ai une confiance absolue dans son travail, mais si elle préfère qu'un autre médecin m'examine, pourquoi pas.

Tant que ma femme est sereine et satisfaite.

Nora se racle la gorge et je me rends compte que j'ai complètement oublié sa présence et celle de Rosa.

— Excusez-moi, dis-je en reculant pour leur laisser la place.

Lorsque la poussette passe à côté de moi, j'aperçois un petit visage aux yeux d'un bleu éclatant.

Lizzie Esguerra.

Mon cœur se serre et je ressens une vive douleur. Seigneur, comme Pasha me manque. Après tout ce temps, son absence me frappe toujours avec la force d'un boulet de démolition. Savoir qu'il n'est plus là, que le bébé aux adorables fossettes qui est devenu un petit garçon intelligent ne grandira jamais, n'aura jamais d'enfants à lui. Rien ne peut remplir ce trou béant, et pourtant dès que mon regard se pose sur Sara, je sens la majeure partie de ma douleur s'estomper. Une chaleur réconfortante succède aux griffes de la souffrance insoutenable.

Je ne tiendrai plus jamais Pasha dans mes bras, mais je câlinerai mon enfant avec Sara. Je l'imagine déjà. Si c'est une fille, elle sera douce et gracieuse comme une ballerine, et si c'est un garçon… eh bien, ce ne sera pas Pasha, mais je l'aimerai tout autant.

— Encore merci, lance Sara en saluant Nora et Rosa de la main.

Les deux femmes s'éloignent sur la route en direction du manoir d'Esguerra. Elles la saluent en souriant avant que j'entre dans la maison et referme la porte derrière moi.

62

$\mathcal{H}$enderson

JE ME FROTTE LE COU TOUT EN REGARDANT LE PAYSAGE VERGLACÉ par la fenêtre.

Le chalet est coupé du monde, loin des hordes de touristes qui envahissent l'Islande en espérant apercevoir des aurores boréales.

Mes ennemis ne nous trouveront pas ici, et pourtant je sais qu'ils s'y emploieront de toutes leurs forces. Pour l'heure, ma famille et moi sommes à l'abri, mais je ne me fais aucune illusion. Nous ne resterons pas très longtemps.

Bientôt, nous devrons fuir, nous cacher à nouveau.

À moins que je parvienne à faire tomber Sokolov et ses alliés, bien sûr.

Mon nouveau plan est risqué – c'est même de la folie –, mais je ne vois aucun autre moyen. Ils ne cesseront jamais de me traquer, et tôt ou tard, nous n'aurons nulle part où aller.

La bonne nouvelle, c'est que je connais déjà l'équipe idéale pour exécuter cette mission – celle à laquelle j'ai fait appel pour l'attentat du FBI. Ils sont sans scrupules et hautement qualifiés, du même calibre que mes adversaires.

Maintenant, ce qu'il me faut, c'est localiser le complexe colombien d'Esguerra.

Ensuite, je pourrai leur déclarer la guerre.

6 3

ara

J'ESSAIE DE FORCER PETER AU REPOS, MAIS IL INSISTE POUR PRÉPARER le petit-déjeuner et j'ai trop faim pour protester. Manifestement, il se sent mieux aujourd'hui. Son teint a retrouvé sa coloration saine et ses mouvements ont perdu leur raideur.

Si je ne savais pas qu'il a reçu trois balles il y a moins d'une semaine, je ne le croirais pas.

Alors que nous dévorons nos omelettes dans la cuisine, je lui parle de la visite de Nora et de Rosa. Je lui explique que je les avais déjà rencontrées un jour, bien avant de faire sa connaissance.

— Nora a fait une fausse couche ? dit-il en fronçant les sourcils.

Je me rends compte qu'il l'ignorait.

— Oui. J'en déduis que tu ne travaillais déjà plus pour Esguerra à ce moment-là ?

Il acquiesce.

— Je suis parti juste après l'avoir secouru du groupe terroriste qui l'avait capturé au Tadjikistan. Tu te souviens quand je t'ai dit qu'il était furieux que j'aie mis sa femme en danger lors du sauvetage ? Eh bien, elle n'était pas enceinte à l'époque – en tout cas, pas que je sache. Je ne l'aurais pas écoutée quand elle m'a convaincu de l'utiliser comme appât.

C'est vrai. Parce que le point faible de Peter, ce sont les bébés. J'ai vu sa tête quand il a regardé Lizzie, la souffrance mêlée à une nostalgie pleine de tendresse. Ça m'a brisé le cœur, et je ne l'ai aimé que plus fort encore.

Il fera un père merveilleux, aussi attentionné que l'a été mon propre père.

— *Il ne respire pas. Sara, il ne respire pas.*

Je suis déjà à genoux et j'appuie sur le torse de papa tout en comptant à mi-voix. Je me penche pour souffler dans sa bouche.

Sa poitrine se remplit d'air et se soulève, puis retombe et demeure immobile.

Réprimant une panique grandissante, je recommence le massage cardiaque.

Un, deux, trois, quatre...

— Sara !

Je prends une vive inspiration et je dévisage Peter, hébétée. Son visage est un masque d'inquiétude. Il me tient fermement par les bras. Nous sommes debout alors qu'une seconde plus tôt, j'étais assise et je mangeais.

— Que s'est-il passé ? je demande d'une voix rauque lorsqu'il s'assoit en m'attirant sur ses genoux, ses bras puissants autour de mon corps tremblant.

Je suis contente qu'il me soutienne, parce que sans cela, je crois que je ne pourrais pas tenir debout. Mon rythme cardiaque est dans la zone supersonique et une sueur glacée ruisselle dans mon dos.

— Tu es devenue toute blanche et tu t'es mise à faire de l'hyperventilation, me dit-il d'une voix tendue. Quand je t'ai touchée, tu as hurlé.

— Je... quoi ?

Je me rends compte que j'ai mal à la gorge lorsque j'y porte une main hésitante.

— Tu dois voir un psy, me dit-il, son regard couleur argent braqué sur moi. Le plus tôt possible.

Par automatisme, je secoue la tête.

— Non, je vais…

— Tu ne vas pas bien.

Il resserre ses bras autour de moi.

— Tu as eu une hallucination. Tu n'étais pas là, tu étais ailleurs. Qu'est-ce que tu as vu ? Tes parents ? Tu les as vus mourir ?

Je tressaille. La pointe de douleur me traverse le cœur comme une balle.

— Non…

C'est un mensonge, mais je suis désespérée. Je ne peux pas en parler, je ne peux pas y penser. Je sens les souvenirs obscurs bouillonner sous la surface, menaçant de m'aspirer.

— Ce n'est pas ça. C'est…

J'atterris douloureusement sur le flanc. Ma tête heurte le côté du canapé lorsqu'un autre coup de feu retentit à mes oreilles. Un liquide chaud à l'odeur métallique gicle sur mon visage et dans mon cou.

— Peter !

Terrifié pour lui, je me hisse à genoux en essuyant le sang devant mes yeux. C'est alors que je la vois.

Maman, étendue au sol, le visage maculé de sang.

Ou plutôt, une partie de son visage.

Un morceau de son crâne et de sa joue a disparu, laissant un trou sanglant à l'endroit où sa pommette aurait dû se trouver.

— Sara. Putain, Sara !

Le visage de Peter est à l'orage. Il plisse les yeux en me regardant et tout son corps se raidit. Je crois qu'il m'a secouée pour essayer de me tirer de ma transe, parce que ma peau me fait mal à l'endroit où ses doigts ont agrippé mes bras avec une force excessive.

— Je suis désolée, dis-je dans un murmure rauque.

Mon pouls est dans la stratosphère et j'ai la gorge à vif, comme si j'avais avalé des épines. Je ne comprends pas pourquoi ça se produit maintenant, pourquoi tout à coup mon esprit me joue d'ignobles tours.

— Non, ne sois pas désolée.

Il me lâche le bras et pose une main sur ma joue, sa grande paume sur ma peau glacée.

— Ce n'est pas ta faute, mon amour. Rien de tout cela n'est ta faute.

Alors qu'il ramène mon visage au creux de son épaule en me berçant tout doucement, je ferme les yeux et je fais de mon mieux pour le croire.

eter

64

eter

J'AI LA BOULE AU VENTRE QUAND JE REGARDE GOLDBERG EXAMINER Sara. Le petit homme dégarni est un chirurgien traumatologue de formation, mais il semble savoir ce qu'il fait – de toute façon, n'importe quel médecin vaut mieux que pas de médecin du tout.

Bien sûr, Sara aussi est du métier, mais elle ne peut pas réaliser son propre examen gynécologique.

— Eh bien, à ce que je vois, votre bébé et vous êtes en parfaite santé, annonce-t-il quand il a terminé.

Je m'autorise à expirer, soulagé.

Prochaine étape : confier Sara à un psychologue pour qu'elle affronte ces affreuses hallucinations.

Des pointes glaciales m'enserrent le cœur chaque fois que je pense à son visage blême et dénué d'émotions, comme si la vie avait quitté son corps. Quand l'hyperventilation et les hurlements ont commencé… Bon sang, je donnerais tout pour ne jamais la revoir dans un tel état. Je connais le syndrome post-traumatique –

je l'ai constaté chez de nombreux soldats – et voir ma ptichka souffrir ainsi est au-delà de mes forces.

Je dois lui apporter du réconfort.

Je dois réparer les dégâts que j'ai moi-même causés.

— Écoutez, je sais que vous le savez mieux que moi, mais vous devez éviter le stress autant que possible, explique Goldberg à Sara.

Elle hoche la tête. Je retrouve en elle le médecin calme et posé. Si je ne l'avais pas vue s'effondrer à la table de la cuisine – à deux reprises, il y a moins d'une heure –, ce serait facile de croire qu'elle va bien.

Que les événements de la semaine passée n'ont été qu'un mauvais moment sur son radar émotionnel.

Mais ce n'est pas le cas. C'est impossible. Aussi forte que soit ma ptichka, elle a trop subi pour que cela n'ait aucun impact sur elle. Elle a résisté quand nous étions en mode survie, mais maintenant que nous avons retrouvé une sécurité relative, son esprit et son corps la rattrapent en essayant d'affronter le traumatisme extrême.

À ce que je sache, elle n'a même pas pleuré ses parents – ni parlé de l'homme qu'elle a tué.

Je ne suis pas psy, mais ce n'est pas sain. C'est peut-être pour cela que ses souvenirs la percutent de plein fouet, parce qu'elle a refoulé ses sentiments, refusant de songer à son chagrin.

J'ai connu ça dans l'armée aussi. Les jeunes soldats qui cherchaient à paraître forts s'évertuaient à maîtriser leurs émotions, jusqu'à ce qu'ils finissent par *perdre* entièrement le contrôle. Essayer de mettre sous cloche ce genre d'émotions, ça ne fonctionne jamais. Les hommes finissaient toujours par sombrer dans la dépression ou se tourner vers la drogue ou l'alcool. Mis à part mes cauchemars au sujet de Daryevo, je n'ai jamais eu ce genre de problèmes – mais je dois dire qu'en un sens, j'ai de la chance.

J'ai vécu en mode survie presque toute ma vie.

— Merci, docteur Goldberg, dit Sara en descendant de la table.

Quand elle disparaît derrière un rideau pour se rhabiller, je prends le médecin à part.

— Êtes-vous certain qu'elle va bien ? je demande à mi-voix. Parce qu'elle vient de perdre ses parents, et dans l'ensemble, ces derniers jours ont été… difficiles.

Le docteur soupire en retirant ses gants.

— Je ne sais pas quoi vous dire. Physiquement, elle est en bonne santé. Émotionnellement, disons que ce n'est pas ma spécialité. Vous devriez parler à Julian pour voir s'il peut faire venir sur le domaine quelqu'un à qui elle pourra parler. Je sais qu'il y a quelques années, Nora a traversé une période difficile et une psychologue est venue ici. Il pourrait peut-être prévoir la même chose pour votre épouse ?

Je pensais que Sara pourrait consulter un psy à distance, mais en personne, ce serait encore mieux.

— Merci, je lui en parlerai, dis-je à Goldberg alors que Sara revient.

Il hoche la tête en souriant.

— Bonne chance. Et n'oubliez pas, le moins de stress possible, d'accord ?

— Merci. Nous ferons de notre mieux, répond Sara en lui renvoyant son sourire.

C'est un sourire doux et chaleureux, et pendant une seconde, j'éprouve une vilaine pointe de jalousie. C'est absurde – ce médecin est gay à cent pour cent –, mais c'est plus fort que moi.

Je n'avais pas vu ce sourire depuis des jours.

Pas depuis qu'elle a tout perdu à cause de moi.

ara

La mine sombre, Peter garde le silence sur le chemin du retour jusqu'au pavillon. Je sais qu'il se fait du souci pour moi, mais j'aimerais qu'il me parle, qu'il me change les idées. Au lieu de ça, il me tient la main sans dire un mot. Aussi réconfortant que soit ce contact, il ne suffit pas à empêcher mon esprit de vagabonder... de dériver dans des endroits où je refuse qu'il se rende.

— Alors, Esguerra va t'aider à trouver Henderson ? je demande d'un ton léger, par curiosité, mais aussi pour avoir quelque chose à dire. Vous allez le traquer, n'est-ce pas ?

Peter jette un œil vers moi.

— Oui... aux deux questions.

— Oh, tant mieux. As-tu déjà une idée de votre façon de procéder ?

— Nous avons des idées, répond-il vaguement avant de retomber dans le mutisme.

Formidable. Il n'a peut-être pas envie d'en parler de peur de me faire paniquer. Ce sera comme ça entre nous désormais ? Peter m'estime fragile au point de m'effondrer à la moindre provocation ?

Le pire, c'est que je crois qu'il n'a pas entièrement tort. Après ce qui est arrivé au petit-déjeuner, mon esprit est un vrai champ de mines, rempli de fils de détente et de dangers cachés. J'ignore ce qui va me faire basculer et causer le retour en force de ces souvenirs. Et Peter ne sait même pas que j'ai eu une forme de crise légère ce matin, avant la visite de Nora et Rosa.

S'il savait, il serait convaincu que je suis cinglée.

— Comment te sens-tu ? je demande en choisissant de me concentrer sur un sujet plus inoffensif. Comment vont tes côtes ?

Il me sourit.

— Bien mieux, merci. Encore quelques jours et je serai comme neuf.

— C'est vrai ? Tu guéris remarquablement vite.

Son sourire disparaît.

— J'ai le cuir épais.

Et moi, non, bien sûr. Je suis une putain de fleur fragile qui s'effondre au premier coup de vent. Il ne l'a pas dit, mais il l'a pensé si fort que je l'ai entendu.

Je *ressens* son inquiétude pour moi.

Abandonnant l'idée d'une conversation, je me concentre sur les environs. Nous passons devant les baraquements des gardes. Je vois des hommes coriaces armés de mitraillettes, qui vont et viennent autour du bâtiment de plain-pied. Nous sommes entourés de verdure exotique et l'air est chargé et moite. L'odeur ambiante est celle de la végétation tropicale, avec le soupçon d'ozone des nuages qui se rassemblent à l'horizon.

Le manoir d'Esguerra se trouve à bonne distance sur la droite, édifice blanc à deux niveaux évoquant une plantation de l'époque de la Guerre Civile. Il est entouré par un beau jardin paysager et de luxuriantes pelouses, ainsi que plusieurs bâtiments de moindre importance.

Les tours de guet que j'ai repérées depuis l'avion sont visibles au loin, avec des gardes armés. Je suis sûre qu'il y a des dizaines d'autres mesures de sécurité en place, plus discrètes.

Autrefois, voir tous ces hommes armés jusqu'aux dents et savoir que je me trouve sur le complexe d'un criminel impitoyable m'aurait laissé les nerfs à vif. C'est le moins qu'on puisse dire. Mais maintenant, je me sens en sécurité.

Maintenant, les ennemis sont ces gens à qui la majeure partie des citoyens confient leur protection : les forces de l'ordre.

Et Henderson, bien sûr, qui utilise les autorités en question comme outil de vengeance.

DE RETOUR À LA MAISON, PETER PRÉPARE NOTRE DÉJEUNER ET NOUS mangeons – cette fois, sans que je sombre dans une quelconque crise. Il garde le silence pendant la majeure partie du repas, mais son regard demeure rivé sur moi avec une préoccupation non dissimulée. Bientôt, je n'y tiens plus et je grogne :

— Arrête. S'il te plaît, arrête de me regarder comme ça. Je ne vais pas paniquer, c'est promis.

— Tu ne peux pas le promettre, parce que tu ne contrôles pas tes souvenirs, ptichka, dit-il avec douceur. Plus tu essaies, plus ça va s'aggraver. C'est pourquoi je vais demander à Esguerra de faire venir un psy ici.

— Quoi ? Mais enfin, ça peut attendre que…

— Non, ça ne peut pas attendre, répond-il, le visage implacable. Pas avec ce qui s'est passé ce matin.

— Peter, s'il te plaît. Il ne s'est rien passé. Tu en fais toute une histoire. Pas besoin de me faire honte devant Esguerra en lui demandant une chose pareille. Et puis, ça voudra dire que tu lui dois un service de plus. Une fois que tu auras réglé la question de Henderson, nous pourrons reparler de cette thérapie si tu veux. En attendant…

— En attendant, tu parleras à la personne que nous ferons venir.

Pfff. J'écarte mon assiette vide et je me lève. Impossible de faire changer Peter d'avis quand il a une idée en tête. C'est ce que j'aime et déteste à la fois chez lui – en l'occurrence, je pencherais plutôt pour la dernière option.

Pourquoi ne comprend-il pas que je ne suis pas prête à affronter la débâcle émotionnelle de ce qui s'est passé ? Que je préfère encore risquer quelques retours intempestifs de mes souvenirs refoulés plutôt que de sombrer dans l'abîme toxique de la culpabilité et de l'horreur qui clapotent dans mon esprit ?

Si je pouvais effacer ces souvenirs, je le ferais. Mais à défaut, je choisis de ne pas y penser.

— Ptichka…

Il me prend le poignet alors que je m'apprête à quitter la cuisine. Sa main me brûle la peau, ses doigts comme des menottes.

— Écoute-moi, mon amour. Tu es meurtrie, blessée… autant que si tu avais reçu une balle. Laisserais-tu *mes* plaies suppurer ? Ou ferais-tu de ton mieux pour favoriser leur guérison ?

Je grince des dents.

— Ce n'est pas la même chose.

— Vraiment ?

Ses yeux gris sont empreints de tendresse quand il glisse une mèche de cheveux derrière mon oreille, de sa main libre.

— En quoi est-ce différent ?

C'est comme ça, ai-je envie de crier. Peu importe ce que je fais ou le nombre de thérapeutes que je consulte.

Rien ne ramènera mes parents.

Ce n'est pas une blessure par balle qui guérira avec un peu de soin.

Et pourtant, en regardant Peter, je comprends que je pourrais débattre avec lui pendant des semaines sans le faire changer d'avis. Je ne peux pas le convaincre que je vais bien.

Pas avec les mots, du moins.

Lentement et délibérément, je m'humecte les lèvres. Comme je pouvais m'y attendre, son regard se pose sur ma bouche et sa poigne se resserre lorsque j'esquisse à nouveau le même geste séducteur tout en enfonçant les dents dans ma lèvre inférieure.

Mon objectif était de le déconcentrer, de lui faire oublier ses inquiétudes, mais mon propre rythme cardiaque s'accélère quand je constate qu'il respire plus fort. Il me regarde dans les yeux. Ses pupilles sont déjà dilatées et la teinte argentée de ses iris vire à l'acier sombre. Je suis intensément consciente de la chaleur qui émane de ses doigts autour de mon poignet et de la proximité de son corps grand et fort qui me donne envie de me fondre contre lui, de frotter ma poitrine gorgée d'envie contre son torse large et ferme.

— Ptichka... fait-il d'une voix grave. Bon sang, tu joues avec le feu.

Mes tétons se tendent, formant deux pointes dures, et une chaleur liquide inonde ma culotte. Oh, je suis excitée comme jamais. Cette intonation, combinée à la violence contenue de ses doigts trop serrés autour de mon poignet, est encore plus explosive que des heures de préliminaires. À l'exception de la fellation à l'hôpital, ça fait des jours que nous n'avons pas couché ensemble et mon corps a désespérément envie d'être possédé.

Je m'avance sur la pointe des pieds et je pose mes lèvres sur les siennes, passant mon bras libre autour de son cou musclé. Pendant un moment, il reste raide, comme si mon initiative le surprenait, mais l'instinct prend rapidement le dessus et je me retrouve plaquée contre le réfrigérateur. Son corps ferme se presse sur le mien et sa bouche me dévore comme s'il n'y avait aucun lendemain.

Je sens la bosse de son sexe en érection lorsqu'il s'empare de mon autre poignet et tend mes bras au-dessus de ma tête, contre l'acier froid du réfrigérateur. D'autres ondes de chaleur déferlent dans mon ventre et je gémis dans sa bouche, hissant ma jambe derrière ses fesses pour frotter mon sexe endolori et avide contre son renflement. Je n'ai pas osé emprunter des sous-vêtements à Yulia en plus des habits, et le short en jean est rugueux et rêche contre mes replis intimes, me procurant une sensation à la fois désagréable et d'un délice pervers.

— Baise-moi, dis-je dans un souffle lorsqu'il lève la tête pour me contempler, les yeux brillants et la mâchoire contractée.

Retenant mes deux poignets à une main, il déboutonne son pantalon, libérant son sexe tandis que je l'implore :

— Baise-moi *tout de suite.*

— Oh, je vais le faire. Crois-moi.

Sa respiration est lourde, son regard farouche quand il me lâche enfin les poignets pour baisser mon short, le tirant brutalement sur mes cuisses. Tremblante de désir, je le quitte et il m'agrippe les fesses pour me soulever. Je me retiens à ses épaules. Il m'écarte les jambes, me ramenant contre sa queue épaisse, m'empalant d'un seul coup brusque.

L'air est expulsé de mes poumons tandis que j'enroule mes jambes autour de ses hanches. Mes ongles s'enfoncent dans les muscles saillants de ses épaules. Bon sang, il est énorme. Mon corps l'avait presque oublié. Mes tissus internes s'étirent douloureusement. Mon excitation se trouve légèrement modérée par la brûlure piquante de sa pénétration jusqu'à ce qu'il commence à bouger.

Sans me quitter des yeux, il se retire et revient avec force. Il n'attend pas, il ne prend pas le temps de m'allumer par des va-et-vient superficiels. Immédiatement, le rythme est vigoureux et soutenu, aussi impitoyable que l'homme qui me l'impose. C'est exactement ce dont j'ai besoin. La chaleur grandissante et la tension apaisent l'inconfort. Mon corps se liquéfie, se radoucit, l'accueillant encore plus profondément. Chaque coup de reins se répercute contre mon point G. Chaque fois que son bassin vient heurter le mien, il exerce une pression sur mon clitoris.

Mon orgasme est aussi violent que soudain. Il explose en moi sans crier gare et le plaisir me déchire, me fendant de part en part. Haletante, je crie son prénom en resserrant les jambes autour de lui, mais il n'arrête pas.

Il me laboure jusqu'à me faire jouir une deuxième fois.

Je suis toujours portée par le contrecoup de l'orgasme quand une veine se met à palpiter sur son front luisant de sueur. Je sens son sexe épais gonfler en moi. Avec un gémissement, il s'enfonce aussi loin que possible. Mes muscles internes compriment sa queue et, dans une secousse, il jouit à son tour.

eter

LE SOUFFLE COURT, JE ME RETIRE À CONTRECŒUR DU SEXE DOUX ET serré de Sara avant de la reposer délicatement. Elle semble tout aussi ébranlée que moi. Une pointe de regret chasse aussitôt le délice de l'après.

J'ai été trop brutal avec elle.

Encore une fois, bien trop brutal !

Je sais qu'elle aime ça, mais elle est enceinte.

Traumatisée et enceinte.

Putain, mais qu'est-ce que j'avais dans la tête, à perdre ainsi le contrôle ? Je devrais la cajoler, la pousser à se reposer et à se détendre, pas la baiser sans retenue contre le frigo comme un animal.

Elle oscille sur ses pieds lorsque je la libère en reculant. Je lui agrippe le bras afin de la stabiliser alors qu'elle s'empare d'une serviette en papier pour essuyer le liquide entre ses jambes.

— Ptichka... Tout va bien ?

Elle sourit et jette les serviettes roulées en boule dans la poubelle.

— Je ne me suis jamais sentie aussi bien. Et toi ?

Je fronce les sourcils avant de songer à mes blessures. Maintenant que j'y prête attention, mes côtes me font un peu mal, mais rien de méchant.

— Je vais très bien.

Elle semble soucieuse quand elle attrape l'ourlet de mon tee-shirt – sans doute pour le soulever afin d'inspecter mon bandage. J'écarte doucement ses mains et je recule.

— Je t'assure, tout va bien.

Je n'en reviens pas qu'elle s'inquiète pour moi alors que je viens de la brutaliser. Je sais que je lui ai fait mal – j'ai senti l'extrême tension de son corps quand je l'ai pénétrée. Et si j'avais blessé le bébé ?

Si elle faisait une fausse couche comme Nora, ce jour-là ?

Je reste pétrifié quand cette idée terrifiante me frappe, mais elle se penche pour ramasser son short sur le sol. Ses petites fesses rebondies m'apparaissent. Bien que mon sexe soit encore enduit de sperme, je sens qu'il frémit, intéressé.

Bon sang, je suis vraiment un animal.

— Sara... dis-je d'une voix tendue lorsqu'elle se tourne vers moi. Tu es sûre que tout va bien ?

Elle cligne des yeux.

— Je te l'ai dit, je n'ai jamais été aussi bien. Viens, je vais te nettoyer.

Elle me prend par la main et m'entraîne vers la salle de bain.

NOUS PRENONS NOTRE DOUCHE ENSEMBLE – SARA, DU MOINS, tandis que je m'efforce d'orienter le pommeau afin d'éviter de mouiller mes bandages. Puis elle se couche pour faire la sieste, prétextant la somnolence digestive et le contrecoup de l'orgasme.

Je m'allonge avec elle, la gardant contre moi jusqu'à ce qu'elle s'endorme. Enfin, je me lève sans un bruit et je quitte la maison.

Je sais pourquoi elle est fatiguée, et ça n'a rien à voir avec le repas ni le sexe. Son corps s'effondre après l'adrénaline non-stop de la semaine précédente, et les exigences du développement du bébé n'aident pas.

La culpabilité me fait l'effet d'un rouleau de fil de fer barbelé dans le ventre.

C'est moi qui lui ai infligé ça.

Je suis responsable de tout son malheur.

Si je n'avais pas été obsédé par elle avec un tel égoïsme, si je l'avais laissé vivre, elle serait toujours chez elle avec ses parents, à mener une vie calme et paisible. Si j'étais reparti après notre première rencontre, elle se serait peut-être même remariée... avec quelqu'un qui aurait fait en sorte qu'elle passe sa grossesse dans le confort et la sécurité.

Au lieu de ça, elle est en cavale avec moi et elle souffre d'épuisement et d'hallucinations de type syndrome post-traumatique.

— Salut, Peter, lance Diego quand je le croise sur la route.

Je le salue poliment de la tête, mais je ne suis pas d'humeur à bavarder.

J'ai un objectif maintenant : parler à Esguerra.

J'ai besoin de faire venir un psychologue au plus vite.

Bientôt, je frappe à la porte du manoir.

— Il est là ? je demande à Ana quand elle ouvre la porte.

La gouvernante hoche la tête.

— Oui, je vous en prie, entrez. Aimeriez-vous manger ou boire quelque chose pendant que je vais le chercher ?

— Non, merci. Ça va.

Je lui emboîte le pas dans l'entrée et je m'adosse contre le mur, trop tendu pour m'asseoir.

Elle gravit le vaste escalier incurvé. Quelques minutes plus tard, Esguerra descend tout en boutonnant sa chemise. Ses cheveux sont ébouriffés et son front est plissé dans une expression agacée.

Soit je l'interromps en pleine sieste, soit il batifolait avec Nora.

Je pencherais plutôt pour cette dernière éventualité.

— Qu'y a-t-il ? aboie-t-il. Est-ce que Henderson...

— Non, ce n'est pas ça.

Il fronce les sourcils et je prends une inspiration.

— C'est personnel. J'ai besoin d'un service.

Il s'arrête devant moi. Un amusement sinistre succède à la contrariété dans son regard.

— Vraiment ? Le gîte et le couvert ne te suffisent pas ?

— Connaîtrais-tu un psychologue ? je demande, refusant de mordre à l'hameçon. De préférence un spécialiste en syndrome post-traumatique.

Stupéfait, il demande :

— Pour toi ?

Je me remémore les paroles de Sara et j'acquiesce :

— Pour moi.

Je ne veux pas que ma ptichka soit gênée. Cela dit, elle n'aurait aucune raison de l'être. Avoir besoin d'aide pour se remettre d'un traumatisme extrême ne traduit aucune faiblesse, c'est bien normal.

Esguerra me dévisage avec une expression indéchiffrable, puis il hoche la tête.

— Je connais peut-être quelqu'un. Dans combien de temps en as-tu besoin ?

— Aujourd'hui, si possible. Sinon, demain ou après-demain.

— D'accord. Je vais faire de mon mieux pour la faire venir demain.

— Merci, dis-je avant de tourner les talons.

Je sais que je lui en dois une, et il ne manquera pas de faire appel à moi en temps voulu, mais si cela peut aider Sara, alors cela en vaut la peine.

Je ferais tout pour qu'elle aille bien.

— Peter, lance Esguerra alors que je m'apprête à quitter la pièce.

Quand je me retourne pour le regarder, il demande d'un ton affable :

— Ta femme et toi, vous pourriez vous joindre à nous pour le dîner ce soir ? Nora aimerait beaucoup apprendre à mieux connaître ta Sara.

— Avec plaisir, dis-je en dissimulant ma surprise. Nous viendrons.

— À dix-neuf heures, ajoute-t-il avant de remonter à l'étage.

Henderson

J'AI PASSÉ LA JOURNÉE À PELLETER ET J'AI MAL AU DOS. J'AI réquisitionné l'aide de Jimmy. Il est furieux, mais il fallait le faire.

Nous devions dégager l'allée afin de pouvoir nous enfuir en cas de besoin.

Dans mon projet pour me débarrasser de Sokolov et des autres – l'opération largage, comme je l'appelle –, il me manque encore un élément crucial : l'agencement de la base d'Esguerra et le détail de sa sécurité.

Une fois que je disposerai de ces informations, nous pourrons passer à l'attaque, mais en attendant, je dois tout faire pour protéger ma femme et mes enfants.

Je dois les sauver des monstres qui nous traquent.

ara

Je sais que je n'ai aucune raison d'être nerveuse à la perspective de ce dîner après tout ce que nous avons enduré, mais c'est plus fort que moi. D'abord, les seuls vêtements que j'ai trouvés dans le placard sont des shorts et des tee-shirts, et même si Peter m'a assuré que nous ne devons pas être tirés à quatre épingles, je me sentirais beaucoup mieux si j'avais au moins une jolie robe à porter. Sans compter qu'après ma sieste de l'après-midi, mes nausées matinales ont décidé de se manifester.

Il faut croire que mon corps est tout aussi déphasé que moi.

J'ai déjà vomi, mais je suis encore vaseuse lorsque Peter me conduit jusqu'à la maison principale. L'insistance avec laquelle il m'a suggéré de voir un psy n'arrange pas mon humeur. En a-t-il vraiment parlé à notre hôte ? J'espère que non, mais connaissant mon mari, je crains qu'il l'ait déjà fait.

Il n'est pas du genre à remettre les choses au lendemain.

Toujours est-il que mon estomac fait des pirouettes lorsque Peter frappe à la porte. Quelques instants plus tard, elle s'ouvre et une femme hispanique d'un certain âge apparaît.

— Señor Sokolov, dit-elle, radieuse. Bienvenue. Ce doit être votre adorable épouse.

Je souris et lui tends la main.

— Bonjour. Je m'appelle Sara.

— Oh, bonjour, fait-elle en me serrant vigoureusement la main. Je suis Ana, la gouvernante de Señor Esguerra. Entrez, je vous en prie.

Nous la suivons à l'intérieur. Le manoir offre un mélange saisissant de décorations traditionnelles et modernes, avec des meubles volumineux de style baroque, un parquet en bois franc étincelant et de l'art abstrait aux murs. Je reconnais deux tableaux pour les avoir étudiés en cours d'art plastique à l'université. Si ce sont les originaux – et je le suppose fortement –, les murs du hall d'entrée à eux seuls valent des millions de dollars.

Ana nous conduit dans une salle à manger, où une table ovale est dressée avec de l'argenterie brillante et des assiettes aux bordures dorées. Ni Nora ni son mari ne sont là, mais je reconnais le couple assis d'un côté de la table.

Lucas et Yulia Kent.

Leurs têtes blondes sont penchées l'une vers l'autre. Leurs mains jointes sur la table, ils rient ensemble. Pourtant, lorsque nous entrons, ils lèvent les yeux et perdent aussitôt leurs sourires.

Une tension palpable imprègne l'atmosphère de la pièce tandis qu'Ana disparaît, nous laissant seuls tous les quatre.

Peter est le premier à briser le silence :

— Lucas.

Il hoche la tête pour saluer l'homme aux dents serrées. Puis il se tourne vers la femme de Kent, une beauté sculpturale.

— Yulia. Content de te voir.

— C'est un plaisir de te voir, répond-elle.

Prudemment, elle pose les yeux sur moi.

— Et toi aussi, Sara.

Ma nausée s'intensifie brusquement.

Oh, zut. En proie à la panique, je jette un œil autour de moi à la recherche des toilettes, mais je n'en trouve nulle part.

— Ptichka... fait Peter en m'agrippant le bras. Que se passe-t-il ?

Si j'essaie de parler, je vais vomir. Une main sur la bouche, je m'arrache à sa poigne et je sors en trombe de la salle en direction de l'entrée.

J'ai à peine le temps de débouler à l'extérieur. Dès l'instant où je me penche par-dessus la balustrade du porche, mon estomac se déleste de son contenu.

Naturellement, Peter me suit et assiste à la scène – tout comme Yulia, je constate du coin de l'œil. Mortifiée, je finis de me vider tandis qu'il me tient les cheveux. Quand je relève la tête, elle a disparu.

Une seconde plus tard, elle revient avec une serviette en papier humide.

— Tiens, murmure-t-elle en me la tendant.

Je l'accepte avec reconnaissance et je m'essuie la bouche.

Ana sort au même moment – Yulia a dû lui dire ce qui s'est passé. À mes petits soins, la gouvernante me conduit vers une salle de bain, où elle me donne une brosse à dents toute neuve et un tube de dentifrice.

Le temps que je me lave le visage et me brosse minutieusement les dents, mon estomac s'est enfin calmé.

— Ça va, mon amour ? demande Peter dès que je sors des toilettes.

Je hoche la tête sans croiser son regard.

— Désolée.

— Tu n'as pas à être désolée, répond-il en me prenant la main. Disons que c'était notre annonce officielle de la grossesse.

Déposant un baiser sur mon front, il entrelace nos doigts et m'accompagne dans la salle à manger.

~

LES ESGUERRA SONT DÉJÀ LÀ, ASSIS EN FACE DES KENT, QUAND NOUS revenons. Je reconnais immédiatement notre hôte : c'est bien le bel homme que j'ai rencontré à l'hôpital. Ses cheveux noirs sont plus longs qu'à l'époque, mais ses traits à la beauté sensuelle sont identiques. À la différence de la dernière fois, cela dit, il n'exprime ni chagrin ni colère. Il est serein, mesuré, comme un roi sur son trône.

Un roi cruel et tyrannique, étant donné ce que je sais à son sujet.

Pour la première fois, je me demande ce qui est arrivé aux hommes qui ont agressé Nora et son amie. Son mari les a-t-il tués ?

Suis-je bête ! Évidemment, il les a tués.

La seule question, c'est de savoir à quel point il les a fait souffrir juste avant.

— Te voilà, dit Nora en me regardant. Viens, assois-toi.

Elle tapote la chaise à côté d'elle et je la rejoins.

— Julian, je te présente Sara. Tu te souviens peut-être d'elle, à l'hôpital à Chicago.

— Bien sûr. C'est un plaisir de te revoir.

Il me dévisage de son regard bleu perçant et, pour la première fois, je remarque une légère altération dans son œil gauche, ainsi qu'une fine cicatrice de sa pommette jusqu'au sourcil.

A-t-il reçu un coup de couteau ? Et si oui, comment son œil a-t-il survécu ?

À moins que… est-ce un œil artificiel ?

— Merci. C'est un plaisir de vous rencontrer. Et merci pour votre hospitalité, dis-je en réfrénant ma curiosité.

J'aime mieux éviter de dévisager notre hôte impitoyable.

Il me fait signe de m'asseoir à côté de Nora, et Peter s'installe en face de moi, près de Yulia.

— Merci pour la serviette en papier, dis-je à la jeune femme blonde.

Elle me répond par un hochement de tête avant de détourner le regard. Comme son mari, elle doit avoir une dent contre moi après ce qui s'est passé à Chypre. Avec du recul, je m'en veux beaucoup de lui avoir menti quant à la nature de ma relation avec Peter. Je cherchais à m'échapper, mais je n'aurais pas dû l'impliquer dans mes tentatives désespérées pour éviter de tomber amoureuse de mon tourmenteur.

Je dois la prendre à part ce soir afin de lui présenter mes excuses.

— Comment te sens-tu ? demande Nora d'une voix douce en se penchant vers moi.

Je lui souris et ma honte se dissipe devant son visage sincèrement soucieux.

— Bien mieux, merci.

— Moi aussi, j'ai eu des nausées matinales avec Lizzie, confie-t-elle avec un sourire triste. Je vomissais tellement que Julian a pris l'habitude de transporter partout où nous allions un sac en papier comme on en trouve dans les avions.

— Je crois que ce serait utile, en effet.

Ma réponse la fait rire. Pendant ce temps, Peter nous regarde d'un drôle d'air.

Désapprouve-t-il mon amitié naissante avec la femme d'Esguerra ? Et dans ce cas, pourquoi ?

Tandis que je réfléchis, Ana entre avec des bols sur un chariot.

— J'ai fait préparer un bouillon spécial plus léger pour toi, me dit Nora lorsqu'Ana dépose une soupe claire devant moi, différente des versions crémeuses qui sont servies aux autres. Je me suis dit que ce serait plus digeste. Dis-moi si tu préfères la crème aux champignons. La nourriture riche me donnait toujours la nausée pendant le premier trimestre, alors j'ai pensé que c'était peut-être le cas pour toi aussi.

— C'est parfait, merci, dis-je, touchée par sa prévenance. Je n'ai pas encore remarqué de corrélation avec la nourriture, mais j'ai vraiment envie de manger léger, après… tu sais.

— Oui, je m'en doutais, dit-elle en souriant. N'hésite pas à me prévenir si des odeurs t'incommodent. Ana rapportera en cuisine ce qui te gêne. Les odeurs, c'était quelque chose quand j'attendais Lizzie.

— Merci. Tu es trop gentille.

Je trempe ma cuillère dans la soupe et je la porte à mes lèvres, y goûtant avec précaution. À mon soulagement, c'est aussi léger que Nora l'a promis, avec un goût subtil de champignon et un soupçon de miso.

— Ta fille fait la sieste ? je demande en avalant ma soupe.

— Elle dormait quand je l'ai laissée à l'étage avec Rosa il y a quelques minutes.

En soupirant, elle jette un œil vers l'entrée de la pièce.

— Elle me manque déjà, c'est grave ?

— Pas du tout, dis-je en souriant. C'est un bébé vraiment adorable.

Nora lève les yeux au ciel.

— Si seulement. C'est une petite terreur, voilà la vérité. Ne te laisse pas duper par son joli minois. C'est *bien* la fille de son père.

Esguerra choisit ce moment pour nous regarder.

— Quoi donc, ma chérie ?

— Rien, répond Nora avec un sourire béat. Je dis simplement à Sara que notre fille est un parfait petit ange.

Il hausse les sourcils, dubitatif, et Nora lui lance un coup d'œil exagérément innocent, battant frénétiquement ses longs cils. Les paupières mi-closes, sa bouche sensuelle pincée, il échange avec elle un regard si intime et enflammé que mon ventre se réchauffe.

J'ai l'impression de faire du voyeurisme. Je détourne les yeux, gênée, pour croiser ceux de mon mari. Son regard est à l'orage de l'autre côté de la table.

— Tu ne manges rien, remarque-t-il tout bas.

Je me rends compte que ce n'est pas mon amitié potentielle avec Nora qui l'inquiète.

C'est moi.

Il m'observe comme si je pouvais vomir – ou paniquer – d'une seconde à l'autre.

Mon humeur s'assombrit. Et moi qui espérais le rassurer en lui faisant l'amour tout à l'heure.

Plongeant ma cuillère dans le bol, je m'efforce de le vider peu à peu afin de le tranquilliser. Il me surveille pendant quelques secondes, puis il reprend son propre repas, manifestement satisfait de constater que je ne me laisse pas mourir de faim.

Tout le monde termine sa soupe, puis les hommes se lancent dans une discussion sur les mesures de sécurité du complexe. Je n'écoute que d'une oreille, parce que Nora n'arrête pas de me parler des bars et des restaurants de Chicago.

Apparemment, nous avons fréquenté les mêmes établissements au fil des ans.

Pour le deuxième plat, Ana apporte une salade verte et une paëlla appétissante aux fruits de mer. Nora me propose du riz blanc et du poulet, mais je refuse en la remerciant pour ses attentions.

Mon estomac tient bon et j'ai très envie de goûter la paëlla.

Au cours du repas, je remarque une tendance un peu embarrassante autour de la table. Bien que Nora et Yulia soient directement assises l'une en face de l'autre, elles ne se regardent jamais et ne se parlent pas. En fait, à part pour remercier Ana et la féliciter pour sa cuisine, Yulia n'a parlé qu'à son mari ou elle est restée silencieuse.

Les Esguerra lui en voudraient-ils pour une raison qui m'échappe ? À bien y penser, lors de notre visite à Chypre, Peter a fait allusion au fait qu'Esguerra « en pinçait pour elle ».

Il faudra que je demande à Peter ce qui s'est passé.

Je décèle une certaine tension entre Peter et Lucas aussi, mais c'est loin d'être aussi prononcé. Comme Kent nous a aidés à nous échapper, peut-être paraît-il moins coupable de mon évasion aux yeux de Peter. Les deux hommes s'estiment quittes.

Nous en sommes au milieu du dessert – un délicieux tiramisu

maison – quand la conversation s'oriente sur le sujet qui nous a tous amenés ici.

Henderson.

— Il semblerait que ce soit jouable ce soir, annonce Esguerra à Peter. J'en aurai la certitude dans une heure – votre gars de Caroline du Nord se montre tatillon.

Mon mari fronce les sourcils.

— Offrons-lui plus d'argent.

— C'est ce que j'ai fait, répond Kent. Je lui ai aussi fait savoir que s'il ne coopérait pas, il serait ajouté à notre liste. Alors, je suppose qu'il va se décider.

— Que se passe-t-il ce soir ? je demande en regardant les hommes autour de la table. Avez-vous déjà localisé Henderson ?

Esguerra et Kent consultent Peter, qui secoue légèrement la tête – leur interdisant ainsi de me tenir au courant. Enfin, mon mari me répond :

— Tu n'as pas à t'en inquiéter, ptichka, dit-il tout doucement en se penchant par-dessus la table pour poser sa main sur la mienne. Nous ne l'avons pas encore trouvé, mais ça ne saurait tarder. Ce soir n'est qu'une étape de plus dans cette direction.

Je serre les dents en retirant ma main.

C'est reparti, sa crainte que je ne sois pas capable de gérer une information un tant soit peu sensible.

Avant que je puisse ajouter quoi que ce soit, j'entends les hurlements d'un bébé. On dirait qu'ils se rapprochent de la pièce. Un instant plus tard, Rosa entre, lessivée, portant dans ses bras Lizzie qui crie à pleins poumons.

— Désolée de vous interrompre, mais elle n'arrête pas de pleurer. Je l'ai nourrie et je l'ai changée. Je ne sais pas ce qu'elle veut.

À mon étonnement, ce n'est pas Nora qui se lève, mais Esguerra.

— Je m'en charge, dit-il calmement.

Il s'approche de Rosa et lui prend le bébé des mains,

manipulant la petite fille avec une douceur exquise et une expertise surprenante.

Ses traits se radoucissent lorsqu'il regarde le petit visage chiffonné. Quelle n'est pas ma surprise quand le bébé s'apaise, bercé tout doucement par les bras et la voix grave de son père. Esguerra murmure des paroles sans queue ni tête. Il ne semble pas se soucier d'être le point de mire de tous les regards dans ce moment de tendresse, entièrement absorbé par la petite créature dans ses bras.

— Tu vois ce que je veux dire ? La petite fille à son papa, chuchote Nora à mon oreille.

Bouche bée, je dévisage son mari comme s'il lui avait poussé une queue.

Je ne m'attendais certainement pas à voir le puissant trafiquant d'armes aussi tactile avec son bébé.

— Il est le seul à pouvoir la calmer chaque fois qu'elle pique une crise, continue Nora à mi-voix.

Quand je la regarde, je vois qu'elle admire son mari et son enfant avec une adoration sans bornes.

Il est évident qu'elle est amoureuse de lui.

De cet homme qui l'a enlevée alors qu'elle sortait tout juste du lycée.

Je suppose que ça ne devrait pas m'étonner, étant donné ma propre relation avec Peter, mais c'est tout de même un peu troublant de les voir ainsi assortis. D'un côté, j'ai envie de lui conseiller de consulter un psy pour son syndrome de Stockholm, mais d'un autre, plus important encore, je me réjouis de leur histoire d'amour si extraordinaire.

S'ils sont capables de mener une vie de couple, alors Peter et moi, nous pouvons peut-être y arriver aussi.

Qui sait, dans quelques années, nous serons tous assis à la table du dîner, comme ce soir, mais ce sera mon bébé dans les bras de Peter.

Notre deuxième, évidemment. L'aîné sera en train de courir partout à ce moment-là.

Je suis tellement captivée par mes rêveries que je rate presque l'occasion de parler à Yulia. Elle vient de se lever et elle sort déjà de la salle à manger quand je me rends compte qu'elle s'éclipse aux toilettes.

— Excusez-moi, je reviens tout de suite, dis-je à Nora et à Peter.

Sans attendre de réponse, je me lève et me précipite après Yulia.

ara

JE RATTRAPE YULIA DANS LE COULOIR DES TOILETTES.

— Attends, s'il te plaît, lui dis-je alors qu'elle s'apprête à entrer.

Puis je me rends compte de ce que je viens de dire et je précise :

— Enfin, vas-y si tu en as besoin. J'attendrai ici que tu aies fini.

Elle s'écarte de la porte.

— Non, je t'en prie, vas-y. Je peux aller ailleurs. Les toilettes ne manquent pas au rez-de-chaussée.

— Quoi ? Oh, non, ça va.

J'éclate de rire. Elle a cru que j'avais un besoin pressant.

— Je voulais juste discuter seule à seule avec toi, histoire de m'excuser pour ce qui s'est passé à Chypre.

Son beau visage se crispe.

— Pas besoin. C'est du passé.

— Non, pas du tout. J'ai causé une tension entre Peter et ton mari. Je suis sincèrement désolée pour tout ça – et aussi parce que je t'ai donné une fausse impression sur ma relation avec lui. J'avais besoin de ton aide pour m'échapper, mais j'aurais dû être plus sincère. Peter a tué mon premier mari et il m'a torturée, comme je te l'ai dit – mais c'était il y a longtemps, avant que les choses se compliquent entre nous. Enfin, j'*étais* sa captive chez vous – c'est pour ça que j'ai essayé de m'échapper –, mais je tombais déjà amoureuse de lui et...

Yulia pose une main fine sur mon bras.

— Tout va bien, Sara.

Ses yeux bleus sont empreints de douceur.

— Tu n'as pas à me raconter les détails. Je comprends.

— Vraiment ?

Elle hoche la tête.

— Je ne suis pas une idiote. Je sais que les choses changent et que les débuts les plus sordides peuvent conduire à de belles relations au fil du temps. Quant au fait que tu t'es servie de moi pour t'évader, je suis sûre que j'aurais fait la même chose à ta place. En fait...

Elle s'interrompt avant de reprendre :

— Bref, je suis contente que Peter et toi alliez bien maintenant. Enfin... tout va bien, n'est-ce pas ?

Son regard se pose sur mon ventre, puis elle me dévisage avec une question silencieuse.

— Oh. Oui, bien sûr.

Je grimace intérieurement en me rappelant lui avoir confié que Peter cherchait à me mettre enceinte de force. Une main sur mon ventre, je déclare avec conviction :

— Celui-ci était vraiment désiré.

Elle sourit.

— Tant mieux. Je suis ravie de l'apprendre. Bon, si tu veux bien m'excuser...

Elle jette un œil en direction des toilettes.

Tout sourire, je recule, consciente que je l'ai accaparée pendant un moment.

— Merci, lui dis-je tandis qu'elle entre. Pour ton aide cette fois-là et pour tout.

— C'était un plaisir.

Lorsqu'elle referme la porte, je retourne dans la salle à manger, infiniment plus soulagée.

~

QUAND JE REVIENS, TOUT LE MONDE EST DEBOUT ET S'AGITE AUTOUR de la table en buvant des digestifs. Bientôt, nous prenons congé.

— Merci. Tout était formidable, dis-je à Nora avec sincérité.

Elle sourit.

— Je n'ai aucun mérite. C'est grâce à Ana.

Au même moment, son mari l'appelle à l'étage.

— J'arrive ! répond-elle.

Elle s'avance et me serre dans ses bras.

— Passe me voir quand tu veux, d'accord ?

Je lui promets de le faire.

Elle monte l'escalier et je me tourne vers Yulia. Lucas et elle séjournent dans la maison principale. Dans le couloir à côté de son mari, elle nous regarde partir. Sur une impulsion, je la rejoins et je l'étreins.

— Encore merci, dis-je lorsque nous nous séparons.

Elle me sourit chaleureusement.

— Bonne chance, Sara. J'espère te revoir par ici.

— Oh, bien sûr, lui dis-je. Au revoir, Lucas.

Je le salue en souriant, mais il me regarde froidement.

Bon, je note. Un seul des Kent m'a pardonnée jusqu'à présent.

— Tu es prête ? demande Peter en passant son bras autour de ma taille.

Je hoche la tête et me penche contre lui tandis qu'il m'accompagne à l'extérieur.

De retour dans notre maison provisoire.

eter

— Que se passe-t-il avec Yulia et les Esguerra ? demande Sara au petit-déjeuner, le lendemain matin. Pendant le dîner, on aurait dit qu'il y avait des tensions et je crois me rappeler quelque chose que tu as dit à Chypre.

— Oh, ça ?

Je lui sers une autre louche de flocons d'avoine aux baies rouges. J'ai commencé à me renseigner sur la nutrition pour les femmes enceintes et j'ai l'intention d'orienter le régime de Sara vers des aliments plus sains.

— Oui, il y a clairement des tensions, et pour une bonne raison.

Elle repose sa cuillère.

— Ah, oui ?

J'hésite à lui raconter toute l'histoire, mais elle n'a eu aucun épisode hallucinatoire ce matin ni hier soir, et cela ne concerne en rien les événements traumatisants qu'elle a traversés. Je décide donc de lui en parler, d'autant plus qu'elle m'a paru en bonne entente avec l'épouse de Kent.

— Tu te rappelles quand je t'ai dit qu'Esguerra avait eu une altercation avec un groupe terroriste et qu'il avait fallu le secourir ? je demande.

Comme Sara hoche la tête, je poursuis :

— Eh bien, s'ils l'ont capturé, ce n'est pas pour rien. Son avion a été abattu au-dessus de l'Ouzbékistan et c'est arrivé à cause de certaines informations que Yulia a fournies au gouvernement ukrainien.

— Quoi ?

Sara écarquille les yeux.

— Pourquoi a-t-elle fait ça ? Était-elle avec Lucas à ce moment-là ?

— D'après ce que je sais, ils avaient eu une histoire d'un soir à Moscou juste avant le crash. Quant à la raison, figure-toi que c'était son métier à l'époque. Elle travaillait comme espionne à Moscou pour le gouvernement ukrainien.

— Oh, waouh, c'est…

Sara reste sans voix. Je souris.

— Oui, je sais. Kent était dans l'avion aussi, d'ailleurs. Ainsi qu'une cinquantaine des hommes d'Esguerra. Presque tous sont morts. C'est pour ça qu'Esguerra a fini à l'hôpital à Tachkent, blessé et sans défense.

— Oh, merde, souffle Sara. Mais comment se fait-il qu'elle soit encore en vie, et mariée à Lucas ?

Je souris. Ma petite civile commence à raisonner comme moi.

— Honnêtement, je ne sais pas trop, lui dis-je. J'ai quitté l'équipe une fois que tout est retombé. Je crois qu'elle est encore en vie justement parce qu'ils sont mariés. J'ai aidé Kent à la récupérer à Moscou, car il voulait la punir personnellement, mais après, je n'en sais pas plus. Si ce n'est qu'ils ont fini ensemble. Apparemment, ils sont heureux en ménage.

Sara secoue la tête.

— Waouh. Je… je n'ai pas de mots.

Elle joue avec ses flocons d'avoine et j'expédie mon propre repas avant de me lever pour débarrasser la table.

Tout en remplissant le lave-vaisselle, je l'observe discrètement. Elle sirote son thé, perdue dans ses pensées, mais elle n'a plus ce regard vide terrifiant, elle ne fait pas d'hyperventilation ni de crise de panique sous une avalanche de souvenirs. Elle s'est réveillée en sursaut après un cauchemar hier soir, mais je lui ai fait l'amour et elle s'est rendormie.

Ce qui s'est passé hier était peut-être une anomalie. Après tout, ma ptichka a peut-être raison. Quoi qu'il en soit, la psychologue arrive par avion ce matin. Elle pourra la voir dès cet après-midi.

L'autre bonne nouvelle, c'est que l'opération d'hier soir s'est déroulée sans encombre. Avec les ressources d'Esguerra et mes dossiers détaillés sur Henderson, nous avons obtenu tout ce que nous espérions – ce qui signifie que nous sommes à un cheveu de résoudre la situation.

S'il reste un soupçon d'empathie chez Henderson, il cédera.

Sinon, nous le débusquerons quand même – et il mourra avec toutes ces morts sur la conscience.

enderson

JE REGARDE MON ÉCRAN D'ORDINATEUR AVEC DES FRISSONS d'horreur. Je m'attendais à ce que Sokolov et les autres mettent tout en œuvre pour me retrouver, mais je n'imaginais pas une chose pareille. Les messages qui envahissent ma boîte de réception sont surréalistes.

Mon oncle. Mes cousins. La famille de Bonnie. Tous nos amis.

Disparus.

Enlevés dans leurs maisons, leurs écoles, sur le trajet du travail et même dans leurs églises.

Les doigts tremblants, j'ouvre le site de CNN et je lance une vidéo qui traite du sujet.

« On estime maintenant que la série d'enlèvements constatés la nuit dernière à Asheville, Charleston et la région de Washington D.C. est liée, annonce la présentatrice des actualités avec une excitation à peine contenue. Jusqu'à présent, aucune demande de rançon n'a été envoyée, mais d'après la police, les ravisseurs vont bientôt se manifester. Au total, ce sont dix-neuf citoyens qui ont disparu. Une caméra de sécurité a filmé l'un des enlèvements. »

La vidéo présente une séquence de mauvaise qualité. Deux silhouettes masquées s'emparent de l'Oncle Ian alors qu'il fait le plein à la station-service. Les mouvements des ravisseurs sont fluides et bien coordonnés – il est évident que ce sont des professionnels qui savent ce qu'ils font.

« Dans le prolongement de cette affaire, il semblerait qu'un certain nombre de citoyens aient subi des enlèvements et agressions dans un passé récent », poursuit la journaliste.

Sur l'écran, je découvre une femme rousse affolée – Sandra, l'épouse de mon ami Jimmy.

Heureusement qu'ils l'ont laissée intacte. C'est déjà bien assez grave que mon plus vieil ami – dont notre fils porte le prénom – soit entre leurs griffes.

— Pourquoi s'acharnent-ils comme ça ? sanglote Sandra, son mascara ruisselant sur son visage moucheté de taches de rousseur. La dernière fois, on l'a frappé et on lui a tiré dessus. Il a dû quitter les forces de l'ordre. Et maintenant ça ? Pourquoi ? Qu'attendent-ils de nous ?

Moi. C'est moi qu'ils attendent.

De la bile acide remonte dans ma gorge.

La police ne recevra jamais la moindre demande de rançon, car leurs exigences m'ont été directement communiquées.

Ou plutôt, elles ont été communiquées à la CIA où j'ai toujours des contacts – et ils le savent.

J'aurais dû le prévoir et prendre des mesures préventives, mais j'ai cru que toutes les personnes interrogées par Sokolov ne craignaient plus rien étant donné qu'elles ignorent tout.

Je me suis concentré sur l'opération largage et j'ai sous-estimé le potentiel de mes adversaires sociopathes.

Un spasme me raidit le cou. La douleur constante s'accentue lorsque je mets la vidéo en pause pour retourner sur ma messagerie et relire le dernier email.

Dix-neuf heures, dix-neuf vies, indique le message reçu par la

CIA. *Le décompte commencera à midi heure de l'Est. Rendez-vous, Wally, ou ils mourront tous un par un.*

ara

APRÈS LE PETIT-DÉJEUNER, PETER S'EN VA POUR TRAVAILLER AVEC Esguerra et son équipe russe. Je décide de rendre visite à Nora dans la maison principale. Pour la première fois de la semaine, je ne me sens ni tendue ni anxieuse. Mon estomac est calme et mon cœur bat à un rythme normal.

Je fredonne tout en marchant, profitant de la sensation chaude et humide de l'air sur ma peau. Je me sens bien, presque comme avant la tempête, avant que mes parents…

Mon esprit se ferme. Un mur de coton se dresse autour de moi lorsqu'un troisième coup de feu se fait entendre.

Je regarde mon mari, son dos en sang, puis l'agent dans l'encadrement de la porte. Le visage tordu de haine, il vise la tête de Peter.

Mon regard se pose sur le pistolet que Peter a lâché en se battant avec l'autre policier.

Il n'est qu'à un mètre de moi.

Je tends la main et je m'en saisis. Froid et lourd dans ma paume, il accentue l'engourdissement glacé de mon cœur.

Mes parents sont morts.

Peter va se faire assassiner.

Je vise et appuie sur la détente une fraction de seconde avant que l'agent ouvre le feu.

Ma balle rate sa cible, mais le coup le fait sursauter et il vise au hasard.

Il se tourne alors vers moi, et à nouveau, je tire.

Touché en pleine veste, il recule sous l'impact.

Sans hésiter, je m'approche et une fois de plus, je lève mon arme.

— Non... fait-il d'une voix étranglée.

Il halète. J'appuie sur la détente.

Son visage vole en éclats de sang et d'os. On dirait un jeu vidéo hyperréaliste, avec l'odeur, le goût et...

— Bordel ! Sara, que s'est-il passé ? Qu'y a-t-il ?

Je reviens brusquement à la réalité et je reprends ma respiration. Je suis par terre, roulée en position fœtale. Lucas Kent est penché sur moi. Ses traits taillés à la serpe sont crispés d'inquiétude et ses yeux clairs me balaient de la tête aux pieds. Comme il ne trouve aucune blessure, il me prend par les épaules et m'aide à me redresser.

Mes genoux sont faibles et je tremble. Trempé de sueur, mon tee-shirt me colle à la peau. J'ai si froid que je frissonne en dépit de la chaleur du soleil sur ma peau.

— Est-ce que ça va ? demande Kent en me soutenant.

Quand je hoche la tête en pilote automatique, il me libère et demande :

— Que s'est-il passé ? Quelque chose t'a fait peur ou t'a fait mal ?

Je secoue la tête, encore trop essoufflée pour parler.

— Bon. Diego ! lance-t-il en faisant signe au garde qui passe par là – dans un brouillard, je reconnais celui qui nous a montré notre maison.

— Reste avec elle, ordonne Kent lorsque le jeune homme accourt. Je vais chercher Peter.

Avant que je puisse protester, il détale au pas de course.

eter

— Où est Kent ? demande Esguerra lorsque j'entre dans le petit bâtiment moderne qui lui sert de bureau.

Il préfère mener ses affaires à l'extérieur de la maison familiale – même si Nora connaît tous les tenants et les aboutissants de son empire illégal.

— Comment veux-tu que je le sache ? je réponds en m'assoyant à côté de Yan, qui consulte son téléphone.

Ilya et Anton sont déjà là. Ilya mâchonne joyeusement un biscuit, sans doute pioché dans le plat qu'Ana a dû apporter.

— Il n'est pas hébergé dans ta maison ? je demande.

Esguerra fronce les sourcils.

— Il participait à la patrouille avec les gardes ce matin, répond-il en jetant un œil aux nombreux écrans qui recouvrent les murs avant de se tourner vers nous. Bon, il nous rattrapera plus tard. Je vais devoir passer un coup de fil, ajoute-t-il en me regardant. Des nouvelles de Henderson ?

— Non. Je ne pense pas qu'il nous contacte avant un moment. Nous ne sommes jamais qu'à…

Je jette un œil vers l'heure affichée par les écrans avant de compléter :

— … une heure du début du décompte. Je suppose que nous allons devoir mettre notre menace à exécution. Après quelques cadavres, il comprendra que nous ne plaisantons pas.

Esguerra acquiesce.

— Très bien. J'ai déjà fait savoir à mes hommes quels otages tuer en premier. Des nouvelles des hackers ?

— Oui, répond Yan en levant les yeux de son téléphone. Ils viennent d'identifier le tireur embusqué, celui qui a abattu l'agent venu pour arrêter Peter.

Je serre les poings sur la table.

— Qui est-ce ?

— Eh bien, c'est une femme, répond Yan en regardant son téléphone. Elle se fait appeler Mink et elle vient de République tchèque. Attendez, la photo est en train de charger.

— Et nos sosies ? s'enquiert Anton. Des pistes sur ces connards ?

Yan ne répond pas. Quand je le regarde, je vois une veine palpiter sur sa tempe. Il consulte l'écran de son téléphone.

— Qu'y a-t-il ? demande Ilya en fronçant les sourcils.

Sans un mot, son jumeau lui tend le téléphone.

Le visage large d'Ilya semble s'être changé en pierre.

— Elle ? fait-il en levant les yeux vers son frère. C'est *elle*, Mink ?

Putain ! J'arrache le téléphone des mains d'Ilya et j'examine la photo qui apparaît.

La femme – de profil – est jeune et plutôt charmante. Ses traits délicats sont mis en valeur par les cheveux blonds coiffés en pointes qui encadrent son visage à la peau claire. Dans son cou, je discerne vaguement un tatouage, et sa petite oreille est percée par une dizaine d'anneaux.

— Qui est-ce ? je demande en regardant les jumeaux. Comment la connaissez-vous ?

Le visage de Yan est tendu.

— Aucune importance, répond-il en me reprenant le téléphone. J'envoie des hommes la capturer. Elle sait peut-être où est Henderson.

— C'est important, rétorque Esguerra tandis que les pouces de Yan pianotent furieusement sur l'écran. Putain, qui est-ce ?

— Nous l'avons rencontrée à Budapest, répond Ilya tandis que Yan ignore la question. Elle est serveuse dans un bar.

Une serveuse à Budapest ? Pourquoi ça me dit quelque chose ?

— Tu as couché avec elle il y a quelque temps ? s'exclame Anton en regardant Yan. C'est à son sujet qu'Ilya n'arrêtait pas de bouder quand nous étions en Pologne ?

Les mâchoires imposantes d'Ilya se contractent.

— Je ne boudais pas. En tout cas, ajoute-t-il en désignant son frère du pouce, c'est bien lui qui se l'est tapée.

Yan abat son téléphone sur la table.

— Ferme-la, merde !

J'assiste à la scène, ébahi. Yan, toujours calme et mesuré, est en train de perdre son sang-froid comme jamais.

Son jumeau vire au rouge et il se lève brusquement, envoyant valser sa chaise par terre.

Je bondis à mon tour, conscient qu'une bagarre va éclater. Au même moment, Kent fait irruption dans le bureau.

— C'est Sara, dit-il en haletant comme s'il avait couru un marathon. Peter, tu dois venir avec moi tout de suite.

eter

S<small>ANS PRÊTER ATTENTION À LA VIVE DOULEUR SOUS MES CÔTES, JE</small> raccompagne Sara à la maison. Elle est capable de marcher – je le sais, parce qu'elle me l'a dit d'une voix chevrotante –, mais je m'en fiche. Elle est tellement pâle et fragile que je dois la soutenir, sentir son corps frêle contre le mien, pour avoir la certitude qu'elle n'est pas blessée.

Ainsi, je peux me convaincre qu'elle et le bébé vont bien.

Mon sang s'est figé dès que Kent est arrivé et je ne m'en suis pas encore complètement remis. Quand j'ai accouru, ma ptichka était encore plus livide que maintenant... la voir aussi vulnérable n'a rien arrangé.

— Et voilà, dis-je d'une voix apaisante lorsque nous approchons de la maison. Nous allons te mettre tout de suite sous la douche, d'accord ?

Ses vêtements sont couverts de terre et tachés par l'herbe, tout comme ses paumes, ses genoux et la moitié de son visage.

Elle ne proteste pas – ni à la douche ni à mon aide pour la déshabiller –, ce qui en dit long sur son état de faiblesse. Hier, elle n'arrêtait pas de vouloir me convaincre que tout allait bien.

Une fois qu'elle est nue, j'ouvre l'eau chaude et j'attends la bonne température. Puis je la fais entrer et je retire mes propres habits afin de la rejoindre sous le jet. Immédiatement, l'eau imprègne mes bandages, mais ça m'est bien égal. De toute façon, je suis sûr qu'il est grand temps que je les enlève.

— Qu'est-ce que tu as vu, mon amour ? je demande doucement tout en versant du savon dans ma main.

Malgré mon inquiétude, j'ai la queue dure, attirée par sa peau soyeuse et ses seins aux pointes roses. Sans ménagement, je réprime toute envie de cette nature et je me concentre sur la douche. Le sexe n'arrangerait pas le problème, même si je le souhaite.

Ma ptichka doit affronter les démons qui la taraudent.

Elle doit m'ouvrir sa porte – et s'ouvrir à elle-même.

Fermant vivement les yeux, elle secoue la tête.

— Je ne peux pas en parler. Je suis désolée.

Merde. J'ai envie d'écraser mon poing contre la paroi vitrée de la cabine, mais au lieu de ça, j'entreprends de la laver, m'efforçant de rester aussi délicat que possible.

Elle n'a pas besoin de violence.

Elle en a déjà trop subi.

~

L'INQUIÉTUDE, MÊLÉE À UNE BONNE DOSE DE CULPABILITÉ, ME dévore toujours de l'intérieur tandis que je sers le déjeuner à Sara. Je n'aurais pas dû la laisser seule pendant trente minutes. J'aurais dû être là, faire quelque chose pour empêcher ça.

Bon sang, j'aurais dû la protéger contre ce traumatisme.

À mon grand soulagement, elle semble s'être ressaisie après la douche – au point qu'elle essaie à nouveau de faire semblant que tout va bien, comme si Kent ne l'avait pas retrouvée roulée en boule sur la pelouse comme un enfant blessé.

— On pourrait laisser la psychologue se reposer après son vol, non ? dit-elle lorsque je lui annonce que je l'emmènerai voir la spécialiste après le repas. Nous pourrons commencer les séances demain.

— Elle se reposera après t'avoir parlé.

Je refuse de reporter le rendez-vous – pas après ce que j'ai vu. Esguerra m'a envoyé un message pour me demander de passer à son bureau après le déjeuner, mais je ne la laisserai plus toute seule.

Henderson et toutes ces conneries peuvent bien attendre.

Sara soupire en jouant avec sa salade de chou kale du bout de sa fourchette, puis elle lève les yeux.

— Tu es conscient que je ne vais pas guérir comme par magie si je parle avec cette psy, n'est-ce pas ?

Ses yeux noisette sont perplexes.

— La thérapie n'aide pas toujours dans ce genre de situations.

Au moins, elle admet enfin qu'il y a bien une « situation ».

Je me lève et contourne la table pour rejoindre sa chaise.

— Je sais, mon amour, lui dis-je doucement, les yeux sur son visage à l'envers.

Je pose les mains sur ses épaules et je les masse, chassant la tension de ses muscles délicats.

— Ce ne sera pas magique, mais ce sera un début.

Me laissant tomber à genoux à côté de sa chaise, j'enroule les bras autour d'elle et je la serre. J'ai besoin de sentir son cœur battre contre le mien.

J'ai besoin de me convaincre que je suis en mesure de réparer les dégâts que j'ai causés.

75

ara

LE DOCTEUR EST UNE GRANDE FEMME QUI APPROCHE DE LA cinquantaine. Si Sandra Bullock avait joué la patronne aussi méchante qu'élégante dans *Le Diable s'habille en Prada*, elle aurait ressemblé à cette thérapeute, jusqu'aux lunettes de créateur perchées sur son nez.

— Bonjour, dit-elle en tendant sa main fine parfaitement manucurée. Je suis le docteur Wessex.

— Bonjour, je réponds en lui serrant la main. Je m'appelle Sara.

Nous sommes dans une maison similaire à celle que Peter et moi occupons, dans un petit bureau avec une fenêtre orientée vers la route. J'aperçois Peter qui fait les cent pas à l'extérieur. Docteur Wessex lui a expressément demandé de ne pas être présent lors de ma séance de thérapie.

— C'est un plaisir de vous rencontrer, Sara.

Elle s'assoit derrière une table lustrée et je m'installe sur le fauteuil inclinable de l'autre côté.

— Votre mari m'a un peu expliqué ce qui vous amène aujourd'hui, mais j'aimerais l'entendre avec vos propres mots.

Je me trémousse sur mon siège.

— J'aimerais mieux éviter d'en parler.

— Pourquoi ? demande-t-elle en penchant la tête. Parce que cela vous fait mal ?

Je prends une inspiration. Ma gorge se noue.

— Non. Enfin, oui, bien sûr. Mais je... je ne veux pas y penser.

— Parce que vos parents ont été tués ?

Je tressaille en détournant le regard.

— Ou à cause d'autre chose ? insiste le docteur. Peut-être quelque chose que vous avez du mal à accepter ?

Ma respiration s'accélère, je me tords les mains. Mes ongles s'enfoncent dans ma paume et cette infime douleur m'aide à me concentrer sur le présent.

Je ne peux pas aborder ce sujet.

Je n'aborderai pas ce sujet.

Devant mon silence obstiné et mon refus de la regarder, Docteur Wessex soupire et demande :

— Avez-vous déjà entendu parler de l'intégration neuro-émotionnelle par les mouvements oculaires, ou son sigle en anglais, EMDR ?

Je la dévisage bêtement en secouant la tête.

— C'est une psychothérapie relativement nouvelle et non traditionnelle avec laquelle j'ai rencontré de beaux succès l'an dernier. L'idée, c'est de revenir sur vos expériences négatives tout en vous concentrant sur des stimuli externes. En l'occurrence, je vous demanderai de suivre les mouvements de ma main avec vos yeux tout en me racontant un souvenir particulièrement douloureux.

Je cligne des paupières.

— Quoi ?

Elle sourit.

— Je vais faire ceci...

Elle bouge sa main en rythme, d'un côté et de l'autre, comme pour vérifier ma vue.

— … et vous suivrez le mouvement avec vos yeux. Exerçons-nous.

Elle reprend le mouvement latéral et je suis ses doigts du regard, comme un chat fasciné par un laser. Je ne vois pas en quoi cela peut m'aider, mais je suis partante.

— Bon, très bien, dit-elle une fois que j'ai saisi le rythme. Maintenant, concentrons-nous sur un souvenir bouleversant… disons, votre toute dernière réminiscence. Qu'avez-vous vu ce matin ? Quel événement avez-vous revécu ? Si vous ne souhaitez pas vous concentrer là-dessus, choisissez autre chose – nous pouvons aussi recommencer du début.

Je suis toujours les mouvements de sa main. Étrangement, je me sens détachée de la pression volcanique qui gronde dans ma poitrine. J'éprouve toujours un poids énorme, mais on dirait que cela arrive à quelqu'un d'autre.

Mes yeux alternent entre un côté et l'autre, suivant son doigt tandis que je prends la parole. Lentement, avec plusieurs pauses, je reviens sur les événements de la journée, depuis l'arrivée des forces d'intervention jusqu'au moment où j'ai appuyé sur la détente.

Je me tais enfin, incapable d'ajouter un mot de plus, trop ébranlée par mes tremblements violents. À mon grand soulagement, Docteur Wessex n'insiste pas. Au lieu de ça, elle me demande de me concentrer sur les réactions de mon corps et sur les pensées qui m'habitent en ce moment. Pendant tout ce temps, elle bouge la main de gauche à droite et dans l'autre sens, afin d'aider ma concentration.

Afin de m'éviter de penser à la douleur et au chagrin suffocant.

~

Lorsque Peter vient me chercher, je suis tellement vidée

émotionnellement et physiquement que je rentre directement à la maison, où je m'endors presque aussitôt.

Je me réveille une heure et demie plus tard en entendant des voix masculines étouffées. J'enfile une robe de chambre et je m'approche discrètement de la fenêtre pour jeter un œil à travers les stores fermés.

Ce sont Kent, Esguerra, Peter et Yan. Ils discutent dehors.

Je retiens mon souffle en essayant de comprendre ce qu'ils disent.

— Toujours rien, dit Kent d'un air dépité. Sommes-nous certains que le message lui est parvenu ?

— Oh, il l'a bien reçu, répond froidement Peter. Mais ce dégonflé a trop peur de réagir.

Esguerra regarde Yan.

— Et ta copine ? Quand doit-elle arriver ?

La mâchoire de Yan se contracte sensiblement, mais il parvient à garder le contrôle.

— Bientôt, dit-il sans la moindre émotion. Très bientôt.

— Tant mieux.

Un sourire sinistre recourbe les lèvres d'Esguerra.

— Une fois qu'elle sera là, le choix de Henderson n'aura peut-être plus aucune importance. Nous trouverons le moyen de retrouver ce fumier.

Les hommes se dispersent et je m'écarte de la fenêtre, troublée et pourtant pleine d'espoir.

Je ne sais toujours pas ce qu'ils mijotent, mais apparemment, ils progressent avec Henderson – et aussi terrible que ce soit, je suis impatiente que l'ancien général paie son dû.

enderson

— Tu es un putain de psychopathe ! Tu m'entends ? Un psychopathe !

Bonnie hurle, le visage maculé de larmes et de morve.

— Cinq personnes que nous connaissons sont mortes et tu t'en fiches !

J'esquive le verre qu'elle me jette. Il s'écrase contre le mur derrière moi, éclatant sous l'impact. Chaque parole qu'elle lance dans ma direction est aussi assassine que ses projectiles. La fureur qu'elle engendre se combine à ma migraine pour brouiller ma vision de points rouges.

Je n'aurais pas dû oublier de renouveler ses médicaments. Elle devrait être assommée au fond de son lit au lieu de consulter mes emails et regarder les actualités à la télé.

Une assiette siffle à côté de mon oreille et je perds mon sang-froid.

— Non, je ne m'en fiche pas ! je m'écrie en contournant la table pour agripper ses épaules osseuses.

— Mon cousin Lyle fait partie des victimes. Et alors ? De toute façon, ils les tueront. Et toi aussi, Amber et Jimmy. Tu crois que je devrais me présenter à ces tueurs sur un plateau d'argent ? Putain, c'est ce que je devrais faire ?

Je la secoue si violemment que ses dents s'entrechoquent sous son crâne vide, mais elle refuse de reculer.

— Oui, tu devrais peut-être le faire ! hurle-t-elle, me postillonnant au visage. Tout le monde irait mieux si tu étais mort !

Fou de rage, je la repousse. Elle s'écrase contre le réfrigérateur juste au moment où notre fille entre dans la cuisine.

— Maman ? Papa ?

Ses grands yeux bleus alternent entre Bonnie et moi.

— Que se passe-t-il ?

Merde. Amber n'était pas censée assister à cela.

De mes deux enfants, c'est elle qui s'est toujours rangée de mon côté.

— Rien, ma chérie, dis-je calmement. Ta mère a besoin de ses médicaments, c'est tout.

Abandonnant Bonnie en sanglots sur le sol, j'emmène ma fille et la raccompagne dans sa chambre.

Je ne peux pas sauver toutes les personnes que j'aime, mais je protégerai ma famille.

Même si ces ingrats ne me facilitent pas la tâche.

J'AI ENFIN DÉGOTÉ L'AGENCEMENT DU COMPLEXE COLOMBIEN d'Esguerra. Je suis en train de l'examiner pour l'opération largage quand je prends soudain conscience que la maison est silencieuse.

Trop silencieuse.

Je n'entends pas les explosions des jeux vidéo dans le salon ni la vaisselle dans la cuisine alors qu'il est l'heure de dîner.

Ma pression sanguine monte dans les tours lorsque je passe de pièce en pièce.

Rien.

Il n'y a personne.

Notre chalet islandais est aussi froid et vide que les routes alentour couvertes de neige.

Je me précipite dans le garage. Évidemment, la Jeep a disparu. Bonnie a dû la prendre pour aller en ville avec les enfants.

Quelle sombre conne ! Je frappe le mur avec ma paume. Je lui ai dit un million de fois qu'on ne devait pas sortir de cette maison. Comment a-t-elle pu prendre un tel risque en sachant ce qui arrive à tous nos amis et nos proches ? Ne se rend-elle pas compte que mes ennemis vont l'écorcher vive ?

À moins que... Mon cœur se serre et l'air est expulsé de mes poumons.

Elle ne ferait pas ça.

Elle n'a pas fait ça.

Putain, elle n'oserait pas !

Malgré tout, mes jambes me ramènent à l'intérieur, jusqu'à sa chambre. J'y avais jeté un bref coup d'œil, assez longtemps pour constater qu'elle n'était plus là.

Quand j'y retourne pour mieux regarder, ce que je découvre me consume de rage.

Sur sa table de chevet, sous la télécommande de la télé, se trouve une petite feuille de papier avec son écriture.

Nous partons, annonce-t-elle. *Mieux vaut tenter notre chance dehors qu'être « en sécurité » ici avec toi.*

eter

J'ENTRE DANS LE LOCAL CONSACRÉ AUX INTERROGATOIRES, OÙ UNE jeune femme est attachée sur une chaise. Son petit visage est couvert d'hématomes et sa lèvre inférieure est fendue, ce qui lui donne un air boudeur. Mais son regard est clair et provocateur.

Elle ne se laisse pas faire, cette jolie tireuse d'élite. Je me demande si c'est Yan qui l'a amochée en l'interrogeant ou si elle s'est blessée lors du combat ayant conduit à sa capture la veille.

J'entends des bruits de pas et je me retourne pour voir Yan et Ilya entrer dans la pièce.

— Nous venons d'obtenir les dossiers sur les hommes qu'elle nous a balancés, dit Ilya en tendant son téléphone. Nos sosies ont de beaux pedigrees. Tous les quatre sont d'anciens membres des Delta Force, dans la même unité. Avec quelques camarades, ils ont été jugés par la cour martiale il y a quinze ans pour viol en réunion sur une jeune fille de seize ans au Pakistan. Six hommes ont été arrêtés, mais les autres les ont aidés à s'échapper et ils sont partis en cavale. Depuis, ils effectuent des petites missions par-ci par-là, entre assassinats et bombes pour des organisations terroristes.

Tout en parlant, je parcours les photos sur l'écran. De toute évidence, ils n'ont pas lésiné sur les moyens pour se déguiser en membres de notre équipe. Les visages qui m'apparaissent ressemblent très peu aux nôtres. Au mieux, l'un d'eux a de vagues traits en commun avec moi – et encore, ses cheveux sont blond cendré.

Une idée me vient.

— Qui s'est chargé de les maquiller et de les déguiser ? je demande à la tireuse en m'approchant de sa chaise. Il doit être très doué.

Comme elle prétend ne pas savoir où se cache Henderson, et comme cette poule mouillée d'*ublyudok* n'a pas cédé, laissant ses amis et ses proches mourir à sa place, nous allons devoir trouver un autre moyen de l'atteindre... peut-être par l'équipe qu'il a engagée pour poser l'explosif.

Elle garde le silence pendant un moment, puis elle déclare sur un ton maussade :

— Moi. C'est moi qui l'ai fait.

Sceptique, je hausse les sourcils.

— Vraiment ?

Ses narines frémissent.

— Pourquoi mentirais-je ? Je vous ai déjà donné tous ces noms. Une information de plus ou de moins...

Elle parle anglais aussi bien que n'importe quel Américain. Je me demande quand et comment cette Tchèque a pu devenir parfaitement bilingue.

— Ce sera facile à vérifier, dit Yan en s'avançant. Elle peut démontrer ses talents sur moi ce soir.

— Et sur moi.

Les poings serrés, il fusille son frère du regard. Génial. Ils se font toujours la guerre pour savoir qui aura le droit de la baiser.

Réprimant mon agacement, je pose encore à la fille une dizaine de questions auxquelles elle répond, malgré ses réticences. Comme c'est une contractuelle privée qui n'a prêté allégeance à personne, elle a fait le choix avisé de coopérer avec nous en échange de sa vie et de sa liberté éventuelle.

J'ai l'intention de l'achever – les parents de Sara sont morts à cause d'elle –, mais pour l'instant, j'aime autant lui laisser croire qu'elle a une chance de s'en tirer.

De toute façon, elle n'est pas aussi utile que je l'espérais. Elle a dit qu'elle n'avait rencontré Henderson en personne qu'une seule fois et qu'elle n'avait aucune idée de l'endroit où il se terre. Elle ne sait pas non plus où se trouvent nos soi-disant sosies, même si elle a souvent travaillé avec eux dans le passé.

C'est une autre impasse, et pourtant je ne perds pas espoir.

Désormais, nous avons d'autres noms à pister. L'un d'eux va bien nous conduire jusqu'à notre cible.

En rentrant, je suis soulagé de constater que Sara fait toujours la sieste, comme ces deux derniers après-midi. Même si elle ne veut pas l'admettre, la grossesse et les nausées matinales l'épuisent.

Sans parler des séances de thérapie avec Docteur Wessex. J'ignore ce que lui fait subir la thérapeute, mais ces entrevues la vident de son énergie, à tel point qu'elle s'endort dès qu'elle rentre à la maison.

— C'est quel genre de traitement ? ai-je demandé à Sara la veille au soir.

Elle m'a parlé du mouvement des yeux. Apparemment, cela exerce son cerveau à aborder différemment les souvenirs traumatisants. Je ne suis pas certain d'avoir tout compris, mais depuis le début de sa thérapie, elle n'a eu qu'un seul incident post-traumatique – d'après ce que je sais, en tout cas.

Il n'est pas à exclure qu'elle me les cache. Comme elle n'a pas encore pleuré et qu'elle ne m'a pas parlé de ce qui s'est passé, je me doute que tout est refoulé aux tréfonds de son être, le chagrin et la douleur qui remplissent le vide laissé par le décès de ses parents.

Le plus étrange, c'est que j'en ressens une partie, moi aussi – pas simplement un écho de sa tristesse, mais mon deuil personnel. Au cours des quatre mois qui ont suivi notre mariage, j'ai appris à connaître Chuck et Lorna, à les apprécier et à les respecter. C'étaient des gens bien, des parents aimants, et bien qu'ils aient toutes les raisons de me détester, ils s'étaient ouverts peu à peu, me laissant jouer un rôle dans leurs vies.

Comme un membre de la famille – une famille qu'une fois de plus, je n'ai pas réussi à protéger.

Sans un bruit, je sors de la chambre, la poitrine comprimée. Je me demande si je me pardonnerai un jour ce qui s'est passé, de ne pas avoir su prévoir que l'ennemi que j'avais si minutieusement traqué n'accepterait peut-être pas de quitter sa cachette pour reprendre le cours de sa vie.

Je m'en veux de ne pas avoir deviné les formes perfides que sa vengeance pouvait revêtir.

Je suis d'humeur sombre lorsque j'entre dans le salon et ouvre mon ordinateur pour consulter l'email crypté que j'ai utilisé afin de joindre le contact de Henderson à la CIA. Nos dix-neuf prisonniers sont morts maintenant, alors je n'attends rien de précis – j'y jette un œil par habitude.

Voilà pourquoi le message d'un expéditeur inconnu me déstabilise complètement.

J'ouvre l'email, je le lis – puis je le relis, incapable d'en croire mes yeux.

Si vous voulez Wally, retrouvez-moi au Marison Café à Londres à 9 h mercredi. Venez seul.

Bonnie Henderson

ara

— ... CLAIREMENT UN PIÈGE, DIT ILYA LORSQUE JE SORS DE LA chambre en bâillant après ma sieste. Il essaie de t'attirer dans un guet-apens, voilà tout.

— Évidemment, mais nous devons quand même suivre cette piste, répond Kent.

Je m'arrête discrètement dans le couloir et je jette un œil dans le salon.

Peter, Esguerra, Kent et les trois coéquipiers de mon mari russe sont regroupés autour d'un ordinateur portable posé sur la table basse. La petite pièce est tellement remplie de testostérone que j'en sens presque le goût sur ma langue. « Virilité fatale » sont les mots qui me viennent à l'esprit quand j'aperçois leurs grands corps incroyablement athlétiques et leurs visages carrés.

Une virilité fatale qui fait des ravages dans les petites culottes.

Bien sûr, Peter est plus magnétique que les autres, de loin. Ils continuent de parler sans se douter de ma présence. La blondeur de Kent me fait penser à un Viking adepte de pillages et je décèle quelque chose de résolument cruel chez Esguerra – dans une certaine mesure, chez Yan et Anton aussi. Ilya est le seul qui semble avoir une once de bonté en lui, et ce n'est vraiment pas mon genre – même si je comprends bien que de nombreuses femmes soient excitées par ces muscles excessivement volumineux et ce crâne couvert de tatouages.

— Sommes-nous seulement certains que Peter est censé y aller seul ? demande Esguerra, accroupi pour mieux voir l'écran d'ordinateur. L'email n'est adressé à personne en particulier.

Mon souffle reste coincé dans ma gorge et je cesse instantanément de comparer les physiques des hommes.

Quelqu'un essaie de pousser Peter à aller seul quelque part ?

— Nos hackers retracent le message en ce moment même, dit Yan en consultant son téléphone. Nous connaîtrons bientôt l'adresse IP à partir de laquelle il a été envoyé.

Peter agite vaguement la main.

— Ce ne sera pas une véritable adresse IP. Henderson sait couvrir ses traces.

— Mais si ce n'était pas Henderson ? fait Esguerra en se levant. Si c'était réellement sa femme ?

Ilya éclate de rire.

— Oui, bien sûr. Si nous croyons à ça, alors il peut nous faire prendre des vessies pour des…

— Non, Julian a raison, l'interrompt Peter. Tout ça ne ressemble pas du tout à Henderson. S'il voulait m'attirer dans un piège, il m'offrirait une piste plus crédible, en se faisant passer pour son contact à la CIA, par exemple, ou je ne sais quoi. Ce message signé avec le nom de sa femme, ça empeste le guet-apens à plein nez. Pas besoin d'avoir travaillé avec l'agence pour savoir que c'est une tactique qui a peu de chances de réussir.

— C'est peut-être pour cette raison qu'il l'utilise, avance Kent. *Parce que* c'est absurde et incroyable.

— À moins que ce ne soit pas lui qui a écrit cet email.

Esguerra croise les bras sur sa poitrine.

— Moi, je vous dis que ça pourrait bien être sa femme.

— Pourquoi sa femme contacterait-elle Peter ? demande Anton en se frottant la barbe. Nous venons de tuer dix-neuf de leurs amis et proches, laissant leurs cadavres dans la nature pour que les policiers les retrouvent. Vous croyez qu'elle est suicidaire ?

— Peut-être, dit Yan alors que je plaque une main sur ma bouche, réprimant un cri d'horreur.

Dix-neuf personnes ?

Ils ont tué *dix-neuf innocents* dans leur quête pour mettre la main sur Henderson ?

— Réfléchissez, poursuit Yan alors que le martèlement de mon cœur redouble. Ça fait des années que nous poursuivons son mari. Imaginez le stress que subit toute cette famille. N'est-ce pas ce que nous imaginions quand nous avons décidé de nous en prendre à ces gens ? Nous espérions qu'un membre de la famille Henderson – la femme, la fille, le fils – craque sous la pression et commette ce genre d'erreur, n'est-ce pas ?

— Là, c'est plus qu'une erreur, observe Kent. Nous ne l'avons pas trouvée parce qu'elle a appelé ses amis alors qu'elle était inquiète. C'est *elle* qui nous a contactés – à l'adresse email que seuls Henderson et son contact à la CIA possédaient.

— À moins qu'elle ait accès à la messagerie de son mari et qu'elle ait vu le message transmis par la CIA, dit Esguerra. Dans ce cas, elle le connaît aussi.

La main toujours devant ma bouche, je recule en prenant soin de ne pas faire le moindre bruit.

À présent, je comprends pourquoi Peter ne voulait pas me donner les détails de leur plan.

Ce n'est pas à cause de ma santé mentale – c'est parce qu'ils ont perpétré des meurtres de masse pour le mener à bien.

eter

Nous sommes en train d'établir une stratégie pour déterminer la meilleure approche à adopter lorsque Sara entre dans le salon.

— Te voilà, dis-je en souriant. Comment était ta sieste ?

Son regard croise le mien pendant un instant avant de se détourner.

— Très bien. Bonjour, tout le monde.

D'un geste de la main, elle salue les hommes sans sourire.

— Retrouvons-nous ce soir, déclare Esguerra en se levant du canapé. À vingt heures, dans mon bureau.

Je jette un œil vers Sara, qui nous esquive pour se rendre dans la cuisine et se servir un verre d'eau. Je n'ai pas envie de la laisser seule – c'est pour ça que j'ai fait venir les autres.

Conscient de mon dilemme, Esguerra annonce :

— Sara, Nora se demandait si tu pouvais l'aider avec Lizzie ce soir. Rosa a pris sa soirée.

Sara lève les yeux, impassible.

— Bien sûr, avec plaisir.

Esguerra hoche la tête, satisfait, et tout le monde s'empresse de partir, me laissant seul avec elle. Je suis content, parce que je n'aime pas l'humeur étrange de Sara.

S'est-il passé quelque chose pendant sa sieste ?

— Ptichka…

J'entre dans la cuisine et je m'arrête devant elle.

— Tu as fait une autre crise cet après-midi ?

Elle cligne des yeux.

— Quoi ? Non, pas du tout.

— C'est vrai ? dis-je d'un air dubitatif.

Sa mâchoire délicate se crispe.

— Oui, tout va bien.

Reposant son verre d'eau sur le plan de travail, elle se détourne.

Mais je ne compte pas la laisser s'en tirer avec un mensonge aussi évident. L'empoignant par le bras, je la tourne vers moi.

— Allons, qu'y a-t-il ? je demande. Que s'est-il passé ?

Elle me regarde et je décèle une absence totale d'expression dans ses yeux noisette.

— Rien. Il ne s'est rien passé.

— Sara… ne te ferme pas.

Une lueur insoutenable fait briller son regard pendant un instant avant que ce voile neutre ne vienne dissimuler cette émotion.

— Je te l'ai dit, ce n'est rien.

— Ce n'est pas rien si tu refuses de me parler. Ptichka…

Je lui lâche le bras pour glisser une mèche de cheveux ondulés derrière son oreille.

— S'il te plaît, mon amour, dis-moi ce qui ne va pas.

Ses traits se raidissent.

— Rien. Laisse tomber.

Laisse-moi. Ma main retombe lorsque j'entends les mots qu'elle ne prononce pas, aussi clairement que si elle avait crié. L'email m'avait temporairement remonté le moral, mais mon humeur s'assombrit aussitôt. Je suis la cause de tout cela. Cette idée me pèse sur les épaules, me suffoquant de son poids écrasant.

C'est moi qui ai infligé cela à Sara.

Ses parents sont morts à cause de moi.

Elle a perdu son ancienne vie à cause de moi.

Parce que je ne l'ai pas laissée derrière moi.

Parce que je ne pourrai jamais la laisser.

— Tu me détestes ? je demande à mi-voix. Je ne t'en voudrais pas.

Elle me regarde fixement et ses pupilles s'obscurcissent tandis que sa respiration s'affole. Elle ne le nie pas. Pourquoi le ferait-elle ?

Sans mon obsession pour elle, ses parents seraient toujours en vie.

— Je le devrais, dit-elle d'une voix tendue. Une personne normale te détesterait.

La pression dans ma poitrine augmente. La douleur s'accentue. Bien sûr, elle aurait raison. Je suis responsable de tout cela.

— Je suis désolé.

Ces mots inhabituels se frayent un chemin dans ma gorge, la laissant à vif derrière eux.

— Je suis désolé pour tout. Je n'ai pas réussi à les protéger... à te protéger. J'aurais dû prévoir qu'il ferait ce genre de choses, mais...

Je me tais, conscient que je n'ai pas de véritable excuse.

Avec tous les gardes du corps et les mesures de sécurité que j'ai mises en place, j'étais prêt à ce que mes ennemis attaquent, mais pas comme ça.

Sara ouvre de grands yeux. Quand je me tais, elle commence à secouer la tête.

— De quoi parles-tu ? s'exclame-t-elle lorsque le silence revient. Ce n'est pas ce que je... Tu crois que je te reproche la mort de mes parents ?

Je fronce les sourcils, troublé.

— Ce n'est pas le cas ?

— Bien sûr que non ! À la rigueur, c'est moi qui...

C'est à son tour de ne pas terminer sa phrase, les yeux luisants d'un éclat douloureux. Avant que je puisse parler, elle poursuit :

— Je sais que c'est Henderson qui est responsable de ce qui s'est passé, pas toi. C'est *lui* qui a mis en place les explosifs, qui a tué tous ces innocents pour pouvoir t'accuser de leur mort. C'est *lui* qui a envoyé les forces d'intervention chez mes parents.

— C'est vrai. Mais c'était *mon* ennemi.

— Oui, et toi, tu es *mon* mari.

À présent, les larmes lui montent aux yeux.

— *Je* suis tombée amoureuse de toi. *Je* t'ai fait entrer dans leurs vies. *J'ai* insisté pour mener cette vie normale dans les beaux quartiers. Si j'avais accepté plus tôt mes sentiments pour toi, nous aurions pu vivre heureux au Japon. Et rien de tout cela ne serait arrivé. Mes parents seraient encore…

— Essaies-tu sérieusement de dire que tu es responsable ? je l'interromps, incrédule.

Je serre tout doucement ses mains dans les miennes.

— Sara, ptichka… as-tu l'impression d'avoir une part de responsabilité dans ce qui s'est passé ?

N'a-t-elle donc aucun souvenir de la manière dont elle s'est retrouvée au Japon ? De la manière dont je me suis immiscé de force dans sa vie pour la lui confisquer ?

Les larmes dans ses yeux étincellent. Elle essaie de détourner le regard, mais je ne la laisse pas faire. Nous irons au fond des choses. Maintenant. Aujourd'hui. Aussi difficile que ce soit.

Parce qu'enfin, ma ptichka s'ouvre. Elle parle de ce qui s'est passé.

— Sara…

Libérant ses mains, je caresse son menton délicat.

— Mon amour, tu n'es aucunement responsable. Je suis le seul coupable – pour tout. Dès l'instant où je t'ai vue, je t'ai désirée, et j'ai refusé tout obstacle, même celui de tes sentiments. J'étais un connard – et je le suis encore, parce que malgré tout, je ne peux me résoudre à me comporter convenablement.

Sa gorge gracieuse remue quand elle déglutit.

— Convenablement ?

— Je me retirerais. Je te laisserais partir.

Je pince les lèvres en baissant ma main.

— C'est ce que ferait un type bien. Un homme prêt à se repentir de ses péchés. Mais ce n'est pas moi. Je ne peux pas faire ça. Nos neuf mois de séparation ont failli me détruire – et je préfère brûler en enfer pendant l'éternité plutôt que de passer ma vie sans toi.

Elle tressaille, et une fois de plus j'aperçois le tourment dans son regard avant qu'il retrouve sa neutralité prudente.

— Tu n'es pas obligé de faire ça, dit-elle d'une voix chevrotante. Je ne te demande pas de me quitter. Je ne *veux* pas que tu me quittes. C'est la dernière chose que je souhaite. Et clairement, je ne te reproche pas ce qui est arrivé à mes parents.

— Alors, quand tu dis que tu devrais me détester, qu'est-ce que tu veux dire ? Qu'une personne normale me haïrait ?

À nouveau, sa respiration s'affole et elle recule d'un pas en secouant la tête, les yeux embués.

— Laisse tomber, dit-elle avec des trémolos dans la voix. Franchement, laisse tomber.

Je la regarde et un nouveau soupçon se forme.

— Depuis quand es-tu réveillée ? je demande sur une intuition.

Un frisson évident la secoue et je comprends la réponse.

Elle nous a entendus.

J'essaie de me remémorer ce que nous avons dit précisément – et je grimace intérieurement.

Nous avons mentionné les dix-neuf cadavres.

Je m'approche et serre ses frêles épaules.

— Je suis désolé que tu nous aies entendus, dis-je doucement. Pour ce que ça vaut, je pensais que Henderson se livrerait en échange de ces gens, du moins quelques-uns.

Elle avale sa salive.

— Oui, c'est ça.

— Aurais-tu préféré que je ne fasse rien ? Voudrais-tu qu'il s'en tire après ce qu'il a fait ?

Sa poitrine se soulève.

— Je devrais.

Sa voix vibre de tension lorsqu'elle lève les yeux vers moi.

— Non pas qu'il s'en tire, mais qu'il soit arrêté. Qu'il paie pour ses crimes selon la procédure normale.

— C'est ce que tu souhaites ? je demande à mi-voix. Si tu avais une baguette magique, si tu pouvais le jeter en prison pour ses crimes, serais-tu satisfaite ? Serait-ce suffisant étant donné ce qu'il a fait ? À nous, à Tamila et Pasha… à tes parents ?

Sa respiration s'accélère à chacun de mes mots. Elle commence à trembler. Se dégageant de mon étreinte, elle essaie de s'éloigner, mais je lui attrape le poignet et je la retourne vers moi.

— Dis-moi, Sara.

Implacable, je l'attire à moi. J'ai envie qu'on se dise tout, qu'on en vienne au cœur du problème.

— C'est ce que tu aimerais ? Qu'il soit soumis à ta justice civile normale ? Ou voudrais-tu qu'il souffre ? Qu'il connaisse la douleur et le deuil ?

Les vannes cèdent, ses joues sont baignées de larmes.

— Arrête, dit-elle d'une voix étranglée tout en tirant sur son poignet. Je ne… Je ne suis pas…

— Tu n'es pas comme ça ? je réponds sans accepter de la libérer. Tu en es sûre, mon amour ? Aucune partie de ton être ne se réjouit un tout petit peu de savoir que le beau-père de ta patiente a eu ce qu'il méritait ? Ou quand *tu* as tiré sur l'agent qui avait tué ta mère ? Tu n'es pas contente de savoir que, même si Henderson est toujours dans la nature, il paie déjà pour ses crimes dans sa chair et son sang ?

Ses larmes redoublent. Elle tremble de plus belle lorsque j'ajoute à voix basse :

— Il le mérite, Sara. Tu le sais bien. Il est regrettable que d'autres personnes soient mortes à sa place, mais c'est ainsi que fonctionne le monde. Ce n'est pas juste. Ce n'est pas équitable. Je le sais, parce que s'il y avait une justice dans cette vie, mon fils serait encore parmi nous aujourd'hui. Au lieu de mourir avec une voiture en jouet dans la main, il aurait grandi pour pouvoir, un jour, conduire le vrai modèle. Il irait à l'école et il sortirait avec des filles. Et à l'avenir, il rencontrerait quelqu'un qu'il aime autant que je t'aime – quelqu'un qui lui ferait oublier les leçons brutales de la vie.

À présent, elle pleure. Elle frappe mon torse en sanglotant et je referme mes bras autour d'elle, la serrant tandis qu'elle se laisse aller, qu'elle s'abandonne au chagrin.

Tandis qu'elle affronte sa détresse et son deuil.

ara

JE PLEURE PENDANT CE QUI ME SEMBLE DURER DES HEURES, tellement absorbée dans la douleur que je sens à peine Peter lorsqu'il me soulève et m'emmène sur le canapé du salon. Pelotonnée sur ses genoux, où il me berce tout doucement, je souffre pour mes parents et pour l'homme que j'ai tué, pour les victimes de Peter, pour Pasha et Tamila. Et par-dessus tout, je souffre pour la femme que j'étais autrefois, celle qui n'aurait jamais imaginé ôter une vie... ni aimer un homme capable de meurtre.

La souffrance déferle en vagues, la douleur, la culpabilité et la rage se succèdent. Seigneur, une telle rage ! Je ne savais pas que j'avais cela en moi. Si Henderson était ici maintenant, je le tuerais à mains nues. Je le regarderais mourir et je profiterais de chaque instant macabre. Contre toute attente, Peter et moi avons bâti ensemble notre vie de rêve – pour tout perdre brusquement, en quelques minutes dévastatrices.

Est-ce là ce qu'a vécu Peter à la mort de Pasha et Tamila ? A-t-il éprouvé cela, comme si tout son monde avait soudain cessé de tourner ?

Tout en pleurant, je revis chaque instant – tous les souvenirs contre lesquels je me suis si souvent battue. J'entends les coups de feu et le vacarme de l'hélicoptère. Je sens l'odeur du sang et la panique dans l'atmosphère. Je vois mourir mes parents, je sens le poids glacial du pistolet dans ma main lorsque j'appuie sur la détente... une fois, deux, puis trois.

Je me rappelle ce que j'ai ressenti en voyant le visage de l'agent exploser, en comprenant que j'ai pris une vie humaine – qu'au fond de moi, je suis capable des mêmes atrocités que Peter.

Je pleure pour tout cela, et aussi parce que mon enfant ne connaîtra jamais une vie vraiment paisible, qu'il ou elle grandira dans un monde teinté d'ombres et de ténèbres. Je pleure pour mon père, qui n'a jamais pu devenir grand-père, et pour ma mère, qui a vécu ses derniers instants penchée sur le cadavre de son mari.

Je pleure pour eux et je fulmine contre le destin. Pendant tout ce temps, Peter est là. Il me soutient.

Il me donne sa force afin que je puisse m'effondrer sans toutefois me briser.

eter

J'ATTENDS QUE LES SANGLOTS DE SARA S'APAISENT AVANT DE CÉDER À la chaleur obscure qui bouillonne dans mes veines. Pendant une heure, je l'ai tenue sur mes genoux. J'ai senti trembler son corps souple. Elle a pressé ses fesses fermes sur mon entrejambe tandis que sa poitrine frottait contre mon torse.

Je ne devrais pas la désirer ainsi alors qu'elle vient de me dévoiler les abysses de sa souffrance, mais c'est plus fort que moi. Sa douleur insoutenable m'a écorché vif, dépouillant mes instincts primaires de l'infime vernis de la civilisation.

Je suis une bête déchaînée et elle est ma proie.

Sauvagement, je l'embrasse. Je goûte le sel de ses larmes séchées tandis que mes mains déchirent ses vêtements, révélant sa peau douce. D'abord, elle est passive, essorée par la tempête émotionnelle qu'elle vient de subir, mais très vite, ses bras fins s'enroulent autour de moi et elle me rend mes baisers. À leur tour, ses mains arrachent mes habits avec une férocité égale à la mienne.

Mon tee-shirt atterrit au sol, rejoignant la pile de ses vêtements. Entièrement nue, elle s'acharne sur la fermeture de mon jean en enfourchant mes cuisses.

— Laisse-moi faire, j'ordonne d'une voix rauque.

Je suis pressé, mais elle a déjà terminé, libérant mon sexe qui se dresse, gonflé et douloureux, impatient de rejoindre sa chaleur moite et enveloppante.

— Je t'aime, dit-elle dans un souffle.

Aussitôt, je la pénètre. Ses muscles internes se resserrent autour de moi, m'accueillant en dépit de la douleur que je dois lui causer.

Tout comme elle m'accepte malgré les souffrances que j'ai provoquées dans sa vie.

Je ne mérite pas son amour, son pardon, mais en glissant les doigts dans ses cheveux, en la maintenant prisonnière de mes baisers fougueux, je sais qu'elle me les accorde.

Qu'elle est mienne à jamais, pour le meilleur et pour le pire.

ara

— ES-TU CERTAINE QUE TOUT VA BIEN SE PASSER ? DEMANDE PETER pour la dixième fois alors que nous approchons de la belle demeure d'Esguerra après le dîner.

J'acquiesce en levant les yeux vers son visage soucieux.

— Ne t'inquiète pas. Ça va aller.

Pour la première fois depuis une semaine, je ne mens pas. J'ai l'impression d'avoir frotté du papier de verre sur mes yeux et j'ai une migraine lancinante à force d'avoir pleuré, sans parler des courbatures qui s'attardent après notre corps à corps torride dans le salon, mais ce n'est rien. Le plus fort de la douleur – la détresse et la culpabilité dont je n'ai pas réussi à me défaire ces derniers temps – s'atténue, même si elle risque bien de ne jamais disparaître complètement.

Bien sûr, il reste la question des dix-neuf otages morts, mais j'essaie de ne pas y penser. À quoi bon ?

Mon mari est peut-être un monstre, mais je ne peux pas vivre sans lui, pas plus qu'il ne peut vivre sans moi.

— Je ne suis pas obligé d'y aller, répète Peter. Nous pouvons faire demi-tour et rentrer à la maison.

— Tu veux dire rentrer à la maison qu'Esguerra nous prête gracieusement ? Le même Esguerra dont l'hospitalité dépend de l'aide que tu dois lui apporter au plus vite pour mettre la main sur Henderson ?

Peter hausse ses larges épaules, détaché.

— Il comprendra si je n'assiste pas à la réunion.

Je lui souris, la poitrine remplie d'une chaleur rayonnante. Mon chevalier noir – toujours prêt à se jeter dans la bataille pour moi.

— Peut-être, pourtant c'est inutile. Ça va aller. Et pour être honnête, j'ai très envie de passer du temps avec Nora et Lizzie.

— Très bien, mon amour. Si tu en es sûre, dit-il lorsque nous arrivons devant la porte. Appelle-moi si tu as besoin de quoi que ce soit, d'accord ? Je ne serai pas loin.

Il désigne un petit bâtiment voisin, sans doute le bureau auquel Esguerra faisait référence.

— D'accord. À tout à l'heure.

Les mains sur ses épaules, je me hisse sur la pointe des pieds et je pose mes lèvres sur les siennes. Ce devait être un petit baiser, mais il passe un bras autour de ma taille et une main dans mes cheveux pour me soutenir tandis qu'il approfondit notre échange, explorant ma bouche comme si nous n'avions pas fait l'amour depuis des mois, au lieu de quelques heures à peine. Mon cœur bat la chamade et une chaleur délicieuse m'envahit l'entrejambe quand je sens son sexe rigide contre mon ventre. Pendant un moment, je suis tentée d'accepter sa proposition tacite.

D'annuler nos engagements pour la soirée afin de rentrer à la maison et passer les deux prochaines heures au lit.

Lorsque Peter interrompt notre baiser pour reprendre sa respiration, je retrouve mes esprits et je prends brusquement conscience que nous sommes en train de nous peloter sur le porche d'Esguerra – et que le rideau derrière la fenêtre frémit comme si quelqu'un nous épiait.

— Attends…

Le souffle court, je me dégage de son étreinte et je recule.

— On ne peut pas… on ne devrait pas être ici.

Il me regarde. Son torse puissant bouge au rythme de sa respiration et je sais que si nous n'étions pas en public, il m'aurait déjà sauté dessus.

— Très bien, dit-il d'une voix gutturale, serrant les poings le long de son corps. Mais ne reste pas trop longtemps… N'oublie pas. Avant tout, tu es à moi.

Sur cette déclaration spontanée, il tourne les talons et s'éloigne à grandes enjambées.

Si Nora a remarqué mes yeux gonflés et cerclés de rouge, elle a le tact de ne rien dire tandis que je l'accompagne dans la chambre de Lizzie. Au lieu de ça, elle me parle d'un perroquet écarlate qu'elle a repéré ce matin en faisant son jogging, ainsi que d'autres rencontres intéressantes avec la faune locale.

— On dirait que tu te plais ici, lui dis-je en souriant alors qu'elle se penche sur le berceau pour prendre sa fille dans ses bras.

Le bébé émet un petit grognement, mais dès qu'elle se retrouve dans les bras de sa mère, elle pose sa tête sur l'épaule mince de Nora.

— J'adore vivre ici, répond-elle, radieuse.

Elle s'installe sur un fauteuil à bascule tout en tapotant le dos de Lizzie.

— Ça m'a plu tout de suite.

Je me mords la lèvre en prenant place sur le petit sofa à côté du fauteuil. Une curiosité malsaine me ronge, mais j'ignore si je peux aborder des questions intimes avec cette jeune femme. Enfin, je me lance :

— Tu aimes *tout* dans cette vie ?

Je ne parle pas de la météo ni de la nature, et je vois bien que Nora comprend. Pourtant, ma question est suffisamment vague pour qu'elle puisse répondre comme elle l'entend – je ne veux pas la mettre mal à l'aise.

Elle me dévisage d'un œil noir et attentif.

— Non, dit-elle enfin. Pas tout – même si je l'aime.

Évidemment, elle l'aime. Je m'en suis rendu compte lors du dîner. Et il l'aime aussi... quoique certains diraient que ce genre d'homme est incapable d'éprouver des sentiments aussi intenses.

Avant de rencontrer Peter, c'est aussi ce que j'aurais cru, mais comme pour le reste de ma vie, mon opinion sur ce sujet a changé et évolué ces deux dernières années.

À présent, je sais que les tueurs impitoyables peuvent aimer et que le cœur n'exige pas de garantie morale.

— Es-tu au courant de leur toute dernière opération ? je demande d'une voix douce alors que Nora garde le silence. Celle avec les otages ?

Je n'aurais peut-être pas dû tenter le coup, mais je n'arrive toujours pas à oublier ces dix-neuf victimes.

Nora hoche la tête.

— Oui. J'en déduis que toi aussi ?

— Peter n'allait pas m'en parler, mais cet après-midi, je les ai entendus.

Je déglutis avant de poursuivre :

— Alors, oui. Maintenant, je le sais.

— Ah. Je me demandais...

Elle désigne mes yeux et me sourit tristement.

— Peu importe, ajoute-t-elle.

Je penche la tête, émerveillée par le calme imperturbable qu'elle affiche.

— Ça ne te dérange pas ? je demande sans pouvoir m'en empêcher. Tu ne trouves pas ce genre de choses... terrifiantes ?

Elle soupire et change le bébé d'épaule.

— Si. Bien sûr que si. Je ne suis pas comme Julian. Je ne suis pas née dans cette vie.

— Alors, comment tiens-tu le coup ? Comment fais-tu pour ignorer tout ça ?

— Pour être honnête, me dit-elle avec gentillesse, je n'en sais rien. Tout ce que je sais, c'est que je l'aime... j'ai besoin de lui comme la forêt tropicale a besoin de soleil. Mon monde est plus sombre depuis qu'il l'occupe, mais il est aussi plus lumineux, plus riche de tant de manières.

Je me mords la joue. Je la comprends si totalement que ça m'effraie.

— T'arrive-t-il de te demander si c'est toi... si quelque chose en toi est mauvais ou abîmé ? je demande alors que le bébé commence à s'agiter. Peut-être que des femmes normales n'auraient pas... tu sais ?

Une fois de plus, elle soupire et déplace Lizzie contre son autre épaule.

— C'est possible. Je sais que Julian et moi... Eh bien, notre relation ne conviendrait pas à tout le monde, c'est certain.

Elle s'apprête à en dire plus, mais Lizzie remue en gémissant. Nora se lève et la berce pour la calmer.

À mon tour, je me lève.

— Je peux la prendre ?

Nora sourit alors que le volume des pleurs augmente.

— Tout de suite ? Tu en es sûre ?

— Il me faut de l'entraînement, je réponds avec ironie. Ton mari a dit que tu avais besoin d'aide.

— Dans ce cas, la voilà. Ce petit paquet de bonheur est à tout à toi.

Elle me tend le bébé en feignant l'impatience.

À ma grande surprise, Lizzie cesse immédiatement de pleurer et lève vers moi ses grands yeux bleus.

— Quelle petite traîtresse, s'exclame Nora en riant. Tu ne mérites pas que je t'allaite ce soir.

À mon tour, j'éclate de rire en faisant rebondir le bébé dans mes bras. La petite glousse, essayant d'attraper mes cheveux dans ses poings minuscules, et je sens la pression s'atténuer dans ma poitrine. Les nuages noirs se dissipent un moment, me laissant entrapercevoir un rayon de lumière.

enderson

INTROUVABLES.

Ces mots tournoient dans mon cerveau en proie à la migraine. Les lettres ondulent comme des serpents sur mon écran.

Tous mes contacts me disent que ma femme et mes enfants sont introuvables. Comme s'ils s'étaient évanouis dans les airs.

Un spasme me contracte le cou et la douleur irradie dans mon bras gauche. J'ai envie de hurler comme un animal, d'avaler une plaquette de pilules, mais c'est impossible.

J'ai besoin de toutes mes facultés mentales.

Il y a de fortes chances que Sokolov les ait déjà attrapés. Sinon, comment expliquer leur disparition ? Il n'y a aucune preuve qu'ils ont quitté l'Islande, aucun billet d'avion correspondant à leur description.

Ils ont dû se faire capturer, enlever.

Bientôt, je recevrai une demande de capitulation, envoyée en même temps que des membres du corps de mes enfants. Sokolov ne les épargnera pas – pas après ce qu'il a fait au reste de nos amis et de nos familles.

Pas après ce qui est arrivé à son fils dans ce petit village minable.

Il ne reste qu'une seule chose à faire, le plan de la dernière chance.

Je décroche mon téléphone et compose le numéro sur mon bureau.

— Lançons l'opération largage, dis-je lorsque l'homme décroche à l'autre bout de la ligne. Que l'équipe se tienne prête. Nous frapperons samedi prochain, dans une semaine.

eter

JE PASSE EN REVUE LE PLAN A AVEC MON ÉQUIPE, KENT ET
Esguerra. Puis nous planchons sur les plans B, C, D et E.

Contrairement à un assassinat classique, nous nous lançons à
l'aveuglette. Le piège pourrait venir de n'importe où, prendre
n'importe quelle forme que l'esprit de Henderson, exercé par la
CIA, pourra inventer. Entre les tireurs embusqués, le MI5 ou
encore Interpol, nous pourrions tomber dans un guet-apens de
cent façons différentes, et nous devons être prêts à tout.

Nous devons aussi nous autoriser à croire à la possibilité
improbable que ce ne soit *pas* un piège et que Bonnie Henderson
ait vraiment cherché à nous contacter.

En dépit de mon extrême réticence à rester loin de Sara
pendant longtemps, j'ai décidé de partir à Londres avec mon
équipe après-demain – mardi.

J'imagine que ma ptichka ne réagira pas bien, mais je n'ai pas le choix. Kent et Esguerra m'accompagneront en renfort avec leurs propres hommes.

Nous devons trouver Henderson. Qu'on en finisse.

Il n'y a pas d'autre choix.

— Crois-tu que Nora appréciera que tu partes aussi ? je demande à Esguerra alors que nous terminons la réunion.

Il hausse les épaules, mais son visage se ferme.

— Elle ne sera pas ravie, mais elle sait que c'est important. Je ne peux pas déléguer quelque chose d'aussi crucial. Nous ne pouvons pas nous ramollir dans ce métier. Et puis, vous serez en première ligne, tous les quatre. Kent et moi n'interviendrons que si tout le reste échoue... contrairement aux vôtres, nos visages ne font pas la une de tous les journaux.

eter

LUNDI SOIR, JE PRÉPARE TOUS LES PLATS PRÉFÉRÉS DE SARA ET j'ouvre une bouteille de jus de raisin pétillant pour le dîner. Ça fait quelques jours qu'elle n'a pas eu d'hallucinations, mais je n'aime pas la laisser seule aussi longtemps.

Même si elle s'installe chez Esguerra, avec Nora et Yulia à portée de voix, je me ferai du souci pendant toute la durée de la mission.

— Pourquoi dois-tu partir ? demande-t-elle, son visage en forme de cœur crispé par le stress.

Son assiette, remplie à ras bord de son plat de pâtes préféré, reste intacte devant elle, tout comme sa flûte à champagne. Elle n'a rien avalé de la journée, depuis qu'elle a appris que je partais à Londres.

— Tu sais que c'est très certainement un piège, poursuit-elle alors que je m'interroge sur le meilleur moyen de lui faire absorber les calories nécessaires. Il te tend un piège et il se sert de l'adresse email de sa femme comme appât.

— Je sais. Nous avons prévu cette éventualité, lui dis-je patiemment tout en poussant vers elle la corbeille de pain frais. Nous avons encore une chance de trouver une piste. C'est difficile de tendre un piège sans laisser de traces. Il a forcément foiré quelque part.

— Et s'il avait tout bon ? demande-t-elle en repoussant la corbeille. S'il réussissait à te pincer ?

— Ptichka...

Je soupire avant de poursuivre :

— Tu sais qu'il ne cessera jamais de s'en prendre à nous. J'ai essayé de tourner le dos à cette vérité, et regarde ce qui s'est passé. Si je n'avais pas accepté l'accord, si j'avais continué à le traquer...

— Non.

Les yeux de Sara scintillent de chagrin.

— N'en parle même pas. Je te l'ai dit, ce n'est pas ta faute. Je sais à quel point ce marché était difficile. Quelle qu'en soit l'issue, je te serai toujours reconnaissante d'avoir essayé... d'avoir fait ce sacrifice pour moi.

— Alors, mange. S'il te plaît.

À nouveau, je lui tends le pain.

— Si tu ne le fais pas pour toi, fais-le pour moi et notre bébé.

Elle cligne des yeux, comme si elle prenait soudain conscience qu'elle n'avait toujours pas touché à son assiette. Elle prend un morceau de pain et le grignote avec obéissance, puis elle porte à sa bouche une fourchetée de pâtes.

Je repère une tache de sauce sur sa lèvre supérieure. Comme si elle lisait dans mes pensées, elle y passe la langue et mon corps tout entier se raidit.

Bon sang, j'ai envie de mordiller ces lèvres pulpeuses et souples... de les sentir contre mes bourses tandis qu'elle m'honore de sa langue.

La bouffée de désir est si puissante qu'elle me déstabilise. Mon rythme cardiaque s'emballe. En une seconde, je passe d'une excitation mesurée à une érection d'acier. La seule chose qui me retient de l'étendre sur la table, c'est qu'elle a enfin accepté de manger.

À contrecœur, sans grand appétit, elle mange.

Réfrénant mon désir, je vide ma propre assiette et je la regarde attentivement.

Elle engloutit la moitié de ses pâtes, puis elle déclare forfait, repue. Je l'encourage à prendre un dessert – un bol de fruits rouges avec crème fouettée à la noix de coco – avant de laisser enfin libre cours à ma propre faim.

Abandonnant les assiettes sur la table, je la soulève dans mes bras et je l'emmène dans notre chambre.

ara

PETER EST ATTENTIONNÉ CE SOIR. IL SE MONTRE D'UNE TENDRESSE inhabituelle. Pour une fois, c'est exactement ce que je veux. Depuis ce matin, quand il m'a dit qu'il partait pour Londres, je suis pétrifiée de peur, si terrorisée que j'ai du mal à respirer.

Il n'est pas encore entièrement guéri, même s'il se comporte comme si les blessures n'avaient aucune importance. Ces deux derniers jours, il a repris l'entraînement avec Anton et les jumeaux, réalisant des prouesses de force et d'endurance qui feraient pâlir d'envie bon nombre d'athlètes en pleine forme. Malgré tout, je suis parfaitement consciente qu'il n'est pas surhumain – qu'il est capable de saigner et de mourir par balles, comme tout le monde.

J'ai parlé à Nora après le déjeuner, tandis que Peter finalisait la logistique avec son mari et les autres. En apparence, elle était calme, mais je voyais bien qu'elle était tout aussi inquiète, son angoisse tout aussi vive. Elle m'a donné quelques détails sur leur projet – Kent et Esguerra vont diriger les équipes de renforts, six douzaines de leurs meilleurs gardes seront impliquées dans toute l'opération. Apparemment, les hommes ont envisagé cinquante simulations différentes, se préparant à chaque éventualité possible et imaginable.

Cela devrait me rassurer, mais le gouffre sans fond que creuse la peur dans mon estomac n'a fait qu'empirer. Au contraire, cette conversation n'a servi qu'à me confirmer à quel point cette initiative est périlleuse – notamment pour Peter et ses coéquipiers.

En tant que fugitifs recherchés, ils vont se jeter directement dans la gueule du loup.

Les yeux fermés, je m'efforce de ne pas y penser, de me concentrer uniquement sur les lèvres de Peter qui m'effleurent sensuellement le dos. Je suis à plat ventre et il embrasse chaque vertèbre de ma colonne. Ses paumes délicieusement rugueuses glissent sur ma peau, me caressant et me massant sur leur passage. Chaque fois que ses lèvres sculpturales frôlent ma peau, chaque fois que ses grandes mains me touchent, relaxantes et excitantes à la fois, une chaleur frémissante se propage dans tout mon corps.

— Tu es tellement douce, murmure-t-il avec vénération, faisant pleuvoir des baisers au creux de ma taille, sur la courbe de mes fesses, la partie sensible de mes cuisses. Tout ton corps est tellement beau.

Sa voix grave à l'accent léger est aussi caressante que du velours à mes oreilles. Elle accentue la chaleur qui bouillonne déjà dans mes veines et la tension qui palpite entre mes jambes.

Ses doigts s'y glissent, trouvant mon sexe humide. Je gémis lorsqu'il me pénètre à deux doigts, m'étirant et me remplissant jusqu'à me faire frémir de désir. Je suis déjà si excitée que l'orgasme n'est pas loin. Lorsqu'il recourbe ses doigts en moi, exerçant une pression sur mon point G, un spasme me traverse le corps et l'extase m'envahit avec la force d'un tsunami.

Je suis encore portée par la vague quand il me fait rouler sur le dos, me recouvrant de son corps à la musculature impressionnante.

— Je t'aime, murmure-t-il.

Hissé sur un coude, il baisse les yeux sur moi. Sa main libre souligne ma mâchoire et son pouce me caresse délicatement la joue. La tendresse dans ses yeux de couleur métallique me fait fondre jusqu'à l'os.

— Je t'aime aussi, dis-je à mi-voix, le cœur lourd. Et je t'aimerai toujours, mon chéri… quoi que le destin nous réserve.

Ses pupilles se dilatent, ses yeux s'assombrissent. Quand il se penche en avant pour prendre possession de ma bouche, une ferveur nouvelle embrase son baiser, une avidité plus ardente et plus terrible encore. Sa main quitte mon visage pour s'aventurer entre nos corps. Je sens sa queue insister entre mes cuisses lorsqu'il les écarte avec ses genoux.

Relevant la tête, il rencontre mon regard, puis il entre en moi d'un coup de reins, me pénétrant tout entière en un mouvement fluide. J'étouffe un cri, presque surprise par la sensation de chaleur, par la pression de son corps qui me comble tout à coup.

— Répète-le, m'ordonne-t-il sans ménagement. Je veux que tu le dises pendant que je te baise.

Ses coups de boutoir redoublent.

— Je t'aime, dis-je d'une voix étranglée alors qu'il se retire pour mieux revenir en force. Je t'aime tant.

Il me laboure avec passion et je répète :

— Je t'aimerai toujours.

Ses mouvements accélèrent. Bientôt, je suis à bout de souffle :

— Je t'aime à jamais, pour l'éternité, aussi longtemps que nous vivrons.

eter

Tous mes sens sont en alerte maximale lorsque j'approche du café où je suis censé rencontrer Bonnie Henderson. Étant donné que les jumeaux n'ont pas encore tué la tireuse d'élite, j'ai décidé de mettre à contribution ses talents de dissimulation et je suis bluffé par le résultat. J'ai une bedaine proéminente, et non seulement suis-je roux avec des taches de rousseur, mais j'arbore aussi un début de calvitie et un double menton.

Si j'avais une mère, même elle ne me reconnaîtrait pas.

Trente-six hommes d'Esguerra sont postés tout autour du restaurant, le sécurisant contre d'éventuels tireurs embusqués et représentants des forces de l'ordre un périmètre qui s'étend jusqu'à dix rues. Pour le moment, rien ne semble indiquer une activité inhabituelle, mais cela ne signifie rien – c'est pour ça que Kent et Esguerra sont campés non loin de là, chacun avec une équipe en renfort au cas où Henderson ferait une tentative brutale.

Je m'attends précisément à cela.

Ce qui complique la situation, c'est qu'une femme correspondant au signalement de Bonnie Henderson a été aperçue dans le restaurant quinze minutes plus tôt. Je doute fortement que ce soit elle – impossible que Henderson se serve ainsi de sa propre épouse –, mais je dois absolument me rapprocher du sosie de Bonnie pour écarter l'infime possibilité que le message disait la vérité.

Une fois sur le trottoir en face du café, je m'arrête afin de m'assurer que mes armes dissimulées sont bien à portée de main. Dans mon oreillette, mes coéquipiers m'informent qu'ils ne remarquent toujours rien de louche. Prenant une inspiration, je traverse la rue.

Je la repère tout de suite dans le café. Elle se trouve à une petite table en fond de salle, orientée vers la porte. Mon déguisement fonctionne, car son regard glisse sur moi tandis que j'annonce ma réservation à l'hôtesse avec un accent anglais nasillard. Ma table est prête – Yan s'en est assuré – et je suis l'hôtesse à une table, à quelques mètres de ma cible.

Je m'assieds de sorte à être en face d'elle. Ouvrant le menu du petit-déjeuner, je l'observe à la dérobée, à la recherche d'indices sur sa véritable identité. Le problème, c'est qu'elle est en tout point conforme à la femme de Henderson, d'après les photos et les vidéos que j'ai étudiées pendant des années. Tout coïncide jusqu'aux moindres détails – même le fait qu'elle paraisse plus âgée que sur les photos, son visage las et émacié. Elle n'en reste pas moins belle – je comprends pourquoi Henderson l'a épousée il y a des années –, mais de toute évidence, la vie en cavale ne l'a pas laissée indemne.

À moins que ce soit exactement ce que Henderson cherche à me faire croire en envoyant un agent de la CIA – ou n'importe qui d'autre – jouer le rôle de sa femme.

Le serveur s'approche de ma table et je commande des pancakes et une omelette sans quitter ma cible des yeux. Je laisse encore passer dix minutes après l'heure de notre rendez-vous. La femme devient nerveuse. Elle jette des coups d'œil constants vers la porte, puis autour d'elle, dans la salle du restaurant.

Son regard se pose sur moi sans exprimer de soupçons particuliers.

Le serveur m'apporte d'abord les pancakes et je fais mine de les dévorer avec délectation, même si en réalité j'y goûte à peine. J'ignore si c'est Bonnie ou une autre personne que Henderson a envoyée dans le restaurant, mais elle guette un comportement suspect et ce n'est pas à ma table qu'elle le trouvera.

Il est neuf heures cinq quand elle commence à montrer des signes de nervosité extrême. Elle se lève, comme pour partir, puis se rassied.

Pas très pro pour un agent de la CIA.

Mon omelette arrive. J'en suis à la première bouchée quand elle se lève à nouveau, son corps frêle vibrant d'angoisse. En se mordillant la lèvre, elle regarde une dernière fois autour d'elle et se dirige vers la sortie.

Voilà qui est intéressant.

Instinctivement, je lui agrippe le poignet lorsqu'elle passe à côté de ma table.

— Bonnie Henderson ? dis-je en conservant mon accent britannique.

Elle se raidit, le visage déformé par la peur.

— Lâchez-moi, s'exclame-t-elle à voix basse, terrorisée. Je ne retournerai pas avec lui. Lâchez-moi sinon je hurle.

Encore plus intéressant.

— Je suis Peter Sokolov, dis-je avec mon accent habituel, libérant son poignet fin comme une feuille de papier. Vous vouliez me rencontrer ?

Une fois de plus, elle se raidit et me regarde, bouche bée.

— Mais vous…

— C'est un déguisement, dis-je d'un ton serein. S'il vous plaît, assoyez-vous.

Elle tire maladroitement la chaise en face de moi, les mains tremblantes. Si j'étais un gentleman, je me lèverais pour l'aider, mais je ne suis pas ici pour ça.

S'il s'agit vraiment de la femme de Henderson – et je commence à le croire –, elle me conduira jusqu'à son mari d'une manière ou d'une autre.

Le serveur revient, intrigué par ma nouvelle convive. Je commande deux tasses de café histoire de me débarrasser de lui. Il semble se passer quelque chose d'étrange avec Bonnie – ou je ne sais qui. Maintenant qu'elle est assise en face de moi, elle semble plus calme et plus posée, à l'exception du léger tremblement de ses mains.

— Vous m'avez envoyé un email, dis-je dès que le serveur s'en va. Pourquoi ?

Elle prend une grande inspiration.

— Parce qu'il le fallait. Cette folie doit cesser.

— Je suis d'accord, dis-je avec un sourire froid. Comme c'est gentil de vous rendre spontanément.

— Vous m'avez mal comprise.

Elle serre les poings sur la table, dissimulant ses tremblements.

— Je ne me rends pas. Je vous donne ce que vous voulez : mon mari.

Je penche la tête.

— En échange de quoi ?

Elle lève le menton.

— Vous me laissez tranquille, moi et mes enfants.

Ah. Je commençais à soupçonner une proposition de ce genre. Et pourtant, ça ne me satisfait pas pleinement. Pourquoi trahir son mari et s'exposer à un tel danger ?

— Pourquoi accepterais-je ce marché alors que je vous tiens ? À moins que vous vous pensiez à l'abri parce que nous nous rencontrons dans un lieu public ?

Sa gorge tressaute lorsqu'elle déglutit.

— Je ne suis pas idiote. Je sais ce dont vous êtes capable.

— Et pourtant, vous êtes ici. Intéressant.

Le serveur revient au même moment et nous gardons le silence en attendant qu'il reparte après nous avoir servi du café.

Dès qu'il s'est éloigné, Bonnie agrippe sa tasse et boit une gorgée de liquide brûlant.

— Il ne se rendra pas en échange de ma liberté.

Sa voix chevrote légèrement quand elle repose sa tasse.

— Alors, vous pouvez oublier l'idée de vous servir de moi comme outil de marchandage. Ça ne fonctionnera pas plus qu'avec les otages.

Ainsi, elle est au courant. Décidément, cette histoire devient de plus en plus intrigante à chaque instant.

— Pourquoi me proposez-vous ça ? Si je vous promets de ne pas vous tuer, ni vous ni vos enfants, vous me conduirez jusqu'à la cachette de votre mari ?

— Oui. Enfin, pas exactement, dit-elle en inspirant. Je ne peux pas vous conduire directement à lui, parce que je ne sais pas où il est. Il a dû quitter notre dernière planque dès qu'il a appris que je m'étais enfuie avec les enfants – au cas où vous nous trouveriez, vous voyez.

— Alors, que proposez-vous ? Et pourquoi vous êtes-vous enfuie ?

Elle hésite, puis demande d'un ton calme :

— Savez-vous comment nous nous sommes rencontrés, Wally et moi ?

J'essaie de me rappeler si j'ai trouvé cette information dans l'énorme dossier dont je dispose au sujet de Henderson.

— Non, dis-je au bout d'un moment. Je l'ignore.

Elle pince les lèvres.

— C'est bien ce que je pensais. Personne ne le sait jamais. Wally aime dire aux gens que nous nous sommes rencontrés dans un bar, mais ce n'est pas le cas. Enfin, c'est dans un bar que nous sommes sortis ensemble, mais nous nous sommes rencontrés avant – quand j'étais une nouvelle recrue à l'agence et qu'il était son agent vedette... et mon professeur.

Je cache ma surprise. Je l'avais peut-être prise pour un agent jouant le rôle de la femme de Henderson, mais je ne m'attendais pas à ce que sa véritable épouse fasse partie de la CIA.

Elle est bien trop convaincante en tant que mondaine aux abois.

— Ne vous inquiétez pas, je ne suis pas un agent, s'empresse-t-elle d'ajouter comme si elle craignait que je l'abatte à cause de cette révélation. J'ai abandonné le programme quand je suis tombée enceinte. J'ai fait une fausse couche, mais je n'ai jamais réintégré la formation. Voyez-vous, Wally et moi nous sommes mariés et il a quitté l'agence peu de temps après afin de mener une carrière dans l'armée et d'avoir une vie de famille stable – ce qui m'imposait de rester à la maison avec les enfants.

Je prends ma tasse de café.

— Pourquoi me racontez-vous cela ?

— Parce que je veux que vous compreniez pourquoi je suis ici.

Ses yeux me transpercent tandis que je sirote le liquide chaud et amer.

— J'ai intégré l'agence parce que je suis une patriote, Monsieur Sokolov. Parce que je voulais protéger notre pays contre les menaces étrangères et intérieures… contre les terroristes capables de faire sauter tout un bâtiment sans sourciller.

Les pièces du puzzle commencent à se mettre en place.

Bien sûr.

C'est ce qui a tout déclenché.

— Quand l'avez-vous découvert ? je demande en reposant le café.

— Que Wally était derrière l'attentat contre le FBI à Chicago ? Il y a quelques jours… En même temps que j'ai appris qu'il avait laissé mourir tous nos amis et tous nos proches au lieu de céder à votre demande.

Elle paraît presque sereine en disant cela, mais je vois bien que les mots lui viennent difficilement.

Quelle que soit la manière dont elle a appris cette information, le choc a dû être douloureux.

— Alors, pourquoi vous tournez-vous vers moi ? je demande en la dévisageant attentivement. Vous devriez me haïr pour ce que je vous ai fait, à vous et à votre famille. Pourquoi ne pas livrer votre mari aux autorités ? Je suppose que vous disposez de preuves accablantes.

Elle hoche la tête.

— En effet, et voilà autre chose que je peux vous offrir. Si vous respectez votre part du marché, je ferai de mon mieux pour laver votre nom – du moins pour ce crime. Quant à la raison de ma présence ici, c'est très simple.

Elle prend une inspiration.

— Je suis fatiguée, Monsieur Sokolov. Je suis lasse de vous craindre et de vous détester, et mes enfants aussi. Livrer Wally à la police ne signerait pas la fin du cauchemar pour nous. Le procès durerait des années, et pendant tout ce temps, vous essaieriez toujours de nous atteindre. C'est le meilleur moyen – le seul – de mettre un terme à tout cela. Je ne vous pardonnerai jamais pour ce que vous avez fait à ma famille, mais je désire passer cet accord avec vous.

Sa voix se brise et elle ajoute :

— Tout ce que je veux, c'est que cela se termine… que mes enfants retrouvent une vie normale.

Je lui accorde une chose, elle est convaincante. Tellement convaincante que je suis tenté de la croire. Mais il y a autre chose qu'il me faut savoir.

— Quand je vous ai abordée tout à l'heure, vous m'avez pris pour quelqu'un envoyé par votre mari. Je suppose donc qu'il est à votre recherche. Comment se fait-il qu'il ne vous ait pas encore retrouvée, avec tous ses contacts ?

À nouveau, elle fait la grimace.

— J'ai mes propres contacts, moi aussi, Monsieur Sokolov. Mon mari ne l'a jamais compris. Il croit qu'il doit uniquement son succès à sa propre excellence, mais je suis à ses côtés depuis le début. Je lui ouvre la voie, je sympathise avec les bonnes personnes, je fais du relationnel avec leurs épouses et…

Elle se tait, comme si elle se rendait compte que ses souvenirs amers étaient bien futiles.

— Bref, poursuit-elle, je me prépare depuis deux ans, au cas où je me retrouverais veuve avec un assassin tel que vous à mes trousses. J'ai fait fabriquer de faux papiers pour les enfants et moi, et je me suis organisée afin d'avoir de l'argent et tout ce qu'exigerait une vie sous couverture. Mais ensuite, voilà ce qui est arrivé.

— Et vous avez utilisé votre fonds d'urgence pour fuir votre mari.

Elle pince les lèvres.

— Exactement. Alors, dites-moi, Monsieur Sokolov, avons-nous un accord ? Si je vous livre mon mari, nous laisserez-vous en paix ?

Je reprends ma tasse de café.

— Vous m'avez dit que vous ne savez pas où il est.

— C'est vrai, mais j'ai ce qui lui est cher plus que tout au monde.

— De quoi s'agit-il ?

Elle m'adresse un regard terne.

— Notre fille. Amber. C'est la seule personne qu'il aime vraiment à part lui-même.

Une fois de plus, je dois masquer ma stupeur. Cette femme envisage-t-elle sérieusement de me donner sa fille adolescente en otage ?

Putain, mais c'est une cinglée !

— D'accord, dis-je en reposant ma tasse.

Même si c'est de la folie, je ne vais pas faire la fine bouche.

— C'est un bon plan, il me semble. Oui, si nous réussissons à l'attirer avec votre fille, je vous laisserai tranquilles, vos enfants et vous.

Je suis sincère. Bien sûr, j'aurais aimé faire souffrir Henderson en tuant sa famille, mais ce ne sont pas sa femme et ses enfants qui m'intéressent.

C'est *sa* tête sur une pique que je veux.

— Dans ce cas, tenez.

Elle sort un téléphone et le fait glisser vers moi sur la table.

— Pour l'instant, c'est tout ce dont vous avez besoin, mais j'ai autre chose – tant que vous me laissez repartir aujourd'hui.

J'appuie sur « lecture » pour visionner la vidéo à l'écran. Une minute plus tard, je comprends que la femme de Henderson n'est pas folle – et que, même si elle a quitté l'agence, l'agence ne l'a jamais quittée.

ara

Je fais les cent pas dans la salle à manger d'Esguerra. L'angoisse me perfore la poitrine. Nora et Yulia sont avec moi, ainsi que le jeune garde, Diego. Dans son oreillette, il reçoit des informations en temps réel sur l'opération en cours. Je sais donc que Peter vient d'entrer dans le restaurant au mépris du risque.

— Il est en train de lui parler, dit Diego en levant les yeux de son ordinateur portable, vingt longues minutes plus tard.

Je m'approche pour découvrir l'image floue d'un homme qui n'a rien de commun avec Peter, assis en face d'une femme de petit gabarit.

— C'est une caméra à longue portée, m'explique Diego. Nous ne voulons pas les effrayer en nous approchant.

— Tout est toujours tranquille ? demande Yulia en se penchant sur son épaule.

Il acquiesce.

— Soit les espions de Henderson ont un talent surnaturel, soit il n'y a personne.

Je me tourne vers Nora. Contrairement à Yulia et moi, elle reste assise en silence, sans poser de questions. Sans sa poigne de fer sur la poussette de Lizzie, je pourrais croire qu'elle accepte la situation.

Reportant mon attention vers l'écran, je constate que la femme discute toujours avec Peter incognito.

— Ne t'inquiète pas, me dit Yulia à voix basse. Si quelqu'un dans le restaurant éternue de travers, nos tireurs l'abattront.

— Oui, je sais.

J'esquisse un sourire sans joie.

— C'est épatant comme la présence de tireurs peut être rassurante.

Elle me rend mon sourire et nous partageons un moment de complicité. Mais quand je me tourne à nouveau vers Nora, elle ne nous regarde pas.

Évidemment. Avec tout ça, j'avais oublié qu'elle était en froid avec Yulia.

Je me demande si elle m'en veut de ne pas la détester.

— Il sort du restaurant, annonce soudain Diego.

Mon regard revient immédiatement sur l'écran.

Peter est déjà dans la rue.

Diego se tait pour écouter attentivement les informations relayées par l'équipe de Londres. Je vois un grand sourire illuminer son visage et, de soulagement, mes genoux flageolent.

L'email provenait bel et bien de la femme de Henderson.

Peter et les autres ne craignent rien.

89

enderson

JE PASSE EN REVUE LES QUESTIONS LOGISTIQUES POUR NOTRE opération de samedi lorsqu'une notification apparaît sur mon écran. C'est un message de mon contact à la CIA.

En objet, un seul mot : *Désolé.*

En moi, tout se change en glace quand je découvre le texte et la vidéo jointe qu'il m'envoie.

J'ai envie de vomir en appuyant sur « lecture ».

Le visage de ma fille, sale et brouillé de larmes, apparaît à l'écran.

— Papa, sanglote-t-elle alors que la caméra dézoome.

Elle est attachée sur une chaise, dans une pièce banale aux murs blancs.

— Papa, s'il te plaît, aide-moi. Ils ont dit qu'ils allaient nous tuer. S'il te plaît, papa, aide-nous !

La vidéo s'interrompt. J'ai du mal à respirer.

Sokolov la tient. Il les détient tous.

Maintenant, c'est un fait.

Je me secoue et prends connaissance du texte qui l'accompagne.

Tu sais ce que je veux, peut-on lire. *Plaza de Bolivar, Bogotá, 15 h, Jeudi. Soyez là ou vous la verrez mourir.*

Je m'y attendais, je savais que cela arriverait, et pourtant la nouvelle me frappe comme un coup de poing dans le ventre.

Amber. Ma fille, douce et loyale.

Ce monstre la tuera. Il ne l'épargnera pas, même si je fais ce qu'il demande.

Je n'ai plus de temps à perdre en logistique. Ce n'est plus le moment de revoir tous les détails.

L'opération largage ne peut pas attendre jusqu'à samedi.

Il faut le faire ce soir.

90

$\mathcal{S}$ara

— Sommes-nous certains que ce n'est pas un piège ? Je demande à Nora une heure plus tard, alors que nous nageons dans sa piscine aux dimensions olympiques.

La crise immédiate est passée, mais Yulia est retournée dans sa chambre. Elle a le tact d'épargner à Nora sa présence. Nous sommes donc seules toutes les deux devant l'immense véranda de la maison.

Rosa aussi est ici avec Lizzie, mais elles somnolent à l'ombre.

— Tout est possible, mais ce n'est pas l'avis de Julian, répond Nora en se retournant pour flotter sur le dos.

Son corps en bikini est si tonique et ferme que j'ai du mal à croire qu'elle a accouché seulement quelques mois auparavant.

Moi aussi, je porte un bikini – emprunté à Yulia, car nous avons presque les mêmes mensurations malgré notre différence de taille. Les shorts et les tee-shirts que je portais appartenaient bien à

Yulia. Elle les avait oubliés chez Kent quand ils sont partis à Chypre, et elle est plus que ravie de me laisser les utiliser.

— Dis-moi si tu as besoin de quoi que ce soit, m'a-t-elle dit lorsque nous avons évoqué le sujet ce matin. Lucas laisse toujours une valise avec mes affaires dans notre avion, au cas où, alors je suis bien équipée.

Reportant mon attention sur Nora, je demande :

— Et demain ? Julian croit-il vraiment que Henderson se rendra à Bogotá ?

— Il l'espère, dit-elle en se retournant pour se lancer dans une nage libre musclée.

Je nage bien, mais je dois redoubler d'efforts afin de rester à sa hauteur. Elle fend la surface de l'eau et rejoint l'autre côté du bassin en un temps record.

Il est évident qu'elle ne veut pas en parler, mais je ne peux me résoudre à abandonner.

— Et s'il ne vient pas ? je demande lorsqu'elle ralentit enfin. Il ne s'est pas montré pour les autres otages.

Elle s'arrête et se redresse, ramenant à deux mains ses cheveux mouillés en arrière.

— Ce n'était pas sa fille, dit-elle en plissant les yeux dans le soleil. Quoi qu'il en soit, même si tout ne se passe pas comme prévu, Julian, Lucas et Peter improviseront. C'est leur truc et ils sont doués pour ça.

Même si Nora ne sait pas plus que moi ce qu'il adviendra, la crispation dans ma poitrine se dissipe lorsque je songe aux nombreux talents de Peter.

C'est vrai que mon mari est doué pour ça.

Terriblement doué.

Nous nageons encore pendant une heure, bavardant de choses et d'autres, par exemple de la prochaine exposition de Nora à Berlin – apparemment, c'est une artiste peintre renommée. Quand Lizzie se réveille, exigeant son repas, nous retournons dans la maison.

Avec un peu de chance, tout sera terminé demain.

enderson

— Nous allons nous poser ici, dis-je en haussant la voix pour me faire entendre par-dessus le rugissement des moteurs, tout en désignant un bosquet sur la photo satellite. Ensuite, nous nous rendrons jusque-là.

Je pointe du doigt le bâtiment blanc au milieu.

— Compris.

Danser rejette en arrière ses cheveux blond cendré. De profil, son visage présente une ressemblance troublante avec celui de Sokolov.

— As-tu des images des cibles ?

— Tiens.

Je lui tends la photo de la femme d'Esguerra.

— Nous voulons capturer cette femme ou son bébé – de préférence les deux. Grâce à elles, nous pourrons ressortir du complexe.

Barrett détaille la photo par-dessus l'épaule de Danser.

— Elle a l'air plutôt fluette. Ça ne devrait pas être difficile.

— Celle-ci aussi ferait l'affaire, mais je ne sais pas si elle sera dans la maison principale.

Je sors une photo de Sara Sokolov et je la remets à Danser et ses coéquipiers.

— Quant à celle-ci, dis-je en leur montrant une photo en pied de la femme de Kent, elle ferait un formidable bonus, mais elle n'est peut-être même pas sur le complexe.

— Oh, putain. Visez-moi ces cheveux blonds et ces jambes.

Kilton m'arrache la photo des mains.

— Je me la taperais bien.

— Moi, je me les taperais toutes, sauf le bébé, renchérit Russ en caressant sa barbe dans un geste lubrique. Peut-être toutes les trois en même temps.

Je dois déployer mon meilleur jeu d'acteur pour retenir le grognement qui me vient instinctivement. Je ne peux pas me permettre de fâcher ces quatre enfoirés ni aucun membre de leur équipe. Et s'ils sont assez bêtes pour réfléchir avec leurs queues, je m'en fiche ! Ils ont fait du bon boulot avec l'attentat au FBI et ils ont de l'expérience en chute opérationnelle.

C'est ce que j'attends de leur part.

C'est ma seule chance de sauver Amber.

Tout en massant les muscles noués de mon cou, je jette un œil vers les six autres hommes dans notre avion militaire.

— Tout le monde est au clair sur son rôle dans l'opération ?

— Oui, répond Danser à leur place. L'équipe alpha se chargera des gardes à la limite nord, à 00:58, et l'équipe bêta t'attendra avec l'hélicoptère au point d'extraction, à la limite sud.

— Et si Esguerra ne quitte pas la maison pour aller voir ce qui se passe au nord ? s'enquiert Barrett. Doit-on tuer ce connard ?

— Non, blessez-le, lui dis-je. Il doit rester en vie pour forcer Sokolov à accepter l'échange avec ma famille. Sinon, si le trafiquant d'armes est mort, personne ne se souciera que nous détenions sa femme et son enfant. Bien sûr, si nous avons la chance de tomber sur la femme de Sokolov, ce sera encore mieux.

— Pour résumer, dit Kilton. Nous voulons la femme et/ou le bébé d'Esguerra en otage, pour sortir vivants du complexe et les échanger ensuite contre ta famille. Mais si on tombe sur la femme de Sokolov ou la blonde canon, on les embarque aussi.

— C'est ça, dis-je. La femme de Sokolov passe en priorité. Si nous la détenons, peu importe qu'Esguerra se fasse tuer. Sokolov procédera quand même à l'échange.

— Et Kent ? demande Russ. Que doit-on faire s'il est là ?

— Si nous ne détenons pas sa femme, alors tuez-le, dis-je. Mais si vous la prenez en otage, laissez-le.

Plus j'aurai d'influence sur mes ennemis, mieux ça vaudra. Quand j'ai commencé à élaborer cette mission, l'objectif était d'utiliser les otages que nous aurions capturés pour attirer Sokolov et les autres dans un piège et les tuer, mais l'enlèvement de ma famille a changé la donne.

Maintenant, ma priorité est de sauver Amber.

— Tu ne penses pas que Kent sera à Bogotá avec Sokolov ? demande Danser en me rendant les photos.

— Je ne sais même pas si Sokolov y est en personne, dis-je en les rangeant dans ma veste. Ce n'est pas parce qu'il m'a demandé d'être à la plaza demain qu'il sera là. Quoi qu'il en soit, vous devez vous tenir prêts à tout. Les limites du complexe sont impénétrables, alors en toute logique la maison ne sera pas spécialement surveillée – mais bien sûr, il n'y a aucune garantie.

— Oh, merde, fait Russ en souriant. On va bien s'amuser. Tu es sûr de vouloir le faire avec nous, vieille branche ?

Sans prêter attention à sa remarque idiote, je m'empare de ma bouteille à oxygène et je m'équipe pour le saut en parachute. Avant que cette vidéo n'arrive dans ma boîte de réception, je ne comptais pas me joindre à eux dans cette mission follement dangereuse, mais maintenant, je n'ai plus le choix.

Non seulement cette opération est ma seule chance de trouver un moyen de pression sur mes ennemis, mais Amber elle-même se trouve peut-être dans le complexe. Je n'en ai pas la certitude, naturellement. Ils la détiennent peut-être à Bogotá ou ailleurs dans le monde. Étant donné que le lieu de rendez-vous est fixé en Colombie, sur le terrain d'Esguerra, il est possible qu'elle soit prisonnière sur le domaine du trafiquant d'armes.

Si nous avons de la chance, nous ne repartirons pas uniquement avec les otages.

Nous pourrions aussi sauver ma fille.

ara

APRÈS AVOIR ALLAITÉ LIZZIE, NORA ME FAIT VISITER LA MAISON. Elle est aussi grande qu'elle le paraît et compte une dizaine de chambres, une bibliothèque, un cinéma avec écran géant, une salle de sport dotée de toutes sortes d'équipements, ainsi que son atelier d'artiste sous une verrière baignée de lumière.

Les tableaux inachevés qui s'y trouvent offrent un mélange saisissant de surréalisme et d'expressionnisme moderne, avec des formes familières et des objets déformés – des arbres, par exemple –, silhouettes sinistres et intrigantes. La palette de couleurs penche lourdement vers les rouges et les noirs, comme si tout était consumé par le feu.

— Tu as un talent incroyable, lui dis-je en toute sincérité.

Nora me remercie en souriant. Nous poursuivons le tour du propriétaire et elle m'explique qu'elle a commencé la peinture pour ne pas devenir folle sur l'île privée où Julian l'avait bouclée après son enlèvement.

J'ai envie de lui poser un million de questions à ce sujet, mais nous sommes déjà arrivés dans la chambre où je séjourne en l'absence de Peter. C'est une pièce joliment décorée, adjacente à la chambre de Yulia, à quelques portes de la suite principale. Nora me laisse pour aller vaquer à ses occupations. Fatiguée, je décide de faire une petite sieste.

J'ai l'impression que le rythme d'une femme enceinte ressemble beaucoup à celui d'un jeune enfant.

Quand je me réveille, c'est l'heure du dîner. Je rejoins Nora dans la salle à manger. Yulia brille par son absence. Lorsque j'interroge Nora, elle m'informe que la femme de Kent a déjà mangé.

— Elle est toujours à l'heure de Chypre, m'explique-t-elle avec un petit sourire alors qu'Ana nous apporte les plats.

Je décide de ne pas insister. Ce doit être bizarre d'héberger sous votre propre toit la femme qui a failli faire tuer votre mari. Au lieu de quoi, pendant le repas, j'interroge Nora sur sa famille et leur avis quant à son mariage avec Julian.

— Oh, ils espèrent toujours que je reviendrai à la raison et que je divorcerai, dit-elle en entamant son saumon.

Quand elle me raconte ensuite les échanges tendus entre son père et son mari, je me rappelle à quel point Peter s'est montré gentil envers mes parents – il faisait de son mieux pour dissiper leurs appréhensions.

Il avait tout mis en œuvre pour s'assurer qu'ils fassent partie de ma vie.

Une fois de plus, mon cœur se serre. Les larmes me piquent les yeux, mais cette fois, je ne me dérobe pas devant la douleur. Le chagrin insoutenable est encore vivace, la blessure encore à vif et douloureuse, mais à présent je suis capable d'y penser, de souffrir sans me perdre dans l'horreur de leur mort.

Je ne me rends pas compte que mes larmes se sont échappées jusqu'à ce que Nora me tende une serviette avec prévenance.

— Je suis désolée, Sara, dit-elle tristement. Ce n'était pas délicat de ma part.

— Non, je…

Je tente un sourire larmoyant.

— Je vais bien, vraiment. Disons que…

— Tu les as perdus, je sais.

Dans ses yeux noirs moroses, je décèle une certaine compréhension. A-t-elle perdu des proches, elle aussi ?

Avant que je puisse lui poser cette question, Rosa entre dans la salle à manger avec Lizzie et je me détourne, essuyant discrètement mes joues humides. Je ne veux pas que l'amie et nounou de Nora me voie dans cet état.

Nora a assisté au déluge. C'est amplement suffisant.

Elle s'excuse pour aller nourrir le bébé – Lizzie va bientôt se changer en monstre braillard si on ne l'allaite pas immédiatement, comme elle me l'explique d'un air désolé – et je termine mon repas avant de monter dans ma chambre.

En passant devant la porte de Yulia, je l'entends parler en russe au téléphone. Sa voix est chaude et pleine de tendresse, comme si elle parlait à un enfant ou un amoureux. Pendant une seconde, ce détail me prend au dépourvu, puis je me souviens ensuite des photos que j'ai vues chez elle. C'était un jeune adolescent – j'avais pensé qu'il s'agissait de son frère parce qu'il lui ressemblait beaucoup.

Parle-t-elle avec ce garçon ?

Je suis très curieuse de son histoire, avec son rôle d'espionne et le reste, mais je n'ai pas envie de la déranger alors qu'elle est au téléphone. J'entre dans ma chambre, je referme la porte et je m'approche de la fenêtre pour contempler le soleil couchant au-dessus des arbres.

Peter me manque.

Bon sang, il me manque tellement.

En ce moment, il doit être dans les airs avec les autres, en route vers leur rendez-vous à Bogotá. Si tout se passe bien, à la même heure demain soir, il sera avec moi.

Sa quête de vengeance sera enfin terminée.

Je m'approche d'une bibliothèque et je prends un roman à

suspense avant de me blottir sur un fauteuil pour le lire. Bien que je me sois réveillée de ma sieste il y a quelques heures à peine, je suis à nouveau fatiguée. Avant de m'absorber dans ma lecture, je dodeline déjà de la tête.

Je bâille, et après une douche rapide, je me mets au lit. Comme je pouvais m'y attendre, je ne trouve pas le sommeil.

Je me relève, lis encore quelques pages, puis je griffonne les mots d'une mélodie qui m'a trotté dans la tête toute la journée. Ce sont des paroles noires, agressives, loin de mes compositions habituelles, mais elles sont vraies – spontanées, honnêtes, presque thérapeutiques.

À nouveau fatiguée, je retourne me coucher. Cette fois, je dérive dans une somnolence agitée.

93

*H*enderson

L'AIR GLACIAL SIFFLE À MES OREILLES, NOYANT LE TERRIBLE rugissement de mon cœur tandis que nous tombons en chute libre dans le ciel d'un noir d'encre, à neuf mille mètres de hauteur. La nuit joue en notre faveur. Même les nuages cachent le clair de lune.

Mes lunettes de vision nocturne sont vissées à mon masque à oxygène. Je distingue les quatre autres silhouettes à côté de moi. Nous tombons comme des pierres pendant une éternité avant que je ressente une violente secousse au moment où les parachutes se déploient au-dessus de nos corps.

— Là, dit Danser dans l'écouteur lorsque les contours des arbres nous apparaissent en contrebas. C'est notre lieu d'atterrissage.

Il s'agit d'un bosquet dans le complexe d'Esguerra, loin des tours de guet autour du périmètre. Le principal danger ici, ce sont les drones qui patrouillent dans le ciel, mais grâce au tout dernier gadget de la CIA, j'ai une solution à ce problème.

Lorsque nous arrivons au-dessus de la cime des arbres, mon dispositif détecte les drones en approche et s'y connecte automatiquement, permettant à mon contact de la CIA de contrôler les caméras tant que nous sommes à portée de radar. Les responsables des drones ne verront rien d'autre que le paysage habituel alors que nos parachutes descendront sous leurs objectifs.

Comme je n'ai pas fait de saut en haute altitude depuis deux décennies, je vole en tandem avec Danser. Ses pieds touchent le sol en premier, encaissant le plus fort de l'impact. Pourtant, mes genoux manquent se dérober à l'atterrissage. Nous avons évité de peu de nous empaler sur une branche. Lorsque je me penche pour reprendre mon souffle, Danser décroche le matériel de parachutage et fourre le tout sous un buisson.

Le reste de l'équipe en fait de même. Le temps qu'ils terminent, je me suis remis du choc.

— Prêt ? demande Danser dans l'écouteur.

Je hoche la tête sans m'attarder sur la faiblesse de mes membres.

Jusqu'à présent, tout s'est déroulé conformément au plan. Si nous échouons, ce ne sera pas à cause de moi.

En silence, nous nous faufilons dans la nuit, profitant du couvert des bois. La partie la plus délicate sera le vaste espace dégagé autour de la maison, mais c'est précisément à cela que sert la diversion prévue aux abords du complexe.

Nous marquons une pause à la lisière du bosquet et nous attendons le signal de l'équipe alpha. Les minutes s'égrènent avec une lenteur insupportable. Je sens la sueur ruisseler dans mon dos tandis que je regarde l'édifice blanc droit devant.

Putain d'humidité tropicale.

C'est encore pire que la chaleur sèche de l'Irak.

Comme on s'en doutait, la résidence d'Esguerra ne semble pas lourdement surveillée. Pourquoi le serait-elle ? Entre les drones et toute la sécurité autour du périmètre, la demeure se dresse au sein d'une forteresse quasiment impénétrable.

Il n'y a que deux gardes qui patrouillent autour de la maison. Lorsqu'ils passent près de nous, Russ et Kilton tirent avec leurs silencieux, les atteignant en plein front.

Premier obstacle éliminé.

— On y va, annonce le chef de l'équipe alpha dans l'écouteur.

Au même moment, j'entends des coups de feu au loin.

— Attendons quinze minutes pour voir si quelqu'un sort, dit Danser.

Nous attendons, les yeux tournés vers la maison.

Il n'y a aucun mouvement à l'intérieur, aucune lumière soudaine.

Soit les gardes d'Esguerra n'ont pas informé leur patron de ce qui se passe, soit il n'estime pas que ce désagrément exige sa présence.

Si nous avons de la chance, il n'est même pas chez lui.

Pour plus de sûreté, nous patientons encore vingt minutes, puis Danser nous donne le feu vert.

Penchés en avant, nous courons en droite ligne sur la pelouse, nous dissimulant derrière les fourrés sur les côtés à intervalle régulier tout en approchant de la piscine à l'arrière.

Là aussi, tout est calme.

— Allez, murmure Danser quand nous arrivons enfin à la porte de derrière. Fais ton putain de tour de magie.

En hochant la tête, je sors à nouveau le gadget de la CIA. Connecté au Wi-Fi de la maison, il se synchronise avec les caméras et le système d'alarme, donnant accès à mon contact pour tout désactiver.

Pendant ce temps, je déclenche un brouilleur de signal cellulaire au cas où quelqu'un tenterait d'appeler des renforts.

— C'est bon, dis-je à voix basse lorsque je reçois la confirmation de mon contact. Que le spectacle commence.

9 4

Sara

Mon sommeil est agité. Je me réveille toutes les demi-heures. Chaque fois que je m'assoupis, des cauchemars troublants au sujet de Peter se mêlent au souvenir de la mort de mes parents pour me tirer des rêves en sursaut. La cinquième fois, je me lève et rejoins la salle de bain en titubant, les yeux gonflés. Je vais lire un peu pour occuper mon cerveau en surchauffe.

Enfilant une robe de chambre en soie empruntée à Nora, j'allume la lampe de chevet, je prends un livre et je me pelotonne en bâillant sur le fauteuil.

Avec un peu de chance, ça ne durera pas longtemps.

Je suis au milieu d'un nouveau chapitre quand je l'entends.

Un craquement, juste devant ma porte.

Stupéfaite, je lève les yeux et je vois la porte pivoter sur ses gonds.

Une grande silhouette vêtue de noir se dresse sur le seuil – un homme barbu que je n'ai encore jamais vu. Il écarquille les yeux en me voyant et le fusil d'assaut entre ses mains se dresse dans ma direction.

Je réagis par pur instinct.

Avec un hurlement perçant, je me jette au pied du fauteuil.

Un grand corps atterrit sur moi, expulsant l'air de mes poumons avant que je puisse rouler sur le sol.

— Boucle-la, sale garce ! gronde l'homme à mon oreille.

Il plaque une main gantée sur ma bouche. Une odeur âcre de transpiration d'homme et de tabac froid me saisit aux narines. Sans ménagement, il me tire par les cheveux. Sa main sur ma bouche étouffe mon cri de douleur.

Terrifiée, je griffe son gant. Je me débats de toutes mes forces, mais comme avec Peter dans ma cuisine, je ne peux rien faire. Il m'entraîne hors de la chambre. Ses doigts sont cramponnés si violemment à mes cheveux que j'ai l'impression que les racines vont s'arracher. Des larmes de douleur ruissellent sur mon visage tandis qu'il me tire et me pousse dans le couloir. Mes hurlements paniqués sont assourdis par sa paume sur mes lèvres.

Avec horreur, je prends conscience qu'il se dirige vers la suite principale où se trouvent Nora et le bébé.

Défonçant la porte à un pied, il me bouscule à l'intérieur.

— J'ai la pute de Sokolov, annonce-t-il sur un ton triomphant.

Je découvre deux hommes armés à l'intérieur.

L'un d'eux tient un couteau sur la gorge de Nora et l'autre se penche sur le berceau pour prendre le bébé endormi.

eter

Nous amorçons notre descente sur Bogotá lorsque Julian reçoit la nouvelle.

— C'est bizarre.

Les sourcils froncés, il regarde son téléphone.

— Diego vient de m'envoyer un email pour m'annoncer qu'il y avait eu une fusillade avec des intrus inconnus à la bordure nord du domaine. Personne n'a été blessé et les intrus ont disparu dans la jungle avant qu'on puisse les capturer. Il a envoyé une équipe à leurs trousses, mais jusqu'à présent, ça n'a rien donné.

Je me lève. Mon pouls s'emballe instinctivement, en alerte maximale.

— Qui chercherait à entrer de force sur ton complexe ? Et que font-ils dans la jungle en pleine nuit ?

— Bonnes questions.

Son visage s'assombrit. Il se lève à son tour et se dirige vers le cockpit, son téléphone à l'oreille.

— J'appelle Nora.

Je le suis tandis qu'il franchit la distance à longues enjambées, ignorant les regards interrogateurs que lui lancent mes coéquipiers.

— Son téléphone m'envoie directement sur la messagerie, déclare-t-il avec tension lorsque nous entrons dans la cabine du pilote.

Kent lève les yeux vers nous.

— Il y a eu une fusillade aux limites nord du domaine. Je n'arrive pas à joindre Nora, l'informe froidement Esguerra. Je vais visionner les vidéos surveillance de la maison. Peux-tu appeler Yulia ?

Kent hoche la tête, les dents serrées, et il prend son téléphone.

— Je le fais tout de suite.

Merde. J'ai donné à Sara un téléphone jetable avant de partir, mais je ne comptais pas l'appeler – il est minuit passé, je préfère la laisser dormir. Pourtant, mon mauvais pressentiment s'accentue de plus en plus chaque seconde.

Je tombe directement sur le répondeur de Sara, moi aussi. Quand je regarde Kent, je comprends à son expression qu'il n'a pas eu plus de chance avec Yulia.

— Les caméras sont coupées. J'envoie les gardes, déclare Esguerra avec urgence.

La peur tenace que j'éprouve se reflète dans ses yeux.

Quelque chose cloche sur le domaine.

Quelque chose de très grave.

— Je fais cap sur le complexe, déclare Kent d'un air sombre.

L'avion vire sur l'aile dans un rugissement de moteurs.

ara

— J'AI TROUVÉ CELLE-LÀ, DÉCLARE UN QUATRIÈME HOMME EN traînant la pauvre Rosa qui se débat en chemise de nuit.

Il a plaqué une main sur sa bouche, étouffant ses cris de panique.

— Il faut croire qu'on a de la chance. Le reste de la maison est désert. Aucun signe d'Esguerra, Kent ou Sokolov.

Comme ses trois complices, il est lourdement armé, avec un fusil d'assaut sur l'épaule et deux armes de poing à sa ceinture.

Qui que soient ces hommes, ils ne sont pas là pour plaisanter. Dans une bouffée de terreur, je me rends compte que nous sommes absolument seules. Les gardes ne sont pas à la maison, et comme Peter et les autres sont absents, personne ne viendra à notre secours.

L'homme penché sur le berceau de Lizzie se redresse, le bébé encore endormi devant lui.

— Ce n'est pas la blonde ? fait-il avec une déception manifeste.

— Non, désolé, répond le ravisseur de Rosa en la retournant vers lui.

Elle ouvre la bouche pour hurler, mais avant qu'elle puisse émettre le moindre son, il écrase son poing contre son menton dans un terrible uppercut et elle s'effondre sur le sol, inconsciente.

Je me fige. Avec horreur, je vois un filet de sang couler au coin de sa bouche.

Il l'a frappée avec désinvolture, comme si elle n'était même pas un être humain.

Comme s'il se fichait éperdument qu'elle soit vivante ou morte.

— Nous allons devoir nous contenter de ces deux-là, poursuit-il en nous désignant.

Blanche comme un linge, Nora a le couteau de son ravisseur sous la gorge, sa main sur sa bouche. Comme moi, elle porte une légère robe de chambre en soie, mais contrairement au mien, son vêtement est ouvert au décolleté, révélant la courbe de sa poitrine.

L'agresseur de Rosa passe la langue sur ses lèvres. Il regarde fixement le triangle de peau dorée et mon estomac se noue avec effroi.

Ont-ils l'intention de nous violer ?

De nous tuer ?

— Où est le vieux ? demande le ravisseur de Nora alors que je reprends ma lutte paniquée.

Cet homme me dit vaguement quelque chose, comme si je l'avais déjà rencontré.

— Il est allé vérifier la petite maison à côté. Il a dit qu'il cherchait sa famille, répond mon ravisseur en resserrant sa poigne. Apporte-moi du chatterton. Elle n'arrête pas de gigoter, ajoute-t-il dans un grognement lorsque j'écrase mon coude dans sa cage thoracique.

— Assomme cette garce, lui conseille l'ordure qui a frappé Rosa tout en apportant un rouleau de ruban adhésif.

J'ai à peine le temps de pousser un cri bref avant qu'on me fourre un chiffon dans la bouche, le scellant par une feuille de chatterton.

— C'est mieux, grommelle mon agresseur en m'empoignant les bras. Maintenant, ses poignets aussi.

L'autre homme s'apprête à obéir quand Lizzie se réveille en pleurant.

— Merde. Fais taire le bébé, ordonne le ravisseur de Nora tandis que la petite fille, apeurée d'être portée par un homme qu'elle ne reconnaît pas, commence à hurler à pleins poumons.

Le visage de Nora devient livide. Ses yeux s'enflamment comme des charbons ardents lorsque l'homme qui a amené Rosa se penche pour appliquer du ruban adhésif sur la petite bouche du bébé, étouffant ses cris furieux.

Si un regard pouvait tuer, il aurait été éviscéré sur place.

— Va chercher Henderson, dit le ravisseur de Nora à celui de Rosa. On vous retrouve en bas.

L'homme obéit et sort de la pièce tandis que je hoquette, sous le choc de cette révélation.

Henderson ?

Évidemment. *Voilà* le fin mot de l'histoire.

Piégé comme un rat, l'ennemi de Peter a opté pour l'attaque.

Je digère encore tout ce que cela implique lorsqu'une chevelure blonde dans l'encadrement de la porte attire mon attention.

Mon cœur s'emballe.

J'avais complètement oublié Yulia.

Ils ne l'ont pas trouvée, mais elle était bel et bien dans la chambre voisine de la mienne.

Je n'ai qu'une milliseconde pour prendre conscience qu'elle est à moitié nue – et qu'elle tient un pistolet dans sa main. L'instant d'après, l'enfer se déchaîne.

Avec aisance, sans la moindre hésitation, Yulia tire sur le ravisseur de Nora, l'atteignant au visage.

Puis elle braque son arme sur le mien.

Le temps me semble ralentir, cet instant s'étire à l'infini. Je vois la concentration extrême dans ses yeux bleus, je sens la tension soudaine des mains qui me retiennent les bras par-derrière. Les quelques leçons d'autodéfense dispensées par Peter me reviennent.

Décollant les jambes du sol, je deviens brusquement un poids mort pour mon agresseur. En même temps, je baisse la tête. Quand l'arme de Yulia expulse sa balle, je sens un jet de sang chaud. La tête de l'homme a explosé au-dessus de la mienne.

Mes fesses heurtent le plancher et mon coccyx proteste sous l'impact. Le corps de mon ravisseur s'effondre derrière moi.

Yulia s'est déjà remise à bouger. À présent, elle vise l'homme qui tenait Lizzie, mais c'est inutile.

Il rampe déjà par terre, le couteau de l'agresseur de Nora enfoncé dans sa gorge. Le bébé a retrouvé la sécurité des bras de sa mère.

Nora a-t-elle récupéré le bébé en même temps qu'elle le tuait ?

Ça alors, elle est rapide !

Je me secoue de ma stupeur et je me relève, fébrile, arrachant le chatterton de ma bouche.

— Le quatrième homme, dis-je dans un souffle. Il est…

— Mort ou assommé, répond Yulia en baissant son arme. Je lui ai grillé la cervelle dans le couloir.

Sa sérénité est épatante. Évidemment, elle était espionne.

Je m'apprête à évoquer Henderson quand j'aperçois un mouvement dans le couloir.

— Yulia ! je m'écrie en me ruant en avant.

Mais il est trop tard. Un bras tout en noir s'enroule autour de sa gorge à la vitesse de l'éclair et un canon s'appuie sur sa tempe.

— Pas si vite, déclare à mi-voix l'homme d'un certain âge, utilisant Yulia comme un bouclier pour s'avancer dans la chambre. Si vous bougez un muscle, elle est morte.

eter

— Pourquoi tes gardes mettent-ils aussi longtemps, putain ?
j'aboie tandis qu'Esguerra tape furieusement sur le clavier de son
ordinateur pour envoyer des ordres à ses hommes. Cela fait déjà
deux minutes. Sais-tu ce qui peut se passer en deux minutes ? Elles
sont dans cette maison, seules, sans défense…

— Je sais ! se récrie Esguerra.

Une veine palpite sur son front lorsqu'il referme brusquement
son ordinateur portable et se lève d'un bond.

— Tu crois que je ne le sais pas ? Ils sont en route, aussi vite
qu'ils le peuvent. Les deux gardes de patrouille à la maison ne
répondent pas. Ceux qui ont brouillé les caméras de sécurité et le
signal cellulaire les ont sans doute supprimés.

Putain. J'ai envie d'écraser mon poing dans le mur, mais c'est
trop dangereux avec tous les boutons dans la cabine du pilote.

— Tu es certain qu'ils sont toujours dans la maison ?

— Je sais que Nora y est toujours, répond sèchement Esguerra.

Elle a des implants GPS, tu te souviens ? Il y a deux secondes, elle était vivante, dans notre chambre.

Merde. Il a raison, j'avais oublié ce suivi GPS. Si Nora est en vie, espérons que Sara le soit aussi. Il est d'autant plus crucial que les gardes se dépêchent.

— C'est forcément Henderson, déclare Kent sur un ton sans appel, les jointures des doigts blanches sur les commandes de l'avion. Cette sale garce nous a attirés loin d'ici pour qu'il puisse attaquer.

— Nous n'en sommes pas certains, objecte Yan.

Je me rends compte qu'il nous a rejoints dans le cockpit. Son regard vert se pose sur Esguerra.

— Est-ce possible que ce soit l'un de vos ennemis ?

J'ai envie de frapper mon coéquipier.

— Putain, on s'en fout ! Sara est là-bas, tu comprends ? Elle est dans la maison avec eux, quels qu'ils soient.

Je ne peux même pas imaginer qu'elle soit aux mains de Henderson, un homme assez désespéré pour prendre ce genre de risque.

Un homme qui n'a pas hésité à attaquer le pays qu'il avait juré de protéger afin de me faire éliminer.

Que fera-t-il à Sara s'il parvient à mettre la main sur elle ? Vais-je devoir l'enterrer avec notre enfant dans son ventre… tout comme j'ai enterré Pasha et Tamila ?

Non. J'écarte cette pensée paralysante.

Je le refuse.

Pas encore.

— Vole plus vite, dis-je à Kent d'un air grave. Julian, si tes gardes n'arrivent pas à temps, je les éventrerai tous, chacun jusqu'au dernier.

ara

Un million de pensées s'enchaînent dans mon esprit. En un éclair, je regarde les pistolets que le mort a laissé tomber au sol. Ils sont tous à portée de main, mais aucun n'est suffisamment proche pour que je puisse m'en emparer avant que Henderson grille la cervelle de Yulia.

Mon regard terrorisé croise celui de Nora et je vois le même calcul défaitiste dans ses yeux.

Même si nous étions assez habiles pour abattre l'agresseur de Yulia sans la tuer, nous n'aurions pas le temps de le faire.

Pas avec l'arme de Henderson collée sur sa tempe.

— Écartez ces pistolets avec vos pieds, ordonne-t-il.

J'hésite une seconde avant d'obéir à contrecœur tandis que Nora en fait de même.

Non seulement serions-nous trop lentes, mais Henderson n'est pas beaucoup plus grand que Yulia aux longues jambes. Il utilise son corps comme un bouclier. Même un tireur d'élite ne tenterait pas le coup.

Mon regard se pose sur le bébé que Nora serre contre son cœur. Lizzie a toujours le ruban adhésif sur sa bouche et je vois son petit visage virer au rouge, ses cris étouffés.

Nora la tient fermement, comme si elle ne devait plus jamais s'en séparer. À en juger par sa poigne de fer, je comprends que c'est le cas.

Je ne peux plus compter sur la femme d'Esguerra – pas avec le bébé qu'elle doit absolument protéger.

Une idée me vient à l'esprit et avant que je puisse changer d'avis, je regarde Henderson. Calmement, je déclare :

— Je sais où se trouve votre fille.

Il tressaille, comme si je l'avais touché en plein cœur. Aussitôt, il se ressaisit et demande :

— Où ça ?

— Je peux vous y conduire, dis-je sans prêter attention à ma gorge nouée. Nous pouvons y aller tout de suite, si vous laissez les autres tranquilles.

Je n'ai aucun plan ni de près ni de loin. Mais il doit absolument détourner son arme de la tête de Yulia – et le plus loin possible de Lizzie et de Nora. Même si j'ignorais les crimes qu'il a commis, quelque chose chez cet ancien général m'aurait donné la chair de poule. Ce n'est rien de visible – il est athlétique, en forme pour un homme de près de soixante ans, et sous ses cheveux poivre et sel, son visage est relativement agréable.

Malgré cela, il empeste une forme de pourrissement, un déclin sous la surface.

À ma proposition, il plisse les yeux.

— Tu me prends pour un idiot ? Vous allez me conduire jusqu'à ma fille toutes les trois – sinon je la tue.

Il appuie son arme sur la tempe de Yulia, qui grimace de douleur.

Merde.

— Vous n'avez pas besoin d'*elles*, dis-je timidement. Vous

pouvez me prendre en otage. C'est avec mon mari que vous avez un problème, et il fera tout pour moi.

— Oh, comme c'est charmant, susurre-t-il. Une histoire d'amour comme on en fait peu. Je te tuerai plus tard et je le forcerai à regarder. Ça te plairait ?

Je le dévisage sans ciller, refoulant la nausée que je sens monter en moi.

Je ne montrerai pas ma peur devant ce monstre.

Il n'aura pas cette satisfaction.

Mon manque de réaction l'agace, ça se voit sur son visage.

— Très bien, s'exclame-t-il. Comme je viens de le dire, vous allez venir avec moi toutes les trois. Vous et elle, avec le bébé, ajoute-t-il en désignant Nora d'un mouvement du menton, passez devant. Et n'oubliez pas, au moindre faux mouvement, elle y aura droit, dit-il en braquant à nouveau son arme sur la tête de Yulia. C'est compris ? Maintenant, marchez devant.

Je déglutis et m'avance vers la porte. Nora me suit prudemment. Contre sa poitrine, Lizzie s'agite. Henderson recule dans le couloir, toujours protégé par le corps de Yulia. Bientôt, nous sommes hors de la pièce. Il nous ordonne de descendre.

— Tu vas me conduire à ma fille, c'est compris ? déclare-t-il froidement en nous conduisant vers l'escalier. Si vous tentez quoi que ce soit, sales garces, je vous tuerai toutes – et la progéniture démoniaque d'Esguerra aussi.

Les genoux tremblants, je m'approche du large escalier incurvé. Le sol est glacial sous mes pieds nus. J'ai l'impression que mon cœur va bondir dans ma gorge. Je ne sais pas quoi faire, comment nous tirer de ce mauvais pas. La fille de Henderson est en sécurité loin d'ici. Peter ne dispose que de la vidéo factice que Bonnie lui a donnée, mais Henderson ne me croirait pas si je le lui disais. De toute façon, s'il me croyait, il nous tuerait toutes.

Qu'il en soit conscient ou non, il n'est pas venu pour sauver sa famille.

Il est ici pour se venger.

Au fond, il sait qu'il a déjà perdu. Il est venu en mission suicide pour faire souffrir Peter et les autres avant de mourir.

Mes mains jouent négligemment avec les cordons de ma robe de chambre pour ne pas céder aux tremblements tandis que je descends le plus lentement possible, Henderson et Yulia juste derrière moi. Nora marche devant, le visage impassible, protégeant Lizzie dans ses bras.

Elle ferait tout pour sa fille, je le sais – comme je ferais tout pour la petite vie qui grandit en moi.

Une vie qui ne verra jamais la lumière du jour si l'homme dans mon dos arrive à ses fins.

Nous sommes au milieu de l'escalier quand j'aperçois des phares par une fenêtre du salon. J'entends la porte d'entrée voler en éclats, puis des bottes marteler le parquet.

Les battements de mon cœur redoublent, à mi-chemin entre le soulagement et la terreur.

Les gardes sont ici.

Ils ont dû apprendre que nous avions des problèmes. Maintenant, Henderson est acculé.

Seul, sans son équipe, il n'a plus aucune chance de s'échapper.

Je l'entends pousser un juron sur les marches au-dessus de moi et un vague plan se forme dans mon esprit.

Continuant avec la même lenteur, je dénoue le cordon de ma robe de chambre. L'air frais effleure ma peau nue lorsque je laisse tomber le vêtement de soie derrière moi. Il se pose dans l'escalier, sous les pieds de Yulia et de son ravisseur.

Quand les gardes font irruption dans le hall, je me rue sur Nora et la plaque contre la rampe.

Son attention rivée sur les gardes, Henderson dérape sur la robe de chambre. Déstabilisé, il tire en l'air tandis que Yulia dégringole sur les fesses dans l'escalier.

Sans hésiter, les gardes abattent Henderson. Blotties l'une contre l'autre, Nora et moi protégeons Lizzie en entendant notre ennemi tomber.

eter

UNE JOURNÉE S'EST ÉCOULÉE DEPUIS NOTRE RETOUR ET JE SUIS toujours incapable de détacher mes mains de Sara. Je ne cesse de la toucher. Je dois constamment réprimer le besoin de l'inspecter de la tête aux pieds – même si Docteur Goldberg l'a déjà examinée, déclarant qu'elle et le bébé étaient en bonne santé.

Je la cajole sur mes genoux, caressant ses cheveux et humant son délicieux parfum. Mon corps tremble encore chaque fois que je pense que j'ai failli la perdre. Les gardes l'ont retrouvée, nue dans l'escalier, une heure avant que nous arrivions enfin.

Elle a déséquilibré Henderson avec sa robe de chambre en soie, sauvant ainsi Nora, Yulia et elle.

Ensemble, les trois femmes se sont battues contre des mercenaires armés et elles ont gagné.

— Tout va bien. Nous allons bien, murmure-t-elle en relevant la tête.

Je me rends compte que je viens de penser tout haut. Une

douce lueur fait scintiller ses yeux noisette et elle pose sa paume sur mon menton.

— Je te le promets. À l'exception du coccyx de Yulia et de la mâchoire de cette pauvre Rosa, nous allons bien.

— Je sais, dis-je en marmonnant. C'est un putain de miracle.

Ma main sur la sienne, je ferme les yeux et je prends une grande inspiration pour tenter d'apaiser les battements effrénés de mon cœur.

Comme moi, Kent et Esguerra étaient fous d'inquiétude lorsque nous avons atterri, même si Diego nous avait informés que Henderson était mort et que nos épouses ne craignaient plus rien. C'était une chose de le savoir d'un point de vue intellectuel, mais la peur tenace ne m'a pas quitté avant que je pose enfin les yeux sur Sara.

Avant que je la tienne dans mes bras, que je la sente, vivante et en bonne santé.

— Tu as sauvé tout le monde, tu sais, dis-je avec émotion, ouvrant les yeux tandis qu'elle retire sa main. Pas uniquement dans l'escalier, avant aussi. Kent m'a dit que c'est ton hurlement qui a réveillé Yulia à temps pour lui permettre de se cacher sous le lit, puis de venir à votre secours. Sans cela...

— Nous aurions trouvé un autre moyen de les vaincre, m'interrompt Sara avec un sourire calme. Je suis certaine que nous aurions réussi.

La conviction dans sa voix est à la fois absurde et admirable. Pour une quelconque raison, au lieu de la plonger dans un nouveau traumatisme, l'attaque d'hier semble avoir rempli ma ptichka d'énergie. J'ai toujours su qu'elle était forte et habile, mais elle ne l'aurait pas cru elle-même – jusqu'à ce qu'elle combatte mon ennemi et en sorte vainqueur.

— Parfois, aussi étonnant que ce soit, un traumatisme répété peut être salutaire, m'a expliqué le docteur Wessex quand je me suis entretenu avec elle ce matin, après la première nuit de Sara sans cauchemar et son réveil en pleine forme. Contrairement à ce qui est arrivé à ses parents, cette fois, elle a pu faire quelque chose – et aucun de ses proches n'a été tué ni gravement blessé.

Je ne sais pas si je crois la psychologue – ça ne fait qu'une journée, Sara risque encore de subir un contrecoup –, mais je suis prudemment optimiste quant à la santé mentale de ma ptichka.

Ma santé mentale, en revanche, est plus fluctuante. Hier soir, j'ai à peine fermé l'œil, aux prises avec de mauvais rêves et des sueurs froides.

— Je ne te quitterai plus jamais des yeux, dis-je sans plaisanter. Finies les missions loin de toi, les expéditions qui nous séparent. J'ai déjà commandé mes propres implants GPS à Esguerra. Dès qu'ils arriveront, nous les ferons installer.

Sara n'est pas surprise, je lui ai déjà parlé de la puce de Nora.

— D'accord, dit-elle. Mais uniquement si toi aussi, tu en reçois un. Je veux savoir où tu es en permanence.

Je réponds en soutenant son regard :

— Marché conclu.

Je ferai tout ce que me demande ma ptichka – tant qu'elle est heureuse et en sécurité.

— ÇA T'ENNUIE DE NE PAS AVOIR PU LE TUER TOI-MÊME ? DEMANDE-t-elle quelques heures plus tard, alors que nous sommes allongés dans le lit.

Même si nous venons de faire l'amour, je la caresse encore. Je suis incapable de me lasser du plaisir sensuel de sa peau, de son corps chaud et soyeux sous mes paumes.

— Je sais que c'était important pour toi, ajoute-t-elle lorsque j'enfouis mon nez dans son cou, inhalant le parfum de ses cheveux.

Je n'ai pas envie de penser à Henderson maintenant, mais Sara semble décidée à aborder chaque aspect des événements. Quand je songe à quel point elle a eu du mal à évoquer la mort de ses parents, je ne peux pas le lui refuser.

Si cela peut l'aider à digérer les choses, je veux bien lui

expliquer que je rêvais de démembrer Henderson lentement. La seule mention de son nom ravive chaque instant de terreur vécu dans cet avion.

Alors, je lui parle. Je lui raconte tout : que j'avais une peur panique d'arriver trop tard, de ne pas réussir à la protéger, comme j'ai échoué à protéger Pasha et Tamila. Je décris mes cauchemars de la nuit dernière. Je lui dis que je tremble encore, car je suis passé à deux doigts de la perdre.

Je lui dis que ça me tue de ne pas avoir été présent pour affronter mon ennemi, pour prendre sa défense, protéger notre futur enfant.

Elle m'écoute, la tête sur mon épaule. Ses doigts jouent avec mes cheveux. Lorsque je termine, elle me dit d'un ton calme :

— Tu nous as protégés. C'est le geste que tu m'as appris – soulever mes jambes pour devenir un poids mort si quelqu'un m'attrape par-derrière – qui nous a aidées, toutes les trois, à vaincre ces mercenaires. Et c'est toi, Kent et Esguerra qui avez envoyé les gardes qui ont abattu Henderson.

Je ferme les yeux et je resserre mon étreinte en songeant à tout ce qui s'est passé, avec la robe de chambre et le reste. Un frisson ébranle mon corps et elle referme les bras autour de moi, me rassurant par sa chaleur, sa vitalité, sa force.

Je dois prendre plusieurs inspirations avant de relâcher mon emprise étouffante. Pourtant, je laisse mes bras autour d'elle, la gardant contre moi. Il me faudra des années pour me remettre de cette journée – voire des décennies.

Si tant est que je m'en remette un jour.

— Et sa femme ? demande Sara, me tirant de mes pensées.

J'étais en train d'imaginer revenir dans le temps et étrangler Henderson avec ses propres intestins avant qu'il puisse s'approcher d'elle.

— Vas-tu respecter ton accord avec elle ?

Je serre le poing le long de mon corps.

— Nous délibérons encore pour savoir si elle nous a volontairement attirés dans un piège…

— Non, ce n'est pas ça, m'interrompt Sara en levant la tête de mon épaule. En tout cas, je ne pense pas. Henderson croyait vraiment que nous détenions sa fille. Si sa femme était derrière tout ça, il aurait su que c'était un leurre. Quand ces hommes nous ont capturées, ils ont dit que vous n'étiez pas là, comme s'ils s'attendaient à vous trouver, comme s'ils étaient étonnés par votre absence.

— Ah, dis-je en m'efforçant de me détendre. Ça change tout.

Si Bonnie Henderson est vraiment innocente, nous la laisserons en paix – surtout si elle livre au FBI les preuves que son mari est coupable, lavant ainsi notre réputation.

C'est ce que je souhaite pour Sara. Je veux qu'elle puisse retrouver une vie normale et paisible.

Glissant ma main dans ses cheveux, je contemple son visage en forme de cœur, émerveillé par sa beauté. Son regard reste rivé au mien, franc et direct. Elle murmure :

— Je t'aime.

Elle se penche en avant pour m'embrasser avec tendresse.

Ma poitrine se gonfle, envahie par une bouffée d'émotions si intenses qu'elles illuminent les dernières bribes de ténèbres.

— Je t'aime aussi, ptichka, dis-je d'une voix douce.

Nos lèvres s'unissent. Quoi que l'avenir nous réserve, je sais que nous le surmonterons ensemble.

Peu importe comment notre amour est né, aujourd'hui, il est suffisamment fort.

ÉPILOGUE

SIX ANS PLUS TARD

ara

— Papa ! Papa !

Je lève les yeux de mon ordinateur et regarde mon garçon de cinq ans faire irruption dans la pièce. Le froid lui colore les joues et ses bottes laissent des traces de neige derrière lui. Sans me voir sur le canapé, il court directement vers Peter, dans la cuisine, et jette son petit corps sur lui à toute vitesse.

En souriant, mon mari s'écarte du gâteau d'anniversaire pour le soulever dans ses bras puissants, le faisant tournoyer au-dessus de sa tête.

Le rire de Charlie retentit, mêlé aux aboiements excités de notre chien. Mon cœur se serre, comme chaque fois que je vois cette expression sur le visage à la beauté ténébreuse de Peter.

La joie. Une joie débridée.

Je ne me lasserai jamais de les voir ensemble.

Mon tourmenteur, devenu mon amoureux, et notre fils.

Si le bonheur pouvait être décrit en une seule image, ce serait celle-là.

— Maman ! Charlie a jeté une boule de neige sur Bella et sur moi ! s'écrie Maya en déboulant à l'intérieur, sa veste dégoulinant de neige fondue.

Son petit visage est outré, ses petits poings serrés.

— Et Lizzie lui a dit un gros mot.

J'éclate de rire et pose mon ordinateur pour prendre dans mes bras ma petite cafteuse de trois ans.

— Ce n'est pas grave, ma chérie, dis-je pour la calmer tout en caressant ses boucles noisette emmêlées.

Toby, notre golden-retriever, s'empresse de lécher la neige sur son manteau.

— Ton frère jouait, c'est tout. Il aime bien Bella, tu sais.

— C'est pas vrai ! s'écrie Charlie sur un ton aussi scandalisé que celui de sa sœur. Elle est trop blonde et bizarre. Et elle parle même pas russe.

— Eh, le réprimande Peter en le reposant au sol. Ce n'est pas gentil.

— Bella Kent parle aussi bien russe que toi, gros bêta, déclare pompeusement Maya.

Elle quitte mon étreinte, son petit menton levé. Puis elle repousse Toby et ajoute :

— De toute façon, elle n'a que quatre ans. Son vocabulaire va s'améliorer comme le tien. Tout le monde n'est pas aussi intelligent que moi.

Peter et moi échangeons un coup d'œil amusé. Incapables de nous retenir plus longtemps, nous éclatons de rire.

La reine du jour est en forme !

Charlie avait deux ans et demi quand Maya est née, mais cette année, elle a commencé à lui enseigner les mathématiques et la lecture – en anglais, russe, français et japonais. Son esprit est comme une éponge et son excellence n'a d'égal que son ego.

Malgré son QI hors du commun, la modestie est un concept que son petit cerveau de trois ans a du mal à appréhender.

— Je croyais que tu n'étais *pas* une enfant précoce. Ce n'est pas ce que tu m'as dit ? m'a demandé Peter, émerveillé, quand notre fille a commencé la composition musicale à l'âge de deux ans. Je croyais que tu étais devenue médecin très jeune grâce à tes parents et non parce que tu étais incroyablement intelligente ?

— C'est la vérité. Je ne sais pas d'où ça vient, lui ai-je répondu, tout aussi ébahie. Peut-être que ce gène du génie vient de ton côté.

Charlie, notre premier enfant, est loin d'être bête, lui aussi. Il est vif d'esprit, curieux et énergique – tout ce que nous avons toujours rêvé pour notre fils. Il s'épanouit dans son école privée, en Suisse où nous habitons. D'après ses professeurs, il est très intelligent.

Pourtant, Maya atteint un tout autre niveau.

Ce serait presque intimidant si elle n'était pas aussi adorable.

— Va appeler les autres, lui dis-je en tirant la capuche de sa veste. C'est l'heure du gâteau.

Son petit visage – une réplique miniature du mien – s'illumine et elle sort de la pièce avec enthousiasme, Charlie sur ses talons. Toby saute sur le canapé et se blottit à côté de moi. Je profite de cette minute d'accalmie pour relire la chanson que je suis en train de composer avant de refermer mon ordinateur.

Comme tout le monde est là pour l'anniversaire de Maya, je n'aurai pas le temps de terminer aujourd'hui.

Après que Bonnie Henderson eut aidé Peter à laver son honneur, nous aurions pu rentrer à Chicago et reprendre le cours de nos vies là-bas. Mais nous avons pris une autre décision. Nous ne voulions pas que les gens nous regardent constamment de travers. Après tout, après l'attentat, nos photos ont été diffusées partout. Sans mes parents, plus rien ne me rattachait vraiment à Homer Glen. Au lieu de quoi, nous avons choisi de fonder notre foyer dans les Alpes suisses, non loin de la clinique privée où l'on m'avait offert un poste lorsque nous étions en cavale.

J'ai commencé à y travailler à plein temps, mais au bout d'un mois, nous nous sommes rendu compte que la grossesse m'épuisait. Et comme nous ne voulions pas rester séparés plus de quelques heures par jour, ce n'était pas la meilleure solution. C'est ainsi que j'ai ouvert mon propre cabinet au rez-de-chaussée de notre maison. J'ai pu aménager mes propres horaires et voir Peter toute la journée. Bientôt, la clinique m'a envoyé ses patientes enceintes et je suis devenue la gynécologue-obstétricienne officielle de toutes les femmes en lien avec la pègre.

Tout fonctionne à merveille, d'autant plus que Peter a décidé de mettre ses compétences et son réseau à profit pour recruter et entraîner d'anciens soldats, les former à devenir mercenaires pour des organisations telles que celle d'Esguerra.

Ce n'est pas exactement la vie civile paisible que nous envisagions, mais c'est bien moins dangereux que les assassinats de haut vol – et infiniment plus intéressant pour Peter qu'enseigner l'autodéfense à des citoyens ordinaires. Quant à moi, avec mon emploi du temps flexible, j'ai non seulement du temps pour Peter et nos deux enfants, mais aussi pour la musique.

Je ne donne plus de concerts et je n'ai pas de chaîne YouTube – après tout ce qui s'est passé, Peter est devenu trop parano à propos de ma sécurité –, mais j'ai la satisfaction que mes chansons soient interprétées par de nouvelles stars très populaires qui me paient grassement afin que je les écrive. Ce sont mes paroles les plus sombres qui remportent les meilleurs succès. Deux de ces chansons se sont hissées en tête des ventes pendant plusieurs semaines d'affilée.

— Le gâteau ! Le gâteau ! Le gâteau !

Les enfants bondissent comme des tornades de neige. Âgé de cinq ans, Mateo Esguerra est en tête, poursuivi par Bella, Lizzie, Charlie et Maya. En criant, les enfants entourent Peter qui vient de planter cérémonieusement trois bougies sur le gâteau. Toby descend du canapé et les rejoint en trottinant, aboyant avec excitation.

Les adultes arrivent ensuite. Comme d'habitude, Julian a passé un bras sur les épaules de Nora. Il la tient contre lui comme s'il craignait qu'elle s'en aille. Luca semble faire preuve de retenue envers Yulia, mais à en juger par leurs manteaux mouillés, il est évident qu'ils viennent de se rouler dans la neige – j'espère que les enfants n'ont pas assisté à la scène.

Charlie, explorateur intrépide et curieux, les a déjà surpris en train de « jouer au docteur » dans leur salle de sport à Chypre.

Quoi qu'il en soit, je suis heureuse qu'ils soient tous là. Si Peter et moi rendons régulièrement visite aux Esguerra, Yulia est tellement occupée avec ses restaurants que je ne l'ai vue que deux fois cette année. Heureusement, la petite Bella Kent est amoureuse de notre Charlie – et franchement pas discrète. Il fait mine de la détester, mais il ne rate jamais une occasion d'attirer son attention. Lucas et Yulia n'avaient pas le choix. Ils devaient absolument venir à la fête d'anniversaire de Maya.

Leur bel ange blond a dû leur faire son regard de chien battu pour les persuader.

Je m'approche de mes invités et je salue Nora et Yulia en les serrant contre moi. Puis, ensemble, nous nous rassemblons autour du gâteau, à côté de nos enfants. Alors que Maya souffle ses bougies, je croise le regard de Peter et je fais mon propre vœu.

Je souhaite qu'il me tourmente ainsi pour l'éternité, qu'il m'aime avec toutes les ténèbres de son cœur.

FIN

EN AVANT-PREMIÈRE

Merci de m'avoir lue ! J'espère que vous avez aimé la conclusion de l'histoire de Peter et Sara et que vous envisagerez de poster un avis. Pour savoir quand mes prochains livres seront disponibles, inscrivez-vous à ma newsletter sur www.annazaires.com/book-series/francais/.

Envie de découvrir d'autres personnages ? Ne ratez pas :

- *L'Enlèvement: Toute la Trilogie* – L'histoire de Julian et Nora, où Peter apparaît comme personnage secondaire pour obtenir sa liste
- *Capture-Moi: Toute la Trilogie* – L'histoire de Lucas et Yulia

Prêts pour mes autres histoires torrides ? Découvrez :

- *Le Colosse de Wall Street* – Les opposés s'attirent dans cette histoire d'amour entre un milliardaire irrésistible et une jeune femme casanière.

- *La trilogie Mia et Korum* – Une romance sombre de science-fiction
- *La captive des Krinars* – Une romance de science-fiction autonome

Vous préférez l'action, la fantasy et la science-fiction ? Ne manquez pas ces collaborations avec mon mari, Dima Zales :

- La Fille qui voit - L'histoire palpitante de Sasha Urban, une illusionniste qui découvre des pouvoirs secrets inattendus.
- *Les Machines de l'esprit* – Thriller technologique
- *Série Les Dimensions de l'esprit* – Fantastique urbain
- *Trilogie Les Derniers Humains* – Science-fiction dystopique/postapocalyptique
- *Le Code arcane* – Fantastique épique

Par ailleurs, si vous aimez les audio-livres, cliquez ici pour découvrir cette série ainsi que nos autres livres en audio.

Et maintenant, tournez la page pour un avant-goût de *Le Colosse de Wall Street* et *L'Enlèvement*.

EXTRAIT DE LE COLOSSE DE WALL STREET

Un milliardaire à la recherche d'une femme parfaite...

À trente-cinq ans, Marcus Carelli a tout : la richesse, le pouvoir et un physique qui ne laisse pas les femmes indifférentes. Parti de rien, il est devenu milliardaire, à la tête de l'un des fonds spéculatifs les plus importants de Wall Street. Il lui suffit d'un mot pour faire tomber des sociétés réputées. La seule chose qui lui manque ? Une épouse trophée, preuve de réussite aussi belle que les milliards sur son compte en banque.

Une femme à chats à la recherche d'une nouvelle rencontre...

Emma Walsh, employée de librairie âgée de vingt-six ans, est ce que l'on appelle une femme à chats, d'après son amie. Elle n'est pas forcément d'accord avec cette étiquette, et pourtant les faits sont là. Vêtements négligés couverts de poils de chat ? Oui. Dernière coupe de cheveux chez le coiffeur ? Il y a plus d'un an. Oh, et trois chats dans un petit studio de Brooklyn ? Tout y est, la totale.

Sans compter qu'elle n'est pas sortie avec un homme depuis... trop longtemps pour s'en souvenir. Mais ça peut s'arranger. N'est-ce pas tout l'intérêt des sites de rencontres ?

Un malentendu qui tombe à pic...

Une entremetteuse haut de gamme, une appli de rencontres, un quiproquo qui change tout... Les opposés s'attirent peut-être, mais cela peut-il durer ?

Je suis surexcitée en prenant le chemin du café Sweet Rush, où je dois retrouver Mark pour un café. Ça faisait longtemps que je n'avais rien fait d'aussi fou. Entre la nocturne de la librairie et son emploi du temps d'étudiant, nous n'avons pas pu échanger plus de quelques textos. Je ne dispose donc que de ses deux photos floues. Pourtant, j'ai un bon pressentiment.

Je sens que Mark et moi allons très bien nous entendre.

J'ai quelques minutes d'avance et je m'arrête à la porte pour prendre le temps d'enlever les poils de chat qui s'attardent sur mon manteau en laine. Il est beige, toujours mieux que noir, mais les poils blancs ressortent dès que le vêtement n'est pas parfaitement blanc. Je suppose que Mark ne s'en offusquerait pas – il sait comme les persans perdent leurs poils –, mais j'aime mieux être présentable à notre premier rencard. Il m'a fallu une heure pour réussir à dompter mes boucles et je suis même un peu maquillée, ce qui arrive aussi fréquemment qu'un tsunami dans un lac.

Je prends une grande inspiration et j'entre dans le café, jetant un regard circulaire pour voir si Mark est déjà là.

La salle est petite et chaleureuse. Des compartiments avec banquettes sont disposés en demi-cercle autour d'un bar. L'arôme des grains de café torréfiés et des pâtisseries me met l'eau à la bouche et mon estomac se met à gronder. J'avais l'intention de me contenter d'un café, mais j'opte aussi pour un croissant. Mon budget n'en souffrira pas.

Seules quelques tables sont occupées, sans doute parce que nous sommes mardi. Je les passe en revue à la recherche d'un homme correspondant à la description de Mark et j'aperçois quelqu'un, assis tout seul dans le dernier compartiment. Il me tourne le dos et je ne distingue que l'arrière de sa tête, mais il a les cheveux courts et foncés.

C'est peut-être lui.

Je prends mon courage à deux mains et je m'approche de la banquette.

— Excuse-moi, lui dis-je. Mark ?

Il se tourne alors vers moi. Aussitôt, mon rythme cardiaque s'envole dans la stratosphère.

L'homme en face de moi n'a rien de commun avec les photos de l'appli. Il a les cheveux bruns et les yeux bleus, mais la ressemblance s'arrête là. Ses traits taillés à la serpe n'ont rien de rond ni de timide. De son menton d'acier jusqu'à son nez aquilin, son visage est d'une virilité affirmée, marqué d'une assurance qui frôle l'arrogance. L'ombre d'une barbe de fin de journée obscurcit ses joues creuses, soulignant ses pommettes saillantes, et ses sourcils forment deux traits sombres et épais au-dessus de ses yeux clairs et perçants. Bien qu'il soit assis, je devine qu'il est grand et bien bâti. Ses épaules paraissent immenses dans son costume sur mesure, et ses mains font deux fois les miennes.

Cela ne peut pas être le même Mark que celui de l'appli, à moins qu'il ait passé son temps à la salle de sport depuis ses dernières photos. Est-ce possible ? Une personne peut-elle changer à ce point ? Il n'a pas indiqué sa taille sur son profil, mais j'en avais déduit qu'il complexait à ce sujet, un peu comme moi.

L'homme que je regarde en cet instant n'a absolument aucun complexe à avoir. Pas plus qu'il ne porte de lunettes.

— Je... je suis Emma, dis-je en bafouillant sous son regard intense.

Son expression est froide, indéchiffrable. Je presque certaine de m'être trompée, mais je demande quand même :

— Tu ne serais pas Mark, par hasard ?

— Je préfère Marcus.

Sa voix me surprend. C'est un grondement grave et viril qui réveille en moi un instinct féminin primaire. Mon cœur redouble d'ardeur et mes paumes deviennent moites lorsqu'il se lève en déclarant sans préambule :

— Tu ne corresponds pas à mes attentes.

— Moi ?

C'est quoi, cette histoire ? La colère balaie toutes les autres émotions. Je reste bouche bée, plantée devant ce colosse. Il est si grand que je dois me dévisser le cou pour le regarder.

— Et toi, alors ? Tu ne ressembles pas du tout à ta photo !

— Dans ce cas, nous avons tous les deux été induits en erreur, dit-il, la mâchoire contractée.

Avant que je puisse répondre, il désigne la banquette.

— Autant t'asseoir et manger avec moi, Emmeline. Je n'ai pas fait tout ce chemin pour rien.

— C'est *Emma*, précisé-je, encore furieuse. Non, merci. Je m'en vais.

Ses narines frémissent et il se décale sur la droite pour me barrer le passage.

— Assieds-toi, *Emma*.

Dans sa bouche, mon prénom ressemble à une injure.

— Je dirai deux mots à Victoria, mais pour le moment, je ne vois pas pourquoi nous ne pourrions pas partager un repas comme deux adultes civilisés.

J'ai les oreilles brûlantes de colère, mais je préfère prendre place sur la banquette plutôt que de faire un scandale. Ma grand-mère m'a inculqué la politesse dès mon plus jeune âge, et même maintenant que je suis adulte et que je vis seule, j'ai toujours du mal à outrepasser ses enseignements.

Elle ne serait pas contente si je décochais un coup de genou entre les jambes de ce rustre et l'envoyais se faire voir.

— Merci, dit-il en s'asseyant en face de moi.

De ses yeux d'un bleu de glace, il étudie la carte.

— Ce n'était pas si difficile, n'est-ce pas ?

— Je ne sais pas, *Marcus*, dis-je en accentuant son prénom bon chic bon genre. Je ne suis avec toi que depuis deux minutes et j'ai déjà des envies de meurtre.

Je l'ai insulté comme une grande dame, avec un sourire que ma grand-mère aurait approuvé. Je laisse tomber mon sac à main à côté de moi sur le siège et je prends le menu sans même retirer mon manteau.

Plus vite nous mangerons, plus vite je décamperai.

Soudain, un ricanement grave me fait lever les yeux. À mon grand étonnement, cet abruti sourit, révélant deux rangées de dents blanches sur son visage au teint hâlé. Je remarque non sans une certaine jalousie qu'il n'a pas la moindre tache de rousseur. Sa peau est parfaitement harmonieuse. Pas même un seul grain de beauté sur la joue. Il n'est pas d'une beauté classique – ses traits ont trop de caractère –, mais il est franchement agréable à l'œil, dans le genre puissant et purement masculin.

À mon désarroi le plus total, une bouffée de chaleur monte dans mon bas-ventre et mes muscles internes se contractent.

Non. Impossible. Ce connard ne peut *pas* m'exciter. Je supporte à peine de rester assise en face de lui.

En grinçant des dents, je baisse les yeux sur mon menu et constate avec soulagement que les prix sont raisonnables. J'insiste toujours pour payer ma part lors d'un rencard, et maintenant que j'ai rencontré Mark – pardon, *Marcus* –, il me semble bien du genre à m'emmener dans un endroit chic où un simple verre d'eau coûte plus cher qu'un shooter de Patrón. Comment ai-je pu me tromper à ce point sur son compte ? À l'évidence, il a menti en prétendant être étudiant et travailler dans une librairie. Dans quel but, je l'ignore, mais tout chez l'homme assis en face de moi exprime la richesse et le pouvoir. Son costume à fines rayures épouse son corps large d'épaules comme s'il avait été conçu spécialement pour lui, sa chemise bleue est fraîchement amidonnée et je suis presque sûre que sa cravate à carreaux subtils vient d'une maison de haute couture qui ferait passer Chanel pour une vulgaire marque de supermarché.

Alors que tous ces détails s'impriment dans mon esprit, un nouveau soupçon me frappe. Serait-ce une plaisanterie à mes dépens ? Kendall, peut-être ? Ou Janie ? Toutes les deux connaissent mes goûts en matière d'hommes. L'une d'elles a peut-être décidé de m'attirer dans un guet-apens, même si je ne comprends toujours pas pourquoi elles me brancheraient avec *lui* ni pourquoi il aurait accepté... Le mystère reste entier.

Les sourcils froncés, je lève les yeux de la carte pour le dévisager. Il a perdu son sourire, concentré sur le menu, le front plissé. Il a l'air plus âgé que les vingt-sept ans indiqués sur son profil.

Cette partie aussi devait être un mensonge.

Je me sens encore plus furieuse.

— Alors, *Marcus*, pourquoi m'as-tu écrit ?

Je pose le menu sur la table et le regarde froidement.

— As-tu seulement des chats ?

Il lève la tête et son front se plisse encore davantage.

— Des chats ? Non, bien sûr que non.

La dérision dans sa voix me donne envie d'envoyer balader les recommandations de ma grand-mère et de gifler son visage sévère et fermé.

— C'est une blague ou quoi ? Qui t'a donné cette idée ?

— Pardon ?

Il hausse ses sourcils épais avec arrogance.

— Oh, arrête de feindre l'innocence. Tu as menti dans ton message et tu as le culot de me dire que *je* ne suis pas conforme à tes attentes ?

Je sens presque la vapeur sortir de mes oreilles.

— C'est *toi* qui m'as contactée et mon profil est absolument transparent. Quel âge as-tu ? Trente-deux ? Trente-trois ?

— J'ai trente-cinq ans, dit-il lentement en retrouvant son expression revêche. Emma, de quoi parles-tu... ?

— Ça suffit.

J'attrape une lanière de mon sac à main et me glisse au bout de la banquette pour me lever d'un bond. Grand-mère ou pas, je refuse de manger avec un enfoiré qui vient d'admettre qu'il m'a menti. J'ignore pourquoi un homme comme lui chercherait à jouer avec moi, mais je ne serai pas le dindon de la farce.

— Bon appétit, dis-je d'un ton sarcastique en tournant les talons.

Je sors avant même qu'il puisse tenter de me barrer le passage.

Toute à ma hâte de m'enfuir, je manque de renverser une grande brune élancée devant le café et le petit gars enrobé qui arrive derrière elle.

Le Colosse de Wall Street est maintenant disponible. Veuillez visiter mon site web à annazaires.com/series/francais/ pour en savoir plus et vous abonner à ma liste électronique de nouvelles parutions.

EXTRAIT DE L'ENLÈVEMENT

Note de l'auteure : *L'Enlèvement* est une trilogie érotique sombre sur Nora et Julian Esguerra. Les trois livres sont maintenant disponibles.

~

Kidnappée. Séquestrée sur une île privée.

Je n'aurais jamais cru que cela puisse m'arriver. Je n'ai jamais imaginé qu'une rencontre fortuite la veille de mon dix-huitième anniversaire pourrait ainsi changer ma vie.

Désormais, je lui appartiens. J'appartiens à Julian. Un homme aussi impitoyable que beau. Un homme dont les caresses me consument. Un homme dont la tendresse me fait plus de mal que sa cruauté.

Mon ravisseur est une énigme. Je ne sais ni qui il est ni pourquoi il m'a enlevée. Il y a des ténèbres en lui, des ténèbres qui me font peur tout en m'attirant.

Je m'appelle Nora Leston, et voici mon histoire.

AVERTISSEMENT : Ce roman n'est pas un roman traditionnel. Il traite de sujets troublants comme le consentement discutable et le syndrome de Stockholm et les scènes de sexe y sont explicites. Ce roman est destiné à des lecteurs âgés de plus de dix-huit ans. L'auteur n'approuve ni ne tolère le comportement de ses personnages.

~

C'est le soir maintenant. Chaque minute qui passe accroit mon anxiété à la pensée de revoir mon ravisseur.

Le roman que je lis ne m'intéresse plus. Je l'ai posé et je tourne en rond dans la pièce.

Je porte les vêtements que Beth m'a donnés tout à l'heure. Ce n'est pas ce que j'aurais choisi de porter, mais c'est toujours mieux qu'un peignoir de bain. Un panty sexy en dentelle blanche et un soutien-gorge assorti, voilà mes sous-vêtements. Et une jolie robe d'été bleu qui se boutonne sur le devant. Étrangement, tout est exactement à ma taille. Est-ce qu'il m'a espionnée pendant un certain temps ? Et tout appris de moi, y compris la taille de mes vêtements ?

Cette pensée me rend malade.

J'essaie de ne pas penser à ce qui va arriver, mais c'est impossible. Je ne sais pas pourquoi je suis convaincue qu'il va venir me voir ce soir. Peut-être a-t-il tout un harem dissimulé dans cette île et qu'il rend visite à une femme différente chaque jour de la semaine comme le faisaient les sultans.

Et pourtant je sais qu'il va bientôt arriver. La nuit dernière n'a fait qu'aiguiser son appétit. Je sais qu'il n'en a pas fini avec moi. Loin de là.

Finalement, la porte s'ouvre.

Il entre en maître des lieux. Ce qui est précisément le cas.

De nouveau, je suis frappée par sa beauté virile. Avec un visage comme le sien, il aurait pu être modèle ou acteur de cinéma. S'il y avait un peu de justice dans ce monde, il aurait été petit ou il aurait d'autres imperfections en contrepartie de ce visage.

Mais non. Il est grand et musclé, parfaitement proportionné. En me souvenant de ce que j'ai ressenti quand il était en moi, mon excitation se réveille bien malgré moi.

De nouveau, il porte un jean et un tee-shirt. Gris cette fois-ci. Il semble préférer s'habiller simplement et il a raison. Il n'a pas besoin que ses vêtements le mettent en valeur.

Il me sourit. Un sourire d'ange déchu, à la fois sombre et séducteur.

— Bonsoir, Nora.

Je ne sais que lui dire, alors je laisse échapper la première chose qui me vient à l'esprit.

— Combien de temps allez-vous me garder ici ?

Il penche légèrement la tête sur le côté.

— Ici, dans cette pièce ? Ou sur cette île ?

— Les deux.

— Beth te fera visiter demain, elle t'emmènera nager si tu veux, dit-il en s'approchant de moi. Tu ne seras pas enfermée, sauf si tu fais une bêtise.

— Quel genre de bêtise ? ai-je demandé, le cœur battant en le voyant s'arrêter près de moi et lever la main pour me caresser les cheveux.

— Essayer de faire du mal à Beth ou de te faire du mal. Sa voix est douce, son regard hypnotique quand il baisse les yeux sur moi. Étrangement, sa manière de me caresser les cheveux m'aide à me détendre.

Je cligne des yeux pour tenter de rompre le charme.

— Et sur cette île ? Combien de temps allez-vous m'y garder ?

Sa main caresse mon visage, se pose sur ma joue. En m'apercevant que je me frotte contre sa main comme un chat que l'on caresse, je me raidis immédiatement.

Ses lèvres dessinent un sourire entendu. Ce salaud sait l'effet qu'il a sur moi.

— Longtemps, j'espère, dit-il.

Sans savoir pourquoi, ça ne m'étonne pas. Il n'aurait pas pris la peine de m'amener jusqu'ici pour me baiser deux ou trois fois. Je suis terrifiée, mais pas surprise.

Je prends mon courage à deux mains et pose la question qui s'ensuit logiquement.

— Pourquoi m'avoir kidnappée ?

Il cesse de sourire. Il ne répond pas et se contente de me regarder, ses yeux bleus restent mystérieux.

Je commence à trembler.

— Vous allez me tuer ?

— Non, Nora, je ne vais pas te tuer.

Sa réponse me rassure, mais évidemment c'est peut-être un mensonge.

— Allez-vous me vendre ? J'ai du mal à le dire. Comme prostituée, ou alors quelque chose de ce genre ?

— Non, dit-il d'une voix douce. Jamais de la vie. Tu es à moi et rien qu'à moi.

Je suis un peu plus calme, mais il reste encore quelque chose que j'ai besoin de savoir.

— Allez-vous me faire du mal ?

Il ne répond pas immédiatement. Une lueur obscure traverse son regard.

— Probablement, dit-il à voix basse.

Alors il s'est penché sur moi et m'a embrassée, ses lèvres sur les miennes étaient douces, douces et ardentes.

Pendant un instant, je suis restée figée, inerte. Je croyais ce qu'il disait. Je savais qu'il disait la vérité en disant qu'il allait me faire du mal. Il y a quelque chose chez lui qui me terrifie, qui m'a terrifiée depuis le début.

Il ne ressemble pas aux garçons avec lesquels je suis sortie. Il est capable de tout.

Et je suis entièrement à sa merci.

Je pense essayer de lui résister de nouveau. Ce serait normal dans ma situation. Ce serait courageux.

Et pourtant je ne le fais pas.

EXTRAIT DE L'ENLÈVEMENT

Je sens les ténèbres en lui. Il y a quelque chose de mauvais en lui. Sa beauté extérieure dissimule quelque chose de monstrueux.

Je ne peux pas lui permettre de donner libre cours au mal. Je ne sais pas ce qui arriverait si je le faisais.

Alors je m'immobilise dans ses bras et je le laisse m'embrasser.

Et quand il me soulève et me porte sur le lit, je n'essaie nullement de lui résister.

Au contraire, je ferme les yeux et m'abandonne à mes sensations.

~

L'Enlèvement est déjà disponible. Allez visiter mon site www.annazaires.com/book-series/francais/ pour en apprendre plus et vous inscrire sur ma liste de diffusion.

À PROPOS DE L'AUTEUR

Anna Zaires est une auteure à succès international du *New York Times* et du *USA Today* de romances de science-fiction et de romances érotiques sombres contemporaines. Elle a découvert son amour des livres à l'âge de cinq ans, quand sa grand-mère lui a appris à lire. Depuis elle a toujours vécu en partie dans un monde de fantaisie dont les seules limites sont celles de son imagination. Elle habite actuellement en Floride et vit heureuse avec son mari Dima Zales, qui écrit des romans de science-fiction et des romans fantastiques, et avec qui elle travaille en étroite collaboration pour chacune de leurs œuvres.

Pour en savoir plus, veuillez visiter www.annazaires.com/book-series/francais/.

www.ingramcontent.com/pod-product-compliance
Lightning Source LLC
Chambersburg PA
CBHW060604100726
47907CB00006B/1498